© Andy Newman

GREGORY MAGUIRE es el autor bestseller de *Confessions of an Ugly
Stepsister, Lost, Mirror Mirror, Son of a Witch* y *Wicked: Memorias de
Una Bruja Mala,* en la cual se basa el musical de Broadway, también
llamado *Wicked* y premiado con el prestigioso Tony Award. Maguire
ha dado charlas sobre arte y cultura en el Isabella Stewart Gardner
Museum, el DeCordova Museum y en conferencias alrededor del
mundo, y de vez en cuando escribe reseñas para el *New York Times
Book Review.* Vive con su familia cerca de Boston, Massachusetts.

Wicked.
Memorias de una bruja mala

Gregory Maguire

Traducción de Claudia Conde

rayo *Una rama de* HarperCollins*Publishers*

Los libros de HarperCollins pueden ser adquiridos para uso educacional, comercial o promocional. Para recibir más información, diríjase a: Special Markets Department, HarperCollins Publishers, 10 East 53rd Street, New York, NY 10022.

Este libro fue publicado originalmente en inglés en el año 1995 por ReganBooks, una rama de HarperCollins Publishers. La traducción al español fue originalmente publicada en el año 2007 en España por Editorial Planeta, S. A.

PRIMERA EDICIÓN RAYO, 2007

Library of Congress ha catalogado la edición en inglés.

ISBN: 978-0-06-135139-6
ISBN-10: 0-06-135139-3

07   08   09   10   11   DT/RRD   10   9   8   7   6   5   4   3   2   1

*Este libro es para Betty Levin
y para todos los que me han enseñado a apreciar
y temer la bondad*

Deseo expresar mi agradecimiento a los que leyeron este libro antes que nadie: Moses Cardona, Rafique Keshavjee, Betty Levin y William Reiss. Sus consejos han sido siempre útiles. Las imperfecciones que subsistan son sólo mías.

También quiero dar las gracias a Judith Regan, Matt Roshkow, David Groff y Pamela Goddard por su entusiasta acogida de *Wicked*.

Por último, quisiera añadir una palabra de gratitud para los amigos con quienes he conversado acerca del mal durante los últimos dos o tres años. Son demasiados para mencionarlos a todos, pero entre ellos están Linda Cavanagh, Debbie Kirsch, Roger y Martha Mock, Katie O'Brien y Maureen Vecchione; también la pandilla de Edgartown, en Massachusetts, y mi hermano Joseph Maguire, algunas de cuyas ideas he tomado prestadas. Por favor, no me llevéis a juicio.

hacia Fliaan

Ugabu
(territorio disputado)

Gillikin

Monte Runcible

Montes
Pertha

Frottica

Wittica

Settica

Red Sand

Wicassand Turning

Río Gillikin

Dixxi House

Shiz

Desierto de
Thursk

Vinkus
(País de los Winkis)

Kiamo Ko

Ciudad Esmera

Río Vinkus

Grandes Kells

Kellswater

Praderas
Milenarias

Vinkus Exterior

Restwater

Paso de Kumbricia

Kells Menores

Arenas Amargas

País de los

Altar
Kvon

por el desierto hacia Ev

Son unos hombres tan extraños que se alegran de ser considerados más malvados de lo que son.

DANIEL DEFOE, *A system of magick*

En los sucesos históricos, los llamados grandes hombres son apenas etiquetas que sirven para asignar un nombre a los acontecimientos y, lo mismo que las etiquetas, tienen la menor conexión posible con el acontecimiento propiamente dicho. Cada una de sus acciones, que para ellos es manifestación de su libre albedrío, no es libre en absoluto desde el punto de vista histórico, sino esclava de toda la historia previa y predestinada desde el comienzo de los tiempos.

LIEV NIKOLÁIEVICH TOLSTÓI,
Guerra y paz

—Bueno —dijo la Cabeza—, te daré mi respuesta. No tienes derecho a esperar que te envíe de regreso a Kansas, a menos que hagas algo por mí a cambio. En este país, todos deben pagar por todo lo que reciben. Si quieres que use mis poderes mágicos para mandarte de vuelta a tu casa, antes tendrás que hacer algo para mí. Ayúdame y yo te ayudaré.

—¿Qué debo hacer? —preguntó la niña.

—Mata a la Malvada Bruja del Oeste —respondió el Mago.

L. FRANK BAUM, *El Mago de Oz*

I

LOS MUNCHKINS

LA RAÍZ DEL MAL

Desde la cama arrugada, la esposa dijo:

—Creo que hoy será el día. Mira cuánto me ha bajado.

—¿Hoy? Sería típico de ti: perverso e inoportuno —replicó en tono de broma su marido, de pie en la puerta, mirando hacia afuera, al lago, los campos y, más allá, las laderas boscosas. Apenas conseguía divisar las chimeneas de Rush Margins, que exhalaban el humo de los desayunos—. El peor momento posible para mi ministerio. Como es natural.

La esposa bostezó.

—No hay muchas posibilidades de elegir. O al menos, eso dicen. El cuerpo se te pone así de grande y entonces ya no decides tú. Si no te cabe dentro, cariño, entonces tendrás que apartarte de su camino. Se ha puesto en marcha y ya no hay nada que pueda detenerlo.

Se levantó un poco para otear sobre la montaña de su vientre.

—Me siento como una rehén de mí misma. O del bebé.

—Intenta controlarte —dijo él, acercándose a ella y ayudándola a sentarse en la cama—. Considéralo un ejercicio espiritual. Vigilancia de los sentidos. Continencia física y a la vez ética.

—¿Controlarme? —se echó a reír ella, desplazándose centímetro a centímetro hacia el borde de la cama—. ¿Cómo voy a controlarme si ya no soy yo? No soy más que el huésped de un parásito. ¿Dónde habrá quedado mi identidad? ¿Dónde me habré dejado mi vieja y cansada identidad?

—Piensa en mí —dijo él. Su tono había cambiado. Ahora hablaba en serio.

—Frex —replicó ella, yendo hacia él—, cuando el volcán está listo para estallar, no hay sacerdote en el mundo capaz de aquietarlo a base de plegarias.

—¿Qué pensarán los otros ministros de la Iglesia?

—Se reunirán y dirán: «Hermano Frexspar, ¿has permitido que tu esposa pariera a tu primer hijo cuando tenías problemas por resolver en la parroquia? ¡Qué falta de consideración por tu parte! Es la prueba de que careces de autoridad. Quedas destituido de tu cargo.»

Le estaba tomando el pelo, porque no había nadie para destituirlo. El obispo más cercano estaba demasiado lejos para prestar atención a las peculiares circunstancias de un clérigo unionista de la periferia.

—¡Es un momento tan terriblemente inoportuno!

—Después de todo, la mitad de la culpa de que suceda en este momento es tuya —replicó ella—. ¿No crees, Frex?

—Se supone que sí, pero no acabo de estar seguro.

—¿No acabas de estar seguro?

Ella rió, echando la cabeza hacia atrás. La línea desde su oreja hasta el hueco de su garganta le recordó a Frex un elegante cucharón de plata. Incluso desarreglada como estaba por la mañana y con una barriga como una gabarra, era de una belleza majestuosa. Su pelo tenía el brillante aspecto lacado de las hojas húmedas de roble, caídas en el suelo, a la luz del sol.

La culpaba por su origen aristocrático, pero admiraba sus esfuerzos por superarlo y, al mismo tiempo, también la amaba.

—¿Quieres decir que no estás seguro de ser el padre? —preguntó mientras se agarraba al marco de la cama; Frex la cogió por el otro brazo y la izó, hasta conseguir que quedara medio erguida—. ¿O dudas de la paternidad de los hombres en general?

De pie, era colosal, una isla ambulante. Mientras salía por la puerta a paso de caracol, se iba riendo de semejante idea. Él la oyó riendo aún en el retrete exterior, cuando él empezaba a vestirse para la batalla del día.

Frex se peinó la barba y se aceitó la calva. Después se prendió en la nuca un broche de hueso y cuero sin curtir, para apartarse el pelo de la cara, porque era preciso que ese día sus expresiones pudieran interpretarse desde lejos. No podía haber ambigüedad en su discurso.

Se aplicó polvo de carbón en las cejas, para oscurecerlas; se untó cera roja en las chatas mejillas, y se sombreó los labios. Un sacerdote apuesto atraía más penitentes que uno feo.

En el patio de la cocina, Melena flotaba blandamente, no con el peso normal del embarazo, sino como inflada, como un globo enorme arrastrando los hilos por el polvo del suelo. Llevaba una sartén en una mano y, en la otra, unos huevos y los hirsutos cabos de unos cebollinos. Iba cantando para sus adentros, pero sólo en frases cortas. No era para que Frex la escuchara.

Con la sobria túnica abotonada hasta el cuello y las tiras de las sandalias atadas sobre las calzas, Frex sacó de su escondite, debajo de un arcón, el informe que le había enviado su colega, el ministro del poblado de Three Dead Trees, y disimuló las hojas de papel marrón cn su ceñidor. Se las había ocultado a su mujer, por temor a que quisiera acompañarlo para ver la gracia, si era divertido, o para experimentar el estremecimiento, si era aterrador.

Mientras Frex respiraba hondo, preparando sus pulmones para un día de oratoria, Melena agitaba una cuchara de madera sobre la sartén, para hacer un revuelto con los huevos. El tintineo de los cencerros resonaba del otro lado del lago. Ella no prestaba atención, o en realidad sí que lo hacía, pero a algo que estaba en su interior. Era un sonido sin melodía, como una música soñada, que se recuerda por su efecto, pero no por sus yerros o aciertos armónicos. Imaginó que sería el bebé en su interior, canturreando de pura dicha. Supo que iba a ser un niño cantarín.

Melena oyó a Frex dentro de la casa; su marido empezaba a improvisar, a modo de calentamiento, produciendo las frases vibrantes de su alegato y convenciéndose una vez más de su probidad.

¿Cómo decía aquella cancioncilla, que años atrás le canturreaba Nana, en la habitación de los niños?

Un bebé por la mañana,
aflicción asegurada.
Cuando llega a mediodía,
te afligirá sin medida.
Nacimiento vespertino,

un desastre en el camino.
Y cuando viene de noche,
de desgracia habrá derroche.

Pero ella la recordaba con alegría, como una broma. La aflicción es el final natural de la vida, y aun así seguimos teniendo bebés.

«—No —dijo Nana, como un eco en la mente de Melena (y corrigiendo sus ideas, como de costumbre)—. Nada de eso, mi bonita y mimada chiquilla. No *seguimos* teniendo bebés, eso es bien evidente. Sólo tenemos bebés cuando aún somos demasiado jóvenes para saber lo triste que se vuelve la vida. Cuando de verdad nos damos cuenta de hasta qué punto llega a ser triste (y piensa que las mujeres tardamos en aprender), entonces nos secamos por dentro de puro disgusto y, con mucha sensatez, detenemos la producción.

»—Pero los hombres no se secan —objetó Melena—; ellos pueden ser padres hasta que mueren.

»—Ah, es que nosotras tardamos en aprender —replicó Nana—, pero ellos no aprenden nunca.»

—¡El desayuno! —dijo Melena, pasando con una cuchara los huevos revueltos a un plato de madera. Su hijo no sería tan obtuso como la mayoría de los hombres. Ella le enseñaría a desafiar el progresivo avance de la aflicción.

—Es tiempo de crisis en nuestra sociedad —recitó Frex.

Para ser un hombre que condenaba los placeres mundanos, comía con elegancia. A ella le encantaba contemplar el arabesco de sus dedos y sus dos tenedores. Sospechaba que, bajo su probo ascetismo, él acariciaba anhelos ocultos de una vida regalada.

—Para nuestra sociedad, cada día es una crisis —replicó ella.

Le estaba tomando el pelo, respondiéndole en los términos que emplean los hombres. Pero su querido Frex, obtuso como era, no distinguió la ironía en su voz.

—Nos encontramos ante una encrucijada. La idolatría amenaza. Los valores tradicionales están en peligro. La verdad asediada y la virtud abandonada.

Más que hablarle a ella, estaba practicando su diatriba contra el espectáculo de magia y violencia que estaba por llegar. Frex tenía una faceta que lindaba con la desesperación; pero a diferencia de la mayoría de los hombres, sabía canalizarla en beneficio del trabajo de su vida. Con cierta dificultad, Melena se agachó para sentarse en un taburete. ¡Coros enteros cantaban sin palabras dentro de su cabeza! ¿Sería eso corriente en el trabajo de parto y en todos los partos? Le habría gustado preguntárselo a las arrogantes vecinas que la visitarían esa tarde, murmurando comentarios por lo bajo acerca de su estado. Pero no se atrevía. No podía deshacerse de su bonito acento, que a ellas les sonaba afectado, pero podía evitar que la creyeran ignorante de las cosas más básicas.

Frex advirtió su silencio.

—¿No estarás enfadada porque hoy te dejo sola?

—¿Enfadada? —respondió ella arqueando las cejas, como si ni siquiera reconociera el concepto.

—La historia avanza reptando sobre las patas de palo de las pequeñas vidas individuales —dijo Frex—; pero, al mismo tiempo, convergen fuerzas eternas de mayor alcance. No puedes atender los dos frentes al mismo tiempo.

—Quizá nuestro hijo no tenga una vida pequeña.

—No es momento de discutir. ¿Quieres distraerme hoy de mis deberes sagrados? Nos enfrentamos a la presencia del mal verdadero en Rush Margins. No podría tolerar mi propia vida si no hiciera nada al respecto.

Lo decía en serio, y por esa intensidad, ella se había enamorado de él; pero también por eso lo odiaba, naturalmente.

—Las amenazas vienen hoy... y seguirán viniendo mañana —dijo ella para concluir el tema—. Pero tu hijo sólo nacerá una vez y, si este cataclismo acuoso que tengo dentro es una señal, creo que será hoy.

—Habrá otros hijos.

Ella se volvió para que él no viera la rabia en su rostro.

Pero era incapaz de mantener la ira contra él. Quizá fuera un defecto moral suyo. (Por regla general, no era muy dada a cavilar sobre defectos morales; le parecía que tener a un ministro de la Iglesia por marido ya era suficiente reflexión religiosa para los dos.) Se sumió en un silencio malhumorado. Frex masticaba su desayuno.

—Es el demonio —dijo Frex, con un suspiro—. El demonio viene en camino.

—¡No digas algo así cuando nuestro hijo está a punto de nacer!

—¡Me refiero a la tentación en Rush Margins! ¡Y tú lo sabes, Melena!

—¡Las palabras son palabras, y lo dicho dicho está! —replicó ella—. ¡No te pido que me dediques toda tu atención, Frex, pero necesito un poco!

Ella dejó caer la sartén, que se estrelló con estrépito sobre el banco arrimado a la pared de la cabaña.

—Y además —prosiguió él—, ¿sabes a lo que tengo que enfrentarme en el día de hoy? ¿Cómo puedo convencer a mi rebaño para que se aparte del abigarrado espectáculo de la idolatría? Probablemente, esta noche volveré vencido por una diversión más deslumbrante. Quizá tú consigas un hijo este día. Yo, en cambio, presiento un fracaso.

Sin embargo, aun diciendo eso, parecía orgulloso. Fracasar en la persecución de un fin moralmente elevado era gratificante para él. Ni comparación con la carne, la sangre, la suciedad y el alboroto de tener un bebé.

Finalmente, se puso en pie para marcharse. Sobre el lago se había levantado un viento que emborronaba la cima de las columnas de humo de las cocinas. Melena pensó que parecían remolinos de agua, bajando por los desagües en espirales cada vez más estrechas y concentradas.

—Cuídate, amor —dijo Frex, aunque ya llevaba puesta, de la cabeza a los pies, la grave expresión que adoptaba en público.

—Sí —suspiró Melena, sintiendo una patada del bebé en lo profundo de su vientre y la repentina necesidad de volver al excusado—. Cuídate tú también, que yo estaré pensando en ti, mi espina dorsal, mi escudo protector. Y también intenta que no te maten.

—Que se haga la voluntad del Dios Innominado —replicó Frex.

—Y también la mía —blasfemó ella.

—Dedica tu voluntad a aquello que lo merece —respondió él. Ahora él era el ministro, y ella, la pecadora, un reparto de papeles que no apreciaba particularmente.

—Adiós —dijo ella, que prefirió el hedor y el alivio del excusado exterior a la posibilidad de quedarse saludándolo con la mano hasta que se perdiera de vista por el camino en dirección a Rush Margins.

EL RELOJ DEL DRAGÓN DEL TIEMPO

Frex estaba más preocupado por Melena de lo que ella sospechaba. Se detuvo en la primera choza de pescadores que vio y habló con el dueño de la casa a través de la media puerta. ¿Sería posible que una o dos mujeres pasaran el día y, si era preciso, también la noche con Melena? Sería un gran favor. Frex asintió con una mueca de gratitud, reconociendo sin palabras que Melena no era muy apreciada en aquellos parajes.

Después, antes de seguir bordeando el extremo de Illswater en dirección a Rush Margins, se detuvo junto a un árbol caído y extrajo dos cartas de su fajín.

El autor era un primo lejano de Frex, también clérigo. Semanas antes, su primo había invertido tiempo y tinta muy costosa en la descripción de lo que la gente llamaba el Reloj del Dragón del Tiempo. Frex se preparó para la santa campaña de la jornada, releyendo lo referente a aquel reloj de idolatría.

Te escribo estas líneas apresuradas, hermano Frexspar, para captar mis impresiones antes de que se desvanezcan.

El Reloj del Dragón del Tiempo va montado en un carro y es alto como una jirafa. No es más que un inestable teatrillo ambulante, perforado por los cuatro costados con nichos y arcos. Sobre el techo plano hay un dragón mecánico, un artilugio de cuero pintado de verde, con garras plateadas y ojos engastados de rubí. Su piel está hecha de cientos de discos superpuestos de cobre, hierro y bronce, y bajo los pliegues flexibles de las escamas, hay una armazón controlada por un mecanismo de relojería. El Dragón del Tiempo gira sobre su pedestal, repliega las estrechas alas de cuero (cuyo sonido recuerda al de un fuelle) y eructa bolas sulfurosas de inflamada pestilencia anaranjada.

Debajo, en las docenas de puertas, ventanas y porches, hay títeres, marionetas y muñecos: personajes de los cuentos populares, caricaturas de campesinos y también de la realeza, animales, hadas y santos. Nuestros santos unionistas, hermano Frexspar, ¡robados de la tierra bajo nuestros pies! ¡Qué indignante! Las figuras se mueven sobre engranajes. Entran y salen girando de las puertas. Flexionan la cintura, bailan, holgazanean y coquetean unas con otras.

¿Quién habría engendrado a ese Dragón del Tiempo, ese falso oráculo, ese instrumento de propaganda de la perversidad que desafiaba el poder del unionismo y del Dios Innominado? Los que manejaban el reloj eran un enano y varios mancebos de escueta cintura que sólo parecían reunir, entre todos, capacidad cerebral suficiente para pasar la gorra pidiendo dinero. ¿Quién más se estaría beneficiando, además del enano y sus agraciados jovencitos?

La segunda carta del primo le advertía que el reloj ya estaba próximo a Rush Margins. La historia era más detallada.

El espectáculo comenzó con un rasgueo de cuerdas y un cascabeleo de huesos. La muchedumbre se apiñó aún más, lanzando exclamaciones. En la ventana iluminada del escenario vimos una cama de matrimonio, con dos marionetas: una esposa y un marido. Mientras el marido dormía, la mujer suspiró e hizo un gesto con sus manos de madera, indicando que el hombre estaba decepcionantemente infradotado. El público aulló de risa. La esposa marioneta también se quedó dormida y, cuando estaba roncando, el marido títere se levantó sigilosamente de la cama.

En ese momento, en lo alto del teatrillo, el Dragón giró sobre su base y apuntó con sus garras al público, señalando —sin lugar a dudas— a un humilde pocero llamado Grine, que había sido un marido fiel, aunque poco atento. Entonces, el Dragón retrocedió y extendió dos de sus dedos, invitando a la muchedumbre a acercarse, y aislando a una viuda llamada Letta y a su hija soltera de dientes torcidos. El gentío guardó silencio y se apartó de Grine, Letta y la ruborizada doncella, como si las dos se hubieran cubierto de pronto de úlceras purulentas.

El Dragón volvió a la inmovilidad, no sin antes posar una de sus alas sobre otra ventana, que se iluminó revelando al marido marioneta, que vagaba en medio de la noche. Apareció entonces una viuda marioneta, de cabello desordenado y colores encendidos, arrastrando tras ella a su hija de dientes torcidos, que iba protestando. La viuda besó al marido marioneta y le bajó los pantalones de cuero. El hombre estaba equipado con dos juegos de atributos masculinos, uno por delante y el otro colgando de la base de la columna vertebral. La viuda colocó a su hija sobre el abreviado espolón delantero, y se reservó para ella el artefacto más impresionante de la parte trasera. Los tres títeres se pusieron a botar y a balancearse, emitiendo gemidos de regocijo. Cuando la viuda marioneta y su hija hubieron terminado, desmontaron y besaron al adúltero marido títere. Después le administraron sendos rodillazos, simultáneamente, por delante y por detrás. El marido marioneta comenzó a oscilar sobre sus muelles y bisagras, intentando sujetarse todas las partes dañadas.

El público rugió. Grine, el pocero auténtico, sudaba gotas grandes como uvas. Letta fingió una carcajada, pero su hija ya había corrido a esconderse por la vergüenza. Antes de que terminara la velada, Grine fue acorralado por sus agitados vecinos e investigado por su grotesca anomalía. A Letta le volvieron la espalda. Su hija parece haber desaparecido por completo. Sospechamos lo peor.

Al menos a Grine no lo mataron. Pero me pregunto qué huella habrá quedado en nuestras almas después de presenciar un espectáculo tan cruel. Todas las almas son prisioneras de sus envoltorios humanos, pero seguramente han de degradarse y sufrir ante tamaña indignidad, ¿no crees?

A veces le parecía a Frex como si cada bruja y cada charlatán vidente desdentado de Oz, capaz de realizar hasta el más transparente de los trucos, se hubiera aposentado en el apartado distrito de Wend Hardings para buscarse la vida. Sabía que los habitantes de Rush Margins eran gente humilde, con una vida difícil y pocas esperanzas. A medida que se prolongaba la sequía, su tradicional fe unionista se iba erosionando. Frex era consciente de que el Reloj del Dragón del Tiempo combinaba el doble atractivo del ingenio y la magia, y él mismo tendría que recurrir a sus más hondas reservas de convicción religiosa para resistirlo. Si su congregación resultaba vulnerable a la denominada fe del placer y sucumbía al espectáculo y la violencia, ¿qué pasaría entonces?

Él se impondría. Él era su ministro. Durante años les había sacado las muelas, había dado sepultura a sus bebés y había bendecido las ollas de su cocina. Se había humillado en su nombre. Había vagado de caserío en caserío, con la barba desgreñada y un cuenco de limosnas en la mano, dejando sola durante semanas enteras a la pobre Melena, en la cabaña del clérigo. Se había sacrificado por ellos. No podían dejarse persuadir por ese artilugio del Dragón del Tiempo. Tenían una deuda con él.

Siguió adelante, cuadrando los hombros y apretando las mandíbulas, sintiendo un amargo desarreglo en el estómago. El cielo estaba marrón, por el polvo y la arena que se habían levantado. El viento corría impetuoso en lo alto de las montañas, con un gemido trémulo, como si pasara a través de la fisura de alguna roca en una montaña lejana, más lejana que cualquiera de las que Frex podía ver.

EL NACIMIENTO DE UNA BRUJA

Ya casi había anochecido cuando Frex reunió coraje para entrar en el destartalado caserío de Rush Margins. Estaba sudando profusamente. Dio unos taconazos en el suelo, golpeó el aire con los puños y, en tono bronco y monótono, llamó:

—¡Venid, hombres de poca fe! ¡Congregaos mientras podáis, pues de cierto os digo que la tentación está en camino y os pondrá a dura prueba!

Las palabras eran arcaicas e incluso ridículas, pero funcionaron. Aparecieron por un lado los pescadores taciturnos, arrastrando sus redes vacías desde el muelle y, por otro, los agricultores de subsistencia, cuyas pedregosas parcelas habían dado muy pocos frutos durante el año de sequía. Incluso antes de que Frex empezara, todos parecían tan culpables como el pecado mismo.

Lo siguieron hasta los raquíticos peldaños del taller de reparación de canoas. Frex sabía que todos esperaban la llegada de ese inicuo reloj en cualquier momento; los rumores eran más contagiosos que la peste. Los reconvino por su sedienta expectación.

—¡Sois necios como los bebés que tienden las manitas para tocar las brasas! ¡Parecéis fruto de la simiente de un dragón, dispuestos a mamar de las tetas del fuego!

Eran viejas imprecaciones tomadas de las escrituras y esa noche sonaron un poco huecas. Frex, cansado, no estaba en uno de sus mejores momentos.

—Hermano Frexspar —dijo Bfee, el alcalde de Rush Margins—, ¿podrías moderar el tono de tu arenga hasta que tengamos ocasión de averiguar qué nueva forma asumirá la tentación?

—No tenéis temple para resistir nuevas formas —escupió Frex.

—¿Acaso no eres nuestro maestro desde hace años? —replicó Bfee—. ¡Nunca hemos tenido una oportunidad tan buena de ponernos a prueba contra el pecado! No vemos la hora... de enfrentarnos a esa prueba espiritual.

Los pescadores rieron y prorrumpieron en gritos sarcásticos, mientras Frex intensificaba su expresión de enojo, pero el sonido de unas ruedas desconocidas en las pedregosas rodadas del camino hizo que todos volvieran la cabeza y guardaran silencio. Frex había perdido la atención de su grey, antes incluso de empezar.

El reloj venía arrastrado por cuatro caballos y escoltado por el enano y su comitiva de jóvenes matones. Su amplio techo estaba coronado por el dragón. ¡Qué bestia! Por su pose, parecía listo para saltar, como si en su interior alentara de verdad la vida. El exterior de la caja estaba decorado con colores festivos y revestido de pan de oro. Cuando se acercó, los pescadores quedaron boquiabiertos.

Antes de que el enano anunciara la hora de la función y de que los jovencitos pudieran sacar las porras, Frex saltó al escalón más bajo del artefacto, un escenario cerrado con bisagras.

—¿Por qué lo llaman reloj a esta cosa? La única esfera de reloj que tiene es chata y gris, y se pierde entre un millar de detalles que distraen. Además, las manecillas no se mueven. ¡Mirad, comprobadlo con vuestros propios ojos! ¡Están pintadas, para que marquen siempre un minuto antes de la medianoche! Todo lo que veis aquí, amigos míos, es pura mecánica. Lo sé con certeza. Veréis maizales mecánicos madurando, lunas creciendo y menguando, y un volcán escupiendo un suave paño rojo, que lleva cosidas lentejuelas rojas y negras. Y con tantos engranajes, ¿por qué no colocar un par de manecillas móviles en la esfera del reloj? ¿Por qué no? Os lo pregunto, sí, te lo pregunto a ti, Gawnette, y a ti, Stoy, y a ti, Perippa. ¿Por qué no hay aquí un reloj de verdad?

Ni Gawnette, ni Stoy, ni Perippa lo estaban escuchando, ni tampoco los demás. Estaban demasiado ocupados, mirando con expectante anticipación.

—La respuesta, desde luego, es que este reloj no está hecho para medir el tiempo del mundo, sino el tiempo del alma. El tiempo de la redención y la condenación. Para el alma, cada instante es un minuto menos para el juicio final.

»¡Un minuto menos para el juicio final, amigos míos! Si murierais en los próximos sesenta segundos, ¿os gustaría pasar la eternidad en los sofocantes abismos reservados a los idólatras?

—¡Cuánto ruido hay en el pueblo esta noche! —dijo alguien en la sombra, y los demás se echaron a reír.

Por encima del clérigo, que se volvió para mirar, se había asomado por una puertecita la marioneta de un perrillo ladrador, de pelaje oscuro, con rizos tan apretados como los de Frex. El perro botaba movido por un muelle, y el timbre de sus ladridos era de una agudeza irritante. Las risas aumentaron. Había oscurecido aún más, y a Frex ya no le resultaba fácil distinguir quién reía y quién le gritaba que se hiciera a un lado y dejara ver.

Como se negaba a moverse, fue apartado sin ceremonias de su plataforma, como un fardo. El enano pronunció un poético discurso de bienvenida.

—Todas nuestras vidas son actividad sin sentido; nos metemos como ratas en la vida; como ratas correteamos por la vida, y al final nos arrojan en la tumba como a ratas. ¿Por qué no habríamos de oír de vez en cuando una voz profética o ver una función milagrosa? ¡Bajo el aparente fraude y la indignidad de nuestras vidas de ratas, todavía queda una humilde pauta, un sentido! ¡Acercaos, buena gente, y ved lo que un poco de conocimiento añadido puede presagiar sobre vuestras vidas! ¡El Dragón del Tiempo ve lo que hay antes, después y en el transcurso de estos años desgraciados que estáis viviendo! ¡Mirad lo que os enseña!

La gente empujó para adelantarse. Había salido la luna y su luz era como el ojo de un dios airado y vengativo.

—¡Soltadme, dejadme! —gritaba Frex.

Aquello era peor de lo que había previsto. Nunca había sido zarandeado por su propia congregación.

El reloj narró la historia de un hombre piadoso en público, de lanuda barba y apretados rizos oscuros, que predicaba sencillez, pobreza y generosidad, pero tenía un cofre de oro y esmeraldas... oculto en la abundante pechera de una irresoluta mujer, hija de la buena sociedad. El canalla fue atravesado con un largo espetón de hierro y servido sin la menor contemplación a su hambrienta parroquia, como «carne asada de ministro».

—¡Es una apelación a vuestros instintos más bajos! —gritó Frex, con los brazos cruzados y el rostro magenta de ira.

Pero ahora que la oscuridad era casi total, alguien se le acercó por detrás para hacerlo callar. Un brazo rodeó su cuello. Se volvió para averiguar qué maldito feligrés se tomaba tamaña libertad, pero todas las caras estaban ocultas por capuchas. Le propinaron un rodillazo en la entrepierna que lo hizo doblarse y dar con la cara en la tierra. Un pie lo golpeó directamente entre las nalgas y sus intestinos se aliviaron de su carga. Pero el resto del gentío no le prestaba atención. Estaba aullando de regocijo ante algún otro espectáculo montado por el Reloj del Dragón. Una mujer compasiva, con pañoleta de viuda, lo cogió por el brazo y se lo llevó de allí; él estaba demasiado sucio y dolorido como para enderezarse para ver quién era.

—Te pondré en la bodega de las patatas, debajo de una arpillera, ya lo creo que sí —canturreó la comadre—, porque tal como vienen dadas las cosas, esta noche saldrán por ti empuñando las horcas. Irán a buscarte a tu cabaña, pero no mirarán en mi bodega.

—Melena —graznó él—. La encontrarán...

—Habrá quien cuide de ella —dijo su vecina—. Las mujeres podemos con esto, creo yo.

En la cabaña del clérigo, Melena estaba a punto de perder el conocimiento, mientras ante sus ojos se enfocaba y desenfocaba la imagen de un par de comadres: una pescadera y una vieja medio paralítica, que se turnaban para palparle la frente, atisbar entre sus piernas y mirar de reojo las bonitas baratijas y los escasos tesoros que Melena había logrado traerse consigo de Colwen Grounds.

—Mastica esta pasta de hojas de pinlóbulo, anda, bonita. Te quedarás inconsciente antes de que te des cuenta —dijo la pescadera—. Ya verás cómo te relajas, te sale el bebé y por la mañana todo está bien.

Pensé que olerías a rosas y a rocío de la mañana, pero apestas lo mismo que todos nosotros. Sigue masticando, bonita, sigue masticando.

Al oír que llamaban a la puerta, la vieja, arrodillada, levantó la vista con gesto culpable del baúl que estaba revolviendo. Dejando que la tapa del baúl se cerrara ruidosamente, cerró los ojos y se puso en actitud de rezar.

—¡Adelante! —gritó.

Entró una doncella de piel tersa y mejillas sonrosadas.

—¡Ah, ya suponía que habría alguien con ella! —exclamó—. ¿Cómo está?

—Casi inconsciente, y el bebé, casi fuera —respondió la pescadera—. Una hora más, calculo.

—Bien, me han pedido que venga a avisaros de que los hombres están borrachos y andan merodeando. Los ha azuzado el dragón ese del reloj mágico, ya sabéis cuál, y ahora están buscando a Frex para matarlo. El reloj les ha dicho que lo hagan. Probablemente llegarán tambaleándose hasta aquí. Deberíamos llevarnos a su mujer a algún sitio seguro. ¿Será posible moverla?

«No, no es posible moverme —pensó Melena—, y si los campesinos encuentran a Frex, díganles que lo maten bien muerto en mi nombre, porque nunca había sentido un dolor tan espantoso que me hiciera ver la sangre detrás de los ojos. Matadlo por haberme hecho esto.»

Con esa idea en la cabeza, sonriendo en un instante de alivio, perdió la conciencia.

—¡Dejémosla aquí y huyamos! —dijo la doncella—. El reloj ha dicho que también la maten a ella y al pequeño dragón que está a punto de parir. No quisiera que me atraparan.

—Tenemos unas reputaciones que mantener —dijo la pescadera—. No podemos abandonar a la elegante damisela en mitad del parto. Me da igual lo que diga ningún reloj.

La vieja, que había vuelto a meter la cabeza en el baúl, dijo:

—¿Alguna interesada en encaje auténtico de Gillikin?

—Hay un carro de heno en el terreno del fondo, pero será mejor que lo hagamos ahora mismo —prosiguió la pescadera—. Ven, ayúdame a traerlo. Tú, vejestorio, saca la cara de entre la ropa de cama y ven a humedecer esta bonita frente sonrosada. ¡Vamos, en marcha!

Pocos minutos después, la vieja, la pescadera y la doncella iban arrastrando trabajosamente el carro por un sendero poco transitado, entre los husos y los helechos del bosque otoñal. El viento se había vuelto más intenso y silbaba sobre las cimas sin árboles de los montes Cloth. Melena, repantigada entre unas mantas, empujaba y gemía en inconsciente dolor.

Oyeron pasar a una turba de borrachos con horcas y antorchas, y se quedaron mudas y aterrorizadas, escuchando las maldiciones proferidas con voz pastosa. Después apuraron el paso con mayor urgencia, hasta llegar a un bosquecillo envuelto en la niebla, en el límite de un cementerio para cadáveres sin consagrar. Dentro distinguieron los contornos borrosos del reloj, que el enano había dejado allí para mayor seguridad. No era ningún tonto; había supuesto que aquel rincón concreto del mundo era el último lugar que los asustadizos aldeanos habrían visitado esa noche.

—El enano y sus chicos también estaban bebiendo en la taberna —dijo la doncella, sin aliento—. ¡Aquí no hay nadie que pueda detenernos!

—¿Así que has estado espiando a los hombres por las ventanas de la taberna, pendón? —dijo la vieja, mientras empujaba la puerta de la parte trasera del reloj.

Encontró un pequeño espacio donde andar a gatas. Había péndulos colgando ominosamente en la penumbra. Grandes ruedas dentadas parecían preparadas para rebanar como salchichas a los intrusos.

—Venid, arrastradla hasta aquí dentro —dijo la vieja.

Con el alba, la noche de antorchas y niebla cedió el paso a grandes peñascos de nubes de tormenta y a los danzarines esqueletos del rayo. Brevemente aparecían jirones de cielo azul, pero a veces llovía con tanta fuerza que se hubiese dicho que caían gotas de fango y no de agua. Las comadronas, a gatas sobre manos y rodillas, sobresaliendo por la parte trasera del carretón del reloj, recibieron por fin su pequeña descarga y protegieron al bebé de los goterones del canalón.

—¡Mirad, un arco iris! —dijo la mayor, sacudiendo la cabeza adelante y atrás. Una enfermiza bufanda de luz coloreada colgaba del cielo.

Lo que vieron al desprender de la piel las membranas y la sangre, ¿sería una ilusión causada por la luz? Al fin y al cabo, después de la tormenta, la hierba parecía palpitar con un color propio y las rosas zumbaban y flotaban sobre sus tallos en insólita gloria. Pero incluso teniendo en cuenta esos efectos de la luz y la atmósfera, las comadronas no podían negar lo que veían. Bajo las babas de los fluidos maternos, el bebé relucía con un escandaloso matiz verde esmeralda claro.

No hubo gemido ni chillido alguno de rabia recién nacida. El bebé abrió la boca, respiró y guardó silencio.

—¡Chilla, demonio! —dijo la vieja—. ¡Es tu primer trabajo!

El bebé rehuía sus obligaciones.

—Otro niño tozudo —suspiró la pescadera—. ¿Lo matamos?

—No seas tan mala con la criatura —replicó la vieja—; es una niña.

—¡Ja! —dijo la doncella de ojos turbios—. Mirad mejor, ahí está bien visible la veleta.

Estuvieron un minuto sin ponerse de acuerdo, incluso con la criatura desnuda delante. Sólo después de una segunda y una tercera limpieza, quedó claro que el bebé era efectivamente de sexo femenino. Quizá durante el parto algún trocito de efluvio orgánico quedara atrapado en su hendidura y se secara rápidamente. Una vez frotada con un paño, se observó que estaba hermosamente formada, con una elegante cabeza alargada, bracitos vueltos hacia afuera, bonitas nalgas respingonas que invitaban al pellizco, graciosos deditos y diminutas uñas rascadoras.

Y con un tono incuestionablemente verde en el semblante. Tenía un rubor asalmonado en las mejillas y el vientre, un matiz beige alrededor de los párpados apretados y una franja parda en el cuero cabelludo, que revelaba las líneas del cabello futuro. Pero el efecto predominante era vegetal.

—¡Mirad el pago a nuestros esfuerzos! —dijo la doncella—. Un trocito de mantequilla verde. ¿Por qué no la matamos? Ya sabéis lo que dirá la gente.

—Yo creo que está podrida —dijo la pescadera, mientras miraba si no tendría la raíz de un rabo, al tiempo que le contaba los dedos de las manos y de los pies—. Huele a estiércol.

—¡Es que es estiércol lo que estás oliendo, idiota! ¡Te has agachado sobre una plasta de vaca!

—Es un bebé enfermizo y débil, de ahí el color. Arrojémoslo a la charca, ahoguémoslo. Ella nunca lo sabrá. Tardará horas en salir de su desmayo de damisela elegante.

Las tres se echaron a reír, mientras acunaban a la niña en el hueco del brazo, pasándosela de una a otra, para comprobar su peso y su equilibrio. Matarla era lo más piadoso. El problema era cómo.

De pronto, la criatura bostezó, y la pescadera, sin pensarlo, le dio el dedo para que lo chupara, pero la niña se lo cortó de un mordisco, a la altura de la segunda falange. Casi se ahoga con el chorro de sangre. El dedo cayó de su boca al fango, como un carrete de hilo. Las mujeres entraron rápidamente en acción. La pescadera se abalanzó sobre la niña para estrangularla, pero la vieja y la doncella se interpusieron en su defensa. El dedo fue recuperado del lodazal y guardado en el bolsillo de un delantal, posiblemente para volver a coserlo en la mano que lo había perdido.

—Es un gallo de pelea, que acaba de averiguar que no tiene espolón —chilló la doncella, cayendo al suelo de risa—. ¡Oh, pobre del primer chiquillo estúpido que trate de divertirse con ella! ¡Le arrancará el tallo tierno, para quedárselo de recuerdo!

Las comadronas volvieron a entrar a gatas en el reloj y dejaron caer a la criatura sobre el pecho de su madre, temerosas de considerar el asesinato piadoso, por miedo a lo que el bebé les pudiera arrancar.

—Quizá le desmoche una teta a la madre; será la manera de que Su Frágil Majestad vuelva en sí —masculló la vieja—. Pero ¿qué niña es ésta, que bebe sangre antes de probar la leche materna?

Dejaron cerca un pucherito con agua y, resguardándose de la siguiente ráfaga de viento, se alejaron chapoteando, en busca de sus hijos, maridos y hermanos, para regañarlos y apalearlos si era posible, o sepultarlos si no lo era.

En la penumbra, la niña levantó la vista para mirar los aceitados y regulares engranajes del reloj del tiempo.

ENFERMEDADES Y REMEDIOS

Durante días, Melena no pudo soportar la visión de la criatura. La cogía en brazos, como debe hacer una madre, y esperaba a que las aguas subterráneas del afecto materno la inundaran. No lloraba. Masticaba hojas de pinlóbulo, para alejarse flotando del desastre.

Era una niña. Melena practicaba la reconversión de su pensamiento cuando estaba sola. El bulto movedizo e infeliz no era un chico, ni era neutro; era una niña. Dormía, con el aspecto de un montón de hojas de col lavadas y puestas a escurrir sobre la mesa.

Presa del pánico, Melena escribió a Colwen Grounds para sacar a Nana de su retiro. Frex fue a recogerla en carro a la estación de Stonespar End. En el trayecto de regreso, Nana le preguntó qué problema había.

—¿Cuál es el problema?

Frex suspiró y pareció perderse en sus pensamientos. Nana se dio cuenta de que había elegido mal las palabras, haciendo que Frex se desviara del tema. El ministro empezó a mascullar algo muy general sobre la naturaleza del mal. La inexplicable ausencia del Dios Innominado había dejado un vacío, en el cual se precipitaba inevitablemente el veneno espiritual. Una vorágine.

—¡Me refiero al estado del bebé! —repuso Nana vigorosamente—. ¡No me hace falta saber del universo entero, sino de un solo niño, para poder ayudar! ¿Por qué me llama Melena a mí y no a su madre? ¿Por qué no ha escrito a su abuelo? ¡Es el Eminente Thropp, por todos los cielos! Melena no puede haber olvidado completamente sus obligaciones, ¿o quizá la vida en el campo es peor de lo que pensábamos?

—Es peor de lo que pensábamos —dijo Frex en tono sombrío—. El bebé... Será mejor que estés preparada, Nana, porque de lo contrario gritarás... El bebé tiene un fallo.

—¿Un fallo? —Nana apretó con fuerza el asa de su bolsa de viaje, mientras contemplaba los árboles de frutaperla de hojas rojizas que bordeaban el camino—. Frex, cuéntamelo todo.

—Es una niña —declaró Frex.

—Sí que es un fallo, en efecto —dijo Nana en tono burlón, aunque Frex, como de costumbre, no lo notó—. Bien, al menos el título familiar se conservará una generación más. ¿Tiene todas sus extremidades?

—Sí.

—¿Alguna más de las necesarias?

—¿No?

—¿Se agarra bien al pecho?

—No se lo permitimos. Tiene unos dientes fuera de lo común, Nana. Tiene dientes de tiburón o algo parecido.

—Bueno, no será el primer bebé que se cría con biberón o chupando un trapo, no te preocupes por eso.

—Su color no es normal —dijo Frex.

—¿Qué color no es normal?

Durante un instante, Frex sólo pudo menear la cabeza. Nana no le tenía simpatía, ni estaba dispuesta a tenérsela, pero se conmovió.

—No puede ser tan malo, Frex. Siempre hay una solución. Cuéntaselo a Nana.

—Esa cosa tiene la piel verde —dijo finalmente—. Verde como el musgo, Nana.

—¡Esa cosa! ¿Así hablas de la niña? ¡Es tu hija, por todos los cielos!

—No, por todos los cielos, no. —Frex comenzó a sollozar—. El cielo no ha tenido nada que ver en esto, Nana, y el cielo no lo aprueba. ¡Qué vamos a hacer!

—Calla. —Nana detestaba a los hombres llorones—. No puede ser tan malo como lo pintas. No hay una sola gota de sangre plebeya en las venas de Melena. Sea cual sea el mal, responderá al tratamiento de Nana. Confía en mí.

—Confiaba en el Dios Innominado —lloriqueó Frex.

—No siempre estamos en desacuerdo, Dios y yo —dijo Nana. Sabía que era una blasfemia, pero no pudo resistirse al sarcasmo, aprovechando que Frex tenía la guardia baja—. Pero no te preocupes, no le diré una palabra a la familia de Melena. Lo solucionaremos todo en un abrir y cerrar de ojos, sin que nadie tenga que enterarse. ¿Tiene nombre el bebé?

—Elphaba —dijo él.

—¿Por santa Aelphaba de la Cascada?

—Así es.

—Un buen nombre antiguo. La llamaréis con el apodo corriente de Fabala, imagino.

—¿Quién puede saber si vivirá el tiempo suficiente como para que tenga un apodo?

Por su tono de voz, se hubiese dicho que Frex deseaba que así fuera.

—Interesante paisaje. ¿Estamos ya en Wend Hardings? —preguntó Nana, cambiando de tema.

Pero Frex se había replegado sobre sí mismo y apenas se preocupaba por guiar a los caballos por la senda correcta. La comarca era sucia, deprimida y estaba plagada de campesinos. Nana empezó a desear no haber salido con su mejor traje de viaje. Los salteadores de caminos esperarían que una señora madura de aspecto tan refinado llevara oro encima, y no se equivocarían, porque Nana lucía una jarretera de oro robada años atrás del tocador de su señora. ¡Qué humillación, si la jarretera acababa apareciendo tantos años después sobre el muslo bien torneado aunque envejecido de Nana! Pero sus temores eran infundados, porque el carro llegó sin incidentes al patio de la cabaña del clérigo.

—Déjame que vea primero a la niña —dijo Nana—. Será más sencillo y menos arduo para Melena si sé lo que tenemos entre manos.

Fue fácil complacerla, porque Melena estaba fuera de combate gracias a las hojas de pinlóbulo, mientras que el bebé gemía suavemente en su capazo.

Nana acercó una silla, para no hacerse daño si caía redonda de la impresión.

—Frex, pon el capazo en el suelo, para que pueda mirar en su interior.

Frex obedeció y después fue a devolver el carro y los caballos a Bfee, que casi nunca los necesitaba para sus tareas de alcalde, pero los prestaba para ganar así un pequeño capital político.

El bebé estaba envuelto en lienzos, según pudo ver Nana, y su boca y sus orejas estaban sujetas con una tira de tela. La nariz parecía un champiñón malo, asomando en busca de aire, y tenía los ojos abiertos.

Nana se acercó un poco más. La niña no tenía ni tres semanas. Sin embargo, mientras Nana se movía de un lado a otro, contemplando el perfil de su frente desde diferentes ángulos para juzgar la forma de su mente, los ojos de la pequeña la seguían, yendo y viniendo tras ella. Eran castaños y profundos, del color de la tierra vuelta con motas de mica. Había una red de frágiles líneas rojas en cada suave ángulo de unión de los párpados, como si la niña hubiese hecho reventar los hilos de la sangre por el agotamiento de mirar y comprender.

Y la piel, sí, en efecto, la piel era verde como el pecado. No era un color feo, pensó Nana. Sólo que no era un color humano.

Alargó la mano y recorrió con un dedo la mejilla del bebé. La niña se sobresaltó y arqueó la espina dorsal, y el envoltorio que tan firmemente le habían ajustado del cuello a los pies se rajó como el tegumento de una semilla. Nana apretó los dientes, decidida a no acobardarse. La niña se había desnudado del esternón hasta las ingles, y la piel de su pecho era del mismo color extraño.

—¿Habéis tocado a esta niña aunque sea una sola vez, vosotros dos? —murmuró Nana.

Puso la palma sobre el palpitante pecho de la pequeña, con los dedos cubriendo sus pezones casi invisibles, y después deslizó la mano hacia abajo, para comprobar el estado de los órganos inferiores. Aunque sucia y mojada, la pequeña estaba conformada según el diseño normal. La piel era el mismo milagro de flexible suavidad que había sido la de Melena cuando era niña.

—Ven con Nana, cosita horrenda —dijo Nana, inclinándose para levantar a la niña, sucia como estaba.

El bebé se giró para evitar el contacto y, al hacerlo, se golpeó la cabeza con el borde de mimbre del capazo.

—Veo que has estado bailando en el vientre de tu madre —dijo Nana—. Me pregunto de quién sería la música. ¡Qué músculos tan desarrollados! No, no vas a escaparte de mí. Ven aquí, pequeño demonio. A Nana no le importa. A Nana le gustas.

Estaba mintiendo como una marrana, pero ella, a diferencia de Frex, creía que el cielo aprobaba algunas mentiras.

De modo que levantó a Elphaba y la colocó en su regazo. Allí se quedó Nana esperando, canturreando por lo bajo y desviando la vista de vez en cuando hacia la ventana, para reponerse y no vomitar. Le frotó la barriguita a la niña, para calmarla, pero no había manera de serenarla, al menos de momento.

Melena se irguió sobre los codos, hacia el final de la tarde, cuando Nana le llevó una bandeja con pan y té.

—Me he instalado como en mi casa —dijo Nana— y me he hecho amiga de tu preciosa chiquitina. Ahora vuelve en ti, cariño, y deja que te dé un beso.

—¡Oh, Nana! —exclamó Melena dejándose mimar—. Gracias por venir. ¿Has visto al monstruito?

—Es adorable —replicó Nana.

—No mientas y no seas blanda —dijo Melena—. Si quieres ayudar, tienes que ser sincera.

—Si quiero ayudar, *tú* tienes que ser sincera —repuso Nana—. No es preciso que entremos en eso ahora, pero tendré que saberlo todo, corazón mío. Así podremos decidir lo que hay que hacer.

Bebieron su té, y como Elphaba se había quedado dormida, se sintieron por unos instantes como en los viejos tiempos en Colwen Grounds, cuando Melena volvía a casa tras sus paseos vespertinos con jóvenes de la burguesía emergente y alardeaba ante Nana de la varonil belleza de sus acompañantes, como si ella no se hubiese fijado.

Con el transcurso de las semanas, Nana advirtió que había en efecto varias cosas perturbadoras respecto al bebé.

Por ejemplo, cuando intentó quitarle los vendajes que la sujetaban, Elphaba pareció dispuesta a arrancarse sus propias manos a mordiscos, y verdaderamente eran monstruosos los dientes en el interior de su linda boquita de labios finos. Habría sido capaz de atravesar el capazo a bocados si la hubiesen dejado suelta. Se volvió contra su propio hombro y se lo despellejó por completo. Parecía como si se estuviera asfixiando.

—¿No podemos llevarla a un barbero para que le saque los dientes? —preguntó Nana—. Al menos, hasta que aprenda a controlarse.

—Debes de haber perdido el juicio —replicó Melena—. Todo el valle se enteraría de que la bestezuela es verde. Le mantendremos atada la mandíbula hasta que resolvamos el problema de la piel.

—¿Cómo es posible que haya salido verde? —preguntó Nana estúpidamente, porque Melena palideció, Frex se sonrojó y la niña contuvo la respiración, como si quisiera volverse azul para complacerlos. Nana tuvo que darle una palmada para que volviera a respirar.

Nana entrevistó a Frex fuera, en el patio. Tras el doble golpe del nacimiento y de su bochorno público, aún no estaba preparado para atender sus obligaciones profesionales, y pasaba el rato tallando cuentas de rosario en madera de roble, haciéndoles muescas e inscribiéndoles los emblemas del Dios Innominado. Nana dejó a Elphaba en lo más profundo de la casa (tenía un temor irracional a que el bebé la oyera o, peor aún, a que la comprendiera) y se sentó fuera, a vaciar una calabaza para la cena.

—Supongo que no tendrás a nadie verde entre tus antepasados, ¿verdad, Frex? —empezó, plenamente consciente de que el poderoso abuelo de Melena habría comprobado ese extremo antes de dejar que su nieta se casara con un clérigo unionista, ¡entre todos los buenos partidos que tenía!

—Nuestra familia no se distingue por su riqueza, ni por su poder terrenal —dijo Frex, que por una vez no pareció ofendido—. Pero yo desciendo de una línea directa de seis ministros de la Iglesia, de padre a hijo. Estamos tan bien considerados en los círculos espirituales como la familia de Melena en los salones y en la corte de Ozma. Y no, no hay nadie verde, por ninguna parte. Nunca había oído nada semejante en ninguna familia.

Nana asintió con la cabeza y dijo:

—Bien, de acuerdo, sólo preguntaba. Ya sé que eres más bueno que los trasgos mártires.

—Pero, Nana —dijo Frex humildemente—, creo que soy la causa de lo sucedido. Tuve un lapsus el día del nacimiento: anuncié que el diablo venía en camino. Me refería al Reloj del Dragón del Tiempo. Pero ¿no será que mis palabras abrieron una ventana para el demonio...?

—¡La niña no es ningún demonio! —lo interrumpió Nana. Tampoco ningún ángel, pensó, pero se guardó de decirlo.

—Por otro lado —prosiguió Frex, en tono más seguro—, quizá fuese Melena quien la maldijo, accidentalmente. Ella interpretó mal mi comentario y se echó a llorar. Quizá abrió en su interior una ventana por la que se introdujo un espíritu vagabundo y coloreó a la niña.

—¿El mismo día de su nacimiento? —replicó Nana—. ¡Qué espíritu tan habilidoso! ¿Es tanta tu piedad que atraes a los mejores y más poderosos entre todos los Espíritus de Aberración?

Frex se encogió de hombros. Unas semanas antes habría asentido, pero su confianza se había resentido después de su abyecto fracaso en Rush Margins. No se atrevía a sugerir lo que temía: la anomalía de la niña era un castigo por su incapacidad para mantener a su rebaño apartado de la fe del placer.

—Bien... —dijo Nana con sentido práctico—. Si la mercancía se ha dañado por culpa de una maldición, ¿qué puede reparar el mal?

—Un exorcismo —respondió Frex.

—¿Estás facultado para hacerlo?

—Si consigo cambiarla, sabremos que lo estoy —repuso Frex.

Ahora que tenía una meta, su ánimo mejoró. Dedicaría varios días a ayunar, repasar sus plegarias y reunir los suministros necesarios para el arcano ritual.

Cuando Frex salió al bosque, mientras Elphaba dormía la siesta, Nana se sentó al borde del duro colchón de matrimonio de Melena.

—Frex se pregunta si su predicción de que venía el demonio no habrá causado que se abriera una ventana en tu interior, dejando que se colara un diablillo que estropeó a la niña —dijo Nana, mientras confeccionaba una orla de encaje a ganchillo. Nunca había destacado en las labores repetitivas, pero le gustaba manipular la aguja de marfil pulido—. Me pregunto si no habrás abierto tú otra ventana.

Melena, aturdida como de costumbre por las hojas de pinlóbulo, arqueó confusa una ceja.

—¿Te has acostado con alguien que no fuera Frex? —preguntó Nana.

—¿Estás loca? —replicó Melena.

—Te conozco, corazoncito —dijo Nana—. No estoy diciendo que no seas una buena esposa. Pero cuando tenías a los chicos zumbando a tu alrededor en el huerto de tus padres, te cambiabas la ropa interior perfumada más de una vez al día. Eras libidinosa y furtiva, y no se te daba mal. No te lo reprocho. Pero no vengas a decirme que tus apetitos no estaban bien desarrollados.

Melena sepultó la cara en la almohada.

—¡Ay, qué tiempos! —gimió—. No es que no quiera a Frex, ¡pero detesto ser mejor que esos campesinos idiotas!

—Bueno, ahora que esta niña verde te rebaja a su nivel, deberías estar contenta —dijo Nana maliciosamente.

—Yo amo a Frex, Nana, ¡pero me deja sola con tanta frecuencia! ¡Mataría por un calderero que pasara y me vendiera algo más que una cafetera de hojalata! ¡Pagaría por alguien menos espiritual y más imaginativo!

—Eso es el futuro. Yo te estoy hablando del pasado. El pasado reciente. Desde tu matrimonio.

Pero la expresión de Melena era vaga e indistinta. Asintió, se encogió de hombros y meneó la cabeza.

—Lo más obvio sería un elfo —dijo Nana.

—¡Yo jamás me acostaría con un elfo! —chilló Melena.

—Ni yo —dijo Nana—, pero el verde me hace dudar. ¿Hay elfos en los alrededores?

—Hay un tropel de elfos arborícolas, en algún lugar del otro lado de la colina; pero son más estúpidos, si cabe, que los probos ciudadanos de Rush Margins. De verdad, Nana, nunca he visto uno, o sólo de lejos. La idea es repulsiva. Los elfos se ríen de cualquier cosa, ¿sabes? Si uno de ellos se cae de un roble y se aplasta el cráneo como un nabo podrido, los demás se reúnen a su alrededor y se carcajean. Es insultante solamente que lo sugieras.

—Pues vete acostumbrando, por si no logramos salir de este atolladero.

—Bien, la respuesta es *no*.

—Entonces, otro. Alguien suficientemente apuesto por fuera, pero con algún germen por dentro que quizá te ha contagiado.

Melena pareció conmocionada. No había pensado en su propia salud desde el nacimiento de Elphaba. ¿Correría *ella* algún peligro?

—Dime la verdad —dijo Nana—. Tenemos que conocerla.

—La verdad —repitió Melena en tono distante—. Verás, es imposible de conocer.

—¿Qué intentas decir?

—No conozco la respuesta a tu pregunta.

Melena se lo explicó. Sí, en efecto, la cabaña estaba lejos de las rutas más transitadas y ella sólo intercambiaba los saludos más lacónicos con los granjeros, los pescadores y los otros borricos. Pero en las montañas y los bosques se adentraban más viajeros de lo que Nana creía. Muchas veces Melena había estado lánguida y sola, mientras Frex estaba fuera predicando, y había encontrado consuelo ofreciendo a un caminante una comida sencilla y una conversación alegre.

—¿Y algo más?

Melena masculló que en aquellos días aburridos había cogido la costumbre de masticar hojas de pinlóbulo. Cuando por fin se despertaba, ya fuera porque se estaba poniendo el sol o porque Frex la miraba con el ceño fruncido o sonriendo, recordaba muy poca cosa.

—¿Quieres decir que te has permitido el capricho de cometer adulterio y ni siquiera te queda el beneficio de unos recuerdos buenos y jugosos? —Nana estaba escandalizada.

—¡No sé si lo he hecho! —protestó Melena—. No lo haría por voluntad propia, a menos que no estuviera del todo en mis cabales. Pero recuerdo que una vez un calderero de acento extraño me dio un trago de una bebida fuerte que llevaba en un frasco de vidrio verde. Y, ¿sabes, Nana?, tuve curiosos y expansivos sueños sobre la Otra Tierra, ciudades de cristal y humo, ruido y color... Intenté recordarlos.

—Eso significa que muy bien pudiste ser violada por elfos. ¿No se alegraría tu abuelo de ver lo bien que te cuida Frex?

—¡Basta! —gritó Melena.

—Pues muy bien, ¡yo no sé lo que hay que hacer! —Finalmente, Nana perdió los estribos—. ¡Sois todos unos irresponsables! Si no eres capaz de recordar si has quebrantado o no tus votos de matrimonio, deberías dejar de actuar como una santa ofendida.

—Aún podemos ahogar a la niña y empezar de nuevo.

—Bien, intenta ahogarla —masculló Nana—. Me compadezco del pobre lago que se vea en el brete de recibirla.

Más tarde, Nana examinó la pequeña colección de medicinas de Melena: hierbas, gotas, raíces, aguardiente, hojas... Estaba preguntándose, sin demasiada esperanza, si podría inventar alguna cosa que blanqueara la piel de la niña. Al fondo de la alacena, Nana encontró el frasco de vidrio verde mencionado por Melena. Había poca luz y su vista era débil, pero pudo distinguir las palabras ELIXIR MILAGROSO sobre un trozo de papel pegado por delante.

Aunque tenía una facilidad innata para curar, Nana no pudo confeccionar una poción que alterara la piel. Bañar a la niña en leche de vaca tampoco sirvió para que la piel se le volviera blanca. Pero la niña no se dejaba meter en una palangana de agua del lago; se retorcía como un gato despavorido. Nana siguió con la leche de vaca, que le dejaba un tufo horrendo si no la frotaba concienzudamente con un paño.

Frex organizó un exorcismo, con cirios e himnos. Nana observaba de lejos. El hombre tenía los ojos brillantes y transpiraba por el esfuerzo, aunque las mañanas eran cada vez más frías. Elphaba dormía dentro de su faja, en medio de la alfombra, ajena al sacramento.

No sucedió nada. Frex se derrumbó, exhausto y agotado, y se puso a acunar a su hija verde, como abrazando finalmente la prueba de algún pecado secreto. La expresión de Melena se endureció.

Sólo quedaba una cosa por intentar. Nana reunió valor para sacar el tema cuando ya estaba próxima a regresar a Colwen Grounds.

—Ya vemos que los remedios de campesinos no funcionan —dijo—, y que la intercesión espiritual ha fallado. ¿Tenéis coraje para pensar en la hechicería? ¿Hay algún lugareño que pueda extirparle a la niña el veneno verde?

Frex se puso de pie y la emprendió a golpes con Nana, blandiendo los puños. Nana se cayó para atrás de la silla y Melena se puso a saltar en la suya, gritando.

—¿Cómo te atreves? —gritó Frex—. ¡En esta casa! ¿No es esta niña verde suficiente afrenta? La hechicería es el refugio de los que carecen de moral. ¡Cuando no es charlatanería lisa y llana, es maldad peligrosa! ¡Contratos con los demonios!

—¡Oh, válgame el cielo! Tú, el hombre bueno, el perfecto, ¿no sabes que el fuego se combate con fuego?

—Nana, ya basta —dijo Melena.

—¡Pegarle a una anciana débil que sólo pretende ayudar! —se quejó Nana, herida.

A la mañana siguiente, Nana hizo la maleta. Ya no le quedaba nada más que hacer y no estaba dispuesta a compartir el resto de su vida con un ermitaño fanático y una niña estragada, ni siquiera por Melena.

Frex la condujo en el carro a la posada en Stonespar End, para esperar la diligencia que la llevaría a casa. Por lo que Nana sabía, Melena podía seguir aún con la idea de matar a la niña, pero lo dudaba. Nana apretó la maleta contra su pecho generoso, temerosa de los bandidos. En su interior había escondido su jarretera de oro (siempre podía aducir que se la habían metido allí sin su conocimiento, mientras que habría sido más difícil alegar que se la habían plantado en la pierna en idénticas circunstancias). También había escamoteado la aguja de marfil de hacer ganchillo, tres de las cuentas para rosarios que fabricaba Frex, porque le gustaban los grabados, y la bonita botella de vidrio verde que se había dejado algún vendedor ambulante que iba ofreciendo, al parecer, sueños, pasión y somnolencia.

No sabía qué pensar. ¿Sería Elphaba la semilla del diablo? ¿Sería medio elfa? ¿Sería un castigo por el fracaso de su padre como predicador, o por la dudosa moral y la mala memoria de su madre? Nana sabía que su visión del mundo era brumosa y caótica, plagada de demonios, fe ciega y creencias populares. Sin embargo, no escapaba de su atención el hecho de que tanto Melena como Frex habían creído incuestionablemente que iban a tener un niño. Frex era el séptimo hijo varón de un séptimo hijo varón y, para completar esa potente ecuación, era descendiente de seis clérigos, uno tras otro. ¿Qué niño, cualquiera que fuera su sexo, se habría atrevido a continuar un linaje tan auspicioso?

Quizá la pequeña Elphaba había elegido su sexo y su color —pensó Nana—, ¡y al diablo con sus padres!

EL VIDRIERO QUADLING

Durante un breve y lluvioso mes, a comienzos del año siguiente, la sequía se interrumpió. La primavera se derramó como verde agua de manantial, espumando en los setos, burbujeando a la vera del camino y salpicando desde el techo de la cabaña en guirnaldas de hiedra y flores de silene. Melena vagaba por el patio en estado de incipiente desnudez, para poder sentir el sol sobre su pálida piel y la profunda tibieza que todo el invierno había añorado. Atada a su silla junto a la puerta, Elphaba, que ya tenía un año y medio, aporreó el pescado del desayuno con el dorso de la cuchara.

—Cómetelo, no lo aplastes —la reconvino Melena, pero con suavidad. Desde que le habían quitado a la niña la correa que le cerraba la boca, madre e hija habían empezado a prestarse un poco de atención. Para su sorpresa, a veces Melena encontraba a Elphaba adorable, tal como ha de ser un bebé.

Aquel paisaje era lo único que había visto desde que abandonó la elegante mansión familiar, lo único que vería jamás: la extensión barrida por el viento de Illswater; las lejanas casitas de piedra oscura y las chimeneas de Rush Margins del otro lado, y las montañas sumidas en el letargo, más lejos aún. Se hubiese vuelto loca; el mundo no era más que agua y carencias. Si una pandilla de elfos irrumpiera en el patio, se abalanzaría sobre ellos en busca de compañía, de sexo, de asesinato.

—Tu padre es un embaucador —le dijo a Elphaba—. Se va todo el invierno, dejándome contigo por toda compañía. Cómete el desayuno y ten por seguro que no te daré más si lo tiras al suelo.

Elphaba cogió el pescado y lo tiró al suelo.

—Tu padre es un charlatán —prosiguió Melena—. Solía ser muy bueno en la cama, para ser un clérigo, y por eso conozco su secreto. Se supone que los hombres devotos están por encima de los placeres terrenales, pero a tu padre le encantaba el ejercicio nocturno. ¡Antes! No debemos decirle nunca que es un farsante; le partiríamos el corazón. No queremos partirle el corazón, ¿verdad que no?

Entonces, Melena estalló en un repiqueteo de agudas carcajadas.

La expresión de Elphaba era inmutable, sin sonrisas. Señaló el pescado.

—Desayuno. Desayuno al suelo. Desayuno para los bichos —le dijo Melena, dejando caer un poco más el cuello de su vestido primaveral, mientras bailaba la rosada percha de sus hombros—. ¿Quieres que hoy vayamos a dar un paseo a la orilla del lago, a ver si te ahogas?

Pero Elphaba nunca se ahogaría, nunca, porque por nada del mundo se acercaba al lago.

—O ¿qué te parece si vamos a pasear en barca y volcamos? —chilló Melena.

Elphaba ladeó la cabeza, como prestando atención a alguna parte de su madre que no estuviera intoxicada por las hojas de pinlóbulo y el vino.

El sol asomó por detrás de una nube. Elphaba hizo una mueca de disgusto y el vestido de Melena cayó un poco más. Sus pechos se liberaron de los sucios volantes del cuello.

«Aquí estoy —pensó Melena—, enseñándole los pechos a la niña que no pude amamantar por temor a que me los amputara. ¡Yo, que fui la rosa de Nest Hardings! ¡Yo, que fui la belleza de mi generación! Y ahora me veo reducida a vivir en compañía de quien no quiero, mi espinosa y retorcida hijita. Es más saltamontes que niña, con esos muslitos angulosos, esas cejas arqueadas, esos dedos hurgadores. Está concentrada en aprender, como todos los niños, pero no encuentra deleite en el mundo. Empuja, rompe y mordisquea las cosas, sin ningún placer, como si tuviera la misión de probar y medir todas las decepciones de la vida, algo que en Rush Margins abunda. Que el

Dios Innominado me perdone, pero es un esperpento, un auténtico esperpento.»

–O también podríamos dar un paseo por el bosque y recoger las últimas bayas invernales. –Melena se sentía culpable por su falta de instinto maternal–. Podríamos hacer un pastel. ¿Hacemos un pastel? ¿Quieres, cielo?

Elphaba todavía no hablaba, pero hizo un gesto de asentimiento y empezó a agitarse para bajar de la silla. Melena inició un juego de palmas, en el que Elphaba ni siquiera reparó. La niña gruñó señalando el suelo y arqueó sus largas y elegantes piernas como para ilustrar su deseo. Después gesticuló, indicando la puerta por donde se salía del patio de la cocina y del corral de las gallinas.

Había un hombre junto a los postes del portón, inclinado tímidamente, con aspecto de estar hambriento y la piel del color de las rosas al anochecer: un rojo apagado y sombrío. Traía consigo dos zurrones de cuero colgados de los hombros y la espalda, un cayado para andar y una cara de expresión vacua, peligrosamente hermosa. Melena chilló, pero se contuvo, orientando su voz a un registro más grave. Hacía tiempo que no hablaba con nadie, aparte de un bebé gimoteante.

–¡Cielo santo, nos ha asustado! –exclamó–. ¿Está buscando dónde desayunar?

Había perdido el roce social. Por ejemplo, sus pechos no deberían haber estado fuera, mirando al hombre. Aun así, no se abrochó el vestido.

–Perdonar, por favor, aparición repentina de extranjero desconocido en puerta de señora –dijo el hombre.

–¡Naturalmente que está perdonado! –replicó ella con impaciencia–. ¡Pase a donde yo pueda verlo! ¡Pase, pase!

Elphaba había visto a tan pocas personas en su vida, que escondió un ojo detrás de la cuchara y se puso a espiar con el otro.

El hombre se acercó. Sus movimientos reflejaban la torpeza del agotamiento. Era de tobillos gruesos y pies grandes; estrecho de cintura y hombros, y robusto una vez más en el cuello, como si lo hubieran fabricado en un torno de alfarero, sin suficiente trabajo en los extremos. Sus manos, al dejar los zurrones, parecieron bestias con voluntad propia. Eran desmesuradas y espléndidas.

—Viajero no sabe dónde está —explicó el hombre—. Dos noches atravesando montañas desde Downhill Cornings. Buscando ahora posada en Three Dead Trees. Descanso.

—Se ha perdido, se ha apartado de su camino —dijo Melena, decidida a no mostrar perplejidad por la enrevesada forma de hablar del extranjero—. No importa. Si me permite, le prepararé algo de comer y, mientras tanto, me cuenta su historia.

Se llevó las manos al pelo, que en otra época había tenido fama de ser tan precioso como el bronce hilado. Al menos, estaba limpio.

El hombre parecía lustroso y en forma. Cuando se quitó la gorra, su pelo cayó en grasientas guedejas, rojo como el crepúsculo. Se lavó en la bomba de agua, tras despojarse de la camisa, y Melena advirtió que era agradable volver a ver la cintura de un hombre. (Frex, que Dios lo bendiga, se había puesto fondón en el año y pico desde el nacimiento de Elphaba.) ¿Tendrían todos los quadlings ese delicioso color rosa herrumbre? El hombre se llamaba Corazón de Tortuga, según pudo saber Melena, y trabajaba de vidriero en Ovvels, en el poco conocido País de los Quadlings.

Finalmente, a disgusto, Melena se cubrió los pechos. Elphaba graznaba para que la soltaran y, sin la menor vacilación, el visitante la desató, la lanzó por el aire y volvió a atraparla. La niña canturreó de sorpresa e incluso de deleite, y Corazón de Tortuga repitió la actuación. Aprovechando que estaba concentrado en la chiquilla, Melena recogió el pescado del suelo y lo lavó. Lo echó entre los huevos revueltos y la raíz de taro machacada, confiando en que Elphaba no aprendiera a hablar de pronto y la pusiera en un aprieto. Conociéndola, no le habría extrañado nada.

Pero Elphaba estaba demasiado encantada con aquel hombre como para alborotar o quejarse. Ni siquiera gimió cuando finalmente Corazón de Tortuga se acercó a la mesa y se sentó a comer. Gateando, se situó entre sus pantorrillas relucientes y lampiñas (pues el hombre se había quitado las calzas) y se puso a canturrear una melodía privada, con una mueca de satisfacción en la cara. Melena se sorprendió sintiendo celos de una niña que aún no había cumplido los dos años. A ella tampoco le hubiera importado sentarse en el suelo entre las piernas de Corazón de Tortuga.

—Nunca había hablado con un quadling —dijo Melena en un tono demasiado estentóreo y entusiasta. Los meses de soledad le habían hecho olvidar los modales—. Mi familia jamás habría invitado a un quadling a comer. Tampoco es que hubiera muchos en los alrededores de la finca de mi familia; ni siquiera sé si había alguno. Se decía que los quadlings eran taimados e incapaces de decir la verdad.

—¿Cómo puede quadling responder acusación, si quadling siempre mentir? —replicó él con una sonrisa.

Ella se derritió como la mantequilla sobre el pan tibio.

—Creeré todo lo que me diga.

El hombre le habló de su vida en las afueras de Ovvels, de las casas que se pudrían poco a poco hasta confundirse con el pantano, de la cosecha de caracoles y yerbalóbrega y de las costumbres de la vida comunal y el culto a los antepasados.

—¿Entonces usted cree que sus antepasados lo acompañan? —lo sondeó ella—. No quiero parecer entrometida, pero la religión me interesa, incluso a mi pesar.

—¿Señora cree antepasados la acompañan?

A ella le resultaba casi imposible concentrarse en la pregunta, por lo brillantes que eran sus ojos y lo maravilloso que era oírse llamar «señora». Sus hombros se irguieron.

—Mis antepasados más próximos no pueden estar muy lejos —admitió—. Me refiero a mis padres. Aún viven, pero con tan poca importancia para mí que lo mismo daría que hubiesen muerto.

—Cuando muertos, quizá visitarán con frecuencia a la señora.

—No serán bienvenidos. ¡Fuera! —Melena se echó a reír, haciendo ademán de ahuyentarlos—. ¿Dice usted que vendrán como fantasmas? Más les vale que no lo hagan. Sería lo peor de esta vida y de la otra... si es que existe la Otra Tierra.

—Otratierra existir —dijo él con certeza.

Ella sintió un escalofrío. Levantó a Elphaba del suelo y la estrechó contra su pecho. La niña yacía como un peso muerto entre sus brazos, como si no tuviera huesos, sin alborotar ni devolverle el abrazo, reaccionando con floja inmovilidad a la novedad de sentirse tocada.

—¿Es usted vidente? —preguntó Melena.

—Corazón de Tortuga, vidriero —dijo él. Pareció considerarlo una respuesta.

Melena recordó de pronto los sueños que solía tener, sobre lugares demasiado exóticos para que pudiera inventarlos una persona anodina como ella.

—Ya ve, estoy casada con un clérigo y no sé si creo en la Otra Tierra —reconoció.

No hubiese querido decir que estaba casada, pero supuso que la presencia de la niña la delataba.

Pero Corazón de Tortuga había terminado de hablar. Apartó el plato (había dejado el pescado) y sacó de los zurrones un pote pequeño, una caña de soplar vidrio y varias bolsas con arena, ceniza de sosa, cal y otros minerales.

—¿Puede Corazón de Tortuga dar gracias a señora por recibimiento? —preguntó él, y ella asintió.

El hombre avivó el fuego de la cocina. Clasificó y mezcló sus ingredientes, ordenó sus utensilios y limpió la cazoleta de la caña con un trapo especial que llevaba doblado en una petaca. Elphaba estaba acurrucada, con sus manos verdes sobre los verdes dedos de sus pies y la curiosidad pintada en la aguzada cara flaca.

Melena nunca había visto soplar vidrio, como tampoco había visto fabricar papel, tejer una pieza de tela, ni transformar un tronco en leños. Le pareció tan maravilloso como las historias que se contaban en los alrededores acerca del reloj viajero que había hechizado a su marido, sumiéndolo en una parálisis profesional de la que aún no se había recuperado del todo, aunque lo intentaba.

Corazón de Tortuga entonó una nota por la nariz o a través de la caña, formando con su soplido un bulbo irregular de caliente hielo verdoso, que echaba vapor y siseaba en el aire. Él sabía qué hacer con aquella bola; era un mago del vidrio. Melena tuvo que contener a Elphaba para impedir que se quemara las manos, intentando tocarla.

En lo que pareció un abrir y cerrar de ojos, como si fuera cosa de magia, el vidrio dejó de ser semilíquido y abstracto, para convertirse en una realidad que se endurecía y se enfriaba.

Era un círculo liso e impreciso, como un plato ligeramente oblongo. Todo el tiempo que Corazón de Tortuga pasó trabajando, Melena estuvo pensando en sí misma y en su naturaleza, que de etérea juventud había pasado a endurecida coraza de hueca transparencia. Frágil, también. Pero antes de que pudiera perderse en su desazón, Corazón de Tortuga le cogió las dos manos y se las colocó cerca de la plana superficie del cristal, pero sin entrar en contacto con ella.

—La señora puede hablar con sus antepasados —dijo.

Pero ella no estaba dispuesta a hacer ningún esfuerzo para hablar con unos muertos viejos y tediosos de la Otra Tierra, cuando las enormes manos de él estaban cubriendo las suyas. Respiró por la nariz, para disimular el olor al desayuno en su boca sin lavar (fruta y un vaso de vino, ¿o habían sido dos?). Pensó que quizá se desmayaría.

—Mire el vidrio —la instó él.

Ella sólo podía mirar su cuello y su barbilla del color de las frambuesas con miel.

Él miró por ella. Elphaba se acercó, apoyó su manita en la rodilla de él y también se puso a mirar.

—Marido cerca —dijo Corazón de Tortuga. ¿Estaba profetizando con un plato de cristal o le estaba haciendo una pregunta? Pero continuó—: Marido en burro trae mujer anciana para visita. ¿Antepasada para visita?

—Vieja nodriza, probablemente —respondió Melena, que se estaba rebajando a hablar con la sintaxis mutilada del extranjero, por descarada simpatía—. ¿Verdaderamente poder ver aquí?

Él asintió. Elphaba también, ¿pero en respuesta a qué?

—¿Cuánto tiempo tenemos antes de que llegue? —preguntó ella.

—Hasta esta tarde.

No hablaron una palabra más hasta el crepúsculo. Atemperaron el fuego, engancharon a Elphaba en un arnés y la sentaron delante del cristal que se estaba enfriando y que ellos colgaron de una cuerda, como una lente o una especie de espejo. El vidrio parecía hipnotizarla o calmarla; ni siquiera por distracción se mordisqueó las muñecas, ni los dedos de los pies. Dejaron abierta la puerta de la casa, para así de vez en cuando poder vigilar desde la cama a la niña, que en el resplandor de un día soleado no podría haber enfocado la vista y distinguir nada en la penumbra del interior, y que de todos modos nunca se volvió para mirar. Corazón de Tortuga era insoportablemente apuesto. Melena dragoserpentéo con él, lo cubrió con su boca, lo sintió derramarse en sus manos y calentó, enfrió y modeló su luminosidad. Él llenó su vacío.

Estaban lavados, vestidos y con la cena casi hecha, cuando el asno rebuznó a medio kilómetro de distancia, cerca del lago. Melena se sonrojó. Corazón de Tortuga estaba otra vez soplando por la caña. Elphaba se volvió y miró en dirección a la estridente manifestación del burro. Sus labios, que siempre parecían casi negros sobre el color de manzana nueva de su piel, se retorcieron y masticaron entre sí. Se mordió el labio inferior, como reflexionando, pero no sangró; de algún modo, por ensayo y error, había conseguido controlar los dientes. Puso una mano sobre el disco brillante. El círculo de cristal atrapó el último azul del cielo, hasta parecerse a un espejo mágico que sólo mostraba agua fría de plata en su interior.

GEOGRAFÍAS DE LO VISTO Y LO NO VISTO

Todo el camino desde Stonespar End, donde Frex fue al encuentro de su carruaje, Nana se estuvo quejando: lumbago, riñones débiles, pies planos, encías inflamadas, caderas doloridas. «¿Y qué me dices de tu ego hinchado?», le hubiese gustado preguntar a Frex, pero aunque llevaba cierto tiempo fuera de circulación, sabía que semejante comentario hubiese sido una grosería. Nana iba bamboleándose y palmoteándose, aferrada con determinación a su asiento, hasta que llegaron a la casita cerca de Rush Margins.

Melena recibió a Frex con conmovedora timidez.

—Mi escudo protector, mi espina dorsal —murmuró.

Se había quedado delgada después del duro invierno y sus pómulos eran más prominentes. Su piel parecía restregada, como si un artista la hubiera rascado con un pincel. Pero siempre había tenido aquel aspecto de litografía. Normalmente era descarada con sus besos, y a él le pareció alarmante su reticencia, hasta que advirtió la presencia de un extraño en la penumbra. Después, tras las presentaciones, Nana y Melena se pusieron a cazcalear para poner la comida en la mesa y Frex sacó un poco de avena, para el mustio jamelgo que tenía que tirar del carro. Hecho esto, salió a sentarse a la luz del atardecer primaveral y a ver a su hija.

Elphaba se movía con cautela a su alrededor. Frex sacó de su morral una figurita que le había tallado: un gorrioncillo de pico ávido y alas desplegadas.

—Mira, Fabala —susurró. (Melena detestaba el apodo y por eso mismo lo usaba él; era su vínculo privado con Elphaba, el pacto padre-hija contra el mundo)—. Mira lo que me he encontrado en el bosque: un pajarito de madera de arce.

La niña lo cogió en sus manos. Lo tocó suavemente y se llevó la cabecita a la boca. Frex se preparó para oír cómo se hacía astillas y para reprimir su suspiro de decepción. Pero Elphaba no lo mordió. Chupó la cabecita y la volvió a mirar. Húmeda, parecía más viva.

—Te gusta, ¿eh? —dijo Frex.

Ella asintió y empezó a tocarle las alas. Aprovechando que estaba distraída, Frex pudo atraerla hacia sí y situarla entre sus rodillas. Con su mentón de rizada barba, se puso a acariciarle el pelo, que olía a jabón, humo de leña y pescado con pan tostado, un olor bueno y saludable. Cerró los ojos. Era agradable estar en casa.

Había pasado el invierno en la choza abandonada de un pastor, en la vertiente azotada por el viento de Griffon's Head, orando y ayunando, ahondando en su interior y apartándose progresivamente de sí mismo. ¿Por qué no? En su casa había sentido el desprecio de la gente de todo el claustrofóbico valle de Illswater, que había oído la calumniosa historia del clérigo corrupto difundida por el Dragón del Tiempo y la había vinculado con la llegada de una niña deforme. Los vecinos habían sacado sus propias conclusiones. No acudían a sus misas. Por eso le había parecido que una especie de vida de ermitaño, al menos por breves intervalos, sería a la vez penitencia y preparación para alguna otra cosa, para lo que viniera después, pero ¿qué?

Sabía que esa vida no era la que Melena esperaba cuando se casó con él. Considerando el linaje de Frex, parecía casi segura su promoción a vicario o incluso, al cabo del tiempo, a obispo. Había imaginado la felicidad de Melena como dama de la sociedad, presidiendo cenas en los días de fiesta, galas de beneficencia y tés episcopales. En lugar de eso, la veía allí, junto al fogón, rallando una última y raquítica zanahoria invernal para añadirla a la olla del pescado. Allí no hacía más que derrochar su vida, en un matrimonio difícil, en la costa fría y sombría de un lago. Frex tenía la impresión de que a ella no la entristecía verlo partir de vez en cuando, porque de ese modo podía alegrarse al verlo regresar.

Mientras cavilaba, su barba le hizo cosquillas en el cuello a Elphaba, que con un chasquido partió las alas del gorrión de madera. La niña se puso a chuparlo como si fuera un silbato y, soltándose de su padre, corrió al espejo que colgaba del alero y empezó a darle manotazos.

—¡No! ¡Lo vas a romper! —dijo su padre.

—Ella no puede romper. —El viajero, el quadling, vino desde la pila donde se había estado lavando.

—Ha destrozado su juguete —dijo Frex, señalando el pajarito roto.

—Ella misma tiene placer con cosas a mitades —dijo Corazón de Tortuga—. Eso creo. La niña pequeña jugar mucho mejor con trozos rotos.

Frex no acabó de entenderlo, pero asintió. Sabía que varios meses sin oír la voz humana lo volvían algo lerdo. El chico de la posada, que había subido a Griffon's Head para transmitirle el pedido de Nana de que fuera a recogerla a Stonespar End, se había llevado obviamente la impresión de que Frex era un hombre salvaje, gruñón y desharrapado. Frex había tenido que citar un pasaje de la *Oziada* para demostrarle cierta humanidad: «País de verde abandono, país de interminable fronda», fue todo lo que pudo recordar.

—¿Por qué dices que no puede romperlo? —preguntó Frex.

—Porque yo no hacerlo para romper —respondió Corazón de Tortuga. Pero le sonrió a Frex sin agresividad.

Elphaba iba y venía con el cristal brillante como si fuera un juguete, atrapando sombras, reflexiones y luces sobre su superficie imperfecta, casi como si estuviera jugando.

—¿Adónde te diriges? —preguntó Frex.

Justo en ese instante Corazón de Tortuga decía:

—¿De dónde es usted?

—Soy del País de los Munchkins —respondió Frex.

—Yo tengo idea, todos munchkins muy bajos, más bajos que yo o usted.

—Los aldeanos y los campesinos, sí —dijo Frex—, pero cualquiera cuya estirpe merezca recordarse tiene algún antepasado alto en su linaje. ¿Y tú? Tú eres del País de los Quadlings.

—Sí —respondió el quadling. Su pelo rojizo, recién lavado, se estaba secando en un halo etéreo.

Frex se alegraba de ver que Melena había tenido la generosidad de ofrecer a un caminante agua para bañarse. Quizá se estuviera adaptando a la vida en el campo, después de todo. Porque era bien sabido que, en la escala social, un quadling se situaba en el peldaño más bajo donde era posible estar sin dejar de ser humano.

—Pero yo quiero entender —dijo el quadling—. Ovvels es pequeño mundo. Hasta llegar momento marcharme, yo no saber nada de montañas: una, otra y otra más, como espina dorsal del mundo tan ancho alrededor. Niebla en lo lejano hace daño a los ojos, porque no deja ver. Señor, por favor, describa el mundo que conoce.

Frex cogió un palo y trazó en el suelo la forma de un huevo acostado.

—Esto es lo que me enseñaron en la escuela —dijo—. Lo que hay dentro de este círculo es Oz. Si dibujas una X —y así lo hizo, atravesando el óvalo—, tendrás, a grandes rasgos, un pastel cortado en cuatro trozos. El trozo de arriba es Gillikin, lleno de ciudades, universidades, teatros y vida civilizada, según dicen. También industria —prosiguió en sentido horario—. Al este, se encuentra el País de los Munchkins, que es donde estamos ahora: agricultura, el granero de Oz, excepto en las montañas del sur. Estas rayas, en el distrito de Wend Hardings, son las montañas que has estado escalando. —Se sacudió y se estremeció—. Directamente al sur del centro de Oz se encuentra el País de los Quadlings: tierras áridas, según tengo entendido; pantanoso, yermo, infestado de bichos y miasmas infecciosas. —Corazón de Tortuga pareció perplejo al oír esto último, pero asintió—. Después, al oeste, está lo que llaman el País de los Winkis. No sé mucho al respecto, salvo que es un lugar seco y despoblado.

—¿Y alrededor? —preguntó Corazón de Tortuga.

—Desiertos de arenisca al norte y al oeste; desiertos de piedra manchada al este y al sur. Solían decir que la arena del desierto era un veneno mortífero. Pero eso no es más que propaganda, una forma de disuadir a los invasores procedentes de Ev y de Quox. El País de los Munchkins es territorio agrícola, rico y apetecible, y Gillikin tampoco está mal. En el Glikkus, aquí arriba —Frex rascó unas líneas sobre la frontera entre Gillikin y el País de los Munchkins—, están las minas de esmeraldas y los famosos canales del Glikkus. Tengo entendido que hay una disputa en cuanto a la identidad munchkin o gilli-kinesa del Glikkus, pero no opino al respecto.

Corazón de Tortuga movió las manos sobre el dibujo en la tierra, flexionando las palmas, como si estuvieran leyendo el mapa desde arriba.

—¿Pero aquí? —preguntó—. ¿Qué está aquí?

Frex se preguntó si se refería al aire sobre Oz.

—¿Los dominios del Dios Innominado? —dijo—. ¿La Otra Tierra? ¿Eres unionista?

—Corazón de Tortuga, vidriero.

—Me refiero a tu religión.

Corazón de Tortuga inclinó la cabeza y no le devolvió la mirada a Frex.

—Corazón de Tortuga no sabe ningún nombre de esto.

—No sé nada de los quadlings —replicó Frex, sintiendo una creciente simpatía por un posible converso—, pero los gillikineses y los munchkins somos mayoritariamente unionistas. Así ha sido desde que se extinguió el paganismo lurlinita. Todo Oz está lleno de santuarios y capillas unionistas desde hace siglos. ¿No los hay en el País de los Quadlings?

—Corazón de Tortuga no conoce eso —replicó el extranjero.

—Y ahora, hay unionistas respetables que se están pasando en masa a la fe del placer —dijo Frex con un bufido—, o incluso al tikto-kismo, que ni siquiera puede considerarse una religión. Para los ignorantes, todo es espectáculo en estos tiempos. Los antiguos monjes y monjas conocían su lugar en el universo, porque reconocían que la fuente de vida es demasiado sublime para ser nombrada; pero ahora, vamos oliéndoles los calzones a cualquier mago roñoso que se nos cruza en el camino. ¡Hedonistas, anarquistas, solipsistas! ¡La libertad individual y la diversión lo son todo! ¡Como si la hechicería tuviera componentes morales! ¡Encantamientos, magia de feria, sonido a todo volumen, espectáculos de luz, embaucadores que dicen cambiar de forma! ¡Charlatanes, potentados de la necromancia y los saberes químicos y herborísticos, farsantes hedonistas! ¡Vendiendo sus falsas recetas, sus aforismos de vieja arpía y sus supersticiones de escolares! ¡Qué enfermo me ponen!

—¿Trae agua, Corazón de Tortuga? —dijo el quadling—. ¿Lo ayuda Corazón de Tortuga a meterse en la cama?

Apoyó sus dedos suaves como la piel de cabritillo a un lado del cuello de Frex, que se estremeció y advirtió que había estado gritando. Nana y Melena estaban de pie en la puerta, con la olla de pescado, en silencio.

—Es una manera de hablar. No estoy enfermo —dijo, pero estaba conmovido por el interés demostrado por el extranjero—. Creo que ahora vamos a comer.

Y así lo hicieron. Elphaba no prestó atención a la comida, excepto para sacarle los ojos al pescado guisado e intentar ponérselos a su pajarito sin alas. Nana refunfuñaba apaciblemente acerca del viento que soplaba desde el lago, sus escalofríos, su espalda y su digestión. Sus flatulencias eran perceptibles desde unos cuantos palmos de distancia, por lo que Frex se cambió de sitio lo más discretamente que pudo, para situarse contra el viento. Se encontró entonces sentado junto al quadling, en el banco.

—¿Lo has entendido bien? —dijo Frex, señalando con el tenedor el mapa de Oz.

—¿Ciudad Esmeralda estar en qué sitio? —preguntó el quadling, con espinas de pescado sobresaliéndole de los labios.

—Justo en el centro —replicó Frex.

—Y allí, Ozma —dijo Corazón de Tortuga.

—Ozma, la reina coronada de Oz, o al menos eso dicen —repuso Frex—, porque el Dios Innominado debe ser quien nos gobierne a todos en nuestros corazones.

—¿Cómo puede gobernar criatura sin nombre...? —empezó Corazón de Tortuga.

—Nada de teología durante la cena —canturreó Melena—. Es una regla de la casa que se remonta al comienzo de nuestro matrimonio, Corazón de Tortuga, y todos la respetamos.

—Además, yo aún siento devoción por Lurlina. —Nana hizo una mueca en dirección a Frex—. Los viejos como yo nos lo podemos permitir. ¿Ha oído hablar de Lurlina, extranjero?

Corazón de Tortuga negó con la cabeza.

—Si no podemos hablar de teología, menos aún podremos hablar de necedades paganas... —comenzó Frex; pero Nana, que era la invitada y además aducía una ligera sordera cada vez que le convenía, insistió.

—Lurlina es la reina de las hadas, que voló sobre las áridas extensiones arenosas y descubrió la verde y hermosa tierra de Oz. Dejó a su hija para que gobernara el país en su ausencia y prometió regresar a Oz en sus horas más oscuras.

—¡Ja! —dijo Frex.

—Nada de ¡jas! conmigo —replicó Nana desdeñosamente—. Tengo tanto derecho a mis creencias como tú, Frexspar el Devoto. Las mías, al menos, no me meten en problemas como te pasa a ti con las tuyas.

—Nana, controla tu temperamento —dijo Melena, disfrutando de la situación.

—¡Son todas tonterías! —dijo Frex—. Ozma gobierna en la Ciudad Esmeralda, y cualquiera que la haya visto, en persona o en retrato, sabe que es de estirpe gillikinesa. Tiene la misma frente ancha, los mismos incisivos ligeramente separados, el mismo paroxismo de pelo rubio rizado, los mismos cambios repentinos de humor... habitualmente para mal. Son todas características de los pueblos gillikineses. Tú la has visto, Melena, díselo al extranjero.

—Oh, sí, es elegante a su manera —reconoció Melena.

—¿Hija de una reina de las hadas? —preguntó Corazón de Tortuga.

—Más majaderías —dijo Frex.

—¡Nada de majaderías! —exclamó Nana.

—Se creen que nace y renace una y otra vez, como el ave pfénix —dijo Frex—. ¡Ja! y dos veces ¡ja! Llevamos trescientos años de Ozmas completamente diferentes. Ozma la Mendaz era una monja de clausura que bajaba sus decretos en un cubo, desde una celda en lo más alto de la torre de un convento. Estaba más loca que un escarabajo frangollero. Ozma la Guerrera conquistó el Glikkus, al menos por un tiempo, y se apropió de las esmeraldas para adornar la Ciudad Esmeralda. Ozma la Bibliotecaria no hizo nada, excepto leer genealogías durante toda su vida. Después vino Ozma la Poco Amada, que criaba armiños como animalitos de compañía. Sofocó de impuestos a los granjeros, para empezar la red de caminos de baldosas amarillas que todavía están intentando terminar, y ojalá tengan suerte y lo logren.

—¿Quién es Ozma de ahora? —preguntó Corazón de Tortuga.

—A decir verdad —dijo Melena—, tuve el placer de conocer a la última Ozma durante una temporada de bailes y recepciones en la Ciudad Esmeralda. Mi padre, el Eminente Thropp, tenía una casa en la ciudad. En el invierno de mis quince años fui presentada en sociedad. Ella era Ozma la Biliosa, por sus problemas de digestión. Era del tamaño de un narval lacustre, pero su traje era precioso. La vi con su marido, Pastorius, en el Festival Melódico y Sentimental de Oz.

—¿No más es reina? —preguntó Corazón de Tortuga, confuso.

—Murió a consecuencia de un desafortunado accidente con veneno de ratas —explicó Frex.

—Murió —dijo Nana—, o su espíritu pasó a su hija, Ozma Tippetarius.

—La actual Ozma tiene más o menos la edad de Elphaba —terció Melena—; por eso su padre, Pastorius, es el regente. El buen hombre gobernará hasta que Ozma Tippetarius tenga edad para ocupar el trono.

Corazón de Tortuga meneó la cabeza. Frex estaba molesto porque habían pasado demasiado tiempo hablando del gobierno del mundo, sin prestar atención al reino eterno, y Nana sufrió otro ataque de indigestión, que todos lamentaron profundamente desde el punto de vista olfativo.

En cualquier caso, incluso estando irritado, Frex se alegraba de estar en casa, por la belleza de Melena (que prácticamente resplandecía esa noche, mientras el sol abandonaba el cielo), y por la sorpresa de tener a Corazón de Tortuga, sonriente y confiado a su lado, quizá a causa del vacío religioso del extranjero, que a Frex le parecía un atractivo reto, casi una tentación.

—Después está el dragón debajo de Oz, en una caverna oculta —le estaba diciendo Nana a Corazón de Tortuga—, el dragón que ha soñado al mundo y que lo hará consumirse en llamas cuando despierte...

—¡Deja ya de decir sandeces supersticiosas! —gritó Frex.

Elphaba avanzó gateando por los desiguales tablones del suelo. Enseñó los dientes (como si supiera lo que era un dragón, como si lo estuviera imitando) y rugió. Por su piel verde, parecía más persuasiva, como si fuera una niña dragón. Volvió a rugir («No cariñito, no lo hagas», le rogó Frex), se orinó en el suelo y olisqueó su orina con satisfacción y disgusto.

JUEGO DE NIÑOS

Una tarde, hacia el final del verano, Nana dijo:
—Hay una bestia por los alrededores. La he visto varias veces al anochecer, acechando entre los helechos. A propósito, ¿qué clase de animales son propios de estas colinas?

—Aquí no suele haber nada más grande que una ardilla —dijo Melena.

Estaban a orillas del riachuelo, lavando la ropa. Hacía tiempo que habían pasado las parcas lluvias primaverales y la sequía volvía a apretar la mano. La corriente no era más que un hilillo. Elphaba, que se negaba a acercarse al agua, estaba despojando a un peral silvestre de su atrofiada cosecha. Se agarraba al tronco con las manos y los pies torcidos hacia afuera y movía a los lados la cabeza, atrapando con los dientes los frutos amargos, para luego escupir al suelo las pepitas y el corazón.

—Lo que yo digo es más grande que una ardilla —dijo Nana—, créeme. ¿Tenéis osos? Podría ser un cachorro de oso, aunque se movía con bastante rapidez.

—Aquí no hay osos. Corre el rumor de que hay tigres de las rocas en la sierra, pero hace siglos que nadie ve ninguno. Y todo el mundo sabe que los tigres de las rocas son tremendamente tímidos y asustadizos. No se acercan a las casas.

—¿Un lobo, entonces? ¿Hay lobos? —Nana dejó que la sábana cayera al agua—. Pudo haber sido un lobo.

—Nana, esto no es un páramo. Wend Hardings es un sitio inhóspito, sí, pero su desolación es mansa y doméstica. Me estás alarmando con tu cháchara de lobos y tigres.

Elphaba, que aún se resistía a hablar, produjo un gruñido grave con la garganta.

—Esto no me gusta nada —dijo Nana—. Terminemos ya y volvamos a casa a secar la ropa. Además, hay otras cosas que me gustaría decirte. Dejémosle la niña a Corazón de Tortuga y vayamos tú y yo a algún sitio —se estremeció—, a algún sitio seguro.

—Lo que tengas que decir, puedes decirlo delante de Elphaba —dijo Melena—. Ya sabes que no entiende ni una palabra.

—Confundes no hablar con no escuchar —replicó Nana—. Yo creo que entiende muchas cosas.

—Mira, se está frotando fruta en el cuello, como si fuera colonia...

—Como si fuera pintura de guerra, querrás decir.

—¡Ay, qué amarga eres, Nana! Deja de decir tonterías y restriega con más fuerzas esas sábanas. Están asquerosas.

—No hace falta que pregunte de quiénes serán estos sudores y estos jugos corporales...

—¡Cómo eres! Claro que no hace falta que lo preguntes, pero no empieces a sermonearme...

—Ya sabes que Frex lo advertirá, tarde o temprano. Esas vigorizantes siestas que te echas por la tarde... No sé, tú siempre has sabido apreciar a cualquier hombre que vaya bien servido de embutido y huevos duros...

—Basta ya, Nana, no es asunto tuyo.

—Ésa es mi desgracia —replicó la nodriza, suspirando—. ¿Verdad que la vejez es una broma pesada? Ahora mismo cambiaría todas mis perlas de sabiduría, que mi buen trabajo me ha costado ganar, por un buen revolcón con el Tío Cucaña.

Melena le tiró a Nana un puñado de agua a la cara para hacerla callar. La anciana parpadeó y dijo:

—De acuerdo, es tu jardín; planta lo que quieras y cosecha lo que puedas. En cualquier caso, de lo que yo quiero hablar es de la pequeña.

Para entonces, la niña estaba en cuclillas detrás del peral, entornando los ojos para ver algo a lo lejos. Parecía una esfinge —pensó Melena–, una bestia de piedra. Una mosca llegó a aterrizar en su cara y caminar por el puente de su nariz, sin que la niña se sobresaltara ni se estremeciera. Después, súbitamente, Elphaba saltó y se abalanzó sobre algo, como un gatito verde desnudo atacando a una invisible mariposa.

–¿Qué pasa con ella?

–La niña tiene que habituarse a estar con otros niños, Melena. Empezará a hablar poco a poco, si ve hablar a otros niños.

–La conversación entre niños es un concepto muy sobrevalorado.

–No trates de apabullarme con palabras difíciles. Sabes muy bien que necesita acostumbrarse a gente distinta de nosotros. De todas maneras, no le va a resultar fácil, a menos que cambie la piel verde cuando crezca. Necesita adquirir el hábito de la conversación. Mira, yo le pongo tareas, le canto cancioncillas infantiles... ¿Por qué no reacciona como los otros niños, Melena?

–Es una niña aburrida. Algunos niños son así.

–Debería jugar con otros niños. Le contagiarían el sentido de la diversión.

–A decir verdad, Frex no espera que ninguna hija suya se interese por la diversión –dijo Melena–. En este mundo se le da demasiada importancia a la diversión, Nana. En eso estoy de acuerdo con él.

–Entonces, ¿qué son tus dragoserpenteos con Corazón de Tortuga? ¿Ejercicios religiosos?

–¡Deja ya la socarronería, por favor!

Melena se concentró en las toallas, que procedió a golpear con disgusto. Nana seguiría insistiendo; se traía algo entre manos. Y había dado en el clavo. Cuando Melena estaba fatigada por el trabajo de la mañana en el huerto, Corazón de Tortuga entraba en la fresca penumbra de la casa. La cubría con una sensación de santidad, y era algo más que la ropa interior lo que perdía ella cuando ambos caían jadeando entre las sábanas. Perdía el sentido de la vergüenza.

Sabía que lo suyo no obedecía a ningún razonamiento convencional, pero si un tribunal de clérigos unionistas la hubiese citado a declarar por adulterio, habría dicho la verdad. De algún modo, Corazón de Tortuga la había salvado y le había devuelto la confianza en la gracia divina y en el mundo. Su fe en la bondad de las cosas se había hecho añicos cuando la pequeña y verde Elphaba hizo su ingreso en la vida. La niña era su desmesurado castigo por un pecado tan nimio que ni siquiera recordaba haberlo cometido.

No era el sexo lo que la había salvado, aunque el sexo era tremendamente enérgico e incluso aterrador. Era que Corazón de Tortuga no se sonrojaba cuando aparecía Frex, ni se arredraba ante la pequeña y bestial Elphaba. El hombre instaló junto a la casa el taller donde soplaba y esmerilaba vidrio, como si la vida lo hubiera conducido hasta allí con el único propósito de redimir a Melena. Cualquier otro lugar al que pudiera dirigirse había caído en el olvido.

—Muy bien, vieja entrometida —dijo Melena—. Escucharé lo que tengas que decir. ¿Qué propones?

—Tenemos que llevar a Elphie a Rush Margins y encontrar niños que jueguen con ella.

—Estarás bromeando, ¿no? —exclamó Melena, mientras se agachaba para sentarse en cuclillas—. Con lo lenta y pausada que es, aquí al menos no se hace daño. Quizá yo no sea capaz de darle mucho calor maternal, Nana, pero la alimento e impido que se lastime. ¡Sería una crueldad exponerla al mundo exterior! Una niña verde sería una invitación a la burla y al acoso. Los niños son más crueles que los adultos, no conocen ningún límite. Sería más o menos como arrojarla al lago que tanto la atemoriza.

—No, no y no —dijo Nana, apoyando sus manos gordezuelas en las rodillas, con la voz grave por la determinación—. Melena, pienso seguir discutiendo contigo hasta que me des la razón. El tiempo en su sabiduría te hará ver las cosas como las veo yo. Escúchame. Préstame atención. Tú no eres más que una niñita rica mimada que iba de aquí para allá, de la clase de música a la clase de danza, con los niñitos del vecindario, que eran tan ricos y estúpidos como tú. ¡Desde luego que hay crueldad! Pero Elphaba tiene que aprender quién es y tiene que enfrentarse a la crueldad lo antes posible. Y habrá menos de la que esperas.

—No juegues conmigo a la Diosa Nana, porque eso no cuela.

—Nana no se da por vencida —dijo la anciana con la misma fiereza—. Yo pienso en tu felicidad a largo plazo y también en la suya, y créeme, si no le das armas y escudos para defenderse contra las burlas, te amargará a ti la vida y se amargará la suya.

—¿Y esas armas y escudos se los darán los gamberrillos mugrientos de Rush Margins?

—Risas. Diversión. Bromas. Sonrisas.

—¡Oh, por favor!

—Por esto soy capaz incluso de chantajearte, Melena —dijo Nana—. Puedo acercarme a Rush Margins esta tarde, averiguar dónde intenta celebrar Frex su reunión evangelizadora y susurrarle unas palabras al oído. ¿Crees que le interesará saber lo que hace su esposa con Corazón de Tortuga mientras él está ocupado alentando el fervor religioso de los ganapanes de Rush Margins?

—¡Eres una vieja miserable y desalmada! ¡Eres una asquerosa tirana sin el menor sentido de la ética! —exclamó Melena.

Nana sonrió con orgullo.

—No más tarde de mañana —dijo—. Iremos mañana y haremos que comience su vida.

Por la mañana, un viento rígido y despiadado bajaba galopando de las cumbres, levantando hojas muertas y restos de cosechas fallidas y cultivos domésticos. Nana se echó un chal sobre los hombros redondos y se encasquetó una gorra hasta la frente. Tenía los ojos llenos de bestias marginales; no hacía más que volverse para ver furtivas formas gatunas o zorros disolviéndose en grumos de hojas muertas y restos esqueléticos.

Recogió una rama de endrino para ayudarse en su marcha sobre piedras y rodadas, pero esperaba estar preparada para blandirla contra cualquier bestia hambrienta.

—La tierra está seca y fría —observó casi para sí misma—. ¡Y ha llovido tan poco! Es natural que las grandes bestias bajen de las colinas. Caminemos juntas, no te adelantes corriendo, verdecita.

Anduvieron en silencio: Nana, temerosa; Melena, enfadada por tener que perderse su esparcimiento vespertino, y Elphaba, como un autómata, poniendo firmemente un pie delante del otro. Las orillas del lago habían retrocedido y algunos de los toscos muelles se habían convertido en pasarelas sobre guijarros y verdes algas resecas, con el agua retraída fuera de su alcance.

Gawnette vivía en una casa de piedra con el techo de paja medio podrida. Por culpa de una cadera mala, no podía recoger las redes de pesca ni arrodillarse en el huerto infecundo. Tenía un montón de niñitos en diversas fases de desnudez, que no dejaban de berrear, enrabietarse y trotar por la tierra del fondo, formando una pequeña manada. Al acercarse la familia del clérigo, Gawnette levantó la vista.

—Buenos días. Tú debes de ser Gawnette —dijo Nana animadamente. Estaba feliz de poder abrir el portón y sentirse segura dentro del jardín, incluso de aquella casucha—. El hermano Frexspar nos ha indicado que te encontraríamos aquí.

—¡Válgame Lurlina! ¡Lo que cuentan es cierto! —exclamó Gawnette, haciendo la señal sagrada contra Elphaba—. ¡Yo creía que eran sucias mentiras, y aquí está!

Los niños ya no corrían, sino que caminaban. Eran niños y niñas de cara morena y piel blanca, mugrientos y ansiosos de ver algo nuevo. Aunque no dejaron de caminar, jugando a algún juego de resistencia o de imaginación, tenían los ojos fijos en Elphaba.

—Ella es Melena, como ya sabes (claro que sí), y yo soy su Nana —dijo Nana—. Estamos encantadas de conocerte, Gawnette.

Miró de reojo a Melena, se mordió el labio inferior y asintió con la cabeza.

—Encantadas, realmente encantadas —dijo Melena en tono glacial.

—Y necesitamos tus consejos, porque nos han hablado muy bien de ti —dijo Nana—. La niña tiene problemas y, por mucho que pensamos, a nosotras no se nos ocurre qué hacer.

Gawnette se inclinó hacia adelante, suspicaz.

—La niña es verde —susurró Nana confidencialmente—. Quizá no lo hayas notado, atraída por su calidez y su encanto. Sabemos muy bien que la buena gente de Rush Margins jamás se fijaría en un detalle como ése. Pero como es verde, la niña es tímida. Mírala. Parece una tortuguita asustada en primavera. Necesitamos sacarla al exterior y alegrarle la vida, pero no sabemos cómo hacerlo.

—Es verde, bien verde —dijo Gawnette—. ¡Ahora entiendo por qué el inútil del hermano Frexspar pasó tanto tiempo sin predicar! —Echó hacia atrás la cabeza y soltó una risa áspera y muy poco cortés—. ¡Y hasta ahora no había reunido coraje para volver! ¡Eso sí que es tener valor!

—El hermano Frexspar —la interrumpió Melena fríamente— nos

pide que recordemos las escrituras: «Nadie sabe de qué color es el alma.» Me ha sugerido que te mencionara ese pasaje, Gawnette.

—¿Lo ha dicho? —masculló Gawnette, bajando la vista—. Bien, ¿qué queréis de mí, entonces?

—Déjala que juegue, déjala que aprenda, deja que venga contigo y se ponga a tu cuidado. Tú sabes más que nosotras —dijo Nana.

«Qué vieja tan astuta —pensó Melena—. Está utilizando la más infrecuente de las estrategias: decir la verdad y hacer que parezca verosímil. Se sentaron.»

—No sé si me encariñaría con ella —dijo Gawnette, resistiéndose aún—. Además, no sé si sabéis que mi cadera me impide saltar y ponerles freno cuando hacen de las suyas.

—Ya veremos. Además, lógicamente, habrá una retribución, algo de dinero. Melena está totalmente de acuerdo —dijo Nana. El huerto baldío le había llamado la atención. Aquello era *pobreza*. Nana le dio un empujoncito a Elphaba—. ¡Bueno, pequeña, adelante! Ve y aprende cómo es la vida.

La niña no movió un músculo, no parpadeó. Los niños se le acercaron. Eran cinco niños y dos niñas.

—¡Qué niñita tan fea! —dijo uno de los chicos mayores.

Le tocó un hombro a Elphaba.

—Jugad y sed buenos —dijo Melena, a punto de levantarse de la silla, pero Nana la cogió de la mano, para indicarle que permaneciera sentada.

—¡Al pilla-pilla! ¡Juguemos al pilla-pilla! —dijo el chico—. ¿Quién es la mosca verde?

—¡Yo no! ¡Yo no!

Los niños mayores chillaron, se apresuraron a rozar a Elphaba con las manos y huyeron corriendo. Ella se quedó quieta un instante, confusa, con las manos bajas y apretadas, y entonces corrió unos pasos y se detuvo.

—Esto es lo que necesita. ¡Ejercicio saludable! —dijo Nana, asintiendo con la cabeza—. Gawnette, eres un genio.

—Conozco a mis chiquillos —replicó Gawnette—. Nadie los conoce mejor que yo.

Como un rebaño, los niños se acercaron corriendo otra vez, tocaron a Elphaba y se alejaron nuevamente a toda prisa, pero la niña no salió a perseguirlos. Entonces volvieron a acercarse.

—¿Es cierto que también tenéis un puerco quadling alojado en casa? —preguntó Gawnette—. ¿Es verdad que sólo come hierba y estiércol?

—¡Por favor! ¿Qué estás diciendo? —exclamó Melena.

—Es lo que dice la gente. ¿Es cierto? —insistió Gawnette.

—Es un buen hombre.

—Pero ¿es un quadling?

—Bueno... sí.

—Entonces no lo traigas. Contagian la peste —dijo Gawnette.

—No contagian nada de eso —replicó Melena secamente.

—¡No tires cosas, Elphie, cariño! —exclamó Nana.

—Yo sólo repito lo que he oído. Dicen que cuando los quadlings se quedan dormidos por la noche, el espíritu les sale por la boca y se marcha a vagabundear.

—La gente estúpida dice un montón de cosas estúpidas. —Melena hablaba con brusquedad y a un volumen excesivo—. Nunca he visto que le saliera el espíritu por la boca mientras dormía, y eso que he tenido muchas oportuni...

—¡Cariño, nada de piedras! —chilló Nana—. ¿No ves que los otros niños no tienen piedras?

—Ahora sí las tienen —observó Gawnette.

—Es la persona más sensible que conozco —dijo Melena.

—La sensibilidad no le sirve de mucho a la mujer de un pescador —repuso Gawnette—. ¿Y a un clérigo? ¿Y a la mujer de un clérigo?

—¡Ahora está sangrando! ¡Qué fastidio! —dijo Nana—. ¡Niños, dejad que Elphie se levante, para que pueda limpiarle la herida! No he traído ningún trapo. ¿Tendrás alguno, Gawnette?

—Sangrar les va bien. Así tienen menos hambre —señaló Gawnette.

—Por lo que a mí respecta, ser sensible es muchísimo mejor que ser estúpido —dijo Melena, echando humo.

—¡Nada de morder! —le dijo Gawnette a uno de los niños más pequeños, y después, viendo que Elphaba abría la boca y se aprestaba a tomar represalias, se puso de pie, pese a la cadera mala, y gritó—: ¡Nada de morder, por lo que más queráis!

—¿Verdad que los niños son divinos? —dijo Nana.

LA OSCURIDAD DESATADA

Cada dos o tres días, Nana cogía a Elphaba de la mano y recorría con ella, con andares de pato, el umbrío camino que conducía a Rush Margins. Allí Elphaba se codeaba con los niños mugrientos, bajo la mirada huraña de Gawnette. Frex había vuelto a marcharse (¿por confianza o por desesperación?), para ir a intimidar a los habitantes de caseríos miserables con su barba frenética y una recopilación de sus opiniones sobre la fe. Solía estar fuera unos ocho o diez días. Melena practicaba arpegios de piano en un falso teclado sin sonido que Frex le había tallado, para perfeccionar sus escalas.

Corazón de Tortuga pareció marchitarse y resecarse con la proximidad del otoño. Sus tardes de esparcimiento comenzaron a perder el calor de la urgencia, para ganar en tibieza. Melena siempre había apreciado las atenciones de Frex, pero de algún modo el cuerpo de su marido no era tan dúctil como el de Corazón de Tortuga. Ella solía deslizarse hacia el sueño con la boca de Corazón de Tortuga en uno de sus pezones y sus manos —sus grandes manos— vagabundeando por su cuerpo como sensitivos animalitos. Melena imaginaba que el cuerpo de Corazón de Tortuga se dividía cuando ella cerraba los ojos: su boca deambulaba; su miembro se alzaba, empujaba y se inclinaba; su aliento se disociaba de su boca y le susurraba con elegancia al oído, sin palabras, y sus brazos eran como estribos donde apoyarse.

Aun así, ella no lo conocía de la misma manera que conocía a

Frex; no podía adivinar sus intenciones como adivinaba las de la mayoría de la gente. Ella lo atribuía a su actitud majestuosa; pero Nana, siempre atenta, observó una tarde que sus maneras eran simplemente las maneras de un quadling y que Melena ni siquiera estaba dispuesta a reconocer que Corazón de Tortuga procedía de una cultura diferente de la suya.

—Cultura, ¿qué es cultura? —replicó Melena desperezándose—. Las personas son personas.

—¿No recuerdas aquellos versos de tu infancia?

Nana apartó su labor de costura (con alivio) y recitó:

> *Los niños estudian, las niñas ya saben;*
> *es de la vida la clave.*
> *Los niños aprenden, las niñas olvidan,*
> *es la lección de la vida.*
> *Los de Gillikin son agudos,*
> *los munchkins son muy peludos.*
> *Los del Glikkus son violentos*
> *y los winkis no están contentos.*
> *Pero los quadlings, ¡ay, cómo son!,*
> *son una auténtica maldición.*
> *A los niños se los comen,*
> *a los viejos los maltratan,*
> *te lo diré de nuevo*
> *si me das un trozo de tarta.*

—¿Qué sabes de él? —preguntó Nana—. ¿Está casado? ¿Por qué se marchó de Villa Fangal o de donde sea que venga? Ya sé que no me corresponde hacer preguntas tan personales...

—¿Desde cuándo te preocupas por lo que te corresponde o no te corresponde?

—El día que Nana se extralimite, Melena, te aseguro que lo sabrás —respondió la anciana secamente.

Una noche de comienzos del otoño, por divertirse, encendieron un fuego en el jardín. Frex estaba en casa, de buen humor, y Nana estaba pensando en regresar a Colwen Grounds, lo cual también ponía a Melena de buen humor. Corazón de Tortuga improvisó la cena, un repulsivo gulash de manzanitas amargas, queso y panceta.

Frex se sentía expansivo. Los efectos de aquel maldito artefacto tiktokista, el Reloj del Dragón del Tiempo, por fin empezaban a desvanecerse (gracias al Dios Innominado) y los toscos campesinos volvían a presentarse para oír sus arengas. La estancia de dos semanas en Three Dead Trees había sido un éxito. Sus esfuerzos se habían visto recompensados con un monedero lleno de monedas de cobre y vales de trueque, y con el resplandor de la devoción e incluso del deseo sexual en el rostro de más de una penitente.

—Quizá nuestros días aquí estén contados —dijo Frex, suspirando con satisfacción, mientras entrelazaba los dedos detrás de la nuca.

La típica respuesta masculina a la felicidad, pensó Melena: predecir su final. Su marido prosiguió:

—Es posible que el camino que parte de Rush Margins nos conduzca a posiciones más elevadas, Melena, a jalones más importantes en la vida.

—¡Oh, por favor! —replicó ella—. Mi familia se levantó de unos orígenes humildes, a lo largo de nueve generaciones, para que hoy yo esté aquí, con los tobillos hundidos en el barro, en medio de la nada. Yo no creo en posiciones más elevadas.

—Me refiero a las altas ambiciones del espíritu, y no a tomar por asalto la Ciudad Esmeralda y convertirme en confesor personal del regente de Ozma.

—¿Por qué no te postulas para confesor de Ozma Tippetarius? —preguntó Nana. Podía imaginarse a sí misma ascendiendo en la elegante sociedad de la Ciudad Esmeralda, si Frex alcanzaba esa posición—. ¿Qué importa que la real criatura no tenga más de dos o tres años y que volvamos a estar gobernados por un regente? Será sólo por un período limitado, como la mayoría de los compromisos de los hombres. Tú eres joven todavía. Ella crecerá y tú estarás bien situado para influir en política...

—No me interesa ser director espiritual de nadie de la corte, ni aunque esta Ozma llegara a ser conocida como la Fanáticamente Devota. —Frex encendió una pipa de madera de sauce cabruno—. Mi misión es estar junto a los oprimidos y los humildes.

—Buen señor debería viajar a País Quadling —dijo Corazón de Tortuga—. Allí oprimidos.

Corazón de Tortuga no solía hablar de su pasado y Melena recordó que Nana le había criticado su falta de curiosidad. Aventando con la mano el humo de la pipa, preguntó:

—A propósito, ¿por qué te fuiste de Ovvels?

—Horrores —dijo él.

Elphaba, que había estado buscando hormigas para ponerlas sobre el esmeril y machacarlas con una piedra, levantó la vista. Los otros aguardaban a que Corazón de Tortuga continuara. Melena sintió que el corazón le latía, inquieto, con la súbita premonición de que las cosas iban a cambiar allí mismo, en ese preciso instante, durante esa noche tan agradable y espléndida, con la sensación de que las cosas se iban a torcer justo cuando acababan de asentarse.

—¿Qué clase de horrores? —quiso saber Frex.

—Tengo frío. Iré a buscar un chal —dijo Melena.

—¡O también podrías ser confesor de Pastorius! ¡El regente de Ozma! ¿Por qué no, Frex? —dijo Nana—. Con los contactos que tiene la familia de Melena, estoy segura de que podrías conseguir una invitación...

—Horrores —dijo Elphaba.

Era su primera palabra y fue acogida en silencio. Incluso la luna, un cuenco brillante entre los árboles, pareció callar.

—¿Horrores? —repitió Elphaba, mirando a su alrededor.

Aunque su boca conservaba una expresión seria, sus ojos resplandecían. Había advertido el alcance de su hazaña. Tenía casi dos años. Los grandes dientes afilados de su boca ya no podrían mantener las palabras encerradas en su interior.

—Horrores —probó a decir en un susurro—. Horrores.

—Ven con Nana, cariño. Ven a sentarte en mi regazo y quédate un rato callada.

Ella obedeció, pero se sentó echada hacia adelante, lejos del mullido pecho de Nana, sin más contacto que los brazos de la mujer en torno a su cintura. Miraba fijamente a Corazón de Tortuga, esperando.

Entonces el hombre dijo, con admiración en la voz:

—Corazón de Tortuga está pensando que pequeña niña hablando por primera vez.

—Así es —replicó Frex, exhalando un anillo de humo—, y te ha preguntado por los horrores. Aunque quizá tú no quieras hablarnos al respecto...

—Corazón de Tortuga hablando poco. Corazón de Tortuga trabajando vidrio y dejando palabras para Buen Señor, para Señora y para Nana. Y ahora para Niña.

—Cuéntanos un poco, ya que tú mismo has sacado el tema.

Melena se estremeció; no había ido a buscar el chal. No podía moverse. Se sentía pesada como una roca.

—Ingenieros de Ciudad Esmeralda y otros sitios viniendo a País Quadling. Ellos mirando y probando y estudiando el aire, el agua y la tierra. Ellos haciendo planes para camino. Quadlings sabiendo que ellos perder el tiempo, perder el esfuerzo. Pero nadie escuchando voces de quadlings.

—Los quadlings no son ingenieros de caminos, me temo —dijo Frex sin inmutarse.

—Tierra delicada —dijo Corazón de Tortuga—. En Ovvels, casas flotando entre los árboles. Cultivos creciendo en plataformas pequeñas atadas con cuerdas. Niños buceando en agua llana buscando perlas vegetales. Cuando árboles son muchos, demasiados, entonces luz no suficiente para cultivos y para salud. Cuando árboles son pocos, entonces agua sube y raíces de plantas que flotan no pudiendo llegar a la tierra. País Quadling es país pobre, pero país de gran belleza. Sólo pudiendo sostener vida con muchos planes y gran cooperación.

—Entonces la resistencia al camino de Baldosas Amarillas...

—Eso sólo parte de historia. Quadlings no pudiendo convencer a constructores del camino. Ellos queriendo levantar diques de barro y de piedra para cortar País Quadling en trozos. Quadlings discutiendo, rogando, explicando, pero no pudiendo convencer con palabras.

Frex sujetaba la pipa con las dos manos, contemplando a Corazón de Tortuga mientras éste hablaba. Se sentía atraído por él; a Frex siempre lo atraía la intensidad.

—Quadlings pensando en luchar —prosiguió Corazón de Tortuga—, porque ellos pensando que ahora sólo principio. Cuando constructores probando suelo y filtrando agua, entonces ellos aprendiendo cosas de quadlings, pero quadlings callados.

—¿Cosas que tú sabes?

—Corazón de Tortuga hablando de rubíes —dijo él con un gran suspiro—, rubíes en el fondo del agua. Rojos como sangre de paloma. Ingenieros diciendo: corindón rojo en bandas de piedra caliza cristalina bajo la ciénaga. Quadlings diciendo: la sangre de Oz.

—¿Como el vidrio rojo que fabricas? —preguntó Melena.

—Vidrio rubí haciéndose con cloruro de oro —dijo Corazón de Tortuga—, pero País Quadling estando encima depósitos reales de rubíes auténticos. Y constructores llevando noticia a Ciudad Esmeralda. Después de eso, viniendo horror y más horror.

—¿Cómo lo sabes? —le espetó Melena.

—Mirar vidrio —dijo Corazón de Tortuga, señalando el círculo de vidrio que había fabricado para que jugara Elphaba— es ver futuro en sangre y rubíes.

—Yo no creo en ver el futuro. Todo eso me huele a culto del placer —dijo Frex con fiereza—. El fatalismo del Dragón del Tiempo... ¡Bah! No, el Dios Innominado tiene una historia innominada para todos nosotros, y las profecías no son más que miedo y conjeturas.

—Entonces miedo y conjeturas siendo suficientes para irse Corazón de Tortuga de País Quadling —añadió el vidriero quadling, sin intentar excusarse—. Quadlings no llaman su religión con nombre culto del placer, pero siempre escuchando señales y prestando atención a mensajes. Igual que agua volviendo roja con rubíes, igual volviendo agua roja con sangre de quadlings.

—¡Tonterías! —estalló Frex, él mismo enrojecido—. Lo que necesitan es un buen rapapolvo.

—Además, ¿no es Pastorius un bobalicón? —apuntó Melena, que entre los presentes era la única capaz de ofrecer información de primera mano de la casa real—. ¿Qué puede hacer él hasta que Ozma sea mayor de edad, excepto cazar, comer pastelitos munchkins y acostarse de vez en cuando con alguna doncella?

—Peligro viniendo del extranjero —dijo Corazón de Tortuga—. No rey ni reina del país. Ancianas, chamanes y moribundos, todos viendo rey extranjero, cruel y poderoso.

—Y después de todo, ¿para qué querrá el regente de Ozma construir caminos y carreteras en esos andurriales fangosos? —preguntó Melena.

—Por el progreso —repuso Frex—, lo mismo que el camino de Baldosas Amarillas que atraviesa el País de los Munchkins. Progreso y control. Movimiento de tropas. Recaudación de impuestos. Defensa.

—¿Defensa contra quién? —dijo Melena.

—¡Ah —replicó Frex—, ésa es la pregunta!

—Ah —dijo Corazón de Tortuga, casi en un suspiro.

—¿Adónde te diriges, entonces? —preguntó Frex—. Con esto no quiero decir que tengas que irte de aquí, claro que no. Melena está encantada de tenerte en casa. Todos estamos encantados.

—Horrores —dijo Elphaba.

—Cállate ya —le ordenó Nana.

—Señora muy amable y Buen Señor muy amable con Corazón de Tortuga. Primero, Corazón de Tortuga no pensando quedarse más de un día. Estando en camino a Ciudad Esmeralda, con esperanza pudiendo hablar a Ozma...

—Al regente de Ozma, querrás decir —lo interrumpió Frex.

—... y rogar clemencia para País Quadling y avisar peligro extranjero brutal...

—Horrores —repitió Elphaba, aplaudiendo con deleite.

—Niña recordando deber a Corazón de Tortuga. Cuando hablar de cosas, deberes volviendo a aparecer entre dolores del pasado. Corazón de Tortuga olvidando. Pero cuando palabras hablando en el aire, necesitando actuar.

Melena lanzó una mirada de odio a Nana, que había dejado a la niña en el suelo y se disponía a recoger los platos de la cena. ¿Ves, Nana, lo que hemos ganado con tu curiosidad y tu fisgoneo? ¿Lo ves? Nada más que la disolución de la única felicidad que he conocido en este mundo, nada más que eso. Melena desvió la vista de su horrenda niña, que parecía estar sonriendo, ¿o sería una mueca de dolor? Miró a su marido con desesperación. ¡Haz algo, Frex!

—Quizá sea ésta la ambición más elevada que buscamos —estaba murmurando su marido—. Deberíamos viajar al País de los Quadlings, Melena. Deberíamos renunciar al lujo del País de los Munchkins y someternos a la prueba de fuego de una situación de auténtica indigencia.

—¿El lujo del País de los Munchkins? —dijo Melena con voz estridente.

—Cuando el Dios Innominado habla a través de un cauce humilde —comenzó Frex, señalando con un gesto a Corazón de Tortuga, que volvía a parecer desesperado—, podemos decidir prestarle oídos o endurecer nuestro corazón...

—Presta oídos entonces a lo que voy a decirte —dijo Melena—. Estoy embarazada, Frex. No puedo viajar. No puedo moverme. Y con otro niño que cuidar, además de Elphaba, sería demasiado pedir que me vaya a recorrer el Gran Fangal.

Cuando el silencio resultante perdió parte de su intensidad, Melena prosiguió:

—Bueno, no pensaba decírtelo de esta manera.

—Enhorabuena —dijo Frex fríamente.

—Horrores —le dijo Elphaba a su madre—. Horrores, horrores, horrores.

—Ya ha habido suficiente parloteo irreflexivo por esta noche —decidió Nana, asumiendo el control—. Te vas a resfriar, Melena, si sigues sentada aquí fuera. Las noches de verano se están volviendo frescas. Entremos y terminemos con esto.

Pero Frex se puso de pie y fue a darle un beso a su esposa. Nadie sabía con certeza si Frex sospechaba que Corazón de Tortuga podía ser el padre de la criatura, ni tampoco Melena sabía con certeza a cuál de los dos correspondía la paternidad, si a su marido o a su amante. Tampoco le importaba. Simplemente, no quería que Corazón de Tortuga se marchara, y lo aborrecía ferozmente por el repentino sentimiento de deber moral que lo había invadido al recordar a su pueblo desgraciado.

Frex y Corazón de Tortuga estaban hablando en voz baja y Melena no distinguía lo que decían. Estaban sentados junto al fuego, con las cabezas bajas y juntas, y Frex rodeaba con un brazo los hombros temblorosos de Corazón de Tortuga. Nana preparó a Elphaba para irse a dormir, la dejó un momento fuera con los hombres y entró a sentarse en la cama de Melena, con un vaso de leche caliente en una bandeja y un cuenco pequeño de cápsulas medicinales.

—Bueno, ya lo esperaba —dijo Nana con calma—. Bébete la leche, cariño, y deja de lloriquear. Vuelves a comportarte como una chiquilla. ¿Cuánto hace que lo sabes?

—Unas seis semanas —respondió Melena—. No quiero leche, Nana, quiero mi vino.

—Beberás leche. No más vino hasta que nazca el bebé. ¿Quieres otro desastre?

—Beber vino no cambia el color de los embriones —dijo Melena—. Puede que sea una tonta, pero al menos sé ese poco de biología.

—Es malo para tu actitud mental, ni más ni menos. Bébete la leche y toma una de estas cápsulas.

—¿Para qué?

—He hecho lo que te dije que haría —dijo Nana en tono conspirativo—. El otoño pasado estuve husmeando por los Barrios Inferiores de nuestra bonita capital y lo hice por ti...

De pronto, la joven pareció muy interesada.

—¿De verdad, Nana? ¡Qué lista eres! ¿No estabas muerta de miedo?

—Claro que sí. Pero Nana te quiere, por muy estúpida que seas. Encontré una tienda marcada con los signos secretos del gremio de los alquimistas. —Arrugó la nariz, recordando el hedor a jengibre podrido y orines de gato—. Me atendió una mujer de Shiz con aspecto de vieja prostituta, una arpía llamada Yackle. Bebimos té y volcamos la taza, para que ella pudiera leer las hojas. A la vieja bruja le costaba distinguir su propia mano, conque no sé si vería muy bien el futuro.

—Una auténtica profesional —dijo Melena secamente.

—Tu marido no cree en predicciones, así que más te vale no levantar la voz. Como te decía, le hablé de la piel verde de tu primera hija y de la dificultad de averiguar su causa exacta. No queremos que se repita, le dije. Entonces, Yackle molió unas hierbas y unas piedras, después lo coció todo en aceite de gomba, recitó unas plegarias paganas y creo que escupió dentro, aunque no puedo asegurártelo, porque yo no estaba muy cerca. De todos modos, compré provisiones para nueve meses, para que empezaras a tomar la medicina en cuanto estuvieras segura de haber concebido. Llevamos quizá un mes de retraso, pero será mejor que nada. Confío ciegamente en esa mujer, Melena, y tú también deberías hacerlo.

—¿Por qué? —preguntó Melena, mientras tragaba la primera de las nueve cápsulas, que sabía a tuétano hervido.

—Porque Yackle ha augurado grandes cosas para tus hijos —declaró Nana—. Ha dicho que Elphaba llegará a más de lo que imaginas y que tu segunda criatura seguirá su estela. Ha dicho que no des tu vida por perdida. Ha dicho que la historia espera a ser escrita y que tu familia está llamada a tener un papel relevante.

—¿Qué ha dicho de mi amante?

—Eres incorregible —replicó Nana—. Ha dicho que descanses y que no te preocupes. Te envía su bendición. Es una sucia zorra, pero sabe lo que se dice.

Nana no mencionó que Yackle estaba segura de que el segundo bebé también sería una niña. Era demasiado alto el riesgo de que Melena intentara abortar, y Yackle parecía convencida de que la historia pertenecía a dos hermanas y no a una sola niña.

—¿Y volviste a casa sin novedad? ¿Nadie sospechó nada?

—¿Quién podría sospechar que la inocente y vieja Nana trafica con sustancias ilegales en los Barrios Inferiores? —rió la nodriza—. Yo no hago más que tejer y ocuparme de mis asuntos. Ahora duerme, mi corazón. Nada de vino por unos meses, no olvides tomar esta medicina y ya verás cómo Frex y tú tenéis una criatura decente y saludable, que será como un bálsamo para tu matrimonio.

—Mi matrimonio está perfectamente bien —repuso Melena, haciéndose un ovillo entre las sábanas (la cápsula tenía un efecto embriagador, pero no quería que Nana lo supiera)—, y así seguirá, mientras no tengamos que marchar de la mano hacia el crepúsculo entre los cenagales.

—El sol se pone en el oeste, no en el sur —dijo Nana en tono conciliador—. Ha sido una jugada maestra sacar el tema de tu embarazo esta noche, cariño. Te aseguro que yo ya no vendría a visitaros si os perdierais en el País de los Quadlings. Como sabes, este año cumpliré los cincuenta. Nana ya está demasiado vieja para algunas cosas.

—Espero que nadie tenga que ir a ningún sitio —dijo Melena, que ya empezaba a quedarse dormida.

Nana, satisfecha consigo misma, volvió a mirar por la ventana mientras se disponía a irse a dormir. Frex y Corazón de Tortuga seguían enfrascados en su conversación. Nana era más espabilada de lo que dejaba traslucir. Había visto la cara de Corazón de Tortuga cuando éste recordó la amenaza que pesaba sobre su pueblo; se había abierto como un huevo de gallina, y la verdad había salido a trompicones de su interior, tan inocente como un polluelo amarillo. E igual de frágil. No era de extrañar que Frex estuviera sentado más cerca del atormentado quadling de lo que Nana hubiese considerado decente. Pero en esa familia las rarezas no parecían tener fin.

—Mandadme a la niña para que la acueste —dijo en voz alta desde la ventana, en parte para interrumpir su intimidad.

Frex miró a su alrededor.

—Ya está dentro, ¿no?

Nana miró. La niña no era dada a jugar al escondite, ni en casa, ni con los gamberrillos del pueblo.

—Aquí no está. ¿No está con vosotros?

Los hombres se volvieron y miraron. Nana creyó ver una figura borrosa moviéndose entre las sombras azules del tejo silvestre. Se irguió y se apoyó en el antepecho de la ventana.

—¡Vamos, buscadla! Es la hora de las fieras.

—Por aquí no hay fieras, Nana. Tienes demasiada imaginación —dijo Frex con voz pausada, pero los dos hombres se levantaron prestamente y se dispusieron a buscar.

—Melena, cariño, no te duermas todavía. ¿No sabes dónde puede estar Elphaba? ¿La has visto alejarse? —dijo Nana.

Con mucha dificultad, Melena se apoyó en un codo para levantar medio cuerpo y miró a Nana a través de su pelo y de su embriaguez.

—¿De qué estás hablando? —preguntó con voz pastosa—. ¿Quién se ha alejado?

—Elphaba —dijo Nana—. Ven, será mejor que te levantes. ¿Dónde podrá estar? ¿Dónde podrá estar?

Empezó a ayudar a Melena a levantarse, pero todo era demasiado lento y el corazón de Nana comenzaba a desbocarse. Ayudó a Melena a apoyar las manos en los pilares de la cama y le dijo:

—¡Por favor, Melena! Esto no está bien.

Se puso a buscar su rama de endrino.

—¿Quién? —preguntó Melena—. ¿Quién se ha perdido?

Los hombres estaban dando voces en el crepúsculo violáceo:

—¡Fabala! ¡Elphaba! ¡Elphie! ¡Ranita!

Andando en círculos, se apartaron del jardín y de las brasas moribundas del fuego de la cena, buscando y golpeando las ramas bajas de los arbustos.

—¡Viborita! ¡Lagartija! ¿Dónde estás?

—¡Ha sido la cosa! ¡Esa cosa, sea lo que sea, ha bajado de las colinas! —exclamó Nana.

—No hay ninguna cosa, vieja tonta —dijo Frex, pero comenzó a saltar con más vigor de roca en roca, detrás de la cabaña, partiendo las ramas para apartarlas.

Corazón de Tortuga estaba inmóvil, con las manos orientadas al cielo, como intentando recibir la tenue luz de las primeras estrellas en la palma de las manos.

—¿Es Elphaba? —preguntó desde la puerta Melena, que finalmente había vuelto en sí y salía al exterior en camisón—. ¿Se ha ido la niña?

—Se ha marchado, se la han llevado —dijo Nana con fiereza—. ¡Estos dos imbéciles estaban coqueteando como colegialas, cuando la bestia de las colinas anda suelta!

Melena se puso a gritar, con palabras que sonaban cada vez más agudas y aterrorizadas:

—¡Elphaba! ¡Elphaba, escúchame! ¡Ven aquí ahora mismo, Elphaba!

Sólo el viento respondió.

—No estando lejos —dijo Corazón de Tortuga al cabo de un momento. En la creciente oscuridad, era casi invisible; mientras que Melena, con su blanco camisón de muselina, resplandecía como un ángel—. No estando lejos. Sólo que no estando aquí.

—¿Qué diablos quieres decir con tus adivinanzas y tus juegos? —preguntó Nana, sollozando.

Corazón de Tortuga se volvió. Frex había vuelto con él, para rodearlo con un brazo y sostenerlo, y Melena se le estaba acercando por el otro lado. Por un instante pareció que el quadling iba a desmayarse. Melena gritó, asustada. Pero Corazón de Tortuga se repuso, empezó a caminar y todos se dirigieron hacia el lago.

—¡El lago no puede ser! ¡Ya sabéis que la niña aborrece el agua! —exclamó Nana, pero para entonces iba corriendo, utilizando la rama de endrino para sentir los desniveles del suelo y no tropezar.

Esto es el fin, pensaba Melena. Tenía la mente demasiado nublada para pensar en cualquier otra cosa, y lo repetía una y otra vez, como para impedir que su temor se cumpliera.

Esto es el principio, pensaba Frex, pero ¿de qué?

—Ella no estando lejos, pero no estando aquí —volvió a decir Corazón de Tortuga.

—Es el castigo por vuestra desvergüenza, ¡hedonistas bifrontes! —gritó Nana.

El terreno bajaba hacia la quieta orilla retirada del lago. Primero bajo sus pies y después a la altura de sus cinturas e incluso más alto, el muelle que se adentraba en la margen seca del lago parecía un puente a ninguna parte, que terminaba en el aire.

Bajo el muelle, en la sombra seca, había unos ojos.

—¡Válgame Lurlina! —susurró Nana.

Elphaba estaba sentada bajo el muelle, con el espejo que le había fabricado Corazón de Tortuga. Lo sostenía con las dos manos y lo contemplaba con un ojo cerrado. Miraba intensamente, forzando la vista. Su ojo abierto parecía distante y vacío.

Sería el reflejo de las estrellas en el agua, pensó Frex, deseando que así fuera, pero sabía que no era la luz de las estrellas lo que iluminaba el ojo brillante de mirada vacía.

—Horrores —murmuró Elphaba.

Corazón de Tortuga cayó de rodillas.

—Ella viendo venir —dijo con voz pastosa—. Ella viendo venir a él por el aire, ya llegando. Globo del cielo, color burbuja de sangre. Enorme globo púrpura, globo rubí cayendo del cielo. El regente cayendo. Casa de Ozma cayendo. Reloj cierto. Minuto menos para el juicio final.

El hombre cayó de bruces, casi sobre el pequeño regazo de Elphaba, que no pareció reparar en él. Detrás de ella se oyó un gruñido grave. Había una bestia, un tigre de las montañas, o algún extraño híbrido de tigre y dragón de brillante mirada anaranjada. Elphaba estaba sentada sobre las patas delanteras flexionadas de la bestia, como en un trono.

—Horrores —dijo una vez más, mirando sin visión binocular, contemplando fijamente el espejo, en el que Nana y sus padres no distinguían más que oscuridad—. Horrores.

II

GILLIKIN

GALINDA

1

Wittica, Settica, Wiccasand Turning, Red Sand, Dixxi House, correspondencia en Dixxi House para Shiz; permanezcan en este vagón para todos los destinos del Este: Tenniken, Brox Hall y todas las paradas hasta Traum! –El revisor hizo una pausa para recuperar el aliento–. ¡Próxima parada, Wittica! ¡Wittica, próxima parada!

Galinda apretaba contra su pecho la maleta con su ropa. El viejo macho cabrío repantigado en el asiento opuesto no pareció enterarse de la parada de Wittica. Galinda se alegró de que los trenes adormilaran a los pasajeros; no hubiese querido pasar todo el rato rehuyendo su mirada. En el último minuto, cuando estaba a punto de abordar el tren, su acompañante, Ama Clutch, se había pinchado un pie con un clavo oxidado y, aterrorizada por el síndrome de la cara congelada, le había pedido su venia para acercarse al gabinete médico más cercano, en busca de medicinas y sortilegios calmantes.

–Estoy segura de que puedo ir sola a Shiz –le había respondido Galinda con frialdad–. No te preocupes por mí, Ama Clutch.

Y Ama Clutch le había tomado la palabra. Galinda esperaba que a Ama Clutch se le congelara *un poco* la mandíbula, antes de recuperarse lo suficiente como para presentarse en Shiz y ejercer su labor de acompañante durante todo lo que le aguardaba, fuera lo que fuese.

Había adoptado una expresión que –según creía ella– traslucía mundano aburrimiento por los viajes en tren. En realidad, nunca había estado a más de un día de distancia en coche de caballos de su casa familiar, en el pequeño pueblo de Frottica, conocido por su mercado. A raíz de la construcción de la vía férrea diez años antes, las viejas granjas lecheras se estaban parcelando para que los mercaderes y los industriales de Shiz pudieran construirse casas de campo. Pero la familia de Galinda aún prefería el Gillikin rural, con sus cacerías de zorros, sus húmedos valles y sus apartados y antiguos templos paganos consagrados a Lurlina. Para ellos, Shiz era una distante amenaza urbana, y ni siquiera la comodidad del transporte ferroviario los había tentado lo suficiente como para arriesgarse a sus complicaciones, sus rarezas y sus costumbres perniciosas.

A través de la ventana, Galinda no veía el verde paisaje, sino su propio reflejo en el cristal. Tenía la miopía de la juventud. Pensaba que, siendo hermosa, tenía que ser importante, aunque aún no sabía con certeza en qué sentido sería importante ni para quién. El vaivén de su cabeza hacía que sus rizos cremosos se balancearan y reflejaran la luz como temblorosas pilas de monedas. Sus labios eran perfectos, jugosos como una flor maya a punto de abrirse y de un rojo igual de brillante. Su traje verde de viaje con apliques de musete ocre sugería riqueza, mientras que el chal negro descuidadamente echado sobre los hombros era una alusión a sus inclinaciones académicas. Después de todo, si se dirigía a Shiz, era por su *inteligencia*.

Pero había más de una manera de ser inteligente.

Tenía diecisiete años. Todo el pueblo de Frottica había salido a despedirla. ¡Era la primera chica de los montes Pertha admitida para estudiar en Shiz! Había redactado un buen texto para el examen de ingreso, una meditación sobre los valores éticos que es posible aprender del mundo natural: «¿Lamentan las flores que las arranquen para componer un ramo? ¿Practica la lluvia la abstinencia? ¿Pueden los animales decidir si son buenos? Filosofía moral de la primavera.» Había incluido largas citas de la *Oziada*, y su prosa exaltada había cautivado al tribunal de examinadores. El resultado había sido una beca de tres años para Crage Hall. No era uno de los mejores colegios (ésos seguían cerrados a las mujeres), pero pertenecía a la Universidad de Shiz.

Su compañero de compartimento, saliendo de su sopor con la llegada del revisor, estiró las patas y bostezó.

—¿Sería tan amable de buscar mi billete? Está arriba, en la rejilla del equipaje —dijo.

Galinda se puso de pie y lo buscó, consciente de que el barbudo animal no quitaba la vista de su bien torneada figura.

—Aquí tiene —le dijo.

—A mí no, guapa —replicó el animal—. Al revisor. Sin pulgares en las patas, no puedo ni soñar con manipular un trocito tan pequeño de cartón.

El revisor perforó el billete y dijo:

—Eres una de las pocas Bestias que pueden permitirse viajar en primera clase.

—Oh —dijo la cabra—, me opongo al uso del término *Bestia*. Pero tengo entendido que las leyes aún me permiten viajar en primera clase, ¿o me equivoco?

—El dinero es dinero, venga de donde venga —dijo el revisor, sin mala intención, mientras perforaba el billete de Galinda y se lo devolvía.

—No, el dinero *no es* dinero —repuso el macho cabrío—. No lo es, cuando mi billete cuesta el doble que el de esta señorita. En este caso, el dinero es un salvoconducto. Y afortunadamente, yo lo tengo.

—¿Se dirige a Shiz? —le preguntó el revisor a Galinda, sin prestar atención al comentario de la cabra—. Lo he adivinado por el chal de universitaria.

—Sí, más o menos —dijo Galinda.

No le gustaba hablar con los revisores. Pero cuando el hombre se alejó por el pasillo, Galinda reparó en que aún le gustaban menos las miradas hoscas que le estaba echando el macho cabrío.

—¿Espera aprender algo en Shiz? —preguntó la cabra.

—Ya he aprendido a no hablar con extraños.

—Entonces me presentaré y ya no seremos extraños. Me llamo Dillamond.

—No me interesa conocerlo.

—Soy miembro de la junta de gobierno de la Universidad de Shiz, de la Facultad de Artes Biológicas.

Vistes penosamente, incluso para ser una cabra –pensó Galinda–. El dinero no lo es todo.

–Entonces tendré que vencer mi natural timidez. Yo soy Galinda. Pertenezco al clan de los Arduennas por parte de madre.

–Permítame que sea el primero en darle la bienvenida a Shiz, *Glinda*. ¿Es su primer año?

–No, por favor, no es *Glinda*, sino *Galinda*. La correcta pronunciación tradicional gillikinesa, si no le importa.

No consiguió llamarlo «señor». No podría haberlo hecho, con esa horrenda barba de chivo y ese chaleco raído, que parecía cortado de la alfombra de una taberna.

–Me pregunto qué pensará usted de las interdicciones propuestas para los viajes.

La mirada de la cabra, cálida y meliflua, infundía miedo. Galinda no había oído hablar de ninguna interdicción, y así lo dijo. Entonces Dillamond –¿tendría el título de *doctor*?– le explicó en tono familiar que el Mago tenía previsto regular los viajes de los Animales en el transporte público y restringirlos a determinados medios que les estarían especialmente reservados. Galinda replicó que los animales siempre habían viajado aparte.

–No; me refiero a los Animales –repuso Dillamond–, a los que tienen alma.

–¡Ah, *ésos*! –dijo Galinda con crudeza–. No veo ningún problema.

–Vaya, vaya –dijo Dillamond–. ¿De verdad no lo ve?

El macho cabrío se estremeció; estaba irritado. Empezó a sermonearla acerca de los derechos de los Animales. Tal como estaban las cosas, su anciana madre no podía permitirse el billete de primera clase y tenía que viajar en una jaula cada vez que iba a Shiz a visitarlo. Si las interdicciones del Mago superaban el trámite de la Sala de Aprobación, como probablemente sucedería, el propio Dillamond se vería obligado por ley a renunciar a los privilegios adquiridos a través de largos años de estudio, formación y ahorro.

–¿Es justo tratar así a una criatura con alma? –preguntó–. ¿De acá para allá, de allá para acá, en una *jaula*?

–¿Por qué no? ¡Los viajes son tan edificantes! –comentó Galinda.

Pasaron el resto del viaje, incluido el transbordo en Dixxi House, en un gélido silencio.

Observando su espanto ante las dimensiones y el bullicio de la estación central de Shiz, Dillamond se apiadó de ella y se ofreció para buscarle un carruaje que la llevara a Crage Hall. Ella lo siguió, tratando de que la humillación se le notara lo menos posible. Su equipaje venía detrás, a la espalda de un par de porteadores.

¡Shiz! Intentó no quedarse boquiabierta. Todo el mundo iba y venía con aspecto atareado, riendo, corriendo, besándose y esquivando carruajes, mientras los edificios de la plaza del Ferrocarril, de piedra caliza parda y azul, cubierta de hiedra y musgo, humeaban suavemente a la luz del sol. Los animales... ¡y los Animales! En Frottica no había visto más que alguna ocasional gallina cacareando filosofía; pero allí mismo, en la terraza de un café, había un cuarteto de tsebras vestidas con trajes de satén de llamativo diseño de rayas blancas y negras, inspirado en su propio diseño innato. También había un elefante erguido sobre las patas traseras, dirigiendo el tráfico, y un tigre ataviado con una especie de exótico hábito religioso, tal vez un monje o algo así. Sí, desde luego, había que decir Tsebras, Elefante, Tigre y probablemente Cabra. Tendría que acostumbrarse a enunciar las letras mayúsculas, pues de lo contrario dejaría traslucir su procedencia provinciana.

Afortunadamente, Dillamond le encontró un carruaje con conductor humano, al que dio instrucciones para que la llevara a Crage Hall. También pagó la carrera por adelantado, lo cual obligó a Galinda a conjurar una débil sonrisa de agradecimiento.

—Nuestros caminos volverán a cruzarse —dijo Dillamond con seca amabilidad, como formulando una profecía, y desapareció en el momento en que el carruaje arrancaba con una sacudida. Galinda se hundió entre los cojines. Empezaba a lamentar que Ama Clutch se hubiera pinchado el pie con un clavo.

Crage Hall estaba tan sólo a veinte minutos de la plaza del Ferrocarril. Detrás de los muros de piedra azul, el complejo presentaba grandes ventanas ojivales con cristales de aspecto acuoso. Un complicado mosaico de ornamentos tetralobulados y rosetones multilobulados se desplegaba a través de la línea del techo. El aprecio por la arquitectura era la pasión privada de Galinda, que contemplaba absorta los elementos que consiguió identificar, aunque la hiedra y el musgo enmascaraban muchos de los detalles más sutiles. Demasiado pronto, fue conducida al interior.

La directora de Crage Hall, una gillikinesa de clase alta con cara de pescado y brazos cargados de brazaletes esmaltados, daba la bienvenida a las nuevas estudiantes en el vestíbulo. La directora eludía la monotonía del atuendo profesional femenino que Galinda hubiese esperado. En lugar de eso, la imponente mujer iba engalanada con un traje color arándano, con motivos de negro azabache arremolinados en el corpiño como indicaciones dinámicas sobre una partitura.

—Soy la señora Morrible —le dijo a Galinda. Su voz era un bajo profundo; su mano, una tenaza; su postura, militar, y sus pendientes, semejantes a adornos de un arbolito festivo—. Nos saludaremos, después tomaremos el té en la salita y, finalmente, nos reuniremos en la Gran Sala para asignar compañeras de habitación.

La salita se llenó de guapas jóvenes, todas vestidas de verde y azul, que arrastraban tras de sí los chales negros, como sombras fatigadas. Feliz por la ventaja natural que le confería su rubia melena, Galinda se situó junto a una ventana, para que la luz resplandeciera sobre sus rizos. Prácticamente no probó el té. En una habitación adyacente, las amas acompañantes se estaban sirviendo de una tetera metálica y ya reían y cotorreaban como si fueran viejas amigas de la misma aldea. Resultaba en cierto modo grotesco ver a todas aquellas mujeres regordetas sonriéndose unas a otras y haciendo un alboroto que recordaba al de un mercado.

Galinda no había leído con demasiado detenimiento la letra pequeña y no se había percatado del detalle de las «compañeras de habitación». ¿O quizá sus padres habrían pagado un sobreprecio para permitirle tener un cuarto para ella sola? ¿Y dónde se alojaría Ama Clutch? Mirando a su alrededor, pudo comprobar que muchas de aquellas chicas procedían de familias bastante más acomodadas que la suya. ¡Qué perlas y qué diamantes lucían! Galinda se alegró de haber escogido un sencillo collar de plata con barras de metanita. Había cierta vulgaridad en viajar cargada de joyas. Nada más descubrir esta verdad, la codificó en forma de proverbio. A la primera oportunidad, la sacaría a relucir para demostrar que tenía opiniones propias... y que había viajado.

—La viajera ataviada con excesivo cuidado trasluce menos interés en ver que en ser vista —murmuró, ensayando su parrafada—, mientras que la *verdadera* viajera sabe que el novedoso mundo a su alrededor es su mejor accesorio.

Bien, muy bien.

La señora Morrible contó a las presentes, cogió una taza de té y las dirigió a todas hacia la Gran Sala. Allí, Galinda descubrió que haber permitido que Ama Clutch fuera en busca de un gabinete médico había sido un error colosal. Aparentemente, la cháchara entre las amas no había sido únicamente frívola y social. Habían recibido instrucciones de decidir entre ellas quién compartiría habitación con quién. Se esperaba que supieran llegar al fondo de la cuestión más rápidamente que las chicas. ¡Pero nadie había hablado en nombre de Galinda! ¡No había estado representada!

Tras los olvidables comentarios de bienvenida, a medida que pareja tras pareja de amas y estudiantes abandonaban la sala para dirigirse a los dormitorios e instalarse, Galinda notó que empezaba a palidecer de turbación. La vieja tonta de Ama Clutch habría sabido emparejarla divinamente con alguna chica situada uno o dos peldaños por encima de ella en la escala social, suficientemente cerca para que Galinda no tuviera que avergonzarse y suficientemente por encima para que mereciera la pena relacionarse con ella. Pero ahora, todas las mejores chicas estaban emparejadas. Diamante con diamante y esmeralda con esmeralda, por lo que pudo ver. A medida que la sala se vaciaba, Galinda comenzó a preguntarse si no debería interrumpir a la señora Morrible y explicarle el problema. Después de todo, Galinda era de los Arduennas de las Tierras Altas, al menos por parte de madre. Todo era fruto de un accidente espantoso. Los ojos se le llenaron de lágrimas.

Pero no se atrevió. Permaneció sentada al borde de su estúpida y frágil silla. Todas las chicas del centro de la sala se habían marchado ya, excepto ella, y sólo quedaban las más tímidas e inútiles, en los bordes del recinto, entre las sombras. Rodeada de una pista de obstáculos de doradas sillas vacías, Galinda se había quedado sola, como una maleta que nadie hubiese reclamado.

—Las demás han venido sin ama, supongo —dijo la señora Morrible, en tono ligeramente desdeñoso—. Como para acceder a los dormitorios privados es obligatorio disponer de acompañante, procederé a distribuirlas entre los tres dormitorios colectivos reservados a las estudiantes de primer curso, cada uno de los cuales tiene capacidad para quince señoritas. Debo añadir que no hay ningún estigma social contra los dormitorios colectivos. Ninguno en absoluto.

Pero era evidente que estaba mintiendo.

Finalmente, Galinda se puso de pie.

—Disculpe, señora Morrible, pero ha habido un error. Soy Galinda de los Arduennas. Mi ama se hirió con un clavo en un pie durante el viaje y se ha retrasado uno o dos días. No soy la clase de chica que se aloja en un dormitorio colectivo, ¿comprende?

—Lo siento mucho por usted —sonrió la señora Morrible—. Estoy segura de que su ama estará encantada de desempeñar su labor de acompañante en... el Dormitorio Rosa, por ejemplo. En la cuarta planta, a la derecha...

—No, no, no le gustará nada —la interrumpió Galinda con arrojo—. No he venido para dormir en un dormitorio colectivo, ya sea rosa o de cualquier otro color. Creo que no me ha entendido bien.

—La he entendido perfectamente, señorita Galinda —repuso la señora Morrible, con los ojos cada vez más saltones y más parecida a un pez—. Hay accidentes, hay demoras y hay decisiones que es preciso tomar. Como usted no podía tomar decisiones a través de su ama, me corresponde a mí decidir por usted. Tenga en cuenta que hay mucho que hacer y que todavía tengo que designar a las señoritas que se alojarán con usted en el Dormitorio Rosa...

—Me gustaría hablar en privado con usted, señora —dijo Galinda en su desesperación—. Si por mí fuera, me daría igual compartir mi habitación con una sola compañera o con catorce. Pero no me parece aconsejable que mi ama supervise a otras chicas, por razones que no puedo mencionar en público.

Estaba mintiendo tan rápidamente como podía y mejor que la señora Morrible, que al menos parecía intrigada.

—Me impresiona su impertinencia, señorita Galinda —dijo suavemente.

—Pues aún no he empezado a impresionarla, señora Morrible.

Galinda soltó su atrevida acotación con una dulce sonrisa.

La señora Morrible optó por echarse a reír, loada sea Lurlina.

—¡Veo que tiene coraje! Puede venir a mis habitaciones esta noche para hablarme de los defectos de su ama, ya que es importante que yo los conozca. Pero voy a transigir con usted, señorita Galinda. A menos que tenga algo que objetar, tendré que pedirle a su ama que la supervise a usted y a una de las otras chicas que han venido sin ama, porque, como puede ver, todas las demás estudiantes que han traído amas ya están emparejadas, y usted es la única que sobra.

—Estoy segura de que mi ama podrá con eso, al menos.

La señora Morrible recorrió con la vista la lista de nombres y anunció:

—Muy bien. Para ocupar con la señorita Galinda una habitación doble... invito a la tercera heredera de la casa de Thropp, Elphaba, de Nest Hardings.

Nadie se movió.

—¿Elphaba? —repitió la señora Morrible, ajustándose los brazaletes y comprimiéndose con dos dedos la base del cuello.

La joven estaba al fondo de la sala: una indigente con un vestidito rojo de vulgar motivo calado y toscas botas de anciana. Al principio, Galinda creyó que lo que veía era un efecto de la luz, un reflejo de los edificios adyacentes, cubiertos de hiedra y musgo. Pero cuando Elphaba se adelantó, cargando sus morrales, resultó evidente que era verde. Una chica de cara afilada, con la piel de un verde putrefacto y una larga cabellera negra de aspecto extranjero.

—Munchkin de nacimiento, pero residente durante muchos años de su infancia en el País de los Quadlings —dijo la señora Morrible leyendo sus notas—. ¡Qué fascinante para todas nosotras, señorita Elphaba! Estamos ansiosas de oír historias de climas y tiempos exóticos. Señorita Galinda, señorita Elphaba, aquí tienen sus llaves. Pueden instalarse en la habitación veintidós, en el segundo piso.

Cuando las dos chicas se adelantaron, la señora Morrible le sonrió ampliamente a Galinda.

—¡Los viajes son tan edificantes! —entonó.

Galinda dio un respingo, al ver que la maldición de sus propias palabras se volvía contra ella. Hizo una reverencia y huyó. Elphaba, con la vista en el suelo, la siguió.

2

Cuando al día siguiente llegó Ama Clutch, con el pie vendado hasta triplicar su tamaño natural, Elphaba ya había deshecho su escaso equipaje. Sus pobres pertenencias colgaban como harapos de los ganchos del armario: batas informes vergonzosamente arrinconadas por las amplias enaguas, las blusas almidonadas, las hombreras generosas y las coderas almohadilladas del vestuario de Galinda.

—Me alegro de ser también tu ama; no me importa en absoluto —dijo Ama Clutch, dirigiéndole a Elphaba una amplia sonrisa, antes de que Galinda se la llevara aparte para pedirle que se negara.

—Piensa que mi padre te paga para que seas *mi* ama —le dijo Galinda con intencionado énfasis.

Ama Clutch le respondió:

—No tanto, chiquitina, no tanto. Yo tomo mis propias decisiones.

—Ama —dijo Galinda, en cuanto Elphaba se hubo marchado para usar los mohosos lavabos—, ama, ¿estás ciega? Esa niña del País de los Munchkins es *verde*.

—Qué raro, ¿no? Yo creía que todos los munchkins eran enanos, y ella en cambio es de estatura normal. Supongo que los hay de muchos tamaños. ¡Ah, ya sé! Te molesta el verde. Quizá sea bueno para ti, si tú te dejas. ¡Si tú te dejas! Vas por ahí con aires de princesa, Galinda, pero aún no conoces el mundo. A mí me parece divertido. Sí, ¿por qué no? ¿Por qué no?

—¡No te corresponde a ti, Ama Clutch, organizar mi educación, ni juzgar si conozco o no el mundo!

—Claro que no, cariño —dijo Ama Clutch—. Tú solita te has metido en este lío. Yo solamente intento *ayudarte*.

De modo que Galinda no pudo zafarse. Tampoco la breve entrevista de la noche anterior con la señora Morrible le había proporcionado ninguna vía de escape. Galinda había llegado pronto, ataviada con falda de morfelina de topos y corpiño de encaje, una visión de ensueño —como ella misma se dijo—, en violetas nocturnos y azules de medianoche. La señora Morrible la hizo pasar a la salita, donde un grupo de butacas de cuero y un canapé se arracimaban en torno a un fuego innecesario. La directora sirvió té de menta y jengibre cristalizado envuelto en hojas de frutaperlo. Le indicó a Galinda que se sentara en una de las butacas, pero ella permaneció de pie junto a la chimenea, como una aficionada a la caza mayor.

Al principio, en la mejor tradición de la clase alta paladeando sus lujos, bebieron el té y saborearon los dulces en silencio. Galinda tuvo ocasión así de comprobar que la señora Morrible se asemejaba a un pez no sólo en el semblante, sino en la indumentaria: su traje de foxilina crema flotaba como una enorme y etérea vejiga, desde el fruncido cuello alto hasta las rodillas, donde se ceñía estrechamente para luego caer en línea recta hasta el suelo, envolviendo las pantorrillas y los tobillos en bien definidos y sobrios pliegues. Parecía más que nada un pez carpa gigante de visita en un club masculino, y para colmo parecía una carpa común y corriente, ni siquiera una Carpa con alma.

—Hablemos ahora de su ama, querida. De la razón por la cual no puede supervisar dormitorios colectivos. Soy toda oídos.

A Galinda le había llevado toda la tarde preparar la respuesta.

—Verá, señora directora, no quise decirlo en público, pero Ama Clutch sufrió una caída terrible el año pasado, mientras estábamos de excursión por los montes Pertha. Se estiró para coger un ramillete de tomillo silvestre de las montañas y se despeñó por un precipicio. Estuvo varias semanas en coma y, cuando volvió en sí, no conservaba ningún recuerdo del accidente. Cuando le preguntaban algo al respecto, ni siquiera sabía de qué le hablaban. Amnesia por traumatismo.

—Ya veo. ¡Qué contrariedad para ustedes! Pero ¿en qué sentido la incapacita eso para desempeñar el trabajo que propuse?

—Se le ha reblandecido la mente. A veces le cuesta distinguir entre lo que tiene Vida y lo que no la tiene. Se pone a hablar con una silla, por ejemplo, y después nos cuenta la historia del objeto. Sus aspiraciones, sus temores...

—Sus alegrías, sus penas... —prosiguió la señora Morrible—. ¡Qué intrínsecamente novedoso! La vida sentimental del mobiliario. Nunca lo habría imaginado.

—Pero aunque eso es una tontería e incluso nos brinda muchas horas de esparcimiento, la dolencia tiene un corolario bastante más alarmante. Debo decirle, señora Morrible, que a veces Ama Clutch olvida que las *personas* están vivas. O los animales.

Tras una pausa, Galinda añadió:

—O incluso los Animales.

—Continúe, querida.

—A mí no me importa, porque Ama Clutch ha sido mi ama toda la vida y la conozco. Conozco su forma de ser. Pero a veces se le olvida que tiene una persona delante, o que esa persona la necesita, o que es una persona. Una vez, limpiando un armario ropero, volcó el mueble encima de un criado y le partió la espalda. No reparó en los gritos del pobre chico, que estaba allí mismo, justo a sus pies. Se puso a plegar la ropa de dormir y tuvo una conversación con el camisón de mi madre, al que formuló toda clase de preguntas impertinentes.

—¡Qué dolencia tan fascinante! —dijo la señora Morrible—. ¡Y qué irritante para ustedes!

—Yo no podía permitir que se hiciera cargo de otras catorce chicas —declaró Galinda—. Para mí sola, no hay ningún problema. En cierto modo, quiero mucho a esa vieja tonta.

—Pero ¿qué me dice de su compañera de habitación? ¿Está dispuesta a poner en peligro su comodidad y su salud?

—Yo no la he pedido. —Galinda fijó en la directora una mirada fría, sin pestañear—. La pobre munchkin parece habituada a una vida de contrariedades. Se adaptará, creo, o acabará pidiéndole a usted que la cambie de habitación, a menos, claro, que usted considere su deber trasladarla de alojamiento por su propia seguridad.

—Supongo —dijo la señora Morrible— que si la señorita Elphaba no puede vivir con lo que le ofrecemos, abandonará Crage Hall por su propia iniciativa, ¿no le parece?

Le llamó la atención el *nosotros* implícito en *lo que le ofrecemos*.

La señora Morrible estaba reclutando a Galinda para una campaña. Las dos lo sabían. Galinda intentó mantener su autonomía, pero sólo tenía diecisiete años y apenas unas horas antes había sufrido la ignominia de la exclusión en la Gran Sala. No sabía qué podía tener la señora Morrible en contra de Elphaba, salvo su aspecto. Pero había algo, era evidente que había algo. ¿Qué? Intuía que no podía ser nada bueno.

—¿No le parece, querida? —repitió la señora Morrible, inclinándose un poco hacia adelante, como un pez que se arqueara en un salto a cámara lenta.

—Oh, sí, desde luego, tenemos que hacer lo que podamos —dijo Galinda, con tanta ambigüedad como pudo. Pero parecía que fuera ella el pez, atrapado en un anzuelo particularmente taimado.

Entre las sombras de la salita apareció un pequeño artefacto tiktokista, de casi un metro de alto, de bronce bruñido, con una placa de identificación atornillada al frente. *Hombre Mecánico Smith & Tinker*, rezaba la florida inscripción de la placa. El autómata sirviente recogió las tazas vacías y se fue con un runrún. Galinda no sabía cuánto tiempo llevaba allí, ni lo que había oído, pero nunca le habían gustado las criaturas tiktokistas.

Elphaba era un caso agudo de lo que Galinda llamaba «cráneos lectores». No podía hacerse un ovillo (era demasiado huesuda), pero se plegaba sobre sí misma, con la ridícula nariz verde y puntiaguda metida entre las páginas mohosas de un libro. Mientras leía, jugueteaba con el pelo, enrollándolo en torno a unos dedos tan finos y vegetales que casi parecían formar parte de un exoesqueleto. Su pelo nunca se rizaba, por mucho que Elphaba se lo enrollara en las manos. De una manera extraña y horrible, era un cabello hermoso, con un brillo semejante al del pelaje de un vigoroso dorantílope. Seda negra. Café hilado. Lluvia nocturna. Galinda, que en general no era dada a las metáforas, encontraba cautivante el cabello de Elphaba, particularmente por la patente fealdad de la joven en todo lo demás.

No hablaban mucho. Galinda estaba demasiado ocupada forjando alianzas con chicas mejores, que en justicia deberían haber sido sus posibles compañeras de habitación. Estaba segura de poder cambiar de alojamiento al final del semestre o por lo menos al siguiente otoño. Así pues, Galinda solía dejar sola a Elphaba y bajar corriendo a la sala, para chismorrear con sus nuevas amigas. Milla, Pfannee y Shenshen. Como en los libros infantiles sobre internados elegantes, cada nueva amiga era más rica que la anterior.

Al principio, Galinda no mencionaba a su compañera de habitación y Elphaba no parecía esperar la compañía de Galinda, lo cual era un alivio. Pero las habladurías tenían que empezar tarde o temprano. La primera oleada de conversaciones sobre Elphaba tuvo por tema su guardarropa y su manifiesta pobreza, como si sus condiscípulas estuvieran por encima de cualquier comentario acerca de su color enfermizo y repulsivo.

—Me han contado que la señora directora ha dicho que la señorita Elphaba es la tercera heredera de la casa de Thropp, de Nest Hardings —dijo Pfannee, que también era munchkin, pero de dimensiones reducidas y no de talla normal como la familia Thropp—. Los Thropp gozan de un gran prestigio en Nest Hardings, e incluso fuera. El Eminente Thropp organizó a las milicias de la región para destrozar el camino de Baldosas Amarillas, que el regente de Ozma estaba construyendo cuando éramos pequeñas, antes de la Revolución Gloriosa. No había ni pizca de inmadurez en el Eminente Thropp, ni en su esposa, ni en su familia, incluida su hija Melena, de eso podéis estar seguras.

Cuando hablaba de «inmadurez», Pfannee se refería, lógicamente, al color verde de la piel.

—Pero ¡qué bajo deben de haber caído! Va harapienta como una zíngara —observó Milla—. ¿Habéis visto alguna vez vestidos tan baratos y vulgares? Deberían despedir a su ama.

—No tiene ama, creo —dijo Shenshen.

Galinda, que lo sabía con certeza, no dijo nada.

—Dicen que ha vivido algún tiempo en el País de los Quadlings —prosiguió Milla—. ¿Habrá tenido que exiliarse su familia por algún crimen?

—O quizá fueran traficantes de rubíes —apuntó Shenshen.

—¿Dónde está entonces su fortuna? Los traficantes de rubíes se hicieron muy ricos, señorita Shenshen. Nuestra señorita Elphaba no tiene ni dos fichas de trueque que frotar para darse calor.

—¿Será una especie de vocación religiosa? ¿Pobreza voluntaria? —sugirió Pfannee y, ante semejante absurdo, todas gorjearon de risa, echando la cabeza hacia atrás.

Cuando Elphaba entró en la cantina a buscar un café, los gorjeos aumentaron de volumen hasta convertirse en un coro de estruendosas carcajadas. Elphaba no las miró, pero casi todas las estudiantes levantaron la cabeza para mirarla a ella, deseando cada una de las jóvenes compartir la jovialidad con el pequeño grupo, lo cual hizo que las cuatro nuevas amigas se sintieran muy bien.

A Galinda le costó adaptarse al ritmo del estudio. Había considerado su admisión en la Universidad de Shiz como una especie de reconocimiento de su brillantez, y pensaba adornar las aulas con su belleza y sus ocasionales salidas ingeniosas. Suponía, displicente, que ella iba a ser algo así como un busto de mármol con vida: «He aquí la Joven Inteligencia, ¡admiradla! ¿No es preciosa?»

No se le había ocurrido que había más cosas que aprender y que además se suponía que tenía que aprenderlas. Lógicamente, la educación que todas las chicas nuevas ambicionaban tenía muy poco que ver con la señora Morrible o con Animales parlanchines dictando cátedra desde un estrado. Lo que las chicas querían no eran ecuaciones, ni citas, ni discursos. Querían al propio Shiz. La vida en la ciudad. La extensa y agresiva panoplia de la vida y de la Vida, entrelazadas sin límite aparente.

Para Galinda fue un alivio que Elphaba no participara nunca en las excursiones que organizaban las amas. Como a menudo hacían un alto en alguna posada para tomar una comida modesta, la cuadrilla semanal pasó a ser conocida informalmente con el nombre de Sociedad del Puchero y de la Marcha. El distrito de la universidad ardía en colores otoñales y no sólo a causa de las hojas muertas, sino por los estandartes de las fraternidades, que flameaban sobre las torres y los tejados.

Galinda absorbía la arquitectura de Shiz. Aquí y allá, principalmente en el interior de los colegios y en las callejuelas secundarias, se inclinaban aún las viviendas más antiguas, con viejos muros de adobe y cañas, y armazón de madera vista, apoyadas como abuelas paralíticas sobre sus primas más jóvenes y fuertes de los lados. Después, en embriagadora sucesión, una serie de glorias incomparables: Medieval Calcedónico; Mértico (tanto el Menor como el más estrafalario Tardío); Galantino, con sus simetrías y su sobria moderación; Galantino Reformado, con sus curvas decadentes y sus frontones quebrados; Resurgimiento Piedra Azul, Imperial Fastuoso e Industrial Moderno, que los críticos de la prensa liberal llamaban estilo Tosco Hostil, por ser la forma difundida por el Mago de Oz, de mentalidad moderna.

Al margen de la arquitectura, las emociones no eran intensas, ni mucho menos. En una notable ocasión que ninguna chica de Crage Hill olvidaría jamás, los chicos mayores del Three Queens College, del otro lado del canal, por divertirse y demostrar su arrojo, se emborracharon de cerveza a media tarde, contrataron a un Oso Blanco violinista y bajaron a bailar juntos entre los sauces, sin nada más encima que los calzoncillos de algodón pegados a la piel y las bufandas de universitarios. Fue deliciosamente pagano, pues sobre un taburete de tres patas habían instalado una vieja estatuilla desportillada de Lurlina, la reina de las hadas, y la imagen parecía contemplar sonriente sus gráciles evoluciones. Las chicas y las amas fingieron escándalo, pero fingieron mal. Se demoraron un rato, mirando, hasta que los espantados celadores de Three Queens salieron precipitadamente para dar caza a los juerguistas. El hecho de que fueran medio desnudos era una cosa, pero el culto público a Lurlina (aunque fuera de broma) era otra muy distinta, algo propio de mentes intolerablemente retrógradas e incluso monárquicas. Y eso no se podía permitir bajo el mandato del Mago.

Una noche de sábado, en una de las pocas noches libres de las amas, cuando éstas se habían marchado para acudir a un mitin de la fe del placer en el Circo Ticknor, Galinda tuvo un breve altercado sin importancia con Pfannee y Shenshen, después de lo cual se retiró temprano a su habitación, quejándose de dolor de cabeza. Elphaba estaba sentada en la cama, envuelta en la manta marrón del economato.

Estaba inclinada sobre un libro, como siempre, y el pelo le colgaba como un par de paréntesis a ambos lados de la cara. A Galinda le pareció uno de esos grabados que se veían en los libros de historia natural, en los que extrañas mujeres montañesas del País de los Winkis ocultaban su rareza cubriéndose la cabeza con un chal. Elphaba estaba mordisqueando las pepitas de una manzana, después de haberse comido todo lo demás.

—Se te ve muy cómoda, señorita Elphaba —dijo Galinda, desafiante.

En tres meses, era el primer comentario sociable que le dirigía a su compañera de habitación.

—Las apariencias son sólo apariencias —dijo Elphaba sin levantar la vista.

—¿Perturbaré tu concentración si me siento aquí, junto al fuego?

—Me harás sombra.

—¡Oh, cuánto lo siento! —dijo Galinda, cambiándose de lugar—. No debemos hacer sombra, ¿verdad?, cuando hay palabras urgentes que esperan a ser leídas.

Elphaba había vuelto a enfrascarse en su libro y no respondió.

—¿Se puede saber qué pamplinas lees, noche y día?

Pareció como si Elphaba subiera a respirar, desde el fondo de una laguna aislada de aguas tranquilas.

—No siempre leo lo mismo, ¿sabes?, pero esta noche estoy leyendo algunos de los discursos de los primeros padres unionistas.

—¿Cómo es posible que alguien quiera leer algo así?

—No lo sé. Ni siquiera sé si quiero leerlos. Simplemente, los leo.

—Pero ¿por qué? ¿Por qué, por qué, señorita Elphaba la Delirante?

Elphaba miró a Galinda y sonrió.

—Elphaba la Delirante. Me gusta.

Antes de que pudiera reprimirse, Galinda le devolvió la sonrisa, al tiempo que una ráfaga de viento arrojaba un puñado de granizo contra el cristal y rompía la aldabilla de la ventana. Galinda se incorporó de un salto para cerrar el batiente, pero Elphaba corrió a refugiarse al rincón más apartado de la habitación, lejos de la humedad.

—Dame la correa del equipaje, Elphaba. Está dentro de mi mochila... ahí, en el estante, detrás de las cajas de sombreros... sí, ahí...

Intentaré arreglar esto, hasta que venga mañana el conserje a repararlo.

Elphaba encontró la correa, pero al ir a buscarla derribó las cajas, y tres sombreros multicolores cayeron rodando por el suelo frío. Mientras Galinda se encaramaba a una silla para intentar que la ventana volviera a quedar cerrada, Elphaba devolvió los sombreros a sus cajas.

—¡Oh, no, pruébatelos! ¡Pruébate ése! —dijo Galinda.

Su propósito era tener un motivo de risa, para luego contárselo a Pfannee y Shenshen y poder recuperar así su simpatía.

—No, no me atrevo, Galinda —dijo Elphaba, disponiéndose a guardar el sombrero.

—Sí, por favor, insisto —dijo Galinda—. Por divertirnos. Nunca te he visto con algo bonito.

—Yo no uso ropa bonita.

—¿Qué mal puede haber en que te lo pruebes? —preguntó Galinda—. Sólo aquí dentro. No es preciso que te vea nadie más.

Elphaba estaba de pie, de cara al fuego, pero giró los hombros y volvió la cabeza, para mirar largamente y sin pestañear a Galinda, que todavía no se había bajado de la silla. La joven munchkin llevaba puesto su camisón, una especie de saco sencillo, sin el beneficio de una orla de encaje ni unos cordoncillos de adorno. La cara verde parecía casi resplandeciente sobre el tejido gris, y la gloriosa cabellera negra y lisa le caía hasta donde debería tener los pechos, si es que algún día revelaba algún indicio de poseerlos. Por su aspecto, Elphaba parecía estar a medio camino entre un animal y un Animal, como si tuviera algo más que vida, pero sin llegar a la Vida. Había en ella expectativa, pero no intuición —¿sería eso?—, como si a un niño que no recuerda haber soñado nunca le hubiesen deseado felices sueños. Casi podía describirse como cruda, sin refinar, pero no en el sentido social, sino más bien como si la naturaleza no hubiese completado su trabajo con Elphaba, como si no hubiese conseguido que se pareciera lo suficiente a sí misma.

—¡Oh, por favor, ponte ese condenado sombrero, de verdad te lo pido! —insistió Galinda, que no solía conceder márgenes muy amplios a la introspección.

Elphaba aceptó. El elegido fue el precioso sombrero redondo comprado en la mejor sombrerería de los montes Pertha. Tenía festones anaranjados y una red amarilla de encaje, que se podía bajar sobre la cara para conseguir diferentes grados de ocultación. Le habría quedado espantoso a cualquiera que no tuviera la cabeza adecuada, y Galinda esperaba tener que morderse los labios para no estallar en carcajadas. Era el tipo de prenda ultrafemenina que se ponen los chicos cuando se disfrazan de chicas para una pantomima.

Pero Elphaba se colocó el meloso bonete en lo alto de la extraña cabeza puntiaguda y miró a Galinda por debajo del ala ancha. Parecía una flor rara: su piel, una especie de tallo de suave brillo perlado, y el sombrero, un tumulto botánico.

—¡Oh, Elphaba! —exclamó Galinda—. ¡Qué escondido te lo tenías, malísima! ¡Eres guapa!

—Y ahora tú has mentido, así que tendrás que ir a confesarte al sacerdote unionista —replicó Elphaba—. ¿Hay algún espejo?

—Claro que sí, al final del pasillo, en los lavabos.

—Ahí, no. No voy a dejar que esas tontas me vean con esto.

—Entonces —decidió Galinda—, encuentra un ángulo para no tapar el resplandor del fuego e intenta ver tu reflejo en la ventana oscura.

Las dos contemplaron el espectro verde y florido reflejado en el viejo cristal acuoso, rodeado de negrura y acuchillado por la lluvia salvaje que caía fuera. Una hoja de arce frutal en forma de estrella de puntas romas o de corazón asimétrico, arrojada de pronto del seno de la noche, fue a pegarse al reflejo del cristal, con un reverbero rojizo que devolvía la luz del fuego en el punto exacto donde debía estar el corazón, o al menos así lo vio Galinda desde el ángulo donde se encontraba.

—Fascinante —dijo—. Tienes cierta extraña cualidad de belleza exótica. Nunca lo habría pensado.

—Sorpresa —replicó Elphaba, y luego casi se ruborizó, si es que un verde más oscuro puede considerarse rubor—. Quiero decir que es la *sorpresa*, no la belleza. Te has llevado una sorpresa. «¡Oh, quién lo habría dicho!» No es belleza.

—¿Qué sabré yo de belleza? —dijo Galinda, acomodándose los rizos y poniéndose deliberadamente en pose, lo cual arrancó una carcajada a Elphaba, a la que se unió Galinda, parcialmente horroriza-da de lo que estaba haciendo. Entonces Elphaba se quitó el sombre-ro y lo guardó en su caja, y cuando volvió a coger su libro, Galinda dijo—: ¿Qué es lo que lee entonces la Belleza? Te lo pregunto de ver-dad. ¿Por qué lees esos viejos sermones?

—Mi padre es un clérigo unionista —respondió Elphaba—. Siento curiosidad por saber qué es eso. Nada más.

—¿Por qué no se lo preguntas?

Elphaba no respondió. Su rostro asumió una expresión firme y expectante, como la de una lechuza a punto de precipitarse sobre un ratón.

—¿De qué tratan? ¿Algo interesante? —preguntó Galinda. No te-nía sentido darse por vencida. No tenía nada más que hacer y estaba demasiado alterada por la tormenta como para dormir.

—Éste habla del bien y del mal —explicó Elphaba—, sobre si real-mente existen o no.

—Oh —bostezó Galinda—. El mal existe, lo sé; se llama Aburri-miento y los clérigos tienen más culpa que nadie de que exista.

—Eso no lo crees realmente, ¿verdad?

Galinda no solía pararse a pensar si de verdad creía lo que decía; para ella, lo único importante era que fluyera la conversación.

—No pretendía insultar a tu padre; seguramente sus prédicas se-rán la mar de amenas y animadas.

—No, me refiero a si piensas que el mal existe realmente.

—¿Cómo puedo saber lo que pienso?

—Pregúntatelo a ti misma, Galinda. ¿Existe el mal?

—No lo sé. Dímelo tú. ¿Existe?

—Yo no espero saberlo.

Su mirada se tornó sesgada y en cierto modo vuelta hacia el inte-rior, ¿o sería el efecto del pelo, que volvía a colgarle delante de la cara como un velo?

—¿Por qué no se lo preguntas a tu padre? No lo entiendo. Él de-bería saberlo, es su trabajo.

—Mi padre me enseñó mucho —dijo Elphaba lentamente—. Es muy culto. Me enseñó a leer y escribir, a pensar, y más cosas. Pero no lo suficiente. Yo pienso, como nuestros profesores aquí, que los buenos clérigos saben hacer preguntas que te hacen pensar. No creo que forzosamente deban tener las respuestas. No necesariamente.

—Pues vete a decírselo al plasta de clérigo que tenemos en mi pueblo. Tiene todas las respuestas y además cobra por dártelas.

—Quizá haya algo en lo que has dicho –prosiguió Elphaba–. El mal y el aburrimiento. El mal y el hastío. El mal y la falta de estímulos. El mal y la sangre estancada.

—Estás escribiendo un poema, o al menos eso parece. ¿Por qué razón iba a interesarse una chica en el mal?

—*Yo* no me intereso. Es sólo el tema de los primeros sermones. Yo sólo pienso en lo que dicen. Eso es todo. A veces hablan de la dieta y de que no hay que comer Animales, y entonces pienso en eso. Me gusta pensar en lo que leo. ¿A ti no?

—Yo no sé leer muy bien, por lo que tampoco debo de pensar muy bien –sonrió Galinda–. Pero me visto de maravilla.

No hubo respuesta de Elphaba. Galinda, habitualmente satisfecha con su habilidad para convertir cualquier conversación en un panegírico de sí misma, estaba perpleja. Prosiguió sin convicción, contrariada por tener que hacer el esfuerzo:

—Bueno, ¿y qué pensaban entonces esos viejos salvajes acerca del mal?

—Es difícil decirlo exactamente. Parecían obsesionados por localizarlo en alguna parte: un manantial maligno en las montañas, un humo maligno, sangre maligna en las venas transmitida de padres a hijos... En cierto modo, se parecían a los antiguos exploradores de Oz, sólo que sus mapas estaban hechos de materia invisible y coincidían muy poco entre sí.

—¿Y dónde se localiza el mal? –preguntó Galinda, dejándose caer en su cama y cerrando los ojos.

—No se pusieron de acuerdo, ¿no crees? Porque, de otro modo, ¿para qué iban a tener que escribir sermones presentando sus argumentos? Algunos decían que el mal original era el vacío causado por Lurlina, la reina de las hadas, cuando se fue y nos dejó. Cuando el bien se retira, el espacio que ocupaba se degrada y se convierte en mal, y quizá se fragmenta y se multiplica. Entonces cada cosa maligna es un signo de la ausencia de la deidad.

—Pues yo no sería capaz de reconocer una cosa maligna aunque me cayera encima —dijo Galinda.

—Los primeros unionistas, que eran mucho más lurlinistas que los unionistas de ahora, sostenían que había una bolsa invisible de corrupción flotando cerca, descendiente directa del dolor que sintió el mundo cuando Lurlina se marchó. Como un remiendo de aire frío en una noche serena y calurosa. Alguien perfectamente agradable podía atravesar esa bolsa, infectarse y después ir y matar a su vecino. Pero ¿podía esa persona considerarse *culpable* de haber atravesado caminando una bolsa de maldad? ¿Si no podía verla? No hubo ningún concilio de unionistas que decidiera en un sentido o en otro, y actualmente hay mucha gente que ni siquiera cree en Lurlina.

—Pero siguen creyendo en la maldad —dijo Galinda con un bostezo—. ¿No es gracioso? La deidad se ha quedado anticuada, pero sus atributos y sus implicaciones permanecen...

—¡Estás *pensando*! —exclamó Elphaba.

Galinda se irguió sobre los codos, ante el entusiasmo que había en la voz de su compañera de habitación.

—Yo ya me voy a acostar, porque todo esto es profundamente aburrido para mí —dijo Galinda, pero Elphaba sonreía de oreja a oreja.

Por la mañana, Ama Clutch las entretuvo con historias de su salida nocturna. Había una talentosa bruja joven, que no llevaba puesta más que ropa interior de color rosa fuerte, adornada con plumas y lentejuelas. Cantaba para el público y recogía en el canalillo las fichas de alimentos que le daban los ruborizados estudiantes de las mesas más cercanas. Hizo un poco de magia casera: convirtió agua en zumo de naranja, transformó repollos en zanahorias y le clavó unos cuchillos a un cerdito aterrorizado, que en lugar de sangre manaba champán. Todos bebieron un sorbo. Después apareció un hombre horrible, gordo y con barba, que se puso a perseguir a la bruja como si fuera a besarla. ¡Fue tan divertido! ¡Divertidísimo! Al final, la compañía y el público, todos juntos, se pusieron de pie y cantaron «Lo que se prohíbe en los salones está a la venta en las pensiones». Las amas lo habían pasado fabulosamente bien, todas y cada una de ellas.

—¡Qué quieres que te diga! —dijo Galinda con altivo desprecio—. La fe del placer es tan... tan vulgar.

—Pero ¿qué es eso? Se ha roto la ventana —dijo Ama Clutch—. Espero que no hayan sido los chicos intentando trepar.

—¿Estás loca? —dijo Galinda—. ¿Con la tormenta que hubo?

—¿Qué tormenta? —replicó Ama Clutch—. No sé de qué me hablas. Fue una noche serena como la luz de la luna.

—¡Ja, sí que te trastornó el espectáculo! —exclamó Galinda—. Estabas tan absorta en la fe del placer que perdiste la chaveta, Ama Clutch.

Bajaron juntas a tomar el desayuno, dejando a Elphaba aún dormida o quizá fingiendo que dormía. De todos modos, mientras caminaban por los pasillos, viendo el sol que entraba por los anchos ventanales y dibujaba rejas de luz en el frío suelo de pizarra, Galinda se preguntó por qué estaría el tiempo tan caprichoso. ¿Sería posible que una tormenta se abatiera sobre una parte de la ciudad y no tocara siquiera la otra? ¡Había tantas cosas en el mundo que ignoraba!

—Lo único que hizo fue hablar del mal —les contó Galinda a sus amigas mientras tomaban suspiros con mantequilla y mermelada de abéstola—. Se le abrió algún grifo interior y empezó a brotar la cháchara. Y, ¡chicas!, cuando se probó mi sombrero, casi me muero. Parecía la tía solterona de alguien, acabada de levantar de la tumba. ¡Ridícula y anticuada como una Vaca! Me aguanté solamente por vosotras, para poder contároslo todo; de lo contrario, me habría desparramado de risa allí mismo. ¡Era tan fuerte!

—¡Pobrecita! ¡Tener que aguantar a esa langosta de compañera de habitación, sólo por ser nuestra espía! —dijo Pfannee con unción religiosa—. ¡Eres demasiado buena!

3

Una noche (la primera noche de nieve), la señora Morrible organizó una velada poética. Los chicos de Three Queens y de Ozma Towers estaban invitados. Galinda sacó su vestido de satén color cereza, con chal y zapatitos a juego, y un abanico antiguo de Gillikin, herencia de familia, pintado con un pfénix y un motivo de helechos. Llegó temprano, para apoderarse de la silla tapizada que sirviera de mejor marco para su indumentaria, y la arrastró hasta situarla junto a la librería, para que la luz de las velas colocadas sobre los estantes se derramara suavemente sobre ella. El resto de las chicas (no sólo las de primer año, sino las mayores) entraron como un bisbiseante ramillete y se situaron en sofás y canapés, en el salón más bonito de Crage Hall. Los chicos que acudieron fueron en cierto modo una decepción; no eran muchos, parecían aterrados y no hacían más que intercambiar risitas entre ellos. Después, llegaron los profesores y los doctores, no sólo los Animales de Crage Hall, sino los profesores de los chicos, que en su mayoría eran hombres. Sólo entonces se alegraron las chicas de haberse arreglado, porque si bien los chicos eran una pandilla llena de granos, los profesores eran señores de porte grave y sonrisa encantadora.

Incluso acudieron algunas de las amas, pero se sentaron detrás de un biombo, al fondo de la sala. Por algún motivo, el sonido de sus agujas de punto trabajando a ritmo acelerado le resultaba tranquilizador a Galinda. Sabía que Ama Clutch estaba ahí.

El mismo cangrejo mecánico de bronce que Galinda había visto durante su primera noche en Crage Hall abrió de par en par la doble puerta del extremo de la sala. Lo habían aceitado y pulido especialmente para la ocasión; todavía se percibía el olor acre del lustre para metales. Después hizo su entrada la señora Morrible, severa e imponente, con una capa negra como el carbón que dejó caer al suelo (el artefacto la recogió y la apoyó sobre el respaldo de un sofá). Su traje era de un naranja encendido, con conchas de abalón lacustre cosidas por todas partes. A su pesar, Galinda reconoció que el efecto era admirable. En un tono aún más untuoso de lo habitual, la señora Morrible dio la bienvenida a los invitados y solicitó un aplauso para el concepto de la Poesía y sus Efectos Civilizadores.

A continuación habló de la nueva forma poética que triunfaba en los salones y los cafés poéticos de Shiz.

—La llaman «qüell» —dijo la señora Morrible, haciendo gala de una impresionante colección de dientes en su sonrisa de directora—. Un qüell es un poema breve, de tema edificante, compuesto por una sucesión de trece versos cortos y un apotegma final sin rima. El valor del poema reside en el contraste revelador entre el argumento rimado y la conclusión, dos elementos que a veces se contradicen, pero siempre iluminan y, como toda la poesía, santifican la vida. —La señora Morrible resplandecía como un faro en medio de la niebla—. Esta noche, en particular, un qüell puede servir de bálsamo contra las desagradables disrupciones cuyas noticias nos llegan desde la capital.

Los chicos parecieron prestar atención y todos los profesores asintieron con la cabeza, pero Galinda estaba segura de que ninguna de las chicas tenía la menor idea de cuáles podían ser las «desagradables disrupciones» de que hablaba la señora Morrible.

Una alumna de tercer año, sentada al clavicordio, enhebró un par de acordes, y los invitados se aclararon la garganta y se miraron los zapatos. Galinda vio a Elphaba que llegaba por el fondo de la sala, vestida con su habitual traje rojo, con dos libros bajo el brazo y un pañuelo anudado a la cabeza. Se hundió en la última silla libre y se llevó una manzana a la boca, justo cuando la señora Morrible tomaba aliento aparatosamente, para empezar.

¡Canta un himno a la rectitud,
oh, progresista multitud!
Siente humilde gratitud,
pues hay rigor para la juventud.
Por el bien común elevamos
nuestra voz de buenos hermanos.
Celebramos la autoridad,
la unión, el bien y la verdad.
Con decisión y valentía,
impedimos la libertad excesiva.
No hay mayor luminosidad
que ver la generosidad
con que el Poder aplasta la atrocidad.
Enarbola el palo y corrige al crío.

La señora Morrible bajó la cabeza para dar a entender que había terminado. Hubo un rumor sordo de comentarios indiferenciados. Galinda, que no entendía mucho de Poesía, pensó que quizá fuera ésa la manera establecida de apreciarla. Le gruñó un poco a Shenshen, que estaba sentada a su lado con expresión edematosa, en una silla de respaldo recto. La cera de la vela estaba a punto de caer sobre uno de los hombros del vestido de Shenshen, que era de seda blanca, con festones de organdí de color amarillo limón. Probablemente lo arruinaría, pero Galinda decidió que la familia de Shenshen tenía suficiente dinero para comprar más vestidos, de modo que se quedó callada.

—Otro —dijo la señora Morrible—. Otro qüell.

Se hizo el silencio en la sala. ¿Había cierta incomodidad?

> *¡Contra la falta de corrección,*
> *caiga el peso de la religión!*
> *Para sanar la sociedad,*
> *no te permitas la veleidad*
> *de reír con desparpajo*
> *y aceptar el agasajo.*
> *Piensa siempre en la deidad*
> *que se acerca en su gran verdad*
> *y recíbela con entusiasmo,*
> *sin que la risa se torne espasmo.*
> *Recuerda las actitudes*
> *que ejemplifican las virtudes*
> *y son para el Bien aptitudes.*
> *Animales: mejor verlos sin oírlos.*

Volvieron a oírse murmullos, esta vez de diferente naturaleza y en un tono más áspero. El doctor Dillamond se aclaró ruidosamente la garganta, golpeó una pezuña contra el suelo y se lo oyó decir:

—Eso no es poesía; es propaganda, y ni siquiera es buena propaganda.

Elphaba se situó furtivamente al lado de Galinda con su silla bajo el brazo y la dejó caer entre su compañera de habitación y Shenshen.

Apoyó su huesudo trasero sobre las tablas del asiento, se inclinó hacia Galinda y le preguntó:

—¿Qué conclusión sacas?

Era la primera vez que Elphaba se dirigía a Galinda en público y ésta se sintió muy mortificada.

—No lo sé —respondió Galinda en voz casi inaudible, mirando para otro lado.

—¡Qué habilidad! ¿No crees? —comentó Elphaba—. Me refiero al último verso. Con ese acento tan extraño, era imposible saber si hablaba de Animales o de animales. No me extraña que Dillamond esté furioso.

Y lo estaba. El doctor Dillamond recorría la sala con la vista, como intentando organizar la oposición.

—Esto es una ofensa, ¡una ofensa! —exclamó—. ¡Una gran ofensa! —añadió, antes de marcharse de la sala.

El profesor Lenx, un Jabalí que enseñaba matemáticas, también se retiró, pero antes aplastó accidentalmente un antiguo aparador dorado, para no pisar la cola de encaje amarillo del vestido de la señorita Milla. El señor Mikko, el Mono que enseñaba historia, permaneció sentado con expresión lóbrega en la penumbra, demasiado confuso e incómodo para moverse.

—Bien —dijo la señora Morrible con exaltación—, es de esperar que la poesía, cuando es Poesía, sea ofensiva. Es el Derecho del Arte.

—Creo que está majara —dijo Elphaba. A Galinda le parecía demasiado horrible. ¿Y si uno de los chicos llenos de granos, aunque sólo fuera uno, veía que Elphaba le estaba susurrando al oído? Nunca volvería a levantar cabeza en sociedad. Su vida quedaría destrozada.

—¡Chis! Estoy escuchando, me *encanta* la poesía —replicó Galinda en tono severo—. No me hables, me estás arruinando la velada.

Elphaba se recostó en la silla, terminó la manzana y las dos siguieron escuchando. Los murmullos y los gruñidos fueron volviéndose más sonoros con cada poema, y los chicos y las chicas empezaron a relajarse y a mirarse entre ellos.

Cuando hubo recitado el último qüell de la noche (que culminaba con el críptico aforismo «bruja oportuna salva la bruma»), la señora Morrible se retiró entre desiguales aplausos e indicó a su sirviente de bronce que sirviera té a los invitados, después a las chicas y finalmente a las amas. Hecha un cúmulo de seda crujiente y chasqueantes conchas de abalón lacustre, recibió los cumplidos de los profesores hombres y de algunos de los chicos más valientes, a quienes rogó que se sentaran a su lado para disfrutar mejor de sus críticas.

—Díganme la verdad. Estuve excesivamente histriónica, ¿no es cierto? Es mi condena. Los escenarios me llamaban, pero elegí una vida de Servicio a las Alumnas.

Bajó las pestañas con modestia, mientras su público cautivo murmuraba tibias protestas.

Galinda aún estaba intentando deshacerse de la embarazosa compañía de Elphaba, que seguía empeñada en hablar de los qüells, lo que significaban y si eran buenos o no.

—¿Cómo puedo saberlo? ¿Por qué habría de saberlo yo? Somos alumnas de primer curso, ¿recuerdas? —dijo Galinda, deseando salir como una flecha hacia donde Pfannee, Milla y Shenshen estaban echando chorritos de limón en las tazas de té de un grupo de chicos azorados.

—Pues yo creo que tu opinión es tan buena como la de ella —dijo Elphaba—. Para mí, ése es el auténtico poder del arte. No amonestar, sino provocar y desafiar. De otro modo, ¿para qué molestarse?

Un chico se acercó a ellas. A Galinda no le pareció particularmente atractivo, pero cualquier cosa era mejor que la sanguijuela verde que tenía al lado.

—Hola —lo saludó Galinda, sin esperar a que él superara su nerviosismo—, encantada de conocerlo. Usted debe de ser de...

—Bueno, ahora vengo de Briscoe Hall —dijo el chico—, pero soy del País de los Munchkins. Como ya habrá notado.

Claro que lo había notado, porque apenas le llegaba al hombro. A pesar de eso, no tenía mal aspecto: algodonosa mata de pelo rubio mal peinado, sonrisa de grandes dientes y piel más tersa que la de muchos chicos. La túnica formal que vestía era de un provinciano color azul, pero llevaba entretejidas algunas hebras de hilo de plata. Su aspecto era agradablemente pulcro. Tenía las botas bien lustradas y, cuando se ponía de pie, las piernas le quedaban ligeramente arquea-das, con las puntas de los pies hacia afuera.

—¡Esto es lo que me *encanta*! —exclamó Galinda—. ¡Conocer ex-tranjeros! ¡Esto es Shiz en su mejor expresión! Yo soy gillikinesa.

Tuvo que contenerse para no añadir «por supuesto», porque lo consideraba evidente por su atuendo. Las chicas munchkins solían vestir con más sobriedad, tanto que en Shiz no era raro que las con-fundieran con sirvientas.

—Bueno, hola —dijo el chico—. Me llamo Boq.

—Yo soy Galinda de los Arduennas de las Tierras Altas.

—¿Y usted? —dijo Boq, volviéndose hacia Elphaba—. ¿Usted quién es?

—Me marcho —dijo ella—. Dulces sueños.

—No, no te vayas —pidió Boq—. Me parece que te conozco.

—Tú no me conoces —repuso Elphaba, haciendo una pausa mien-tras se giraba—. ¿Cómo ibas a conocerme?

—Eres la señorita Elphie, ¿verdad?

—¡La señorita Elphie! —exclamó Galinda alegremente—. ¡Qué tierno!

—¿Cómo sabes quién soy? —inquirió Elphaba—. Yo no te conozco. No conozco a ningún señor Boq del País de los Munchkins.

—Tú y yo jugábamos juntos cuando eras pequeñita —explicó Boq—. Mi padre era el alcalde del pueblo donde naciste, o eso creo. ¿No na-ciste en Rush Margins, en Wend Hardings? Eras hija del clérigo unio-nista, no recuerdo cómo se llamaba.

—Frex —dijo Elphaba. Sus ojos parecían sesgados y su mirada, huidiza.

—¡Frex el Devoto! —exclamó Boq—. Eso es. ¿Sabes que todavía se habla de él y de tu madre, y de la noche en que el Reloj del Dragón del Tiempo llegó a Rush Margins? Yo tenía dos o tres años y me lle-varon a verlo, pero no lo recuerdo. En cambio, sí recuerdo que juga-ba contigo cuando aún llevaba pantalones cortos. ¿Te acuerdas de Gawnette? Era la mujer que nos cuidaba. ¿Y de Bfee? Es mi padre. ¿Recuerdas Rush Margins?

—Humo y conjeturas —dijo Elphaba—. Imposible contradecir nada. Ahora déjame que te diga lo que te sucedió a *ti* en tu vida, an-tes de donde alcanza tu memoria. Cuando tú naciste, eras una rana.

—Fue una desconsideración decirlo, porque Boq tenía cierto aire anfibio—. Te sacrificaron al Reloj del Dragón del Tiempo y entonces te convertiste en niño. Pero en tu noche de bodas, cuando tu novia abra las piernas, volverás a transformarte en renacuajo, y entonces...

—¡Señorita Elphaba! —exclamó Galinda, abriendo de golpe el abanico para contener la oleada de rubor que le avanzaba por la cara—. ¡Esa lengua!

—Oh, bueno, yo no tuve infancia —dijo Elphaba—, así que puede decir lo que quiera. Crecí en el País de los Quadlings, con la gente de las ciénagas. Chapoteo cuando camino. No te conviene hablar conmigo; habla con Galinda, que sabe comportarse mucho mejor que yo en sociedad. Ahora tengo que irme.

Elphaba se despidió con una inclinación de la cabeza y salió huyendo, casi a la carrera.

—¿Por qué ha dicho eso? —preguntó Boq, sin que en su voz hubiera turbación, sino sólo curiosidad—. ¡Claro que la recuerdo! ¿Cuánta gente verde hay por ahí?

—Es posible que no le guste que la reconozcan solamente por el color de su piel —consideró Galinda—. No lo sé con seguridad, pero quizá sea sensible al respecto.

—Tiene que entender que la gente siempre la recordará por eso.

—Bueno, por lo que yo sé, no se equivoca usted en cuanto a su identidad —prosiguió Galinda—. Tengo entendido que su bisabuelo era el Eminente Thropp de Colwen Grounds, en Nest Hardings.

—Sí, es ella —dijo Boq—. Elphie. Nunca pensé que volvería a verla.

—¿Le apetece más té? Llamaré al servidor —dijo Galinda—. Sentémonos aquí, para que me lo cuente todo acerca del País de los Munchkins. Me estremezco de curiosidad.

Volvió a aposentarse en la silla con tapizado a juego, presentando su mejor imagen. Boq se sentó y sacudió la cabeza, como desconcertado por la aparición de Elphaba.

Cuando se retiró esa noche a su habitación, Elphaba ya estaba en la cama, con la cabeza tapada por las mantas y roncando de una manera manifiestamente teatral. Galinda se acostó refunfuñando, contrariada por ser *ella* quien tuviera que sentir el rechazo de la muchacha verde.

A lo largo de la semana siguiente, la velada de los qüells dio mucho que hablar. El doctor Dillamond interrumpió su clase de biología para pedir a sus estudiantes que reaccionaran. Las alumnas no entendían cómo podía reaccionar la biología contra la poesía, por lo que se limitaron a guardar silencio ante las intencionadas preguntas del profesor, que finalmente estalló:

—¿Acaso nadie ve relación alguna entre la expresión de esas ideas y lo que está sucediendo en la Ciudad Esmeralda?

La señorita Pfannee, que no podía creer que le gritaran cuando estaba pagando una matrícula y unas mensualidades, respondió, irritada:

—¡Nosotras no tenemos ni la más remota idea de lo que está sucediendo en la Ciudad Esmeralda! ¡Deje de jugar a las adivinanzas y, si tiene algo que decir, dígalo de una vez! ¡Deje de dar balidos!

El doctor Dillamond se puso a mirar fijamente por la ventana, intentando controlarse. Las estudiantes estaban excitadas con el pequeño incidente. Entonces la Cabra se volvió y, en un tono de voz más suave del que esperaban, les explicó que el Mago de Oz había proclamado unas Interdicciones a la Movilidad Animal, que habían entrado en vigor varias semanas antes. Eso no significaba solamente que los Animales tuvieran restringido el acceso a los transportes, los alojamientos y los servicios públicos. La movilidad a la que se refería también era laboral. Todo Animal que llegara a la mayoría de edad tenía prohibido ejercer una profesión liberal o trabajar en el sector público. En la práctica, los estaban empujando a las zonas rurales y más apartadas, si querían trabajar a cambio de un salario.

—¿Qué creen ustedes que quiso decir la señora Morrible cuando terminó aquel qüell con el epigrama «Animales: mejor verlos sin oírlos»? —preguntó la Cabra abruptamente.

—Bueno, cualquiera se preocuparía —dijo Galinda—, al menos cualquiera que fuese un Animal. Pero su puesto de trabajo no corre peligro, ¿verdad? Después de todo, sigue aquí, enseñándonos.

—¿Y mis hijos? ¿Qué me dice de mis cabritos?

—¿Usted tiene hijos? No sabía que estuviera casado.

La Cabra cerró los ojos.

—No estoy casado, señorita Galinda. Pero podría estarlo. Puedo estarlo. O quizá tenga sobrinos y sobrinas. En la práctica, ellos ya no pueden estudiar en Shiz, porque no pueden empuñar un lápiz para escribir en un examen. ¿Cuántos Animales ha visto usted estudiando en este paraíso de la educación?

Era cierto; no había ninguno.

—De hecho, me parece bastante horrible —comentó Galinda—. ¿Por qué querrá el Mago de Oz hacer una cosa así?

—Eso digo yo. ¿Por qué?

—No. De verdad se lo pregunto. Yo no lo sé.

—Yo tampoco lo sé.

El doctor Dillamond volvió a su plataforma, estuvo cambiando unos papeles de sitio y finalmente lo vieron tanteando con la pata un pañuelo para sonarse la nariz.

—Mis dos abuelas eran Cabras lecheras en una granja de Gillikin. Con su trabajo y toda una vida de sacrificios, pagaron a un maestro de pueblo para que me instruyera y escribiera para mí al dictado en los exámenes. Todos sus esfuerzos están a punto de irse al garete.

—Pero ¡usted todavía puede dictar clases! —replicó Pfannee en tono desafiante.

—Pendiente de un hilo, mi estimada señorita —contestó la Cabra, dando por terminada la clase antes de tiempo.

Galinda se sorprendió buscando con la mirada a Elphaba, que tenía una expresión extraña y reconcentrada. Cuando Galinda salió, Elphaba se acercó al frente del aula, donde el doctor Dillamond permanecía de pie, sacudido por incontrolables espasmos, con la cornuda cabeza inclinada.

Unos días después, la señora Morrible impartió una de sus ocasionales clases abiertas sobre himnos primitivos y cánticos paganos. Cuando abrió el turno de preguntas, todas las presentes quedaron sorprendidas al ver que Elphaba abandonaba su acostumbrada posición fetal, al fondo de la sala, para interpelar a la directora.

—Señora Morrible, si me permite —dijo—, creo que no hemos tenido oportunidad de hablar de los qüells que recitó usted en el salón la semana pasada.

—Hablemos —dijo la señora Morrible, moviendo con un gesto amplio pero intimidatorio las manos cargadas de brazaletes.

—Bien. El doctor Dillamond pareció cuestionar la oportunidad y el buen gusto de los poemas, teniendo en cuenta las Interdicciones sobre Movilidad Animal.

—El doctor Dillamond, lamentablemente —dijo la señora Morrible—, es un doctor. No es un poeta. También es una Cabra, y me permitirán que les pregunte, señoritas, si alguna vez ha habido algún gran compositor de baladas o de sonetos que fuera una Cabra. Por desgracia, mi querida señorita Elphaba, el doctor Dillamond no entiende la convención poética de la *ironía*. ¿Podría usted definirnos la ironía?

—No creo que pueda, señora Morrible.

—La ironía, según algunos, es el arte de yuxtaponer elementos incongruentes. Requiere cierto desapego. La ironía presupone cierto distanciamiento y, lamentablemente, tratándose de los derechos de los Animales, podemos disculpar la incapacidad del doctor Dillamond para distanciarse.

—Entonces, esa frase a la que puso objeciones, «Animales: mejor verlos sin oírlos», ¿era irónica? —prosiguió Elphaba, consultando sus papeles sin mirar a la señora Morrible.

Galinda y sus compañeras estaban fascinadas, porque era evidente que las dos mujeres situadas en extremos opuestos de la sala habrían disfrutado viendo a la otra fulminada por un repentino estallido del bazo.

—Podríamos considerarla irónica, si así lo decidimos —respondió la señora Morrible.

—¿Y usted qué decide? —preguntó Elphaba.

—¡Qué impertinencia! —exclamó la señora Morrible.

—No es mi intención ser impertinente. Yo sólo intento aprender. Si según usted o cualquier otra persona, esa afirmación es cierta, entonces no hay incongruencia con el pasaje autoritario y aburrido que la precede. Se trata de un argumento y su conclusión. No veo la ironía.

—Hay muchas cosas que usted no ve, señorita Elphaba —dijo la señora Morrible—. Tiene que aprender a ponerse en el lugar de una persona más sabia que usted y a contemplar las cosas desde su punto de vista. Encerrarse en la ignorancia, recluirse entre los muros de la modesta inteligencia que uno pueda tener, es algo muy triste en alguien tan joven y *brillante* como usted.

La directora escupió las últimas palabras, que de algún modo le parecieron a Galinda una ruin alusión a la piel de Elphaba, que en ese momento estaba verdaderamente reluciente por el esfuerzo de hablar en público.

—Precisamente, estaba intentando ponerme en el lugar del doctor Dillamond —repuso Elphaba, casi gimiendo, pero sin darse por vencida.

—En el caso de la interpretación poética, me atrevería a sugerir que probablemente es cierto. Animales: mejor verlos sin oírlos —dijo abruptamente la señora Morrible.

—¿Lo dice con ironía? —preguntó Elphaba, pero en seguida se sentó, cubriéndose la cara con las manos, y ya no volvió a levantar la vista en todo lo que quedaba de clase.

4

Cuando empezó el segundo semestre y aún cargaba con Elphaba como compañera de habitación, Galinda fue a protestarle brevemente a la señora Morrible. Pero la directora no permitía ningún cambio ni reorganización.

—Sería un trastorno excesivo para las otras chicas —dijo—, a menos que quiera trasladarse al Dormitorio Rosa. He observado con atención a su Ama Clutch y veo que parece recuperada de las dolencias que me describió en nuestra primera conversación. Puede que ya esté en condiciones de ocuparse de quince chicas.

—No, no —replicó Galinda con presteza—. Tiene recaídas de vez en cuando, pero nunca las menciono. No quiero importunar.

—¡Qué considerada! —señaló la señora Morrible—. Se lo agradezco, querida. Ahora, si no le importa, ya que ha venido a hablar conmigo, me pregunto si podríamos dedicar un momento a analizar sus planes académicos para el próximo otoño. Como ya sabe, en el segundo año, las chicas eligen su especialidad. ¿Ha pensado algo al respecto?

—Muy poco —respondió Galinda—. Sinceramente, había pensado que mi talento se manifestaría y me indicaría si debía estudiar ciencias naturales, artes, magia o quizá incluso historia. No me veo dotada para el trabajo ministerial.

—No me sorprende que alguien como usted tenga dudas —dijo la señora Morrible, en un tono no demasiado alentador para Galinda—, pero si me permite, le sugiero la magia. Podría ser muy buena. Me enorgullezco de tener vista para ese tipo de cosas.

—Lo pensaré —contestó Galinda, aunque su primitiva apetencia por la magia se había desvanecido cuando le contaron lo mucho que costaba aprenderse los hechizos y, peor aún, *entenderlos*.

—Si se decidiera por la magia, puede que haya una posibilidad, sólo una posibilidad, de encontrarle otra compañera de habitación —dijo la señora Morrible—, puesto que la señorita Elphaba ya me ha indicado su interés por las ciencias naturales.

—Oh, en ese caso, lo pensaré detenidamente —respondió Galinda, luchando con innominados conflictos internos.

La señora Morrible, pese a su refinada dicción y a su fabuloso guardarropa, parecía un tanto... peligrosa, como si la amplia sonrisa de la cara que mostraba al público estuviera hecha de la luz reflejada por lanzas y cuchillos, como si su voz grave disimulara el estruendo de distantes explosiones. Galinda siempre tenía la sensación de que se le ocultaba el panorama completo. Era desconcertante y, en honor a Galinda, hay que decir que por lo menos sintió en su interior el desgarro de algún valioso entramado (¿sería quizá la integridad?), cuando se sentó en la salita de la señora Morrible para beber su té perfecto.

—Me han dicho que dentro de un tiempo también vendrá la hermana a Shiz —dijo la señora Morrible minutos más tarde, como si no hubiesen intervenido el silencio y varios sabrosos bollitos—, porque no hay nada que yo pueda hacer para evitarlo. Y eso, por lo que tengo entendido, será *espantoso*. A usted no le gustaría. Estando la hermana como está, seguramente tendrá que pasar mucho tiempo en la habitación de la señorita Elphaba, recibiendo cuidados.

La directora esbozó una sonrisa cansada. Una ráfaga de polvoriento aroma brotó de un costado de su cuello, casi como si fuera capaz de dispensar a voluntad un agradable olor personal.

—Estando la hermana como está... —prosiguió la señora Morrible, meneando la cabeza y chasqueando la lengua—. Triste, muy triste. Pero supongo que todas debemos colaborar para salir adelante. Al fin y al cabo, así debemos portarnos entre hermanas.

La directora recogió su chal y apoyó suavemente una mano sobre el hombro de Galinda. Ésta se estremeció y estuvo segura de que la señora Morrible lo había notado, pero la directora no dio la menor señal de haberse percatado.

—Pero entonces —continuó—, cuando hablo de hermanas... ¡Qué ironía! ¡Cuánto ingenio! Claro que, con suficiente tiempo y un amplio margen de acción, no hay nada que pueda hacerse o decirse que al final no sea irónico.

Apretó el hombro de Galinda, como si fuera el manillar de una bicicleta, con una fuerza casi impropia de una mujer.

—¡Sólo podemos confiar en que la hermana traiga consigo unos cuantos velos, ja, ja, ja! Pero todavía falta un año. Mientras tanto, tenemos tiempo. Piense en la magia, ¿de acuerdo? Hágalo. Y ahora, buenas noches, querida. Dulces sueños.

Galinda volvió lentamente a su habitación, pensando en cómo sería la hermana de Elphaba para suscitar comentarios tan maliciosos sobre velos. Hubiese querido preguntárselo a Elphaba, pero no se le ocurría cómo hacerlo. No tenía valor.

BOQ

1

¡Vamos, sal! –gritaron los chicos–. ¡Sal!

Estaban inclinados en el pasillo abovedado que daba al cuarto de Boq; eran un grupo abigarrado, iluminado a contraluz por la lámpara de aceite del estudio del fondo.

–Estamos hartos de libros. Vente con nosotros.

–No puedo –dijo Boq–. Voy retrasado en teoría del regadío.

–¡A la mierda con tu teoría del regadío! ¡Están abiertas las tabernas! –dijo el fornido muchachote gillikinés llamado Avaric–. No vas a mejorar tus notas a esta altura del curso, con los exámenes casi encima y los examinadores también medio borrachos.

–No es por las notas –repuso Boq–. Es que todavía no me lo sé.

–¡Nos vamos a la taberna, nos vamos a la taberna! –canturrearon algunos de los chicos, que al parecer ya habían empezado a entonarse–. ¡A la mierda con Boq! ¡La cerveza nos espera y ya está a punto!

–Decidme a qué taberna vais y puede que os siga dentro de una hora –dijo Boq, recostándose firmemente en el respaldo de la silla y cuidándose de no apoyar los pies sobre el escabel, porque sabía que tal cosa podría incitar a sus camaradas a levantarlo en hombros y llevárselo consigo a una noche de juerga. Su pequeñez parecía inspirar ese tipo de fechorías. Con los pies bien apoyados en el suelo, parecía mejor plantado, suponía él.

—A la taberna del Jabalí y el Hinojo —respondió Avaric—. Actúa una bruja nueva. Dicen que es fantástica. Una Bruja Kúmbrica.

—Ah —dijo Boq, sin convencimiento—. Bueno, id vosotros y miradla bien. Yo iré cuando pueda.

Los chicos se marcharon tranquilamente, llamando a la puerta de otros amigos y torciendo a su paso los retratos de antiguos alumnos transformados en augustos benefactores. Avaric se quedó un minuto más junto a la puerta de Boq.

—Quizá podríamos deshacernos de algunos de los patanes y formar un grupo selecto para ir a visitar el Club de Filosofía —propuso, tentador—. Podríamos hacerlo más tarde, quiero decir. Después de todo, es fin de semana.

—¡Oh, Avaric, ve a darte una ducha fría! —dijo Boq.

—Has reconocido que sientes curiosidad. Lo has hecho. ¿Por qué no hacemos entonces algo especial para el final del semestre?

—Me arrepiento de haber dicho alguna vez que sentía curiosidad. También siento curiosidad por la muerte, pero te aseguro que no tengo prisa por averiguar nada al respecto. Piérdete, Avaric. Ve a ver si alcanzas a tus amigos. Disfruta de las bufonadas kúmbricas, que por otra parte no serán más que un engaño. Los talentos de las Brujas Kúmbricas desaparecieron hace más de cien años, si es que alguna vez existieron.

Avaric se subió el segundo cuello de una prenda que era medio túnica y medio chaqueta, con el interior forrado de felpa de color rojo oscuro. Contra su elegante cuello bien afeitado, el forro parecía un distintivo de privilegio. Boq se sorprendió una vez más comparándose mentalmente con el apuesto Avaric y quedándose, como siempre, demasiado corto.

—¿Qué, Avaric? ¿Te vas? —le espetó, tan impaciente consigo mismo como con su amigo.

—Te ha pasado algo —señaló Avaric—. No soy tonto. ¿Cuál es el problema?

—No hay ningún problema —contestó Boq.

—Dime que me ocupe de mis asuntos, mándame al demonio, dime que me pierda, ¡adelante, dilo!, pero no me digas que no hay ningún problema, porque ni tú mientes tan bien, ni yo soy tan estúpido, aunque sea un gillikinés disoluto y mi nobleza esté en decadencia.

Su expresión era amable y, por un momento, Boq estuvo tentado de reconocerlo. Abrió la boca, mientras pensaba en lo que iba a decir; pero cuando las campanas de Ozma Tower dieron la hora, Avaric volvió ligeramente la cabeza. Pese a todas sus muestras de interés, Avaric no estaba del todo con él. Boq cerró la boca, lo pensó un poco más y dijo:

—Atribúyelo a la indiferencia de los munchkins, si quieres. Yo no te mentiría, Avaric; jamás le mentiría a un buen amigo como tú. Es sólo que no hay nada que decir. Ahora ve y diviértete. Pero ten cuidado.

Estuvo a punto de añadir unas palabras de advertencia acerca del Club de Filosofía, pero se contuvo. Si Avaric estaba suficientemente irritado, las amonestaciones de niñera de Boq podían ser contraproducentes e impulsarlo a acudir a ese lugar.

Avaric se adelantó y le dio un beso en cada mejilla y otro en la frente, una costumbre de la clase alta norteña que a Boq siempre le provocaba una profunda incomodidad. Después, con un guiño y un gesto obsceno, se marchó.

La habitación de Boq daba a una calleja empedrada, por donde Avaric y sus amigos ya bajaban tumultuosamente. Boq se echó atrás en la ventana, para situarse en la sombra, pero no debería haberse preocupado, porque sus camaradas ya no pensaban en él. Habían llegado a la mitad del período de exámenes y disponían de un par de días libres. Cuando terminaran los exámenes, no quedaría nadie en el campus, excepto los profesores más desorientados y los estudiantes más pobres. Boq ya lo había vivido antes. Aun así, prefería estudiar, antes que rascar viejos manuscritos con un cepillo de piel de teco de cinco pelos, que era para lo que había sido contratado durante todo el verano en la biblioteca de Three Queens.

Del otro lado de la callejuela se extendían los muros de piedra azul de unos establos privados, dependencias de alguna mansión situada a varias calles de distancia, en una plaza elegante. Más allá del tejado de los establos, se veían las copas redondas de los árboles frutales del huerto de Crage Hall y, por encima, las iluminadas ventanas ojivales de los dormitorios y las aulas. Cuando las chicas olvidaban correr las cortinas, lo cual sucedía con sorprendente frecuencia, era posible contemplarlas en diferentes fases de desvestimiento. Nunca desnudas de cuerpo entero, desde luego, porque en ese caso Boq habría desviado la mirada o se habría conminado firmemente a hacerlo cuanto antes. Pero los blancos y rosados de los refajos y las camisolas, la complicada ornamentación de los corsés, el frufrú de las enaguas, el palpitar de los corpiños... Cuando menos, era un curso en lencería. Boq, que no tenía hermanas, simplemente miraba.

El dormitorio de Crage Hall estaba justo a una distancia que no le permitía reconocer individualmente a las chicas. Y Boq ardía en deseos de volver a ver a la dueña de su corazón. ¡Maldición y dos veces maldición! No podía concentrarse. Lo expulsarían si no aprobaba los exámenes. Defraudaría a su padre, el viejo Bfee, y a su aldea, y a las otras aldeas.

Demonios y más demonios. La vida era difícil y la cebada no alcanzaba para todos. De pronto, para su propia sorpresa, Boq saltó por encima del escabel, agarró su capa de estudiante, recorrió como una tromba los pasillos y bajó precipitadamente la escalera espiral de piedra que había en la torre de la esquina. No podía esperar más. Tenía que hacer algo y se le había ocurrido una idea.

Saludó con una inclinación de la cabeza al conserje de guardia, torció a la izquierda del portal y siguió a toda prisa por la calle, entre sombras, eludiendo lo mejor posible los generosos montones de estiércol de caballo. Ahora que sus amigos habían salido de juerga, al menos no haría el tonto dentro de su campo visual. No quedaba nadie en Briscoe, de modo que giró a la izquierda, otra vez a la izquierda, y no tardó en llegar a la calleja que discurría junto a los muros de las cuadras. Una pila de leña, el borde sobresaliente de unos postigos hinchados, el brazo de hierro de un mástil... Además de ser pequeño, Boq era ágil, y, casi sin arañarse los nudillos, se encaramó al canalón de hojalata del establo y comenzó a subir como un cangrejo por la abrupta pendiente del tejado.

¡Ajá! ¡Llevaba semanas, quizá meses pensando en hacerlo! Pero esa noche todos los chicos habían salido de juerga; esa noche tenía la certeza de no ser visto desde Briscoe Hall. Tenía que ser esa noche, quizá la única noche. Alguna fuerza del destino debía de haberlo impulsado a resistirse a la invitación de Avaric, porque ahora estaba subido al tejado de los establos y el viento corría entre las hojas mojadas del árbol de bayas cangrejeras y de los perales, con un ruido de suave fanfarria. Las chicas estaban entrando en su dormitorio, como si hubiesen estado esperando en el pasillo a que él se situara correctamente, ¡como si hubiesen sabido de su llegada!

Vistas de cerca, no eran tan bonitas, después de todo, como...

Pero ¿dónde estaba ella?

Y bonitas o no, se veían con *claridad*: ¡los dedos que se hundían entre lazos de satén, para desatarlos, los dedos que quitaban guantes y desabrochaban ingeniosas filas de botones que eran otras tantas perlas diminutas, los dedos que se prestaban unas a otras, en los encajes interiores y los íntimos rincones que los chicos del colegio sólo conocían como parte de una mitología! ¡Qué suaves parecían las manchas de inesperado vello! ¡Qué aspecto tan maravillosamente animal! Las manos de Boq se crispaban y se aflojaban, por iniciativa propia, anhelando lo que él apenas conocía. Pero ¿dónde estaba ella?

—¿Qué demonios está haciendo ahí arriba?

De modo que se resbaló, claro, porque se sobresaltó, y porque el destino, tras haber tenido la generosidad de regalarle ese éxtasis, iba a resarcirse matándolo. Perdió pie e intentó agarrarse a la chimenea, pero falló. Dando volteretas, cayó rodando como un juguete infantil y se golpeó con las protuberantes ramas del peral, lo cual probablemente le salvó la vida, al detener su caída. Aterrizó con un golpe seco en un cuadro de lechugas, expulsando ruidosamente el aire, para su bochorno, por todos los orificios disponibles.

—¡Oh, fantástico! —dijo la voz—. Los árboles están dejando caer pronto sus frutos este año.

Había conservado una última esperanza, ahora perdida, de que la persona que le hablaba fuera su amada. Intentó parecer compuesto y educado, aunque sus gafas habían salido despedidas hacia algún sitio.

—Hola, ¿qué tal está, señorita? —dijo en tono confuso, mientras se erguía y se sentaba—. No pretendía llegar de este modo.

Descalza y cubierta con un delantal, la chica salió de detrás de un emparrado de uvas rosadas de Pertha. No era ella, no era su amor. Era la otra. Podía verlo incluso sin gafas.

—¡Ah, es usted! —dijo, intentando no parecer desolado.

La joven llevaba un colador lleno de uvas diminutas, el tipo de uvas amargas que se echan a las ensaladas primaverales.

—¡Ah, es *usted*! —dijo ella, acercándose un poco más—. Lo conozco.

—Boq, para lo que guste mandar.

—Querrá decir Boq, para aplastar mis lechugas —dijo ella, mientras recogía las gafas de él entre las judías verdes y se las devolvía.

—¿Cómo está, señorita Elphie?

—Ni tan rozagante como un racimo de uvas, ni tan aplastada como una lechuga —respondió ella—. ¿Y usted, señor Boq?

—Yo estoy considerablemente abochornado —dijo él—. ¿Tendré problemas aquí?

—Puedo arreglarlo, si quiere.

—No vale la pena. Saldré por donde he entrado. —Levantó la vista, mirando el peral—. ¡Pobre árbol! Le he partido unas cuantas ramas de buen tamaño.

—Una pena por el pobre árbol. ¿Por qué lo ha hecho?

—Me sobresalté —respondió él— y no me quedó más remedio que proyectarme como una ninfa de los bosques a través de las hojas, o bajar calladamente hasta la calle por el otro lado del establo y volver a mi vida normal. ¿Qué habría hecho usted?

—¡Ah, ése es el dilema! —replicó ella—. Pero siempre he sabido que lo primero es cuestionar la validez de la pregunta. Si yo me hubiera sobresaltado, no habría bajado calladamente hasta la calle, ni me habría precipitado ruidosamente en dirección al árbol y las lechugas. Me habría vuelto del revés como una media, para volverme más ligera, y me habría quedado flotando, hasta que la presión del aire exterior se hubiera estabilizado. Sólo entonces habría permitido que la cara interior de mi piel se asentara en el tejado, apoyando de uno en uno los dedos de los pies.

—¿Y entonces volvería a darle la vuelta a su piel? —preguntó él, entretenido.

—Dependería de quién estuviera allí y de lo que quisiera, y de que a mí me importara o no. También dependería del color que tenga el interior de mi piel. Como nunca me he vuelto del revés, no lo sé con certeza. Siempre he pensado que debe de ser horrible ser blanca y rosa como un cerdito.

—A menudo lo es —dijo Boq—, sobre todo en la ducha. Te sientes como si te faltara un golpe de horno... —Se interrumpió, porque el sinsentido se estaba volviendo demasiado personal—. Le ruego que me disculpe —dijo—. La he asustado y no era ésa mi intención.

—Supongo que estaría inspeccionando las copas de los árboles frutales, para ver los brotes nuevos. Era eso, ¿verdad? —preguntó ella, divertida.

—En efecto —respondió él con frialdad.

—¿Ha visto el árbol de sus sueños?

—El árbol de mis sueños pertenece a mis sueños y no hablo de él con mis amigos, ni con usted, a quien apenas conozco.

—¡Oh, pero si tú me conoces! Jugábamos juntos de niños, tú mismo me lo recordaste cuando coincidimos el año pasado. Prácticamente somos hermanos. Descríbeme a tu árbol favorito y yo te diré si crece por aquí.

—Se burla de mí, señorita Elphie.

—No era mi intención, Boq. —Insistió en el tratamiento más informal, como para subrayar su observación de que eran casi hermanos—. Sospecho que buscas noticias de Galinda, la chica gillikinesa que conociste en la carnicería poética de la señora Morrible, el otoño pasado.

—Quizá me conoces mejor de lo que yo creía —suspiró él—. ¿Puedo abrigar esperanzas de que piense en mí?

—Sí, podrías tener esperanzas —respondió Elphaba—, pero sería más eficaz preguntárselo a ella y acabar con el dilema. Al menos lo sabrías.

—Pero tú eres su amiga, ¿no? ¿Tú no lo sabes?

—No te conviene depender de lo que yo pueda saber o no —replicó Elphaba—, o de lo que afirme saber. Podría estar mintiendo. Podría estar enamorada de ti y traicionar a mi compañera de habitación, mintiéndote sobre ella...

—¿Es tu compañera de habitación?

—¿Te sorprende mucho?

—Bueno, no... Solamente... Solamente me alegro.

—Las cocineras se estarán preguntando qué conversaciones estaré teniendo ahora con los espárragos —dijo Elphaba—. Si quieres, podría traer aquí una noche a Galinda. Cuanto antes, mejor, para matar de manera más radical y completar tu alegría, si es eso lo que te espera —añadió—, porque, como ya te he dicho, no puedo saberlo. Si no soy capaz de predecir de qué será el pudín de la cena, ¿cómo voy a predecir los sentimientos de alguien?

Concertaron una cita para tres noches después y Boq le dio las gracias a Elphaba fervientemente, estrechándole la mano y sacudiéndola con tanta fuerza que las gafas le saltaron sobre el puente de la nariz.

—Sigues siendo mi vieja amiga Elphie, aunque haga quince años que no nos vemos —le dijo, renunciando definitivamente al tratamiento formal. La joven se retiró tras las ramas de los perales y se marchó por el sendero. Boq encontró el camino para salir del huerto y volver a su habitación y a sus libros, pero el problema no se había solucionado, no, nada de eso. Se había exacerbado. No podía concentrarse. Seguía despierto cuando oyó el ruidoso traqueteo, los susurros, los golpes y los sofocados cánticos de sus achispados amigos, cuando volvieron a Briscoe Hall.

2

Avaric se había marchado por el verano, tras finalizar los exámenes, y Boq aún no sabía si los había aprobado a fuerza de descaro o si había hecho el ridículo, y en ese último caso le quedaba muy poco que perder. Su primera cita con Galinda podía ser la última. Se preocupó por la ropa más que de costumbre y, para decidir cómo peinarse, estudió la nueva moda de los cafés (una fina cinta blanca atada a la coronilla, que estiraba el pelo y lo hacía estallar por detrás en un mar de rizos, como espuma manando de un cuenco volcado de leche). Se lustró varias veces las botas. Hacía demasiado calor para ponérselas, pero no tenía zapatos de vestir. Tendría que arreglarse.

En la noche señalada, recorrió el mismo camino y, una vez en el techo del establo, descubrió que alguien había dejado una de las escaleras de recoger la fruta apoyada contra la pared, por lo que no tuvo necesidad de bajar a través de las hojas como un vertiginoso chimpancé. Bajó con prudencia unos cuantos peldaños y omitió el resto saltando virilmente, pero esta vez con cuidado, para no caer sobre las lechugas. Sentadas en un banco bajo los gusanogales estaban Elphaba, con las rodillas informalmente flexionadas sobre el pecho y los pies descalzos apoyados en el asiento, y Galinda, con los tobillos delicadamente cruzados, el rostro oculto tras un abanico de satén y mirando de todos modos en otra dirección.

—¡Por todas las estrellas y jarreteras! ¡Un visitante! —exclamó Elphaba—. ¡Qué *enorme* sorpresa!

—Buenas noches, señoritas —dijo él.

—Tienes el pelo como un erizo aterrorizado. ¿Qué te has hecho? —dijo Elphaba.

El comentario sirvió al menos para que Galinda se volviera para mirar, pero en seguida volvió a esconderse detrás del abanico. ¿Estaría tan nerviosa? ¿Tendría el corazón desbocado?

—Bueno, a decir verdad, soy un poco Erizo, ¿no te lo había contado? —replicó Boq—. Por parte de mi abuelo, que acabó servido en forma de filetes empanados en la corte de Ozma, tras una cacería. Un recuerdo muy sabroso para todos. La receta se conserva como un legado familiar, pegada al álbum de fotos. Lo sirvieron con crema de queso y nueces. Una delicia.

—¿De verdad? —preguntó Elphaba, apoyando el mentón en las rodillas—. ¿Es cierto que eres medio Erizo?

—No, era broma. Buenas noches, señorita Galinda. Ha sido muy amable por su parte que aceptara volver a verme.

—Lo que estamos haciendo es sumamente incorrecto —dijo Galinda—, y lo es por una serie de razones, como usted bien sabe, señor Boq. Pero mi compañera de habitación no me dio respiro hasta que acepté. No puedo decir que me alegre de volver a verlo.

—¡Oh, sí, dilo, dilo! Quizá se te haga verdad —intervino Elphaba—. Inténtalo. El chico no está tan mal, para ser un muchacho pobre.

—Para mí es un honor agradarle tanto, señor Boq —dijo Galinda, esforzándose por ser cortés—. Me siento halagada.

Era evidente que no se sentía halagada, sino humillada.

—Aun así —continuó—, tiene que darse cuenta de que no puede haber una amistad especial entre nosotros. Dejando aparte el tema de mis sentimientos, hay demasiados impedimentos sociales para que podamos seguir adelante. Sólo he aceptado venir para decírselo personalmente. Me pareció lo más justo.

—Lo más justo y quizá también lo más divertido —terció Elphaba—. Por eso estoy yo aquí.

—Para empezar, está el problema de la diferencia cultural —dijo Galinda—. Usted es munchkin y yo soy gillikinesa. Tendré que casarme con uno de los míos. No hay otro camino, lo siento —añadió, bajando el abanico y levantando una mano con la palma hacia afuera, para acallar las protestas de Boq—. Además, usted es un granjero que estudia en la escuela agrícola y yo busco a un político o un economista de Ozma Towers. Así son las cosas. Además —prosiguió Galinda—, usted es demasiado bajo.

—¿Y qué me dices de su manera de subvertir las costumbres al presentarse aquí de este modo? ¿Qué me dices de lo tonto que puede llegar a ser? —dijo Elphaba.

—Ya basta —la cortó Galinda—. Es suficiente, señorita Elphaba.

—La veo a usted demasiado segura de lo que dice —replicó Boq—, si me permite el atrevimiento.

—No eres nada atrevido —dijo Elphaba—. Lo que dices es tan atrevido como un té hecho con hojas usadas. Me avergüenzo de ver tanta contención. ¡Adelante, di algo interesante! Estoy empezando a arrepentirme de no haber ido a la capilla.

—Nos está interrumpiendo, señorita Elphie —dijo Boq—. Ha hecho algo maravilloso animando a la señorita Galinda a venir a verme, pero ahora debo rogarle que nos deje a solas, para que podamos hablar.

—Ninguno de los dos entendería lo que dice el otro —repuso Elphaba con calma—. Después de todo, yo soy munchkin de nacimiento, aunque no de crianza, y soy mujer por accidente, aunque no por elección. Soy el árbitro natural entre vosotros dos. No creo que pudierais arreglaros sin mí. De hecho, si me voy del huerto, dejaréis totalmente de descifrar el lenguaje del otro. Ella habla el idioma de los Ricos, y tú, el de los Pobres de Solemnidad. Además, yo he pagado por este espectáculo, engatusando a Galinda durante tres días seguidos. Tengo derecho a mirar.

—Te agradeceré mucho que te quedes, Elphaba —dijo Galinda—. Debo llevar acompañante cuando hablo con un joven.

—¿Ves lo que te decía? —le dijo Elphaba a Boq.

—Entonces, si es imprescindible que te quedes, al menos déjame hablar —pidió él—. Por favor, déjame hablar al menos unos minutos. Señorita Galinda, lo que usted dice es cierto. Usted es de alta cuna y yo soy un plebeyo. Usted es gillikinesa y yo soy munchkin. Usted tiene unas pautas sociales que respetar y yo también las tengo. Las mías no incluyen el matrimonio con una chica demasiado adinerada, demasiado extranjera y con demasiadas expectativas. No es matrimonio lo que he venido a proponerle.

—¿Lo veis? Me alegro de no haberme marchado. Esto se está poniendo interesante —dijo Elphaba, que sin embargo cerró con fuerza la boca cuando los dos la miraron irritados.

—He venido a proponerle que nos veamos de vez en cuando, eso es todo —dijo Boq—, que nos veamos como amigos, que sin ninguna expectativa lleguemos a conocernos y a entablar una buena amistad. No negaré que me abruma usted con su belleza. Es usted la luna en la estación de sombraluz, el fruto del árbol del candelabro, el pfénix en vuelo circular...

—Parece ensayado —comentó Elphaba.

—... y el mítico mar —concluyó él, jugándoselo todo a una sola carta.

—No me atrae mucho la poesía —dijo Galinda—, pero es usted muy amable.

Parecía más animada con los cumplidos, o al menos el abanico se movía con más rapidez.

—Sin embargo —prosiguió ella—, no entiendo qué sentido puede tener la *amistad*, como usted la llama, señor Boq, entre personas solteras de nuestra edad. Me parece... no sé, una *distracción*. Creo que nos acarrearía complicaciones, especialmente teniendo en cuenta esa inclinación que usted confiesa hacia mí, que yo jamás podría retribuir. Ni en un millón de años.

—Estamos en la edad del atrevimiento —señaló Boq—. Es el único tiempo de que disponemos. Debemos vivir el presente. Somos jóvenes y estamos vivos.

—No sé si «vivos» abarca toda la idea —dijo Elphaba—. Me suena artificial, como escrito para un guión.

Galinda le dio un golpecito a Elphaba en la cabeza con el abanico cerrado y, a continuación, volvió a desplegarlo con un gesto ensayado, de una elegancia que impresionó a todos.

—Te estás poniendo pesada, *señorita Elphie*. Agradezco tu compañía, pero no te he traído de comentarista. Soy perfectamente capaz de juzgar por mí misma los méritos del discurso del señor Boq. ¡Déjame que considere su estúpida propuesta! ¡Por Lurlina que está en las alturas, no me dejas oír ni mis propios pensamientos!

Cuando se enfadaba, Galinda estaba más guapa que nunca, lo cual demostraba que también era cierto ese viejo dicho. ¡Boq estaba aprendiendo tantas cosas acerca de las mujeres! Ella había bajado el abanico. ¿Sería una buena señal? Si no sintiera nada por él, ¿se habría puesto un vestido cuyo escote dejaba al descubierto sólo un poquito más de lo que él se habría atrevido a esperar? Y además, se había puesto esencia de agua de rosas. Boq sintió que algo era posible, sintió una inclinación a frotar los labios en el lugar donde el hombro de Galinda se convertía en su cuello.

—Sus méritos —estaba diciendo ella—. Pues bien, supongo que es usted valiente y también ingenioso, por haber organizado todo esto. Si la señora Morrible llegara a descubrirlo aquí, tendría usted graves problemas. Pero imagino que ya lo sabe, por lo que puede eliminar lo de valiente. Solamente ingenioso. Usted es ingenioso y, en cuanto a su aspecto... Su aspecto es...

—¿Apuesto? —sugirió Elphaba—. ¿Cautivador?

—Divertido —decidió Galinda.

A Boq se le nubló la cara.

—¿Divertido? —repitió.

—Ya me gustaría a mí parecer divertida —apostilló Elphaba—. Lo mejor que dicen de mí es que soy «impresionante» y, cuando lo dicen, es que se han quedado con los pelos de punta.

—Bueno, puede que yo sea todas o ninguna de las cosas que ha mencionado —dijo Boq con firmeza—, pero pronto sabrá que soy obstinado. No dejaré que me niegue su amistad, Galinda. Significa demasiado para mí.

—¡Contemplad al macho de la especie, rugiendo en la jungla para atraer a su pareja! —declaró Elphaba—. Mirad cómo la hembra de la especie suelta una risita detrás de un arbusto, mientras compone la cara para decir «Disculpe, ¿ha dicho algo?».

—¡Elphaba! —le gritaron los dos.

—¡Por todos los...! ¡Chiquitina! —exclamó una voz detrás de ellos, y los tres se volvieron. Era una cuidadora de mediana edad, con delantal de rayas y el pelo gris y ralo recogido en un moño—. ¿Qué estás tramando?

—¡Ama Clutch! —exclamó Galinda—. ¿Cómo se te ha ocurrido buscarme aquí?

—Esa cocinera Tsebra me dijo que habían visto unos movimientos raros aquí fuera. ¿Te crees que están ciegas ahí dentro? ¿Y se puede saber quién es este individuo? Esto no me huele nada bien. ¡Nada bien!

Boq se incorporó.

—Soy Boq de Rush Margins, del País de los Munchkins. Prácticamente soy estudiante de tercer año, en Briscoe Hall.

Elphaba bostezó.

—¿Se ha acabado el espectáculo?

—¡Esto es un escándalo! ¡A ningún invitado lo hacen pasar al huerto, de modo que imagino que ha venido usted sin invitación! ¡Señor, márchese ahora mismo de aquí, antes de que llame a los conserjes para que lo echen!

—¡Oh, Ama Clutch, no hagas una escena! —suspiró Galinda.

—El chico aún no está suficientemente desarrollado como para preocuparse —intervino Elphaba—. Mira, aún no tiene barba, y de eso podemos deducir que...

Boq se apresuró a interrumpirla.

—Puede que todo esto haya sido un error. No he venido para que me insulten. Perdóneme, señorita Galinda, si no he conseguido divertirla. En cuanto a usted, señorita Elphaba —su voz tenía toda la frialdad que consiguió imprimirle, mucha más de la que había expresado nunca—, ha sido una equivocación confiar en su simpatía hacia mí.

—Espera y verás —prometió Elphaba—. Las equivocaciones tardan muchísimo tiempo en subsanarse, lo sé por experiencia. Mientras tanto, ¿por qué no vuelves a visitarnos un día de éstos?

—No habrá una segunda vez —dijo Ama Clutch, tratando de arrastrar a Galinda, que estaba demostrando ser más sedentaria que el cemento—. Elphaba, deberías avergonzarte por haber promovido este escándalo.

—Aquí no se ha cometido ningún pecado, excepto el de la conversación ingeniosa, y ni siquiera ha sido demasiado ingeniosa —repuso Elphaba—. Y tú, Galinda, estás demostrando demasiado empecinamiento. ¿Piensas plantarte definitivamente en este huerto, con la esperanza de que se repita esta Visitación Masculina? ¿Habremos interpretado mal tus intereses?

Finalmente, Galinda se puso en pie con cierta dignidad.

—Estimado señor Boq —dijo, como si estuviera dictando una carta—, mi propósito ha sido siempre disuadirlo de esa pretensión suya de entablar conmigo un vínculo romántico o incluso una *amistad*, como usted lo ha expresado. No he tenido intención de herir sus sentimientos. No sería propio de mí.

Al oír esto, Elphaba levantó la vista al cielo, pero por una vez mantuvo la boca cerrada, quizá porque Ama Clutch le había hundido las uñas en el codo.

—No volveré a concertar ninguna reunión como ésta, porque como me ha recordado Ama Clutch, eso sería rebajarme. —Ama Clutch no había dicho nada de eso, pero aun así, asintió con gesto sombrío—. Pero si nuestros caminos llegaran a cruzarse de manera legítima, señor Boq, al menos le haré el favor de no ignorarlo. Espero que se conforme con eso.

—Jamás —respondió Boq con una sonrisa—, pero es un principio.

—Y ahora, buenas noches —dijo Ama Clutch, en nombre de todos los presentes, mientras se llevaba a las chicas—. ¡Duerma bien, señor Boq, y no vuelva!

—¡Elphie, has estado *horrible*! —oyó que decía Galinda, al tiempo que Elphaba se volvía para despedirlo, con una sonrisa que no pudo descifrar con claridad.

3

Y así empezó el verano. Como había aprobado los exámenes, Boq podía planificar libremente un último año en Briscoe Hall. Todos los días corría a la biblioteca de Three Queens, donde bajo la atenta mirada de un titánico Rinoceronte (archivero y bibliotecario jefe), se dedicaba a limpiar viejos manuscritos, que evidentemente nadie consultaba más de una vez cada cien años. Cuando el Rinoceronte abandonaba la sala, Boq charlaba de frivolidades con los dos chicos que tenía enfrente, típicos estudiantes de Queens, llenos de chismorreos ininteligibles y referencias enigmáticas, bromistas y leales. Disfrutaba de su compañía cuando estaban de buen humor, pero detestaba sus días malos. Crope y Tibbett. Tibbett y Crope. Boq fingía desconcierto cuando su actitud se volvía demasiado descarada o sugerente, lo cual sucedía más o menos una vez por semana, pero ellos en seguida recuperaban la compostura. Por las tardes solían irse con sus sándwiches de queso a la orilla del canal de los Suicidas, a ver los cisnes. Los robustos remeros que iban y venían por el canal en su entrenamiento estival hacían que Crope y Tibbett desfallecieran y se desplomaran de cara sobre la hierba. Boq se reía de ellos sin caer en la descortesía, y esperaba a que el destino volviera a poner a Galinda en su camino.

La espera no fue demasiado larga. Unas tres semanas después de su entrevista en el huerto, una ventosa mañana de verano, un pequeño temblor de tierra causó desperfectos en la biblioteca de Three Queens y fue preciso cerrarla para realizar algunas reparaciones. Tibbett, Crope y Boq cogieron sus sándwiches, junto con un par de termos de té de la cantina, y fueron a tumbarse en su lugar favorito sobre la hierba, a orillas del canal. Quince minutos después aparecieron Ama Clutch con Galinda y otras dos chicas.

—Creo que lo conocemos... —dijo Ama Clutch, mientras Galinda permanecía unos pasos más atrás, en actitud modesta. En esos casos, correspondía a la sirvienta averiguar la identidad de los desconocidos del grupo, para que todos pudieran saludarse por su nombre.

Ama Clutch anunció en voz alta que los presentes eran los señores Boq, Crope y Tibbett, y las señoritas Galinda, Shenshen y Pfannee, y a continuación se apartó unos metros, para que los jóvenes pudieran conversar.

Boq se levantó de un salto y saludó con una ligera reverencia, mientras Galinda le decía:

—Respetando mi promesa, señor Boq, me permitiré preguntarle cómo se encuentra.

—Muy bien, gracias —respondió él.

—Está a punto como un melocotón maduro —dijo Tibbett.

—Está absolutamente suculento, visto desde este ángulo —añadió Crope, sentado un poco más atrás, pero Boq se volvió y lo miró con tanta fiereza que los dos se dieron por reconvenidos, poniendo cara de fingido enfado.

—¿Y usted, señorita Galinda? —prosiguió Boq, examinando la cara de ella, primorosamente compuesta—. ¿Cómo está usted? Me alegro mucho de verla en Shiz en verano.

No debería haberlo dicho. Las chicas más encumbradas pasaban el verano en sus casas, y Galinda, siendo gillikinesa, debía de estar mortificada por haber tenido que quedarse, como una munchkin o una plebeya cualquiera. Subió el abanico. Bajó la vista. Las señoritas Shenshen y Pfannee le tocaron los hombros en un gesto de muda simpatía. Pero Galinda siguió adelante.

—Mis queridas amigas, las señoritas Pfannee y Shenshen, han alquilado una casa durante el mes de granverano a orillas del lago Chorge, una casita encantadora cerca de la aldea de Neverdale. He decidido pasar allí las vacaciones, en lugar de emprender el fatigoso viaje a los montes Pertha.

—¡Qué refrescante!

Boq veía los bordes biselados de sus uñas pintadas, sus pestañas del color de las mariposas nocturnas, la glaseada y pulida suavidad de sus mejillas y el delicado pliegue de la piel justo en la hendidura del labio superior. A la luz de la mañana de verano, todos sus rasgos resaltaban de una manera peligrosa y embriagadora.

—¡Que se cae! —dijo Crope, y él y Tibbett se incorporaron de un salto y agarraron a Boq, cada uno por un codo. Después, Boq se acordó de respirar. Sin embargo, no pudo pensar en nada más que decir, mientras Ama Clutch no hacía sino darle vueltas al bolso entre las manos.

—Nosotros hemos conseguido un empleo —comentó Tibbett, acudiendo al rescate—, en la biblioteca de Three Queens. Hacemos las tareas domésticas de la literatura. Somos las sirvientas de la cultura. ¿Usted trabaja, señorita Galinda?

—No, desde luego que no —respondió Galinda—. Necesito descansar de los estudios. Ha sido un año agotador, realmente agotador. Todavía me duelen los ojos de tanto leer.

—¿Y vosotras, chicas? —intervino Crope, con ofensiva informalidad.

Pero las chicas solamente soltaron unas risitas y se mantuvieron apartadas. Era el encuentro de su amiga, no el suyo. Recuperado del mareo, Boq advirtió que el grupo parecía dispuesto a ponerse otra vez en movimiento.

—¿Y la señorita Elphie? —preguntó para retenerlas—. ¿Cómo está su compañera de habitación?

—Obstinada y difícil —dijo Galinda con severidad, hablando por primera vez con su voz normal, en lugar del desvaído susurro que utilizaba en sociedad—. Pero ¡Lurlina sea loada!, ha conseguido un empleo, por lo que estoy bastante aliviada. Trabaja en el laboratorio y la biblioteca, a las órdenes de nuestro doctor Dillamond. ¿Lo conoce?

—¿Al doctor Dillamond? ¿Que si conozco al doctor Dillamond? —exclamó Boq—. ¡Es el mejor profesor de biología de todo Shiz!

—Le diré que es una Cabra —aclaró Galinda.

—Sí, ya lo sé. ¡Ojalá pudiera enseñarnos a nosotros! Incluso nuestros profesores reconocen su superioridad. Al parecer, hace tiempo, cuando gobernaba el regente, solían invitarlo todos los años a dar una conferencia en Briscoe Hall. Pero eso también ha cambiado con las restricciones, por lo que no he podido conocerlo. El solo hecho de verlo brevemente el año pasado, en aquella velada poética, ya fue emocionante...

—Bueno, pues sigue insistiendo con lo mismo —dijo Galinda—. Puede que sea brillante, pero no se da cuenta de que se ha vuelto tedioso. En cualquier caso, la señorita Elphie trabaja mucho, haciendo una cosa y otra. Ella también sigue insistiendo. ¡Debe de ser contagioso!

—Ya se sabe que en los laboratorios se cultivan gérmenes —señaló Crope.

—Así es —asintió Tibbett— y, si me permites, debo añadir que tus comentarios son tan desagradables como las efusiones de Boq. Lo atribuiremos a una imaginación hiperactiva, fruto de la frustración física y afectiva...

—¿Sabe una cosa, señorita Galinda? —dijo Boq—. Entre su señorita Elphie y estos supuestos amigos míos, no tenemos la menor esperanza de entablar una amistad. ¿Le parece que en su lugar organicemos un duelo y nos matemos? Podríamos contar diez pasos, dar media vuelta y disparar. Nos ahorraría muchas molestias.

Pero Galinda no aprobaba ese tipo de bromas. Hizo un desdeñoso gesto de asentimiento con la cabeza, y el grupo femenino se puso en marcha por el sendero de grava, siguiendo la curva del canal. Se oyó entonces la voz de la señorita Shenshen, que con voz grave y susurrante decía:

—¡Pero si es un encanto, querida! ¡Como un juguete!

La voz se desvaneció y Boq se volvió para protestar por el comportamiento de sus amigos, pero ellos se lanzaron sobre él para hacerle cosquillas y los tres cayeron amontonados sobre los restos de su almuerzo. Como no había esperanzas de que cambiaran, Boq renunció al impulso de regañar a sus amigos. Después de todo, ¿qué podía importar su inmadura cháchara, si la señorita Galinda lo encontraba tan despreciable?

Una o dos semanas después, en su tarde libre, Boq fue a la plaza del Ferrocarril. Se paró delante de un quiosco, para mirar. Había cigarrillos, hechizos para conseguir sucedáneos del amor, licenciosos dibujos de mujeres a medio desvestir y pergaminos pintados con llamativas puestas de sol e inspiradas frases propagandísticas: «Lurlina vive en cada corazón»; «Vela por las leyes del Mago y las leyes del Mago velarán por ti»; «Quiera el Dios Innominado que reine la justicia en Oz». Boq tomó nota de la variedad de ideas: las había paganas y autoritarias, junto a anticuados impulsos unionistas.

Pero no vio nada abiertamente favorable a los monárquicos, que llevaban dieciséis amargos años actuando en la clandestinidad, desde que el Mago le había arrebatado el poder al regente de Ozma. La dinastía de Ozma era gillikinesa de origen, y probablemente quedarían bolsas activas de resistencia, pero en realidad Gillikin había prosperado bajo el gobierno del Mago, por lo que los monárquicos mantenían un discreto silencio. Además, todos habían oído los rumores de rigurosas acciones judiciales contra los tránsfugas y los peristrofistas.

Boq compró un periódico serio de la Ciudad Esmeralda (con fecha de varias semanas atrás, pero era el primero que veía en mucho tiempo) y se sentó en un café. Leyó que las Milicias Civiles de la Ciudad Esmeralda habían eliminado a varios Animales disidentes que estaban provocando disturbios en los jardines del palacio. Buscando noticias de las provincias, encontró un artículo de relleno sobre el País de los Munchkins, que seguía registrando condiciones próximas a la sequía. Los ocasionales aguaceros inundaban el suelo, pero el agua se escurría o se sumía en las inservibles profundidades arcillosas. Se decía que bajo la región del Vinkus había lagos subterráneos ocultos y que esos acuíferos eran suficientes para cubrir las necesidades de todo Oz, pero la idea de un sistema de canales que abarcara todo el país provocaba la risa generalizada. ¡Un gasto tan enorme! Había grandes desacuerdos entre las Eminencias y la Ciudad Esmeralda respecto a lo que convenía hacer.

«Secesión», pensó Boq sediciosamente y, cuando levantó la vista, vio a Elphaba de pie delante de él, sin ama ni acompañante.

—¡Qué deliciosa expresión tienes en la cara, Boq! —dijo—. Mucho más interesante que el amor.

—En cierto modo, *es* amor —replicó él, que en seguida recordó las buenas maneras y rápidamente se puso en pie—. ¿Me acompañas? Siéntate, por favor. A menos que te preocupe no llevar acompañante...

Elphaba se sentó, con aspecto algo empalidecido, y aceptó que Boq pidiera para ella una taza de té mineral. Llevaba bajo el brazo un paquete envuelto en papel marrón, atado con un cordel.

—Son unas cosillas para mi hermana —explicó—. Es como Galinda: le encanta el vistoso exterior de las cosas. He encontrado un chal del Vinkus en el mercado, con rosas rojas sobre fondo negro y flecos negros y verdes. Se lo voy a enviar, junto con un par de calcetines de rayas que me tejió Ama Clutch.

—No sabía que tenías una hermana —dijo él—. ¿Estaba ella en nuestro grupo cuando jugábamos juntos?

—Es tres años menor que yo —explicó Elphaba—. Pronto vendrá a Crage Hall.

—¿Es tan difícil como tú?

—Es difícil, pero de otra manera. Mi Nessarose es una inválida de bastante gravedad, de modo que es un problema. Ni siquiera la señora Morrible sabe lo mal que está. Pero cuando venga, yo seré ya una estudiante de tercero y supongo que tendré valor para enfrentarme a la directora. Si hay algo que me infunde valor, es ver que alguien le vuelve difícil la vida a Nessarose. La vida ya es suficientemente difícil para ella.

—¿La cuida tu madre?

—Mi madre ha muerto. Mi padre ha quedado a cargo, nominalmente.

—¿Nominalmente?

—Es un hombre *religioso* —dijo Elphaba, imitando con las palmas de las manos el movimiento circular de las muelas del molino, para indicar que por mucho que funcionara un molino, era imposible sacar harina cuando no había grano que moler.

—Parece una situación muy difícil para todos vosotros. ¿Cuándo murió tu madre?

—Murió de parto, y aquí termina la entrevista personal.

—Háblame del doctor Dillamond. Me han dicho que trabajas para él.

—Háblame de tu divertida campaña para ganar el corazón de Galinda la Reina del Hielo.

Boq verdaderamente quería oír hablar del doctor Dillamond, pero el comentario de Elphaba desvió su atención.

—¡Seguiré insistiendo, Elphie, te aseguro que seguiré! Cuando la veo, es tan enorme mi anhelo que siento fuego en las venas. No puedo hablar, y las cosas que me vienen a la mente son como visiones. Es como estar soñando. Es como flotar en sueños.

—Yo no sueño.

—Dime, ¿hay alguna esperanza? ¿Qué dice ella? ¿Por lo menos *imagina* alguna vez que sus sentimientos por mí pudieran cambiar?

Elphaba estaba sentada con los codos sobre la mesa, las manos entrelazadas delante de la cara y los dedos índices enfrentados y apoyados sobre sus labios finos y grisáceos.

—¿Sabes, Boq? Lo curioso es que Galinda ha acabado por caerme bien. Detrás de ese inquebrantable amor hacia sí misma, hay una mente que lucha por funcionar. A veces *piensa*. Cuando su cabeza trabaja, creo que podría, si alguien la dirigiera, pensar en ti... incluso con cierta simpatía. Lo *sospecho*. No lo sé. Pero cuando recae otra vez en sí misma y vuelve a ser esa chica que pasa dos horas diarias rizándose la preciosa cabellera es como si la Galinda pensante se metiera en algún armario interior y cerrara la puerta. O como si rehuyera histéricamente las cosas que le quedan demasiado grandes. Me cae bien de las dos maneras, pero me parece raro que sea así. A mí no me importaría dejarme a mí misma atrás, pero no conozco la salida.

—Me parece que estás siendo demasiado dura con ella e incluso un poco ofensiva —repuso Boq con seriedad—. Si ella estuviera sentada aquí, creo que se sorprendería de oírte hablar con tanta franqueza.

—Sólo intento comportarme como creo que debería comportarse una amiga, pero evidentemente no tengo mucha práctica.

—Entonces debería cuestionarme tu amistad conmigo, si también consideras tu amiga a la señorita Galinda y la criticas de ese modo a sus espaldas.

Pese a su irritación, a Boq le parecía más animada esa conversación que el tipo de cháchara convencional que había intercambiado hasta entonces con Galinda. No quería ahuyentar a Elphaba con sus invectivas.

—Voy a pedirte otro té mineral —dijo con una voz llena de autoridad, más concretamente, la voz de su padre—, y después me hablarás del doctor Dillamond.

—Olvida el té. Todavía estoy acunando esta taza, y apuesto a que no tienes más dinero que yo —dijo Elphaba—, pero te hablaré del doctor Dillamond, a menos que el sesgo y el ángulo de mis opiniones te resulten demasiado ofensivos...

—Bueno, quizá esté equivocado —repuso Boq—. Mira, hace un buen día, los dos estamos fuera del campus... A propósito, ¿cómo es que has salido sin compañía? ¿No te castiga la señora Morrible por escaparte?

—A ver si lo adivinas —sonrió ella—. En cuanto quedó claro que *tú* podías entrar y salir de Crage Hall por el huerto y el tejado del establo vecino, decidí que yo también podía. Nunca notan mi ausencia.

—Eso me resulta difícil de creer —dijo él con descaro—, porque no eres el tipo de persona que se confunde con el decorado. Ahora háblame del doctor Dillamond. Es mi ídolo.

Elphaba suspiró, apoyó por fin el paquete sobre la mesa y se acomodó, dispuesta a mantener una larga conversación. Le habló del trabajo del doctor Dillamond en el campo de estudio de las esencias naturales, encaminado a determinar por el método científico las diferencias reales entre el tejido animal y Animal, y entre el tejido Animal y humano. La literatura sobre el tema, como Elphaba había podido comprobar realizando las tareas más monótonas de documentación, estaba impregnada de ideas unionistas, como anteriormente lo había estado de ideas paganas, y no resistía el menor escrutinio científico.

—No olvides que la Universidad de Shiz fue originariamente un monasterio unionista —dijo Elphaba—, y que, pese a la actitud abierta de la élite intelectual, aún queda un sustrato de prejuicios unionistas.

—Pero yo soy unionista —replicó Boq—, y no veo el conflicto. El Dios Innominado deja espacio para muchas clases de seres, no sólo humanos. ¿Acaso te refieres a un sutil prejuicio contra los Animales, entretejido en los antiguos tratados unionistas y activo todavía en la actualidad?

—Eso es exactamente lo que cree el doctor Dillamond, y *él* mismo es unionista. Aclárame esa paradoja y yo también abrazaré la fe. Admiro intensamente a esa Cabra. Pero lo que más me interesa es el aspecto político. Si el doctor Dillamond consigue aislar un fragmento de la arquitectura biológica que le permita demostrar que *no hay ninguna diferencia* en la estructura profunda e invisible entre la materia humana y la materia Animal, que no hay diferencia alguna entre los dos grupos, o incluso entre los tres, si consideras también a los animales, entonces... bueno, ya te imaginas las implicaciones.

—No —dijo Boq—. No me imagino nada.

—¿Cómo iban a ratificarse las Interdicciones sobre Movilidad Animal si el doctor Dillamond demostrara científicamente que no hay ninguna diferencia entre la naturaleza humana y la Animal?

—Oh, eso es hacer proyectos para un futuro imposiblemente rosa.

—Piénsalo —dijo Elphaba—. Piensa, Boq. ¿Qué fundamento tendría el Mago para seguir promulgando esas Interdicciones?

—¿Y cómo persuadirlo para que no lo haga? El Mago ha disuelto la Sala de Aprobación por tiempo indefinido. Elphie, no creo que el Mago esté dispuesto a escuchar argumentos, aunque procedan de un Animal tan eminente como el doctor Dillamond.

—Pero ¡claro que debe de estar dispuesto! Es un hombre poderoso y le corresponde estar atento a los descubrimientos científicos. Cuando el doctor Dillamond tenga su prueba, le escribirá al Mago y empezará a presionar para que haya un cambio. Además, estoy convencida de que hará lo posible para que los Animales de todo el país conozcan sus intenciones. No es ningún tonto.

—Nunca he dicho que lo fuera —replicó Boq—. Pero ¿tú crees que estará próximo a conseguir esas pruebas?

—Yo soy una simple estudiante que ayuda en las labores manuales —declaró Elphaba—. Ni siquiera entiendo lo que dice. Soy su secretaria, su amanuense. Ya sabes que no puede escribir por sí mismo, porque no puede sujetar una pluma con las patas. Yo escribo al dictado, archivo los papeles y voy corriendo a la biblioteca de Crage Hall para hacer consultas.

—La biblioteca de Briscoe Hall sería un lugar mejor para encontrar ese tipo de material —sugirió Boq—. Incluso la de Three Queens, donde estoy trabajando este verano, tiene montones de documentos de las observaciones sobre la vida animal y vegetal realizadas por los monjes.

—Ya sé que no soy una chica muy corriente —señaló Elphaba—, pero el hecho de serlo me impide el acceso a la biblioteca de Briscoe Hall. Tampoco el doctor Dillamond puede acceder, por el hecho de ser un Animal, al menos por ahora, de modo que esos valiosos recursos están fuera de nuestro alcance.

—Bueno —dijo Boq despreocupadamente—, si sabes exactamente lo que buscas... yo tengo acceso a los fondos de las dos bibliotecas.

—Y cuando el bueno del doctor haya desmentido con sus estudios la diferencia entre personas y Animales, le propondré que aplique los mismos argumentos a las diferencias entre los sexos —dijo Elphaba, que sólo entonces registró lo que acababa de decir Boq y extendió la mano, casi como si fuera a tocarlo—. ¡Oh, Boq, Boq! En nombre del doctor Dillamond, acepto tu generosa oferta de ayuda. Te enviaré la primera lista de las fuentes que queremos consultar a lo largo de la semana. Sólo te pido que no menciones mi nombre. No me preocupa demasiado atraerme las iras de la Horrible Morrible, pero no quiero que descargue su enfado contra mi hermana Nessarose.

Se bebió lo que quedaba de té, recogió su paquete y se incorporó de un salto, casi antes de que Boq consiguiera ponerse en pie. Varios parroquianos que tomaban el refrigerio de media mañana leyendo sus periódicos o folletines levantaron la vista para mirar a la desmañada joven que salía empujando la doble puerta. Cuando Boq volvió a sentarse, sin comprender todavía muy bien dónde se había metido, fue cayendo en la cuenta, poco a poco pero de forma inequívoca, de que esa mañana no había ningún Animal tomando el té en la sala. Ni uno solo.

4

En años venideros (y Boq estaba destinado a vivir una larga vida), el muchacho recordaría el resto del verano como un período perfumado por el olor de los libros viejos, cuando los antiguos pasajes manuscritos nadaban ante sus ojos. Indagaba solo en las mohosas estanterías y flotaba sobre cajones de caoba llenos de pergaminos manuscritos. Durante todo el verano, pareció como si las ventanas de paneles romboidales entre paños de piedra azul no dejaran de nublarse por obra de unas gotas de lluvia pequeñas pero persistentes, casi tan frágiles y fastidiosas como granos de arena. Aparentemente, la lluvia no llegaba nunca al País de los Munchkins, pero Boq intentaba no pensar en eso.

Crope y Tibbett fueron coaccionados para investigar también para el profesor Dillamond. Al principio fue preciso disuadirlos de efectuar sus incursiones disfrazados con los falsos quevedos, las pelucas empolvadas y las capas de cuello alto que encontraron en los bien abastecidos almacenes de la Sociedad Estudiantil Teatral y Terpsicoriana de Three Queens. Pero cuando se convencieron de la seriedad de la misión, la asumieron con gusto y energía. Una vez por semana, se reunían con Boq y Elphaba en el café de la plaza del Ferrocarril. Durante esas neblinosas semanas, Elphaba se presentaba totalmente envuelta en una capa marrón, con capucha y velo que le cubrían todo excepto los ojos. Usaba unos guantes largos, grises y gastados, que presumía de haber comprado de segunda mano a un sepulturero del lugar, muy baratos por haber sido utilizados en los servicios fúnebres, y enfundaba sus flacas piernas, semejantes a dos cañas de bambú, en dos pares de medias de algodón. La primera vez que Boq la vio vestida así, le dijo:

—Acabo de convencer a Crope y a Tibbett para que abandonen el disfraz de espías y ahora tú apareces vestida como la mismísima Bruja Kúmbrica.

—No me visto para conseguir vuestra aprobación, chicos —dijo ella, quitándose la capa y doblándola con el interior hacia afuera, para evitar el contacto de la lana mojada. Cada vez que otro cliente del café pasaba a su lado, sacudiendo el agua del paraguas, ella se retraía y se estremecía si la salpicaba la gota más diminuta.

—¿Es por convicción religiosa que te mantienes siempre tan seca, Elphie? —le preguntó una vez Boq.

—Ya te lo he dicho antes. No entiendo la religión; en cambio, el concepto de *convicción* es algo que estoy empezando a asimilar. En todo caso, cualquiera que tenga una auténtica convicción religiosa es, a mi entender, un *convicto* religioso, por lo que merece que lo encierren.

—De ahí tu aversión a todo tipo de agua —observó Crope—. Podría ser una salpicadura bautismal, sin que tú lo sepas, y entonces tu libertad como agnóstica silvestre podría verse recortada.

—Creía que estabas demasiado absorto en ti mismo para reparar en mi patología espiritual —dijo Elphaba—. Y ahora veamos, chicos, ¿qué tenemos hoy?

«¡Ojalá Galinda estuviera aquí!», pensaba Boq en cada ocasión.

¡Y es que era tan refrescante la informal camaradería desarrollada entre ellos a lo largo de aquellas semanas! Todo un modelo de cordialidad y conversaciones ingeniosas. Contra todas las convenciones, habían abandonado el tratamiento formal. Se interrumpían unos a otros cuando hablaban, reían a carcajadas y se sentían atrevidos e importantes por el secretismo de su misión. A Crope y a Tibbett les preocupaban muy poco los Animales o las Interdicciones —los dos eran chicos de la Ciudad Esmeralda, hijos, respectivamente, de un recaudador de impuestos y un consejero de seguridad de palacio—, pero la apasionada fe de Elphaba en su labor los animaba. También Boq fue implicándose cada vez más. Imaginaba que Galinda se sentaba junto a ellos, perdía su aristocrática reserva y permitía que sus ojos brillaran con un objetivo compartido y secreto.

—Yo pensaba que conocía todas las formas del apasionamiento —dijo Elphaba una tarde luminosa—. Después de todo, cuando creces con un clérigo unionista como padre, llegas a esperar que la teología sea el fundamento que sustenta todo el resto de los pensamientos y las creencias. Pero ¡chicos!, esta semana el doctor Dillamond ha hecho algún tipo de descubrimiento científico. No estoy segura de lo que puede ser, pero el trabajo consistía en manipular lentes, un par de lentes, para observar los trozos de tejido que colocaba sobre un cristal transparente, iluminado por detrás con la luz de una vela. Empezó a dictar y se entusiasmó tanto que empezó a cantar sus hallazgos. ¡Compuso arias con lo que estaba viendo! ¡Recitativos sobre la estructura, el color y las formas básicas de la vida orgánica! Tiene una voz horrible y áspera como el papel de lija, como ya os imagináis que puede tener una Cabra, ¡pero cómo cantaba! Trémolo para las acotaciones, vibrato para las interpretaciones y sostenuto para las deducciones: ¡triunfantes y prolongadas vocales abiertas de descubrimiento! Estaba segura de que alguien lo oiría. Me puse a cantar con él, recitándole sus notas como una estudiante de composición musical.

Con los hallazgos, el bueno del doctor había ganado confianza y se había propuesto que sus investigaciones se volvieran más detalladas y centradas. No quería anunciar ninguno de sus descubrimientos hasta no determinar la forma políticamente más ventajosa de presentarlos. Hacia el final del verano, se redoblaron los esfuerzos por encontrar disquisiciones lurlinistas y unionistas tempranas sobre la creación y la diferenciación de los animales y los Animales.

—No se trata de formular una teoría científica recurriendo a una compañía precientífica de monjes unionistas y sacerdotes y sacerdotisas paganos —explicó Elphaba—, pero el doctor Dillamond pretende demostrar que las *ideas* de nuestros antepasados acerca de este tema eran correctas. Si averiguamos cómo lo explicaban los ancianos, podremos cuestionar mejor el derecho del Mago a imponer leyes injustas.

Era un ejercicio interesante.

—En una forma u otra, todos conocemos algunos de los mitos originales que preceden a la *Oziada* —dijo Tibbett, echando hacia atrás sus rubios mechones, con un gesto teatral—. El más coherente cuenta que nuestra querida Lurlina, supuesta reina y hada, estaba de viaje. Cansada de surcar los aires, se detuvo y mandó que surgiera de las arenas del desierto un manantial oculto hasta entonces en las profundidades de las áridas dunas. El agua obedeció y lo hizo con tanta profusión y abundancia que casi al instante nació la tierra de Oz, en toda su febril variedad. Lurlina bebió hasta quedar medio inconsciente y se fue a dormir una larga siesta en la cima del monte Runcible. Cuando despertó, alivió sus necesidades fisiológicas y dio origen así al río Gillikin, que rodea las vastas extensiones del Gran Bosque de Gillikin, bordea el extremo oriental del Vinkus y va a morir a Aguas Quietas.

»Los animales eran *terrícolas* y, por tanto, de rango inferior a Lurlina y su comitiva. No me miréis así, sé lo que significa esa palabra, lo he mirado en el diccionario. Quiere decir que habita en la superficie terrestre.

»Los animales habían aparecido como grumos de tierra amasada, desprendidos de la exuberante vegetación. Cuando Lurlina empezó a aliviarse, los animales pensaron que la impetuosa corriente era una inundación enviada para acabar con su mundo recién creado, y perdieron toda esperanza de subsistir. Presas del pánico, se arrojaron al torrente e intentaron atravesar nadando la orina de Lurlina. Los que se amedrentaron y volvieron atrás, siguieron siendo animales, bestias de carga, criaturas destinadas a ser sacrificadas por su carne, cazadas por diversión, contadas como mercancía y admiradas por su inocencia. Los que siguieron nadando y arribaron a la otra orilla recibieron los dones del pensamiento y el habla.

—¡Menudo don, ser capaz de imaginar la propia muerte! —murmuró Crope.

—Bautismo por la orina —dijo Elphaba—. ¿Será ésa una sutil manera de explicar las capacidades de los Animales y de denigrarlos al mismo tiempo?

—¿Y qué me decís de los animales que se ahogaron? —preguntó Boq—. Ellos debieron de ser los auténticos perdedores.

—O los mártires.

—O los espíritus que ahora viven bajo tierra e impiden que el agua irrigue los campos del País de los Munchkins.

Todos se echaron a reír y pidieron que les trajeran más té.

—He encontrado algunos escritos posteriores, con un sesgo más unionista —dijo Boq—. Cuentan una historia que supongo derivada del relato pagano, pero limpia de ciertos elementos. La inundación ocurrida poco después de la creación y antes del advenimiento del hombre no fue producto de una monumental meada de Lurlina, sino del mar de lágrimas que derramó el Dios Innominado en su única visita a Oz. Percibió las desgracias que iban a abatirse sobre esta tierra a lo largo del tiempo y se puso a aullar de dolor. Todo Oz quedó sumergido bajo un kilómetro y medio de marea salada. Los animales se mantuvieron a flote aprovechando algún tronco perdido o algún árbol arrancado de raíz. Los que tragaron suficientes lágrimas del Dios Innominado adquirieron una desbordante compasión por sus semejantes y comenzaron a construir balsas con la madera que flotaba a su alrededor. Con su piedad salvaron a sus congéneres y, por su bondad, se convirtieron en un nuevo grupo con uso de razón: los Animales.

—Otro tipo de bautismo, esta vez interior —dijo Tibbett—. Por ingestión. Me gusta.

—Pero ¿qué me decís de la fe del placer? —intervino Crope—. ¿Puede una bruja o un hechicero convertir a un animal en Animal con un encantamiento?

—Bueno, eso es lo que yo he estado averiguando —dijo Elphaba—. Los fieles del placer (los «pfieles») afirman que si alguien o algo, Lurlina o el Dios Innominado, pudo hacerlo una vez, entonces la magia puede volver a hacerlo. Incluso sugieren que la separación original entre Animales y animales fue un sortilegio de una Bruja Kúmbrica, un hechizo tan potente y duradero que no se ha gastado. Eso es propaganda peligrosa, auténtica malevolencia. Nadie sabe si hay en el mundo una Bruja Kúmbrica, ni si ha existido alguna vez. Yo, personalmente, creo que es una parte del ciclo lurlinista, que se ha separado y se ha desarrollado independientemente. Un sinsentido absoluto. No tenemos ninguna prueba de que la magia sea tan poderosa...

—No tenemos ninguna prueba de que *dios* sea tan poderoso —la interrumpió Tibbett.

—Entonces el argumento vale tanto contra dios como contra la magia —declaró Elphaba—, pero eso da lo mismo. Lo importante es que, si de verdad se trata de un sortilegio kúmbrico formulado hace siglos, entonces podría ser reversible. O la gente podría *percibirlo* como reversible, lo cual sería igual de malo. Mientras tanto, mientras los hechiceros experimentan con sortilegios y encantamientos, los Animales están perdiendo sus derechos, uno a uno, con suficiente lentitud para que resulte difícil advertir que se trata de una campaña política coherente. Es una posibilidad peligrosa y una con la que el doctor Dillamond no ha contado...

En ese momento, con un gesto brusco, Elphaba se cubrió la cabeza con la capucha y desapareció entre los pliegues de la capa.

—¿Qué pasa? —dijo Boq, pero ella se llevó un dedo a los labios.

Crope y Tibbett, como si lo hubieran ensayado, se enfrascaron en una jocosa y tonta conversación sobre su ambición profesional de ser raptados por los piratas del desierto y obligados a bailar el fandango sin más ropa que las cadenas de los esclavos. Boq no consiguió ver nada extraño: un par de funcionarios leyendo los pronósticos de las carreras, varias señoras elegantes con sus limonadas y sus folletines, y un viejo profesor que parecía parodiarse a sí mismo, tratando de resolver algún teorema por el procedimiento de ordenar y reordenar unos terrones de azúcar a lo largo de la hoja del cuchillo de la mantequilla.

Unos minutos después, Elphaba se tranquilizó.

—Ese artilugio tiktokista trabaja en Crage Hall. Creo que se llama

Grommetik. Suele ir detrás de la señora Morrible como un cachorrito necesitado de cariño. Me parece que no me ha visto.

Pero estaba demasiado nerviosa para continuar la conversación y, una vez que se hubo asegurado de que todos tenían nuevas misiones asignadas, el equipo se dispersó por las calles neblinosas.

5

Dos semanas antes de que comenzara el nuevo semestre en Briscoe Hall, Avaric volvió de su casa, la residencia del marqués de Tenmeadows. Estaba bronceado por el ocio del verano y ansioso de diversión. Se burló de Boq por haber hecho amistad con chicos de Three Queens, y en otras circunstancias Boq probablemente habría dejado decaer su nueva alianza con Crope y Tibbett. Pero ahora estaban todos involucrados en la investigación del doctor Dillamond, por lo que Boq se limitó a aguantar las pullas de Avaric.

Elphaba le comentó un día que había recibido una carta de Galinda, desde la casa de sus amigas en el lago Chorge.

—¿Te lo puedes creer? Me ha propuesto que coja una diligencia y vaya a visitarla por un fin de semana —dijo Elphaba—. Se estará muriendo de aburrimiento, con esas chicas de la buena sociedad.

—¿Cómo va a aburrirse, si ella misma es una chica de la buena sociedad? —replicó Boq.

—No me pidas que te explique los matices de ese círculo —dijo Elphaba—, pero sospecho que nuestra señorita Galinda no es tanto de la buena sociedad como aparenta.

—Y bien, Elphie, ¿cuándo piensas ir? —preguntó Boq.

—Nunca —respondió ella—. Este trabajo es demasiado importante.

—Enséñame la carta.

—No la tengo.

—Tráemela.

—¿Qué te propones?

—Tal vez te necesite. Siempre parece necesitarte.

—¿Ella me necesita *a mí*? —Elphaba se echó a reír, con una risa áspera y estentórea—. Bueno, ya sé que te tiene enamorado y hasta cierto punto me siento responsable. Te enseñaré la carta la semana que viene. Pero no pienso ir sólo para que puedas emocionarte vicariamente, Boq, por mucho que seas mi amigo.

A la semana siguiente, desplegó la carta:

Querida Elphaba:

Te escribo porque me lo han pedido mis dos anfitrionas, las señoritas Pfannee de Pfann Hall y Shenshen del Clan Minkos. Estamos pasando un verano adorable en el lago Chorge. El aire es dulce y sereno, y todo es más placentero que nada en el mundo. Si quieres venir tres o cuatro días de visita, antes de que empiecen las clases, sabemos que te has esforzado mucho trabajando durante todo el verano. Un pequeño cambio. Si quieres venir, no hace falta que escribas, si quieres visitarnos. Ven en diligencia a Neverdale y luego ven a pie o alquila una calesa, estamos a un par de kilómetros del puente. La casa es divina, cubierta de hiedra y rosas, se llama «Capricho en el Pinar». ¡Quién no adoraría un sitio como éste! ¡De verdad, espero que puedas venir! Lo espero muy especialmente por razones que no me atrevo a escribir. No puedo recomendarte ninguna acompañante, ya que Ama Clutch está aquí y también están aquí Ama Clipp y Ama Vimp. Decide tú. Esperamos compartir largas horas de divertida conversación. Tu fiel amiga,

Galinda de los Arduennas de las Tierras Altas

33 de granverano, mediodía en «Capricho en el Pinar»

—¡Pero tienes que ir! —exclamó Boq—. ¡Mira cómo te escribe!

—Como alguien que no escribe muy a menudo —observó Elphaba.

—«¡De verdad, espero que puedas venir!», te dice. Te necesita, Elphie. ¡Insisto en que vayas!

—¿Ah, sí? ¿Entonces por qué no vas *tú*? —replicó Elphaba.

—¿Cómo voy a ir yo, si no me han invitado?

—Eso tiene fácil arreglo. Le escribiré y le diré que te invite —dijo Elphaba, buscando un lápiz en el bolsillo.

—Ahórrese su condescendencia, señorita Elphaba —respondió él con aspereza—. Esto es muy serio.

—Estás enfermo y ciego de amor —dijo ella—. Y no me gusta que vuelvas a llamarme «señorita Elphaba» para castigarme por no estar de acuerdo contigo. Además, no puedo ir. No tengo acompañante.

—Yo seré tu acompañante.

—¡Ja! ¡Como si la señora Morrible fuera a permitirlo!

—Bueno, y ¿qué te parece... qué te parece mi amigo Avaric? —dejó caer Boq—. Es hijo de un marqués. Es irreprochable en virtud de su rango. ¡Hasta la señora Morrible cedería ante el hijo de un marqués!

—La señora Morrible no cedería ni ante un huracán. Además, ¿no te importa lo que yo piense? No me apetece nada viajar con ese Avaric.

—Elphie —insistió Boq—, estás en deuda conmigo. Te he estado ayudando todo el verano y he conseguido que Crope y Tibbett ayuden también. Ahora tienes que devolverme el favor. Ve y pídele unos días libres al doctor Dillamond y yo le hablaré a Avaric, que se muere por hacer algo. Iremos los tres al lago Chorge. Avaric y yo alquilaremos una habitación en una posada y nos quedaremos muy poco tiempo, sólo el tiempo suficiente para asegurarnos de que Galinda esté bien.

—No me preocupa ella. ¡Me preocupas tú! —replicó Elphaba, y Boq comprendió que se había salido con la suya.

La señora Morrible se negó a dejar a Elphaba al cuidado de Avaric.

—Su estimado padre nunca me lo perdonaría, señorita Elphaba —dijo—, pero yo no soy la Horrible Morrible que usted imagina. ¡Oh, desde luego que conozco los apodos que me pone, señorita Elphaba! ¡Divertidos como travesuras juveniles! Me preocupa su salud, y con lo mucho que ha trabajado durante todo el verano, veo que se está volviendo... cómo le diría... un poco verdigrís. Así pues, le haré una propuesta conciliadora. Si consigue convencer a los señores Avaric y Boq para que viajen con usted y con mi pequeño Grommetik, que con mucho gusto les prestaré para que la cuide a usted y usted cuide de él, entonces autorizaré su pequeña diversión veraniega.

Elphaba, Boq y Avaric viajaron en la diligencia, con Grommetik arriba, en el portaequipajes. Elphaba cruzaba la mirada con Boq de vez en cuando y le hacía una mueca, pero no prestaba la menor atención a Avaric, quien le había inspirado un desagrado instantáneo.

Cuando Avaric hubo terminado de leer el boletín de las carreras, comenzó a lanzarle pullas a su amigo a propósito del viaje.

—Debería haber supuesto, cuando me marché de vacaciones, que te estabas debatiendo en las agonías del amor. Tenías una expresión grave que me confundió. Pensé que sería consunción, como mínimo. ¡Tenías que haber venido conmigo la noche anterior a mi partida! Una visita al Club de Filosofía hubiese sido exactamente lo que te habría recetado el médico.

Para Boq fue embarazoso que su amigo mencionara ese desliz en presencia de una señorita, pero Elphaba no pareció ofendida. Quizá no sabía lo que era. Boq intentó desviar la conversación.

—No conoces a Galinda, pero te parecerá encantadora —dijo—. Te lo aseguro.

«Y es muy probable que ella te encuentre encantador *a ti*», pensó un poco más tarde. Pero estaba dispuesto a acomodarse incluso a eso, si era preciso, para ayudar a Galinda a salir de una situación complicada.

Mientras tanto, Avaric contemplaba a Elphaba con mirada desdeñosa.

—Señorita Elphaba —le dijo utilizando el tratamiento formal—, ¿significa su nombre que corre sangre de elfos por sus venas?

—¡Qué idea tan original! —respondió ella—. Si así fuera, supongo que mis brazos y mis piernas serían quebradizos como fideos sin cocer y se desprenderían a la menor presión. ¿Le importaría aplicar un poco de fuerza? —propuso, tendiendo un antebrazo verde como las hojas del limoncillo—. Hágalo, se lo ruego, para que podamos zanjar este asunto de una vez por todas. Llegará a la conclusión de que la fuerza relativa necesaria para romperme el brazo (en comparación con otros brazos que habrá roto usted) es directamente proporcional a la cantidad relativa de sangre humana frente a sangre élfica que corre por mis venas.

—No pienso tocarla —replicó Avaric, consiguiendo así decir muchas cosas de una vez.

—El elfo que hay en mí lo lamenta —dijo Elphaba—. Si me hubiera desmembrado, señor Avaric, podrían haberme remitido a Shiz por correo, en pequeños trozos, y de ese modo me habría ahorrado el tedio de estas vacaciones forzadas. Y de esta compañía.

—Oh, Elphie —suspiró Boq—. De este modo no empezamos nada bien y tú lo sabes.

—Yo creo que todo marcha a pedir de boca —intervino Avaric, con una mirada feroz.

—No sabía que la amistad iba a exigirme tanto —le espetó Elphaba a Boq—. Antes estaba mucho mejor.

A última hora de la tarde, llegaron a Neverdale, se instalaron en la posada y se encaminaron a pie, por la orilla del lago, hacia el Capricho en el Pinar.

Dos mujeres mayores estaban al sol, en el porche, quitando los hilos a un montón de judías verdes y tuercemuñecas. La que Boq reconoció era Ama Clutch, la acompañante de Galinda, y la otra debía de ser el ama que cuidaba a cualquiera de las otras dos señoritas, Shenshen o Pfannee. Se sobresaltaron al ver la comitiva que se aproximaba por el camino, y Ama Clutch se inclinó hacia adelante, dejando caer al suelo las judías verdes que tenía sobre la falda.

—¡Quién lo hubiese dicho! —exclamó mientras se acercaban—. ¡Si es la señorita Elphie! ¡Por las patillas de mi tío! ¡Jamás lo hubiera imaginado!

Se puso en pie con dificultad y rodeó con sus brazos a Elphaba, que se mantuvo rígida como una figura de escayola.

—¡Danos un minuto para que recuperemos el aliento, bonita! —dijo Ama Clutch—. ¡Por todos los cielos impolutos! ¿Qué haces tú aquí, Elphaba? ¡No parece posible!

—La señorita Galinda me ha invitado —respondió ella—, y mis compañeros de viaje, que aquí están, han insistido en venir conmigo, de modo que me vi obligada a aceptar.

—No sabía nada —dijo Ama Clutch—. Dame esa maleta tan pesada, Elphaba, y déjame que te busque algo limpio para ponerte. Necesitarás cambiarte después del viaje. Ustedes, caballeros, se alojarán en el pueblo, *lógicamente*. Pero ahora las chicas están en el pabellón de verano, a orillas del lago.

Los viajeros siguieron su camino por una senda interrumpida por peldaños de piedra en los tramos más empinados. Como Grommetik tardaba más tiempo en superar la escalera, se fue quedando rezagado. A nadie le apetecía quedarse atrás y ayudar a un personaje de piel tan dura y pensamientos tan mecánicos como los suyos. Tras rodear la última espesura de arbustos de acebo volador, el grupo llegó al pabellón.

Era el esqueleto de una casa, hecha de troncos sin desbastar, con los seis lados abiertos a la brisa, un arabesco de ramitas y el lago Chorge al fondo, como un intenso campo azul. Las chicas estaban sentadas sobre peldaños y sillas de mimbre, y Ama Clipp parecía absorta en una labor que requería tres agujas y muchos hilos de diferentes colores.

—¡Señorita Galinda! —exclamó Boq, necesitado de que su voz fuera la primera en oírse.

Las chicas levantaron la cabeza. Con evanescentes vestidos de verano, sin corsés ni zagalejos, parecían pajarillos a punto de dispersarse.

—¡Horror de horrores! —exclamó Galinda, sin dar crédito a sus ojos—. ¿Qué hace usted aquí?

—¡No estoy presentable! —chilló Shenshen, señalándose los pies descalzos y los pálidos tobillos descubiertos.

Pfannee se mordió la comisura de los labios e intentó reconvertir su mueca en una sonrisa de bienvenida.

—No voy a quedarme mucho tiempo —dijo Elphaba—. Y a propósito, chicas, os presento a Avaric, heredero del marquesado de Tenmeadows, de Gillikin, y éste es Boq, del País de los Munchkins. Los dos estudian en Briscoe Hall. Señor Avaric, como puede deducir de la expresión embelesada en el rostro de Boq, ésta es la señorita Galinda de los Arduennas, y éstas son las señoritas Shenshen y Pfannee, que son perfectamente capaces de delinear por sí solas su extenso pedigrí.

—Pero ¡qué encantadora sorpresa! ¡Y qué atrevimiento! —exclamó Shenshen—. La señorita Elphaba, que nunca nos dirige la palabra, se ha redimido *por siempre jamás* con esta agradable sorpresa. ¿Cómo están, caballeros?

—Pero —tartamudeó Galinda—, pero ¿qué haces tú aquí? ¿Ha pasado algo?

—Estoy aquí porque cometí la estupidez de mencionarle tu invitación a Boq, que la interpretó como una señal del Dios Innominado para que te visitáramos.

Pero llegados a ese punto, la señorita Pfannee ya no pudo controlarse y se desplomó en el suelo del pabellón, retorciéndose de risa.

—¿Qué? —dijo Shenshen—. ¿Qué?

—¿De qué invitación me estás hablando? —inquirió Galinda.

—Supongo que no tendré que enseñártela —dijo Elphaba. Por primera vez, desde que Boq la conocía, parecía confusa—. Supongo que no tendré que sacarla y...

—Creo que me han tendido una trampa para humillarme —dijo Galinda, mirando con fiereza a la indefensa Pfannee—. He sido humillada por pura diversión. ¡Esto no tiene ninguna gracia, señorita Pfannee! Creo seriamente que debería... ¡darte un puntapié!

Justo en ese instante, Grommetik apareció por detrás de los arbustos de acebo volador. La visión del estúpido artefacto de cobre tambaleándose al borde de la escalera de piedra hizo que Shenshen se dejara caer contra una columna y se uniera a Pfannee en un torrente de incontrolables carcajadas. Hasta Ama Clipp estaba sonriendo para sus adentros cuando empezó a guardar sus materiales.

—Pero ¿qué sucede? —preguntó Elphaba.

—¿Para qué has nacido? ¿Para importunarme? —dijo Galinda entre lágrimas a su compañera de habitación—. ¿Acaso he pedido yo tener algo que ver contigo?

—No, por favor, no —dijo Boq—. No, señorita Galinda, no diga una palabra más. Está usted contrariada.

—Yo... escribí... la carta —consiguió articular Pfannee, entre ataques de carcajadas. Avaric empezó a reír entre dientes y los ojos de Elphaba se agrandaron, ligeramente desenfocados.

—¿Quieres decir que no me has escrito para invitarme a venir? —le dijo Elphaba a Galinda.

—¡Desde luego que no! ¡De ninguna manera! —replicó Galinda, que en su ira comenzaba a recuperar el control, aunque el daño ya estaba hecho, como bien supuso Boq—. Mi estimadísima Elphaba, yo jamás habría soñado con exponerte a las desconsideradas crueldades que estas señoritas perpetran una contra otra y también contra mí, nada más que por divertirse. Además, no hay lugar para alguien como tú en un sitio como éste.

—Pero yo he sido invitada —insistió Elphaba—. Pfannee, ¿escribiste *tú* esa carta haciéndote pasar por la señorita Galinda?

—¡Y te lo has tragado! —exclamó entre risas Pfannee.

—Muy bien. Es tu casa y acepto tu invitación, aunque haya sido escrita bajo presupuestos falsos —prosiguió impasible Elphaba, en tono uniforme, fijando la mirada en los ojos repentinamente alarmados de Pfannee—. Subiré a deshacer mi equipaje.

Y diciendo esto, se alejó a grandes zancadas. Sólo Grommetik la siguió. El aire se volvió rancio con las cosas que nadie se atrevía a decir. Al cabo de un momento, Pfannee dominó su histeria y, tras gruñir y resoplar un poco, se quedó quieta y callada, tumbada con vaporoso descuido sobre las baldosas del suelo del pabellón.

—Bueno, no es necesario que todos me acuchilléis con vuestra actitud desdeñosa —dijo finalmente—. Sólo ha sido una broma.

Elphaba se quedó todo un día en su habitación. Galinda entraba y salía con una bandeja. A veces se quedaba unos minutos. Los chicos iban a nadar y a remar en el lago con las chicas. Boq intentó avivar en su corazón cierto interés por Shenshen o Pfannee, que ciertamente coqueteaban bastante. Pero las dos parecían cautivadas por Avaric.

Al final, Boq acorraló a Galinda en el porche y le rogó que hablara con él. Ella accedió, prueba de que volvía a comportarse decentemente, y ambos se sentaron en un columpio, a escasa distancia el uno del otro.

—Supongo que tengo yo la culpa, por no haber descubierto el engaño —dijo Boq—. Elphie no quería aceptar la invitación. Yo la convencí.

—¿Elphie? ¿Qué manera es ésa de referirse a una señorita? —dijo Galinda—. ¿Qué se ha hecho de la formalidad y la corrección?

—Nos hemos hecho amigos.

—Le aseguro que ya lo había notado. ¿Por qué la convenció para que aceptara la invitación? ¿Acaso no sabía usted que yo jamás escribiría algo así?

—¿Cómo iba a saberlo? ¡Es su compañera de habitación!

—¡Por orden imperativa de la señora Morrible, no por elección mía! ¡Espero que lo recuerde!

—No lo sabía. Aparentemente, se llevaban bien.

Ella hizo un mohín y lloriqueó, pero pareció hacerlo para sus adentros.

Boq prosiguió:

—Si considera que ha sido humillada, ¿por qué no se marcha?

—Quizá debería hacerlo —respondió—. Lo estoy pensando. Elphaba dice que marcharse es admitir la derrota. Pero si sale de su refugio y empieza a corretear con el resto del grupo (¡y conmigo!), la broma se volverá intolerable. *Ellas no la aprecian* —explicó.

—¡Usted tampoco, por lo que veo! —dijo Boq, en un susurro explosivo.

—Es diferente. A mí me asiste el derecho y la razón —replicó ella—. Yo estoy obligada a soportarla. ¡Y todo porque mi estúpida ama pisó un clavo oxidado en la estación de Frottica y se perdió la reunión de orientación! ¡Toda mi carrera académica desvanecida en el aire por el descuido de mi ama! ¡Cuando sea una hechicera, me vengaré de ella!

—Piense que Elphaba nos ha unido —dijo Boq suavemente—. Ahora estoy más cerca de ella y también más cerca de usted.

Galinda pareció rendirse. Echó hacia atrás la cabeza, apoyándola en los cojines de terciopelo del columpio, y dijo:

—¿Sabes, Boq? A mi pesar, tengo que reconocer que eres un poco agradable, un poco exasperante y un poco adictivo.

Boq contuvo el aliento.

—¡Pero eres *pequeño*! —concluyó—. ¡Eres un *munchkin*, por el amor de dios!

Él la besó, la besó y la besó, muy poquito a poco.

Al día siguiente, Elphaba, Galinda, Boq y Grommetik (y también Ama Clutch, desde luego) realizaron el viaje de seis horas de regreso a Shiz, con menos de una docena de breves comentarios entre ellos. Avaric se quedó, para seguir divirtiéndose con Pfannee y Shenshen. La fastidiosa lluvia empezó a caer en las afueras de Shiz, y las augustas fachadas de Crage Hall y Briscoe Hall estaban casi borradas por la niebla cuando por fin llegaron a casa.

6

Boq no tuvo tiempo ni ganas de hablar de su romance cuando volvió a encontrarse con Crope y Tibbett. El Rinoceronte bibliotecario, que casi no había prestado atención a los chicos ni a sus progresos durante todo el verano, de pronto había comprendido lo poco que habían avanzado y se había vuelto todo jadeos reumáticos y ojos atentos. Los chicos hablaban poco, cepillaban y limpiaban los pergaminos, y frotaban con aceite de avesol las cubiertas de piel y los broches de latón pulido. Sólo quedaban unos días de aquel tedio.

Una tarde, Boq le echó un vistazo al códice que estaba manipulando. Normalmente trabajaba sin prestar atención al tema tratado en los libros, pero el rojo brillante de la ilustración atrajo su vista. Era la imagen (¿quizá de cuatrocientos o quinientos años de antigüedad?) de una Bruja Kúmbrica. El celo visionario o la angustia de algún monje había inspirado los trazos. La Bruja se erguía sobre un istmo que comunicaba dos cuerpos rocosos, entre grandes extensiones de mar azul celeste, con espumosas olas de sorprendente vigor y singularidad. Llevaba en sus manos un animal de especie irreconocible, que claramente estaba ahogado o casi ahogado. Lo rodeaba con un brazo, que, sin el menor realismo en cuanto a la flexibilidad del esqueleto, envolvía amorosamente el dorso mojado e hirsuto de la bestia. Con la otra mano, se estaba sacando un pecho de la túnica para amamantar a la criatura. Su expresión era difícil de interpretar. ¿La habría emborronado la mano del monje, o tal vez la edad y la pátina del tiempo le habían conferido cierto matiz de compasión? Su actitud era casi maternal, con un hijo desgraciado. Su aspecto era reconcentrado, triste, o algo parecido. Pero sus pies no concordaban con su expresión, porque se agarraban a la estrecha playa de una manera

prensil que resultaba evidente incluso a través de los zapatos plateados, cuyo brillo de moneda de curso legal había sido lo primero en
atraer la vista de Boq. Además, los pies estaban vueltos hacia afuera
en ángulo recto respecto a las espinillas. Se veían de perfil, como imágenes especulares, con los talones unidos entre sí y los dedos apuntando en direcciones opuestas, como en una postura de ballet. El vestido era de un azul vaporoso, como el cielo al amanecer. Por los
tonos encendidos de la ilustración, Boq supuso que el documento debía de llevar siglos sin que nadie lo abriera.

Dramática o teleológicamente, la imagen parecía una especie de
híbrido entre los diferentes mitos de la creación de los Animales. Ahí
estaban las aguas de la inundación, ya fueran las derivadas de la leyenda de Lurlina o la del Dios Innominado, ya se tratara de la crecida
de las aguas o de su retirada. ¿Estaría la Bruja Kúmbrica interfiriendo
en el destino predeterminado de las bestias o procurando que se cumpliera? Aunque la escritura era demasiado enrevesada y arcaica para
que Boq pudiera descifrarla, quizá el documento apoyaba la fábula según la cual los Animales habían recibido los dones del habla, la memoria y el remordimiento a raíz de un sortilegio de la Bruja Kúmbrica.
O quizá simplemente la desmentía, pero con desbordante entusiasmo.
Se mirase como se mirase, por todas partes surgía el sincretismo del
mito, el voraz apetito de los mitos por asimilar las más diversas corrientes narrativas. ¿O no sería la ilustración el medio empleado por algún
monje alarmado para sugerir que los Animales habían recibido sus
privilegios a través de otra forma de bautismo, mamando de los pechos de la Bruja Kúmbrica, enaltecidos por la leche de la Bruja?

Las especulaciones no eran el punto fuerte de Boq, que ya pasaba
suficientes apuros estudiando los nutrientes y las plagas comunes de
la cebada. Tenía que hacer lo impensable y entregarle el códice al
doctor Dillamond. Los conocimientos que encerraba podían ser valiosos.

O quizá —pensó, mientras se dirigía apresuradamente a ver a Elphaba, con el manuscrito bien guardado en el hondo bolsillo de su
capa, fuera ya de la biblioteca de Three Queens—, quizá la Bruja no

estaba alimentando al animal empapado, sino matándolo. ¿Lo estaría sacrificando para contener la inundación?

El arte lo superaba.

Se había encontrado casualmente con Ama Clutch en el bazar y le había rogado que le entregara una nota a Elphaba. La buena mujer le pareció más amable con él que de costumbre; ¿sería que Galinda estaría alabando sus virtudes en la intimidad de su habitación?

Era la primera vez que veía a la graciosa habichuela verde saltarina desde que habían regresado a Shiz. Y allí estaba ella, llegando puntual al café tal como le había pedido, enfundada en un fantasmagórico vestido gris, con un jersey abotonado que se deshilachaba en las mangas y un paraguas de hombre, grande, negro y semejante a una lanza cuando lo cerraba. Elphaba cayó en el asiento con un ruido seco y se puso a examinar el manuscrito. Lo miró con más detenimiento de lo que se permitía mirar a Boq y escuchó la exégesis de su amigo, pero la encontró poco convincente.

—¿Por qué no puede ser Lurlina, la reina de las hadas? —preguntó.

—Tal vez porque le faltan los accesorios del glamour: el halo de dorados cabellos, la elegancia, las alas transparentes, la varita...

—Los zapatos plateados son bastante vistosos —replicó ella, mordisqueando una galleta.

—No parece la ilustración de una iniciativa o... ¿cómo decirlo?, de una génesis. Más que una acción, parece una reacción. El personaje da la impresión de estar como mínimo confuso, ¿no crees?

—Llevas demasiado tiempo en compañía de Crope y Tibbett; vuelve a tu cebada —respondió ella, mientras guardaba el pergamino—. Te estás volviendo impreciso y rebuscadamente artístico. Pero le daré esto al doctor Dillamond. Te diré que no deja de hacer descubrimientos. El método de las lentes opuestas está abriendo todo un mundo nuevo de arquitectura corpuscular. Me dejó mirar una vez, pero no pude distinguir mucho, excepto los énfasis y las inclinaciones, los colores y las pulsaciones. Está muy animado. El problema que veo ahora es cómo conseguir que pare. Creo que está a punto de fundar una nueva rama del conocimiento, y cada día sus hallazgos suscitan un centenar de nuevas preguntas: clínicas, teóricas, hipotéticas e incluso ontológicas, supongo. Se queda hasta muy tarde por la noche en los laboratorios. Cuando nos acostamos, vemos sus luces encendidas.

—¿Necesita algo más de nosotros? Sólo me quedan dos días más en la biblioteca y después empiezan las clases.

—No logro que concentre sus esfuerzos. Creo que sólo está reuniendo lo que tiene.

—¿Qué me dices entonces de Galinda, si es que de momento hemos terminado con el espionaje? —dijo él—. ¿Cómo está? ¿Pregunta por mí?

Elphaba se permitió mirar a Boq.

—No, en realidad Galinda no habla nada de ti. Pero por darte unas esperanzas que no mereces, te diré que prácticamente no me habla de ninguna otra cosa. Está profundamente enfurruñada.

—¿Cuándo volveré a verla?

—¿Tanto significa para ti? —preguntó ella con una sonrisa cansada—. Boq, ¿de verdad significa tanto para ti?

—Ella es mi mundo —respondió él.

—Si ella es tu mundo, tu mundo es demasiado pequeño.

—No puedes criticar el tamaño de un mundo. No puedo evitarlo, ni puedo hacer nada al respecto, ni puedo negarlo.

—Te diría que pareces tonto —dijo ella, sorbiendo de la taza las últimas gotas de té tibio—. Te diría que algún día recordarás este verano y te avergonzarás de ti mismo. Puede que sea bonita, sí, de acuerdo, es muy bonita, pero tú vales más que una docena de chicas como ella. Te mereces otra cosa.

Ante la conmocionada expresión de Boq, ella levantó las manos a modo de protesta:

—¡No, yo no! ¡No me refiero a mí! ¡Oh, por favor, no pongas esa cara! ¡Ahórrame esa cara!

Pero él no estaba seguro de creerse sus protestas. Elphaba reunió sus cosas precipitadamente y salió a toda prisa, derribando con estrépito la escupidera y desgarrando con el paraguas el periódico que estaba leyendo alguien. No miró a los dos lados antes de atravesar corriendo la plaza del Ferrocarril y estuvo a punto de ser atropellada por un viejo Buey montado en un aparatoso triciclo.

La siguiente vez que Boq vio a Elphaba y a Galinda, todos los pensamientos de romance se desvanecieron. Fue en el pequeño parque triangular, delante del pórtico de Crage Hall. Él casualmente pasaba por ahí, una vez más, llevando en esa ocasión a rastras a Avaric. Las puertas se abrieron y Ama Vimp salió en tromba, con la cara pálida y la nariz moqueando, seguida de un agitado enjambre de chicas. Entre ellas estaban Elphaba, Galinda, Shenshen, Pfannee y Milla. Libres de la prisión de los muros, las chicas se reunieron en apretados círculos para comentar lo sucedido, o se quedaron conmocionadas detrás de los árboles, o se abrazaron, gimiendo y enjugándose mutuamente las lágrimas.

Boq y Avaric fueron rápidamente al encuentro de sus amigas. Elphaba tenía los hombros levantados como el lomo de un gato y su cara era la única seca. Se mantenía a cierta distancia de Galinda y las demás. Boq hubiese querido rodear a Galinda con sus brazos, pero ella sólo lo miró una vez, antes de hundir la cara en el cuello de piel de teco de Milla.

—¿Qué pasa? ¿Qué ha sucedido? —dijo Avaric—. ¿Señorita Shenshen? ¿Señorita Pfannee?

—Es demasiado espantoso —exclamaron ellas llorando, mientras Galinda asentía con la cabeza y ensuciaba moqueando la blusa de Milla, sobre la costura del hombro—. Ha venido la policía, y también un médico, pero parece ser que...

—¿Qué? —dijo Boq y después se volvió hacia Elphaba—. Elphie, ¿qué sucede? ¿Qué pasa?

—Lo han descubierto —respondió ella. Tenía los ojos vidriosos como la porcelana antigua de Shiz—. De algún modo, los bastardos lo han descubierto.

El portal volvió a abrirse con un crujido y pétalos de tempranas flores otoñales de enredadera, moradas y azules, se desprendieron bailando de los muros del colegio. Se quedaron flotando como mariposas y cayeron lentamente, mientras tres policías con sus gorras y un médico con birrete negro salían por la puerta, cargando una camilla. Una manta roja cubría al paciente, pero el viento que agitaba los pétalos atrapó una esquina de la manta y la levantó en un pliegue triangular. Las chicas lanzaron un chillido y Ama Vimp corrió para volver a bajar la manta, pero a la luz del sol todas habían mirado y habían visto los hombros retorcidos y la cabeza echada hacia atrás del doctor Dillamond. En su garganta, aún quedaban coaguladas cuerdas de sangre negra, marcando el sitio donde el doctor había sido degollado con tanta pericia como si hubiese estado en un matadero.

Boq se sentó, asqueado y alarmado, con la esperanza de no haber visto la muerte, sino tan sólo una herida espantosa pero susceptible de curación. Sin embargo, ni los agentes ni el médico tenían prisa, pues ya no había motivo para apresurarse. Boq se recostó contra el muro, y Avaric, que nunca había visto a la Cabra, cogió fuertemente con una mano las dos manos de Boq, mientras se cubría el rostro con la otra.

Al poco, Galinda y Elphaba se dejaron caer junto a él y hubo algo de llanto, un llanto prolongado, antes de que pudieran articular alguna palabra. Finalmente, Galinda contó lo sucedido.

—Anoche nos fuimos a dormir... y entonces Ama Clutch va y se levanta para cerrar las cortinas, como hace siempre. Entonces mira para abajo y dice, casi como hablando para sus adentros: «Ah, las luces vuelven a estar encendidas. Ya está trabajando otra vez el doctor Cabra.» Después mira un poco más, en dirección al jardín, y dice: «¡Mira qué gracia!» Yo no le presto atención, pero Elphaba pregunta: «¿Qué es lo que tiene gracia, Ama Clutch?» Y Ama Clutch simplemente cierra bien la cortina y dice con una voz un poco rara: «Oh, no es nada, bonitas, pero voy a bajar para asegurarme de que todo esté en orden. Vosotras quedaos en la cama.» Nos da las buenas noches y se marcha, y no sé si baja o qué, pero las dos nos quedamos dormidas y por la mañana no aparece para traernos el té. ¡*Siempre* nos trae el té! ¡Siempre nos lo trae!

Galinda se echó a llorar. Se derrumbó y volvió a incorporarse sobre las rodillas, mientras intentaba desgarrarse el vestido negro con hombreras y colgantes blancos. Elphaba, con los ojos secos como las piedras del desierto, prosiguió el relato:

—Esperamos hasta después del desayuno —explicó—. Luego fuimos a ver a la señora Morrible y le dijimos que no sabíamos dónde estaba Ama Clutch. Y la señora Morrible nos dijo que Ama Clutch había sufrido una recaída durante la noche y se estaba recuperando en la enfermería. Al principio no nos dejó entrar, pero al ver que el doctor Dillamond no se presentaba para impartirnos nuestra primera clase del semestre, nos acercamos a la enfermería y entramos sin permiso. Ama Clutch estaba en una cama de hospital. Tenía una expresión rara; parecía el primer crêpe de la sartén, el que siempre sale mal. La llamamos: «¡Ama Clutch, Ama Clutch! ¿Qué te ha pasado?» Ella no dijo nada, pero tenía los ojos abiertos. Parecía que no nos oía. Pensamos que quizá estaría dormida o conmocionada, pero su respiración era regular y tenía buen color, aunque tenía la cara rara. Después, cuando ya nos íbamos, se volvió y miró la mesilla de noche.

»Junto a un frasco de medicina y una taza de agua con limón, había un clavo largo y oxidado, en una bandeja de plata. Tendió una mano temblorosa hacia el clavo, lo cogió y lo sostuvo en la palma de la mano, tiernamente, mientras le hablaba. Le dijo algo así como: «Oh, tranquilo, ya sé que no era tu intención pincharme el pie el año pasado. Sólo querías llamar mi atención. Así se explica el mal comportamiento, que es sólo una forma de pedir un poco más de afecto. Pero tú no te preocupes, Clavo, porque yo voy a darte todo el cariño que necesitas. Y cuando haya dormido una siestecita, podrás contarme cómo llegaste a sostener el andén de la estación de Frottica, porque me parece un progreso enorme desde tus primeros años como simple clavo de sujeción para un cartel de CERRADO HASTA LA PRÓXIMA TEMPORADA, en aquel destartalado hotel de que me hablaste.»

Pero Boq no pudo escuchar toda esa cháchara. No pudo prestar atención a la historia de un Clavo con vida, mientras resonaban las plegarias por una Cabra muerta, entonadas por los histéricos miembros del claustro. Boq tampoco pudo escuchar las oraciones por el descanso del espíritu del Animal. No pudo contemplar la partida del cadáver, cuando se lo llevaron traqueteando por el camino. Porque le había quedado claro, con sólo echar un vistazo a la cara inmóvil de la Cabra, que aquello que había conferido al doctor su animado carácter, fuera lo que fuese, ya había desaparecido.

EL CÍRCULO ENCANTADO

1

No cabía ninguna duda, en la mente de los que habían visto el cadáver, de que la palabra, la palabra correcta, era asesinato. El modo en que el pelo se apelmazaba en torno al cuello, endurecido como las cerdas de una brocha mal lavada; el crudo hueco ámbar de los ojos... Según la versión oficial, el doctor se había caído encima de una lente de aumento que acababa de romperse y se había seccionado una arteria, pero nadie lo creía.

La única persona a quien podrían haber preguntado, Ama Clutch, se limitaba a sonreír cuando la visitaban y le llevaban ramilletes de bonitas hojas amarillas o un plato de uvas tardías de Pertha. Devoraba las uvas y charlaba con las hojas. La suya era una enfermedad que nadie había visto antes.

Glinda (ya que, a modo de retrasadas disculpas por su descortesía inicial con la Cabra mártir, ahora Galinda se hacía llamar como la había llamado él en una ocasión) parecía haber enmudecido ante la realidad de Ama Clutch. No la visitaba, ni hablaba del estado en que se encontraba la pobre mujer, de modo que Elphaba iba a verla a escondidas una o dos veces al día. Boq suponía que la dolencia de Ama Clutch era pasajera; pero al cabo de tres semanas, la señora Morrible comenzó a expresar su preocupación por el hecho de que Elphaba y Glinda, que seguían siendo compañeras de habitación, no tuvieran quien las cuidara. Su sugerencia fue el dormitorio colectivo para las dos. Glinda, que ya no se atrevía a ir sola a ver a la señora Morrible, asintió y aceptó en silencio la degradación. Fue Elphaba quien encontró una solución, básicamente para salvar algunas briznas de la dignidad de Glinda.

Así fue cómo, diez días después, Boq se encontró en el patio de la taberna del Gallo y las Calabazas, esperando la diligencia de media semana, procedente de la Ciudad Esmeralda. La señora Morrible no permitió que Elphaba y Glinda lo acompañaran, por lo que tuvo que reconocer por sí mismo a Nana y a Nessarose, entre los siete pasajeros que se apearon. Las deformidades de la hermana de Elphaba quedaban bien ocultas, tal como le había advertido su amiga. Nessarose incluso era capaz de apearse con gracia de un carruaje, siempre que los peldaños fueran firmes y el terreno llano.

Boq salió al encuentro de ambas y las saludó. Nana tenía el aspecto de una mermelada de ciruelas, roja y blanda. Su vieja piel parecía dispuesta a soltarse y a caer, de no haber sido por los pliegues de sujeción en las comisuras de la boca y los carnosos remaches en las esquinas de los ojos. Más de dos decenios en los yermos del País de los Quadlings la habían vuelto letárgica, descuidada y saturada de resentimiento. A su edad, deberían haberla dejado que dormitara en algún recoveco tibio, junto a una chimenea.

—¡Qué bueno es ver a un pequeño munchkin! —le murmuró a Boq—. Me recuerda los viejos tiempos.

Después se volvió y dijo, en dirección a las sombras:

—Ven, mi muñequita.

Si no se lo hubiesen advertido, Boq jamás habría tomado a Nessarose por la hermana de Elphaba. No era ni remotamente verde; ni siquiera tenía la azulada palidez de las personas distinguidas con mala circulación. Nessarose bajó del carruaje con cautelosa elegancia, de una manera extraña, hundiendo el talón para apoyarlo, a la vez que la punta del pie sobre el peldaño de hierro. Con su extraña forma de andar, atraía la atención hacia sus pies, que desviaban las miradas del torso, por lo menos al principio.

Los pies aterrizaron en el suelo, impulsados por una feroz voluntad de equilibrio, y Nessarose quedó de pie delante de Boq. Era tal como Elphaba la había descrito: preciosa, rosada, esbelta como una espiga de trigo y sin brazos. El chal académico echado sobre sus hombros había sido ingeniosamente plegado para suavizar la impresión inicial.

—Hola, buen señor —dijo ella, con una ligerísima inclinación de la cabeza—. Las maletas están arriba. ¿Podrá con ellas?

Su voz era tan suave y dulce como áspera era la de Elphaba. Nana empujó gentilmente a Nessarose hacia el cabriolé que Boq había alquilado. El muchacho observó que Nessarose no se movía bien si no contaba con el apoyo de una mano firme sobre la espalda.

—¡Así que ahora Nana tiene que cuidar de las niñas durante su estancia en el colegio! —le dijo Nana a Boq, mientras viajaban en el cabriolé—. ¡Claro, con la santa de su madre en aquella tumba anegada desde hace tantos años y su padre que ha perdido el juicio! Bueno, su familia siempre ha sido brillante y, como usted sabe, la brillantez se desintegra brillantemente. La locura es la manera más resplandeciente. El viejo, el Eminente Thropp, *todavía* vive, sensato y agudo como la reja de un arado. Ha enterrado a su hija y a su nieta. Elphaba es su tercera heredera. Ella será la eminencia algún día. Pero imagino que, siendo usted munchkin, estará al corriente de esas cosas.

—¡Nana, basta de cotilleos! ¡Me haces daño en el alma! —protestó Nessarose.

—¡Oh, no te apures, bonita! Boq es un viejo amigo, o como si lo fuera —dijo Nana—. Allá en las ciénagas del infierno quadling, amigo mío, perdimos el arte de la conversación. Croábamos a coro con lo que quedaba del pueblo batracio.

—Acabará entrándome jaqueca de pura vergüenza —dijo Nessarose con una gracia encantadora.

—De hecho, es cierto que conocí a Elphie cuando era pequeña —declaró Boq—. Soy de Rush Margins, en Wend Hardings. Debí de conocerla a usted también.

—Yo prefería residir principalmente en Colwen Grounds —repuso Nana—. Fui el consuelo de lady Partra, la segunda heredera de Thropp, en su lecho de muerte. Pero ocasionalmente visitaba Rush Margins, por lo que es probable que lo viera cuando era usted lo suficientemente pequeño como para corretear por ahí sin pantalones.

—¿Cómo está usted? —dijo Nessarose.

—Me llamo Boq —dijo él.

—Ella es Nessarose —dijo Nana, como si a la joven le resultara demasiado penoso presentarse a sí misma—. Iba a venir a Shiz el año próximo, pero nos hemos enterado de que ha habido un problema con una cuidadora gillikinesa que ha perdido un tornillo. Entonces han llamado a Nana para que intervenga, ¿y podría haber abandonado Nana a su pequeña? Ya ve que no.

—Un triste misterio. Esperamos que mejore —dijo Boq.

En Crage Hall, Boq fue testigo del reencuentro de las hermanas, que fue cálido y gratificante. La señora Morrible hizo que Grommetik, su artefacto, llevara sobre ruedas té y suspiros para las mujeres de la casa Thropp y también para Nana, Boq y Glinda. Boq, que empezaba a preocuparse por el enmudecimiento de Glinda, se sintió aliviado al ver que la joven contemplaba con mirada rigurosa y apreciativa el elegante vestido de Nessarose. ¿Cómo era posible —se preguntaba si Glinda se lo estaría preguntando— que dos hermanas tuvieran sendas deformidades y se vistieran de forma tan diferente? Elphaba solía ponerse los más humildes vestidos oscuros, como el de ese día, que era morado, casi negro. Nessarose, en cambio, sentada en un sofá en equilibrio junto a Nana —que ayudaba levantando las tazas de té y formando bolitas con las mantecosas migas de los bollos—, iba enfundada en seda verde, del color del musgo, las esmeraldas y las rosas verdiamarillas. La verde Elphaba, que estaba sentada del otro lado y prestaba apoyo a su hermana cuando ésta inclinaba la cabeza hacia atrás para beber el té, parecía un accesorio de moda.

—El arreglo en sí es sumamente inusual —estaba diciendo la señora Morrible—, pero por desgracia no disponemos de espacio ilimitado para dar cabida a todas las peculiaridades. Dejaremos que las señoritas Elphaba y Glinda (ahora es Glinda, ¿verdad, querida? ¡Qué novedoso!), dejaremos, como decía, que las dos viejas amigas se queden donde están, y la instalaremos a usted, señorita Nessarose, y a su Nana en la habitación contigua, que era la de la pobre Ama Clutch. Es pequeña, pero piense que es acogedora.

—Pero ¿qué haremos cuando Ama Clutch se recupere? —preguntó Glinda.

–¡Oh, querida! –exclamó la señora Morrible–. ¡Qué confianza tienen los jóvenes! ¡Es realmente conmovedor! –dijo, antes de proseguir con una voz más acerada–: Ya me había hablado usted de las repetidas recaídas de esa inusual afección que padece. Sólo puedo deducir que en esta recaída su condición se ha vuelto permanente.

Mordisqueó un bollito con sus lentas maneras de pez, con las mejillas hinchándose y deshinchándose como los pliegues de un fuelle, y añadió:

–Podemos conservar la esperanza, naturalmente. Pero me temo que no mucho más.

–Y podemos rezar –dijo Nessarose.

–Oh, desde luego, eso también –asintió la directora–. Entre gente de buena educación, eso es algo que ni siquiera hace falta mencionar, señorita Nessarose.

Boq vio que Nessarose y Elphaba se sonrojaban. Glinda se disculpó y se marchó. La habitual punzada de pánico que Boq sentía cuando ella se iba se vio aliviada por el conocimiento de que volvería a verla en la clase de ciencias de la vida, la semana siguiente, ya que, a raíz de las nuevas prohibiciones que afectaban a la contratación de Animales, los colegios habían decidido ofrecer clases colectivas a los estudiantes de todas las instituciones a la vez. Boq vería a Glinda en la primera clase mixta de la historia de Shiz. No veía la hora.

Pero ella había cambiado. Indudablemente, había cambiado.

2

En efecto, Glinda había cambiado. Había llegado a Shiz siendo una jovencita frívola y tonta, y ahora se encontraba en una vorágine. Quizá fuera culpa suya. Se había inventado una enfermedad absurda para Ama Clutch y ahora Ama Clutch la padecía. ¿Sería ésa la prueba de su talento innato para la brujería? Escogió para ese año la especialización en hechicería y aceptó como castigo que la señora Morrible no la cambiara de compañera de habitación, tal como había prometido. Ya no le importaba. Al lado de la muerte del doctor Dillamond, muchas cosas le parecían insignificantes.

Pero tampoco confiaba en la señora Morrible. Glinda sólo le había contado a ella aquella mentira estúpida y extravagante, por lo que ahora no podía permitir que la señora Morrible interfiriera en lo más mínimo en su vida. Además, todavía no había encontrado el valor de confesarle a nadie su involuntario crimen. Mientras daba vueltas a sus problemas, Boq, ese mosquito fastidioso, no dejaba de zumbar a su alrededor, reclamando su atención. Se arrepentía de haberle permitido que la besara. ¡Qué error tan grande! Bueno, ahora todo eso había quedado atrás, todo aquel temblor al borde del desastre social. Había visto a las señoritas Pfannee y compañía tal como eran (esnobs, superficiales y egocéntricas), y ya no volvería a tener nada más que ver con ellas.

Así pues, Elphaba ya no era un impedimento para su vida social y tenía todo el potencial para convertirse en una auténtica amiga, pero sólo podría serlo si la carga de la muñeca rota que tenía por hermana no era un obstáculo demasiado insuperable. Sólo después de mucho insistir, Glinda había logrado que Elphaba hablara de su hermana, para que la propia Glinda pudiera prepararse antes de la llegada de Nessarose y la ampliación de su círculo social.

—Nació en Colwen Grounds cuando yo tenía tres años —le había contado Elphaba—. Mi familia había vuelto a Colwen Grounds para una estancia corta. Fue una de esas temporadas de sequía intensa. Mi padre nos contó más tarde, cuando mi madre ya había muerto, que el nacimiento de Nessarose coincidió con una recuperación pasajera de los manantiales en los alrededores. Hubo danzas paganas y también un sacrificio humano.

Glinda se había quedado mirando fijamente a Elphaba, que parecía a la vez indiferente y renuente a hablar.

—Era un amigo de mis padres, un vidriero quadling. La muchedumbre, incitada por los pfieles agitadores y por un reloj profético, se abatió sobre él y lo mató. Se llamaba Corazón de Tortuga —había dicho Elphaba, apoyando con fuerza las manos sobre el rígido empeine de sus zapatos negros de segunda mano y manteniendo los ojos fijos en el suelo—. Creo que fue por eso por lo que mis padres decidieron ser misioneros entre los quadlings y por lo que nunca más regresaron a Colwen Grounds ni al País de los Munchkins.

—Pero tu madre murió de parto —dijo Glinda—. ¿Cómo pudo ser misionera?

—Murió cinco años después —respondió Elphaba, mirándose los pliegues del vestido como si la historia la avergonzara—. Murió cuando nació nuestro hermano pequeño. Mi padre le puso de nombre Caparazón, supongo que por Corazón de Tortuga. Así fue como Caparazón, Nessarose y yo vivimos una vida de zíngaros, dando tumbos de un campamento quadling a otro, con Nana y con nuestro padre, Frex. Él predicaba y Nana nos enseñaba, nos educaba y mantenía ordenada la casa que tuviéramos en cada momento, que nunca era gran cosa. Mientras tanto, los hombres del Mago empezaron a desecar las ciénagas, para explotar los depósitos de rubíes. No sirvió de nada. Persiguieron a los quadlings, los asesinaron, los acorralaron en campamentos de refugiados para su propia protección y los mataron de hambre. Saquearon las ciénagas, extrajeron los rubíes y se marcharon. Mi padre se volvió loco. No había suficientes rubíes para justificar el esfuerzo. Todavía no tenemos un sistema de canales que conduzca el agua legendaria desde el Vinkus hasta el País de los Munchkins, y la sequía, tras un par de interrupciones prometedoras, sigue causando estragos. Ahora obligan a los Animales a regresar a la tierra de sus antepasados, pero eso no es más que una simple táctica para que los granjeros sientan que aún conservan el control sobre *algo*. Es una marginación sistemática de las poblaciones, Glinda. Así es el Mago.

—Estábamos hablando de tu infancia —dijo Glinda.

—Pues todo eso es parte de mi infancia. No puedes separar los detalles de tu vida de la política —replicó Elphaba—. ¿Quieres que te cuente lo que comíamos? ¿O cómo jugábamos?

—Quiero saber cómo es Nessarose, y cómo es Caparazón.

—Nessarose es una inválida con mucha fuerza de voluntad —explicó Elphaba—. Es muy lista y se cree una santa. Ha heredado el gusto de mi padre por la religión. No sabe cuidar a los demás porque nunca ha aprendido a cuidar de sí misma. No puede. Mi padre hizo que yo la cuidara durante la mayor parte de mi infancia. No sé qué será de ella cuando Nana muera. Supongo que tendré que volver a cuidarla.

—¡Oh, qué espantosa perspectiva para tu vida! —exclamó Glinda, sin poder contenerse.

Pero Elphaba se limitó a asentir con expresión sombría.

—No puedo estar más de acuerdo —dijo.

—¿Y Caparazón? —prosiguió Glinda, preguntándose qué nuevo dolor estaría a punto de descubrir.

—Varón, blanco y completo —dijo Elphaba—. Tiene unos diez años, creo. Se quedará en casa y cuidará a nuestro padre. Es un chico, parecido a todos los chicos. Un poco aburrido, quizá, pero hay que recordar que no ha tenido las ventajas que hemos tenido nosotras.

—¿Que son...? —la animó a continuar Glinda.

—Aunque por poco tiempo, tuvimos una madre —dijo Elphaba—. Una mujer confusa, alcohólica, imaginativa, llena de dudas, desesperada, valiente, obcecada y compasiva. Nosotras la tuvimos. Se llamaba Melena. Caparazón no conoció más madre que Nana, que hizo lo que pudo.

—¿Quién era el favorito de tu madre? —preguntó Glinda.

—Eso no puedo decirlo —respondió Elphaba en tono indiferente—; no lo sé. Probablemente habría sido Caparazón, puesto que es un chico. Pero mi madre murió sin verlo, por lo que no tuvo siquiera ese pequeño consuelo.

—¿Y el de tu padre?

—¡Oh, eso es fácil! —dijo Elphaba, incorporándose de un salto y recogiendo sus libros de un estante, lista para salir corriendo y parar en seco la conversación—. ¡Nessarose! Ya verás cuando la conozcas. Ella sería la favorita de cualquiera.

Salió de la habitación con poco más que un breve aleteo de dedos verdes, a modo de despedida.

Glinda no estaba tan segura de preferir a la hermana de Elphaba. Nessarose parecía requerir demasiada atención. Nana era exageradamente atenta y Elphaba no dejaba de sugerir arreglos en sus habitaciones para que todo fuera perfecto. ¿No podríamos recoger las cortinas para este lado, en lugar de este otro, para que el sol no incida sobre la delicada piel de Nessarose? ¿No podríamos levantar un poco más la lámpara de aceite, para que Nessarose pueda leer? ¡Chis, nada de conversaciones nocturnas! Nessarose ya se ha acostado y tiene el sueño muy ligero.

La extraña belleza de Nessarose suscitaba en Glinda cierta admiración. Nessarose vestía bien (cuando no con extravagancia). Sin embargo, desviaba la atención de sí misma mediante un sistema de pequeños tics sociales: la mirada baja en un repentino ataque de devoción, un parpadeo... Era especialmente conmovedor (e irritante) tener que secar las lágrimas producidas por alguna epifanía de la rica vida espiritual de Nessarose, que las personas a su alrededor ni siquiera podían sospechar. ¿Qué se podía decir en una situación así?

Glinda empezó a refugiarse en sus estudios. La profesora de hechicería era una sórdida instructora nueva, la señorita Greyling, que sentía un efusivo respeto por el tema pero escaso talento natural, como pronto resultó evidente.

—En el nivel más elemental, un sortilegio es una simple receta para un cambio —les decía a las alumnas con voz aflautada.

Pero cuando el pollo que intentaba transformar en tostada se convirtió en un desorden de posos de café amontonados sobre una hoja de lechuga, las estudiantes tomaron nota mentalmente para no aceptar jamás una invitación suya para cenar.

En el fondo del aula, reptando con pretendida invisibilidad para poder observar, la señora Morrible sacudía la cabeza y cloqueaba. En una o dos ocasiones, no pudo contenerse e intervino.

—No soy ninguna experta en el mundillo de la hechicería —proclamaba—, pero ¿no habrá omitido usted, señorita Greyling, la fase de unir y convencer? Sólo se lo pregunto. Déjeme intentarlo. Ya sabe que disfruto especialmente con la formación de nuevas hechiceras.

Inevitablemente, la señorita Greyling se sentaba sobre los restos de una demostración anterior, o dejaba caer el bolso encima, y acababa hecha un ovillo de vergüenza y humillación. Las chicas se echaban a reír, sintiendo que no aprendían demasiado.

¿O sí aprendían? La torpeza de la señorita Greyling tenía la ventaja de quitarles el miedo a probar por sí mismas. Y la profesora no escatimaba el entusiasmo cuando una alumna conseguía realizar la tarea del día. Cuando Glinda logró por primera vez disimular una hebra de lana con un hechizo de invisibilidad, aunque sólo fuera por unos pocos segundos, la señorita Greyling comenzó a aplaudir y a saltar, hasta que se le rompió un tacón. Fue gratificante y alentador.

—No es que tenga nada en contra —dijo Elphaba un día, estando ella, Glinda y Nessarose (y la inevitable Nana) sentadas a la sombra de un frutaperlo, junto al canal de los Suicidas–, pero no puedo dejar de preguntármelo. ¿Cómo es que esta universidad enseña hechicería, cuando sus estatutos originales son tan estrictamente unionistas?

—Bueno, no hay nada inherentemente religioso o antirreligioso en la hechicería, ¿o sí? –dijo Glinda–. Tampoco hay nada inherentemente relacionado con el culto del placer.

—¿Sortilegios, transformaciones, apariciones? ¡Todo es espectáculo! –replicó Elphaba–. ¡Es puro teatro!

—Puede que parezca teatro, y en manos de alguien como la señorita Greyling suele parecer teatro del malo –admitió Glinda–, pero el meollo de la hechicería no está en su práctica. Es una habilidad, como la lectura o la escritura. No importa tanto el hecho de leer o escribir, sino aquello que lees o escribes. No importa lo que haces, sino cómo lo haces.

—Mi padre condenaba duramente la hechicería –intervino Nessarose, con el tono meloso de la fe imperturbable–. Mi padre decía siempre que la magia era el juego de manos del demonio. Decía que el culto del placer no era más que un ejercicio para desviar a las masas de su verdadero objeto de devoción.

—Así hablan los unionistas –replicó Glinda, sin ofenderse–, y se trata de una opinión sensata, si pensamos en los charlatanes o los prestidigitadores de feria. Pero la hechicería no tiene por qué ser así. ¿Qué me dices de las brujas comunes del Glikkus? Dicen que hechizan a las vacas importadas del País de los Munchkins para que no caigan mugiendo por el borde de algún precipicio. ¿Acaso alguien podría construir vallas de protección en todas las cornisas que hay en aquella región? La magia es una habilidad local, una contribución al bienestar de la comunidad. No tiene por qué suplantar a la religión.

—No tiene por qué –dijo Nessarose–. Pero si lo hace, ¿no es nuestro deber ser precavidos?

—Precavidos, sí. También soy precavida con el agua que bebo, porque puede estar contaminada —replicó Glinda—. Pero eso no significa que deje de beber agua.

—Bueno, a mí ni siquiera me parece un tema tan importante —dijo Elphaba—. Para mí, la hechicería es algo insustancial. Está centrada en sí misma, no se orienta hacia afuera.

Haciendo un gran esfuerzo para concentrarse, Glinda trató de hacer levitar sobre el canal los restos del sándwich de Elphaba, pero sólo consiguió hacerlo estallar en una pequeña combustión de mayonesa, zanahoria rallada y aceitunas picadas. Nessarose perdió el equilibrio por la risa, y Nana tuvo que apuntalarla de nuevo. Elphaba quedó cubierta de trocitos de comida, que fue recogiendo y llevándose a la boca, para disgusto y risa de las demás.

—Son todo efectos, Glinda —dijo—. No hay nada ontológicamente interesante en la magia. Pero tampoco creo en el unionismo —proclamó—. Soy atea y «aespiritualista».

—Lo dices para asombrar y escandalizar —replicó Nessarose en tono remilgado—. No le prestes atención, Glinda. Siempre hace lo mismo, por lo general, para irritar a nuestro padre.

—Papá no está —le recordó Elphaba a su hermana.

—Estoy yo en su lugar y me siento ofendida —repuso Nessarose—. Tiene gracia que arrugues la nariz hablando del unionismo, cuando esa misma nariz es un *don* del Dios Innominado. Muy gracioso, ¿verdad, Glinda? Infantil.

Parecía fuera de sí de ira.

—Papá no está —volvió a decir Elphaba, en un tono que era casi de disculpa—. No hace falta que te precipites a defender públicamente sus obsesiones.

—Lo que tú llamas «sus obsesiones» son mis dogmas de fe —respondió Nessarose con gélida claridad.

—Pues tú no eres mala hechicera, para ser una principiante —dijo Elphaba, volviéndose hacia Glinda—. Has hecho un buen desbarajuste con mi almuerzo.

—Gracias —respondió Glinda—. No era mi intención echártelo encima. Pero estoy mejorando, ¿verdad? Y ya lo hago en público.

—Un espectáculo deplorable —comentó Nessarose—. Es exactamente lo que papá siempre ha condenado de la hechicería. Todo su atractivo está en la superficie.

—Es cierto, todavía sabe a aceituna –dijo Elphaba, recogiendo un trozo de aceituna negra de la manga y tendiéndoselo a su hermana sobre la yema del dedo–. ¿Quieres probarlo, Nessa?

Pero Nessarose giró la cara y se perdió en una silenciosa plegaria.

3

Al día siguiente, Boq consiguió cruzar una mirada con Elphaba en el recreo de la clase de ciencias de la vida y los dos se encontraron cn un lateral del pasillo principal.

—¿Qué te parece este nuevo doctor Nikidik? –preguntó él.

—Me cuesta escucharlo –respondió ella–, pero eso es porque todavía quiero oír al doctor Dillamond y no puedo creer que ya no esté.

Su rostro tenía un aire de gris sumisión a una realidad imposible.

—Bueno, ésa es una de las cosas que despiertan mi curiosidad –dijo él–. Me has hablado del descubrimiento del doctor Dillamond. ¿Sabes si ya han vaciado su laboratorio? Quizá haya quedado algo interesante. Tú tomabas sus notas. ¿No podrían ser la base para una propuesta o al menos para seguir investigando?

Ella lo miró con expresión firme y áspera.

—¿No se te ha ocurrido pensar que voy muy por delante de ti? –preguntó–. ¡Desde luego que fui al laboratorio el día que encontraron el cadáver! ¡Antes de que cerraran la puerta con candados y sortilegios! ¿Acaso me tomas por tonta, Boq?

—No, claro que no te tomo por tonta. Pero cuéntame lo que has encontrado –pidió él.

—Sus hallazgos están a buen recaudo –replicó ella–, y aunque en mi formación hay lagunas colosales, los estoy estudiando yo sola.

—¿Quieres decir que no vas a enseñármelos? –preguntó él, escandalizado.

—Nunca te han interesado particularmente –respondió ella–. Además, ¿de qué te servirían, mientras no haya nada que demostrar? No creo que el doctor Dillamond hubiera llegado aún a nada concreto.

—Soy munchkin —replicó él con orgullo—. Mira, Elphie, prácticamente me has convencido de lo que el Mago se trae entre manos. Quiere volver a encerrar a los Animales en las granjas, para conseguir que los descontentos agricultores munchkins crean que está haciendo algo por ellos y también para disponer de una fuerza de trabajo que abra más pozos inservibles. Es una vileza. Pero es algo que afecta a Wend Hardings y a los pueblos que me enviaron aquí. Tengo derecho a saber lo que tú sabes. Quizá juntos podamos encontrar la verdad y trabajar para que las cosas cambien.

—Tienes demasiado que perder —dijo ella—. Voy a hacerlo yo sola.

—¿Hacer qué?

Elphaba se limitó a sacudir la cabeza.

—Cuanto menos sepas, mejor. Lo digo por tu bien. Quien mató al doctor Dillamond no quiere que sus descubrimientos salgan a la luz. ¿Qué clase de amiga sería si te pusiera en peligro a ti también?

—¿Qué clase de amigo sería yo si no insistiera? —replicó él.

Pero ella se negó a decirle nada. Cuando él se sentó a su lado durante el resto de la clase y le estuvo pasando notitas, ella las ignoró todas. Mucho después, Boq llegó a pensar que su amistad quizá se habría estancado, si en esa misma clase no se hubiera producido el extraño ataque contra el recién llegado.

El doctor Nikidik estaba impartiendo una clase sobre la Fuerza Vital. Mientras enredaba en torno a sus puños dos zarcillos separados de su larga y desordenada barba, hablaba en tonos descendentes, de tal modo que sólo la primera mitad de cada frase llegaba hasta el fondo del aula. Casi ningún estudiante lo seguía. Cuando el doctor Nikidik sacó una botellita del bolsillo de la chaqueta y masculló algo acerca de un «extracto de intención vital», sólo los alumnos de la primera fila enderezaron la espalda y prestaron atención. Para Boq, Elphaba y todos los demás, la cantinela sonaba así:

—Un poco de salsa para la sopa *run-run-run*... como si la creación fuera un inconcluso *run-run-run*... sin perjuicio de las obligaciones de todo ente pensante *run-run-run*... un poco de ejercicio para los que se están quedando dormidos al fondo, *run-run-run*... contemplar un pequeño milagro cotidiano, gentileza de *run-run-run*...

Un estremecimiento de nerviosismo los había despertado a todos.

El doctor descorchó la humeante botella y dio un respingo. Todos vieron una nubecilla de polvo, como una efervescencia de polvos de talco, que escapaba torpemente, formando un penacho flotante sobre el cuello de la botella. El doctor agitó varias veces las manos, para que las corrientes de aire comenzaran a arremolinarse en dirección ascendente. Manteniendo algún tipo de extraña coherencia espacial, el penacho empezó a migrar hacia arriba. Los «¡ooohs!» que los estudiantes hubiesen querido soltar quedaron pospuestos. El doctor Nikidik levantó un dedo para indicarles que guardaran silencio y todos comprendieron el porqué. Cualquier exhalación habría alterado las derivas de las corrientes de aire y habría desviado el almizclado polvo flotante. Pero, a su pesar, los estudiantes comenzaron a sonreír. Sobre la tribuna, entre las habituales cornamentas y trompetas de latón ceremoniales, con sus galones, había cuatro retratos al óleo de los fundadores del colegio de Ozma Towers, que con sus trajes antiguos y sus expresiones graves contemplaban desde lo alto a los actuales estudiantes. ¿Qué diría uno de esos padres fundadores, si se le aplicaba la «intención vital», cuando viera a hombres y mujeres juntos, compartiendo el aula magna? ¿Qué diría sobre cualquier otra cosa? Fue un gran momento de expectación.

Pero cuando se abrió la puerta a un lado del estrado, la mecánica de las corrientes de aire se vio perturbada. Se asomó un estudiante, con expresión confusa. Era un alumno nuevo, extrañamente vestido con mallas de ante y camisa de algodón blanco, y con un motivo de rombos azules tatuado sobre la piel oscura de la cara y las manos. Nadie lo había visto antes, ni tampoco a nadie como él. Boq apretó la mano de Elphaba y le susurró:

—¡Mira! ¡Un winki!

Eso parecía: un estudiante del Vinkus, que lucía un extraño atuendo ceremonial y llegaba tarde a clase, entrando por la puerta equivocada, confuso y agobiado. Pero la puerta se había cerrado tras él y había quedado atrancada, y no quedaban asientos libres en las primeras filas, de modo que se dejó caer donde estaba y se sentó con la espalda apoyada contra la pared, esperando sin duda pasar inadvertido.

—¡Rayos y centellas! ¡Esta cosa se ha desviado de su trayectoria!

—exclamó el doctor Nikidik—. ¡Imbécil! ¿Por qué no viene a clase a su hora?

La brillante neblina, del tamaño aproximado de un ramo de flores, había derivado hacia arriba, impulsada por una ráfaga, apartándose de la fila de dignatarios muertos, pendientes de la inesperada oportunidad de volver a hablar. En lugar de eso, envolvió una de las cornamentas y por un momento pareció quedar colgada de los retorcidos apéndices.

—Bueno, no creo que podamos esperar ningún comentario sensato de esas cosas y me niego a desperdiciar un gramo más de esta valiosa sustancia en demostraciones para la clase —dijo el doctor Nikidik—. La investigación todavía está incompleta y yo había pensado que *run-run-run*. No debería alentar los prejuicios de *run-run-run*.

De pronto, la cornamenta dio un giro convulsivo en la pared, se desprendió del panel de roble y cayó al suelo con estrépito, entre los gritos y las risas de los estudiantes, especialmente divertidos porque durante un minuto el doctor Nikidik no supo a qué venía tanto alboroto. El profesor se volvió justo a tiempo para ver que la cornamenta se enderezaba sobre el estrado y esperaba, temblando y estremeciéndose como un gallo de pelea, listo y a punto para entrar en la arena.

—¡Oh, bueno, no me miren a mí! —dijo el doctor Nikidik, recogiendo sus libros—. ¡Yo no les he pedido nada! ¡Culpen a ése, si tienen que culpar a alguien!

Y, como si nada, señaló al estudiante del Vinkus, encogido y con los ojos tan abiertos que los más cínicos de los estudiantes mayores comenzaron a sospechar que se trataba de un montaje.

La cornamenta se irguió sobre las puntas y comenzó a corretear por el estrado como un cangrejo. Mientras los estudiantes se ponían de pie con un grito unánime, los cuernos engancharon al chico del Vinkus y lo clavaron contra la puerta cerrada. Una mitad de la cornamenta lo cogió por el cuello, aprisionándolo en su agudo yugo, y la otra retrocedió, para apuñalarlo en la cara.

El doctor Nikidik intentó moverse rápidamente, pero cayó sobre sus rodillas artríticas, y, antes de que pudiera incorporarse, dos chicos de la primera fila subieron al estrado para sujetar la cornamenta, forcejear con ella e intentar derribarla contra el suelo. El chico del Vinkus profirió un grito en un idioma extranjero.

—¡Son Crope y Tibbett! —dijo Boq, sacudiendo a Elphaba por el hombro—. ¡Mira!

Todos los estudiantes de hechicería brincaban en sus asientos, intentando lanzar conjuros contra la cornamenta asesina, mientras Crope y Tibbett la agarraban, la perdían y volvían a agarrarla, hasta que por fin lograron partir una punta y luego otra, y los fragmentos, agitándose aún, cayeron al suelo del estrado, agotado el impulso que los hacía moverse.

—¡Oh, pobre chico! —dijo Boq, porque el joven del Vinkus se había desmoronado y estaba llorando copiosamente detrás de sus manos tatuadas con rombos azules—. Nunca había visto un estudiante del Vinkus. ¡Qué manera tan horrible de recibirlo en Shiz!

El ataque al estudiante del Vinkus suscitó habladurías y especulaciones. Al día siguiente, en clase de hechicería, Glinda le pidió a la señorita Greyling que explicara una cosa.

—¿Cómo es posible que el «extracto de intención vital» del doctor Nikidik, o lo que fuera esa cosa, se estudie en la clase de ciencias de la vida, cuando su comportamiento es el de un conjuro maestro? ¿Cuál es la auténtica diferencia entre ciencia y hechicería?

—¡Ah! —dijo la señorita Greyling, eligiendo ese momento para arreglarse el peinado—. La ciencia, queridas mías, es la disección sistemática de la naturaleza, para reducirla a componentes que obedecen en mayor o menor medida unas leyes universales. La hechicería se mueve en la dirección opuesta. No desgarra, sino que repara. Es síntesis, más que análisis. Construye cosas nuevas, en lugar de revelar las antiguas. En manos de una persona verdaderamente hábil —en ese preciso instante, se pinchó con una horquilla y soltó un chillido—, la hechicería es Arte. Podríamos incluso considerarla la mejor o más elevada de las artes. Va más allá que las bellas artes, como la pintura, el teatro o la poesía, porque no interpreta ni representa al mundo, sino que *lo transforma*. Una vocación muy noble —añadió, mientras comenzaba a derramar lágrimas por la fuerza de su propia retórica—.

¿Puede haber deseo más elevado que el de cambiar el mundo? No hablo de formular proyectos utópicos, sino de ordenar realmente el cambio. ¡Corregir las deformidades, reformar los errores, justificar los márgenes de esta andrajosa equivocación de universo! ¡Sobrevivir a través de la hechicería!

A la hora del té, maravillada aún y divertida, Glinda les habló a las dos hermanas Thropp del emocionado discurso de la señorita Greyling.

—Sólo el Dios Innominado puede crear, Glinda —dijo Nessarose—. Si la señorita Greyling confunde la hechicería con la creación, corremos un grave riesgo de que corrompa tu moral.

—Bueno —replicó Glinda, pensando en Ama Clutch, aquejada de una dolencia psíquica que ella misma le había adjudicado en su imaginación—, mi moral no es un dechado de perfección, Nessa.

—Entonces, si la hechicería ha de servirte para algo, debe ser para reconstruir tu carácter —dijo Nessarose con firmeza—. Si te aplicas en esa dirección, creo que todo acabará bien. Usa tu talento para la hechicería y no dejes que tu talento te use a ti.

Glinda sospechaba que Nessarose acabaría aficionándose a su tonito de superioridad humillante. Hizo una mueca de disgusto, pero eso no le impidió tomar en serio la sugerencia de Nessarose.

Sin embargo, Elphaba dijo:

—Era una buena pregunta, Glinda. Ojalá la señorita Greyling la hubiera respondido. A mí también me pareció que esa pequeña pesadilla con la cornamenta era más magia que ciencia. ¡Qué mal lo pasó el chico del Vinkus! ¿Os parece que se lo preguntemos al doctor Nikidik la semana que viene?

—¿Quién tendrá el valor de hacerlo? —exclamó Glinda—. La señorita Greyling al menos es ridícula. El doctor Nikidik, con ese adorable *run-run-run* incoherente suyo, es tan... ¡es tan distinguido!

En la clase de ciencias de la vida, a la semana siguiente, todas las miradas confluían en el chico nuevo del Vinkus. Llegó pronto y se sentó en el anfiteatro, tan lejos del estrado como pudo. Boq sentía la suspicacia de todos los agricultores hacia los nómadas, pero tenía que admitir que el chico nuevo tenía una expresión inteligente en los ojos. Avaric, dejándose caer en el asiento junto a Boq, dijo:

—Es un príncipe, dicen. Un príncipe sin fortuna ni trono. Un aristócrata indigente. Es decir, lo es en su tribu. Se aloja en Ozma Towers y su nombre es Fiyero. Es un auténtico winki, de pura raza. Me pregunto qué le parecerá la civilización.

—Si lo de la semana pasada fue civilización, estará deseando volver a su barbarie —señaló Elphaba, desde el asiento del otro lado de Boq.

—¿Para qué se pondrá esas pinturas tan tontas? —dijo Avaric—. Lo único que consigue es llamar la atención. ¡Y esa piel! No me gustaría tener la piel del color de la mierda.

—¡Qué cosas dices! —exclamó Elphaba—. Tu opinión sí que es una mierda, si te interesa saber lo que pienso.

—¡Oh, por favor! —intervino Boq—. ¡A ver si dejamos de decir tonterías!

—Se me olvidaba, Elphie, que tú también tienes un problema con la piel —dijo Avaric.

—Olvídame —replicó ella—. He comido hace un momento y me produces dispepsia, Avaric. Tú y las alubias que hemos comido.

—Voy a cambiarme de asiento —les advirtió Boq, pero justo en ese instante entró el doctor Nikidik. Toda la clase se puso en pie, en rutinaria señal de respeto, y después volvió a sentarse con estrépito, entre un rumor de amables parloteos.

Durante varios minutos, Elphaba intentó atraer la atención del doctor agitando la mano, pero estaba sentada demasiado al fondo y el profesor farfullaba algo respecto a alguna otra cosa. Finalmente, Elphaba se inclinó hacia Boq y le dijo:

—A la hora del recreo me cambiaré de sitio y me pondré más adelante, para que me vea.

Después, la clase observó al doctor Nikidik, mientras éste completaba un inaudible preámbulo e indicaba a uno de los alumnos, con un gesto, que abriera la misma puerta lateral por donde Fiyero había entrado tambaleándose la semana anterior.

Por la puerta entró un chico de Three Queens, empujando una mesa rodante, como si fuera un carrito del té. Sobre la mesa, acurrucado como para parecer lo más pequeño posible, había un cachorro de león. Incluso desde las gradas se percibía el terror de la bestia. La cola, un pequeño látigo del color del puré de cacahuete, ondulaba adelante y atrás, y los hombros parecían encorvados. Ni siquiera tenía melena; era demasiado joven. Pero la rojiza cabeza se movía de un lado a otro, como contando los peligros. De pronto abrió las fauces con un pequeño gruñido aterrorizado, equivalente infantil del rugido de un adulto. Por toda la sala, los corazones se ablandaron y los presentes exclamaron:

—¡Oooooooh!

—Poco más que un gatito —dijo el doctor Nikidik—. Había pensado llamarlo *Prrrr*, pero como tirita más de lo que ronronea, creo que lo llamaré *Brrrr*.

El animal miró al doctor Nikidik y retrocedió hasta el borde más alejado de la mesa rodante.

—La pregunta de la mañana es la siguiente —dijo el profesor—. Retomando los intereses algo retorcidos del doctor Dillamond, que *run-run-run*... ¿Alguien puede distinguir si esto que tenemos aquí es un Animal o un animal?

Elphaba no esperó a que el profesor le diera la palabra. Se puso en pie en la galería del anfiteatro y lanzó su respuesta con voz clara y potente:

—Doctor Nikidik, usted pregunta si alguien puede distinguir si esto es un Animal o un animal. La respuesta, según creo, es que su madre puede hacerlo. ¿Dónde está su madre?

Hubo un murmullo divertido.

—Me ha atrapado en la maraña de la semántica sintáctica, por lo que veo —replicó el doctor alegremente, en voz más alta, como si acabara de descubrir que había una galería en el auditorio—. Bien hecho, señorita. Ahora permítame que reformule la pregunta. ¿Querrá alguno de los presentes aventurar una hipótesis acerca de la naturaleza de este espécimen? ¿Y exponer las razones que fundamentan su valoración? Tenemos ante nuestros ojos una bestia en la tierna infancia, muy lejos de la edad en que cualquiera de estas bestias consigue dominar el lenguaje, si es que el lenguaje forma parte de su constitución. Antes del lenguaje, suponiendo que haya lenguaje, ¿puede ser esto un Animal?

—Repito mi pregunta, doctor —canturreó Elphaba—. Este cachorro es muy pequeño. ¿Dónde está su madre? ¿Por qué ha sido separado de su madre a una edad tan temprana? ¿Cómo se alimenta?

—Sus preguntas son irrelevantes para el problema académico que nos ocupa —repuso el doctor—. Aun así, los corazones jóvenes se afligen fácilmente. Digamos que la madre murió a raíz de una inoportuna explosión. Supongamos, a efectos de nuestra argumentación, que no hay manera de saber si su madre era una Leona o una leona. Después de todo, como seguramente habrá oído, algunos Animales están volviendo a la selva para eludir las consecuencias de la legislación vigente.

Elphaba se sentó, sorprendida y confusa.

—No me parece correcto que para una lección de ciencia haya que traer aquí a un cachorro, sin su madre —les dijo a Boq y a Avaric—. ¡Mirad qué miedo tiene! Está temblando, y no es de frío.

Otros estudiantes comenzaron a aventurar opiniones, pero el doctor los hizo callar uno a uno. Aparentemente, el propósito de la clase era demostrar que, en su etapa infantil, sin lenguaje ni datos contextuales, ninguna bestia era claramente un Animal o un animal.

—Eso tiene implicaciones políticas —señaló Elphaba en voz alta—. Creía que estábamos en una clase de ciencias de la vida, y no de actualidad.

Boq y Avaric la hicieron callar. Se estaba ganando una reputación terrible de bocazas.

El doctor prolongó el episodio mucho más allá de lo necesario para que todos comprendieran y asimilaran su punto de vista. Pero finalmente se volvió y dijo:

—Ahora bien, si pudiéramos cauterizar la parte del cerebro que desarrolla el lenguaje, ¿creen ustedes que podríamos eliminar el concepto de dolor y, por tanto, su existencia? Las primeras pruebas realizadas en este cachorro ofrecen interesantes resultados.

Había cogido un pequeño martillo de cabeza de goma y una jeringuilla. La bestia se irguió y bufó; después retrocedió, cayó al suelo y corrió hacia la puerta, que estaba cerrada y atrancada por dentro, como la semana anterior.

Pero Elphaba no fue la única que se puso en pie y gritó. Media docena de estudiantes increpaban al doctor:

—¿El dolor? ¿Eliminar el dolor? ¡Mírelo, al pobrecito! ¡Está aterrorizado! ¡Ya está sufriendo! ¡No lo haga! ¿Está loco?

El doctor hizo una pausa, con la mano visiblemente crispada sobre el mango del martillo.

—¡No puedo quedarme de brazos cruzados ante tamaño rechazo a una oportunidad de aprender! —exclamó, ofendido—. ¡Están ustedes sacando conclusiones precipitadas, sin pensar, atendiendo únicamente a los sentimientos y no a la observación! ¡Traigan aquí a la bestia! ¡Tráiganla! ¡Usted, joven, hágalo! ¡O me enfadaré!

Pero dos chicas de Briscoe Hall desobedecieron y salieron corriendo de la sala, transportando entre las dos al cachorro, que se defendía a arañazos, envuelto en un delantal. El auditorio estalló en un rugido y el doctor Nikidik abandonó el estrado con ademán altivo. Elphaba se volvió hacia Boq y dijo:

—Bueno, supongo que ya no podré plantear la interesante pregunta de Glinda sobre la diferencia entre la ciencia y la hechicería, ¿no? La clase ha ido por unos derroteros completamente diferentes.

Pero le temblaba la voz.

—Has sufrido mucho por la bestia, ¿verdad? —Boq estaba conmovido—. Elphie, estás temblando. No te lo tomes como una ofensa, pero te has puesto casi blanca por la exaltación. Ven, salgamos sin que nadie nos vea y vayamos a tomar un té a la cafetería de la plaza del Ferrocarril, como en los viejos tiempos.

4

Quizá toda agrupación accidental de personas goza de un breve período de gracia, entre la timidez y los prejuicios iniciales, por un lado, y la eventual traición y el rechazo, por el otro. Para Boq, era como si su obsesión veraniega por la que entonces se llamaba Galinda sólo tuviera sentido por haber desembocado en la subsiguiente relación, más madura, con un círculo de amigos que empezaban a sentirse inevitable y permanentemente conectados.

Los chicos aún tenían el acceso prohibido a Crage Hall y las chicas no podían ir a los colegios de los chicos, pero el centro de Shiz se convirtió en una extensión de los auditorios y las aulas donde podían mezclarse. Por las tardes, después de las clases, o por la mañana, los fines de semana, se encontraban junto al canal con una botella de vino, o en un café o una taberna, o bien paseaban analizando las sutilezas de la arquitectura de Shiz o riéndose de los excesos de sus profesores. Boq y Avaric, Elphaba y Nessarose (con Nana), Glinda y a veces Pfannee, Shenshen y Milla, y en ocasiones Crope y Tibbett... Crope invitó una vez a Fiyero y lo presentó a los demás, lo cual hizo que a Tibbett se le congelara el gesto durante una semana, más o menos, hasta la tarde en que Fiyero dijo, en su tono formal y tímido:

—Desde luego, llevo cierto tiempo casado. En el Vinkus nos casamos jóvenes.

Los demás se quedaron atónitos y de pronto se sintieron infantiles para su edad.

Claro que Elphaba y Avaric siguieron lanzándose pullas sin el menor miramiento, Nessarose siguió poniendo a prueba la paciencia de los otros con sus diatribas religiosas, y Crope y Tibbett acabaron más de una vez en las aguas del canal, por sus comentarios maliciosos. Pero Boq advertía con alegría que su obsesión por Glinda comenzaba a disiparse. Ella estaba allí, sentada sobre el borde del mantel del picnic, con gesto confiado y evitando ser el tema de la conversación. Él adoraba a la chica deslumbrada por su propio encanto, pero ahora esa chica parecía haber desaparecido. Aun así, se alegraba de tenerla como amiga. En pocas palabras, él se había enamorado de *Galinda* y la chica que tenía ante sí era *Glinda*, alguien a quien ya no conseguía comprender del todo. Caso cerrado.

Era un círculo encantado.

Todas las chicas procuraban mantenerse lejos de la señora Morrible siempre que podían. Pero una tarde fría, Grommetik fue a buscar a las hermanas Thropp. Nana resopló, mientras se ataba a la cintura las cintas de un delantal limpio, y empujó a Nessarose y Elphaba para que bajaran a la salita de la directora.

—Detesto a Grommetik, esa cosa —dijo Nessarose—. A propósito, ¿cómo funciona? ¿Es mecánico, mágico o una combinación de ambos?

—Siempre he tenido la idea absurda de que hay un enano en su interior, o una acrobática familia de elfos, cada uno trabajando en una extremidad —respondió Elphaba—. Cada vez que Grommetik se acerca, mi mano siente una extraña hambre de martillo.

—No lo puedo imaginar —dijo Nessarose—. Me refiero a una mano con hambre.

—¡Silencio, vosotras dos! Esa cosa tiene oídos —dijo Nana.

La señora Morrible estaba hojeando los papeles de la contabilidad e hizo unas cuantas anotaciones en los márgenes, antes de prestar atención a sus alumnas.

—Será sólo un momento —dijo—. He recibido una carta de su estimado padre y un paquete para ustedes, y he pensado que lo más amable sería darles yo misma la noticia.

—¿Noticia? —preguntó Nessarose, palideciendo.

—Podría habernos escrito también a nosotras y no sólo a usted —dijo Elphaba.

La señora Morrible hizo como si no la hubiese oído.

—Escribe para interesarse por la salud y los progresos de Nessarose, y para anunciarles a las dos que piensa iniciar un período de ayuno y penitencia, por el regreso de Ozma Tippetarius.

—¡Oh, la bendita niña! —exclamó Nana, enterneciéndose con uno de sus temas favoritos—. Cuando hace tantos años el Mago se hizo con el Palacio y mandó encarcelar al regente de Ozma, todos pensamos que esa santa niña atraería el desastre sobre la cabeza del Mago. Pero dicen que la tienen escondida y congelada en una cueva, como a Lurlina. ¿Habrá encontrado Frexspar la forma de descongelarla? ¿Habrá llegado la hora de su regreso?

—¡Por favor! —dijo la señora Morrible a las hermanas, mientras dirigía una mirada ácida a Nana—. Si las he mandado llamar, no ha sido para oír a su Nana disertando sobre las leyendas contemporáneas, ni injuriando a nuestro glorioso Mago. La transición del poder fue pacífica. Fue mera coincidencia que la salud del regente de Ozma flaqueara cuando estaba bajo arresto domiciliario, sólo una coincidencia y nada más. En cuanto al poder de su padre de ustedes para conseguir que la niña desaparecida despierte de algún supuesto estado de somnolencia, pues bien, ustedes mismas han admitido que su padre es una persona errática, cuando no demente. Sólo puedo desearle que conserve la salud en su empeño. Pero considero mi deber recordarles, señoritas, que en Crage Hall no contemplamos con simpatía las actitudes sediciosas. Espero que no hayan importado ustedes a los pabellones de esta institución los anhelos monárquicos de su padre.

—Nosotras nos encomendamos solamente al Dios Innominado, y no al Mago, ni a ningún posible superviviente de la familia real —dijo Nessarose con gesto altivo.

—Yo no opino sobre el asunto —masculló Elphaba—. Sólo creo que nuestro padre siente debilidad por las causas perdidas.

—Muy bien —dijo la directora—. Así debe ser. Tengo un paquete para ustedes. Creo que es para Nessarose —añadió, entregándoselo a Elphaba.

—Por favor, Elphie, ábrelo. Por favor —dijo Nessarose.

Nana se inclinó hacia adelante para mirar.

Elphaba desató la cuerda y abrió la caja de madera. De entre una pila de virutas de fresno, sacó primero un zapato y después otro. ¿Eran plateados? ¿Azules? ¿O más bien rojos? ¿Lacados con acaramelado brillo de esmalte? Era difícil decirlo, pero no importaba: el efecto era deslumbrante. Hasta la señora Morrible quedó boquiabierta ante tanto esplendor. La superficie de los zapatos parecía latir al ritmo de cientos de reflejos y refracciones. A la luz del fuego de la chimenea, era como contemplar hirvientes corpúsculos de sangre bajo una lente de aumento.

—Dice que los compró para usted a una vieja buhonera desdentada, en las afueras de Ovvels —dijo la señora Morrible—, y que los forró con cuentas plateadas de cristal que él mismo fabricó... o que alguien le ha enseñado a hacer...

—Corazón de Tortuga —dijo Nana con amargura.

—... y ... —prosiguió la señora Morrible, dándole la vuelta a la carta y forzando la vista— dice que tenía la esperanza de regalarle a usted algo especial antes de que se marchara a la universidad, pero en las repentinas circunstancias de la enfermedad de Ama Clutch... bla, bla, bla... no estaba preparado. De modo que se los envía a su Nessarose, para que sus hermosos piececitos estén siempre calientes, secos y preciosos, y se los envía con todo su amor.

Elphaba hundió los dedos entre los rizos de las virutas. No había nada más en la caja, nada para ella.

—¿No son adorables? —exclamó Nessarose—. ¡Elphie, póntelos, por favor! ¡Oh, cómo brillan!

Elphaba se arrodilló delante de su hermana. Nessarose estaba sentada, majestuosa como cualquier Ozma, con la espalda erguida y el rostro resplandeciente. Elphaba levantó los pies de su hermana, le quitó las zapatillas que usaba para estar por casa y le puso en su lugar los deslumbrantes zapatos.

—¡Qué considerado ha sido! —dijo Nessarose.

—Afortunadamente, tú te vales por ti misma —le dijo Nana a Elphaba en un murmullo, apoyando una mano condescendiente sobre la espalda de la joven, pero Elphaba sacudió los hombros para quitársela de encima.

—Son verdaderamente adorables —comentó Elphaba con voz ronca—. Nessarose, están hechos para ti. Te sientan como un guante.

—Oh, Elphie, no estés de malhumor —dijo Nessarose, mirándose los pies—. No arruines mi pequeña alegría con tu resentimiento, ¿quieres? Él sabe que tú no necesitas este tipo de cosas...

—Claro que no —repuso Elphaba—. Claro que no las necesito.

Esa noche, arriesgándose a llegar después del cierre de las puertas de sus respectivos colegios, los amigos pidieron otra botella de vino. Inquieta, Nana chasqueaba la lengua y murmuraba; pero no podía imponer su autoridad, porque seguía dando cuenta de su porción de vino igual que los demás. Fiyero contó cómo lo habían casado a la edad de siete años con una niña de una tribu vecina. Todos lo miraron boquiabiertos, ante su aparente descaro. Sólo había visto a su novia una vez, por accidente, cuando ambos tenían nueve años.

—No empezaré a convivir realmente con ella hasta que tengamos veinte años, y ahora sólo tengo dieciocho —añadió.

Con el alivio de pensar que probablemente seguía siendo tan virginal como todos los demás, pidieron otra botella de vino.

Las llamas de las velas temblaban; caía una llovizna otoñal. Aunque la sala estaba seca, Elphaba se arropó con la capa, como imaginando de antemano el camino a casa. Había superado el dolor de que Frex no la hubiese recordado. Nessarose y ella empezaron a contar anécdotas graciosas de su padre, como para demostrarse a sí mismas y a los demás que todo estaba en orden. Nessarose, que no estaba habituada a la bebida, se permitía reír a carcajadas.

–Pese a mi aspecto, o quizá precisamente por eso, siempre me llamaba «mi preciosa» –dijo, aludiendo por primera vez en público a su falta de brazos–. Me decía: «Ven aquí, preciosa mía, y déjame que te dé un trocito de manzana.» Entonces yo me le acercaba lo mejor que podía, tambaleándome y dando bandazos si no estaban Nana, Elphie o mamá para ayudarme, y caía sobre sus rodillas, levantaba la cara sonriendo y entonces él me dejaba caer en la boca trocitos de fruta.

–¿Y a ti cómo te llamaba, Elphie? –preguntó Glinda.

–La llamaba Fabala –intervino Nessarose.

–En casa, *solamente* en casa –aclaró Elphaba.

–Es cierto, eras la pequeña Fabala de papá –dijo Nessarose en un murmullo, casi para sus adentros, fuera del círculo de caras sonrientes–. Su pequeña Fabala, su pequeñita Elphaba, su pequeña Elphie.

–A mí nunca me llamó «preciosa» –dijo Elphaba, levantando la copa en dirección a su hermana–. Pero todos sabemos que tenía razón, porque Nessarose es la única preciosa de la familia. Por eso tiene unos zapatos tan bonitos.

Nessarose se sonrojó, aceptando el brindis.

–¡Ah, pero mientras yo atraía su atención a causa de mi problema, tú cautivabas su corazón cuando cantabas! –dijo.

–¿Que yo cautivaba su corazón? ¡Ja! Querrás decir que desempeñaba una función necesaria.

Pero los otros le dijeron a Elphaba:

–¡Ah! Pero ¿tú cantas? ¡Entonces hazlo! ¡Canta, canta, por favor! Otra botella, otra copa, separa la silla de la mesa y canta antes de que nos marchemos. ¡Tienes que cantar! ¡Adelante!

–Sólo si todos cantáis –señaló Elphaba en tono autoritario–. ¿Boq? ¿Algún spinniel del País de los Munchkins? ¿Avaric, una balada gillikinesa? ¿Glinda? ¿Nana, una canción de cuna?

–Nosotros nos sabemos una cancioncilla cochina. Si cantas, la cantaremos después de ti –dijeron Crope y Tibbett.

—Y yo cantaré un himno de caza del Vinkus —dijo Fiyero.

Todos gorjearon, complacidos, y le dieron unas palmadas en la espalda. Entonces Elphaba tuvo que incorporarse. Separó la silla de la mesa, se aclaró la garganta, emitió una nota en el interior de sus manos ahuecadas y empezó, como si estuviera cantando para su padre otra vez, después de tanto tiempo.

La tabernera golpeó con un trapo a unos viejos ruidosos para que callaran y los jugadores de dardos dejaron caer las manos. La sala quedó en silencio. Elphaba inventó una cancioncilla sobre la marcha, una canción de anhelos y extrañeza, de lugares distantes y días futuros. Los desconocidos cerraron los ojos para oír mejor.

También Boq. La voz de Elphaba no estaba mal. Vio el lugar imaginario que estaba conjurando, un país donde la injusticia, la crueldad cotidiana, el despotismo y el mezquino puño de la sequía no se confabulaban para tenerlos a todos cogidos por el cuello. No, no le estaba dando el reconocimiento que merecía. Elphaba tenía muy buena voz: controlada, sentida y nada histriónica. Escuchó hasta el final de la canción, que se desvaneció en el respetuoso silencio de la taberna. Después, Boq pensó que la melodía se había disipado como un arco iris después de la tormenta, o como el viento que por fin amaina, dejando tras de sí la calma, un mar de posibilidades y un gran alivio.

—¡Ahora tú! ¡Lo has prometido! —exclamó Elphaba, señalando a Fiyero, pero nadie quería cantar después de que ella lo había hecho tan bien.

Nessarose le pidió con un gesto a Nana que le enjugara una lágrima del rabillo del ojo.

—Elphaba dice que no es religiosa, ¡pero mirad con cuánto sentimiento canta a la otra vida! —dijo Nessarose y, por una vez, nadie sintió deseos de contradecirla.

5

Una mañana, temprano, cuando el mundo estaba gris de escarcha, se presentó Grommetik con una nota para Glinda. Ama Clutch estaba agonizando. Glinda y sus compañeras de habitación corrieron a la enfermería.

La directora las recibió y las condujo a una alcoba sin ventanas, donde Ama Clutch se agitaba en la cama, hablando con la funda de la almohada.

—No tienes por qué aguantarme —estaba diciendo con expresión salvaje—. Después de todo, ¿qué podría hacer yo por ti? Lo único que hago es aprovecharme de tu buen carácter, apoyando mis rizos grasientos sobre tu tejido fino o mordisqueando tus bordes de encaje. ¡Eres una tonta incurable por permitirlo, de verdad te lo digo! ¡Y no me hables de tu vocación de servicio! ¡Tonterías y nada más que tonterías!

—¡Ama Clutch, Ama Clutch, soy yo! —dijo Glinda—. ¡Escúchame! ¡Soy yo, tu pequeña Galinda!

Ama Clutch sacudió la cabeza de lado a lado.

—¡Tus protestas son una ofensa a tus antepasados! —prosiguió, hablándole a la funda de la almohada con expresión indignada—. Aquellas plantas de algodón a orillas del lago Restwater no se dejaron cosechar sólo para que tú te tumbes como un felpudo y dejes que cualquier asqueroso te babee encima durante toda la noche. ¡No tiene sentido!

—¡Ama! —lloró Glinda—. ¡Por favor! ¡Estás delirando!

—¡Ajá, veo que no tienes nada que responder a eso! —dijo Ama Clutch en tono satisfecho.

—¡Vuelve, Ama, vuelve una sola vez antes de dejarnos!

—¡Válgame Lurlina! ¡Esto es horroroso! —exclamó Nana—. ¡Queridas mías, si alguna vez me veis así, prometedme que me daréis veneno!

—Se está yendo, lo veo —dijo Elphaba—. Lo he visto suficientes veces en el País de los Quadlings como para reconocer los síntomas. Glinda, dile lo que tengas que decirle, ¡a prisa!

—Señora Morrible, ¿podría dejarnos solas? —pidió Glinda.

—Me quedaré a su lado, señorita, y le brindaré mi apoyo, como es mi deber para con todas mis chicas —dijo la directora, apoyando con determinación sus manos como jamoncitos sobre la cintura.

Pero Elphaba y Nana se incorporaron y fueron empujándola fuera de la alcoba y por todo el pasillo, hasta hacerla salir por la puerta, que aseguraron con cerrojo. Nana fue todo el camino cloqueando y repitiendo:

–Es muy amable de su parte, señora directora, pero no hay necesidad. No hay ninguna necesidad.

Glinda aferró la mano de Ama Clutch. Blancas perlas de sudor se estaban formando como agua de patata sobre la frente de la criada, que se debatía para zafarse, aunque su fuerza empezaba a flaquear.

–Ama Clutch, te estás muriendo –dijo Glinda–, y la culpa es mía.

–¡Oh, basta ya! –dijo Elphaba.

–Pero es culpa mía –replicó Glinda con fiereza–. Lo es.

–No te lo discuto –dijo Elphaba–, pero no quieras ser el centro de atención. ¡Es *su* muerte y no tu entrevista con el Dios Innominado! ¡Adelante! ¡Haz algo!

Glinda agarró las manos de Ama Clutch, las dos manos, con más fuerza aún.

–¡Voy a traerte de vuelta con magia! –dijo apretando los dientes–. ¡Ama Clutch, vas a hacer lo que yo te diga! ¡Sigo siendo tu patrona y tu superior, y tienes que obedecerme! ¡Ahora escucha este conjuro e intenta comportarte!

El ama rechinó los dientes, puso los ojos en blanco y echó la cabeza hacia atrás, con la barbilla apuntando hacia arriba, como si pretendiera empalar con ella a un invisible demonio que flotara en el aire sobre su cama. Los ojos de Glinda se cerraron, su mandíbula empezó a moverse y una hebra de sonido, de sílabas incoherentes incluso para sí misma, comenzó a manar de sus labios empalidecidos.

–Espero que no la hagas estallar como al sándwich –murmuró Elphaba.

Glinda no le prestó atención. Siguió zumbando y trabajando, balanceándose y jadeando. Los párpados de Ama Clutch se movían tan frenéticamente sobre los ojos cerrados que parecía como si sus órbitas estuvieran engullendo sus propios ojos.

–*Magicordium senssus ovinda clenx* –dijo Glinda en voz alta para terminar–, y si esto no es suficiente, me rindo. No lo conseguiría ni con toda la parafernalia del ritual.

Ama Clutch se desplomó sobre el colchón de paja. De la esquina de cada ojo le manaba un hilillo de sangre, pero el furioso movimiento giratorio de los globos oculares se había detenido.

—Ah, bonita —murmuró—. ¿Entonces estás bien? ¿O ahora estoy muerta?

—Aún no —dijo Glinda—. Sí, querida ama, sí, yo estoy bien. Pero creo que tú nos estás dejando.

—Desde luego que sí. El Viento está aquí, ¿no lo oyes? —dijo Ama Clutch—. No importa. ¡Ah, pero si también Elphie está aquí! Adiós, mis bonitas. Poneos a resguardo del Viento hasta que llegue vuestra hora, o seréis arrastradas en la dirección equivocada.

—Ama Clutch —dijo Glinda—, tengo algo que decirte. Tengo que pedirte perdón...

Pero Elphaba se inclinó hacia adelante, interponiéndose en la línea visual del ama, y dijo:

—Antes de que te vayas, Ama Clutch, dinos quién mató al doctor Dillamond.

—Seguro que ya lo sabes —respondió el ama.

—Confírmamelo tú —pidió Elphaba.

—Yo lo vi, bueno, casi. Acababa de suceder y el cuchillo todavía estaba allí —dijo, respirando con esfuerzo—; estaba manchado de sangre que aún no había tenido tiempo de secarse.

—¿Qué viste? Es importante.

—Vi el cuchillo en el aire y el Viento que venía a llevarse al doctor Dillamond, vi al autómata que se giraba y el tiempo de la Cabra que se detenía.

—Fue Grommetik, ¿verdad? —murmuró Elphaba, intentando que la anciana lo dijera con todas las palabras.

—Es lo que estoy diciendo, ¿verdad, bonita? —respondió Ama Clutch.

—¿Y él te vio? ¿Se volvió contra ti? —exclamó Glinda—. ¿Te hizo caer enferma, Ama Clutch?

—Era mi hora de enfermar —contestó ella suavemente—, de modo que no puedo quejarme. Y ésta es mi hora de morir. Deja que así sea. Sólo te pido que me des la mano, cariño.

—Pero la culpa ha sido mía... —empezó Glinda.

—Me hará mejor que guardes silencio, mi dulce Galinda, mi bonita —dijo Ama Clutch con suavidad, dándole unas palmaditas en la mano a Glinda. Después cerró los ojos e inspiró y exhaló el aire un par de veces.

Por algún motivo, el silencio que todas guardaron les pareció propio de la servidumbre gillikinesa, aunque más tarde no pudieron explicar por qué. Fuera, la señora Morrible iba y venía haciendo crujir las tablas del suelo. Después, creyeron oír un Viento o el eco de un Viento, y Ama Clutch se fue, y la funda de la almohada, rematadamente servil, recibió un pequeño hilo de fluidos humanos de la comisura de su boca abierta.

6

El funeral fue modesto y rápido. A él asistieron las amigas de Glinda, que ocuparon dos filas de bancos, mientras que en el segundo nivel de la capilla se acomodaba el gremio de las amas. El resto de la capilla quedó vacío.

Cuando el cadáver enfundado en su espiral mortaja se hubo deslizado por la rampa engrasada hacia el horno incinerador, los dolientes y las colegas pasaron a la salita privada de la señora Morrible, donde comprobaron que la directora no había incurrido en ningún gasto para ofrecerles un refrigerio. El té era antiquísimo, rancio como el serrín; los bizcochitos estaban secos, y no había crema de azafrán, ni mermelada de tamorna.

—¿Ni siquiera un poco de crema? —preguntó Glinda en tono de reproche.

—Querida mía —respondió la señora Morrible—, es cierto que intento proteger a mis alumnas de las peores consecuencias de la escasez, comprando con juicio y privándome yo misma de muchas cosas, pero no soy totalmente responsable de su *ignorancia*. Si la gente simplemente obedeciera al Mago en todo, tendríamos abundancia. ¿No sabe que estamos al borde de una hambruna generalizada y que las vacas se mueren de hambre a trescientos kilómetros de aquí? ¡Eso encarece terriblemente la crema de azafrán en el mercado!

Glinda hizo ademán de alejarse, pero la señora Morrible la detuvo con sus dedos regordetes, bulbosos y cargados de joyas. El tacto hizo que a Glinda se le helara la sangre.

—Me gustaría hablar con usted, y también con las señoritas Nessarose y Elphaba —dijo la directora—, cuando los invitados se hayan ido. Por favor, quédense.

—Nos espera un sermón —le susurró Glinda a las hermanas Thropp—. No se quedará a gusto si no nos regaña.

—Ni una palabra de lo que dijo Ama Clutch, ni de que al final se recuperó —dijo Elphaba con urgencia—. ¿Lo has entendido, Nessa? ¿Nana?

Las dos asintieron. Al despedirse, Boq y Avaric anunciaron que el grupo quedaba convocado en la taberna del paseo del Regente. Las chicas convinieron en reunirse allí con ellos después de hablar con la directora. En la taberna del Melocotón y los Riñones podrían oficiar un funeral bastante más honesto en memoria de Ama Clutch.

Cuando el pequeño gentío se hubo dispersado y sólo quedaba Grommetik retirando las tazas y recogiendo las migajas, la señora Morrible se puso a arreglar ella misma el fuego, en un gesto de proximidad y camaradería que todas advirtieron, y ordenó al autómata que se marchara.

—Hasta luego, pequeño, hasta luego —dijo—. Ve y lubrícate en algún armario, en algún sitio.

Grommetik se retiró rodando con gesto ofendido, si es que tal cosa era posible en él. Elphaba tuvo que reprimir el impulso de atizarle un golpe con la punta de su recia bota negra.

—Usted también, Nana —dijo la señora Morrible—. Disfrutará de un pequeño descanso de sus obligaciones.

—No, nada de eso —replicó la anciana—. Nana no abandona a su Nessa.

—Sí, insisto. Su hermana es perfectamente capaz de cuidarla —dijo la directora—. ¿No es así, señorita Elphaba? ¿No es usted el alma misma de la caridad?

Elphaba abrió la boca (la palabra *alma* siempre la irritaba, como Glinda bien sabía), pero volvió a cerrarla, y con un movimiento de la cabeza señaló la puerta. Sin pronunciar una palabra, Nana se puso de pie para marcharse, pero antes de que se cerrara la puerta tras de sí, dijo:

—Ya sé que no me corresponde quejarme, pero no puedo entender que no hubiera crema. ¡En un funeral!

—Socorro —dijo la señora Morrible cuando la puerta se cerró, pero Glinda no pudo distinguir si lo decía como crítica a los sirvientes o para reclamar compasión.

La directora se preparó, arreglándose las faldas y las sobrefaldas, así como las cintas y los adornos de su elegante chaqueta de cóctel. Bajo las lentejuelas de color pardo anaranjado, parecía un enorme pez de colores, disecado y con la panza hacia arriba. Glinda se preguntaba cómo habría llegado a ser directora.

—Ahora que Ama Clutch ya es cenizas, será aconsejable y, más que aconsejable, será imprescindible que sigamos adelante con valentía —empezó la señora Morrible—. Queridas señoritas, en primer lugar, voy a pedirles que me cuenten la triste historia de las últimas palabras del ama. Es una medida curativa esencial para que superen ustedes su dolor.

Las chicas no se miraron entre sí. Glinda, que dadas las circunstancias era la portavoz, inspiró hondo y dijo:

—Oh, no hizo más que soltar tonterías hasta el último instante.

—No me sorprende, la pobre estaba loca —dijo la señora Morrible—, pero ¿qué tipo de tonterías?

—No conseguimos entender nada —respondió Glinda.

—Me pregunto si diría algo acerca de la muerte de la Cabra.

—Ah, ¿la Cabra? —dijo Glinda—. No sabría decírselo...

—Quizá, en el estado de alteración en que se encontraba, reviviera el momento crítico. A menudo, en el último segundo, los moribundos intentan explicarse los enigmas de su vida. Un esfuerzo inútil, naturalmente. Probablemente Ama Clutch se sentiría intrigada por lo que había encontrado: el cadáver de la Cabra, la sangre... y Grommetik.

—¿Eh? —dijo Glinda en un suspiro.

Las hermanas, a su lado, procuraron no dejar traslucir ninguna reacción.

—Aquella mañana terrible, me levanté temprano para mis meditaciones espirituales y reparé en la luz encendida en el laboratorio del doctor Dillamond, de modo que envié a Grommetik con una tetera para levantarle el ánimo a la vieja Cabra. Grommetik encontró al Animal caído sobre una lente rota; por lo visto, tropezó y él mismo se cercenó la yugular. Un accidente lamentable, fruto del celo científico (por no decir de la arrogancia) y de una penosa falta de sentido común. Hay que descansar. Todos necesitamos descanso, incluso los más brillantes de entre nosotros necesitan descanso. Grommetik, en su confusión, se inclinó para ver si aún tenía pulso (no era así), y supongo que fue justo entonces cuando llegó Ama Clutch y encontró al pobre Grommetik empapado en la sangre que manaba de aquella yugular. Podría añadir que Ama Clutch llegó sin que la llamaran y sin que fuera asunto suyo, pero no debemos hablar mal de los muertos, ¿verdad?

Glinda se tragó las nuevas lágrimas y se abstuvo de mencionar que Ama Clutch había visto algo extraño *la noche anterior* y había ido a ver qué sucedía.

—Siempre he pensado que la conmoción de ver toda esa sangre debió de ser la gota que colmó el vaso y que provocó la recaída de la enfermedad que padecía Ama Clutch. Imagino que ahora comprenderán ustedes por qué tuve que pedirle a Grommetik que se retirara. Todavía está muy sensible y sospecha, según creo, que Ama Clutch lo creía responsable del asesinato de la Cabra.

Con voz temblorosa, Glinda dijo:

—Señora Morrible, ha de saber que Ama Clutch nunca padeció la enfermedad que le describí. La inventé yo. Pero no se la envié. No le asigné la enfermedad a ella, ni ella a la enfermedad.

Elphaba fijó la vista en la señora Morrible, intentando no parecer descarada. Nessarose batió las pestañas. Si la señora Morrible ya sabía lo que acababa de decirle Glinda, su expresión no la delató. Parecía tan plácida y serena como una barca amarrada al muelle.

—Eso no hace más que confirmar mis observaciones —concedió—. Hay un poder imaginativo y hasta profético en esa aguzada y elegante cabecita suya, señorita Glinda.

La directora se puso en pie, haciendo susurrar sus faldas como el viento soplando por los trigales.

—Lo que voy a decirles ahora, lo diré en la más estricta confidencialidad, y espero que mis chicas obedezcan mis órdenes. ¿Estamos de acuerdo?

La señora Morrible pareció tomar por aquiescencia el asombrado silencio que siguió. Miró a las muchachas desde su altura. De pronto,

Glinda pensó que por eso se parecía a un pez, porque casi nunca parpadeaba.

—Por deseo expreso de una autoridad demasiado elevada para ser mencionada, me ha sido confiada una misión de crucial importancia —declaró la directora—. Una tarea esencial para la seguridad de Oz. Desde hace varios años, intento cumplir esta misión, y ahora ha llegado el momento de hacerlo y los medios están a mi disposición.

Fijó en las chicas su mirada escrutadora. Ellas eran los medios.

—No dirán a nadie lo que oigan en esta sala —dijo—. No querrán hacerlo, no decidirán hacerlo, ni tampoco podrán hacerlo. Voy a envolverlas a cada una de ustedes en un capullo indestructible de obediencia que protegerá esta delicada información. No —añadió, levantando una mano para adelantarse a las protestas de Elphaba—, no tiene ningún derecho a oponerse. El conjuro ya está hecho y ahora debe escuchar y abrir su mente a lo que tengo que decir.

Glinda intentó examinarse, para ver si se sentía atada, envuelta en un capullo o hechizada. Pero sólo se sentía atemorizada y joven, que quizá es más o menos lo mismo. Miró a las hermanas. Nessarose, con sus zapatos deslumbrantes, estaba sentada otra vez en su silla, con las aletas de la nariz dilatadas por el miedo o la expectación. Elphaba, por su parte, parecía tan impasible y malhumorada como de costumbre.

—Aquí viven ustedes en un pequeño vientre materno, un estrecho nidito, chicas con chicas. Oh, ya sé que en la periferia tienen a esos chicos tan tontos, tan insustanciales ellos. Sólo sirven para una cosa, y ni siquiera para eso son fiables. Pero me estoy yendo por las ramas. Debo decirles que saben ustedes poco o nada acerca del estado de la nación en este momento. No imaginan el grado de tensión que se ha alcanzado. Tenemos a las comunidades en pie de guerra: los grupos étnicos enfrentados entre sí, los banqueros contra los granjeros y los industriales contra los comerciantes. Oz es un volcán que amenaza con entrar en erupción y sofocarnos a todos con sus gases purulentos.

»Nuestro Mago parece suficientemente fuerte. Pero ¿lo es? ¿De verdad lo es? Entiende de política interior y no es ningún tonto cuando se trata de negociar tipos de interés con las sanguijuelas de Ev, Jemmicoe o Fliaan. Gobierna la Ciudad Esmeralda con una diligencia y una capacidad que nadie de la degradada estirpe de las Ozmas de protuberante mandíbula podría haber soñado con igualar. Sin él, hace años que habríamos sido barridos por una tormenta de fuego. Sólo podemos estarle agradecidos. Una mano firme obra maravillas en una situación corrupta. Hay que caminar con suavidad, pero con un garrote en la mano. Veo que ofendo. Bueno, un hombre siempre cae bien como rostro público del poder, ¿verdad?

»Así es. Pero las cosas no siempre son lo que aparentan, y desde hace cierto tiempo ha quedado claro que el repertorio de trucos del Mago no durará para siempre. Inevitablemente, habrá revueltas, el tipo de revueltas estúpidas y absurdas en que unas personas fuertes y tontas disfrutan dejándose matar, en defensa de unos cambios políticos que dentro de menos de diez años quedarán sin efecto. De ese modo tienen sentido sus vidas, que antes no lo tenían, ¿no creen? No puedo imaginar ninguna otra razón. En cualquier caso, el Mago necesita agentes. A largo plazo, necesitará generales. Personas con dotes de organización. Personas con recursos e iniciativa.

»En una palabra, mujeres.

»Señoritas, las he llamado a las tres. Todavía no son mujeres, pero les está llegando el momento, y llegará más aprisa de lo que creen. Pese a mi opinión respecto a su comportamiento, he de reconocer que destacan sobre las demás. En cada una de ustedes hay mucho más de lo que está a la vista. Señorita Nessarose, al ser usted la más nueva, es la que más se me oculta; pero cuando haya superado ese fascinante hábito de la fe, será capaz de desplegar una autoridad feroz. Su alteración física no tiene la menor importancia para esto. Señorita Elphaba, usted es una solitaria, e incluso bajo mi conjuro de obediencia, no hace más que mofarse interiormente de cada una de mis palabras. Su actitud es la prueba de un gran poder interior y de una enorme fuerza de voluntad, algo que respeto profundamente, aunque vaya dirigido contra mí. No ha demostrado ningún interés por la hechicería y no estoy afirmando que tenga ninguna aptitud natural. Pero su espléndido espíritu de lobo solitario se puede encauzar, oh, sí, claro que sí, y no es preciso que viva toda una existencia de rabia reprimida. En cuanto a usted, señorita Glinda, ya se ha sorprendido a sí misma con su talento para la hechicería. Sabía que lo haría. Esperaba que sus inclinaciones se contagiaran a la señorita Elphaba, pero el hecho de que no haya sido así es una prueba más del carácter de hierro de su amiga.

»Veo en sus ojos que todas cuestionan mis métodos. Estarán pensando desordenadamente: ¿Habrá provocado la Horrible Morrible que aquel clavo hiriera en el pie a Ama Clutch, obligándome a compartir habitación con Elphaba? ¿Habrá hecho ella que Ama Clutch bajara la escalera y encontrara a la Cabra muerta, para poder así quitarla de en medio y conseguir que Nana y, por tanto, Nessarose tuvieran que entrar en escena? ¡Es muy halagador que me imaginen dueña de tanto poder!

La directora hizo una pausa y estuvo a punto de sonrojarse, lo que en su caso recordaba al aspecto que presenta la nata cuando se corta sobre una llama demasiado intensa.

—No soy más que una subalterna al servicio de mis superiores —prosiguió—, y mi talento especial consiste en estimular el talento. A mi modesta manera, siento vocación por la educación y aquí estoy, aportando mi pequeña contribución a la historia.

»Ahora vayamos al grano. Quiero que consideren ustedes su futuro. Me gustaría darles un nombre, bautizarlas, si quieren, como un trío de Adeptas. A largo plazo, me gustaría asignarles discretas misiones ministeriales en diferentes partes del país. Puedo hacerlo, recuérdenlo, porque así lo han decidido aquellos cuyas botas ni siquiera soy digna de lamer.

Pero lo decía con engreimiento, como si en realidad se creyera sobradamente digna de la atención de esas fuerzas misteriosas.

—Digamos que serán ustedes colaboradoras secretas del nivel más alto del gobierno. Serán embajadoras anónimas de paz y ayudarán a contener a los elementos rebeldes de nuestras poblaciones menos civilizadas. Todavía no hay nada decidido, por supuesto, y lógicamente ustedes pueden dar su opinión (pero solamente a mí, ya que el conjuro impide que hablen entre sí o con cualquier otra persona), pero me gustaría que lo pensaran. En algún momento necesitaré colocar una Adepta en algún lugar de Gillikin. Señorita Glinda, con su mediana posición social y sus ambiciones transparentes, podrá infiltrarse en los salones de los marqueses y aun así sentirse a gusto en las pocilgas. ¡Ah, no ponga esa cara! Su alcurnia le viene solamente de una rama de su familia y ni siquiera ellos son tan refinados como preten-de. La señorita Glinda, Adepta de Gillikin. ¿Qué le parece?

Glinda sólo podía escuchar.

—Señorita Elphaba —dijo la señora Morrible—, aunque rezuma us-ted un desdén adolescente hacia las dignidades heredadas, no deja de ser la tercera heredera de la casa de Thropp, y su bisabuelo, el Emi-nente Thropp, está senil. Algún día heredará lo que quede de Colwen Grounds, el pretencioso y ridículo palacete de Nest Hardings, y esta-rá en condiciones de ser la Adepta en el País de los Munchkins. Pese a su desafortunado trastorno cutáneo (o quizá precisamente gracias a él), ha desarrollado usted una determinación iconoclasta que puede resultar vagamente atractiva cuando no provoca náuseas. Nos servi-rá. Créame.

»En cuanto a usted, señorita Nessarose —continuó—, como ha crecido en el País de los Quadlings, querrá regresar allí con su Nana. Ahora la situación social de la región es caótica, por la enorme mor-tandad entre esa población de ranitas chapoteadoras, pero puede que mejore en cierta medida, y entonces tendrá que haber alguien que vi-gile las minas de rubíes. Necesitamos alguien que se ocupe de las co-sas en el sur. Cuando haya supcrado usted su manía religiosa, el arre-glo será perfecto. De todos modos, no creo que esperara tener una gran vida social sin brazos. ¿Cómo iba a bailar sin brazos?

»Respecto al Vinkus, no creemos probable que vayamos a necesi-tar una Adepta establecida en el lugar, no al menos mientras ustedes vivan. Los planes maestros no contemplan ninguna población apre-ciable en esa región olvidada.

Llegada a ese punto, la directora hizo una pausa y miró a su alre-dedor.

—¡Oh, chicas! Ya sé que son ustedes jóvenes, ya sé que esto las afli-ge. Pero no deben tomarlo como una condena, sino como una opor-tunidad. Pregúntense a sí mismas: ¿Cuánto creceré en una posición silenciosa y discreta pero de gran preeminencia y responsabilidad? ¿Cómo florecerá mi talento? ¿Cómo, queridas mías, cómo ayudaré a mi Oz?

Un pie de Elphaba se agitó, golpeó el borde de una mesilla y una taza y un platillo se estrellaron contra el suelo.

—¡Es usted tan predecible! —dijo la señora Morrible, suspirando—. Por eso mi trabajo es tan fácil. Ahora, chicas, ya saben que están obligadas a guardar silencio. Váyanse y piensen en lo que acabo de decir. Ni siquiera intenten hablar de ello entre ustedes, porque sólo ganarían calambres y dolores de cabeza. No lo conseguirían. En algún momento del próximo semestre, las citaré de una en una y me darán su respuesta. Y si deciden no ayudar a su país cuando más lo necesita... —La señora Morrible juntó las manos en una parodia de desesperación—. Bueno, ustedes no son los únicos peces en el río, ¿verdad?

La tarde se había vuelto sombría, con montones de nubes color ciruela por el norte, más allá de las espiras y las agujas de piedra azul. La temperatura había bajado siete grados desde la mañana y las chicas se ceñían con fuerza los chales, mientras caminaban hacia la taberna. Temblando al viento desapacible, Nana dijo:

—¿Y qué tenía que decir esa vieja cotilla que yo no pudiera oír?

Pero no pudieron responderle nada. Glinda ni siquiera fue capaz de cruzar la mirada con las demás.

—Brindaremos con champán por Ama Clutch —dijo finalmente Elphaba—, cuando lleguemos a la taberna del Melocotón y los Riñones.

—Yo me conformaría con una cucharada de crema auténtica —repuso Nana—. ¡Qué tacaña es esa vieja arpía! ¡Qué poco respeto a los muertos!

Glinda descubrió que el conjuro de obediencia era aún más profundo y cercaba aún más su pensamiento de lo que había entendido en un principio. No sólo no podían hablar al respecto. Ella ya había empezado a perder las palabras, a sentir que le fallaba la memoria, a tener dificultades para recordar la conversación. Había una propuesta. Porque era una propuesta, ¿no? Una propuesta cuestionable para ingresar en el cuerpo de funcionarios del Estado, ¿era eso? Para trabajar... bailando en los salones, lo cual no tenía sentido. Risas, una copa de champán, un apuesto galán hablándole por encima de la faja de su frac, apoyando en su cuello los puños almidonados y mordisqueando los rubíes en forma de lágrima que le adornaban los lóbulos de las orejas... Habla con suavidad, pero lleva un garrote en la mano. ¿O no sería una propuesta, sino una profecía? ¿Unas palabras amistosas de aliento respecto al futuro? Y ella había estado sola, las otras no escuchaban. La señora Morrible le había hablado directamente a ella. Un adorable reconocimiento del... potencial de Glinda. La oportunidad de ascender. Habla con suavidad, pero cásate con uno con un buen garrote. Un hombre que dejaba colgada la corbata del poste de la cama y hacía rodar sus gemelos de diamantes, empujándolos con la nariz, por el bonito cuello de ella... Era un sueño. ¡La señora Morrible no podía haber dicho algo así! Glinda debía de estar ofuscada por la pena. ¡Pobre Ama Clutch! Sólo habían sido unas sencillas palabras de condolencia por parte de la querida directora, que rehuía ser el centro de atención y prefería no hablar en público. Pero la lengua de un hombre entre sus piernas, una cucharada de crema de azafrán...

—¡Sostenedla, yo no puedo, yo no estoy...! —dijo Nessarose, desplomándose sobre el pecho de Nana, en el mismo instante que Glinda se desvanecía.

Elphaba tendió sus brazos robustos y recogió a Glinda a mitad del colapso. Glinda no llegó a perder el sentido, pero la incómoda proximidad física de Elphaba con su cara de halcón, después del involuntario acto de deseo, hizo que quisiera estremecerse de repulsión y ronronear al mismo tiempo.

—¡Arriba, muchacha, aquí no! —dijo Elphaba—. ¡Vamos, resiste!

Resistir era precisamente lo que Glinda no quería hacer. Pero después de todo, a la sombra de un carro de manzanas, al borde del mercado donde los tenderos estaban rematando a precio de saldo el último pescado del día, no era el lugar más adecuado.

—¡Fuerte, tienes que ser fuerte! —exigió Elphaba, como arrancándose las palabras del fondo de la garganta—. ¡Vamos, Glinda, no seas tonta! ¡Arriba! ¡Te quiero demasiado para dejarte así! ¡Termina ya y levántate, idiota!

—¡Desde luego! —dijo Glinda, mientras Elphaba la dejaba caer sobre un montón de paja mohosa para rellenar cajas—. ¡No había necesidad de que te pusieras tan romántica!

Pero se sentía mejor, como si acabara de pasar la oleada de una enfermedad.

—¿Sabéis qué os digo, chicas? Que esos desmayos os vienen por llevar los zapatos demasiado apretados —dijo Nana, resoplando y aflojando el esplendoroso calzado de Nessarose—. La gente sensata usa cuero o madera.

Durante un minuto le estuvo masajeando las plantas de los pies a Nessarose, que comenzó a gemir y arqueó la espalda, pero al cabo de unos momentos empezó a respirar con normalidad.

—Bueno, ya veo que estáis de vuelta en Oz —comentó Nana al cabo de un rato—. ¿Qué delicias habéis estado comiendo ahí dentro, con la directora?

—Vamos, nos están esperando —dijo Elphaba—. No perdamos tiempo. Además, temo que empiece a llover.

En la taberna del Melocotón y los Riñones, el resto de la pandilla había pedido una mesa en un reservado, varios peldaños por encima del nivel principal. A esas alturas de la tarde, todos habían bebido bastante, y era evidente que habían derramado algunas lágrimas. Avaric estaba sentado con la espalda apoyada contra la pared de ladrillos de la cueva de estudiantes, con un brazo sobre los hombros de Fiyero y las piernas estiradas sobre las rodillas de Shenshen. Boq y Crope estaban discutiendo por algo, por cualquier cosa, y Tibbett le estaba cantando una canción interminable a Pfannee, que parecía deseosa de hincarle un dardo en la parte más mullida del muslo.

—¡Ah, ya llegan las damas! —dijo Avaric arrastrando las palabras y haciendo ademán de levantarse.

Cantaron, conversaron, pidieron sándwiches y Avaric desparramó sobre la mesa una profusión de monedas, para que les trajeran una fuente llena de crema de azafrán, en memoria de Ama Clutch. El dinero obró el milagro y apareció la crema en la despensa, lo cual hizo que Glinda se sintiera incómoda, aunque ella no hubiese sabido decir por qué. Atacaron a cucharadas los etéreos montículos y se los dieron a comer unos a otros en la boca. Esculpieron la crema, la mezclaron con champán y se la arrojaron mutuamente con unas copas diminutas, hasta que se presentó el encargado y los conminó a largarse cuanto antes. Obedecieron, gruñendo. Ignoraban que era la última vez que iban a estar todos juntos, porque de lo contrario se habrían quedado.

Había llovido y había escampado, pero en las calles se oía aún el ruido del agua corriendo por las alcantarillas, y la luz de las farolas relucía y bailaba en las charoladas charcas atrapadas entre las piedras del pavimento. Imaginando un posible bandolero oculto en las sombras o un vagabundo hambriento al acecho, todos los del grupo caminaban muy juntos.

—Tengo una idea —dijo Avaric, poniendo un pie para un lado y el otro pie para el otro, como si fuera un flexible espantapájaros—. ¿Quién es lo bastante hombre como para ir al Club de Filosofía esta noche?

—¡Ah, no, nada de eso! —dijo Nana, que no había bebido tanto.

—Yo quiero ir —lloriqueó Nessarose, balaceándose más de lo habitual.

—Si ni siquiera sabes lo que es —repuso Boq entre hipos y risitas.

—No me importa, no quiero que termine la noche —dijo Nessarose—. ¡Sólo nos tenemos los unos a los otros y no quiero quedarme al margen, ni quiero volver a casa!

—Calla, Nessa, calla, preciosa mía —replicó Elphaba—. No es un sitio para ti, ni tampoco para mí. Ven, vamos a casa. Glinda, vamos.

—Yo ya no tengo ama —dijo Glinda con los ojos muy abiertos, apuntando a Elphaba con un dedo—. Ahora decido yo, y lo que quiero es ir al Club de Filosofía y ver si lo que dicen es cierto.

—Los demás pueden hacer lo que quieran, pero nosotras nos volvemos a casa —señaló Elphaba.

Glinda se volvió hacia Elphaba, quien a su vez se estaba dirigiendo a Boq, que tenía una expresión sumamente insegura.

—Vamos, Boq, tú no quieres ir a ese sitio repugnante, ¿verdad? —le estaba diciendo Elphaba—. No dejes que los chicos te convenzan para hacer algo que no quieres hacer.

—Tú no me conoces, Elphie —repuso él, como si le estuviera hablando al poste de atar a los caballos—. ¿Cómo sabes lo que yo quiero, si ni siquiera yo lo sé? ¿Eh?

—Ven con nosotros —le dijo Fiyero a Elphaba—. ¡Por favor! ¿Vendrás si te lo pedimos amablemente?

—Yo también quiero ir —chilló Glinda.

—Oh, venga, sí, vamos, Glindi-dindi —dijo Boq—. Quizá nos elijan a nosotros. Por los viejos tiempos, por lo que nunca fue.

Los otros acababan de despertar a un cochero somnoliento para contratar sus servicios.

—¡Boq, Glinda, Elphie, vamos! —los llamó Avaric por la ventana del carruaje—. ¿Dónde está vuestro valor?

—Boq, piénsalo —lo urgió Elphaba.

—Siempre pienso, nunca siento, nunca vivo —gimió él—. ¿No puedo vivir alguna vez? ¿Sólo una? ¡Que sea bajito no significa que sea un niño!

—No lo eras, hasta ahora —dijo Elphaba.

«¡Qué amable está esta noche!», pensó Glinda, mientras se separaba bruscamente del grupo para subir al carruaje. Pero Elphaba la cogió por un codo y la hizo girar sobre sí misma.

—No puedes —le susurró—. Nos vamos a la Ciudad Esmeralda.

—Yo voy al Club de Filosofía con mis amigos...

—¡Esta noche, niña idiota —dijo Elphaba en tono sibilante—, no tenemos tiempo para desperdiciarlo con el sexo!

Nana ya se había llevado a Nessarose. El cochero hizo restallar las riendas y el carruaje se alejó dando tumbos. Glinda dio un traspié y dijo:

—¿Qué crees que estabas a punto de decir hace un momento? ¿Qué ibas a decir?

—Ya lo he dicho y no voy a repetirlo —replicó Elphaba—. Querida mía, tú y yo volvemos esta noche a Crage Hall únicamente para hacer las maletas. Después, nos vamos...

—Pero las puertas estarán cerradas...

—Saltaremos el muro del jardín —dijo Elphaba—, y después iremos a ver al Mago, pase lo que pase y caiga quien caiga.

7

Boq no podía creer que por fin estuviera yendo al Club de Filosofía. Esperaba no ponerse a vomitar en el momento crucial. Esperaba recordarlo todo al día siguiente, o al menos lo más importante, a pesar de la jaqueca que se le estaba formando vengativamente en las sienes.

El lugar era discreto, pese a ser el tugurio más conocido de Shiz. Se escondía detrás de una fachada de ventanas cerradas con tablones. Un par de Gorilas iban y venían por la acera de delante, deshaciéndose de los posibles alborotadores. Avaric hizo un cuidadoso recuento de los integrantes del grupo a medida que bajaban del carruaje.

—Shenshen, Crope, yo, Boq, Tibbett, Fiyero y Pfannee. Siete. ¡Vaya! ¿Cómo lo habremos hecho para meternos todos en el coche? ¡Hubiese jurado que no cabíamos!

Pagó al cochero y le dio una propina, otro misterioso homenaje más a la memoria de Ama Clutch, y se abrió paso hasta el frente del silencioso grupo de compañeros.

—¡Vamos, tenemos la edad que hay que tener y estamos todo lo borrachos que hay que estar! —dijo, para después dirigirse a la cara que apenas se vislumbraba a través de la ventana—. Siete. Somos siete, mi buen caballero.

La cara se adelantó hasta el cristal y lo miró con malicia.

—Me llamo Yackle y no soy ningún caballero, ni tampoco soy buena. ¿De qué tipo va a ser esta noche?

Quien hablaba a través del cristal era una vieja desdentada, tocada con una peluca reluciente de color blanco rosado que se le deslizaba hacia el oeste de la calva perlada.

—¿Tipo? —dudó Avaric—. ¡Cualquier tipo! —exclamó a continuación, con algo más de arrojo.

—Me refiero a las entradas, cielito. ¿Queréis menearos y pavonearos en la pista de baile o hacer zorrerías en las bodegas antiguas?

—Las bodegas —dijo Avaric.

—¿Conocéis las reglas de la casa? ¿Las puertas cerradas, la norma de que sólo juega quien paga?

—Danos siete entradas y abrevia. No somos tontos.

—Nunca sois tontos —replicó la desagradable mujer—. Bueno, aquí vais entonces, y que sea lo que tenga que ser, o quien tenga que ser. Pasad y encontrad la salvación —añadió la vieja, asumiendo una postura de virtud, a imagen de una santa virgen unionista.

La puerta se abrió de par en par y el grupo bajó por una escalera de irregulares peldaños de ladrillo. Al pie de la misma había un enano enfundado en un albornoz violeta, que miró sus entradas y dijo:

—¿De dónde venís, tiernecillos? ¿De fuera de la ciudad?

—Estamos en la universidad —respondió Avaric.

—Una compañía variopinta. Bueno, veo que tenéis entradas con el siete de diamantes. ¿Veis los siete diamantes rojos impresos aquí y aquí? —dijo—. Podéis beber una copa, gentileza de la casa, ver el espectáculo de las chicas y bailar un poco, si queréis. Cada hora, más o menos, cierro la puerta de la calle y abro la otra. —Al decirlo, señaló unos portones enormes de roble, clausurados con dos monstruosas vigas y un candado de hierro—. Entráis todos juntos o no entra ninguno. Son las normas de la casa.

Había una corista cantando una parodia de *¿Qué es Oz sin Ozma?* y moviendo provocativamente una boa de plumas de color loro. Una pequeña orquesta de elfos —¡elfos auténticos!— trompeteaba y cascabeleaba un metálico acompañamiento musical. Boq nunca había visto un elfo, aunque sabía de la existencia de una colonia a escasa distancia de Rush Margins.

—¡Qué extraños! —se dijo, avanzando centímetro a centímetro.

Parecían monos sin pelo; iban desnudos, con la excepción de unos gorritos rojos, y no parecían tener ningún rasgo sexual visible. Eran verdes como el pecado. Boq se volvió para decir «Mira, Elphie, es como si hubieras tenido un montón de bebés», pero no vio a su amiga y entonces recordó que no había ido con ellos. Tampoco Glinda, por lo visto. Maldición.

Se pusieron a bailar. El público era el más heterogéneo que Boq hubiese visto en mucho tiempo. Había Animales, humanos, enanos, elfos y varios artefactos tiktokistas de tipo incompleto o experimental. Un escuadrón de apuestos chicos rubios circulaba distribuyendo jarras del vino de calabaza más peleón, que los chicos bebían porque era gratis.

—No sé si quiero llegar mucho más lejos que esto —le dijo Pfannee a Boq en un momento dado—. No sé, mira esa Babuina con cara de fulana, por ejemplo. Prácticamente se ha quitado el vestido. Quizá deberíamos irnos.

—¿Tú crees? —dijo Boq—. No sé, yo me quedaría, pero si tú estás incómoda...

¡Hurra! ¡Una salida! Él también empezaba a sentirse incómodo.

—Bueno, busquemos a Avaric —dijo—. Está por ahí, mostrándose altivo con Shenshen.

Pero antes de que pudieran abrirse paso a través de la atestada pista de baile, los elfos soltaron un aullido fantasmagórico, la cantante adelantó bruscamente la pelvis y exclamó:

—¡Es la llamada de la jungla, cariños míos! Señoras y señores, tenemos con nosotros, y cuando digo «tenemos» es que realmente los *tenemos* —echó una mirada a la nota que tenía en la mano—, cinco tréboles negros, tres tréboles negros, seis corazones rojos, siete diamantes rojos y... ¡en su luna de miel!, ¿no es *adorable*? —simuló que le venían náuseas—... dos picas negras. ¡Hacia la boca del éxtasis eterno, mis cobardes damas y asustadizos caballeros!

—Avaric, no —dijo Boq.

Pero la vieja de la puerta, la que decía llamarse Yackle, ya venía atravesando ruidosamente la sala (tras proceder aparentemente al cierre temporal de la puerta delantera), para llamar a los portadores de las cartas mencionadas e instarlos a pasar al frente con una sonrisa.

—¡Listos todos los recorridos y todos los viajeros! —dijo—. ¡Aquí estamos, al filo de la noche! ¡Alegrad esas caras, que esto no es un funeral, sino un espectáculo!

Había sido un funeral, recordó Boq, intentando invocar el espíritu cálido y discreto de Ama Clutch. Pero la hora de echarse atrás ya había pasado, si es que había existido alguna vez.

Los arrastraron a través de las puertas de roble y a lo largo de un pasadizo ligeramente inclinado, con las paredes acolchadas y revestidas de terciopelo rojo y azul. Más adelante se oía una música alegre, una sencilla melodía para bailar. Olía a hojas de tímulo asadas, un olor dulce y tierno: casi podían sentirse las hojas curvando hacia arriba sus bordes violáceos. Yackle abría la marcha, seguida de los veintitrés clientes del local, sumidos en un confuso estado de aprensión, júbilo y excitación. El enano iba detrás. Boq pasó revista a los presentes tanto como se lo permitió su mente aturdida: un Tigre erguido sobre las patas traseras, con botas altas y capa; un par de banqueros con sus parejas nocturnas, todos con máscaras negras, para protegerse de eventuales chantajes o tal vez como afrodisíaco; un grupo de comerciantes de Ev y Fliaan, que estaban en la ciudad por negocios;

un par de mujeres ya entradas en años, cargadas de bisutería. La pareja en viaje de bodas era del Glikkus. Boq esperaba que su grupo de estudiantes no pareciera tan asombrado y estupefacto como los dos glikkunenses. Mirando a su alrededor, vio que sólo Avaric y Shenshen parecían impacientes por empezar... y también Fiyero, quizá porque aún no había entendido dónde estaba. Los otros parecían algo más que un poco aprensivos.

Entraron en un pequeño teatro circular, con el espacio para el público dividido en seis secciones. Arriba, el techo se perdía en una negrura pétrea. La llama de las velas temblaba y una música hueca se abría paso por las grietas de las paredes, multiplicando el efecto de lejanía y extrañeza. Las butacas de la platea rodeaban el escenario central, completamente envuelto en sábanas negras. Las seis secciones estaban separadas por estrechas celosías de madera y paneles de espejo. Los distintos grupos se mezclaron y los amigos quedaron separados. ¿Habría también incienso en el aire? Parecía obrar el efecto de abrir por la mitad la mente de Boq, como una cáscara, para dejar salir una mente más tierna y complaciente, su faceta más blanda y vulnerable, la intención privada, la capitulación de la voluntad.

Boq sentía que cada vez sabía menos y que le parecía cada vez más bonito que así fuera. ¿Por qué se habría alarmado? Estaba sentado en una butaca y, a su alrededor en la platea, casi sobrenaturalmente cerca, se habían sentado un hombre con máscara negra, un Áspid que no había visto antes, el Tigre, cuyo aliento discurría caliente y carnoso por su cuello, y una preciosa niña, ¿o sería la novia en viaje de bodas? ¿Se estaba inclinando toda su sección de la platea hacia adelante, como un cubo suavemente sacudido? En cualquier caso, se inclinaron todos en dirección a la plataforma central, un altar de velos y sacrificios. Boq se aflojó el cuello y después el cinturón. Sintió un apetito especiado entre el corazón y el estómago, y el consiguiente endurecimiento del mecanismo inferior. La música de flautas y silbatos se estaba volviendo más lenta, ¿o sería que él miraba, esperaba y respiraba con tanta, tantísima lentitud, que el área secreta en su interior se despojaba de los velos, donde nada importaba?

El enano, vestido ahora con una capucha más oscura, apareció en el escenario. Desde su situación privilegiada podía ver todas las secciones de la platea, pero los espectadores de las diferentes secciones no podían verse entre sí. El enano se inclinó y tendió el brazo para estrechar una mano aquí y otra allá, saludando y escogiendo. De una de las secciones hizo salir a una mujer; de otra, a un hombre (¿sería Tibbett?), y de la sección donde se encontraba Boq, invitó con un gesto al Tigre. Boq se sintió sólo levemente decepcionado por no haber sido el elegido, mientras miraba cómo el enano agitaba un frasco humeante bajo las fosas nasales de los tres acólitos y los ayudaba a quitarse la ropa. Había grilletes, una bandeja de ungüentos aromáticos y emolientes, y un cofre cuyo contenido permanecía aún en la sombra. El enano cubrió con vendas negras los ojos de los estudiantes.

El Tigre iba y venía a cuatro patas, gruñendo por lo bajo y sacudiendo la cabeza por la angustia o la excitación. A Tibbett (porque era él, aunque estaba casi inconsciente) lo hicieron tumbarse boca arriba en el suelo del escenario. El Tigre se situó sobre él y permaneció inmóvil, mientras el enano y sus ayudantes levantaban a Tibbett y le ataban los brazos por las muñecas en torno al pecho del Tigre y las piernas por los tobillos, alrededor de la pelvis del Animal, de tal modo que Tibbett quedó colgando bajo el vientre del Tigre, como un cochinillo empalado, con la cara perdida entre el pelaje de la bestia.

A la mujer la situaron sobre una butaca en declive, semejante a un gran cuenco inclinado, y el enano le insertó algo aromático y chorreante en las partes oscuras. Después, el enano señaló a Tibbett, que empezaba a retorcerse y a gemir contra el pecho del Tigre.

—Sea X el Dios Innominado —dijo el enano, hundiendo el dedo entre las costillas de Tibbett.

Después, golpeó al Tigre en el flanco con una fusta, y éste se estiró hacia adelante, colocando la cabeza entre las piernas de la mujer.

—Sea Y el Dragón del Tiempo en su cueva —dijo el enano, fustigando una vez más al Tigre.

Después de atar a la mujer al cuenco y masajearle los pezones con un ungüento fluorescente, le entregó un látigo para que golpeara con él los flancos y la cara del Tigre.

—Y sea Z la Bruja Kúmbrica, y permítasenos ver si ella existe esta noche...

Los espectadores se acercaron un poco más, casi como si estuvieran participando, y la almizclada sensación de aventura hizo que se arrancaran sus propios botones y se mordisquearan los labios, cada vez más y más cerca.

–Éstas son las variables de nuestra ecuación –dijo el enano, mientras la habitación se oscurecía aún más–. Así pues, ya puede empezar el verdadero estudio clandestino del conocimiento.

8

Los industriales de Shiz, que desde el comienzo habían desconfiado del creciente poder del Mago, habían decidido no construir el ferrocarril entre Shiz y la Ciudad Esmeralda que se había proyectado en un principio. Por tanto, hacían falta tres días de viaje para ir de Shiz a la Ciudad Esmeralda, y eso sólo en las mejores condiciones climáticas y únicamente para los ricos que podían permitirse cambiar de caballos a cada parada. Para Glinda y Elphaba el viaje supuso más de una semana. Una semana desolada, azotada por el frío, entre vientos otoñales que arrancaban las hojas de los árboles con un crujido seco y un traqueteo de quejumbrosas ramas quebradizas.

Descansaron, como los otros viajeros de tercera clase, en cuartos traseros, sobre las cocinas de las posadas. En una misma cama llena de protuberancias, se acurrucaban juntas buscando calor y aliento (y también protección, pensaba Glinda). Abajo, en el establo, los mozos de cuadra murmuraban y chillaban, y las criadas de la cocina entraban y salían con estrépito a cualquier hora de la noche. Glinda se despertaba sobresaltada, como de un mal sueño, y se acurrucaba aún más cerca de Elphaba, que parecía no dormir nunca por la noche. De día, durante las largas horas transcurridas en carruajes destartalados, se quedaba dormida con la cabeza apoyada en el hombro de Glinda. El paisaje se fue volviendo cada vez menos exuberante y variado. Los árboles tenían un aspecto retorcido, como si intentaran ahorrar fuerzas.

Después, las granjas domesticaban a los arenosos zarzales. Aquí y allá, en los campos agotados, se veían vacas con el cuero del lomo arrugado, marchito y quebradizo, que mugían de desesperación. Un vacío se aposentaba en los corrales. Una vez, Glinda vio una granjera de pie delante de su puerta, con las manos hundidas en los bolsillos del delantal y, en la cara, una expresión de dolor y rabia contra el cielo inútil. La mujer se quedó mirando el paso de la diligencia y su cara reflejó el anhelo de viajar también, de morir, de estar en cualquier parte que no fuera aquel cadáver de finca.

Las granjas dieron paso a molinos desiertos y graneros abandonados. Después, abrupta y definitiva, la Ciudad Esmeralda se irguió ante los viajeros. Una ciudad de insistencia y generalizaciones. Resultaba absurda, obstruyendo el horizonte, brotando como un espejismo de las llanuras sin rasgos definidos del centro de Oz. Glinda la detestó desde el instante en que la vio. Una ciudad chillona, propia de advenedizos. Supuso que su gillikinés sentimiento de superioridad volvía a imponerse, y se alegró de que así fuera.

La diligencia entró por una de las puertas del norte y a su alrededor volvió a estallar el alboroto de la vida, pero en clave más urbana, menos moderada y condescendiente que en Shiz. La Ciudad Esmeralda no se encontraba a sí misma divertida, ni consideraba que la diversión fuera una actitud apropiada para una ciudad. Su alta opinión de sí misma se manifestaba en los espacios públicos, las plazas ceremoniales, los parques, las fachadas y los estanques.

—¡Qué líneas tan inmaduras y desprovistas de ironía! —murmuró Glinda—. ¡Cuánta pompa, cuántas pretensiones!

Pero Elphaba, que sólo había atravesado la Ciudad Esmeralda en una ocasión, cuando se dirigía a Shiz, no estaba interesada en la arquitectura. Tenía la mirada clavada en la gente.

—No hay Animales —dijo—, al menos no hay ninguno a la vista. Quizá estén todos en la clandestinidad, bajo tierra.

—¿Bajo tierra? —preguntó Glinda, pensando en amenazas legendarias, como el rey Nome y su colonia subterránea, o los enanos de las minas del Glikkus, o el Dragón del Tiempo de los mitos antiguos, que soñaba el mundo de Oz desde su sepulcro sin aire.

—Escondidos —replicó Elphaba—. Mira los pobres. ¿Serán ésos los pobres, los hambrientos de Oz, los que vienen de las granjas abandonadas? ¿O serán solamente el excedente, las sobras humanas que se pueden desechar? Míralos, Glinda, de verdad me lo pregunto. Los quadlings no tenían nada, pero parecían *más* que éstos...

Del bulevar que estaban recorriendo partían callejuelas, donde aleros de hojalata y cartón servían de techo a la marea de indigentes. Muchos eran niños, pero algunos eran munchkins diminutos, o enanos, o gillikineses físicamente agobiados por el hambre y la tensión. La diligencia avanzaba lentamente y era posible distinguir las caras. Un desdentado joven glikkunense, sin pies ni pantorrillas, erguido dentro de una caja sobre los muñones de las rodillas, pedía limosna. También había una mujer quadling.

—¡Mira, una quadling! —exclamó Elphaba, agarrando a Glinda por la muñeca.

Glinda vislumbró a una rubicunda mujer de piel morena, envuelta en un chal, que le estaba ofreciendo una manzana pequeña al niño que llevaba colgado del hombro. Tres chicas gillikinesas vestidas como mujeres de alquiler. Un tropel de niños corriendo y chillando como cochinillos y acosando a un comerciante para robarle la cartera. Traperos que empujaban sus carros. Quiosqueros que guardaban su mercancía detrás de rejas de seguridad. Y una especie de ejército civil, si es que se le podía llamar así, paseando en grupos de cuatro, cada tres o cuatro calles, con porras y espadas.

Elphaba y Glinda pagaron al cochero y se dirigieron con sus hatos al Palacio, que se erguía escalonadamente, con una proliferación de bóvedas y alminares, deslumbrantes contrafuertes de mármol verde y mamparas de ágata azul en el vano de las ventanas. En el centro, en posición preeminente, destacaba la extensa cubierta de la pagoda, tendida en suave declive sobre el salón del trono y revestida de repujadas escamas de oro virgen, deslumbrantes al resplandor del atardecer.

Cinco días después, habían conseguido superar al portero, a los recepcionistas y al secretario social. Habían esperado cuatro horas para una entrevista de tres minutos con el comandante general de audiencias. Elphaba, con expresión dura y turbia en el rostro, había logrado emitir las palabras «Señora Morrible» a través de los labios crispados.

—Mañana a las once —dijo el comandante general—. Dispondrán de cuatro minutos, entre el embajador de Ix y la directora de la Brigada Social de Nutrición de las Damas de las Milicias Civiles. La vestimenta ha de ser formal.

Les entregó una tarjeta con una serie de normas, que, al no disponer ellas de ropa adecuada para la corte, se vieron obligadas a pasar por alto.

A las tres de la tarde del día siguiente (todo se había retrasado), el embajador de Ix salió del salón del trono con expresión agitada e iracunda. Glinda se ahuecó por octogésima vez las deslucidas plumas de su sombrero de viaje y suspiró:

—Tú dirás lo que haya que decir.

Elphaba asintió con la cabeza. Glinda pensó que parecía cansada y asustada, pero fuerte, como si su estructura estuviera hecha de hierro y whisky, en lugar de carne y huesos. El comandante general de audiencias apareció por la puerta de la sala de espera.

—Disponen de cuatro minutos —dijo—. No se acerquen, a menos que el Mago se lo ordene. No hablen, a menos que se dirija a ustedes. No digan nada, excepto como respuesta a un comentario o una pregunta. Pueden dirigirse a él llamándole «Alteza».

—A mí eso me suena bastante monárquico. Creía que la realeza había...

Pero Glinda le dio un codazo a Elphaba para que se callara. Verdaderamente, a veces parecía que Elphaba no tuviera sentido común. No habían llegado tan lejos sólo para que las rechazaran por su radicalismo adolescente.

El comandante general no hizo caso. Mientras se acercaban a una doble puerta de hojas altas, labradas con sellos y enigmáticos jeroglíficos, les advirtió:

—Hoy el Mago no está de buen humor, porque le ha llegado la noticia de una revuelta en el distrito de Ugabu, en el norte del Vinkus. Yo que ustedes iría preparado para lo que me fuera a encontrar.

Dos estoicos guardias les abrieron las puertas y ellas entraron. Pero no vieron el trono. En su lugar, había una antecámara que conducía a la izquierda, a través de un primer pasillo que daba paso a otro, cuyo eje se desviaba a la derecha y daba paso a un tercer pasillo y a otro más. Era como contemplar el reflejo de un pasillo sobre dos espejos colocados uno frente a otro, en un camino que se desviaba hacia dentro. O quizá —pensó Glinda—, era como circular por las estrechas cámaras interiores de un nautilus. Recorrieron un circuito a través de ocho o diez salas, cada una ligeramente más pequeña que la anterior y cada una sumida en una luminosidad lechosa procedente de los paneles de vidrio emplomado del techo. Al final, las antecámaras terminaban en un arco que daba acceso a una cavernosa sala circular, más alta que ancha y oscura como una capilla. Antiguas peanas de hierro forjado sostenían zigurats de cera de abeja moldeada, con multitud de mechas ardiendo. El aire olía a encierro y tenía cierta textura harinosa. El Mago no estaba, pero vieron el trono sobre un estrado circular, con esmeraldas incrustadas que brillaban sin fuerza a la luz de las velas.

—Habrá ido al lavabo —dijo Elphaba—. No importa, lo esperaremos.

Se quedaron bajo el arco de la entrada, porque no se atrevían a aventurarse más allá sin ser invitadas.

—Si sólo tenemos cuatro minutos, espero que éstos no cuenten —comentó Glinda—. Hemos tardado al menos dos minutos en venir desde allí hasta aquí.

—A estas alturas... —empezó Elphaba, pero se interrumpió—. ¡Chis!

Glinda guardó silencio. Primero pensó que no se oía nada, pero después no estuvo tan segura. No había ningún cambio que pudiera identificar en la penumbra, pero Elphaba parecía un perro de caza en actitud de alerta. Tenía la barbilla hacia afuera, la nariz levantada, las aletas de la nariz desplegadas y los oscuros ojos atentos y ensanchados.

—¿Qué? —dijo Glinda—. ¿Qué?

—El sonido de...

Glinda no oyó ningún ruido, como no fuera el aire caliente que ascendía de las llamas y se perdía en las frías sombras, entre las vigas oscuras. ¿O sería el frufrú de un traje de seda? ¿Se estaría acercando el Mago? Miró a un lado y a otro. No... Había un susurro, una especie de silbido, como de lonchas de panceta crepitando en una sartén. De pronto, todas las llamas de las velas hicieron una reverencia, movidas por un viento rancio que las golpeaba desde la zona del trono.

Después, el estrado se cubrió de gruesas gotas de lluvia y resonó el mugido de un trueno doméstico, más parecido a un estropicio de cazos en la cocina que a un redoble de tambores. En el trono había un esqueleto de luces danzarinas. Al principio, Glinda las tomó por rayos, pero después advirtió que eran huesos luminiscentes, unidos entre sí para sugerir una forma vagamente humana o al menos propia de un mamífero. La caja torácica se abrió como un par de manos nerviosas y una voz habló en la tormenta, pero no procedente del cráneo, sino del oscuro ojo de la tempestad, del lugar donde debería haber estado el corazón de la criatura relampagueante, en el tabernáculo de la caja torácica.

—Soy el grande y terrible Oz —anunció la voz, sacudiendo la sala con su acompañamiento meteorológico—. ¿Quiénes sois vosotras?

Glinda echó una mirada a Elphaba.

—¡Adelante, Elphie! —dijo, dándole un codazo.

Pero Elphaba parecía aterrorizada. ¡Ah, claro, la lluvia! Tenía ese problema con los chubascos.

—¿Quiénes sooooois vosooooootras? —aulló la cosa, el Mago de Oz, o lo que fuera.

—Elphie —susurró Glinda—. Eres una inútil —añadió—, nada más que blablablá, y después... ¡Alteza!, yo soy Glinda, de Frottica, descendiente por parte de madre de los Arduennas de las Tierras Altas, y ella, Alteza, es Elphaba, tercera heredera de la casa de Thropp, para serviros, si así os place.

—¿Y si no me place? —dijo el Mago.

—¡Por favor, qué niñería! —murmuró Glinda entre dientes—. ¡Elphie, reacciona! ¡Yo no puedo decirle por qué hemos venido!

Pero el insustancial comentario del Mago pareció despertar bruscamente a Elphaba de su terror. Sin moverse de donde estaba, al borde de la sala, y aferrando la mano de Glinda como apoyo, Elphaba dijo:

—Somos estudiantes de la señora Morrible en Crage Hall, en Shiz, y estamos en posesión de información vital, Alteza.

—¿Ah, sí? —dijo Glinda—. ¡Gracias por decírmelo!

La llovizna pareció amainar un poco, aunque la sala seguía a oscuras, como bajo un eclipse.

—¡La señora Morrible, ese arquetipo de paradojas! —dijo el Mago—. Información vital acerca de ella, supongo...

—No —dijo Elphaba—. Bueno, no nos corresponde a nosotras interpretar lo que oímos. Las habladurías son poco fiables. Pero...

—Las habladurías son instructivas —repuso el Mago—. Indican la dirección de donde sopla el viento.

Entonces el viento sopló en dirección a las chicas y Elphaba retrocedió para que la lluvia no la salpicara.

—Adelante, muchachas —dijo el Mago—. Decidme cuáles son esas habladurías.

—No —dijo Elphaba—. Hemos venido por un asunto más importante.

—¡Elphie! —exclamó Glinda—. ¿Quieres que acabemos en la cárcel?

—¿Quién eres tú para decidir qué asuntos son importantes? —rugió el Mago.

—Mantengo los ojos abiertos —replicó Elphaba—. Vos no nos habéis llamado para preguntarnos sobre unas habladurías. Hemos venido nosotras por nuestro propio interés.

—¿Cómo sabéis que no os he llamado?

No lo sabían, especialmente después de lo que les había sucedido mientras tomaban el té con la señora Morrible, fuera lo que fuese.

—Baja el tono, Elphaba —susurró Glinda—. Vas a hacer que se enfade.

—¿Y qué? —dijo Elphaba—. Yo ya estoy enfadada.

Después volvió a levantar la voz:

—Tengo noticias del asesinato de un gran científico y un gran pensador, Alteza. Tengo noticias de los importantes descubrimientos que estaba realizando y de su supresión. Siento un profundo interés por la aplicación de la justicia y sé que también vos lo sentís, por lo que las asombrosas revelaciones del doctor Dillamond os ayudarán a rectificar vuestros recientes juicios sobre los derechos de los Animales...

—¿El doctor Dillamond? —dijo el Mago—. ¿Solamente de eso querías hablarme?

—Y de una población entera de Animales privados sistemáticamente de su...

—Conozco al doctor Dillamond y conozco sus trabajos —dijeron los incandescentes huesos del brujo, resoplando con desdén—. Basura falaz, plagiaria e incontrastada. Lo que cabía esperar de un Animal erudito. Todo basado en nociones políticas más que discutibles. Empirismo, bufonadas y monsergas. Charla vacía, diatribas y retórica. ¿Te convenció quizá su entusiasmo? ¿Su apasionamiento animal? —dijo el esqueleto, bailando o quizá retorciéndose de disgusto—. Conozco bien sus intereses y sus hallazgos. Sé muy poco de lo que llamas «su asesinato», y me interesa aún menos.

—No soy esclava de las emociones —declaró gravemente Elphaba, mientras se sacaba de la manga unos papeles que aparentemente se había enrollado en el brazo—. Esto no es propaganda, Alteza. Es una teoría bien argumentada. La Teoría de la Inclinación de la Conciencia, la llamaba él. ¡Y sus descubrimientos os sorprenderán! Ningún gobernante justo puede permitirse ignorar las implica...

—Me conmueve que supongas que soy justo —dijo el Mago—. Puedes dejar las cosas ahí mismo, en el suelo. ¿O prefieres acercarte? —preguntó la relampagueante marioneta, sonriendo y tendiendo los brazos—. ¿Eh, bonita?

Elphaba dejó caer los papeles.

—Muy bien, mi señor —dijo ella, con voz penetrante y solemne—. Supongo que sois justo, porque de no ser así, me vería obligada a unirme a un ejército contra vos.

—¡Demonios, Elphie! —dijo Glinda—. ¡No habla por mí, Alteza! —añadió en seguida, en voz más alta—. Yo soy una persona independiente.

—Por favor —dijo Elphaba, a la vez severa y suave, orgullosa y suplicante. Glinda comprendió que nunca hasta entonces había visto que su amiga deseara algo—. ¡Por favor, señor! Las penalidades que sufren los Animales son más de lo que cualquiera podría soportar. No es sólo el asesinato del doctor Dillamond. Es la repatriación forzosa, la... la cosificación de unos Animales libres. Tenéis que salir fuera y ver el dolor. Se habla de... Existe la inquietud de que el próximo paso sea la matanza y el canibalismo. Esto no es simple indignación adolescente. Por favor, señor. No son mis emociones desbocadas. Lo que está sucediendo es inmoral...

—Cuando alguien utiliza la palabra *inmoral*, dejo de prestar atención —dijo el Mago—. Dicha por un joven, es ridícula; dicha por un viejo, es sentenciosa, reaccionaria y signo precoz de inminente apoplejía. En las personas de mediana edad, que aman y temen la idea de una vida moral más que ninguna otra cosa, es hipócrita.

—Si no *inmoral*, ¿qué palabra puedo usar para decir que algo está *mal*? —dijo Elphaba.

—Prueba con *misterioso* y relájate un poco. Lo que debes comprender, mi verde chiquilla, es que no corresponde a una jovencita, ni a un estudiante, ni a un ciudadano decidir lo que está mal. Ése es el trabajo de los gobernantes y la razón de nuestra existencia.

—Pero si yo no supiera lo que está mal, entonces nada me impediría asesinaros.

—¡No creo en el asesinato, ni siquiera sé lo que *significa* esa palabra! —exclamó Glinda—. ¡Fiu! Voy a marcharme ahora, mientras aún sigo con vida.

—Un momento —dijo el Mago—. Quiero preguntaros algo.

Se quedaron inmóviles. Permanecieron inmóviles durante varios minutos. El esqueleto se pasaba los dedos por las costillas, haciéndolas sonar como si fueran las quebradizas cuerdas de una arpa. Música de guijarros rodando por el lecho de un río. El esqueleto se sacó los luminosos dientes de las mandíbulas y comenzó a hacer juegos malabares con ellos. Después los arrojó sobre el asiento del trono, donde estallaron en acaramelados destellos. La lluvia corría por un canal de desagüe en el suelo, observó Glinda.

—La señora Morrible —dijo el Mago—. Agente provocadora y chismosa, compinche y socia, profesora y clérigo. Decidme por qué os ha enviado.

—No lo ha hecho —respondió Elphaba.

—¿Sabéis al menos lo que significa la palabra *peón*? —chilló el Mago.

—¿Sabéis vos lo que significa *resistencia*? —replicó Elphaba.

Pero el Mago se limitó a reír, en lugar de matarlas en el acto.

—¿Qué quiere de vosotras?

Glinda tomó la palabra. Ya era hora.

—Quiere darnos una educación decente. Pese a sus maneras rimbombantes, es una administradora eficaz. Su tarea no es fácil.

Elphaba la estaba contemplando con una mirada extraña y sesgada.

—¿Os ha introducido en...?

Glinda no lo entendió del todo.

—Sólo somos estudiantes de segundo. No hemos hecho más que empezar nuestra especialización. Yo, en hechicería; Elphaba, en ciencias de la vida.

—Ya veo —dijo el Mago, como considerando lo dicho—. ¿Y después de graduaros, el año que viene?

—Supongo que volveré a Frottica y me casaré.

—¿Y tú?

Elphaba no respondió.

El Mago se volvió de espaldas, se partió sus propios fémures y se puso a aporrear el asiento como si fuera un timbal.

—Bueno, esto empieza a ser ridículo. No es más que montaje y espectáculo del culto del placer —dijo Elphaba, adelantándose uno o dos pasos—. ¿Me permitís, Alteza, antes de que se nos agote el tiempo?

El Mago se volvió. Tenía el cráneo en llamas, unas llamas que no se extinguían bajo la cortina cada vez más densa de lluvia.

—Diré una última cosa —anunció el Mago, en una voz que era un gruñido, como si estuviera sufriendo—. Citaré un pasaje de la *Oziada*, la epopeya del antiguo Oz.

Las chicas esperaron.

El Mago de Oz recitó:

Arrastrándose entonces como un glaciar, la vieja Kumbricia
Frota el cielo desnudo hasta que llueve sangre.
Al sol le arranca la piel y se la come caliente.
En su paciente bolso guarda la hoz de la luna,
Para luego sacarla, como cambiante piedra adulta.
Trozo a trozo recompone el mundo.
Parece igual —dice—, pero no lo es.
Parece ser lo que esperan —dice—, pero no lo es.

—Tened cuidado de aquellos a quienes servís —añadió el Mago.

Después desapareció. Los desagües del suelo gorgotearon y las velas se apagaron instantáneamente. A las chicas no les quedó más opción que volver sobre sus pasos.

En la diligencia, Glinda había encontrado un lugar y había preparado un pequeño nido para las dos, en el deseado asiento orientado hacia adelante, enfrentándose a otros tres pasajeros para defender el lugar de Elphaba.

—Mi hermana —mentía—. Estoy guardando este asiento para mi hermana.

«¡Cuánto he cambiado en poco más de un año! —pensó—. ¡De despreciar a la chica verde a proclamar que somos de la misma sangre! ¡Así que era cierto que la vida universitaria te cambia de una manera que jamás podrías imaginar! Quizá yo sea la única persona de los montes Pertha que ha conocido a nuestro Mago. No por impulso mío, ni por iniciativa propia, pero lo cierto es que yo estaba ahí. Lo hice. Y no estamos muertas. Aunque tampoco hemos conseguido mucho.»

Y allí estaba por fin Elphie, avanzando arrolladora por las piedras del pavimento, con los codos sobresaliendo a los lados y el flaco torso huesudo envuelto como de costumbre en una capa, para protegerse contra los elementos. Llegó hasta el carruaje abriéndose paso entre la muchedumbre y apartando a otros pasajeros más refinados para poder pasar. Glinda le abrió la puerta con un gesto brusco.

—¡Gracias al cielo! Pensé que llegarías tarde —dijo—. El cochero está ansioso por salir. ¿Has conseguido algo para el almuerzo?

Elphaba le dejó caer en el regazo un par de naranjas, un trozo de queso duro y una hogaza de pan que inundó el compartimento con un penetrante olor a rancio.

—Tendrás que conformarte con esto hasta la parada de la noche —dijo.

—¿Yo? —preguntó Glinda—. ¿Qué quieres decir con eso de que yo tendré que conformarme? ¿Tienes algo mejor para ti?

—Algo peor, por lo visto —replicó Elphaba—, pero es preciso que lo haga. He venido a despedirme. No voy a volver contigo a Crage Hall. Encontraré un lugar para seguir estudiando sola. No quiero formar parte del colegio... de la señora Morrible... nunca más.

—¡Nada de eso! —exclamó Glinda—. ¡No te lo permitiré! ¡Nana me comerá viva! ¡Nessarose se morirá! ¡La señora Morrible se...! ¡Elphie, no! ¡No!

—Diles que te secuestré y te obligué a venir conmigo. Lo creerán de mí —dijo Elphaba; estaba de pie en el estribo del carruaje.

Habiendo comprendido lo esencial del drama, una rolliza enana del Glikkus se cambió al lugar más confortable, al lado de Glinda.

—Diles que no me busquen, Glinda, porque no me van a encontrar. Voy a desaparecer.

—¿Desaparecer dónde? ¿Piensas volver al País de los Quadlings?

—No te lo diría —dijo Elphaba—. Pero no voy a mentirte. No es necesario mentir. Todavía no sé adónde voy a ir. No lo he decidido, para no tener que mentirte.

—Elphie, sube al carruaje, no seas tonta —lloró Glinda.

El cochero, que estaba ajustando las riendas, le gritó a Elphaba que se fuera al demonio.

—No tendrás problemas —dijo Elphaba—. Ahora ya eres una viajera experimentada. Es sólo el trayecto de vuelta de un viaje que ya conoces. —Acercó su cara a la de Glinda y la besó—. Resiste, si puedes —murmuró, y volvió a besarla—. Resiste, querida mía.

El cochero hizo restallar las riendas y anunció con un grito la partida. Glinda asomó la cabeza por la ventana para ver cómo Elphaba se perdía entre la multitud. Pese a la singularidad de su color, fue sorprendente la velocidad con que se mimetizó entre la andrajosa diversidad de la vida callejera de la Ciudad Esmeralda. O quizá fueran sólo unas tontas lágrimas las que emborronaban la vista de Glinda. Elphaba no había llorado, por supuesto. Había vuelto rápidamente la cabeza, nada más apoyar un pie en el suelo, pero no para ocultar las lágrimas, sino para atenuar el efecto de su ausencia. Pero, para Glinda, el aguijón de dolor era real.

III

LA CIUDAD ESMERALDA

Una bochornosa tarde de finales de verano, tres años después de graduarse en la Universidad de Shiz, Fiyero entró en la capilla unionista de la plaza de Santa Glinda, para hacer tiempo antes de encontrarse con un compatriota suyo en la ópera.

Durante su etapa de estudiante no se había aficionado al unionismo, pero había desarrollado el gusto por los frescos que a menudo adornaban los nichos de las capillas más antiguas. Esperaba encontrar una imagen de santa Glinda. No veía a Glinda de los Arduennas de las Tierras Altas desde la graduación de la joven, que había terminado los estudios un año antes que él. Pero confiaba en que no fuera sacrilegio encender un cirio mágico delante de la imagen de santa Glinda y pensar en quien llevaba su mismo nombre.

Estaba terminando un servicio religioso y la congregación de sensibles adolescentes y abuelas envueltas en bufandas negras salía lentamente. Fiyero esperó a que la mujer que tocaba la lira en la nave terminara de digitar un complicado *diminuet* y entonces se le acercó.

—Disculpe, soy un visitante del oeste.

Era obvio, por el profundo tono ocre de su piel y las pinturas tribales.

—No veo a ningún cetrero, a ningún acólito, a ningún sacristán, no sé cuál es la palabra —prosiguió—. Ni tampoco veo ningún folleto para informarme... Estoy buscando una imagen de santa Glinda.

La mujer mantuvo la expresión grave.

—Tendrá suerte si no la han tapado con un cartel de Nuestro Glorioso Mago. Soy una música ambulante y sólo vengo por aquí de vez en cuando, pero creo que puede mirar en el último pasillo. Allí hay, o al menos había, un oratorio consagrado a santa Glinda. Buena suerte.

Cuando hubo localizado el oratorio (un espacio semejante a un sepulcro, con una especie de tronera a modo de ventana), Fiyero vio una borrosa imagen de la santa, iluminada por una rosada luz de santuario y ligeramente inclinada a la derecha. El retrato era meramente sentimental y carecía de la fuerza de las imágenes primitivas, lo cual fue una decepción. El agua había dejado grandes manchas blancas, como de lejía, en los sagrados ropajes de la santa. Fiyero no recordaba su leyenda, ni la edificante manera en que había despreciado a la muerte, para mayor gloria de su alma e inspiración de sus devotos.

Pero después, entre las sombras acuosas, vio que el oratorio estaba ocupado por otro penitente, que oraba con la cabeza baja. Fiyero estaba a punto de marcharse, cuando comprendió que conocía a la persona que estaba a su lado.

—¡Elphaba! —exclamó.

La joven volvió lentamente la cabeza. Llevaba un chal de encaje sobre los hombros y el pelo recogido y sujeto con horquillas espirales de marfil. Parpadeó una o dos veces, muy despacio, como si se estuviera acercando a él desde muy lejos. Fiyero había interrumpido su plegaria (no recordaba que fuera religiosa). Quizá no lo había reconocido.

—Elphaba, soy yo, Fiyero —dijo él, moviéndose hacia la puerta, bloqueándole la salida a ella e impidiendo también que entrara la luz.

De pronto, ya no pudo ver su cara y se preguntó si habría oído bien cuando ella dijo:

—¿Disculpe, señor?

—Elphie, soy yo, Fiyero; estudiábamos en Shiz —dijo él—. Mi espléndida Elphie, ¿cómo estás?

—Creo que me confunde con otra persona, señor —dijo ella, con la voz de Elphaba.

—Elphaba, la tercera heredera de la casa de Thropp, si no recuerdo mal el título —replicó él, riendo empecinadamente—. No estoy equivocado. Soy Fiyero, de los arjikis... me conoces. ¡Tienes que acordarte de mí! ¡De las clases de ciencias de la vida del doctor Nikidik!

—Se confunde, señor —insistió ella (la palabra *señor* sonó en un tono irritado absolutamente típico de Elphaba)—. ¿Le importaría dejarme seguir en paz con mis devociones?

La joven se cubrió la cabeza con el chal, arreglándolo para que le cayera por las sienes. La barbilla, vista de perfil, podría haber cortado un salchichón, y aun así, en la penumbra, él estaba completamente seguro de que no se equivocaba.

—¿Qué sucede? —dijo—. Elphie, bueno... señorita Elphaba, si te parece mejor. No me tomes el pelo. ¡Claro que eres tú! Es imposible disimularlo. ¿A qué estás jugando?

Ella no le respondió con palabras, pero por la forma en que se puso a rezar el rosario, era evidente que le estaba diciendo que se largara.

—No pienso irme —declaró él.

—Está interrumpiendo mi meditación, señor —dijo ella suavemente—. ¿Tendré que llamar al sacristán para que lo eche?

—Te veré fuera —replicó él—. ¿Cuánto tiempo necesitas para rezar? ¿Media hora? ¿Una hora? Esperaré.

—De acuerdo, dentro de una hora. En la acera de enfrente hay una pequeña fuente con varios bancos alrededor. Hablaré cinco minutos con usted, sólo cinco minutos, y le demostraré que ha cometido un error. Un error no demasiado grave, pero bastante molesto para mí.

—Disculpa la intromisión. Dentro de una hora entonces, *Elphaba*.

No estaba dispuesto a darle la razón, fuera cual fuese el juego al que estuviera jugando. Aun así, se retiró y volvió a dirigirse a la mujer que tocaba la lira, al final de la nave.

—¿Tiene otra salida este edificio, aparte de las puertas principales? —preguntó, mientras ella se esforzaba por arrancarle un arpegio al instrumento.

Cuando le pareció conveniente responderle, la música inclinó la cabeza y señaló con la mirada:

—Por la puerta lateral, al claustro de las mónacas. No está abierto al público, pero tiene una salida de servicio.

Fiyero se quedó a la sombra de una columna. Transcurridos unos cuarenta minutos, entró en la capilla un personaje envuelto en una capa que, ayudándose con un bastón, se dirigió al oratorio andando con dificultad. Fiyero estaba demasiado lejos para oír si hablaban o intercambiaban algo. Quizá el recién llegado era simplemente otro devoto de santa Glinda y buscaba soledad para rezar. Pero no se quedó; volvió a salir, con tanta prontitud como se lo permitieron sus rígidas articulaciones.

Fiyero dejó una limosna en el cepillo: un billete, para evitar el tintineo de la moneda. En un distrito de la ciudad tan sumamente infestado por la indigencia urbana, su posición comparativamente desahogada parecía imponerle una penitencia en forma de limosna, aunque su motivación fuera más el sentimiento de culpa que la caridad. Después se deslizó por la puerta lateral, que daba a un vasto claustro ajardinado. Del otro lado del claustro, varias ancianas en silla de ruedas charlaban animadamente y no repararon en él. Se preguntó si Elphaba pertenecería a esa orden de religiosas monásticas; las llamaban mónacas. Eran mujeres –recordó entonces–, integrantes de la más paradójica de las instituciones: una comunidad de ermitañas. Pero, por lo visto, sus votos de silencio eran revocados con el deterioro de la edad avanzada. Pensó que Elphaba no podía haber cambiado tanto en cinco años, de modo que salió por la puerta de servicio a una callejuela.

Al cabo de tres minutos, Elphaba salió por la misma puerta de servicio, como él sospechaba que haría. ¡Se estaba esforzando por eludirlo! ¿Por qué, por qué? La última vez que la había visto –lo recordaba muy bien– había sido el día del funeral de Ama Clutch, el día de la borrachera en la taberna. Ella se había escabullido y se había marchado a la Ciudad Esmeralda en alguna misteriosa misión, para nunca más regresar, y a él lo habían arrastrado a las reveladoras alegrías y terrores del Club de Filosofía. Se rumoreaba que el bisabuelo de la joven, el Eminente Thropp, había contratado agentes para buscarla en Shiz y en la Ciudad Esmeralda. De la propia Elphaba no recibieron nunca una postal, ni un mensaje, ni la menor noticia. Al principio, Nessarose estuvo inconsolable, pero después empezó a culpar a su hermana por someterla al dolor de la separación. Nessa se perdió cada vez más en las profundidades de la religión, hasta el extremo de que sus amigos comenzaron a evitarla.

Fiyero se dijo que al día siguiente se excusaría por no haber asistido a la ópera y haber dado plantón a su colega. Pero esa tarde no pensaba perder a Elphaba. Viéndola avanzar apresuradamente por las calles, mirando más de una vez por encima del hombro, pensó: «Si estás tratando de que alguien te pierda la pista, si crees que alguien te está siguiendo, ésta es la mejor hora del día para intentarlo, y no a causa de las sombras, sino de la luz.» Elphaba seguía doblando esquinas, a la luz de un sol poniente estival que enviaba movedizos haces de luz por las calles laterales, a través de los arcos y por encima de los muros de los jardines.

Pero Fiyero estaba habituado, tras muchos años de práctica, a cazar al acecho en condiciones similares. En ningún lugar de Oz era el sol un adversario tan formidable como en las Praderas Milenarias. Él sabía entornar los ojos y seguir la persistencia del movimiento, sin preocuparse por identificar la forma. También sabía inclinarse a un lado sin caer ni perder el equilibrio, y descubría por otros indicios si la presa volvía a moverse: el sobresalto de las aves, el cambio en el sonido, la disrupción del viento... Ella no se le podía escapar, ni tampoco advertir que la estaba siguiendo.

Así pues, Fiyero recorrió media ciudad, desde el elegante centro hasta los distritos de naves de rentas bajas, en cuyas sombrías entradas los indigentes instalaban sus malolientes viviendas. A tiro de piedra de un mar de barracones, Elphaba se detuvo delante del edificio clausurado del mercado de cereales, sacó una llave de un bolsillo interior y abrió la puerta.

Él la llamó desde cerca, sin disfrazar la voz:

—¡Fabala!

Justo cuando se estaba volviendo, ella comprendió lo que estaba haciendo e intentó recomponer su expresión. Pero era tarde. Había dado muestras de reconocerlo y lo sabía. Él bloqueó con un pie la pesada puerta, antes de que ella pudiera cerrarla de un golpe.

—¿Tienes problemas? —preguntó él.

—Déjame en paz —dijo ella—. Por favor, *por favor*.

—Tienes problemas, déjame pasar.

—El problema eres *tú*. No entres.

Típico de Elphaba. Sus últimas dudas se desvanecieron. Empujó la puerta con el hombro.

—Estás haciendo que me comporte como un monstruo —dijo él, gruñendo por el esfuerzo, ya que ella era bastante fuerte—. No voy a robarte ni a violarte. Es sólo que no me gusta... que se me ignore de esta manera. ¿Por qué?

Entonces ella cedió y él fue a estrellarse estúpidamente contra la pared de ladrillo visto del hueco de la escalera, como uno de esos tontos que siempre se están cayendo en los vodeviles.

—Te recordaba grácil y delicado —dijo ella—. ¿Te has vuelto torpe por accidente o es algo estudiado?

—Oh, déjalo —replicó él—. Si obligas a alguien a comportarse como un zote, no le dejas opción. No te sorprenda que lo haga. Pero aún puedo ser grácil. Y delicado. Dame solamente medio minuto.

—Shiz te ha estropeado —declaró ella, arqueando las cejas con pretendido asombro, aunque su tono era burlón y en realidad no se sorprendía—. ¡Hablas con la afectación de un universitario! ¿Qué se ha hecho del muchacho de pueblo, con aquel perfume a ingenuidad más atractivo que cualquier almizcle?

—Tú también tienes buen aspecto —dijo él, un poco herido—. ¿Vives en esta escalera o estamos yendo hacia algún sitio mínimamente hogareño?

Ella lanzó una maldición y subió la escalera, cubierta de excrementos de ratón y restos de paja para rellenar paquetes. Una caldosa luz crepuscular rezumaba sobre las grises ventanas de cristales sucios. En un recodo de la escalera había un gato blanco esperando, altivo y hostil, como todos los de su especie.

—*Malky*, *Malky*, miau, miau, gatita —dijo Elphaba cuando pasó por su lado, y el animal se dignó seguirla hasta la puerta ojival en lo alto de la escalera.

—¿Tu ayudante? —dijo Fiyero.

—¡Oh, eso sí que tiene gracia! —replicó Elphaba—. En realidad, me importa tan poco que me tomen por bruja como por cualquier otra cosa. ¡Por qué no! Toma, *Malky*, un poco de leche.

El recinto era amplio y parecía sólo provisionalmente arreglado para vivienda. En origen, había sido un almacén y tenía una doble puerta reforzada, que se abría hacia afuera, para recibir o sacar bolsas de grano, izadas con un cabestrante desde la calle. La única luz natural entraba a través los cristales rajados de una claraboya separada unos diez o doce centímetros del techo. Debajo, en el suelo, se acumulaban plumas de paloma y sustancias blancas y sanguinolentas. Había ocho o diez cajas dispuestas en círculo, como para sentarse. Una colchoneta enrollada. Ropa doblada encima de un baúl. Plumas raras, fragmentos de huesos, dientes ensartados en una cuerda y una deslucida pata de dodo, marrón y retorcida como una tira de cecina. Todo esto último estaba colgado de clavos hincados en la pared, con fines de adorno o hechicería. Había además una mesa de madera cetrina (ésta sí, una fina labor de ebanistería), cuyas tres patas arqueadas terminaban en elegantes pezuñas de ciervo delicadamente labradas; unos cuantos platos de hojalata, rojos con motas blancas; algo de comida, envuelta en tela y atada; una pila de libros junto a la colchoneta, y un juguete para la gata atado a una cuerda. Lo más impresionante y truculento era un cráneo de elefante colgado de una viga, con un ramillete de rosas secas de color rosa cremoso emergiendo del hueco central. Como el cerebro en explosión de un animal agonizante, pensó Fiyero, recordando las inquietudes juveniles de Elphaba. ¿O sería quizá un homenaje al supuesto talento de los elefantes para la magia?

Más abajo colgaba un tosco óvalo de vidrio, rayado y desportillado, utilizado quizá como espejo, aunque sus propiedades reflectivas parecían poco fiables.

—De modo que ésta es tu casa —dijo Fiyero, mientras Elphaba le daba de comer a la gata y lo ignoraba a él un poco más.

—No me hagas preguntas y no te mentiré —dijo ella.

—¿Puedo sentarme?

—Eso es una pregunta —pero estaba sonriendo—. ¡Oh, de acuerdo, siéntate diez minutos y háblame de ti! ¿Cómo puede ser que precisamente tú te hayas convertido en un sofisticado?

—Las apariencias engañan —replicó el—. Puedo permitirme la ropa y adoptar el lenguaje, pero en el fondo sigo siendo un muchacho de la tribu de los arjikis.

—¿Cómo te va la vida?

—¿Tienes algo de beber? No digo alcohol. Sólo tengo sed.

—No tengo agua corriente. No la uso. Hay un poco de leche de calidad dudosa, aunque *Malky* la sigue bebiendo. O puede que haya una botella de cerveza por ahí arriba, en la estantería. Cógela tú mismo.

Ella se sirvió un poco de cerveza en una jarrita de barro y dejó el resto para él.

Fiyero le contó a grandes rasgos cómo era su vida: su esposa Sarima, la niña desposada que había crecido y se había vuelto fecunda (tenían tres hijos); la vieja Oficina de Obras Públicas de Kiamo Ko, sede de la administración de obras hidráulicas, que mediante asedio y ocupación su padre había transformado en sede del gobierno local y bastión del poder tribal, ya en la época del regente de Ozma; la mareadora esquizofrenia de trasladarse todos los años desde las Praderas Milenarias, donde el clan cazaba y organizaba festines en primavera y verano, a Kiamo Ko, donde pasaba con más tranquilidad el otoño y el invierno.

—¿Tiene un príncipe arjiki intereses comerciales, aquí, en la Ciudad Esmeralda? —preguntó Elphaba—. Si tus asuntos fueran bancarios, estarías en Shiz. Los negocios de esta ciudad son militares, mi viejo amigo. ¿Qué has venido a hacer?

—Ya te he contado suficiente —dijo él—. Yo también sé jugar a la discreción y la reserva, aunque todo sea apariencia y no haya ningún oscuro secreto que ocultar.

Supuso que su tranquila dedicación a los acuerdos comerciales no impresionaría a su vieja amiga. Le producía cierto bochorno que sus negocios no fueran más audaces o emocionantes.

—Pero ya ves que he seguido adelante —añadió—. ¿Qué hay de ti, Elphie?

Durante unos minutos, ella no dijo nada. Desenvolvió un poco de embutido seco y un trozo de pan grisáceo; sacó un par de naranjas y un limón, y lo puso todo sobre la mesa sin ceremonias. En la atmósfera apolillada, daba la impresión de ser más una sombra que una persona; su piel verde parecía extrañamente suave, como las hojas primaverales en su momento más tierno, y bruñida como el cobre. Él sintió un impulso desconocido de cogerla por la cintura y hacer que dejara de moverse, si no para conseguir que hablara, al menos para que se quedara quieta y poder mirarla.

—Come esto —dijo ella finalmente—. Yo no tengo hambre. Come, anda.

—Dime una cosa —le suplicó él—. Nos abandonaste en Shiz, te desvaneciste como la niebla matinal. ¿Por qué, adónde y qué vino después?

—¡Qué poético estás! —exclamó ella—. Tengo la impresión de que la poesía es la máxima expresión del autoengaño.

—No cambies de tema.

Pero ella estaba nerviosa; sus dedos se retorcían. Llamó a la gata, pero luego hizo que se irritara y la echó de un manotazo de su falda. Finalmente, dijo:

—Bueno, te contaré lo que pasó hasta ahí. Pero prométeme que no volverás nunca. No quiero tener que buscarme otro sitio; éste es demasiado bueno para mí. ¿Me lo prometes?

—Acepto considerar la posibilidad de prometerlo. ¿Cómo puedo prometer algo más? Todavía no sé nada.

—Bien, estaba harta de Shiz —dijo ella apresuradamente—. La muerte del doctor Dillamond me indignó; todos se lamentaban, pero a nadie le preocupaba, al menos no seriamente. En cualquier caso, no era el lugar adecuado para mí, con todas esas chicas tontas, aunque Glinda sí que me caía bien. ¿Cómo está?

—No he mantenido el contacto. Siempre tengo la sensación de que voy a encontrármela en alguna recepción palaciega. Me ha llegado el rumor de que se ha casado con el titular de un señorío en Paltos.

—¿Solamente un señor? ¡Pensaba que se casaría con un barón o un vizconde, por lo menos! ¡Qué decepción! De modo que su potencial no ha dado los frutos esperados —lo dijo en tono de broma, pero el comentario sonó rígido y sin gracia—. ¿Ya es madre?

—No lo sé. Soy yo quien hace las preguntas, ¿recuerdas?

—Sí, pero ¿recepciones palaciegas? —dijo ella—. ¿Estás colaborando con Nuestro Glorioso Mago?

—He oído que vive recluido. No me lo han presentado nunca. Asiste a la ópera y escucha detrás de un biombo. Incluso en sus banquetes de gala, cena aparte, en una sala adyacente, detrás de un tabique de mármol labrado. Una vez vi un hombre de aspecto majestuoso, de perfil, que recorría un sendero. Si era el Mago, eso es todo lo que he visto de él. Pero tú, tú, *tú*. ¿Por qué te alejaste de todos nosotros?

—Os quería demasiado para mantener el contacto.

—¿Y eso qué significa?

—No me hagas preguntas —dijo ella, revolviéndose un poco, con los brazos como remos moviéndose en la azul ingravidez del atardecer estival.

—Sí, te las hago. ¿Has vivido aquí desde entonces? ¿Durante cinco años? ¿Estás estudiando? ¿Trabajas? —Fiyero se frotó los antebrazos desnudos, mientras intentaba adivinar. ¿A qué se dedicaría ella?—. ¿Tienes algo que ver con la Liga de Socorro a los Animales o con alguno de esos desafiantes grupúsculos humanitarios?

—Nunca uso las palabras *humanista* o *humanitario*, porque, para mí, el ser humano es capaz de cometer los crímenes más atroces de la naturaleza.

—Vuelves a evadirte.

—Es mi obligación —replicó ella—. Mira, ahí tienes una pista, mi querido Fiyero.

—Amplía eso.

—Me pasé a la lucha clandestina —dijo ella suavemente—. Sigo bajo tierra y tú eres el primero en descubrirme desde que me despedí de Glinda, hace cinco años. Ahora ya sabes por qué no puedo decir nada más y por qué no podrás volver a verme. No puedo estar segura de que no vayas a entregarme a la Fuerza Galerna.

—¿A los *gales*? ¿A esos matones? ¡Qué opinión tan pobre tienes de mí, si crees que...!

—¿Cómo lo sé? ¿Cómo puedo saberlo? —dijo ella, retorciéndose los dedos como una maraña de varitas verdes—. Pisotean con esas botas suyas a los pobres y a los débiles. Aterrorizan a las familias a las tres de la madrugada, se llevan a rastras a los disidentes y destrozan las imprentas con sus hachas. Organizan simulacros de juicio a medianoche y ejecuciones al alba. Peinan hasta el último rincón de esta preciosa y falsa ciudad. Cada mes recogen su cosecha de víctimas. Es el reino del terror. Ahora mismo podrían estar aguardando en la calle. Hasta el momento, nunca me han seguido, pero podrían haberte seguido a ti.

—No eres tan difícil de seguir como crees —dijo él—. Eres buena, pero no tanto como crees. Podría enseñarte un par de cosas.

—Seguro que sí —replicó ella—, pero no lo harás, porque no volveremos a vernos. Es demasiado peligroso, para ti y para mí. A eso me refería cuando dije que os quería demasiado para mantener el contacto con vosotros. ¿Crees acaso que los de la Fuerza Galerna no serían capaces de torturar a tus amigos y familiares para conseguir información útil? Tienes esposa e hijos, y yo no soy más que una vieja amiga de la universidad a quien has encontrado casualmente. Has sido muy listo al seguirme, pero no vuelvas a hacerlo nunca más, ¿me oyes? Me mudaré si descubro que me espías. Puedo recogerlo todo ahora mismo y desaparecer antes de treinta segundos. Tengo el entrenamiento necesario.

—No me hagas eso —pidió él.

—Somos viejos amigos —dijo ella—, pero ni siquiera somos amigos muy próximos. No conviertas este encuentro en un problema sentimental. Me ha alegrado encontrarte, pero no quiero volver a verte nunca más. Cuídate e intenta no relacionarte demasiado con esos bastardos, porque cuando llegue la revolución, no habrá piedad para la corte de aduladores que los rodea.

—Veo que estás jugando a la Dama Rebelde, ¿con cuántos años? ¿veintitrés? No te favorece.

—Poco favorecedor —reconoció Elphaba—. Una manera perfecta de describir mi nueva vida. Poco favorecedora. Yo, que desde siempre he sido tan poco favorecedora, estoy favoreciendo un cambio. Pero te recuerdo que tienes la misma edad que yo y que vas por ahí como un príncipe. ¿Ya has comido suficiente? Es hora de despedirnos.

—No —dijo él con firmeza.

Quería tener las manos de ella entre las suyas. No recordaba haberla tocado nunca o, mejor dicho —se corrigió—, estaba *seguro* de no haberla tocado nunca.

Fue casi como si ella le hubiese leído el pensamiento.

—Tú sabes quién eres tú —dijo Elphaba—, pero no sabes quién soy yo. No puedes. En ningún sentido: por un lado, no está permitido, y por otro, no serías capaz. Ve con Dios, si es que empleáis esa frase en el Vinkus, si es que allí no es una maldición. Ve con Dios, Fiyero.

Ella le entregó su capa de la ópera y le tendió la mano para estrecharle la suya. Él se la aferró y la miró a la cara, que por un breve instante había quedado al descubierto. Lo que vio hizo que se estremeciera a la vez de frío y de fiebre, en vertiginosa simultaneidad, por la forma y la magnitud de su necesidad.

—¿Qué sabes de Boq? —preguntó ella, la siguiente vez que se encontraron.

—Nunca me contarás nada de ti, ¿verdad? —dijo él, sentado con los pies sobre la mesa de Elphaba—. ¿Por qué finalmente has aceptado dejarme volver, si te pasas todo el tiempo encerrada como una presidiaria?

—Boq me caía bastante bien, eso es todo —sonrió ella—. Te he dejado volver para sonsacarte un par de noticias de él y de los demás.

Fiyero le contó lo que sabía. Boq se había casado con Milla. ¡Con Milla, de todas las jóvenes posibles! La había arrastrado a Nest Hardings y ella detestaba el lugar. Había intentado suicidarse varias veces.

—Las cartas que manda todos los años por la época de la Natividad de Lurlina son histéricas: enumeran los intentos fallidos de suicidio de Milla como una especie de informe familiar anual.

—Me pregunto cómo debió de sufrir mi madre en circunstancias parecidas —dijo Elphaba—: una infancia privilegiada en la mansión familiar y, después, el duro golpe de una vida de penurias en una región remota. En el caso de mi madre, la transición fue de Colwen Grounds a Rush Margins, y después a las ciénagas del País de los Quadlings. Un castigo realmente severo.

—Pero tú eres su hija —dijo Fiyero—. ¿No has renunciado tú misma a cierto grado de privilegio para vivir aquí como un caracol? ¿Escondida y apartada?

—Recuerdo la primera vez que te vi —comentó Elphaba, esparciendo unas gotas de vinagre sobre las raíces y verduras que estaba preparando para la cena—. Fue en la clase de... ¿cómo se llamaba?... El doctor...

—El doctor Nikidik —dijo Fiyero, sonrojándose.

—¡Tenías aquellos dibujos tan bonitos en la cara! Nunca había visto nada igual. ¿Preparaste a propósito esa entrada, para ganarte un lugar en nuestros corazones?

—Por mi honor te juro que habría hecho cualquier cosa por evitarlo. Me sentía humillado y asustado. ¿Sabes que por un momento pensé que aquella cornamenta encantada iba a matarme? Pero el alegre Crope y el frívolo Tibbett me salvaron.

—¡Crope y Tibbett! ¡Tibbett y Crope! ¡Los había olvidado por completo! ¿Cómo están?

—Tibbett no volvió a ser el mismo después de aquella incursión en el Club de Filosofía. Crope trabaja en una casa de subastas de obras de arte, según creo, y todavía revolotea por ahí con gente de teatro. De vez en cuando lo veo, pero no hablamos.

—¡Oh, veo que lo condenas! —rió ella—. ¿Sabes?, siendo yo tan lasciva como cualquiera, siempre me he preguntado qué debió de pasar aquella noche en el Club de Filosofía. En otra vida, me gustaría volver a verlos a todos de nuevo. Y a Glinda, mi querida Glinda. E incluso al desagradable de Avaric. ¿Qué ha sido de él?

—Con Avaric sí que hablo. Pasa la mayor parte del año en sus tierras, pero tiene una casa en Shiz. Y cuando viene a la Ciudad Esmeralda, se aloja en el mismo club que yo.

—¿Sigue siendo un grosero pagado de sí mismo?

—¡Ahora eres tú la que condena!

—Sí, supongo que sí.

Cenaron. Fiyero estaba esperando a que ella le preguntara por su familia. Pero, por lo visto, los dos procuraban mantener al margen de su relación a sus respectivas familias: él, a su esposa y sus hijos del Vinkus, y ella, a su círculo de agitadores e insurrectos.

La siguiente vez que la visitara —pensó—, se pondría una camisa con el cuello abierto, para que viera que el dibujo de diamantes azules que lucía en la cara continuaba ininterrumpido por el pecho. Había dicho que le gustaba...

—¿No pensarás pasar todo el otoño en la Ciudad Esmeralda, verdad? —le preguntó ella una tarde, cuando el frío empezaba a hacerse notar.

—Le he mandado decir a Sarima que los negocios me retendrán en la ciudad por tiempo indefinido. A ella no le importa. ¿Por qué habría de importarle? La sacaron de niña de un mugriento caravanserrallo para casarla con un príncipe arjiki. Su familia no era tonta.

Tiene comida, sirvientes y las sólidas murallas de piedra de Kiamo Ko para protegerse de las otras tribus. Ha engordado un poco después del tercer parto. No le importa mucho que yo esté en casa o no... Bueno, tiene cinco hermanas y todas viven con nosotros. Me he casado con un harén.

—¡No!

Elphaba parecía intrigada y un poco abochornada por la idea.

—No, tienes razón. En realidad, no. Sarima me ha dicho un par de veces que sus hermanas menores estarían dispuestas de muy buen grado a servir de desahogo a mis energías nocturnas. Cuando atraviesas los Grandes Kells, el tabú contra ese tipo de ejercicio deja de ser tan intenso como en el resto de Oz, así que deja de mirarme con esa cara de asombro.

—No puedo evitarlo. ¿Lo has hecho?

—¿Que si he hecho qué?

Se estaba burlando de ella.

—¿Te has acostado con tus cuñadas?

—No —respondió él—, pero no ha sido por mis elevados principios morales, ni por falta de interés. Es sólo que Sarima es una esposa astuta y todo en el matrimonio es una campaña de guerra. Si lo hiciera, estaría más a su merced de lo que estoy.

—¿Tan malo es?

—Como no estás casada, no lo sabes. Sí, tan malo.

—Estoy casada —dijo ella—, pero no con un hombre.

Él arqueó las cejas. Ella se llevó las manos a la cara. Nunca la había visto así, conmocionada por sus propias palabras. Elphaba tuvo que girar por un momento la cara, aclararse la garganta y sonarse la nariz.

—¡Maldición, *lágrimas*! ¡Queman como el fuego! —exclamó con repentina furia, corriendo a buscar una vieja manta para enjugarse los ojos, antes de que la salada humedad le corriera por las mejillas.

Estaba encorvada como una vieja, con un brazo sobre la encimera y la manta que le caía desde los ojos hasta el suelo.

—Elphie, Elphie —dijo él, espantado, y fue torpemente hacia ella para rodearla con sus brazos. La manta colgaba entre los dos, de la barbilla a los tobillos, pero también parecía a punto de estallar en llamas, o en rosas, o en una fuente de champán e incienso. Era extraño cómo florecían en la mente las imágenes más variadas, mientras el cuerpo mantenía la máxima expectación...

—No —sollozó Elphaba—, no, no. No soy un harén, no soy una mujer, no soy una persona, no.

Pero sus brazos se movían por iniciativa propia, como aspas de molino, como aquella cornamenta encantada, pero no para matarlo, sino para atravesarlo de amor contra la pared.

Malky, en una rara muestra de discreción, se encaramó al alféizar de la ventana y desvió la vista.

Condujeron su relación sentimental en el piso superior del abandonado mercado de cereales, a medida que el tiempo otoñal se acercaba con paso inseguro desde el este: hoy un día caluroso, mañana un día soleado, después cuatro días de lloviznas y viento frío...

A veces pasaban muchos días seguidos sin que pudieran verse.

—Tengo cosas que hacer, tengo trabajo, confía en mí o me esfumaré —decía ella—. Le escribiré a Glinda y le pediré el encantamiento para desaparecer en una nube de humo. Es una broma, pero lo digo de verdad, Fiyero.

«Fiyero + Fae», escribió él una vez, en la harina derramada mientras ella amasaba la cubierta de un pastel. Fae —ella lo había susurrado como para ocultárselo incluso a la gata— era su nombre de guerra. Ningún miembro de la célula podía conocer los nombres verdaderos de los demás.

Ella no hubiese permitido que él la viera desnuda a la luz; sin embargo, como tampoco le permitía visitarla durante el día, eso no era un problema. Las noches convenidas, lo esperaba desnuda bajo las mantas, leyendo ensayos de teoría política y filosofía moral.

—Creo que no los entiendo —había reconocido ella un día—; sólo los leo como poesía. Me gusta el sonido de las palabras, pero no creo que mi impresión lerda y torcida del mundo vaya a cambiar por lo que leo.

—¿Está cambiando por lo que vives? —preguntó él, mientras apagaba la luz y se quitaba la ropa.

—Tú piensas que todo esto es nuevo para mí —dijo ella, suspirando—. ¡Crees que soy tan virginal!

—La primera vez no sangraste —replicó él—. ¿Qué puedo pensar entonces?

—Yo sé lo que piensas —dijo ella—. Pero ¿cuánta experiencia tienes *tú*, Fiyero, Príncipe Arjiki de Kiamo Ko, Poderosísimo Cazador de las Praderas Milenarias, Gran Jefe Supremo de los Grandes Kells?

—Soy arcilla en tus manos —señaló él, sinceramente—. Me casé con una niña y, para conservar mi poder, no le he sido infiel. Hasta ahora. Tú no eres como ella —añadió—. No siento lo mismo con ella, no es lo mismo. Tú eres más secreta.

—Yo no existo —dijo ella—, de modo que todavía no has sido infiel.

—No seamos infieles ahora, entonces —replicó él—. Estoy ansioso —dijo bajando las manos por sus costillas, hacia la plana llanura del vientre.

Ella siempre reconducía las manos de él hacia sus pequeños pechos expresivos; no le consentía que la tocara con las manos por debajo de la cintura. Se movieron juntos, rombos azules sobre un campo verde.

Él no tenía suficientes cosas que hacer durante el día. Siendo el cabeza de la tribu arjiki, sabía que políticamente le interesaba cultivar lazos indestructibles con el núcleo comercial de la Ciudad Esmeralda. Aun así, los negocios de los arjikis sólo requerían que se dejara ver de vez en cuando en reuniones sociales, consejos de dirección y círculos financieros. El resto del tiempo, no hacía más que vagar, buscando frescos de santa Glinda y otros mártires. Elphaba-Fabala-Elphie-Fae se negaba a decirle lo que había estado haciendo en la capilla adjunta al monasterio de las mónacas, en la plaza de Santa Glinda.

Un día, Fiyero fue a buscar a Avaric y almorzaron juntos. Avaric sugirió ir después a un espectáculo de chicas, pero Fiyero se excusó. Avaric era obstinado, cínico, corrupto, y seguía tan apuesto como siempre. No hubo mucho que contarle a Elphaba.

El viento arrancó las hojas de los árboles. La Fuerza Galerna siguió arrinconando a los Animales y a sus colaboradores para expulsarlos de la ciudad. Las tasas de interés de los bancos gillikineses subieron como la espuma, lo cual era bueno para los inversores, pero malo para los que tenían créditos con interés variable. Se procedió a la ejecución hipotecaria de muchas fincas valiosas del centro de la ciudad. Demasiado pronto, las tiendas empezaron a colgar las lucecitas verdes y doradas de la Natividad de Lurlina, intentando atraer a los desconfiados y deprimidos ciudadanos.

Fiyero deseaba más que cualquier otra cosa recorrer las calles de la Ciudad Esmeralda en compañía de Elphaba. No había otro lugar más hermoso para estar enamorados, sobre todo al anochecer, cuando se encendían las luces de los comercios y éstas relucían doradas sobre el azul violáceo del cielo crepuscular. Ahora se daba cuenta de que nunca hasta entonces había estado enamorado. El amor hacía que se sintiera humilde. Lo asustaba. No podía soportarlo cuando sus obligadas separaciones duraban cuatro o cinco días.

«Besos a Irji, Manek y Nor», escribía al pie de su carta semanal a Sarima, que no podía contestarle porque, entre otras cosas, nunca había aprendido ningún alfabeto. De algún modo, el silencio de su esposa le parecía una aprobación tácita de su interludio de infidelidad. A ella no le mandaba besos. Esperaba que los bombones fueran suficientes.

Él se volvió en la cama, llevándose consigo la manta; ella la recuperó. El aire en la habitación era tan frío que parecía húmedo. *Malky* soportaba los empujones de las piernas de ambos, para poder quedarse con ellos y recibir calor, ofreciéndoles a cambio lo que en los gatos puede considerarse afecto.

—Mi querida Fae —dijo Fiyero—, probablemente ya sabes lo que voy a decirte, y además no pienso convertirme en cómplice de lo que sea que estés intentando hacer, ya se trate de reducir las multas de la biblioteca, anular la ordenanza que obliga a ponerles collares a los gatos o lo que sea. Pero presto atención a lo que oigo. Los quadlings vuelven a estar completamente bajo el control de las milicias, o al menos de eso se habla en los salones del club, entre pipas y periódicos. Por lo visto, una división del ejército se ha internado en el País de los

Quadlings, hasta Qhoyre, en algún tipo de misión de roza y quema. Tu padre, tu hermano y Nessarose... ¿siguen ahí?

Elphaba tardó en contestar. Parecía estar decidiendo no sólo lo que quería decir, sino quizá incluso lo que podía recordar. Su expresión era de desconcierto y aun de impaciencia.

—Vivimos en Qhoyre durante un tiempo —dijo—, cuando yo tenía unos diez años. Es una ciudad pequeña, bastante bonita, construida sobre suelo pantanoso. La mitad de las calles son canales. Los techos son bajos y en las ventanas hay rejas o persianas, para tener a la vez intimidad y ventilación. El aire es bochornoso y la vegetación excesiva: enormes discos de hojas de palma, como planas almohadas acolchadas, que hacen ruido cuando se golpean entre sí movidas por el viento: tras-tras-tras.

—No sé si quedará mucho de Qhoyre en pie —dijo Fiyero con cautela—, si hemos de dar crédito a los rumores.

—No, mi padre no está allí ahora, gracias a quien sea, o a lo que sea, o gracias a nada —prosiguió Elphaba—. A menos que las cosas hayan cambiado. La buena gente de Qhoyre no era muy receptiva a los esfuerzos misioneros. Nos invitaban a mi padre y a mí a sus casas y nos servían tartaletas humedecidas y té de menta roja medio frío. Nos sentábamos en el suelo, sobre cojines mohosos, y ahuyentábamos a los gecos y las arañas, que buscaban refugio en los rincones más sombríos. Con su voz zumbona y monótona, mi padre disertaba durante un rato acerca de la naturaleza generosa del Dios Innominado, presentando su punto de vista básicamente xenófilo. Me señalaba a mí como prueba de lo expuesto. Yo sonreía con espantosa dulzura y entonaba un himno, la única música que mi padre aprobaba. Yo era terriblemente tímida y me avergonzaba mi color, pero mi padre me había convencido del valor de su misión. Invariablemente, los amables vecinos de Qhoyre cedían por puro sentido de la hospitalidad. Se dejaban guiar en las plegarias al Dios Innominado, pero era evidente que no ponían el corazón. Creo que yo percibía mucho más profundamente que mi padre, de una manera mucho más descorazonadora, la absoluta inutilidad de nuestra labor.

—¿Entonces dónde están ahora? Tu padre, Nessarose y el chico... tu hermano, ¿cómo se llamaba?

—Caparazón, así se llama. Bueno, verás. Mi padre pensó que su misión estaba más al sur, en los parajes realmente apartados del País de los Quadlings. Tuvimos una serie de casitas minúsculas en distintos puntos de Ovvels: nuestras casuchas en Ovvels, ese territorio sombrío, salvaje y lleno de sangrienta belleza.

Ante la expresión interrogante en el rostro de Fiyero, ella prosiguió:

—Es que hace quince o veinte años los especuladores de la Ciudad Esmeralda descubrieron los depósitos de rubíes de la región. Primero durante el gobierno del regente de Ozma y después bajo el mandato del Mago, después del golpe de Estado, las prácticas comerciales fueron igual de ruines, aunque bajo el regente de Ozma la explotación no trajo consigo asesinatos ni brutalidad. Los ingenieros transportaron grava con un ejército de elefantes, cegaron los manantiales y perfeccionaron un complicado sistema de minería a cielo abierto, bajo una capa de agua salobre de un metro de espesor. Mi padre pensó que el caos inducido en aquella pequeña sociedad pantanosa sería la situación ideal para la labor misionera. Y no se equivocaba. Los quadlings luchaban contra el Mago con proclamas mal fundamentadas y con sus tótems, pero sus únicas armas eran hondas y piedras. De modo que se agruparon en torno a mi padre. Él los convirtió a su religión y ellos marcharon a la lucha con el celo de los conversos. Al final, lo perdieron todo y desaparecieron. Pero iluminados por la fe unionista.

—Qué amarga eres...

—Yo fui un instrumento. Mi querido padre me utilizó (también a Nessarose, pero menos, por su dificultad para moverse), me utilizó como un objeto para sus lecciones. Al ver mi aspecto y oírme cantar, la gente confiaba en él, en parte por mi propia monstruosidad. Si el Dios Innominado podía amarme a mí, ¡qué no haría por *ellos*, que eran normales!

—Entonces, querida, ¿no te preocupa dónde esté, ni lo que pueda sucederle ahora?

—¿Cómo puedes decir eso? —exclamó ella, sentándose en la cama con gesto irritado—. Adoro a ese viejo bastardo demente, incapaz de ver más allá de sus narices. Creía sinceramente en lo que predicaba.

Estaba convencido de que un cadáver quadling flotando boca arriba en una charca de agua salobre era más afortunado que un superviviente, siempre que tuviera el signo de la conversión tatuado en alguna parte. Tenía la sensación de haberle expedido un billete de ida para ir a reunirse con el Dios Innominado en la Otra Tierra. Creo que lo consideraba un trabajo bien hecho.

—¿Y tú no?

Fiyero tenía una vida espiritual bastante anémica y no se sentía cualificado para expresar opiniones sobre la vocación del padre de Elphaba.

—Puede que fuera un trabajo bien hecho —dijo ella tristemente—. ¿Cómo voy a saberlo? Pero yo no lo veía así. Pueblo tras pueblo, cosechábamos conversos. Pueblo tras pueblo, llegaba el cuerpo de ingenieros civiles y hacía saltar por los aires la vida de la comunidad. En el resto de Oz no había protestas. Nadie prestaba atención. ¿A quién le importaban los quadlings?

—Pero ¿cómo fue que se le ocurrió ir allí?

—Mi madre y él tenían un amigo, un quadling, que murió en nuestra casa... Un quadling vagabundo, un vidriero...

Elphaba arrugó la frente, cerró los ojos y ya no quiso decir nada más. Fiyero le besó las uñas. Le besó la V entre el pulgar y el dedo índice, y se puso a chuparla como si fuera una cáscara de limón. Ella se deslizó hacia atrás, para permitirle llegar más lejos.

Más tarde, él dijo:

—Pero Elphie-Fabala-Fae, ¿de verdad no te inquieta la situación de tu padre, de Nessarose y del pequeño como-se-llame?

—Mi padre siempre ha perseguido causas perdidas. Es una manera de conferir cierta legitimidad a su fracaso en la vida. Durante un tiempo se proclamó profeta del regreso de la última renacuaja perdida de la estirpe de Ozma. *Eso* ya se le ha pasado. Y mi hermano Caparazón... tendrá unos quince años ahora. Mira Fiyero, ¿cómo puedo inquietarme por ellos y preocuparme a la vez por la campaña de la temporada? ¡No puedo recorrer todo Oz montada en ese palo de escoba, como una bruja de los cuentos! He decidido pasar a la clandestinidad, de modo que *no puedo* inquietarme. Además, ya sé lo que le pasará a Nessarose, antes o después.

—¿Qué?

—Cuando por fin mi bisabuelo pase a mejor vida, ella será la siguiente Eminente Thropp.

—Creía que tú eras la heredera. ¿No eres mayor?

—Estoy desaparecida, querido. Me he desvanecido como por arte de magia en una nube de humo. Olvídalo. ¿Y sabes qué? Será bueno para Nessarose, que se convertirá en una especie de reina local, allá en Nest Hardings.

—Por lo visto, ha hecho un curso de hechicería, ¿lo sabías? En Shiz.

—No, no lo sabía. Bueno, ¡hurra por ella! Si alguna vez baja de su pedestal (ese que tiene inscritas en letras de oro las palabras Superior en rectitud moral), si alguna vez se permite ser la arpía que es en realidad, será la Arpía del Este. Nana y el devoto personal de Colwen Grounds la apuntalarán.

—Pensaba que la querías...

—¿No sabes reconocer el afecto cuando lo ves? —dijo Elphaba en tono burlón—. Adoro a Nessie. Me fastidia, es de una rectitud intolerable y es una de las personas más desagradables que conozco. Pero la *adoro*.

—Será la Eminente Thropp.

—Mejor ella que yo —dijo Elphaba secamente—. Al menos tiene mejor gusto que yo para el calzado.

Una noche, a través de la claraboya, la luna llena caía pesadamente sobre Elphaba, que dormía. Fiyero se había despertado y había ido a orinar en la bacinilla. *Malky* estaba persiguiendo ratones en la escalera. De vuelta, Fiyero contempló la forma de su amada, más perlada que verde esa noche. Una vez le había regalado el tradicional chal de seda del Vinkus, de seda y con un dibujo de rosas sobre fondo negro, y se lo había anudado a la cintura, y desde entonces, era su atuendo para hacer el amor. Durmiendo, esa noche, ella misma se lo había levantado, y él admiró la curva de su flanco, la tierna fragilidad de la rodilla y el tobillo huesudo. Aún quedaba un olor a perfume en el aire, el aroma resinoso y animal, la fragancia del mar místico, y el olor dulce y envolvente del pelo desarreglado por el sexo. Se sentó junto a la cama y la miró. El vello púbico, más violáceo que negro, le crecía en pequeños rizos relucientes, en un patrón diferente del de Sarima. Había una sombra extraña cerca de la ingle –por un somnoliento instante, se preguntó si en el calor del sexo no se habría grabado uno de sus rombos azules en la piel de Elphaba–, ¿o era una cicatriz?

Pero ella se despertó justo entonces y, a la luz de la luna, se cubrió con una manta. Le sonrió entre sueños y lo llamó:

–Yero, mi héroe.

Y a él se le derritió el corazón.

¡Pero era capaz de encolerizarse tanto!

–No me sorprendería que el rollito de carne de cerdo que estás devorando con tan opulenta despreocupación procediera de un Cerdo –le soltó una vez.

–Sólo porque tú ya hayas comido, no es necesario que me arruines el apetito –protestó él sin mucho entusiasmo.

En su territorio natal no eran muy corrientes los Animales, y las pocas bestias conscientes que había conocido en Shiz, excepto las de aquella noche en el Club de Filosofía, le habían dejado poca huella. La difícil situación de los Animales no le afectaba demasiado.

–Por eso no debemos enamorarnos. Te enceguece. El amor es una distracción malvada.

–Ahora sí que me has arruinado la comida –dijo él, dándole el resto del rollito de cerdo a *Malky*–. ¿Qué demonios sabes tú de cosas malvadas? Tienes un papel secundario en una red de renegados. Eres una novata.

–Sé una cosa. Sé que la maldad de los hombres estriba en la estupidez y la ceguera que genera su poder.

–¿Y la de las mujeres?

–Las mujeres son más débiles, pero su debilidad está llena de astucia y de una certidumbre moral igualmente rígida. Como su escenario es más reducido, su capacidad de causar verdadero daño es menos inquietante. Pero al ser más íntimas, son más taimadas.

—¿Y mi capacidad para el mal? —dijo Fiyero, sintiéndose aludido e incómodo—. ¿Y la tuya?

—La capacidad para el mal de Fiyero reside en que cree con excesivo tesón en una capacidad para el bien.

—¿Y la tuya?

—La mía es pensar en epigramas.

—Eres indulgente contigo misma —dijo él, sintiéndose de pronto un poco molesto—. ¿Para eso te ha reclutado tu sociedad secreta? ¿Para producir epigramas ingeniosos?

—Oh, hay grandes cosas en marcha —repuso ella, para sorpresa de él—. No estaré en el centro de la acción, pero estaré ayudando en la periferia, créeme.

—¿De qué hablas? ¿De un golpe de Estado?

—No te entrometas y seguirás limpio y sin mácula. Exactamente como quieres estar.

Lo dijo con malicia.

—¿Un asesinato? ¿Y qué, si matas a algún general carnicero? ¿En qué te convertirás? ¿En una santa? ¿En una santa de la revolución? ¿O en mártir, si mueres en combate?

Ella se negó a responder. Sacudió la estrecha cabeza con irritación y arrojó el chal de las rosas a través de la estancia, como si estuviera enfurecida con él.

—¿Qué pasará si muere un inocente cuando apuntes al general Carnicero de Cerdos?

—No sé nada de mártires, ni me preocupan —dijo ella—. Cualquier cosa que huela a un plan superior, a una cosmogonía... Yo no creo en esas cosas. Si ni siquiera comprendo el plan más inmediato, ¿cómo podría tener más sentido para mí un plan superior? Pero si creyera en el martirologio, supongo que diría que sólo puedes ser mártir si sabes por qué mueres y *eliges* hacerlo.

—Ah, entonces sí que hay víctimas inocentes en este negocio: los que no eligen morir, pero están en la línea de fuego.

—Hay... habrá... accidentes, supongo.

—¿Puede haber dolor, remordimiento, en tu círculo de exaltados? ¿Existe el concepto de error? ¿Existe el concepto de tragedia?

—Fiyero, tonto indiferente, la tragedia *está a nuestro alrededor*.

Preocuparse por cualquier cosa menor es una distracción. Cualquier baja durante la lucha es culpa de ellos, no nuestra. Nosotros no abrazamos la violencia, pero tampoco negamos que exista. ¿Cómo vamos a negarla, si sus efectos están a nuestro alrededor? Esa negación es un pecado, no se le puede llamar de otra forma...

—Ah... Acabo de oír la palabra que jamás habría esperado oír de tus labios.

—¿Negación? ¿Pecado?

—No. *Nosotros*.

—No sé por qué...

—¿La disidente solitaria de Crage Hall se ha institucionalizado? ¿La chica de la pandilla? ¿La jugadora del equipo? ¿Nuestra antigua Reina del Solitario?

—Me interpretas mal. Hay una campaña, pero no hay agentes. Hay un juego, pero no hay jugadores. No tengo *compañeros*. No tengo un *yo*. Nunca lo he tenido, pero ésa es otra historia. No soy más que un haz muscular del organismo más grande.

—¡Ja! Tú, la *más* singular, la *más* independiente, la *más*...

—Como todos los demás, te refieres a mi aspecto. Y te burlas de mí.

—¡Yo *adoro* tu aspecto y lo asumo, Fae!

Ese día se separaron sin decir palabra y él pasó la noche en el casino, perdiendo dinero.

La siguiente vez que la vio, le llevó tres velas verdes y tres doradas, y decoró su casa para la Natividad de Lurlina.

—No creo en fiestas religiosas –dijo ella, pero finalmente cedió–, aunque son bonitas.

—Eres una desalmada –bromeó él.

—Es cierto –dijo ella sobriamente–. Pensaba que no se me notaba.

—¿Ahora te dedicas a hacer juegos de palabras?

—No –dijo ella–. ¿Qué prueba hay de que tengo alma?

—¿Cómo puedes tener conciencia, si no tienes alma? –preguntó él a su pesar, ya que hubiese querido mantener un tono más ligero para volver a una mejor situación, después de su último episodio de combate moral y distanciamiento.

—¿Cómo puede un pájaro alimentar a sus polluelos si no percibe el antes y el después? La conciencia, mi héroe Yero, es el estado de vigilia extendido sobre otra dimensión, la dimensión del tiempo. A eso que tú llamas conciencia, yo prefiero llamarlo instinto. Las aves alimentan a sus pollos sin comprender por qué, sin lamentarse de que todo lo que ha nacido tenga que morir, sin llorar. Yo hago mi trabajo con una motivación similar: el impulso en mis entrañas hacia la comida, la justicia y la integridad física. Soy el animal que se mueve con el rebaño. Soy una de las tantas hojas del árbol.

—Teniendo en cuenta que tu trabajo es el terrorismo, ése es el argumento más radical a favor del crimen que he oído en mi vida. Estás eludiendo toda responsabilidad personal. Tu actitud es tan mala como la de aquellos que sacrifican su voluntad personal para hundirla en los oscuros cenagales de la voluntad incognoscible de algún dios sin nombre. Si suprimes la idea de la persona, entonces suprimes el concepto de culpabilidad individual.

—¿Qué es peor, Fiyero? ¿Suprimir la *idea* de la persona o suprimir, mediante cárcel, tortura y hambre, a las personas reales de carne y hueso? ¿Te preocuparías por salvar un retrato de gran valor sentimental en un museo de bellas artes cuando toda la ciudad a tu alrededor está ardiendo y hay personas reales muriendo entre las llamas? ¡No pierdas el sentido de la proporción!

—¡Pero una víctima inocente (por ejemplo, una aburrida dama de la sociedad) también es una persona real y no un retrato! Tu metáfora desvía la atención de lo importante, subestima los daños causados y es una excusa para el crimen.

—Una dama de la sociedad *elige* pavonearse como un retrato viviente. Por tanto, debe ser tratada como tal. Lo merece. La negación de esa realidad... es tu capacidad para el mal, volviendo a lo que hablábamos el otro día. Yo digo que hay que salvar a la víctima inocente si es posible, aunque sea una dama de la sociedad o un capitán de la industria que se beneficia enormemente de todas las medidas represivas, pero no, nunca, *jamás* a expensas de otras personas más reales. Y si no es posible salvarlos, no es posible. Todo tiene su precio.

—No creo en ese concepto de personas «reales» y «más reales».

—¿Ah, no? —sonrió ella, sin simpatía—. Cuando vuelva a desaparecer, cariño, seguramente seré menos real de lo que soy ahora. —Después simuló el sexo contra él, y él volvió la cara, sorprendido de la fuerza de su aversión.

Más tarde, esa noche, cuando ya se habían reconciliado, ella sufrió un paroxismo de angustia y de sudores dolorosos. No permitió que él la tocara.

—Deberías marcharte. No te merezco —gemía.

Después, cuando se hubo calmado, murmuró antes de quedarse dormida:

—¡Te quiero tanto, Fiyero! Pero tú no lo entiendes. Nacer con talento o inclinación para el bien es *la verdadera aberración*.

Tenía razón. Él no la entendió. Le enjugó la frente con una toalla seca y se quedó junto a ella. Se había formado escarcha en la claraboya y los dos durmieron bajo sus abrigos invernales para no pasar frío.

Una tarde fresca, Fiyero fue a enviar un paquete propiciatorio con relucientes juguetes de madera para los niños y un collar de brillantes para Sarima. La caravana rodeaba los Grandes Kells por la ruta del norte y no llegaría a Kiamo Ko con los regalos de la Natividad de Lurlina hasta bien entrada la primavera, pero él podía hacer ver que los había enviado antes. Si se retrasaban las nevadas, ya estaría en casa para entonces, recorriendo inquieto las estrechas estancias de techos altos del castillo, pero era posible que le agradecieran su atención. Y quizá merecidamente, ¿por qué no? Sin duda, Sarima estaría sufriendo su depresión invernal, diferente de su malhumor primaveral, su hastío veraniego o su congénito temperamento otoñal. Un collar le levantaría el ánimo, al menos un poco.

Se detuvo a tomar un café en una zona de la ciudad lo suficientemente apartada de los caminos trillados como para ser a la vez bohemia y cara. La dirección del local pedía excusas. El jardín invernal, habitualmente caldeado con braseros y adornado con costosas flores de invernadero, había sido escenario de una explosión la noche anterior.

—Hay inquietud en el barrio. ¿Quién lo hubiese dicho? —dijo el encargado, tocándole el codo a Fiyero—. Nuestro Glorioso Mago iba a erradicar toda tensión social. ¿No era ése el propósito del toque de queda y las restricciones?

Fiyero prefirió no hacer comentarios y el encargado tomó su silencio por aquiescencia.

—He instalado algunas mesas en mi sala privada, en el piso de arriba, si no le importa estar un poco incómodo, entre mis recuerdos de familia —dijo el hombre, mientras le indicaba el camino—. Cada vez cuesta más encontrar buenos trabajadores munchkins para reparar los daños. No hay nada como el toque tiktokista de los munchkins, pero muchos de nuestros amigos del sector de los servicios han regresado a sus granjas del este. Temen la violencia... aunque muchos de ellos son tan *pequeños* que a veces parece que la provoquen, ¿no le parece? Son todos unos cobardes. —Se interrumpió un momento—. Por su aspecto, deduzco que no tiene usted munchkins en la familia, de otro modo, no hablaría así.

—Mi esposa es de Nest Hardings —mintió Fiyero con escasa convicción, pero con firmeza suficiente para expresar su punto de vista.

—Hoy le recomiendo el chocolate granizado con cerezas, fresco y delicioso —dijo el encargado, refugiándose en una contrita formalidad, mientras separaba la silla de una mesa situada cerca de unas antiguas ventanas altas.

Fiyero se sentó y miró hacia afuera. Uno de los postigos se había combado y ya no quedaba abierto del todo, pero la vista aún era bastante amplia. Tejados, chimeneas ornamentales, unas pocas ventanas con jardineras rebosantes de oscuras violetas invernales y palomas haciendo quiebros y surcando el aire como reinas del cielo.

El encargado era de esa singular clase de gente que tras muchas generaciones en la Ciudad Esmeralda parecía pertenecer a una etnia aparte. Los retratos de su familia mostraban la mirada brillante, los ojos color avellana y la refinada calva incipiente, tanto en hombres como en mujeres (y cuidadosamente afeitada en la cabeza de los niños), que tanto apreciaba la clase media emergente de la Ciudad Esmeralda. Al ver en los cuadros a niños de sonrisa tonta y trajes de satén rosado, acompañados de perrillos de pelo ensortijado, y a niñas como mujeres en miniatura, con los labios pintados y profundos escotes que revelaban su inocente falta de pechos, Fiyero sintió un repentino anhelo de volver a ver a sus hijos, fríos y distantes. Aunque estropeados por su peculiar vida familiar (¿y quién no lo estaría?), Irji, Manek y Nor, en su memoria, le parecieron más íntegros que aquellos retoños de invernadero, herederos de una familia en ascenso.

Pero eso era cruel; además, estaba reaccionando a las convenciones artísticas y no a los niños reales. Cuando llegó su chocolate, volvió la vista hacia la ventana para no ver los cuadros horribles, ni ver al resto de la gente en el salón.

Cuando se sentaba en el jardín invernal de la planta baja para tomar un café, sólo podía ver los muros de ladrillo cubiertos de hiedra, unos arbustos y la estatua de mármol de algún adolescente de improbable belleza y vulnerable desnudez. Sin embargo, bastaba subir un piso para ver, del otro lado del muro, el patio interior de la manzana. Había unos establos, algo que parecía ser un baño comunitario y, justo dentro de su campo visual, la pared destrozada por la explosión. Había una especie de alambrada retorcida y espinosa tendida a través de la brecha, que daba paso al patio de una escuela.

Mientras miraba, se abrió de un empujón una de las puertas de la escuela y por ella salió un pequeño grupo, sacudiéndose y estirándose al sol. Por lo que pudo ver, había dos mujeres quadlings de edad avanzada y varios chicos varones, también quadlings, con la primera sombra azulada de bigote perfilándose sobre la piel rojo herrumbre. Cinco, seis, siete quadlings... También un par de hombres robustos, que debían de ser en parte gillikineses, aunque era difícil decirlo, y una familia de osos. No: eran Osos. Osos Pardos, no muy grandes. Una madre, un padre y una cría.

El Osito fue directamente a buscar unas pelotas y unos aros que había al pie de una escalera. Los quadlings formaron un círculo y se pusieron a cantar y a bailar. Las ancianas, con pasos artríticos, entrelazaron las manos con los adolescentes y comenzaron a moverse en sentido antihorario, adentro y afuera, como intentando formar la esfera de un reloj que invirtiera el movimiento del tiempo. Los recios gillikineses compartían un cigarrillo, mientras miraban hacia afuera a través de la alambrada tendida sobre la brecha del muro. Los Osos

Pardos parecían más desanimados. El macho estaba sentado sobre el borde de madera de un arenero, frotándose los ojos y atusándose el pelo bajo la barbilla. La hembra se movía adelante y atrás, golpeando la pelota sólo lo suficiente para mantener al pequeño ocupado y acariciando de vez en cuando la cabeza de su abatido compañero.

Fiyero dio un sorbo a su bebida y se adelantó unos centímetros. Si eran, ¿cuántos?, doce prisioneros y sólo había una valla de alambre entre ellos y la libertad, ¿por qué no huían? ¿Por qué estaban separados según sus razas y especies?

Al cabo de diez minutos volvieron a abrirse las puertas y salió un *gale*, ágil, en forma y (sí, finalmente Fiyero tuvo que admitirlo) aterrador. Resultaba aterrador con su uniforme rojo ladrillo y sus botas verdes, con la cruz esmeralda que seccionaba en cuatro partes el delantero de la camisa: una franja vertical desde la entrepierna hasta el cuello alto almidonado y una franja horizontal, de axila a axila, que atravesaba los pectorales. Era sólo un muchacho y su pelo rizado era tan rubio que parecía casi blanco al sol invernal. Estaba de pie con las piernas separadas, sobre el peldaño del porche de la escuela.

Aunque Fiyero no podía oír nada a través de la ventana cerrada, le pareció que el soldado daba una orden. Los Osos se pusieron tensos y el pequeño empezó a gemir, abrazado a la pelota. Los gillikineses acudieron y se quedaron inmóviles, esperando. Los quadlings no prestaron atención a la orden del soldado y prosiguieron su danza, con los brazos extendidos a la altura de los hombros, moviendo las manos en semafórico mensaje, aunque Fiyero no imaginaba lo que podían querer decir. Nunca hasta entonces había visto un quadling.

El *gale* levantó la voz.

Tenía una porra atada a una correa de cuero, colgando de la cintura. El cachorro se escondió detrás de su padre y se vio que la madre gruñía.

«Unid vuestras fuerzas —se sorprendió pensando Fiyero, casi sin saber que era capaz de albergar tales pensamientos—. Trabajad en equipo. Vosotros sois doce y él sólo uno. ¿Es por vuestras diferencias que os mantenéis dóciles? ¿O son vuestros familiares presos, que serán torturados si vais en busca de la libertad?»

No eran más que especulaciones. Fiyero no comprendía la dinámica de la situación, pero no podía apartar los ojos de la escena. Se dio cuenta de que tenía una mano abierta, con la palma apoyada en el cristal de la ventana. Debajo, viendo que los Osos no se habían levantado para incorporarse a la fila, el soldado alzó la porra y la descargó sobre el cráneo del cachorro. Fiyero se estremeció y con el sobresalto derramó la bebida y rompió la taza, que fue a deshacerse en fragmentos de porcelana sobre las tablillas en espiga del parquet de roble.

El encargado salió de detrás de una puerta verde billar, chasqueó la lengua con desaprobación y cerró las cortinas, pero no antes de que Fiyero viera algo más. Con el corazón encogido, como si nunca hubiese cazado y matado en las Praderas Milenarias, desvió la vista hacia arriba y allí vio por un momento los pálidos óvalos rubios de unas caras: dos o tres docenas de escolares, en las ventanas de la planta alta de la escuela, contemplando boquiabiertos y con fascinación la escena que se estaba desarrollando en su patio de juegos.

—No tienen la menor consideración por los vecinos que tenemos un negocio que dirigir, facturas que pagar y familias que alimentar —dijo secamente el encargado—. No hay ninguna necesidad de hacerle ver a usted ese espectáculo mientras toma su chocolate.

—Ese incidente en su jardín de invierno... —dijo Fiyero—. Seguramente fue alguien que intentaba echar abajo el muro para entrar en ese patio y sacarlos con vida.

—¡Ni siquiera se atreva a sugerirlo! —le soltó el encargado en voz baja—. En este salón hay más oídos que los suyos y los míos. ¿Cómo puedo saber yo quién quería hacer qué, o por qué quería hacerlo? Soy un particular y me ocupo únicamente de mis asuntos.

Fiyero no se sirvió otra taza de chocolate con cerezas. Hubo gritos desgarradores de la madre Osa y, después, silencio en el mundo fuera de las pesadas cortinas de damasco. ¿Ha sido un accidente que yo viera eso? —se preguntó Fiyero, contemplando al encargado con otros ojos—. ¿O será que el mundo se despliega ante ti, una y otra vez, en cuanto estás dispuesto a verlo de nuevo?

Hubiese querido contarle a Elphie lo que había visto, pero se contuvo, por razones que no podía enunciar. En cierto sentido, en el equilibrio de sus afectos, él intuía que ella necesitaba una identidad separada de la suya. Si él se convertía a su causa, ella podía alejarse. No quería correr el riesgo. Pero la imagen del Osito golpeado lo perseguía. Abrazó a Elphie con más fuerza, intentando comunicarle una pasión más profunda sin hablar al respecto.

Había notado también que, cuando ella estaba nerviosa, era más atrevida en su forma de hacer el amor. Empezó a ser capaz de adivinar cuándo iba a decirle ella que hasta la próxima semana no. Parecía menos contenida, más salaz que de costumbre, quizá como ejercicio de limpieza, antes de desaparecer por unos días. Una mañana, mientras él robaba un poco de la leche de la gata para el café y ella se untaba la piel con aceite, haciendo muecas de dolor por su gran sensibilidad, Elphaba se volvió por encima del suave mármol verde de su hombro y le dijo:

—Quince días, amor. Mi precioso, como solía decir mi padre. Necesito quince días a solas.

Él sintió una punzada repentina, la premonición de que ella iba a abandonarlo. Conseguir dos semanas de ventaja era su manera de hacerlo.

—¡No! —dijo él—. Nada de eso, Fae-Fae. No estoy de acuerdo. Es demasiado tiempo.

—Lo necesitamos. No digo tú y yo —aclaró ella—, sino los otros *nosotros*. Obviamente, no puedo contarte lo que estamos preparando, pero los últimos planes para la campaña del otoño ya casi están listos. Habrá un episodio... No puedo decir nada más... y tengo que estar disponible a toda hora para la red.

—¿Un golpe de Estado? —preguntó el—. ¿Un asesinato? ¿Una bomba? ¿Un secuestro? ¿Qué será? No te pido los detalles, sólo dime *qué* será.

—No sólo no puedo decírtelo —replicó ella—, sino que tampoco lo sé. A mí sólo me revelarán mi pequeña parte y eso es lo que haré. Sólo sé que se trata de una maniobra complicada, con un montón de piezas interconectadas.

—¿Y tú? ¿Eres el dardo? —dijo él—. ¿El cuchillo? ¿La mecha?

Ella le respondió (aunque sin convencerlo demasiado):

—Mi corazón, mi cielo, soy demasiado verde para presentarme andando en un lugar público y hacer algo malo. Sería demasiado previsible. Los guardias de seguridad me vigilan como búhos a un ratón. Mi sola presencia hace que suenen las alarmas y aumente la vigilancia. No, no, la parte que me tocará desempeñar será secundaria, una pequeña ayuda en la sombra.

—No lo hagas —suplicó él.

—Eres egoísta —replicó ella—, y también cobarde. Te quiero, mi vida, pero cuando protestas por esto, te equivocas. Sólo quieres preservar *mi* insignificante vida; ni siquiera te has formado un juicio moral sobre la corrección o incorrección de mi actitud. No te estoy pidiendo que lo hagas, ni me preocupa lo que pienses al respecto. Solamente te señalo que tus objeciones son de una debilidad extrema. No hay nada que discutir. Vuelve dentro de dos semanas.

—¿Para entonces se habrá llevado a cabo... la acción? ¿Quién lo decide?

—Todavía no sé qué será, ni tampoco sé quién lo decide, así que no me lo preguntes.

—Fae... —De pronto, ya no le pareció tan bonito su nombre de guerra—. Elphaba, ¿tú sabes quién maneja los hilos que te mueven? ¿Cómo sabes que no es el Mago el que te está manipulando?

—¡Eres un novato en esto, pese a tu gran categoría de príncipe tribal! —exclamó ella—. ¿Por qué no iba a darme cuenta si estuviera siendo utilizada por el Mago? ¿Acaso no lo advertí cuando esa arpía de la señora Morrible me estaba manipulando? En Crage Hall aprendí un par de cosas acerca de la prevaricación y la sinceridad. Confía en mí, Fiyero. Recuerda que llevo *años* en esto.

—Pero no sabes decirme con seguridad quién es o no es el jefe.

—Mi padre no sabía el nombre de su Dios Innominado —dijo ella, incorporándose para aplicarse aceite en el vientre y entre las piernas, mientras se volvía pudorosamente de espaldas a él—. Nunca importa el *quién*, ¿verdad?, sino el *porqué*.

—¿Cómo recibes las órdenes? ¿Cómo te dicen lo que tienes que hacer?

—Ya sabes que no puedo contártelo.

—Sé que *puedes*.

Ella se volvió.

—Masájeame los pechos con aceite, anda.

—No soy tan *estúpidamente* masculino, Elphaba.

—Sí que lo eres —replicó ella riendo, pero con expresión amorosa—. Ven.

Era de día, el viento rugía e incluso sacudía las tablas del suelo. El frío cielo sobre la claraboya era de un extraño azul rosado. Ella dejó caer su timidez como un camisón y, en la mirada líquida que la luz del sol derramaba sobre las viejas tablas, separó las manos, como si en el terror del combate venidero hubiese comprendido por fin que era hermosa. A su manera.

El desmoronamiento de su reticencia fue para él mayor motivo de temor que cualquier otra cosa.

Cogió un poco de aceite de coco, lo calentó entre las palmas y deslizó las manos como correosos animales de terciopelo sobre sus pequeños pechos sensibles. Los pezones se irguieron y el color se volvió más intenso. Él ya estaba vestido, pero se apretó temerariamente contra sus formas, que opusieron una débil resistencia. Una mano bajó por la espalda y ella se arqueó contra él, gimiendo, aunque quizá esta vez no fuera por deseo.

Aun así, la mano de él siguió bajando hasta las nalgas, palpó entre las dos mejillas, halló el lugar donde un músculo tiraba de él tortuosamente, cariñosamente, e intuyó el tenue aguafuerte del vello, que iniciaba su cuadrícula de sombras, su arremolinada marcha hacia el vórtice. Dejó trabajar a su mano inteligente, leyendo en ella los signos de la resistencia.

—Tengo cuatro compañeros —dijo Elphaba de pronto, apartándose de él con un movimiento suficientemente amable como para soltarse sin desanimarlo—. ¡Ay, corazón mío, tengo cuatro camaradas! Ellos no saben quién es el jefe de nuestra célula. Todo se hace en la oscuridad, con un conjuro de ocultamiento para distorsionar nuestras voces y cambiar nuestras caras. Si supiera algo más, la Fuerza Galerna me apresaría y me lo arrancaría con torturas, ¿no lo entiendes?

—¿Qué os proponéis hacer? —susurró él mientras la besaba y se soltaba los pantalones, como si fuera la primera vez, recorriendo con la lengua la espiral de su oreja.

—Matar al Mago —respondió ella rodeándolo con sus piernas—.

No soy la punta de la flecha, no soy el dardo, sino tan sólo el astil de la flecha o la aljaba.

Ella cogió más aceite en el hueco de la mano y, cuando ambos cayeron y se deslizaron en la luz, lo dejó a él reluciente y angustiado de aceite, y llegó más profundamente que en ninguna otra ocasión.

—Incluso después de todo este tiempo, podrías ser un agente del Palacio —dijo ella más tarde.

—No lo soy —repuso él—. Soy *bueno*.

Una semana nevó un poco y, a la semana siguiente, un poco más. La Natividad de Lurlina se acercaba cada vez más. Las capillas unionistas, habiendo asimilado y transformado los aspectos más visibles de los antiguos cultos paganos, se vestían con total descaro de verde y oro, desplegando cirios verdes, gongs dorados y guirnaldas de arándanos verdes y fruta dorada. Por la avenida de los Mercaderes, las tiendas competían entre sí en decorado, lo mismo que las iglesias, que exponían prendas de moda y artilugios tan inútiles como costosos. En los escaparates, figuras de cartón piedra evocaban a la bondadosa Lurlina, reina de las hadas, que viajaba en su carro alado en compañía de su ayudante Preenella, hada de segundo orden, que sacaba de su amplio capazo mágico delicias envueltas para regalo y las esparcía a su alrededor.

Fiyero se preguntaba, una y otra vez, si estaría enamorado de Elphaba. También se preguntaba cómo había tardado tanto en hacerse esa pregunta, después de dos meses de apasionado romance, y si sabía lo que significaban esas palabras, y si importaba algo.

Compró más regalos para los niños y para la enfurruñada Sarima, aquella quejumbrosa malcriada, aquel monstruo. Hasta cierto punto, la echaba de menos; sus sentimientos por Elphaba no parecían competir con los que sentía por Sarima, sino complementarlos. No podía haber dos mujeres menos parecidas. Elphaba poseía la orgullosa independencia de las mujeres arjikis de las montañas, una autonomía que Sarima, habiéndose casado tan joven, no había llegado a desarrollar. Además, Elphie no sólo pertenecía a una etnia diferente (por no decir nueva), sino que parecía un avance en su género e incluso había ocasiones en que parecía scr de una *especie* diferente. Fiyero advirtió con sorpresa que tenía una erección monumental, sólo por recordar la última vez, y tuvo que esconderse detrás de unas bufandas de señora en una tienda, hasta que se le hubo pasado.

Compró tres, cuatro, seis bufandas para Sarima, que nunca usaba bufanda. Y otras seis para Elphaba, que sí usaba.

La dependienta, una gris pigmea munchkin que sólo podía atender la caja subida a una silla, miró por encima del hombro de Fiyero y dijo:

—Un minuto, señora.

Él se apartó, para dejar espacio en el mostrador a la persona que venía detrás.

—Pero... ¡Fiyero! —dijo Glinda.

—¡Glinda! —exclamó él, atónito—. ¡Qué sorpresa!

—Una docena de bufandas —dijo ella—. ¡Crope, ven a ver quién está aquí!

Y allí estaba Crope, con un poco de papada (aunque no podía haber cumplido aún los veinticinco años, ¿o sí?), levantando la vista con expresión culpable de un expositor lleno de objetos con flecos y plumas.

—Tenemos que tomar el té los tres juntos —dijo Glinda—. No hay excusas. ¡Vamos! Págale a la amable señora bajita y vámonos de aquí.

Con sus voluminosas faldas y sobrefaldas, Glinda susurraba al moverse lo mismo que todo un cuerpo de baile.

Fiyero no la recordaba tan frívola; quizá fuera la vida de casada. Lanzó una mirada a Crope, que levantaba los ojos al cielo a sus espaldas.

—Apunte esto en la cuenta de sir Chuffrey, y esto, y esto también —dijo Glinda, apilando artículos sobre el mostrador—, y haga que nos lo envíen todo a nuestras habitaciones en el Club Florinthwaite. Lo necesitaré para la cena, de modo que será preciso que salga alguien corriendo y me lo lleve ahora mismo. ¿Procurará que así sea? ¡Qué gentileza! Muy amable. Hasta pronto. ¡Chicos, nos vamos!

Agarró a Fiyero con una mano que más parecía una pinza y se lo llevó de la tienda, mientras Crope la seguía como un perrito faldero. El Club Florinthwaite estaba a menos de dos calles de distancia y fácilmente podrían haber llevado ellos mismos las compras. Glinda bajó taconeando y alborotando la elegante escalinata que conducía al Salón de Roble, haciendo tanto ruido que todas las mujeres presentes levantaron la vista en gratificante señal de desaprobación.

—Veamos, Crope, tú siéntate *allí*, para que hagas las veces de mamá y sirvas el té cuando nos lo traigan, y tú, Fiyero, querido, ponte *aquí*, a mi lado, a menos que estés *demasiado* casado.

Pidieron el té y Glinda se habituó un poco más a la presencia de Fiyero y empezó a calmarse.

—De verdad, ¿quién lo hubiera dicho? —dijo, cogiendo una pastita y arrepintiéndose unas ocho veces seguidas—. Éramos los mejores y los más grandes en Shiz, sin duda. Por ejemplo, tú, Fiyero. Tú eres un príncipe, ¿no? ¿Tenemos que llamarte alteza? Yo no podría. ¿Sigues casado con aquella niña?

—Ha crecido y ahora tenemos una familia —respondió Fiyero con cautela—. Tres hijos.

—¿Y está aquí? Tengo que conocerla.

—No, se ha quedado en nuestra residencia de invierno, en los Grandes Kells.

—Entonces seguro que tienes una aventura —dijo Glinda—, porque se te ve muy feliz. ¿Con quién? ¿Alguien que yo conozca?

—Estoy feliz de haberte encontrado, eso es todo —respondió él, y de hecho era cierto.

Glinda estaba estupenda. Había ganado algo de peso. Su espectral belleza había florecido, pero sin volverse vulgar. Era más mujer que chiquilla y más esposa que mujer. Lucía un corte de pelo masculino que le sentaba muy bien y llevaba una especie de tiara entre los rizos.

—De modo que ahora eres una hechicera —añadió él.

—¡Oh, no lo creas! —replicó ella—. ¿Puedo lograr acaso que esa maldita camarera se dé un poco de prisa con los bollitos y la mermelada? No, no puedo. En cambio, sí que puedo firmar un centenar de tarjetas lurlineñas, todas de una vez. Pero es un talento muy menor, te lo aseguro. La hechicería está tremendamente sobrevalorada en la prensa popular. Y si no lo crees, dime: ¿por qué no se deshace el Mago de todos sus adversarios con un simple conjuro? No, yo me conformo con tratar de ser una buena compañera para mi Chuffrey. Ahora está en la Bolsa, ocupándose de sus asuntos financieros. ¡Ah! ¿Sabes quién más está en la ciudad? ¡Es increíble! ¡Díselo, Crope!

Sorprendido por la repentina invitación a participar en la conversación, Crope estuvo a punto de atragantarse con el té, pero Glinda se apresuró a hablar por él:

—¡Nessarose! ¿Te lo puedes creer? Se aloja en su casa familiar de la calle del Bajo Menipín... una dirección que ha dado mucho que hablar en los últimos diez años, debo añadir. La vimos... ¿Dónde fue que la vimos, Crope? En el café Emporio...

—En el Jardín Helado...

—¡No, ya lo recuerdo! ¡Fue en el cabaret Villalentejuela! Verás, Fiyero. Nosotros habíamos ido a ver a la vieja Silipedia, ¿la recuerdas? No, no la recuerdas, lo veo en tu expresión. Pues bien, era la cantante que estaba actuando en el Festival Melódico y Sentimental de Oz el día que Nuestro Glorioso Mago bajó del cielo montado en un globo y orquestó aquel golpe de Estado. Ahora está haciendo otra de sus innumerables giras de regreso a los escenarios. Resulta un poco estrafalaria, pero qué más da, ¡es divertidísima! Y en una mesa mejor que la *nuestra*, debo decirlo, ¡estaba Nessie! Con su abuelo, ¿o era su bisabuelo? ¿El Eminente Thropp? Debe de tener ciento y muchos años. Me sorprendió verla allí, hasta que comprendí que había acudido únicamente para acompañar al anciano. No pareció gustarle la música: se pasó todo el entreacto rezando y haciendo muecas de disgusto. Y también estaba Nana. ¡Quién lo hubiera dicho, Fiyero! Tú eres un príncipe, y Nessarose está prácticamente instalada como la próxima Eminente Thropp, y Avaric, desde luego, es el marqués de Tenmeadows, y yo, mi humilde personita, estoy casada con sir Chuffrey, dueño del título más inútil y la cartera de acciones más abultada de los montes de Pertha. —Glinda estuvo a punto de hacer una pausa para respirar, pero continuó por amabilidad—: Y Crope, por supuesto. Anda, Crope, cuéntale a Fiyero cómo te han ido las cosas. Se muere por saberlo. Lo veo en su cara.

De hecho, Fiyero estaba realmente interesado, aunque sólo fuera por descansar del continuado parloteo de Glinda.

—Es tímido —prosiguió Glinda—, tímido, tímido, tímido, siempre lo ha sido.

Fiyero y Crope intercambiaron una mirada, reprimiendo una sonrisa.

—Tiene un apartamento —continuó Glinda— que parece un auténtico *palacio* vanguardista, en el piso de arriba de la consulta de un médico. ¿Te lo imaginas? ¡Unas vistas magníficas, las mejores de la Ciudad Esmeralda, sobre todo en esta época del año! Se dedica un poco a la pintura, ¿verdad, querido? Pinta, hace alguna escenografía para una opereta aquí y otra allá... Cuando éramos jóvenes, pensábamos que el mundo giraba en torno a Shiz. Pero ya sabes que ahora también hay teatro de verdad aquí. El Mago ha convertido esta ciudad en un sitio mucho más *cosmopolita*, ¿no crees?

—Me alegro de verte, Fiyero —dijo Crope—. Cuéntanos algo de ti, date prisa, antes de que sea demasiado tarde.

—¡Eres malo, te burlas de mí sin la menor piedad! —canturreó Glinda—. Pero ten cuidado, porque le hablaré de tu pequeña aventura con... No, no te inquietes, no soy tan mala.

—No hay nada que contar —dijo Fiyero, sintiéndose aún más taciturno y del Vinkus que el día de su llegada a Shiz—. Me gusta mi vida. Gobierno a mi clan cuando lo necesita, que no es muy a menudo. Mis hijos están sanos. Mi esposa es... no sé...

—¿Fértil? —propuso Glinda.

—Sí —sonrió él con frialdad—. Es fértil y la amo, y no puedo quedarme mucho más, porque tengo una cita con una persona, para asistir a una reunión de negocios en la otra punta de la ciudad.

—*Tenemos* que vernos —dijo Glinda, que de pronto parecía llorosa y solitaria—. ¡Oh, Fiyero!, todavía no somos viejos, pero tenemos edad suficiente para ser viejos amigos, ¿verdad que sí? Mira, me he dejado llevar por la emoción, como una debutante que ha olvidado ponerse su Eau de Composture. Lo siento. ¡Es que fue una época maravillosa, incluso con todas sus tristezas y rarezas! Ahora la vida ya no es lo mismo. Es fantástica, pero no es lo mismo.

—Lo sé —asintió él—. Pero no creo que pueda volver a veros. Tengo muy poco tiempo y he de regresar a Kiamo Ko. He estado fuera desde el verano pasado.

—Pero ¡si estamos todos aquí! Chuffrey y yo, Crope, Nessarose, tú... También Avaric, podríamos buscarlo. Podríamos reunirnos, cenar tranquilamente arriba, en nuestras habitaciones. Prometo que no seré tan mareadora. Por favor, Fiyero. Por favor, alteza. ¡Sería un *honor* tan grande para mí!

Glinda ladeó la cabeza, apoyando con elegancia un dedo en la barbilla, y él comprendió que estaba intentando a toda costa decir algo sincero a través del lenguaje de la gente de su clase.

—Si veo que puedo, te lo haré saber. Pero, por favor, no cuentes con ello —recomendó él—. Habrá otras ocasiones. Normalmente no estoy en la ciudad tan entrado el otoño. Lo de ahora es una excepción. Mis hijos me están esperando. ¿Tienes hijos, Glinda?

—Chuffrey está seco como un par de nueces asadas —dijo Glinda, haciendo que Crope volviera a atragantarse con el té—. Pero antes de que te vayas (porque ya veo que estás listo para salir corriendo, mi querido, queridísimo Fiyero), ¿has sabido algo de Elphaba?

Pero él ya lo esperaba, y se había preparado para recibir la pregunta con cara inexpresiva.

—No puedo decir que oiga a menudo su nombre —se limitó a decir—. ¿Ha vuelto a aparecer alguna vez? Seguramente Nessarose te habrá dicho algo.

—Nessarose dice que si algún día su hermana regresa, le escupirá a la cara —respondió Glinda—, de modo que debemos rezar para que nunca pierda la fe, porque si así fuera, toda su tolerancia y su amabilidad se esfumarían, y *mataría* a Elphaba. A Nessa la abandonó, la rechazó y la dejó sola a cargo del demente de su padre, de su abuelo o lo que sea ese señor, de su hermano, de esa niñera suya, de la casa, de los criados... y todo sin echarle una mano, ¡y mira que ella la hubiese necesitado, porque no tiene ninguna!

—Una vez me pareció ver a Elphaba —dijo Crope.

—¿Eh? —dijeron a la vez Fiyero y Glinda.

—Nunca me lo habías dicho, Crope —prosiguió Glinda.

—No estaba seguro —respondió—. Fue en el trolebús que pasa junto al estanque del Palacio. Estaba lloviendo... hace unos años... y vi una figura que luchaba con un paraguas muy grande. Pensé que se la iba a llevar el viento. Una ráfaga de viento volvió el paraguas del revés y entonces la cara... una cara verdosa (por eso me fijé)... se escondió en seguida para evitar que la salpicara la lluvia. Recordaréis que Elphaba detestaba mojarse.

—Era *alérgica* al agua —intervino Glinda—. Ni siquiera siendo yo su compañera de habitación pude adivinar nunca cómo se las arreglaba para estar limpia.

—Con aceite, supongo —declaró Fiyero. Los dos lo miraron—. Lo que quiero decir es que, en el Vinkus —tartamudeó—, los viejos se frotan la piel con aceite en lugar de lavarse. Siempre pensé que Elphie debía de hacer lo mismo, no sé. Glinda, si pudiera volver a reunirme con vosotros, ¿cuál crees que sería un buen día?

Glinda se puso a buscar la agenda en su bolsito de red, oportunidad que Crope aprovechó para inclinarse hacia adelante y decirle a Fiyero:

—Me ha alegrado mucho verte, ¿sabes?

—A mí también —replicó Fiyero, sorprendido de que fuera cierto—. Si alguna vez visitas los Kells centrales, ven a vernos a Kiamo Ko. Pero recuerda enviarnos antes un mensaje, porque sólo pasamos allí la mitad del año.

—¡Justo lo que a ti te gusta, Crope! ¡Las bestias salvajes del Vinkus indómito! —exclamó Glinda—. Estoy pensando en las posibilidades para tus diseños: ¡todos esos flecos y esas correas de cuero! Quizá todo eso te interese, Crope, pero no acabo de verte como el Chico de las Montañas.

—No, probablemente no —convino Crope—. A menos que haya cafés fabulosos cada cuatro o cinco calles, no considero que ninguna zona esté suficientemente desarrollada para albergar vida humana.

Fiyero le estrechó la mano a Crope y, después, recordando los rumores acerca del deterioro del pobre Tibbett, le dio un beso. A Glinda la abrazó con fuerza. Ella lo enganchó de un brazo y lo acompañó hasta la puerta.

—Espera a que me quite de encima a Crope y vuelve, para que pueda tenerte para mí sola —le dijo en voz baja, mientras su parloteo asumía un tono más serio—. No acabo de verte, querido Fiyero. El pasado parece más misterioso y a la vez más comprensible cuando te tengo delante. Siento que hay cosas que aún podría averiguar. No quisiera caer en la autocompasión, viejo amigo, eso nunca. Pero dejemos el pasado —añadió, sujetando las manos de él entre las suyas—. Está ocurriendo algo en tu vida, no soy tan tonta como pretendo. Algo bueno y malo a la vez. Quizá pueda ayudarte.

—Siempre has sido muy amable —dijo él, indicándole con un gesto al portero que le buscara un carruaje de alquiler—. Sólo siento no poder conocer a sir Chuffrey.

Se dirigió hacia la puerta, atravesando el pavimento de mármol del vestíbulo, y se volvió para saludarla con un leve movimiento del sombrero. Detrás de la puerta, que el portero mantenía abierta para no obstaculizarle la vista, ella se perfilaba como una mujer serena y resignada, ni transparente, ni ineficaz. Podría haberle dicho incluso que parecía una mujer llena de gracia.

—Si la ves —dijo Glinda en tono casual—, dile que todavía la echo de menos.

No volvió a ver a Glinda. No volvió al Club Florinthwaite, ni pasó frente a la casa de la familia Thropp en la calle del Bajo Menipín, aunque era grande la tentación de hacerlo. No abordó a ningún revendedor tratando de conseguir entradas para la gira del cuarto regreso triunfal a los escenarios de Silipedia. Acabó encaminándose a la capilla de Santa Glinda, en la plaza del mismo nombre, donde a veces podía oír a las mónacas de clausura, en el edificio contiguo, cantando o susurrando como un enjambre de abejas.

Cuando por fin hubieron pasado las dos semanas y la ciudad se hubo convertido en un hervidero a causa de la Natividad de Lurlina, fue a ver a Elphaba, esperando a medias que se hubiera esfumado.

Pero allí estaba, seria, cariñosa y en pleno proceso de prepararle un pastel de verduras. Su querida *Malky* había puesto las patas en la harina y estaba dejando huellas por toda la habitación. Estuvieron hablando con cierta incomodidad, hasta que *Malky* volcó el cuenco con el caldo de verduras y entonces los dos se echaron a reír.

No le contó lo de Glinda. ¿Cómo iba a hacerlo? Elphaba había hecho todo cuanto había podido para mantenerlos alejados y ahora estaba involucrada en la campaña más importante de su vida, el objetivo por el que había trabajado durante cinco años. Él no aprobaba la anarquía, o más bien podía decirse que todo le inspiraba la pereza de la duda, pues la duda consumía menos energía que la convicción. Pero incluso después de ver cómo golpeaban al Osito, tenía que seguir manteniendo unas relaciones equilibradas y cautelosas con el poder en el trono, por el bien de su tribu.

Además, Fiyero no quería dificultarle aún más la vida a Elphaba, y su deseo egoísta de sentirse a gusto con ella superaba su necesidad de chismorrear, de modo que no le dijo que Nessarose y Nana también estaban en la ciudad, o habían estado. (Por lo que él sabía —racionalizó en silencio—, podían haberse marchado ya.)

—Me pregunto —dijo ella esa noche, mientras las estrellas los espiaban a través del dibujo delirante de la escarcha en la claraboya—, me pregunto si no deberías irte de la ciudad antes de la víspera de la Natividad de Lurlina.

—¿Estallará la rebelión?

—Te lo he dicho, no sé exactamente lo que pasará. No puedo saberlo, ni *debo* saberlo. Pero quizá ocurran algunas cosas. Quizá sea conveniente que te vayas.

—No me iré y no puedes obligarme.

—He hecho unos cursos de hechicería por correspondencia en mis ratos libres. Haré *¡puf!* y te convertiré en piedra.

—¿Quieres decir que me pondrás duro como una piedra? Ya me has puesto duro, mira.

—Para. Te digo que pares.

—¡Oh, mujer malvada, has vuelto a hechizarme! ¡Mira, tiene voluntad propia!

—Fiyero, para. Déjalo ya. Escúchame, te lo digo en serio. Quiero saber dónde piensas pasar la víspera de la Natividad de Lurlina, sólo para asegurarme de que no vayas a sufrir ningún daño. Dímelo.

—¿Quieres decir que no estaremos juntos?

—Para mí será una noche de trabajo —dijo ella con expresión sombría—. Te veré al día siguiente.

—Te estaré esperando aquí.

—No, aquí no. Creo que he disimulado bastante bien nuestro rastro, pero todavía existe la posibilidad, incluso a estas alturas, de que venga alguien a buscarme. No... tú te quedarás en tu club, tomando un baño.

Te tomarás un buen *baño frío*, largo y agradable. ¿Lo entiendes? No se te ocurra salir. En cualquier caso, dicen que probablemente nevará.

—¡Es la víspera de la Natividad de Lurlina! No pienso pasar la fiesta metido en una bañera, *completamente solo*.

—Entonces contrata a alguien que te acompañe, me da igual lo que hagas.

—Ya me lo imagino.

—Simplemente, mantente apartado de toda reunión social: teatro, grandes grupos, incluso restaurantes... Por favor. ¿Me lo prometes?

—Si fueras más específica, podría ir con más cuidado.

—Podrías ir con todo el cuidado del mundo si te marcharas de la ciudad.

—Y tú podrías tener todo el cuidado del mundo si me dijeras...

—Ya basta, déjalo. Además, pensándolo bien, creo que prefiero ignorar dónde vas a estar. Sólo quiero que estés a salvo. ¿Estarás a salvo? ¿Te quedarás en casa, lejos de beodas celebraciones paganas?

—¿Puedo ir a la capilla y rezar por ti?

—*No.*

Su expresión era tan feroz, que Fiyero no se atrevió a volver a bromear al respecto.

—¿Por qué es tan necesario que esté a salvo? —le preguntó, aunque casi se lo estaba preguntando a sí mismo—. ¿Qué hay de bueno en mi vida que sea digno de ser preservado? ¿Una buena esposa, allá en las montañas, práctica como una cuchara vieja, pero con el corazón seco por lo mucho que ha temido al matrimonio desde los seis años? ¿Mis tres hijos, tan tímidos ante su padre, el Príncipe de los Arjikis, que casi no se me acercan? ¿Un clan agobiado por las desventuras, que va y viene, que lleva quinientos años ahondando en las mismas disputas, pastoreando los mismos rebaños y rezando las mismas plegarias? ¿O yo mismo, con mis pensamientos superficiales y sin dirección concreta, sin talento en la palabra ni en los hábitos, sin especial bondad hacia el mundo? ¿Qué tiene mi vida para que merezca ser preservada?

—Yo te quiero —dijo Elphaba.

—Entonces era eso —le respondió a ella y se respondió a sí mismo—. Y yo te quiero a ti, así que te prometo que tendré cuidado.

«Cuidaré de los dos», pensó.

De modo que volvió a seguirle el rastro. El amor nos convierte a todos en cazadores. Elphaba se había enfundado en una larga falda negra, como una especie de religiosa, y se había recogido el pelo dentro de un sombrero alto, de ala ancha y cuerpo cónico. Llevaba anudada al cuello una bufanda oscura, morada y oro, subida hasta la boca, aunque habría necesitado algo más que una bufanda para disimular la estupenda proa de su nariz. Se había puesto unos guantes ceñidos y elegantes, más refinados que el tipo de accesorio que normalmente solía elegir, pero él temía que fueran para permitirle un mayor control de los movimientos más delicados de las manos. Sus pies se perdían dentro de grandes botas de punta metálica, semejantes a las que usaban los mineros en el Glikkus.

Para quien no supiera que era verde, no habría sido fácil advertirlo en la oscuridad de la tarde, bajo la molesta nevisca.

No se volvió; quizá no la preocupaba que la siguieran. Su trayecto la llevó a recorrer algunas de las plazas más importantes de la ciudad. Agachó la cabeza y entró un instante en la capilla de Santa Glinda, junto al convento de las mónacas, donde él la había visto por primera vez. Quizá fuera a recibir instrucciones de último minuto, pero no intentó despistarlo (ni a él, ni a ninguna otra persona que pudiera estar siguiéndola). Salió al cabo de uno o dos minutos.

¿O quizá —Fiyero no quería pensarlo— había entrado para pedirle a la santa que la guiara y le diera fuerzas?

Elphaba cruzó el puente de los Tribunales, recorrió los muelles de Ozma y atravesó en diagonal la rosaleda abandonada del Mercado Real. La nieve era un fastidio. Cada dos pasos, se ceñía un poco más la capa en torno al cuerpo, mientras la silueta de sus piernas flacas enfundadas en medias oscuras y metidas en cómicas botas enormes destacaba sobre la blancura nevada del parque de los Ciervos de Oz, que para entonces, lógicamente, estaba vacío de ciervos y de Ciervos. Siguió marchando, con la cabeza gacha, entre cenotafios, obeliscos y estelas en memoria de los Magníficos Caídos en esta o aquella incursión guerrera. Los vigilantes —pensó Fiyero, enamorado de ella, o quizá tan temeroso de su suerte que podía confundir su miedo con amor—, los vigilantes miraron, pero no le prestaron atención. Intercambiaron una mirada desde sus montículos, sin comprender que la revolución pasaba entre ellos a grandes zancadas, en marcha hacia su destino.

Pero el Mago no debía de ser el objetivo de Elphaba. Probablemente ella había dicho la verdad cuando le había asegurado que era demasiado inexperta y demasiado visible para que la seleccionaran como asesina del Mago. Debían de haberle asignado alguna maniobra de distracción, o quizá la eliminación de algún posible sucesor o aliado de alto rango. Esa noche, el Mago iba a inaugurar la Exposición de la Lucha y la Virtud, muestra antimonárquica y revisionista, en la Academia Popular de Arte y Mecánica, cerca del Palacio. Sin embargo, en la cabecera del camino de Shiz, Elphaba torció a un lado, alejándose del Palacio, para atravesar el pequeño y selecto distrito de Goldhaven, donde las casas de los ricos eran vigiladas por mercenarios. Taconeando sobre el pavimento, pasó por delante de ellos y también de los mozos de cuadra, que barrían la nieve con sus escobas. No levantó ni bajó la vista, ni se volvió para mirar, ni miró por encima del hombro. Fiyero supuso que él mismo debía de ser la figura más llamativa, caminando por la nieve con su capa de la ópera, un centenar de pasos detrás de ella.

Al borde de Goldhaven, como una pequeña joya de piedra azul, se erguía el teatro de la Dama Mística. En la plaza simple pero elegante que se extendía delante, había luces blancas y una profusión de guirnaldas verdes y doradas, colgadas de una farola a otra. El teatro tendría programado algún oratorio propio de la temporada festiva, pero en el panel frontal Fiyero sólo consiguió distinguir: LOCALIDADES AGOTADAS. Aún no se habían abierto las puertas, pero el público comenzaba a aglomerarse. Había vendedores ambulantes que ofrecían chocolate caliente en vasos altos de barro, y una pandilla de jovencitos malcriados que se divertían entonando una parodia de un viejo himno unionista propio de la festividad, para irritación de algunas personas mayores. La nieve caía y lo cubría todo: las luces, el teatro, la gente... Se posaba sobre el chocolate caliente y se deshacía sobre los ladrillos, en una masa blanda mezclada con cristales de hielo.

Con arrojo, con estúpido valor (sin elección posible, le parecía), Fiyero subió la escalinata de una biblioteca privada cercana, para no perder de vista a Elphaba, que se había mezclado con el gentío. ¿Habría un asesinato en el teatro? ¿Habría un incendio y los inocentes sibaritas acabarían asados como castañas? ¿Habría un objetivo concreto, una única víctima señalada, o el propósito sería provocar el caos y el desastre, mejor cuanto peor y más terrible?

Fiyero no sabía si estaba allí para impedir lo que ella estaba a punto de hacer, o para salvar a quien pudiera de la catástrofe, o para prestar asistencia a quienes accidentalmente cayeran heridos, o quizá incluso con el único propósito de presenciarlo, para saber un poco más de ella. Y amarla o no amarla, pero saber cuál de las dos cosas.

Elphaba circulaba entre la multitud, como intentando localizar a alguien. Increíblemente —pensó Fiyero—, no había notado su presencia. ¿Estaría tan absorta buscando a la víctima adecuada? ¿No cumpliría él con los requisitos? ¿Acaso no podía sentir que su amante estaba en la misma plaza que ella, cuando el viento agitaba las cortinas de nieve?

Un pelotón de *gales* apareció por una callejuela, entre el teatro y la escuela adyacente. Los hombres ocuparon sus posiciones delante de las puertas de cristal que había al frente. Elphaba subió los peldaños de un antiguo mercado de la lana, una especie de pabellón de piedra. Fiyero vio que llevaba algo bajo la capa. ¿Explosivos? ¿Algún dispositivo mágico?

¿Habría compañeros suyos en la plaza? ¿Estarían cerrando filas? Cada vez había más gente, a medida que se acercaba la hora del comienzo del oratorio. Detrás de las puertas de cristal, el personal del teatro estaba muy ocupado colocando postes y tendiendo cuerdas de terciopelo, para que la entrada en el vestíbulo fuera ordenada. Nadie daba tantos empujones y codazos para entrar en un espacio público como los más ricos, eso lo sabía Fiyero.

Un carruaje apareció por la esquina de un edificio, en el extremo más alejado de la plaza. No podía llegar hasta las puertas del teatro, porque la muchedumbre era demasiado densa, pero avanzó tanto como le fue posible. Intuyendo la presencia de alguna autoridad, el gentío se apartó un poco. ¿Sería el esquivo Mago, en una visita sorpresa? Un cochero con gorra de piel de teco abrió de un tirón la puerta del carruaje y tendió la mano a la persona que viajaba dentro, para ayudarla a apearse.

Fiyero contuvo la respiración. Elphaba tensó los músculos como si éstos fueran de madera. Ahí estaba el objetivo.

En dirección a la calle nevada, en una marea de seda negra y lentejuelas plateadas, se desplazaba una mujer enorme; se la veía soberbia y augusta, era la señora Morrible, nada menos. La reconoció incluso Fiyero, que sólo la había visto una vez.

Elphaba sabía —Fiyero lo vio— que ésa era la persona que tenía que matar. Ella ya lo sabía; en un instante, todo quedó claro. Si la atrapaban, la encarcelaban y la juzgaban, su explicación no podría ser más espléndida: era simplemente una ex alumna demente de Crage Hall, el colegio de la señora Morrible. Le guardaba rencor, no había podido olvidar la ofensa. Era perfecto.

Pero ¿estaría la señora Morrible involucrada en alguna intriga del Mago? ¿O se trataría de una simple maniobra de distracción, destinada a desviar la atención de las autoridades de otro objetivo más urgente?

La capa de Elphaba se retorció; su mano subió y bajó dentro del abrigo, como si estuviera preparando algo. La señora Morrible le estaba gruñendo un saludo a la multitud, que si bien no necesariamente la conocía, apreciaba el espectáculo aunque no la aparatosidad de su llegada.

La directora de Crage Hall dio cuatro pasos hacia el teatro, apoyada en el brazo de un asistente tiktokista, y Elphaba se inclinó un poco hacia adelante, bajo los arcos del mercado de la lana. Ahora su barbilla sobresalía claramente de la bufanda y su nariz apuntaba al frente; se hubiese dicho que podría haber cortado a la señora Morrible en pedacitos, utilizando únicamente los aguzados bordes de sus rasgos naturales. Sus manos seguían actuando bajo la capa.

Pero entonces se abrieron de par en par las puertas del edificio por delante del cual estaba pasando la señora Morrible, que no era el teatro, sino la escuela adyacente, el Seminario Femenino de la Señora Teastane. Por las puertas salió un enjambre, una pequeña multitud de niñitas de clase alta. ¿Qué estaban haciendo en la escuela la víspera de la Natividad de Lurlina? Fiyero advirtió que Elphaba parecía violentamente sorprendida. Las niñas, de seis o siete años, eran cremosos montoncitos de feminidad sin grumos, metida a cucharadas en manguitos de piel, envuelta en peludas bufandas y vertida en botitas de bordes afelpados. Iban riendo y cantando, estridentes y bruscas como las elitistas adultas en que iban a convertirse, y entre ellas había un mimo, alguien que interpretaba al hada Preenella. El actor era un hombre, como marcaba la tradición, un hombre disfrazado con un estúpido maquillaje de payaso, prominentes pechos falsos, peluca, falda extravagante, sombrero de paja y una cesta enorme, rebosante de baratijas y tesoros.

—¡Oh, la alta so-cie-dad! —canturreó el mimo al ver a la señora Morrible—. Incluso el hada Preenella puede tener un regalo para la Afortunada Viandante.

Por un momento, Fiyero pensó que el hombre disfrazado sacaría un cuchillo y asesinaría a la señora Morrible delante de las niñas. Sin embargo, no fue así. El espionaje estaba organizado, pero no tanto. El suceso era realmente accidental, una alteración de los planes. No habían previsto que hubiera un acto en la escuela esa tarde, ni un ruidoso rebaño de escolares tirando codiciosamente de las faldas de un actor con voz de falsete.

Fiyero se volvió para mirar a Elphaba, que no parecía dar crédito a sus ojos. Las niñas estaban en el camino de lo que supuestamente tenía que hacer. Formaban un grupito inquieto y revoltoso, correteando alrededor de la directora, persiguiendo a Preenella, saltándole encima e intentando coger los regalos. Las niñas eran el contexto accidental: las ruidosas e inocentes hijas de magnates, déspotas y generales carniceros.

Fiyero veía a Elphaba debatiéndose, veía sus manos luchando entre sí, para hacerlo en cualquier caso, o quizá para no hacer lo que fuera que había ido a hacer.

La señora Morrible siguió avanzando, como un colosal carro alegórico en el desfile del Día de la Memoria, y las puertas del teatro se abrieron para ella. Ingresó majestuosamente en la seguridad. Fuera, las niñas bailaban y cantaban en la nieve, mientras la multitud hormigueaba en todas direcciones. Elphaba se derrumbó, con la espalda apoyada contra una columna, temblando tan violentamente de desprecio hacia sí misma que Fiyero pudo distinguirlo a cincuenta metros de distancia. Fue hacia ella, para estar a su lado sin importarle las consecuencias; pero cuando llegó a los peldaños, descubrió que por primera y única vez le había perdido la pista.

El público entró en el teatro. Las niñas cantaban a gritos su cancioncilla en la calle, alegres y codiciosas de regalos. El carruaje que había traído a la señora Morrible pudo estacionarse delante de la puerta del teatro e iniciar su larga espera hasta que ella saliera. Fiyero hizo una pausa, dubitativo, por si hubiera un plan alternativo, por si Elphaba escondía algo en la manga, por si el teatro saltaba por los aires.

Después empezó a inquietarse, pensando que quizá la hubiese capturado la Fuerza Galerna en los pocos minutos desde que la había perdido de vista. ¿Habrían sido capaces de escamotearla tan rápidamente? ¿Qué debería hacer él si ella se convertía en otro de los desaparecidos?

Moviéndose con celeridad, volvió sobre sus pasos a través de la ciudad. Afortunadamente, encontró un carruaje libre y le indicó al cochero que lo llevara directamente a la calle de almacenes adyacentes al cuartel militar, en el noveno distrito de la ciudad.

En estado de profunda agitación, regresó a la pequeña madriguera de Elphaba, en el piso superior del mercado de cereales. Mientras subía la escalera, repentinamente los intestinos se le licuaron y sólo con gran esfuerzo consiguió llegar a la bacinilla. Las entrañas se le abrieron en un ruidoso y húmedo torrente, mientras se sujetaba con las manos el rostro sudoroso. La gata se había encaramado a lo alto del armario y desde allí lo contemplaba. Una vez vaciado, limpio y mínimamente compuesto, trató de atraer a *Malky* con un cuenco de leche. La gata no quiso nada.

Encontró un par de galletas secas, las comió sintiéndose miserable y tiró de la cadena que abría de la claraboya, para airear un poco la habitación. Entraron un par de copos de nieve, que se quedaron en el suelo sin fundirse. Así de fría estaba la habitación. Fiyero abrió la puerta de hierro de la estufa y encendió el fuego.

Las llamas crepitaron y se avivaron, y las sombras se desprendieron y comenzaron a moverse como se mueven las sombras, sólo que éstas se movían rápidamente a través de la habitación y fueron hacia él, antes de que pudiera distinguir lo que eran. Únicamente pudo ver que eran tres, o cuatro, o cinco, y que vestían ropa negra y tenían la cara pintada de carbón, y que llevaban las cabezas envueltas en bufandas de colores, como las que había comprado él para Elphaba, para Sarima. En el hombro de uno de ellos vio el destello de una charretera dorada: un miembro de alto rango de la Fuerza Galerna. Había una porra, que se abatió sobre él como la coz de un caballo, como la caída de un tronco alcanzado por el rayo. Probablemente hubo dolor, pero estaba demasiado asombrado para percibirlo. Eso debía de ser su sangre, salpicando una mancha rubí sobre la gata blanca, que se encogió asustada. Vio los ojos abiertos del animal, lunas gemelas verdes y doradas, a tono con las festividades, y después la gata se escabulló por la claraboya abierta y se perdió en la noche nevada.

La más joven de las mónacas tenía la obligación de atender la puerta del convento cuando llamaban a la campanilla a la hora de cenar. Pero en ese momento estaba levantando los restos de sopa de calabaza y suspiros de centeno, mientras las otras mónacas ya derivaban con gesto adusto hacia la capilla del piso de arriba. Dudó un momento, antes de decidirse a atender la puerta. Dentro de sólo tres minutos, también ella se perdería en sus devociones y la campanilla podría sonar si que nadie le prestara atención. Francamente, hubiese preferido poner los platos a remojar. Pero el sentimiento de la época festiva la animó a ser caritativa.

Cuando abrió la enorme puerta, encontró una figura acurrucada como un mono en un rincón oscuro del pórtico de piedra. Más allá, la nieve ondulaba la fachada de la adyacente iglesia de Santa Glinda, haciéndola parecer un reflejo en el agua, sólo que del derecho. Las calles estaban vacías y un rumor de coros se filtraba desde la iglesia iluminada por los cirios.

—¿Qué pasa? —dijo la novicia—. Felices fiestas de Lurlina —recordó añadir después.

Cuando vio la sangre en las raras muñecas verdes y la mirada huidiza en los ojos, decidió que la decencia propia de las festividades la obligaba a arrastrar a la criatura al interior del convento. Pero ya oía a sus hermanas mónacas reuniéndose en la capilla privada y a la madre superiora atacando un preludio con su argéntea voz de contralto. Era el primer gran acontecimiento litúrgico de la novicia como miembro de la comunidad y no quería perderse ni un minuto.

—Pasa, bonita —dijo, y la criatura (una mujer joven, uno o dos años mayor que ella) consiguió incorporarse lo suficiente como para andar, o renquear como una tullida, como una persona desnutrida que no pudiera flexionar los extensores y tuviera las extremidades a punto de partirse.

La novicia se detuvo en un lavabo, con la idea de lavarle la sangre de las muñecas y asegurarse de que las manchas fueran de verdad salpicaduras de la decapitación de alguna gallina para una cena de fiesta, y no un intento de suicidio, pero la desconocida se encogió con sólo ver el agua y pareció tan alterada e infeliz que la joven mónaca tuvo que desistir. En lugar de agua, usó una toalla seca.

¡Las mónacas comenzaban a entonar antifonías en el piso de arriba! ¡Qué exasperante! La novicia eligió el camino de menor resistencia. Arrastró a la pobre desgraciada hasta el salón de invierno, donde las viejas retiradas vivían sumidas en una neblina de amnesia, entre tiestos de marginium discretamente situados para que los dulces efluvios de las plantas disimularan el hedor de las ancianas incontinentes. Las viejas vivían en un tiempo propio y, en cualquier caso, era imposible llevarlas a cuestas hasta la santa capilla del piso superior.

—Mira, te sentaré aquí —le dijo a la mujer—. No sé si necesitas refugio, comida, un baño, perdón por tus pecados o alguna otra cosa, pero puedes quedarte aquí, abrigada, seca, a salvo y en silencio. Volveré a verte después de la medianoche. Hoy es día de fiesta, ya sabes. Es el servicio de la vigilia. Observa, espera y no pierdas la esperanza.

Condujo a la mujer perseguida y atormentada hasta un sillón y le buscó una manta. Casi todas las viejas estaban roncando, con la cabeza colgando sobre el esternón, babeando lentamente sobre los baberos con motivos de hojas y bayas verdes y doradas. Unas pocas rezaban el rosario. El patio, abierto en verano, se cerraba en invierno con paneles de vidrio, por lo que tenía el aspecto de una pecera en un acuario. La nieve que caía lo volvía más apacible.

—Mira, puedes ver la nieve, blanca como la gracia del Dios Innominado —dijo la novicia, recordando sus obligaciones pastorales—. Reflexiona, descansa y duerme. Aquí tienes una almohada y aquí, una butaca para apoyar los pies. Estaremos arriba, cantando y alabando al Dios Innominado. Yo rezaré por ti.

—No... —dijo la verde y fantasmagórica visitante, que después dejó caer pesadamente la cabeza en la almohada.

—Será *un placer* para mí —replicó la novicia con cierta agresividad, y se marchó, justo a tiempo para el himno procesional.

Por un rato, el salón de invierno estuvo en silencio. Era como una pecera en la que se hubiera introducido una nueva adquisición. La nieve se movía como producida por una máquina, amable e hipnótica, con un suave ronroneo. Las flores de las plantas de marginium se cerraron un poco, en el frío cada vez más intenso del recinto. Las lámparas de aceite despedían en el aire sus lúgubres cintas de papel pinocho. Del otro lado del jardín, difícilmente visible a través de la nieve y las dos ventanas, una mónaca decrépita con mejor comprensión del calendario que sus hermanas comenzó a canturrear un antiguo y salaz himno pagano dedicado a Lurlina.

Hacia la temblorosa figura de la recién llegada se acercó una de las ancianas, avanzando poco a poco en una silla de ruedas. Se inclinó hacia adelante y husmeó. Del interior de una capa azul y marfil confeccionada con una manta plegada, sacó sus viejas manos y palmoteó los apoyabrazos de la silla. Después tocó la mano de Elphaba.

—Bueno, la pobre muñequita está enferma, la pobre muñequita está cansada —dijo la anciana.

Sus manos buscaron, tal como había hecho la novicia, heridas abiertas en las muñecas. Nada.

—Aunque intacta, la pobre muñequita sufre —dijo la vieja, como dando su aprobación.

Una cúpula de cuero cabelludo casi calvo quedó a la vista bajo la capucha que formaba la manta.

—La pobre muñequita está débil, la pobre muñequita se está quedando sin fuerzas —prosiguió.

Se meció un poco y apretó las manos de Elphaba entre las suyas, como para calentarlas, aunque era dudoso que su viejo sistema circulatorio, anémico e incompetente, pudiera darle calor a una extraña cuando apenas era capaz de calentarla a ella misma. Aun así, insistió.

—La pobrecita es la imagen misma del fracaso —susurró—. Felices fiestas a todos. Ven, cariño, apoya la cabeza en el pecho de la vieja madre superiora. La vieja madre de las mónacas lo arreglará todo.

No consiguió arrancar del todo a Elphaba de su posición de dolor sin sueño ni ensoñaciones. Sólo pudo conservar sus manos estrechamente aprisionadas entre las suyas, como los sépalos cuando abrazan los pliegues de una joven corola.

—Tranquila, bonita, que todo irá bien. Descansa sobre el pecho de la loca de la Madre Yackle. La Madre Yackle te llevará de vuelta a casa.

IV

EN EL VINKUS

EL VIAJE DE IDA

1

El día señalado para la partida de la que llevaba siete años siendo mónaca, la hermana tesorera cogió la enorme llave de hierro que le colgaba sobre el pecho y abrió el almacén.

—Ven, entra —dijo.

Después, sacó del baúl tres vestidos negros, seis camisolas, un par de guantes y un chal. Le dio igualmente una escoba y, por fin, para las emergencias, una cesta llena de medicinas: hierbas, raíces, tinturas, hojas de ruda, ungüentos y bálsamos.

También le dio papel, aunque no demasiado: una docena de hojas de diferentes formas y grosores. El papel escaseaba cada vez más en Oz.

—Hazlo durar; úsalo sólo para cosas importantes —le aconsejó la hermana tesorera—. Eres lista, a pesar de tus enfados y tus silencios.

Le entregó también una pluma (era de pfénix, conocida por la resistencia y la fuerza del cálamo) y tres frascos de tinta negra, sellada bajo abultados tapones de cera.

Oatsie Manglehand estaba esperando en el vestíbulo, con la vieja mónaca superiora. El convento le pagaba bien por sus servicios y Oatsie necesitaba el dinero, pero no le gustó el aspecto de la mónaca huraña que acompañaba a la hermana tesorera.

—Aquí está tu pasajera —dijo la mónaca superiora—. Es la hermana Santa Aelphaba. Ha dedicado muchos años a la vida solitaria y al cuidado de los enfermos. Ha perdido el hábito del chismorreo. Pero ha llegado el momento de que siga su camino y así lo hará. No te dará problemas.

Oatsie miró a la pasajera y dijo:

—La caravana de la Senda Herbácea no es garantía de supervivencia, madre. He dirigido dos docenas de viajes en los últimos diez o doce años y ha habido más bajas de las que me gusta reconocer.

—Ella se marcha por su libre voluntad —explicó la mónaca superiora—. Si en algún momento desea regresar, la recibiremos. Es una de nosotras.

A Oatsie no le pareció que fuera una de ellas, ni de ningún otro grupo. Ni carne ni pescado, ni intelectual ni idiota. La hermana Santa Aelphaba no hacía más que mirar al suelo. Aunque aparentaba unos treinta años, tenía cierto aire enfermizo y adolescente.

—También está el equipaje. ¿Podrás con él?

La mónaca superiora señaló el pequeño montón de provisiones, en la inmaculada explanada al frente del convento. Después se volvió hacia la mónaca que se marchaba.

—Dulce hija del Dios Innominado —dijo la mónaca superiora—, te alejas de nosotras para realizar un ejercicio de expiación. Sientes que debes cumplir una penitencia antes de encontrar la paz. El silencio sin preguntas de la clausura ya no es lo que necesitas. Vas a regresar a tu propio ser. Por eso te despedimos con nuestro amor y con la esperanza de que tengas éxito en tu empresa. Que Dios te acompañe, mi buena hermana.

La pasajera mantuvo los ojos fijos en el suelo y no respondió.

La mónaca superiora suspiró.

—Ahora hemos de volver a nuestras devociones.

Separó varios billetes de un rollo de dinero que guardaba en algún recoveco de sus velos y se los entregó a Oatsie Manglehand.

—Con esto te arreglarás, y más incluso —añadió.

Era una suma respetable. Oatsie iba a sacar un buen beneficio de acompañar a esa mujer taciturna a través de los Kells, más que de todo el resto de la partida.

—Es usted demasiado buena, madre mónaca —dijo. Cogió el dinero con la mano sana e hizo un gesto de deferencia con la otra.

—No hay nadie demasiado bueno —repuso la mónaca superiora en tono gentil, antes de desaparecer con sorprendente rapidez tras las puertas de la clausura.

—Ya estás en camino, hermana Elphie. ¡Ojalá todas las estrellas te sonrían durante el viaje! —dijo la hermana tesorera, y también ella desapareció.

Oatsie fue a cargar el equipaje y las provisiones en el carromato. Había un chiquillo regordete y harapiento, dormido en el carro.

—¡Fuera! —dijo Oatsie.

Pero el chico repuso:

—Yo también voy; eso me han dicho.

Al ver que la hermana Santa Aelphaba no confirmaba ni negaba el plan, Oatsie comenzó a entender por qué había sido tan generoso el pago por llevarse a una mónaca verde.

El convento de Santa Glinda se encontraba en Shale Shallows, a veinte kilómetros al suroeste de la Ciudad Esmeralda. Era una especie de puesto de avanzada, dependiente del convento situado en el centro de la ciudad. La hermana Santa Aelphaba había pasado dos años en el de la ciudad y cinco en el de las afueras, según la mónaca superiora.

—¿Quiere que la sigamos llamando hermana, ahora que ha salido de la sagrada cárcel? —le preguntó Oatsie, mientras hacía restallar las riendas y animaba a los caballos que componían el tiro.

—«Elphie» está bien —dijo la pasajera.

—Y el chico, ¿cómo se llama?

Elphie se encogió de hombros.

El carro se unió al resto de la caravana varios kilómetros más adelante. Había en total cuatro carromatos y quince viajeros. Elphie y el chico habían sido los últimos en incorporarse. Oatsie Manglehand delineó la ruta propuesta: al sur bordeando el lago Kellswater, al oeste por el paso de Kumbricia, al noroeste atravesando las Praderas Milenarias, con parada en Kiamo Ko, y campamento de invierno un poco más lejos, al noroeste. El Vinkus era una tierra sin civilizar —les dijo Oatsie—, y había grupos tribales con los que convenía andarse con cautela: los yunamatas, los scrows, los arjikis... También había animales. Y espíritus. Tendrían que mantenerse unidos. Tendrían que confiar en el grupo.

Elphie no parecía estar escuchando. Jugueteaba con la pluma de pfénix, dibujando garabatos en el suelo, entre sus pies, trazando formas como dragones que se retorcían o humo que se levantaba en el aire. El chico estaba agachado a dos o tres metros de distancia, cauteloso y retraído. Parecía ser su paje, porque cargaba sus maletas y velaba por sus necesidades, pero no se miraban, ni hablaban. A Oatsie le parecía sumamente extraño y esperaba que no fuera un mal augurio.

La caravana de la Senda Herbácea se puso en marcha al atardecer y avanzó sólo unos pocos kilómetros antes de plantar su primer campamento junto a un torrente. Los integrantes de la partida (en su mayoría gillikineses) parloteaban nerviosamente, asombrados de su propio coraje. ¡Había que tener mucho valor para alejarse tanto de la seguridad del centro de Oz! Todos lo hacían por razones diferentes: por negocios, por asuntos familiares, para pagar una deuda o para matar a un enemigo. El Vinkus era una tierra fronteriza, y los winkis, un pueblo atrasado y sanguinario que desconocía las instalaciones sanitarias y las normas de etiqueta, por lo que el grupo se reconfortó un rato cantando. Oatsie participó brevemente, pero sabía que entre ellos no había nadie que no hubiese preferido quedarse donde estaba y no tener que adentrarse en el Vinkus. Excepto quizá esa Elphie, que no se mezclaba con los demás.

Dejaron atrás la rica periferia de Gillikin. El Vinkus empezó con una malla de guijarros dispersos sobre un suelo pardo y húmedo. Por la noche, la estrella del Lagarto les señalaba el camino: al sur, al sur siguiendo las estribaciones de los Grandes Kells, hasta la peligrosa brecha del paso de Kumbricia. Pinos y negros savistrellas se erguían como dientes en cada terraplén. De día eran acogedores y a veces les brindaban sombra. De noche, se elevaban sobre ellos y albergaban búhos ladrones y murciélagos.

Elphie solía permanecer despierta por la noche. Le estaba volviendo el pensamiento, expandiéndose quizá en la salvaje intemperie, donde las aves chillaban con voces descendentes y los meteoros cosían presagios en el cielo. A veces intentaba escribir con la pluma de pfénix; otras, se sentaba y pensaba palabras, pero no las escribía.

La vida fuera del convento parecía nublarse con infinidad de detalles que ya empezaban a desplazar los siete años transcurridos en la clausura, un largo tiempo indiferenciado, que había pasado fregando suelos de gres sin meter las manos en el cubo de agua. Tardaba horas en fregar una sola habitación, pero nunca ningún suelo había estado tan limpio. Hacía vino, recibía a los enfermos y trabajaba en el ala de la enfermería, que por un breve instante le había recordado a Crage Hall. El uniforme tenía la ventaja de eliminar la necesidad de ser única y singular. ¿Cuántas singularidades podía crear el Dios Innominado o la naturaleza? Era posible sumirse desinteresadamente en la pauta cotidiana, era posible encontrar el camino sin andar a tientas. Los pequeños cambios (el pajarillo rojo que se posaba en el alféizar, y entonces era primavera, o las hojas muertas que había que rastrillar en la terraza, y entonces era otoño) eran suficientes. Tres años de silencio absoluto, dos años de susurros y, después, cuando fue promovida (y trasladada) por decisión de la mónaca superiora, dos años en el pabellón de incurables.

Allí, durante nueve meses —pensaba Elphie bajo las estrellas, describiéndoselo a sí misma como si se lo contara a otra—, atendió a los moribundos y a los demasiado torpes para morir. Creció hasta ver la muerte como una pauta, hermosa a su manera. Una forma humana es como una hoja y, a menos que haya alguna interferencia, muere siguiendo una secuencia: primero esto, después aquello, después aquello otro. Podría haber seguido de enfermera para siempre, acomodando manos en agradables ángulos sobre las sábanas almidonadas y leyendo las absurdas palabras de las escrituras que parecían prestar tanta ayuda a los enfermos. Podía arreglárselas con los moribundos.

Pero entonces, un año atrás, habían traído a Tibbett, pálido e inválido, a la Casa de los Incurables. No estaba tan ido como para no reconocerla, incluso detrás de su velo y de sus silencios. Débil, incapaz de defecar u orinar sin ayuda, con la piel desprendiéndose a tiras de pergamino, estaba más vivo que ella. Egoístamente, le exigía que se comportara como un individuo y se dirigía a ella por su nombre.

Bromeaba, recordaba anécdotas, criticaba a los viejos amigos por abandonarlo y advertía las diferencias en su forma de moverse, de día en día, y en sus pensamientos. Le hizo recordar que ella *pensaba*. Bajo el escrutinio de su osamenta cansada, ella resurgió, contra su voluntad, como un individuo. O casi.

Al final, Tibbett murió, y la mónaca superiora dijo que había llegado el momento de que ella partiera y fuera a expiar sus errores, aunque ni siquiera la mónaca superiora sabía cuáles eran. ¿Y después? Bueno, todavía era joven. Podía formar una familia. Tenía que coger su escoba y recordar: obediencia y misterio.

—No puedes dormir —dijo Oatsie una noche, estando Elphaba sentada bajo las estrellas.

Aunque sus pensamientos eran ricos y complejos, sus palabras eran pobres, y solamente gruñó. Oatsie hizo algunas bromas, que Elphie intentó reírle, pero Oatsie ya reía suficiente por las dos. Carcajadas redondas y estruendosas. A Elphie la hacían sentirse cansada.

—¡Es increíble ese cocinero! —dijo Oatsie, que a continuación contó un episodio aparentemente sin sentido y se echó a reír de su propia historia.

Elphie intentó divertirse, intentó sonreír, pero por encima de su cabeza las estrellas se volvieron más gruesas, más parecidas a relucientes larvas de peces que a granos de sal. Giraban sobre sí mismas con un sonido que debía de ser chirriante y hostil, si sólo pudiera oírlo. Pero no podía. La voz de Oatsie era demasiado áspera y sonora.

Había demasiado odio en el mundo, y demasiado amor.

Al poco tiempo llegaron al borde de Kellswater, un mortífero cuerpo de agua que parecía arrancado del costado de una nube de tormenta. Era todo gris, sin ningún brillo en la superficie.

—Por eso los caballos no beben de sus aguas —explicó Oatsie—, ni tampoco los viajeros. Por eso no lo han encauzado en acueductos para llevarlo a la Ciudad Esmeralda. Es agua muerta. ¡Y pensar que creemos haberlo visto todo!

Aun así, los viajeros estaban impresionados. Una mole color lavanda se erguía sobre el borde occidental: el primer indicio de los Grandes Kells, las montañas que separaban el Vinkus del resto de Oz. A esa distancia, las montañas parecían gaseosamente tenues.

Oatsie hizo una demostración del uso del conjuro de la niebla, por si eran atacados por una banda de cazadores yunamatas.

—¿Van a atacarnos? —preguntó el chico que parecía ser el paje de Elphie—. Yo acabaré con ellos antes de que nadie sepa lo que está pasando.

El miedo se desprendió de él y contagió a los demás.

—Habitualmente nos va bien —señaló Oatsie—, sólo es preciso ir preparados. Pueden ser amistosos, si nosotros lo somos.

Durante el día, la caravana avanzaba lentamente, cuatro carromatos acompañados de nueve caballos, dos vacas, un toro, una vaquilla y varias gallinas sin demasiada personalidad. El cocinero tenía un perro llamado *Killyjoy*, que era un montoncito jadeante y husmeón de pura alegría. Algunos llegaron a pensar que debía de ser un Perro que disimulaba su verdadera identidad, pero al final renunciaron a la idea.

—¡Ja! —les dijo Elphie a los otros—. ¿Han hablado con tan pocos Animales que ya no recuerdan la diferencia?

No, *Killyjoy* era solamente un perro, pero un perrito fantástico, lleno de manías y exageradas devociones. Era un perro de las montañas, medio linster collie, medio lenx terrier y quizá un poco lobo. El hocico se le levantaba como un rizo de mantequilla, en crestas y surcos de un gris casi negro. No podía dejar de cazar, pero tampoco era mucho lo que atrapaba. De noche, cuando los carromatos se estacionaban formando un cuadrado en torno al fuego de la cena, cuando los animales se quedaban fuera del recinto y por fin empezaban las canciones, *Killyjoy* se escondía debajo de un carro.

Oatsie oyó una vez al chico diciéndole su nombre al perro.

—Yo soy Liir —le dijo el chico—. Tú podrías ser mi perro, más o menos.

Ella tuvo que sonreír. El niño gordo no hacía amigos con facilidad, y un niño solitario ha de tener un perro.

Kellswater quedó atrás y se perdió de vista. Algunos se sintieron más seguros lejos del lago. Casi de hora en hora, los Grandes Kells se elevaban y engrosaban, con un color que para entonces recordaba a la corteza marrón del melón azucarado. Aun así, la senda serpenteaba por el valle, con el río Vinkus a la derecha y las montañas en la otra orilla. Oatsie conocía varios puntos donde era posible vadearlo, pero no estaban claramente marcados. Mientras los buscaban, *Killyjoy* atrapó por fin un grit del valle. Sangró, gimió y recibió tratamiento contra el veneno. Liir le permitió viajar en el carromato, en sus brazos, lo cual hizo que Elphaba se sintiera vagamente celosa. Casi le divirtió notar que experimentaba un sentimiento tan rotundo y anticuado como los celos.

El cocinero se enfadó al ver que *Killyjoy* prefería la compañía de otro y se puso a agitar el cucharón por encima de la cabeza, como invocando la ira de los chefs angélicos entre las estrellas. Elphie lo consideraba un cocinero carnicero, porque no parecía tener escrúpulos para matar conejos y comérselos.

—¿Cómo sabe que no son Conejos? —le decía, incapaz de probar bocado.

—¡Silencio —gritaba él—, o meteré en la olla a ese chiquillo!

Intentó instilar en Oatsie la idea de echar al cocinero, pero ella no quiso escucharla.

—Nos acercamos al paso de Kumbricia —le respondió— y tengo otros asuntos en que pensar.

Ninguno de ellos podía dejar de sentir el inquietante erotismo del paisaje. Llegando desde el este, el paso de Kumbricia parecía una mujer tumbada de espaldas, con las piernas separadas, acogedora.

Arriba, en las laderas, las copas de los pinos tamizaban la luz del sol y los perales salvajes entrelazaban sus ramas retorcidas como si estuvieran luchando. Una humedad repentina, un nuevo clima privado. Las cortezas de los árboles se mojaban y el aire se pegaba pesadamente a la piel, como una toalla a medio lavar. Cuando se hubieron adentrado en el bosque, los viajeros dejaron de ver las montañas. Todo a su alrededor olía a helechos y a plantas violín, y en la orilla de una laguna había un árbol muerto. El tronco albergaba una comunidad de abejas, concentradas en su producción de música de cámara y miel.

—Me gustaría llevarlas con nosotros —dijo Elphie—. Les hablaré y veré si quieren venir.

Había abejas en el huerto de Crage Hall y también en el convento de Santa Glinda, en Shale Shallows. A Elphie le gustaban mucho. Pero Liir les tenía pavor y el cocinero amenazó con desaparecer y dejar al grupo expuesto a la traumática experiencia de no poder preparar una bechamel de primera calidad en medio de una tierra salvaje. La discusión prosiguió. Un anciano del grupo, que había decidido ir a morir al oeste a causa de una visión de medianoche, se atrevió a decir que un poco de miel mejoraría la infusión de hojas de gorrión, que no sabía a nada. Una esposa por encargo procedente del Glikkus dijo estar de acuerdo. Oatsie, de inesperados entusiasmos sentimentales, votó a favor de la miel. Así pues, Elphie trepó al árbol y les habló a las abejas, que formaron un enjambre para acompañarla, aunque casi todos los viajeros permanecieron en los otros carromatos, repentinamente asustados de cada mota de polvo que se agitaba cerca de su piel.

Enviaron una solicitud, con tambores y niebla, para atraer la atención de un rafiqi de alquiler, pues no estaba permitido que las caravanas se desplazaran por los territorios de las diferentes tribus del Vinkus sin un guía que negociara los permisos y los peajes. Una noche, aburridos y como respuesta a la tristeza del ambiente, los viajeros cayeron en una discusión sobre la leyenda de la Bruja Kúmbrica. ¿Quién fue primero, Lurlina la reina de las hadas o la Bruja Kúmbrica?

Citando la *Oziada*, Igo, el viejo enfermo, les recordó a todos cómo había sido la creación: el Dragón del Tiempo creó el Sol y la Luna; Lurlina les echó una maldición y dijo que sus hijos no conocerían nunca a sus padres, y entonces vino la Bruja Kúmbrica y, después, la inundación, la batalla y la dispersión del mal en el mundo.

Oatsie Manglehand no estaba de acuerdo.

—Sois unos tontos —dijo—. La *Oziada* no es más que un poema romántico y almibarado, basado en leyendas más antiguas y violentas. Lo que pervive en la memoria de la gente es más verdadero que el arte de un poeta para contarlo. En la memoria popular, el mal siempre antecede al bien.

—¿Es cierto lo que dices? —preguntó Igo, interesado.

—Seguramente recordaréis un puñado de cuentos infantiles que empiezan: «Una vez, en medio de un bosque, vivía una bruja muy vieja...», o «Un día, el demonio salió a caminar y se encontró con un niño...» –replicó Oatsie, demostrando que además de agallas tenía cierta cultura–. A los pobres no les hace falta ningún cuento que les explique de dónde ha salido el mal. Simplemente existe, siempre ha existido. Nunca se sabe cómo se volvió mala la bruja, ni si fue correcta su decisión. ¿Es alguna vez la decisión correcta? ¿Intenta alguna vez el demonio volver a ser bueno? ¿Y si lo hace, no es un demonio? Como mínimo, es cuestión de definiciones.

–Es cierto que abundan los cuentos de la Bruja Kúmbrica –admitió Igo–. Casi todas las brujas son una sombra, una hija, una hermana o una descendiente decadente suya. La Bruja Kúmbrica es el modelo a partir del cual parece imposible seguir retrocediendo.

Elphie recordó las ambiguas pinturas sobre pergamino de la Bruja Kúmbrica (¿sería ella?), halladas en la biblioteca de Three Queens hacía tanto tiempo, aquel verano: calzada con zapatos relucientes, a horcajadas sobre dos continentes, cuidando o sofocando a una bestia.

–No creo en la Bruja Kúmbrica, ni siquiera aquí, en el paso de Kumbricia –alardeó el cocinero.

–Tampoco cree usted en los Conejos –le soltó Elphie, repentinamente irritada–. La pregunta es si la Bruja creerá en usted.

–¡Qué temperamento! –dijo Oatsie, y lo repitió, convirtiéndolo en una cancioncilla.

Elphie se marchó enfadada. La conversación se parecía demasiado a las discusiones de su infancia, cuando su padre y Nessarose intentaban determinar dónde empezaba el mal. ¡Como si fuera posible saberlo! Su padre solía orquestar pruebas sobre el mal, como medio para convertir fieles. Cuando estaba en Shiz, Elphie había llegado a pensar que, del mismo modo que las mujeres se ponían colonia, los hombres se ponían pruebas, para asegurarse su propio sentido de sí mismos y en consecuencia estar más atractivos. Pero ¿no estaría el mal más allá de toda prueba, lo mismo que la Bruja Kúmbrica estaba más allá del alcance de la historia que podía conocerse?

2

Llegó el rafiqi, un hombre flaco, de calva incipiente, con cicatrices de guerra. Les dijo que ese año podían tener problemas con los yunamatas.

—La caravana llega después de una temporada de ofensivas acciones de la caballería de la Ciudad Esmeralda contra los winkis —se quejó.

No quedaba claro si se refería a una rencilla local por los insultos de unos borrachos a una doncella del Vinkus, o al tráfico de esclavos y los campamentos de desplazados.

Se levantó el campamento, el lago quedó atrás y el bosque silencioso continuó medio día más. La luz del sol alanceaba de vez en cuando el dosel del bosque, pero era una luz delgada, de yema de huevo, y caía siempre sesgada, sin iluminar nunca de lleno el sendero que se abría delante. Era fantasmagórica, como si la propia Kumbricia avanzara junto a ellos oculta, sin que nadie la hubiese invitado, pasando de árbol en árbol, deslizándose tras las rocas, aguardando en las profundidades sombrías, mirando y escuchando. El anciano enfermo se lamentaba con voz nasal y rezaba por salir del bosque misterioso antes de morir, pues de lo contrario quizá su espíritu no encontrara nunca el camino de salida. El chico lloraba como una niña. El cocinero le retorcía el cuello a una gallina.

Hasta las abejas dejaron de zumbar.

En medio de la noche, el cocinero desapareció. La consternación fue general, a excepción de Elphie, que no se inmutó. ¿Habría sido un secuestro, un episodio de sonambulismo o un suicidio? ¿Estarían cerca los furibundos yunamatas, los estarían espiando? ¿Habría sido la propia Kumbricia, buscando venganza después de oírlos hablar de ella con tanta ligereza? Había muchas opiniones y los huevos revueltos del desayuno estaban líquidos e incomibles.

Killyjoy no notó la desaparición del cocinero. Sonriendo en su sueño comatoso, se acurrucó y se apretó un poco más contra Liir.

Las abejas se sumieron en una especie de misteriosa hibernación, en el interior del trozo de tronco hueco que habían recogido para tenerlas contentas. *Killyjoy*, dolorido aún por el veneno del grit, dormía veintidós horas al día. Los viajeros, temiendo ser oídos, dejaron de hablar.

Hacia el anochecer, por fin, los pinos empezaron a ralear y comenzaron a menudear en el bosque los robles cabeza de venado, que con sus ramas más abiertas dejaban ver mejor el cielo (un pastoso cielo amarillo, pero cielo al fin), y después apareció el borde de un acantilado. Habían subido más alto de lo que cualquiera había podido notar. Abajo y a lo lejos, se extendía el resto del paso de Kumbricia, un viaje de cuatro o cinco días. Más allá, comenzaban las Praderas Milenarias.

Nadie lamentó la luz ni la sensación de espacio que les ofrecía el cielo. Incluso Elphie sintió que se le henchía el corazón, inesperadamente.

En medio de la noche llegaron los yunamatas. Trajeron frutos secos de regalo, entonaron canciones tribales e hicieron que los propensos a la danza se levantaran y bailaran. Su hospitalidad aterrorizó a los viajeros más aún que el ataque esperado.

A Elphie los yunamatas le parecieron amables y serviciales, y tan temerosos o temerarios como pueden serlo unos escolares, o al menos eso fue lo que dejaron traslucir. Eran juguetones y obstinados. Le recordaban a los quadlings de su infancia. Puede que étnicamente fueran primos lejanos. Largas pestañas. Hombros estrechos. Flexibles muñecas de niño pequeño. Cabezas oblongas y labios finos y concentrados. Incluso oyendo su idioma extraño, Elphie se sintió como en casa.

Los yunamatas se marcharon por la mañana, después de quejarse groseramente por la consistencia líquida de los huevos revueltos del desayuno. El rafiqi dijo que ya no les causarían problemas. Parecía decepcionado, como si sus servicios no hubiesen sido necesarios.

No se habló una palabra del cocinero. Los yunamatas no parecían saber nada al respecto.

Mientras la caravana continuaba su descenso, el cielo volvió a abrirse, fresco y otoñal, ancho como el remordimiento. ¡Desde *ahí* hasta *ahí*! La vista casi no podía abarcarlo. En comparación con las montañas, la llanura a sus pies parecía lisa como un lago. El viento trazaba pinceladas sobre el llano, como deletreando palabras en una lengua de rizos y franjas. Ningún animal se distinguía desde lejos, pero había fuegos tribales ardiendo aquí y allí. El paso de Kumbricia había quedado atrás, o poco menos.

Entonces llegó un mensajero yunamata de pies ligeros y correosos, procedente del paso que tenían a sus espaldas, con la noticia del hallazgo de un cadáver al pie del acantilado. Quizá fuera el cocinero. Parecía ser un hombre, pero la superficie del cuerpo estaba tan hinchada a causa de las heridas que los detalles no se distinguían.

—Han sido las abejas —dijo alguien lleno de rabia.

—¿Ah, sí? —se oyó la voz serena de Elphaba—. Llevan mucho tiempo dormidas. ¿No habríamos oído gritos si hubieran atacado a un hombre en plena noche? ¿Acaso las abejas le picaron primero en la garganta, para que se le inflamaran y se le cerraran las cuerdas vocales? Muy listas, esas abejas.

—Han sido las abejas —fue el susurro, y la consecuencia estaba clara. *También has sido tú.*

—Se me había olvidado el tamaño de la imaginación humana —dijo Elphie maliciosamente—. Veo que sigue siendo enorme.

Pero en realidad no estaba disgustada ni inquieta, porque *Killyjoy* se había recuperado y las abejas también habían despertado. Quizá la altitud en la cumbre del paso de Kumbricia les había provocado ese sueño. Elphie comenzó a preferir su compañía a la del resto de los viajeros. A medida que se despertaban, bajando de las alturas, ella también se sentía cada vez más despierta.

El rafiqi señaló varias masas de humo que se apilaban en el horizonte. Al principio, los viajeros las tomaron por nubes de tormenta, pero Oatsie los tranquilizó y a la vez los alarmó. Era el humo de las hogueras de un gran campamento. De *scrows*. Era la temporada otoñal de caza, aunque no habían visto una sola pieza que superara en tamaño a una liebre o un zorro de los pastizales (su peluda cola, una salvaje pincelada de bronce sobre los tibios dorados del prado; sus patas, negras como las medias de las doncellas de servicio). *Killyjoy* estaba excitado ante los posibles encuentros; casi no podía descansar por la noche. Incluso en sueños se retorcía cazando.

Los viajeros temían a los scrows más que a los yunamatas y el rafiqi no hizo mucho por aliviar sus temores. Parecía más indeciso que al principio; quizá la labor de negociar con pueblos suspicaces requiriera cautela. Liir lo tenía en un pedestal, irremediablemente idealizado en tan sólo unos días de viaje. Qué cosa tan tonta (y embarazosa) son los niños –pensó Elphie–. No dejan de cambiar, impulsados por la vergüenza, la necesidad de que los quieran o cualquier otra cosa. En cambio, los animales son lo que son desde que nacen, lo aceptan y eso es todo. Viven más en paz que las personas.

Elphaba sintió en su interior una sacudida de agradable expectación ante la proximidad de los scrows. Junto con tantas otras cosas, había olvidado lo que era ese sentimiento de expectante anhelo. A medida que caía la noche, todos parecían más alerta, por miedo o anticipación. El cielo tenía una palpitación turquesa, incluso a medianoche. La luz de las estrellas y la estela de los cometas quemaba las puntas de la hierba interminable, convirtiéndola en plata repujada. Eran como miles de cirios en la capilla, que alguien acabara de apagar, pero aún relucieran.

Si fuera posible ahogarse en la hierba –pensó Elphie–, podría ser la mejor manera de morir.

3

Era ya mediodía cuando la caravana se detuvo al borde del campamento scrow. Un comité de scrows había cabalgado hasta el límite de su reino doméstico, donde las tiendas del color de la arena cedían el paso a la hierba jamás hollada. Eran hombres y mujeres montados a caballo, unos siete u ocho, con cintas azules y brazaletes de marfil. También había una anciana de proporciones colosales, obviamente de alto rango, que viajaba en una especie de palanquín cubierto de velos, tambores y amuletos que tintineaban. La mujer dejó primero que el rafiqi y los notables de la tribu intercambiaran cumplidos o insultos. Al cabo de un rato, gruñó una orden y se descorrieron las cortinas del palanquín, para que pudiera ver. Tenía un labio colgante, tan grande que se doblaba sobre sí mismo como el pico de una jarra. Llevaba los ojos pintados con gruesas líneas de kohl. Sobre los hombros tenía posados dos cuervos de aspecto dispéptico. Llevaba los pies atados con grilletes de oro, encadenados al collar ornamental, sobre el cual se le habían derramado restos de la fruta que había estado comiendo mientras aguardaba. Tenía los hombros manchados de excrementos de cuervo.

—La princesa Nastoya —anunció finalmente el rafiqi.

Era la princesa más sucia y basta que nadie hubiese visto jamás, pero aun así conservaba cierta dignidad. Hasta el más ardiente demócrata de los viajeros le hizo una reverencia. Ella soltó una estridente carcajada y después ordenó a sus porteadores que la llevaran a otro sitio menos tedioso.

El campamento de los scrows estaba organizado en círculos concéntricos, con la tienda de la princesa en el centro, embellecida con extensiones de descoloridos baldaquinos de rayas por los cuatro costados. Era un palacio pequeño pero espacioso, hecho de seda y muselina de algodón. Los consejeros y concubinos de la princesa vivían aparentemente en el círculo adyacente (¡y qué escuchimizados parecían todos los concubinos! —pensó Elphie—, aunque quizá los seleccionaran por su timidez y su flacura, para hacerla parecer a ella aún más grande). Más allá de los aposentos de la princesa había cuatrocientas tiendas, lo cual apuntaba a una población total en torno al millar de personas. Mil seres humanos, con su piel de salmón hervido, sus ojos generalmente protuberantes (aunque sensibles, con los párpados delicadamente bajos para no cruzar la mirada), sus hermosas y grandes narices, sus nalgas generosas y sus anchas caderas, tanto los hombres como las mujeres.

La mayoría de los viajeros de la caravana permanecieron pegados a las puertas de sus carromatos, imaginando crímenes detrás de cada tienda. Pero a Elphie le resultó imposible quedarse quieta, con tantas cosas nuevas llamándola. Cuando salió a caminar, se abrieron huecos entre la gente y los adultos se retiraron tímidamente de su camino. Pero al cabo de diez minutos, tenía sesenta niños alborotando a su alrededor, siguiéndola o corriendo delante de ella, como una nube de mosquitos diminutos.

El rafiqi le aconsejó cautela, le aconsejó que volviera al campamento, pero su infancia en los yermos del País de los Quadlings no sólo había alimentado su audacia, sino también su curiosidad. Había más formas de vivir que las indicadas por los superiores jerárquicos.

Después de la cena, una delegación de rígidos dignatarios scrows de edad avanzada se acercó a la caravana de la Senda Herbácea para entablar un prolongado parlamento con el rafiqi. Al final, el rafiqi tradujo el mensaje: los scrows invitaban a un pequeño grupo de viajeros a acudir a su santuario (¿o sería que lo exigían o lo ordenaban?). Tardarían una hora en camello. Quizá por su llamativo color de piel o tal vez por haber tenido el valor de salir sola a pasear por el campamento de los scrows, Elphie debía incorporarse al grupo formado por Oatsie, el rafiqi, Igo (por su edad venerable) y uno de los comerciantes aventureros, que respondía al nombre de Arrancahierbajos, o quizá no fuera más que un apodo malicioso.

A la luz de antorchas de madera cetrina, los camellos brillantemente enjaezados iban dando tumbos y bandazos por el deteriorado sendero. Era como subir y bajar una escalera al mismo tiempo. Sentada por encima de las hierbas altas, Elphie ocupaba una posición de privilegio sobre la vasta superficie ondulante. Aunque el concepto de océano era mitológico, casi podía ver con sus propios ojos de dónde procedía. Había pequeños halcones de los pastizales que surgían de entre la hierba, como peces saltando de la espuma, para atrapar luciérnagas al vuelo, devorarlas y volver a caer en seca zambullida. Los murciélagos pasaban, haciendo un ruido de chapoteo que finalizaba en un descenso en picado. La llanura misma parecía conjurar el color de la noche: primero heliotropo, después un verde broncíneo y en seguida un marrón grisáceo surcado por vetas rojas y plateadas. Salió la luna, una diosa opalescente derramando luz con su severa cimitarra maternal. No hubiese sido preciso que sucediera nada más; a Elphaba le parecía suficiente descubrirse capaz de tan insólito éxtasis ante la suavidad del color y la seguridad del espacio. Pero no. Había que seguir y seguir.

Finalmente, Elphie reparó en una plantación de árboles, meticulosamente cuidada en la devastadora amplitud del paisaje. Primero, un bosquecillo de abetos enanos, deformados por el viento en retorcidas figuras de corteza agrietada, agujas sibilantes y pagano olor a resina. Un poco más lejos, un seto vivo más alto, y después, árboles más altos aún. La disposición seguía el mismo patrón circular que el campamento de los scrows. La comitiva se adentró en silencio entre los árboles, como en un laberinto, siguiendo ondulantes pasillos de maleza susurrante y pasando de los círculos externos a los internos, iluminados con lámparas de aceite clavadas en unos postes labrados.

En el centro estaba la princesa Nastoya, ceñida en un traje tradicional de cuero y paja, vuelto más eficaz gracias a una tira de toalla blanca con franjas violáceas comprada a algún viajero. Estaba de pie, distraída y respirando sonoramente, apoyada en robustos bastones. A su alrededor, unos bloques de arenisca, semejantes a una boca en la que faltaran varios dientes, eran como una caja torácica por la que ella apenas podía pasar, debido a su corpulencia.

Los invitados se unieron a los anfitriones para comer, beber y fumar de una pipa con la cazoleta labrada en forma de cabeza de cuervo. Había cuervos por todas partes, posados en los bloques de piedra. ¿Serían veinte, treinta, cuarenta? A Elphie le daba vueltas la cabeza; la luna subía en el cielo; la llanura nocturna, invisible desde el jardín secreto del laberinto verde, giraba como una peonza. Casi podía oírla girar. Los ancianos scrows zumbaban un canto monótono.

Cuando el zumbido se extinguió, la princesa Nastoya levantó la cabeza.

Las enormes papadas de carne vieja que colgaban bajo su pequeña barbilla temblaron. La tira de toalla cayó al suelo. La princesa estaba desnuda; era vieja y fuerte. Lo que parecía aburrimiento resultó ser paciencia, memoria y control. Se sacudió el pelo y la cabellera se desplegó, cayendo por su espalda hasta desaparecer. Sus pies se movieron masivamente, como buscando mejor apoyo, como columnas, como pilares de piedra. Dejó caer los brazos hacia adelante y su espalda fue una cúpula, aunque la cabeza siguió erguida, con los ojos aún más brillantes y la nariz trabajando poderosamente. Era una Elefanta.

Una diosa Elefanta, pensó Elphie, mientras su mente se encogía de terror y delicia, pero la princesa Nastoya dijo:

—No.

Todavía hablaba a través del rafiqi, que obviamente ya lo había visto todo antes, pero a causa del alcohol tartamudeaba y se veía obligado a buscar las palabras.

Uno por uno, la princesa preguntó a los viajeros sus intenciones.

—Dinero y comercio —dijo Arrancahierbajos, conmocionado hasta la sinceridad: dinero, comercio, saqueo y pillaje a cualquier precio.

—Un lugar para morir, donde pueda descansar y dejar que mi espíritu siga su viaje —arriesgó Igo.

—Seguridad y movimiento, lejos del peligro —declaró Oatsie con acento valeroso, aunque estaba claro que quería decir «lejos de los hombres».

El rafiqi indicó que aún faltaba la respuesta de Elphie.

En presencia de tan imponente Animal, Elphie no podía mantenerse distante, de modo que habló lo mejor que pudo:

—Vengo a retirarme del mundo, después de comprobar que estén a salvo los familiares supervivientes de mi amante. A mirar a la cara a su viuda, Sarima, con mi culpa y mi responsabilidad, y a apartarme después de este mundo cada vez más oscuro.

La Elefanta ordenó a los demás, excepto al rafiqi, que se marcharan.

Levantó la trompa y olfateó el viento. Sus viejos ojos acuosos parpadearon lentamente y sus orejas se movieron adelante y atrás, rastrillando el aire en busca de matices. Orinó un colosal chorro humeante, con dignidad y despreocupación, sin apartar la vista de Elphaba.

Después, a través del rafiqi, la Elefanta dijo:

—Hija del dragón, yo también estoy hechizada. Conozco la manera de romper el conjuro, pero prefiero vivir con la forma cambiada. Los Elefantes son objeto de acoso en estos tiempos difíciles. Los scrows me aceptan. Han adorado a los elefantes desde los tiempos anteriores al lenguaje, desde antes de que empezara la historia. Saben que no soy una diosa. Saben que soy una bestia que ha escogido la mágica cárcel de la forma humana, en lugar de la peligrosa libertad de mi propia forma poderosa.

»Cuando los tiempos son un crisol, cuando la crisis está en el aire —prosiguió la Elefanta—, aquellos que conservan su propia identidad son las víctimas.

Elphie sólo podía mirar, no podía hablar.

—Pero la decisión de salvarse puede ser mortífera en sí misma —dijo la princesa Nastoya.

Elphie asintió con la cabeza, desvió la mirada y volvió a mirar.

—Te daré tres cuervos para que sean tus ayudantes —declaró la princesa—. Te ocultarás haciéndote pasar por bruja. Será tu disfraz.

Dijo unas palabras a los cuervos y acudieron tres aves de aspecto cruel y raído, que se quedaron esperando cerca.

—¿Una *bruja*? —dijo Elphaba. ¡Qué pensaría su padre!—. ¿De qué tengo que esconderme?

—Tenemos el mismo enemigo —replicó la princesa—. Las dos estamos en peligro. Si necesitas ayuda, envíame a los cuervos. Si aún sigo con vida, como vieja matriarca reinante o como Elefanta libre, acudiré en tu ayuda.

—¿Por qué? —preguntó Elphie.

—Porque ningún retiro del mundo puede enmascarar lo que hay en tu cara.

La princesa dijo más cosas. Hacía años, más de una década, que Elphie no hablaba con ningún Animal. Le preguntó a la princesa quién la había hechizado. Pero Nastoya se negó a revelarlo, en parte para protegerse, porque la muerte de quien formulaba un sortilegio a veces podía revocar el conjuro, y su maldición era a la vez su seguridad.

—Pero ¿merece la pena vivir la vida con la forma cambiada? —dijo Elphie.

—El interior no cambia —respondió la princesa—, excepto por ensimismamiento, que es algo que no debes temer, pero has de tratar con cautela.

—Yo no tengo interior —repuso Elphaba.

—*Algo* les dijo a esas abejas que mataran al cocinero —dijo la princesa Nastoya, con un brillo en la mirada.

Elphaba sintió que empalidecía.

—¡No fui yo! —gritó—. ¡No, no pude ser yo! ¿Y tú cómo lo sabías?

—Lo hiciste, en algún nivel. Eres una mujer fuerte. Y yo oigo a las abejas, ¿sabes? Mis oídos son muy sensibles.

—Me gustaría quedarme aquí contigo —dijo Elphaba—. La vida ha sido muy difícil. Si puedes oírme cuando yo no puedo (algo que la mónaca superiora nunca consiguió), podrías ayudarme a no causar ningún daño en este mundo. Es lo único que quiero: no causar daño.

—Tú misma has reconocido que tienes un trabajo que hacer —dijo la princesa, curvando la trompa en torno a la cara de Elphaba, para sentir sus contornos y sus verdades—. Ve y hazlo.

—¿Podré volver contigo? —preguntó Elphie.

Pero la princesa no respondió. Empezaba a estar cansada; era vieja, incluso para una Elefanta. Su trompa iba y venía, como el péndulo de un reloj. Finalmente, la gran nariz que hacía las veces de mano se tendió hacia adelante y se posó con maravilloso peso y precisión sobre los hombros de Elphaba, ligeramente curvada en torno a su cuello.

—Escúchame, hermana —dijo la princesa—. Recuerda esto: nada está escrito en las estrellas. Ni en estas estrellas, ni en ninguna otra. Nadie controla tu destino.

Elphaba no pudo responder, porque era grande la conmoción que le producía el contacto. Retrocedió cuando la Elefanta la despidió, totalmente fuera de su mente.

Después fue el regreso a lomos de camello, a través de los temblorosos colores de la hierba nocturna: hipnóticos, vagos e inquietantes.

Sin embargo, la noche era una bendición. Y Elphaba también había olvidado las bendiciones, como tantas otras cosas.

4

Dejaron atrás el campamento de los scrows y a la princesa Nastoya. La caravana de la Senda Herbácea se movía para entonces en un círculo, trazando un amplio arco hacia el norte.

Igo murió y fue sepultado en un montículo arenoso.

—Concédele a su espíritu movimiento y vuelo —dijo Elphie en la ceremonia.

El rafiqi reconoció más tarde que había pensado que uno de los invitados a la reunión con la princesa Nastoya iba a ser sacrificado en una matanza ritual. Ya había sucedido antes. Aunque sobrellevaba bien su dilema, la princesa no estaba por encima del sentimiento de revancha. La sinceridad de Arrancahierbajos había sido su salvación, pues él había sido el candidato más evidente. O quizá Igo llevaba la perspectiva de su muerte más a flor de piel de lo que podían verlo los humanos, y la Elefanta se apiadó de él.

Los cuervos eran una molestia: atormentaban a las abejas, ensuciaban el carromato con sus excrementos y fastidiaban a *Killyjoy*. Raraynee, la glikkunense, se detuvo en un manantial, conoció al viudo solitario que iba a ser su marido y abandonó la caravana de la Senda Herbácea. El desdentado novio ya tenía seis niños sin madre, que se arremolinaron en torno a Raraynee como patitos huérfanos detrás del perro de una granja. Sólo quedaban diez viajeros.

—Ahora estamos entrando en el territorio tribal de los arjikis —dijo el rafiqi.

La primera banda de arjikis se les acercó unos días después. No lucían ningún ornamento comparable a las espléndidas marcas azules de Fiyero. Eran nómadas, pastores que conducían sus rebaños de ovejas desde las estribaciones occidentales de los Grandes Kells hacia el este, para su recuento anual y también, por lo visto, para su venta. Aun así, la apostura de su porte hizo que a Elphie se le partiera el corazón en mil pedazos. Su aspecto salvaje. Su aire extraño. Éste será mi castigo hasta la hora de mi muerte, pensó ella.

Para entonces, la caravana de la Senda Herbácea se había reducido a dos carromatos. En uno de ellos viajaban el rafiqi, Oatsie, el chico Liir, el comerciante Arrancahierbajos y un mecánico gillikinés de nombre Kowpp. En el otro iban Elphie, las abejas, los cuervos y *Killyjoy*. Al parecer, ya la habían aceptado como bruja. No era un disfraz del todo desagradable.

Kiamo Ko estaba a sólo una semana de distancia.

La caravana de la Senda Herbácea torció hacia el este, en dirección a los grises pasos acerados de los abruptos Grandes Kells. El invierno casi había llegado y los últimos viajeros agradecían que aún no hubieran comenzado las nevadas. Oatsie tenía pensado pasar el invierno en un campamento arjiki, unos treinta kilómetros más adelante. En primavera volvería a la Ciudad Esmeralda, por la ruta norteña que atravesaba Ugabu y los montes Pertha de Gillikin. Elphie pensó en enviarle una nota a Glinda, por si aún estaba allí después de tantos años; sin embargo, viéndose incapaz de decidir que sí, decidió que no.

—Mañana veremos Kiamo Ko —dijo Oatsie—, el bastión montañés del clan reinante de los arjikis. ¿Estás lista, hermana Elphie?

Estaba bromeando y a Elphie no le gustó.

—Ya no soy una hermana, soy una bruja —replicó, intentando dirigir pensamientos venenosos contra Oatsie. Pero aparentemente la mujer era más fuerte que el cocinero, porque soltó una carcajada y siguió su camino.

La caravana de la Senda Herbácea se detuvo junto a un pequeño lago de montaña. Dijeron los otros que sus aguas eran tonificantes, aunque gélidas, pero Elphie no lo sabía ni estaba dispuesta a averiguarlo. En el centro había una isla, un islote diminuto del tamaño de un colchón, del que brotaba un árbol sin hojas, como un paraguas que hubiese perdido la tela.

Antes de que Elphaba pudiera darse cuenta (la luz se volvía crepuscular a una hora muy temprana en esa época del año y más aún en las montañas), *Killyjoy* se había zambullido febrilmente en el agua y, chapoteando y nadando, había llegado a la isla para investigar algún leve movimiento o algún olor interesante que había detectado. Estuvo husmeando entre los juncos y, al final, aferró suavemente con las fauces (el más lobuno de sus rasgos), por el cráneo, a una pequeña bestia que yacía en la hierba.

Elphie no la veía bien, pero parecía un bebé.

Oatsie gritó, Liir se echó a temblar como un montón de gelatina y *Killyjoy* soltó su presa, pero sólo para agarrarla mejor. Estaba dejando caer chorros de baba sobre la cabeza de la cosa que había atrapado.

No podía pensar en atravesar el agua; habría sido su muerte.

Pero aun así, sus pies se pusieron en marcha.

Golpearon con fuerza el agua y el agua les devolvió el golpe.

El agua se iba convirtiendo en hielo mientras ella corría: pie tras pie de hielo, bajo pie tras pie de urgencia. Una bandeja de plata se formó al instante, proyectándose hacia adelante, construyendo un puente frío y seguro hasta la isla.

Allí podría reprender a *Killyjoy* y salvar al bebé, aunque no se atrevía a confiar en que llegaría a tiempo. Abrió por la fuerza las fauces de *Killyjoy* y rescató a la criatura, que temblaba de miedo y de frío. Sus brillantes ojos negros parecían despiertos y vigilantes, listos para criticar, condenar o amar, como los de cualquier ser adulto.

Los otros se sorprendieron al verla, tanto como se habían sorprendido al ver que se formaba el hielo, debido quizá a algún conjuro dejado en el lago por algún hechicero o alguna bruja al pasar. Era un mono pequeño, de la variedad que llaman mono de las nieves. Un bebé abandonado por su madre y su tribu, o quizá separado por accidente. No parecía muy a gusto con *Killyjoy*, pero apreciaba el calor del carromato.

Instalaron el campamento en mitad de la peligrosa pendiente que conducía a Kiamo Ko. El castillo se erguía en abruptas aristas negras que brotaban de la roca oscura. Elphie lo veía posado sobre ellos, como una inmensa águila con las alas recogidas. Sus torres de remate cónico, sus almenas y barbacanas, sus rastrillos y troneras parecían desmentir su origen como sede de la administración de obras hidráulicas. Al pie de la ladera discurría un caudaloso tributario del río Vinkus, donde el regente de Ozma había proyectado una vez construir una presa para enviar agua al centro de Oz, en la época en que las sequías constituían la peor amenaza. Si Elphaba no recordaba mal, el padre de Fiyero había asediado y tomado por la fuerza el bastión y lo había convertido en sede del principado de los arjikis, antes de morir y dejar el gobierno del clan en manos de su hijo único.

El reducido equipaje estaba listo; las abejas zumbaban (sus melodías le resultaban más entretenidas cuanto más las oía, semana tras semana); *Killyjoy* aún estaba enfurruñado porque no le habían permitido matar a su presa, y los cuervos intuían que se aproximaba un cambio y se negaban a comerse la cena. El mono, al que llamaban *Chistery*, pasaba el tiempo parloteando, sintiéndose abrigado y a salvo.

En torno al fuego del campamento hubo palabras de despedida, algunos brindis e incluso algunos lamentos. El cielo estaba más negro que nunca, o quizá fuera el contraste con la blancura de los picos nevados a su alrededor. Liir apareció con un atado de ropa y una especie de instrumento musical, y también se despidió.

—¡Ah! ¿Entonces tú también te quedas aquí? —dijo Elphie.

—Sí —dijo él—, contigo.

—¿Con los cuervos, el mono, las abejas, el perro y la Bruja? —dijo ella—. ¿Conmigo?

—¿Adónde más iba a ir? —preguntó él.

—Te aseguro que no lo sé —respondió ella.

—Puedo cuidar del perro —dijo él tranquilamente—. Puedo recolectar la miel para ti.

—A mí me da lo mismo —replicó ella.

—De acuerdo —asintió Liir, disponiéndose a entrar en la casa de su padre.

LAS PUERTAS DE JASPE DE KIAMO KO

1

Despierta, Sarima —dijo su hermana menor—. Ya ha pasado la hora de la siesta. Tenemos una persona invitada para la cena y necesito saber si hemos de matar una gallina. Quedan muy pocas y lo que le demos a la viajera lo echaremos en falta nosotros durante el invierno, por los huevos que no tendremos. ¿Qué opinas?

La Princesa Viuda de los Arjikis gruñó.

—¡Detalles, detalles! —dijo—. ¿Será imposible adiestrarte para que decidas por ti misma?

—De acuerdo —replicó secamente la hermana—. Yo decidiré y entonces *tú* te quedarás sin tu huevo del desayuno cuando no tengamos.

—¡Oh, Seis, no me hagas caso! —dijo Sarima—. Estoy medio dormida. ¿Quién es? ¿Algún patriarca con mal aliento que piensa aburrirnos con las historias de las cacerías que hizo hace cincuenta años? ¿Por qué lo permitimos?

—Es una mujer... o al menos eso parece —respondió Seis.

—Un comentario innecesario —dijo Sarima, incorporándose—. Tampoco nosotras somos ya las ruborizadas ninfas que fuimos.

A través de la habitación, se vio reflejada en el espejo del armario: pálida como el flan de leche, con el rostro aún hermoso cercado por concentraciones de grasa que caían según las leyes de la gravedad.

—Sólo porque eres la más joven y aún puedes localizar tu cintura, no tienes necesidad de hacer comentarios desconsiderados, Seis.

Seis hizo una mueca.

—De acuerdo, es una mujer. ¿Qué hacemos con la gallina? Dímelo ahora, para que Cuatro pueda cortarle la cabeza y empezar a desplumarla, o de lo contrario no cenaremos hasta la medianoche.

—Tomaremos fruta, queso, pan y pescado. Habrá peces en el pozo de los peces, supongo.

Sí, los había. Seis se volvió para marcharse, pero antes recordó decir:

—Te he traído un vaso de té dulce, si te apetece.

—Bendita seas. Y ahora dime, pero sin sarcasmos, por favor, ¿cómo es de verdad nuestra invitada?

—Verde como el pecado, flaca y encorvada, mayor que cualquiera de nosotras, vestida de negro como una vieja mónaca, pero no *tan* vieja. Supongo que tendrá unos... treinta o treinta y dos años. No ha querido decir su nombre.

—¿Verde? ¡Qué divino! —exclamó Sarima.

—«Divino» no es precisamente la palabra que me viene a la mente —replicó Seis.

—¿No quieres decir «verde de celos», sino realmente *verde*?

—Quizá sea por los celos, no podría decírtelo, pero te aseguro que es *verde*. Auténticamente verde como la hierba.

—¡Oh! Bueno, me vestiré de blanco esta noche, para no desentonar. ¿Está sola?

—Ha venido con la caravana que vimos ayer en el valle. Se bajó aquí, con una pequeña comitiva de bestias: un perro lobo, una colmena de abejas, un niño, varios cuervos y una cría de mono.

—¿Qué hará con todos ellos en las montañas, en invierno?

—Pregúntaselo tú misma —dijo Seis arrugando la nariz—. A mí me da escalofríos.

—A ti te da escalofríos hasta la gelatina a medio cuajar. ¿A qué hora cenamos?

—A las siete y media. Me da asco.

Seis se marchó, habiendo agotado las expresiones de disgusto, y Sarima se quedó en la cama tomando el té, hasta que su vejiga empezó a protestar. Seis había avivado el fuego y corrido las cortinas, pero Sarima las descorrió para ver el patio. Kiamo Ko ostentaba torretas y torreones construidos sobre voluminosos salientes circulares, que brotaban de la piedra de la montaña. Tras arrebatar el edificio a la comisión de obras hidráulicas, el clan de los arjikis le había añadido dentadas almenas defensivas. Pese a las reformas, la planta seguía siendo bastante simple. En líneas generales, la construcción tenía forma de U, con un vestíbulo central y dos alas largas y estrechas, que se proyectaban hacia adelante, alrededor de un patio con un gran desnivel. Cuando llovía, el agua formaba remolinos en torno a las piedras del pavimento, escapaba bajo las puertas de roble labrado con paneles de jaspe y discurría junto a la enfermiza aglomeración de casuchas que se amontonaba sobre la muralla externa del castillo. A esas horas, el patio era de color gris carbón; frío y sucio, con restos de paja y hojas sueltas flotando al viento. Había luz en el viejo cobertizo del zapatero y salía humo de la chimenea, que necesitaba una buena reparación, como casi todo lo demás en la deteriorada plaza. Sarima se alegraba de que no hubiesen hecho pasar a la invitada a la casa propiamente dicha. En su calidad de Princesa Viuda de los Arjikis, gozaba del privilegio de recibir a los invitados en los salones privados de Kiamo Ko.

Después de bañarse, se vistió con una túnica blanca con cordoncillos igualmente blancos y se puso el precioso collar que, cual mensaje de la Otra Tierra, le había llegado de su querido esposo fallecido, varios meses después del Incidente. Por costumbre, Sarima derramó unas lágrimas, mientras admiraba su imagen bajo el plano abrazo del enjoyado y segmentado collar. Si era demasiado elegante para esa vagabunda, siempre podía tapárselo con una servilleta. Pero aun así, sabría que estaba ahí. Antes incluso de que se le secaran las lágrimas, empezó a canturrear, animada por la novedad de recibir a una invitada.

Pasó a ver a los niños antes de bajar. Estaban nerviosos; los extraños siempre les producían sobresalto. Irji y Manek, de doce y once años, tenían casi edad suficiente para querer largarse de aquel nido de palomas venenosas. Irji era blando y lloraba mucho, pero Manek era un pequeño gallo de pelea y siempre lo había sido. Si los dejaba marcharse a las Praderas con el clan, durante la migración estival, podía suceder que les cortaran el cuello a ambos. Había demasiados hombres en el clan dispuestos a reclamar el liderazgo para sí o para sus hijos. Por eso Sarima conservaba a los niños a su lado.

Su hija Nor, una niña de piernas larguiruchas que a los nueve años aún se chupaba el dedo, todavía necesitaba un regazo donde acurrucarse antes de irse a dormir. Vestida como estaba para la cena, Sarima se lo habría impedido, pero al final cedió. Nor tenía un delicado ceceo; decía *zubiendo zola*, en lugar de *subiendo sola*. Se hacía amiga de las piedras, de las velas y de las briznas de hierba que crecían contra toda lógica en las grietas de la albardilla de la ventana. La pequeña suspiró, se frotó la cara contra el collar y dijo:

—También hay un niño, mamá. Estuvimos jugando con él en el patio del molino.

—¿Cómo es? ¿También es verde?

—No, es normal. Es un chico grandote, gordo y fuerte. Manek le estuvo tirando piedras contra el cuerpo para ver hasta dónde rebotaban. Y él *se dejaba*. ¿Será que no te duele si eres así de gordo?

—Lo dudo. ¿Cómo se llama?

—Liir. ¿A que es un nombre muy raro?

—Suena extranjero. ¿Y su madre?

—No sé cómo se llama, y no creo que sea su *madre*. No quiso decírnoslo cuando se lo preguntamos. Irji le dijo que seguramente era bastardo y Liir dijo que no le importaba. Me cae bien.

Se llevó el pulgar directamente a la boca y comenzó a palpar el vestido de Sarima justo por debajo del collar, hasta que encontró un pezón, y entonces le pasó el pulgar por encima cariñosamente, como si fuera un animalito doméstico.

—Manek le hizo bajarse los pantalones para asegurarnos de que su cosita no era verde.

A Sarima no le pareció bien (aunque sólo fuera por la amabilidad debida a los huéspedes), pero se vio obligada a preguntar:

—¿Y qué visteis?

—Oh, ya sabes —dijo Nor, antes de hundir la cara en el cuello de su madre y estornudar, por los polvos que usaba Sarima para evitar que se le irritara el cuello—. Una estúpida cosita de niño. Más pequeña que la de Manek y la de Irji. Pero no era verde. Yo estaba tan *abu-rrida* que ni siquiera miré mucho.

—Yo tampoco lo habría hecho. Ha sido una descortesía.

—Yo no lo obligué. ¡Fue Manek!

—Bueno, ya basta. Ahora te contaré un cuento antes de irte a dormir. Tengo que bajar en seguida, así que tendrá que ser corto. ¿Cuál quieres oír, mi pequeña?

—El de la Bruja y los zorritos.

Con menos intensidad dramática que de costumbre, Sarima desgranó la historia de cómo los tres zorritos fueron atrapados, enjaulados y engordados, con miras a preparar con ellos una cazuela de zorrito al queso, y de cómo la Bruja viajó al sol en busca de fuego para cocinarlos. Pero cuando la Bruja regresó exhausta a su cueva, en posesión de la llama, los zorritos fueron más listos que ella y le cantaron una nana para que se quedara dormida. Cuando la Bruja dejó caer el brazo, la llama del sol hizo arder la puerta de la jaula y los zorritos salieron huyendo. Entonces se pusieron a aullar para que bajara la vieja madre Luna y se situara como una puerta inamovible en la entrada de la cueva. Sarima terminó con la coda tradicional:

—Y allí se quedó la vieja y malvada Bruja, durante mucho, muchísimo tiempo.

—¿Ha salido alguna vez? —preguntó Nor, hablando en un estado casi hipnagógico.

—*Todavía* no —respondió Sarima, al tiempo que se abalanzaba para mordisquear y besar a su hija en la muñeca, de tal manera que las dos se echaron a reír. Después apagó las luces.

La escalera de los salones privados de Sarima bajaba por el torreón central del castillo, sin barandilla, pegándose primero a una pared y después a la otra, tras superar el recodo. Sarima bajó el primer tramo llena de gracia y dominio, con sus blancas faldas ondulando tras de sí. Su collar era un yugo de suaves colores y metales preciosos, y su cara, una cuidadosa composición de bienvenida.

En el rellano vio a la viajera, sentada en el banco de uno de los nichos que se abrían en la pared.

Bajó el segundo tramo, hasta el nivel embaldosado, consciente del cinismo que bullía detrás de su fidelidad al recuerdo de Fiyero,

consciente de sus dientes salidos, de su belleza perdida, de su sobre-
peso, de la idiotez de ser la dueña y señora de nada, excepto de unos
niños irritantes y unas intrigantes hermanas menores, y de la frágil
ficción de autoridad que apenas disimulaba su miedo al presente, al
futuro e incluso al pasado.

—¿Cómo está usted? —logró decir.

—Usted es Sarima —dijo la mujer, de pie, con la estalactita que tenía por barbilla proyectada hacia adelante como un nabo podrido.

—Así es —respondió ella, feliz de llevar puesto el collar, que ahora
le parecía un escudo para protegerse el corazón y evitar que lo pin-
chara aquella barbilla—. Bien venida, amiga mía. Sí, soy Sarima, la
señora de Kiamo Ko. ¿De dónde viene usted y cuál es su nombre?

—Vengo de la espalda del viento —contestó la mujer—, y he renunciado tantas veces a mi nombre que no quisiera sacarlo a relucir una
vez más ante usted.

—Bueno, aquí es bienvenida —dijo Sarima con tanta suavidad
como pudo—, pero si no tenemos otra manera de llamarla, tendrá que
aceptar que la llamemos Tiíta. ¿Quiere pasar a cenar? Pronto se ser-
virá la cena.

—No cenaré mientras no hayamos hablado —repuso la invitada—.
No permaneceré con falsos supuestos bajo su techo ni una sola noche. Antes prefiero yacer en el fondo de un lago. La conozco. Fui al
colegio con su marido. Hace al menos doce años que oigo hablar de
usted.

—¡Naturalmente! —replicó Sarima, para quien las cosas empezaban a encajar, mientras sentía que regresaban tumultuosos los pre-
ciados detalles de la vida de su marido—. Fiyero hablaba de usted y
también de su hermana... Nessie, ¿verdad? Nessarose. Y de la gla-
murosa Glinda, de quien creo que estaba un poco enamorado, y de
aquellos chicos juguetones y un poco afeminados, y de Avaric, y del
viejo y sólido Boq. Me he preguntado más de una vez si aquella época feliz de su vida se quedaría por siempre acotada, suya para siempre y nunca mía... Ha sido muy amable en venir a visitarme. Me hubiese gustado pasar una temporada o dos en Shiz, pero me temo que
no tenía la inteligencia necesaria, ni mi familia suficiente dinero. En
cualquier caso, me habría acordado de usted. Bueno, el color de su

piel... No hay nada parecido, ¿verdad? ¿O estoy siendo demasiado provinciana?

—No, es único —dijo la invitada—. Pero antes de que sigamos intercambiando amabilidades absurdas, Sarima, tengo algo que decirle. Creo que yo fui la causa de la muerte de Fiyero...

—Oh, no es usted la única —la interrumpió Sarima—. Aquí es el pasatiempo nacional: culparse uno mismo por la muerte del príncipe, una oportunidad para la contrición y el arrepentimiento públicos, algo que, en mi opinión, hace disfrutar secretamente a mucha gente.

La invitada se retorció los dedos, como intentando abrir un espacio para sí misma entre las opiniones de Sarima.

—Puedo decirle cómo fue, *quiero* decírselo...

—No, a menos que yo quiera oírlo, lo cual es mi prerrogativa. Ésta es mi casa y yo decido lo que quiero oír.

—Tiene que oírlo, para que yo pueda ser perdonada —dijo la mujer, sacudiendo los hombros de un lado a otro, casi como si fuera una bestia de tiro con un invisible yugo al cuello.

A Sarima no le gustaba que le tendieran una emboscada en su propia casa. Necesitaba tiempo para considerar todas las repentinas implicaciones y lo haría cuando le apeteciera. No antes. Se recordó a sí misma que *ella mandaba* y que, por tanto, podía permitirse ser amable.

—Si no recuerdo mal —dijo Sarima, mientras los recuerdos bullían en su mente—, usted es la que... Sí, claro, Fiyero hablaba de usted... Elphaba, la que no creía en el alma. Eso es todo lo que recuerdo. ¿Qué he de perdonar entonces, querida? Ya sé que estará cansada del viaje. Es imposible llegar hasta aquí sin quedar agotada por el viaje. Ahora necesita una cena caliente y unas noches de sueño reparador. Ya volveremos a hablar alguna mañana de la semana próxima.

Sarima cogió del brazo a Elphaba.

—Pero, si lo prefiere, no les revelaré a ellas su nombre —dijo, mientras franqueaba con Elphaba las altas puertas combadas de roble que conducían al comedor.

—¡Mirad quién está aquí! —exclamó—. La Tiíta Invitada.

Las hermanas estaban de pie junto a sus respectivas sillas, hambrientas, curiosas e impacientes. Cuatro tenía el cucharón metido en la sopera y estaba revolviendo. Seis había elegido para vestirse un hostil tono rojo oscuro. Dos y Tres, las gemelas, contemplaban con expresión devota sus tarjetas de oraciones. Cinco estaba fumando y soplando anillos concéntricos en dirección a una bandeja de peces ciegos que habían sido extraídos del lago subterráneo.

—¡Hermanas, alegraos! Una vieja amiga de Fiyero ha venido a compartir los recuerdos que atesora y a iluminar con ellos nuestra vida. Dadle la bienvenida, como me la daríais a mí misma.

Quizá no fue una expresión muy afortunada, porque todas las hermanas despreciaban a Sarima y sentían rencor hacia ella. ¿Por qué había tenido que casarse con alguien que iba a morir tan joven, condenándolas a ellas no sólo a la soltería, sino a las privaciones y el rechazo?

Elphaba no habló en toda la cena ni levantó la vista del plato. Pero devoró el pescado y también el queso y la fruta. Por su conducta, Sarima dedujo que estaba habituada a observar la regla de silencio durante las comidas, y no se sorprendió cuando más tarde la oyó hablar del convento.

Bebieron una copa de valioso jerez en la sala de música, donde Seis las entretuvo con un tambaleante nocturno. La invitada parecía muy desgraciada, lo cual hizo felices a las hermanas. Sarima suspiraba. De la invitada sólo podía decirse que era *mayor* que Sarima. Quizá en algún momento, durante el breve período de su estancia, Elphaba renunciaría a su expresión miserable y le prestaría oídos a Sarima, que le contaría lo complicada y agotadora que era su vida. A ella le habría gustado conversar con alguien que no fuera de la familia.

2

Pasó una semana y finalmente Sarima le dijo a Tres:

—Por favor, ve a decirle a nuestra Tiíta Invitada que mañana me gustaría tomar con ella el refrigerio de media mañana en el solárium.

Sarima pensaba que para entonces Elphaba habría tenido tiempo suficiente para ver las cosas en su justa proporción. La doliente mujer verde era presa de una especie de ataque epiléptico en cámara lenta.

Se movía a sacudidas por el patio del castillo, o entraba al comedor aporreando el suelo con los pies, como si quisiera abrir agujeros en el suelo con los tacones. Llevaba los codos siempre flexionados en ángulo recto y sus manos se crispaban y se aflojaban alternativamente.

Sarima se sentía más fuerte que nunca, lo cual no era mucho. Le hacía bien tener cerca a una persona de su edad, por muy retorcida que fuera. Las hermanas criticaban su cordialidad, pero los pasos más altos de la montaña estaban cerrados para todo el invierno, y sencillamente no era posible mandar a una extraña a que se las arreglara sola en los valles traicioneros. Las hermanas conversaban en su salita, mientras se esforzaban con todo su odio en la confección de agarraderas de punto, para regalárselas a los pobres, que probablemente no las merecían, cuando llegara la fiesta de la Natividad de Lurlina. Está enferma —decían—; es carne inerte y sin terminar (mucho más que la de ellas, corolario inexpresado que les producía inmensa satisfacción); está maldita. ¿Y quién es ese niño gordo como un globo? ¿Su hijo, su esclavo o el asistente que la ayuda en sus brujerías? A espaldas de Sarima, llamaban Tiíta Bruja a la mujer que vivía en el cobertizo del zapatero, como un eco de las viejas leyendas de Kumbricia, mucho más horrendas y persistentes en los Kells que en el resto de Oz.

Manek, el hijo mediano de Sarima, era el más curioso. Una mañana, cuando todos los niños varones estaban de pie sobre una almena, orinando hacia afuera del castillo (un juego por el cual la pobre Nor fingía no sentir ningún interés), Manek dijo:

—¿Y si meáramos a la Tiíta? ¿Gritaría?

—Te convertiría en sapo —dijo Liir.

—No, lo que pregunto es si le haría daño. ¿No habéis visto que le tiene miedo al agua? ¿La beberá alguna vez? ¿O le hará daño por dentro?

Liir, que no era un chico particularmente observador, replicó:

—Creo que nunca bebe. A veces lava alguna cosa, pero usa varas y cepillos. Será mejor que no le meemos encima.

—¿Y qué hace con todas esas abejas y con el mono? ¿Son mágicos?

—Sí —dijo Liir.

—¿Cómo de mágicos?

—No lo sé.

Los chicos se apartaron del vertiginoso abismo de la muralla y Nor se les acercó corriendo.

—Tengo una brizna de paja mágica —anunció la niña, enseñándola—. La he cogido de la escoba de la bruja.

—¿Es mágica, la escoba? —le preguntó Manek a Liir.

—Sí. Barre el suelo a una velocidad increíble.

—¿Habla? ¿Está encantada? ¿Qué dice?

El interés de todos iba en aumento y Liir florecía y se ruborizaba ante tanta curiosidad.

—No puedo decirlo. Es un secreto.

—¿Seguirá siendo un secreto si te tiramos de la torre?

Liir reflexionó.

—¿Qué quieres decir?

—¿Nos lo dirás o no?

—¡No me tiréis de la torre, patanes!

—Si la escoba es mágica, vendrá volando y te salvará. Además, estás tan gordo que probablemente botarías.

Irji y Nor rieron la broma, a su pesar, porque la imagen mental les resultaba muy graciosa.

—Sólo queremos saber los secretos que te cuenta la escoba —dijo Manek con una gran sonrisa—. Así que ya nos los puedes ir contando, o te empujaremos.

—No estáis siendo buenos. Es amigo nuestro —dijo Nor—. Venid, vamos a buscar ratones a la despensa; nos haremos amigos suyos.

—Dentro de un rato. Ahora vamos a empujar a Liir del tejado.

—¡No! —exclamó Nor, que ya empezaba a llorar—. ¡Qué malos sois los niños! ¿Estás seguro de que esa escoba es mágica, Liir?

Pero para entonces Liir ya no quería decir nada más.

Manek arrojó una piedra desde lo alto de la muralla y el tiempo transcurrido hasta que se oyó el *pim* del impacto pareció tremendamente largo.

En cuestión de segundos, se habían formado en la cara de Liir unas bolsas oscuras bajo los ojos. Las manos le colgaban a los lados del cuerpo, como a un traidor ante una corte marcial.

—La bruja se enfadará tanto con vosotros que os odiará —aseguró.

—No lo creo —dijo Manek, dando un paso adelante—. No le importará. Le tiene más cariño al mono que a ti. Ni siquiera advertirá que has muerto.

Liir abrió la boca, sintiendo que le faltaba el aire. Aunque acababa de orinar, apareció una mancha oscura en la parte delantera de sus holgados pantalones.

—Mira, Irji —dijo Manek, y su hermano mayor miró—. Ni siquiera se le da muy bien estar vivo, ¿lo ves? No creo que vaya a ser una gran pérdida. Venga, Liir, *dímelo*. ¿Qué te ha dicho esa condenada escoba?

El tórax de Liir se movía agitadamente, como un fuelle.

—La escoba me ha dicho —susurró— que todos... ¡que todos vosotros vais a morir!

—¿Eso es todo? —dijo Manek—. Ya lo sabíamos. Todo el mundo muere. Eso ya lo sabíamos.

—¿Ah, sí? —preguntó Liir, que no lo sabía.

—Venga —dijo Irji—, vamos a la despensa a cazar ratones. Les cortaremos la cola y usaremos la paja mágica de Nor para reventarles los ojos.

—¡No! —gritó Nor, pero Irji ya le había arrebatado la brizna de paja de las manos.

Manek e Irji se descolgaron por el parapeto como marionetas de flojas extremidades y prosiguieron su camino escaleras abajo. Con un suspiro de profundo agravio, Liir se recompuso, se arregló la ropa y fue tras ellos, como un enano condenado a trabajos forzados en las minas de esmeraldas. Nor se quedó atrás, con los brazos cruzados en actitud desafiante y la barbilla luchando contra la frustración. Después, escupió desde lo alto de la muralla y, sintiéndose mejor, corrió detrás de los chicos.

A media mañana, Seis condujo a la invitada al solárium. Con una sonrisa desdeñosa a espaldas de la Tiíta, depositó una bandeja de galletas cruelmente pequeñas y duras como trozos de pizarra, sobre una mesa cubierta con un tapete que había perdido los dibujos y se había vuelto marrón. Sarima, habiendo cumplido en la medida de lo posible sus diarias abluciones espirituales, se sentía preparada.

—Hace una semana que está aquí y probablemente se quedará más tiempo —dijo Sarima, permitiendo que Seis les sirviera el café de raíz biliosa antes de marcharse—. El camino del norte está cortado por la nieve y no hay un solo lugar seguro entre el castillo y las llanuras. Los inviernos son rigurosos en las montañas y, aunque sabemos sobrellevarlos con nuestras provisiones y nuestra propia compañía, agradecemos un cambio. ¿Leche? No sé exactamente cuál era su intención.... una vez que nos hubiera visitado suficientemente, quiero decir.

—Se rumorea que hay cuevas en estos Kells —comentó Elphaba, casi más para sus adentros que para Sarima—. He vivido durante un tiempo en el convento de Santa Glinda, en Shale Shallows, en las afueras de la Ciudad Esmeralda. A veces recibíamos la visita de dignatarios y, aunque muchas habíamos hecho votos de silencio, la gente hablaba de lo que sabía. Celdas monásticas. Había pensado que, una vez aquí, podría buscar una cueva y...

—Y establecerse allí —dijo Sarima, como si fuera algo tan corriente como casarse y tener hijos—. Algunos lo hacen, lo sé. Hay un viejo ermitaño en la falda occidental de Broken Bottle, un pico cercano. Dicen que vive allí desde hace varios años y que ha revertido a una forma más primitiva de la naturaleza. De *su* naturaleza, quiero decir.

—Una vida sin palabras —dijo Elphie, contemplando su café sin beberlo.

—Dicen que ese ermitaño ha olvidado la higiene personal —señaló Sarima—, lo cual, teniendo en cuenta cómo huelen los chicos cuando pasan un par de semanas sin lavarse, supongo que será la defensa de la naturaleza contra las bestias al acecho.

—No tenía intención de pasar mucho tiempo aquí —dijo Elphie, torciendo la cabeza sobre el cuello como un loro y mirando a Sarima de un modo extraño.

Cuidado —pensó Sarima, aunque en general le caía bien la invitada—. Cuidado, está empezando a controlar el sentido de la conversación y eso no puede ser.

Pero la invitada prosiguió:

—Pensé que me quedaría una noche o dos, o quizá tres, y que luego encontraría un lugar donde instalarme, antes de que empezara el invierno. Pero hice mis planes con el calendario equivocado. Pensaba en las fechas y en la manera en que comienza el invierno en Shiz y en la Ciudad Esmeralda, pero aquí llevan ustedes seis semanas de adelanto.

—El invierno llega con adelanto y la primavera con retraso, desgraciadamente —dijo Sarima, retirando los pies del escabel y apoyándolos planos en el suelo, para indicar que hablaba con seriedad—. Ahora, amiga mía, hay algunas cosas que necesito decirle.

—Yo también —dijo Elphie, pero siguió hablando Sarima.

—Me creerá una persona basta y poco refinada, y estará en lo cierto, por supuesto. Cuando me eligieron para el matrimonio, siendo niña, contrataron a una buena aya de Gillikin para que nos enseñara a mí y a mis hermanas a usar los verbos, los pronombres y los tenedores para ensalada, y en los últimos tiempos he empezado a leer. Pero casi todo lo que sé acerca de las buenas maneras lo aprendí de Fiyero, que tuvo la gentileza de enseñarme cuando regresó de sus estudios. Seguramente cometo errores en sociedad. Tiene todo el derecho de reírse a mis espaldas.

—No suelo reírme de nadie a sus espaldas —replicó Elphaba.

—Como debe ser. Pero aun así, tengo mis opiniones y soy observadora, aunque no tenga educación. Pese a mi vida protegida, pese a que me casaron a los siete años, como usted tal vez sepa, y a haber crecido entre los muros de este castillo, confío en mis opiniones y no me dejo convencer fácilmente. Le ruego, por tanto, que me permita continuar —dijo, como si Elphaba hubiese intentado interrumpirla—. Tenemos mucho tiempo y aquí dentro el sol es muy agradable, ¿no cree? Es mi pequeño refugio.

»Tengo la impresión de que usted ha venido para... ¿cómo decirlo?... aliviarse de alguna tristeza. Lo veo en su aspecto. No se sorprenda, querida. Si hay un aspecto que reconozco es el de una persona que lleva una pesada carga sobre los hombros. Recuerde que paso todo el tiempo, año tras año, escuchando cómo mis hermanas me enumeran amablemente los muchos modos y motivos de su odio hacia mí. —Sarima sonrió, divertida por su propio ingenio—. Usted quiere quitarse ese peso, dejarlo a mis pies o depositarlo sobre mis hombros. Quizá quiera llorar un poco, decir adiós y marcharse. Y cuando salga de aquí, también se marchará del mundo.

—No haré tal cosa —dijo Elphie.

—Sí que lo hará, aunque ahora no lo sepa. Ya no le quedará nada que la ate al mundo. Pero yo conozco mis propios límites, Tiíta Invitada, y sé por qué ha venido. Usted me lo dijo. Me lo dijo en el vestíbulo, me dijo que se sentía responsable de la muerte de Fiyero...

—Yo...

—No. Por favor, no. Ésta es mi casa. No soy más que la nominal Princesa Viuda de la Mierda de Pato, pero tengo derecho a oír y también tengo derecho a no oír. No estoy obligada a oír, ni siquiera para que una viajera se sienta mejor...

—Yo...

—¡No!

—Pero yo no quiero agobiarla con una carga, Sarima, sino aliviarla con la verdad. Si me escucha, se sentirá más grande y ligera. El perdón es una bendición tanto para quien lo da como para quien lo recibe.

—Pasaré por alto ese comentario sobre sentirme «más grande» —dijo Sarima—, pero todavía tengo derecho a elegir, y creo que usted me desea el mal. Me desea el mal, incluso sin saberlo. Quiere castigarme por alguna razón, quizá por no ser una esposa suficientemente buena para Fiyero. Me desea el mal y se engaña pensando que es una especie de tratamiento terapéutico.

—¿Sabe al menos cómo murió? —dijo Elphaba.

—Sé que fue una muerte violenta y que su cuerpo nunca fue hallado. Sé que fue en un nidito de amor clandestino —respondió Sarima, perdiendo por un instante la firmeza—. No necesito saber quién fue exactamente, pero he oído suficiente acerca de ese infame de sir Chuffrey como para tener mi propia opi...

—¡Sir *Chuffrey*!

—He dicho que *no*. He dicho *basta*. Ahora tengo una oferta que hacerle, Tiíta, si quiere aceptarla. El chico y usted pueden instalarse en la torre suroriental, si le parece bien. Hay allí un par de grandes salas circulares, con techos altos y buena luz, y ya no tendrá que vivir en ese cobertizo lleno de corrientes de aire. Estará más abrigada y tendrá una escalera independiente para entrar y salir del salón principal. No molestará a las chicas, y ellas no la molestarán a usted. No pueden quedarse en el cobertizo todo el invierno. El chico está pálido y amoratado, creo que siempre tiene frío. Pero me temo que sólo podrá instalarse en la torre con la condición de que acepte mi palabra como definitiva en estos asuntos. No quiero hablar con usted de mi marido, ni de las circunstancias de su muerte.

La expresión de Elphaba fue de espanto y abatimiento.

—No tengo más opción que aceptar —dijo—, al menos de momento. Pero le advierto que tengo intención de entablar con usted una profunda amistad que le hará cambiar de idea. De verdad creo que necesita oír algunas cosas y que necesita hablar de ellas, lo mismo que yo, y le aseguro que no podré marcharme al bosque o a las llanuras hasta que no tenga su solemne promesa de...

—¡Ya basta! —exclamó Sarima—. Llame al guardián de las puertas y pídale que lleve su equipaje a la torre. Venga, le mostraré el camino. Pero ¡si no ha tocado el café!

Se puso en pie. Durante un incómodo instante, hubo respeto y suspicacia, en igual medida, burbujeando sobre la alfombra, como el polvo en un rayo de sol.

—Venga conmigo —dijo Sarima, en tono más suave—. Como mínimo, intentaremos que no pase frío. Al menos podrá decir eso de nosotros, los ratones de campo de Kiamo Ko.

3

A los ojos de Elphaba, era una habitación de bruja y a ella le encantaba. Como todas las buenas habitaciones de bruja de los cuentos infantiles, era una sala de paredes abombadas que seguían la forma esencial de la torre. Tenía una ventana ancha, que al estar orientada al este, en dirección opuesta al viento, se podía desatrancar y abrir de par en par, sin que todo y todos fueran arrastrados por el aire hacia los valles nevados. A lo lejos, los Grandes Kells eran una hilera de centinelas de un negro violáceo cuando asomaba el sol invernal, que se iban escurriendo en mamparas de un blanco azulado a medida que el sol ascendía en el cielo, y se volvían rojos dorados con el atardecer. A veces se producían estruendosos desmoronamientos de hielo y pedriza.

El invierno se adueñó de la casa. Muy pronto, Elphaba aprendió a quedarse donde estaba, a menos que supiera con certeza que había un fuego más vivo en otra estancia. A excepción de Sarima, no le interesaba la compañía que podía ofrecerle la casa. Sarima vivía en el ala oeste, con sus hijos: los niños Irji y Manek, y la niña Nor. Sus cinco hermanas vivían en el ala oriental. Se hacían llamar por los números del Dos al Seis, y si alguna vez habían tenido otros nombres, probablemente se les habrían marchitado por falta de uso. Por el derecho que les confería su calidad de imposibles de casar, las hermanas habían reclamado para sí las mejores habitaciones del castillo, aunque Sarima tenía el solárium. ¿Dónde se echaría Liir a dormir? Elphaba sólo sabía que el chico volvía todas las mañanas para cambiar los trapos al pie de la percha de los cuervos. También le llevaba a ella chocolate caliente.

Se aproximaba la fiesta de la Natividad de Lurlina y salieron a relucir viejos adornos mustios, que habían perdido casi todos los dorados. Los niños pasaron un día entero colgando adornos y juguetes de las puertas, y haciendo blasfemar a los adultos cada vez que se golpeaban la cabeza al pasar. Manek e Irji cogieron una sierra y, sin permiso, salieron de las murallas del castillo para ir en busca de ramas de abeto y hojas de acebo. Nor se quedó en casa y estuvo pintando alegres escenas de la vida en el castillo, en unas hojas de papel que Liir y ella habían encontrado en la habitación de la Tiíta Bruja. Liir dijo que no sabía dibujar, de modo que se marchó y desapareció, quizá para no encontrarse con Manek e Irji. La casa permaneció en silencio, hasta que se oyó un estruendo de cacerolas de cobre en la cocina. Nor fue corriendo a ver, y también Liir llegó para mirar, desde algún cubículo donde debía de estar escondido.

Era *Chistery*. El mono estaba frenético, y todas las hermanas, que estaban preparando pan de jengibre, le arrojaban trozos de pasta para intentar derribarlo de la rueda suspendida sobre la mesa de trabajo, de la que colgaban ruidosos utensilios de cocina que se balanceaban y entrechocaban.

—¿Cómo ha llegado aquí? —dijo Nor.

—¡Llévatelo, Liir, llámalo! —suplicó Dos.

Pero Liir no tenía más autoridad sobre *Chistery* que cualquiera de ellas. El mono voló hasta lo alto de un armario y después hasta un recipiente donde guardaban frutos secos. Abrió un cajón, encontró un tesoro de uvas pasas y se metió un puñado en la boca.

—Id los dos a buscar la escalera del vestíbulo y traedla en seguida —dijo Seis.

Pero cuando lo hicieron, *Chistery* estaba otra vez colgado de la rueda, haciéndola girar y cascabelear como una noria de feria.

Cuatro puso un poco de puré de melón en un cuenco, mientras Cinco y Tres se quitaban los delantales para atrapar con ellos al mono en cuanto bajara. *Chistery* aún estaba observando la fruta, cuando la puerta se abrió de golpe contra la pared y entró Elphaba, con sus zancadas largas y poco agraciadas.

—¡Qué alboroto! ¡Ni siquiera podréis oír lo que pensáis! —exclamó, pero en seguida vio a *Chistery*, súbitamente abyecto y arrepentido, y a las hermanas, dispuestas a cazarlo con sus enharinados delantales.

—¿Qué *demonios* ocurre? —dijo Elphaba.

—No hace falta que grite —murmuró Dos con expresión enfurruñada, pero ambas depusieron sus delantales.

—Quiero saberlo. ¿Qué ocurre? ¿Qué está pasando aquí? Todas parecen *Killyjoy*, con la emoción de la caza pintada en la cara. ¡Están blancas de furia y todo por esa pobre bestezuela!

—Creo que no es furia, sino harina —dijo Cinco, y todas rompieron a reír entre dientes.

—¡Asquerosas salvajes! —exclamó Elphie—. Ven, *Chistery*, baja. ¡Ahora mismo! Y ustedes, mujeres, *se merecen* estar solteras, porque de otro modo traerían al mundo niñitos salvajes y repelentes. ¡No se les ocurra ponerle nunca una mano encima a este mono? ¿Me oyen? Y a propósito, ¿cómo ha podido escaparse de mi habitación? Yo estaba en el solárium, con su hermana.

—Oh —dijo Nor, recordando de pronto—. Oh, Tiíta, lo siento. Fuimos nosotros.

—¿Vosotros?

Se volvió y miró a Nor como si fuera la primera vez que la veía, lo cual no le gustó demasiado a la niña, que retrocedió y se encogió contra la puerta de la fría bodega.

—¿Qué estabais buscando en mi habitación? —inquirió Elphie.

—Papel —respondió Nor con un hilo de voz, en un desesperado juego de todo o nada—. He hecho varios dibujos para *todos*. Si quieres verlos, ven con nosotros.

Con *Chistery* en brazos, Elphaba los siguió hasta el ventoso pasillo, donde el aire que soplaba por debajo de la puerta delantera hacía aletear los papeles contra la piedra tallada. Las hermanas también los siguieron, a una distancia prudencial.

Elphie se quedó de una pieza, callada e inmóvil.

—Es mi papel —dijo finalmente—. No he dicho que pudierais utilizarlo. ¿Veis? Tiene palabras escritas del otro lado. ¿Sabéis lo que son palabras?

—Claro que lo sé. ¿Crees que soy tonta? —respondió Nor con descaro.

—¡Dejad en paz mis papeles! —dijo Elphaba, que después subió la escalera como una exhalación, llevando consigo a *Chistery*, y cerró la puerta de un portazo.

—¿Quién quiere ayudar a amasar el pan de jengibre? —preguntó Dos, aliviada de que ningún cráneo hubiera resultado aplastado—. ¿Sabéis que este vestíbulo tiene muy buen aspecto, mis pajarillos? Estoy segura de que Preenella y Lurlina se llevarán una muy buena impresión esta noche.

Los niños volvieron a la cocina e hicieron hombrecitos de pan de jengibre, y también cuervos, monos y perros, pero no consiguieron hacer abejas, porque eran demasiado pequeñas. Cuando Irji y Manek regresaron, depositaron en el suelo de pizarra las ramas cargadas de nieve y también se pusieron a ayudar con los muñequitos, pero modelando formas cochinas que se negaron a enseñar a los niños más pequeños, mientras se comían la pasta cruda y reían histéricamente, lo cual hizo que todos los demás se irritaran bastante.

Por la mañana, los niños despertaron y corrieron escaleras abajo para ver si habían venido Lurlina y Preenella. Como era de esperar, había una cesta marrón adornada con una cinta verde y dorada (cesta y cinta que los hijos de Sarima llevaban muchos años viendo) y, dentro de ella, tres cajitas de colores, cada una con una naranja, un muñeco, una bolsita de canicas y un ratoncito de pan de jengibre en su interior.

—¿Dónde está la mía? —dijo Liir.

—No veo ninguna con tu nombre —replicó Irji—. Mira: *Irji. Manek. Nor.* Quizá Preenella te la haya dejado en tu antigua casa. ¿Dónde vivías antes?

—No lo sé —respondió Liir, y se echó a llorar.

—Toma, puedes quedarte con la cola de mi ratón, *sólo* la cola —dijo Nor amablemente—. Pero primero tienes que decirme: «¿Podrías darme, por favor, la cola de tu ratoncito?»

—¿Podrías darme, por favor, la cola de tu ratoncito? —dijo Liir, aunque sus palabras eran casi ininteligibles.

—«Y prometo obedecerte.»

Liir murmuró la frase. Finalmente se produjo el intercambio. Por vergüenza, Liir no mencionó el olvido. Sarima y sus hermanas no se enteraron.

Elphaba no se dejó ver en todo el día, pero envió un mensaje diciendo que tanto la Natividad de Lurlina como la víspera siempre la hacían sentirse enferma, que pensaba retirarse unos días buscando consuelo en la soledad y que no quería ser molestada con comida, ni con visitas, ni con ningún tipo de ruido.

Así pues, mientras Sarima se encerraba en su capilla privada para recordar a su querido marido en un día tan sagrado, sus hermanas y los niños se dedicaron a cantar villancicos a voz en cuello.

4

Unas semanas después, mientras los niños hacían batallas de bolas de nieve y Sarima preparaba algún tipo de bebida caliente medicinal en la cocina, Elphie salió por fin de su habitación, bajó la escalera a hurtadillas y llamó a la puerta del saloncito de las hermanas.

Aunque a disgusto, ellas se sintieron obligadas a recibirla. La bandeja de plata con botellas de licores fuertes; la valiosa cristalería transportada a lomos de burro desde la Dixxi House, en Gillikin; las hermosas alfombras tradicionales, con multitud de costosos motivos rojos; el lujo de tener dos fuegos ardiendo alegremente, uno en cada extremo del salón... Se habrían ocupado de mitigar un poco toda esa opulencia si hubiesen estado sobre aviso. Tal como se dieron las cosas, Cuatro escondió entre los almohadones del sofá el libro con tapas de cuero que estaba leyendo en voz alta, la picante historia de una pobre muchacha asediada por un sinfín de apuestos pretendientes. Había sido regalo de Fiyero, el mejor regalo que les había hecho nunca a las hermanas, y también el único.

—¿Le apetece un poco de agua de cebada con limón? —dijo Seis, servil hasta la muerte, a menos que tuviera la fortuna de que todos los demás murieran antes.

—Sí, gracias —replicó Elphaba.

—Siéntese... aquí, en esta butaca, la encontrará comodísima.

No parecía que Elphie quisiera estar comodísima, pero aun así se sentó donde le indicaron, rígida e inquieta en aquel acolchado capullo de habitación.

Bebió el sorbo más pequeño posible de su vaso, como sospechando que le habían echado eléboro.

—Creo que tengo que disculparme por aquel alboroto a propósito de *Chistery* —dijo—. Sé muy bien que soy su huésped aquí en Kiamo Ko. Sencillamente, perdí los estribos.

—Los estribos y toda la silla... —empezó Cinco.

No obstante, las otras se apresuraron a decir:

—¡Oh, no se preocupe por eso! Todas tenemos malos días; de hecho, a nosotras suele pasarnos a todas el mismo día; es así desde hace años.

—Es muy difícil —dijo Elphie con cierto esfuerzo—. Pasé muchos años bajo un voto de silencio y no siempre sé distinguir hasta qué... volumen... es aceptable llegar. Además, en cierto modo ésta es una cultura extraña para mí.

—Nosotros los arjikis siempre hemos tenido a gala nuestra capacidad de entendernos con cualquier ciudadano de Oz —declaró Dos—. Nos sentimos igualmente a gusto con un desharrapado vagabundo scrow del sur, como entre la alta sociedad de la Ciudad Esmeralda, al este de aquí.

En realidad, nunca habían salido del Vinkus.

—¿Un dulce? —ofreció Tres, mientras sacaba una lata de frutas de mazapán.

—No —dijo Elphie—, pero me pregunto si podrán decirme algo de la particular tristeza que aqueja a su hermana.

Ellas permanecieron atentas, tensas y suspicaces.

—Disfruto de mis conversaciones con ella en el solárium —dijo Elphie—, pero cuando el tema se orienta hacia su difunto marido (a quien yo conocí, como ustedes sabrán), se niega a seguir hablando.

—¡Oh, es que fue tan triste! —dijo Dos.

—Una tragedia —convino Tres.

—Para ella —señaló Cuatro.

—Para todas nosotras —añadió Cinco.

—¿Quiere un chorrito de licor de naranja en su agua de cebada, Tiíta Invitada? —dijo Seis—. Lo traen de las fragantes laderas de los Kells Menores. ¡Un auténtico lujo!

—Gracias, sólo una gota —dijo Elphie, que sin embargo no lo probó.

Apoyó los codos sobre las rodillas, se inclinó hacia adelante y dijo:

—Por favor, cuéntenme cómo se enteró ella de la muerte de Fiyero.

Se hizo un silencio. Las hermanas evitaban intercambiar miradas entre sí, fijando la vista en el plisado de sus faldas. Después de una pausa, Dos dijo:

—Un día muy triste. Aún me duele en la memoria.

Las otras rectificaron sus posturas en los asientos, volviéndose ligeramente hacia ella. Elphaba parpadeó dos veces, semejante a uno de sus cuervos.

Dos contó la historia, sin sentimentalismo ni drama. Un mercader arjiki, un comerciante que solía hacer negocios con Fiyero, había llegado por el paso de la montaña a comienzos de la primavera, cuando empezaban a fundirse las nieves, a lomos de un skark montañés. Pidió para ver a Sarima e insistió en que sus hermanas estuvieran a su lado, para que le brindaran su apoyo cuando oyera la triste noticia. Les contó cómo había recibido en el club, para la fiesta de la Natividad de Lurlina, un mensaje anónimo diciéndole que Fiyero había sido asesinado. El mensaje mencionaba una dirección en una zona de mala fama, ni siquiera se trataba de un distrito residencial. El mercader había contratado a un par de gorilas, con los que había derribado la puerta del almacén. Dentro había un pequeño apartamento disimulado en el piso de arriba, un refugio para amores clandestinos, evidentemente. (El mercader lo dijo sin el menor estremecimiento, quizá como maniobra para ganar poder.) Había indicios de lucha y enormes cantidades de sangre, tan espesa que en algunos sitios aún resultaba pegajosa. El cadáver había sido retirado y nunca pudo ser recuperado.

Elphaba se limitó a asentir con la cabeza, con expresión sombría, mientras escuchaba el relato.

–Durante un año –prosiguió Dos–, nuestra querida Sarima, desesperada, se negó a creer que realmente hubiese muerto. No nos habría sorprendido recibir una nota pidiendo un rescate. Pero a la siguiente Natividad de Lurlina, al no haber tenido más noticias al respecto, tuvimos que aceptar lo inevitable. Además, el clan ya no podía seguir mucho tiempo más con un gobierno colectivo provisional. Exigía un jefe único, y un jefe le fue dado, que desde entonces cumple bien su cometido. Cuando Irji llegue a la mayoría de edad, podrá reivindicar su derecho de primogenitura, si tiene suficiente arrojo, aunque de hecho es muy poco valeroso. Manek es el candidato más obvio, pero es el segundo en la línea sucesoria.

–¿Y qué cree Sarima que ha pasado? –preguntó Elphie–. ¿Y ustedes, todas ustedes?

Ahora que la parte más lúgubre de la historia estaba dicha, las otras hermanas consideraron que ya podían intervenir. Resultó ser que Sarima sospechaba desde mucho tiempo atrás que Fiyero tenía un romance con una antigua compañera de estudios llamada Glinda, una joven gillikinesa de legendaria belleza.

–¿Legendaria? –dijo Elphie.

–Solía hablarnos de su encanto, de su modestia, de la gracia y el brillo que...

–¿Les parece probable que hablara sin parar de la mujer con quien estaba cometiendo adulterio?

–Los hombres –dijo Dos–, como todas sabemos, son crueles y a la vez astutos. ¿Qué mejor artimaña que reconocer fervientemente y a menudo su admiración por ella? Sarima no podía acusarlo de ocultamiento o engaño. Nunca dejó de ser amable y atento con ella...

—A su manera fría, malhumorada, reservada y amarga —intervino Tres.

—Nada que ver con lo que una lee en las novelas —señaló Cuatro.

—Si una leyera novelas —dijo Cinco.

—Que no es el caso —terminó Seis, cerrando los labios sobre una perita de mazapán.

—De modo que Sarima cree que su marido estaba enredado con esa...

—Con esa belleza, sí —dijo Dos—. Usted debió de conocerla. ¿No estudió en Shiz?

—La conocí un poco —respondió Elphie, olvidando cerrar la boca. Le estaba resultando difícil seguir el ritmo de las múltiples narradoras—. Hace años que no la veo.

—Sarima tiene muy claro lo que sucedió —prosiguió Dos—. Glinda estaba casada (y aún lo está, hasta donde yo sé) con un adinerado caballero llamado sir Chuffrey. Su marido debió de sospechar algo, hizo que la siguieran y averiguó lo que estaba pasando. Después mandó a unos sicarios con la orden de que mataran al ofensor, es decir, al pobre Fiyero. ¿No cree que todo cuadra?

—Es muy convincente —replicó Elphie lentamente—. Pero ¿hay alguna prueba?

—Ninguna en absoluto —dijo Cuatro—. Si la hubiera, el honor familiar habría exigido que sir Chuffrey pagara con su vida, pero es posible que el caballero aún goce de excelente salud. No, es sólo una teoría, pero es lo que Sarima cree.

—Se aferra a esa teoría —dijo Seis.

—¿Y por qué no? —intervino Cinco.

—Está en su derecho. Es su privilegio —señaló Tres.

—Todo es privilegio suyo —dijo Dos tristemente—. Además, piénselo. Si usted estuviera casada y mataran a su marido, ¿no le resultaría más fácil soportarlo si creyera que lo merecía, aunque fuera sólo un poco?

—No —respondió Elphie—. No lo creo.

—Tampoco nosotras —reconoció Dos—, pero creemos que así piensa ella.

—¿Y ustedes? —preguntó Elphie, estudiando el dibujo de la alfombra, los rombos rojo sangre, los márgenes espinosos, las bestias, las hojas de acanto y los rosados medallones—. ¿Qué piensan ustedes?

—No se puede esperar de nosotras que tengamos una opinión unánime —dijo Dos, pero aun así siguió adelante—. Nos parece razonable suponer que Fiyero estaba involucrado, sin nuestro conocimiento, en alguna trama política de la Ciudad Esmeralda.

—Lo que iba a ser un mes de estancia se convirtió en cuatro —dijo Cuatro.

—¿Tenía Fiyero... preferencias políticas? —preguntó Elphaba.

—Era príncipe de los arjikis —les recordó Cinco a todas—. Tenía contactos, responsabilidades y alianzas que nosotras desconocíamos. Era su deber tener opiniones sobre cosas de las que nosotras ni siquiera habíamos oído hablar.

—¿Era partidario del Mago? —quiso saber Elphie.

—¿Me está preguntando si tuvo algo que ver con alguna de aquellas campañas? ¿Con alguno de aquellos pogromos? ¿El de los quadlings primero y el de los Animales después? —dijo Tres—. Parece sorprenderse de que estemos al corriente de estas cosas. ¿Nos cree tan aisladas del resto de Oz?

—Estamos aisladas —admitió Dos—, pero escuchamos cuando la gente habla. Nos gusta ofrecer nuestra hospitalidad a los viajeros. Sabemos que la vida puede ser muy cruda ahí fuera.

—El Mago es un déspota —declaró Cuatro.

—Nuestra casa es nuestro castillo —dijo Cinco al mismo tiempo—. Hasta cierto punto, el aislamiento es saludable, porque nos permite conservar intacta nuestra fibra moral.

Todas esbozaron simultáneamente una sonrisa satisfecha.

—Pero ¿ustedes creen que Fiyero tenía una opinión formada acerca del Mago? —volvió a preguntar Elphaba, presionando con cierta urgencia a sus interlocutoras.

—Si la tenía, se la guardaba para él —replicó secamente Dos—. ¡Por el amor de Lurlina, querida Tiíta, era príncipe y era un hombre! ¡Y nosotras éramos simplemente las cuñadas menores que tenía a su cargo! ¿Cree que iba a confiarnos sus secretos? Por lo que nosotras sabemos, pudo haber sido amigo íntimo del Mago. Seguramente tenía contactos en el Palacio; después de todo, era un príncipe, aunque sólo fuera de nuestra pequeña tribu. ¿Qué hacía con esos contactos? No lo sabemos. Pero *no* creemos que muriera víctima de una mano celosa. Puede que vivamos aisladas, pero no lo creemos. Pensamos que tal vez quedó atrapado en el fuego cruzado de algún conflicto periférico, o quizá fue sorprendido en flagrante acto de traición a algún grupo particularmente irritable. Era un hombre muy apuesto —dijo Dos—, y ninguna de nosotras lo habría negado entonces ni lo negaría ahora. Pero era serio y reservado, y dudamos que se hubiera soltado lo suficiente como para tener un lío de faldas.

Un cambio infinitesimal en la actitud de Dos (el abdomen ligeramente hundido y los hombros levemente erguidos) delató el fundamento de su opinión: ¿cómo podía haber sucumbido a los encantos de Glinda, cuando había sido capaz de resistirse a los de sus propias cuñadas?

—Pero —preguntó Elphie con un hilo de voz—, ¿de veras creen ustedes que hacía de espía para algún grupo?

—¿Por qué no han hallado nunca su cadáver? —señaló Dos—. Si hubiese sido un asesinato por celos, no habría sido necesario retirar el cuerpo. Quizá no estaba muerto aún. Quizá se lo llevaron para torturarlo. No, basándonos en nuestra limitada experiencia, creemos que esto huele a traición política y no a crimen pasional.

—Yo... —dijo Elphaba.

—Está pálida, querida. Seis, por favor, una jarra de agua...

—No —dijo Elphaba—. Es todo tan... En ese momento nadie hubiese pensado... Yo nunca... ¿Me permiten que les cuente lo poco que sé al respecto? Quizá puedan ustedes referírselo a Sarima. —Comenzó a ir y venir por la habitación—. Vi a Fiyero...

Pero en el momento menos esperado, se hizo notar la solidaridad familiar.

—Querida Tiíta Invitada —dijo Dos en tono responsable—, debemos respetar las órdenes estrictas de nuestra hermana de no permitir que se canse usted hablando de Fiyero y las tristes circunstancias de su muerte.

Era evidente el gran esfuerzo que tuvo que hacer Dos para hablar de ese modo, porque eran grandes sus ansias de oír lo que Elphaba tenía para contarles. El apetito de noticias suculentas hacía sonar los estómagos. Pero el decoro ganó la partida, o quizá el temor a la ira de Sarima, si llegaba a enterarse.

—No —dijo Dos una vez más—, no, me temo que no debemos expresar un interés indebido. Si habla, puede que no prestemos atención. Además, no le contaremos a Sarima lo que oigamos.

Al final, Elphaba las dejó con las ganas.

—En otra ocasión —repitió varias veces—, cuando estén preparadas, cuando ella esté preparada. Es esencial, ¿saben? Es mucho el dolor del que ella podría liberarse y también el que podría mitigar...

—Adiós, entonces, de momento —dijeron ellas, y la puerta se cerró detrás de Elphaba.

Los fuegos de las chimeneas gemelas se lanzaban mutuamente sus reflejos a través de la habitación, y las hermanas asumieron actitudes de frustrado valor, por tener que obedecer a su hermana mayor... así se la llevaran los demonios.

5

El hielo formaba una corteza sobre los tejados, desalojaba las tejas y se infiltraba en sucios goterones en las habitaciones privadas, la sala de música y las torres. Elphaba se habituó a llevar puesto el sombrero dentro del castillo, para evitar el ocasional dardo helado en el cráneo. Los cuervos tenían moho alrededor del pico y algas entre las garras. Las hermanas terminaron de leer la novela, lanzaron un suspiro colectivo —¡para toda la vida, para toda la vida!— y recomenzaron su lectura, tal como venían haciendo desde hacía ocho años. En las feroces corrientes ascendentes del valle, la nieve parecía tan pronto subir como caer. A los niños les encantaba.

Una tarde sombría, Sarima se envolvió en rojos chales de lana y, por puro aburrimiento, se fue a recorrer las mohosas salas abandonadas. Localizó una escalera en un hueco trapezoidal de paredes inclinadas, y pensó que quizá ese hueco, en un lugar tan alto del edificio, correspondía al lado del hastial que no quedaba a la vista. Le costaba visualizar la arquitectura en tres dimensiones, pero en cualquier caso subió la escalera. En lo alto, a través de una tosca reja, vio una figura en la blanca penumbra. Sarima tosió para no sobresaltarla.

Elphaba estaba doblada casi por la mitad, sobre un enorme infolio apoyado en un banco de carpintero. Se giró, sorprendida aunque no demasiado, y dijo:

—Hemos sentido la misma inclinación. ¡Qué curioso!

—Ha encontrado unos libros que yo había olvidado por completo —dijo Sarima, que para entonces sabía leer, pero no muy bien. Los libros la hacían sentirse inferior—. No podría decirle de qué tratan. ¡Tantas palabras! Nadie diría que el mundo necesita un escrutinio tan meticuloso.

—Aquí hay una geografía arcaica —dijo Elphie—, y registros documentales de varios pactos de usufructo entre diversas familias arjikis. Seguramente hay jefes locales que se alegrarían mucho de verlos. A menos que hayan prescrito. También reconozco algunos de los libros de texto que usaba Fiyero en Shiz... de la línea de ciencias de la vida.

—Y este tan enorme... con páginas violeta y tinta plateada. Grandioso.

—Lo encontré en el suelo de este armario. Parece una Grimería —dijo Elphie, dejando correr su mano por una página levemente combada por la humedad. Hacía un bonito contraste, su mano sobre el pergamino.

—¿Y qué es eso, aparte de algo muy hermoso?

—Por lo que puedo entender —replicó Elphie—, una especie de enciclopedia de cosas misteriosas. Cosas mágicas, del espíritu del mundo, cosas vistas y no vistas, pasadas y futuras. Sólo consigo entender líneas sueltas. Fíjese cómo cambia todo mientras mira —dijo señalando un párrafo de texto manuscrito.

Sarima miró, y aunque su habilidad para la lectura era ínfima, quedó boquiabierta con lo que vio. Las letras flotaban y se reordenaban en la hoja, como dotadas de vida propia. Parecía como si la página cambiara de idea mientras la estaba mirando. Finalmente, las letras se aglomeraron en un gran nudo negro que recordaba un hormiguero. Después, Elphaba pasó la página.

—Mire, esta sección es un bestiario.

Había elegantes y difuminados dibujos en rojo sangre y pan de oro, que constituían el alzado frontal y trasero de lo que parecía ser un ángel, con notas en delicada escritura sobre los aspectos aerodinámicos de la santidad. Las alas se plegaban hacia arriba y hacia abajo, y el ángel sonreía en una versión descarada de la beatitud.

—Y en esta página hay una receta. «De manzanas con piel negra y pulpa blanca, para llenar el estómago de codicia hasta la Muerte.»

—Ahora recuerdo este libro —dijo Sarima—, recuerdo cómo llegó aquí. Incluso fui yo quien lo puso en esta sala. Se me había olvidado. Es fácil perder los libros, ¿no cree?

Elphie levantó la vista, mirando con fijeza bajo la frente lisa y firme como la roca.

—Dígame cómo fue, Sarima. Por favor.

La Princesa Viuda de Kiamo Ko parecía confusa. Se dirigió a un ventanuco e intentó abrirlo, pero las incrustaciones de hielo se lo impidieron, de modo que se sentó en una caja de madera, dejándose caer bruscamente, y le contó a Elphaba la historia. No podía recordar exactamente el año, sólo sabía que había sucedido mucho tiempo atrás, cuando todos eran jóvenes y delgados. Su amado Fiyero aún vivía, pero se había marchado a las Praderas con la tribu. Aquejada de un fuerte dolor de cabeza, ella se encontraba sola en el castillo. Cuando oyó sonar la campanilla del puente levadizo, fue a ver quién era.

—La señora Morrible —dijo Elphaba—, la Bruja Kúmbrica o alguien por el estilo.

—No, no era ninguna señora. Era un anciano vestido con túnica y calzas, y envuelto en una capa que requería la atención urgente de una costurera. Dijo ser un hechicero, pero quizá sólo estaba loco. Me pidió comida y un baño, y se lo di, y después dijo que quería pagarme mi hospitalidad con este libro. Le dije que con un castillo que administrar, no me quedaba mucho tiempo para frivolidades como la lectura. Me dijo que no importaba.

Sarima se acomodó los chales y el resto de la ropa a su alrededor y se puso a dibujar con el dedo en el polvo frío, sobre una pila cercana de códices.

—Me contó un cuento fabuloso y me convenció para que aceptara el libro. Me dijo que era un volumen de sabiduría, que pertenecía a otro mundo, pero allí no estaba seguro. Por eso lo había traído aquí, para que estuviera oculto y a salvo de todo mal.

—¡Qué montón de patrañas! —dijo Elphie—. Si viniera de otro mundo, no podría leer ni una palabra. Y puedo descifrar algunas cosas.

—¿Ni siquiera siendo tan mágico como dijo él? —replicó Sarima—. En cualquier caso, yo le creí. Dijo que había más comunión entre los mundos de lo que nadie podía imaginar, que nuestro mundo tenía atributos del suyo, y el suyo del nuestro, quizá por efecto de las filtraciones, o tal vez de una infección. Llevaba una larga barba deshilachada, blanca y gris, y era muy cortés de una manera un tanto abstraída, y olía a ajo y a crema agria.

—Prueba irrefutable de que venía de otro mundo.

—No se burle de mí —dijo Sarima mansamente—. Me ha preguntado y yo se lo cuento. Dijo que este libro era demasiado poderoso para ser destruido, pero demasiado amenazador (en ese otro sitio) para ser conservado. Por eso había hecho él un viaje mágico o algo así y había llegado aquí.

—Kiamo Ko lo convocó y él no pudo resistir su atractivo...

—Dijo que éste era un lugar aislado, una fortaleza —prosiguió Sarima—, ¡y no pude menos que darle la razón! Además, ¿qué mal podía haber en aceptar un libro más? De modo que lo subimos aquí arriba y lo guardamos con los otros. Ni siquiera sé si alguna vez se lo he contado a alguien. Después él me bendijo y se marchó. Se fue andando por el sendero de Locklimb, con un cayado de roble.

—¿De veras me está diciendo que creyó que el hombre que trajo esto aquí era un hechicero? —dijo Elphie—. ¿Y creyó también que este libro venía de... otro mundo? ¿Cree en la existencia de otros mundos?

—Me cuesta un gran esfuerzo creer en éste —contestó Sarima—, y sin embargo parece estar aquí. ¿Por qué confiar entonces en mi escepticismo respecto a otros mundos? ¿Usted no cree?

—Lo intenté, cuando era pequeña —respondió Elphie—. Hice un esfuerzo. El apolillado, estúpido e indefinido amanecer en el mundo de la salvación: la Otra Tierra. No lo conseguí, no podía visualizarlo. Ahora pienso que lo que se nos oculta es nuestra propia vida. El misterio de la persona que me mira desde el espejo ya es suficientemente insondable y chocante para mi gusto.

—Bueno, era muy amable ese hechicero, o ese loco, o lo que fuera.

—Quizá fuera un agente leal al regente de Ozma —dijo Elphie—, que vino a esconder un antiguo tratado lurlinista, previendo un resurgimiento del ardor monárquico o un golpe de Estado. Tal vez estaba inquieto por la suerte de Ozma Tippetarius, secuestrada y víctima de un encantamiento soporífero. Quizá se presentó disfrazado para esconder este documento en un lugar lejano, pero de manera que aún fuera recuperable...

—Usted está llena de teorías de conspiraciones —dijo Sarima—. Ya lo he observado antes. Ese señor era un hombre anciano, muy anciano, y hablaba con acento extranjero. Seguramente era un mago itinerante de algún otro lugar. ¿Y acaso no tenía razón? El libro ha estado aquí, olvidado, durante... no sé, diez años o más.

—¿Puedo cogerlo y mirarlo?

—A mí no me importa. El hombre no dijo nada de que no hubiera que leerlo —respondió Sarima—. Quizá en aquel momento yo no sabía leer. Lo he olvidado. Pero ¡mire ese ángel tan bonito! ¿Habla en serio cuando dice que no cree en la Otra Tierra? ¿En una vida después de ésta?

—¡Justo lo que nos hace falta! —gruñó Elphaba mientras levantaba el tomo—. Otro valle de lágrimas después de este valle de lágrimas.

6

Una mañana, cuando Seis hubo intentado y renunciado una vez más a impartir algún tipo de clases a los niños, Irji propuso jugar al escondite dentro del castillo. Lo echaron a suertes y Nor sacó la pajita más corta, de modo que tuvo que taparse los ojos y contar. Cuando se aburrió de la espera, gritó «¡Cien!» y empezó a buscar.

Primero encontró a Liir. Aunque era propenso a desaparecer durante horas, Liir no tenía habilidad para esconderse cuando se lo pedían. Los dos se pusieron a buscar juntos a los chicos mayores y encontraron a Irji en el solárium de Sarima, agachado detrás de los volantes suspendidos de la percha de un grifo disecado.

Pero no pudieron hallar a Manek, el más hábil para esconderse.

No estaba en la cocina, ni en la sala de música, ni en las torres. Agotadas las ideas, los niños se atrevieron a bajar a los sótanos mohosos.

—Hay túneles que van desde aquí hasta el infierno —dijo Irji.

—¿Dónde? ¿Por qué? —dijo Nor, y Liir repitió sus palabras como un eco.

—Están escondidos, no se sabe bien dónde. Pero todos lo dicen. Preguntadle a Seis. Creo que fue porque antes estuvo aquí la administración de las obras hidráulicas. ¡Eso es! Hay tanto fuego y hace tanto calor en el infierno que los demonios necesitan agua y por eso construyeron túneles para llegar aquí.

—Mira, Liir —dijo Nor—, ahí está el pozo de los peces.

En el centro de una sala abovedada de techos bajos, con perlas de humedad condensada en los muros de piedra, había un pozo rodeado de un brocal bajo con tapa de madera. Había un sencillo dispositivo compuesto por una cadena y una piedra, para quitar y poner la tapadera. Destaparlo fue un juego de niños.

—De ahí abajo vienen los peces que comemos —dijo Irji—. Nadie sabe si es sólo un lago o si no tiene fondo y puedes seguir bajando hasta el infierno.

Agitó la tea y apareció un círculo de agua negra que reflejaba la llama formando astillas y anillos de gélida luz blanca.

—Seis dice que hay una carpa dorada ahí abajo —explicó Nor—. La vio una vez. Es tan grande que la confundió con una tetera de latón flotando en la superficie, pero entonces el pez se volvió y la miró.

—Quizá *era* una tetera de latón —apuntó Liir.

—Las teteras no tienen ojos —replicó Nor.

—Sea como sea, Manek no está aquí —dijo Irji—. ¿O sí está? —Se puso a llamarlo—. ¡Hola! ¡Manek!

Y el eco se fue rodando y se disolvió en la oscuridad acuosa.

—Quizá Manek bajó al infierno por uno de esos túneles —dijo Liir.

Irji volvió a tapar el pozo de los peces.

—Pero ahora te toca a ti, Nor. Yo no pienso volver a mirar ahí abajo.

De pronto sintieron miedo y subieron la escalera a la carrera. Cuatro les gritó por hacer tanto alboroto.

Al final, Nor encontró a Manek en la escalera, junto a la puerta de la Tiíta Invitada.

—¡Chis! —dijo cuando los otros se hubieron acercado.

Pero de todos modos, Nor lo tocó y exclamó:

—¡Tú la paras!

—¡Chis! —repitió él, en tono más perentorio.

Hicieron turnos para espiar a través de una grieta en el desgastado grano de la puerta.

La Tiíta tenía un dedo apoyado en un libro y murmuraba algo para sus adentros, articulándolo primero en una dirección y después en otra. A su lado, sobre un aparador, estaba acuclillado *Chistery*, guardando un silencio incómodo y obediente.

—¿Qué pasa? —preguntó Nor.

—Está intentando enseñarle a hablar —dijo Manek.

—Déjame mirar —pidió Liir.

—Di *espíritu* —decía la Tiíta con voz amable—. Di *espíritu. Espíritu. Espíritu.*

Chistery torció la boca a un lado, como si lo estuviera pensando.

—No hay ninguna diferencia —dijo la Tiíta para sí, o quizá se lo dijera a *Chistery*—. Las hebras son las mismas, las madejas idénticas; la piedra recuerda; el agua tiene memoria; el aire tiene un pasado del que es responsable; la llama se renueva como un pfénix. ¿Qué es un animal, si no un ser hecho de piedra, fuego y éter? Recuerda cómo se habla, *Chistery*. ¡Eres un animal, pero el Animal es tu hermano, maldita sea! ¡Di *espíritu*!

Chistery se sacó una liendre del pelo del pecho y se la comió.

—Espíritu —cantó la Tiíta—, hay espíritu, lo sé. ¡Espíritu!

—*Espitu* —dijo *Chistery*, o algo semejante.

Irji empujó a Manek a un lado y los niños casi derribaron la puerta para ver a la Tiíta riendo, bailando y cantando. La Tiíta cogió a *Chistery* y lo abrazó con fuerza, diciendo:

—¡Espíritu, oh, espíritu, *Chistery*! ¡Hay espíritu! ¡Di espíritu!

—*Espitu, espitu, espitu* —dijo *Chistery*, sin que su hazaña pareciera impresionarlo—. *Espito.*

Pero *Killyjoy* se despertó de la siesta, al oír el sonido de una voz nueva.

—Espíritu —dijo la Tiíta.

—Espérote —dijo *Chistery* pacientemente—. Espira. Esperado. Esputo, esputo, esputo. Pata, peto, pito. *Espido, espurto, espote.*

—Espíritu —repitió la Tiíta—. ¡Oh, mi querido *Chistery*! ¡Aún encontraremos un vínculo con los trabajos del doctor Dillamond! ¡Hay un designio universal en todos nosotros, si profundizamos lo suficiente como para verlo! ¡Las cosas no son en vano! ¡Espíritu, amigo mío, espíritu!

—*Sport* —dijo *Chistery*.

Los niños no pudieron contener la risa. Bajaron corriendo la escalera, se metieron en el dormitorio y estallaron en carcajadas entre las mantas.

No mencionaron lo que habían visto a Sarima ni a las hermanas. Temían que detuvieran el trabajo de la Tiíta, y todos querían que *Chistery* aprendiera a hablar lo suficiente como para jugar con ellos.

Un día sin viento, cuando todo hacía pensar que si no salían de Kiamo Ko morirían de aburrimiento, Sarima tuvo la idea de ir a patinar a una laguna cercana. Las hermanas estuvieron de acuerdo y sacaron a la luz los viejos patines oxidados que Fiyero había traído de la Ciudad Esmeralda. Prepararon bizcochitos de caramelo y termos de chocolate caliente, e incluso se adornaron con cintas verdes y doradas, como si fuera una segunda Natividad de Lurlina. Sarima se atavió con una túnica marrón de terciopelo con cuello de piel; los niños se pusieron más pantalones y blusas, e incluso Elphaba se unió al grupo, con una gruesa capa de brocado púrpura, pesadas botas arjikis de piel de cabra y manoplas para empuñar su escoba. *Chistery* se acomodó en la cesta de albaricoques secos. Las hermanas, vestidas con los discretos abrigos que usaban los hombres de la tribu, ceñidos y abotonados, cerraban la marcha.

Los aldeanos habían despejado la nieve del centro de la laguna, convertida en plateada pista de baile, grabada con graciosas curvas de mil arabescos y acolchada alrededor con montículos de nieve, para ofrecer reposo seguro a los patinadores que olvidaran cómo se frenaba o se giraba. En la desaforada luz del sol, las montañas destacaban con afilada nitidez sobre el azul del cielo, y en lo alto volaban en círculos garzas nivales y grifos de los hielos. La pista ya era un alboroto de niños gritones y adolescentes tambaleantes, que aprovechaban la menor oportunidad para caer amontonados en las más sugerentes posturas. Los mayores se movían más lentamente, formando una procesión en torno al hielo. La muchedumbre guardó silencio cuando vio que se acercaba la familia real de Kiamo Ko, pero los niños son niños y el silencio no duró mucho.

Sarima se aventuró por el hielo, mientras sus hermanas formaban una cadena a su alrededor, con los brazos entrelazados. Al ser más bien corpulenta y de tobillos débiles, tenía miedo de caer. Pero al cabo de poco tiempo recordó cómo funcionaba todo (primero un pie y después el otro, en largas zancadas lánguidas), y el incómodo encuentro entre clases sociales pudo consumarse. Elphaba parecía uno de sus cuervos: sus rodillas apuntaban hacia afuera, sacudía los codos, sus andrajos ondulaban al viento y sus manos enguantadas arañaban el aire buscando equilibrio.

Cuando las personas mayores consideraron que ya habían tenido suficiente diversión (aunque los niños no habían hecho más que empezar), Sarima, las hermanas y Elphie se dejaron caer sobre unas pieles de oso que los aldeanos habían desplegado para ellas.

—En verano —dijo Sarima— encendemos una gran hoguera y matamos algunos cerdos, antes de que los hombres bajen a las llanuras o los chicos suban a las laderas para cuidar las cabras y las ovejas. Todos acuden al castillo para comer un poco de carne de cerdo y beber unas jarras de cerveza. Y también, por supuesto, cada vez que hay un león de las montañas o un oso particularmente peligroso, abrimos a la población las puertas del castillo, hasta que la bestia es abatida o se marcha.

Sonrió con orgullo, como diciendo «nobleza obliga» y con la mirada puesta en las distancias medias, aunque los aldeanos ya no prestaban atención a la gente del castillo.

—Tiíta, querida —prosiguió—, tenía usted un aspecto impresionante con esa capa y blandiendo esa escoba.

—Liir dice que es una escoba mágica —dijo Nor, que se había acercado corriendo para arrojar una bola de nieve a la cara de su madre.

Elphaba giró rápidamente la cabeza y se levantó el cuello de la capa, para evitar que la nieve la salpicara. Nor lanzó una risotada descortés, que por su musicalidad recordaba el sonido de una flauta, y se marchó corriendo.

—Cuéntenos entonces cómo llegó a ser mágica su escoba —dijo Sarima.

—Nunca he dicho que fuera mágica. Me la regaló una mónaca anciana, la madre Yackle. Me acogió bajo su protección, cuando aún tenía lucidez suficiente, y me dio... no sé, supongo que podríamos llamarlo orientación.

—Orientación —repitió Sarima.

—La vieja mónaca dijo que la escoba me serviría de vínculo con mi destino —recordó Elphie—. Supongo que quiso decir que mi destino era doméstico. Pero no mágico.

—Como el de todas nosotras —dijo Sarima bostezando.

—Nunca supe si la madre Yackle estaba loca o perfectamente cuerda, la vieja profética... —dijo Elphie, pero como las demás no le estaban prestando atención, se quedó callada.

Al cabo de un momento, Nor volvió otra vez para dejarse caer en el regazo de su madre.

—Cuéntame un cuento, mamá —pidió—. Esos niños son tontos.

—Los chicos son criaturas irritantes —convino su madre—. A veces. ¿Quieres que te cuente la historia de cuando naciste?

—No, ésa no —dijo Nor bostezando—. Cuéntame un cuento de verdad. Cuéntame otra vez el de la Bruja y los zorritos.

Sarima protestó, porque sabía bien que los niños llamaban bruja a la Tiíta Invitada. Pero Nor era obstinada, y Sarima cedió y le contó el cuento. Elphaba escuchó. Su padre le había enseñado preceptos morales y la había sermoneado sobre sus responsabilidades. Nana solía chismorrear y Nessarose lloriqueaba. Pero nadie le había contado cuentos cuando era pequeña. Se inclinó un poco hacia adelante, para poder oír entre el rumor de la multitud.

Sarima recitaba la historia con escaso sentimiento dramático, pero aun así Elphaba sintió una punzada cuando oyó la conclusión. «Y allí se quedó la vieja y malvada Bruja durante mucho, muchísimo tiempo.»

—¿Ha salido alguna vez? —recitó Nor, con los ojos brillantes por la diversión del ritual.

—*Todavía* no —respondió Sarima, mientras se abalanzaba sobre su hija y fingía que le mordía el cuello. Nor chilló, se soltó de los brazos de su madre y salió corriendo para reunirse con los niños.

—Aunque sólo sea un cuento, me parece bochornoso proponer una vida después de la vida para el mal —dijo Elphaba—. *Cualquier* concepto de vida después de la vida es una manipulación y una concesión. Es bochornosa la forma en que tanto los unionistas como los paganos se empeñan en hablar del infierno para intimidar y de la Otra Tierra como recompensa.

—No diga eso —replicó Sarima—. Tenga en cuenta que allí es donde Fiyero me está esperando. Y usted lo sabe.

Elphaba se quedó boquiabierta. Cuando menos lo esperaba, Sarima siempre parecía dispuesta a desconcertarla con un ataque sorpresa.

—¿En la *otra vida*? —dijo Elphie.

—¡Usted siempre está en contra! —replicó Sarima—. Me compadezco de la gente que tenga que recibirla a usted en la otra vida. ¡Siempre tan amargada!

7

—Está loca —dijo Manek en tono de estar bien informado—. Todo el mundo sabe que es imposible enseñar a hablar a un animal.

Estaban en el abandonado establo de verano, saltando desde una plataforma y haciendo que se levantaran nubes de heno y nieve en las manchas de luz.

—¿Entonces qué está haciendo con *Chistery*? —preguntó Irji—. ¿Qué está haciendo, si estás tan seguro?

—Le está enseñando a imitar, como a un loro —replicó Manek.

—Yo creo que es magia —dijo Nor.

—Tú crees que todo es magia —señaló Manek—. Niña estúpida.

—Y es que todo es magia —replicó Nor, alejándose de los chicos como para subrayar con su acción la opinión que le merecía su escepticismo.

—¿De verdad crees que tiene poderes mágicos? —le dijo Manek a Liir—. Tú la conoces mejor que cualquiera de nosotros. Es tu madre.

—Es mi tiíta, ¿no? —dijo Liir.

—*Nosotros* la llamamos Tiíta, pero es tu madre.

—¡Yo lo sé todo! —dijo Irji, entrando de lleno en el tema para evitar otro salto de la conversación–. Liir es hermano de *Chistery*. Liir es lo que era *Chistery* antes de que ella le enseñara a hablar. Eres un mono, Liir.

–No soy ningún mono –replicó Liir–, y no estoy hechizado.

–Bueno, entonces vamos a preguntárselo a *Chistery* –decidió Manek–. ¿No es hoy el día en que la Tiíta toma el té con mamá? Vayamos a ver si *Chistery* ha aprendido suficientes palabras como para responder a unas cuantas preguntas.

Subieron a toda carrera la escalera de caracol, hasta las habitaciones de la Tiíta Bruja. Era cierto, ella se había marchado, y ahí estaban *Chistery*, que mordisqueaba unas cáscaras de nuez, *Killyjoy*, que dormitaba junto al fuego y gruñía en sueños, y las abejas, que entonaban su coro interminable. A los niños no les gustaban mucho las abejas, ni les hacía mucha gracia *Killyjoy*. Incluso Liir había perdido el interés por el perro desde que tenía niños para jugar. Pero *Chistery* era el favorito de todos.

–Ven aquí, chiquito, bonito –dijo Nor–. Ven, animalito, ven con la tiíta Nor.

El mono pareció dubitativo, pero después, andando sobre los nudillos y las hábiles patas, se fue balanceando por el suelo y saltó a los brazos de la niña. Una vez allí, comenzó a inspeccionarle las orejas, por si encontraba algo comestible, mientras miraba a los chicos por encima del hombro de la niña.

–Dinos, *Chistery*, ¿de verdad tiene poderes mágicos la Tiíta Bruja? –dijo Nor–. Cuéntanos cosas de la Tiíta Bruja.

–Baja bruja –dijo *Chistery*, jugueteando con los dedos–. ¿Baja bruja abrojo?

Hubiesen jurado que era una pregunta, por la forma en que se le arrugó la frente como un par de cejas arqueadas.

–¿Te ha hechizado?

–Hizo hechizo. Choza chuza hizo –respondió *Chistery*–. Choza hechizo.

–¿Cómo te hizo el hechizo y cómo lo deshacemos? ¿Cómo hacemos para devolverte la forma de niño? –preguntó Irji, que pese a ser el mayor se lo tomaba tan en serio como los demás–. ¿Hay alguna manera?

—¿Mano mera? —dijo *Chistery*—. ¿Manera a mano?

—Dinos qué debemos hacer. Sólo queremos socorrerte —dijo Nor, acariciándolo.

—Verte muerte —respondió *Chistery*.

—¡Fantástico! —exclamó Irji—. ¿Entonces es imposible romper el sortilegio?

—¡Oh, pero si no hace más que balbucear! —dijo Elphaba desde la puerta—. ¡Vaya, tengo visitas a las que ni siquiera he invitado!

—¡Ah, hola, Tiíta! —dijeron los niños, que se sabían en falta—. Está hablando o algo así. Está hechizado.

—Básicamente, repite lo que vosotros decís —repuso Elphaba, acercándose un poco más—. Dejadlo en paz. No podéis entrar aquí.

—Lo sentimos —dijeron, y se marcharon.

Cuando llegaron al dormitorio de los chicos, se derrumbaron sobre los colchones y rugieron de risa hasta las lágrimas, pero sin saber exactamente qué era lo que encontraban tan divertido. Quizá fuera el alivio de escapar ilesos de las habitaciones de la Bruja, después de entrar sin ser invitados. Los niños decidieron que ya no tenían miedo a la Tiíta Bruja.

8

Estaban cansados de vivir encerrados, pero por fin llovía en lugar de nevar. Jugaban mucho al escondite, esperando a que escampara para poder salir afuera.

Una mañana, le había tocado a Nor buscar a sus hermanos. Varias veces seguidas le resultó fácil encontrar a Manek, porque Liir se escondía a su lado y lo delataba con su presencia. Al final, Manek perdió la paciencia.

—Siempre me descubren, porque tú eres un negado. No sabes esconderte, tienes la cabeza más vacía que un pozo.

—¡No puedo esconderme en el pozo! —replicó Liir, que no le había oído bien.

—¡Claro que puedes! —dijo Manek, encantado.

Empezó una nueva ronda del juego y Manek condujo a Liir directamente a la escalera del sótano, que estaba más húmedo que nunca, porque el agua subterránea se filtraba a través de las piedras de los cimientos. Cuando hicieron pivotar la tapa del pozo, vieron que el nivel del agua había subido, pero todavía estaba a unos tres o cuatro metros de la boca del brocal.

—¡Ya verás qué bien! —dijo Manek—. Mira, si pasamos la cuerda por este gancho, el cubo quedará lo bastante firme como para que tú te subas. Después, cuando yo haga girar la manivela, el cubo bajará poco a poco, deslizándose por la pared del pozo. Lo pararé antes de que toque el agua, no te preocupes. Después pondré la tapa y Nor podrá pasarse el día entero buscando, porque no te encontrará.

Liir se asomó al hueco húmedo.

—¿Y si hay arañas?

—Las arañas detestan el agua —dijo Manek con la autoridad de la sabiduría—. No te preocupes por las arañas.

—¿Por qué no lo haces tú? —sugirió Liir.

—Porque tú no tienes fuerza para bajarme, por eso —repuso Manek en tono paciente.

—No vayas muy lejos a esconderte —dijo Liir—. No me bajes mucho. No cierres del todo la tapadera, porque no me gusta la oscuridad.

—Siempre te estás quejando —replicó Manek, ayudándolo—. Por eso no nos gustas, ¿lo sabías?

—Todos sois malos conmigo —deploró Liir.

—Ahora agáchate. Agarra las cuerdas con las dos manos. Si el cubo rasca la pared, empuja un poco para apartarte. Lo bajaré poco a poco.

—¿Dónde vas a esconderte? —dijo Liir—. No hay ningún otro sitio en esta habitación.

—Me esconderé debajo de la escalera. Nor no me buscará entre las sombras. Detesta las arañas.

—¿No decías que no había arañas?

—Ella cree que sí las hay —replicó Manek—. ¡Uno, dos, tres! ¡Qué buena idea hemos tenido, Liir! Eres muy valiente.

Manek jadeaba por el esfuerzo. Liir resultaba más pesado en el cubo de lo que se había figurado. La cuerda se desenrolló con excesiva rapidez y se quedó atascada en la unión entre el molinete y la viga, lo que hizo que el cubo se detuviera bruscamente y chocara contra la pared, con un golpe seco que resonó en una sucesión de ecos.

—¡Demasiado rápido! —se oyó la voz de Liir, fantasmagórica en la oscuridad.

—¡Oh, no seas nenaza! —dijo Manek—. ¡Y ahora, silencio! Voy a tapar a medias el pozo, para que Nor no adivine que estás ahí. No hagas ningún ruido.

—Creo que hay peces aquí abajo.

—Claro que hay peces. Es un pozo de peces.

—Estoy terriblemente cerca del agua. ¿Saltan?

—Sí, saltan y tienen unos dientes enormes y afilados, ¡nenaza!, y se comen a los niñitos gordos —dijo Manek—. *¡Pero claro que no saltan!* ¿Te expondría yo a un peligro tan grande si saltaran? Sinceramente, tú no confías nada en mí, ¿verdad?

Suspiró, como si le faltaran palabras para expresar su decepción, y cuando la tapa se cerró del todo y no sólo a medias, no le sorprendió que Liir estuviera demasiado herido en sus sentimientos como para quejarse.

Manek se quedó un rato escondido bajo la escalera. Cuando pasó un tiempo sin que Nor bajara, pensó que las viejas faldas mohosas del altar de la capilla le proporcionarían un escondite aún mejor.

—Ya vuelvo, Liir —susurró, pero como Liir no respondió, Manek supuso que aún seguiría ofendido.

En una de sus raras incursiones en la cocina, Sarima estaba preparando un estofado con las mustias verduras de la despensa. Las hermanas daban un recital privado de danza en la sala de música, en el piso de arriba.

—Suena como una manada de elefantes —comentó Sarima cuando la Tiíta Invitada entró casualmente, en busca de algo para picar.

—No esperaba encontrarla aquí —dijo Elphaba—. A propósito, tengo una queja sobre sus hijos.

—Esos pequeños y queridos vándalos... ¿Qué han hecho ahora? —dijo Sarima, mientras revolvía—. ¿Han vuelto a ponerle arañas en las sábanas?

—No me importan las arañas. Al menos se las pueden comer los cuervos. No, Sarima, el problema es que los niños revuelven mis pertenencias, fastidian a *Chistery* sin piedad y no me escuchan cuando les hablo. ¿No puede hacer nada con ellos?

—¿Qué puedo hacer? —deploró Sarima—. Mire, ¿qué le parece este colinabo? ¿Estará bueno?

—Ni siquiera *Killyjoy* lo probaría —dictaminó Elphaba—. Siga con las zanahorias. Esos niños son ingobernables, Sarima. ¿No deberían ir a un colegio?

—Oh, sí, en una vida mejor irían a un colegio. Pero ¿cómo voy a enviarlos ahora? —replicó su madre plácidamente—. Ya le he dicho que son un objetivo fácil para los jefes arjikis más ambiciosos. Ya es bastante arriesgado dejarlos corretear por las laderas cerca de Kiamo Ko en verano. Nunca sé cuándo van a encontrarlos, atarlos, desangrarlos como a cerdos y traérmelos a casa para que los entierre. Es el precio de la viudez, Tiíta. Tenemos que hacer las cosas lo mejor que podemos.

—Yo me portaba bien de niña —dijo Elphaba enérgicamente—. Cuidaba de mi hermana pequeña, que padecía una horrible deformidad de nacimiento. Obedecía a mi padre, y también a mi madre, hasta que murió. Recorría el campo haciendo de niña misionera y daba testimonio del Dios Innominado, aunque esencialmente carecía de fe. Creía en la obediencia, y no me parece que eso me haya hecho daño.

—¿Qué fue entonces lo que le hizo daño? —fue la aguda pregunta de Sarima.

—Como no quiere escuchar —repuso Elphie—, no se lo diré. Pero sea cual sea la razón, sus hijos son ingobernables. No me parece bien su falta de firmeza.

—Oh, los niños en el fondo son buenos —dijo Sarima, concentrada en raspar las zanahorias—. ¡Son tan inocentes y alegres! Me alegra el corazón verlos correr por la casa, jugando ahora a un juego y después a otro. Estos días maravillosos se acabarán demasiado pronto, querida Tiíta, y entonces recordaremos con añoranza el tiempo en que esta casa estaba llena de risas infantiles.

—Risas diabólicas.

—Hay algo inherentemente bueno en los niños —dijo Sarima, decidida, dejándose invadir por la simpatía que le inspiraba el tema—. ¿Recuerda a la pequeña Ozma, la que fue depuesta hace tantos años por el Mago? Dicen que está en algún lugar, congelada en una cueva, quizá incluso aquí, en los Kells, por lo poco que sé. Se conserva en la inocencia de la infancia, porque el Mago no tuvo valor para matarla. Algún día volverá para gobernar Oz y será la reina más sabia y la mejor que hayamos tenido nunca, gracias a la sabiduría de la infancia.

—Nunca he creído en niños salvadores —dijo Elphaba—. Por lo que yo sé, son los niños los que necesitan ser salvados.

—Lo que a usted le pasa es que está irritada porque los niños siempre están alegres y animados.

—A sus hijos los anima un espíritu maligno —dijo Elphie, soliviantada.

—Mis hijos no son malos, como tampoco mis hermanas y yo fuimos niñas malas.

—Sus hijos no son *buenos* —replicó Elphie.

—¿Entonces qué juicio le merece Liir?

—Oh, Liir —dijo Elphie, haciendo una mueca de disgusto y un gesto de desagrado con las manos.

Sarima estaba dispuesta a insistir en el tema (una cuestión que despertaba su curiosidad desde hacía tiempo) cuando Tres entró a toda prisa en la cocina.

—¡El deshielo debe de haber llegado antes de lo acostumbrado a los pasos más bajos —dijo—, porque acabamos de avistar una caravana que sube trabajosamente por el sendero de Locklimb, procedente del norte! ¡Estará aquí mañana!

—¡Demonios! —exclamó Sarima—. ¡El castillo está hecho un caos! Siempre nos pasa lo mismo. ¿Por qué no aprendemos? ¡Rápido, llamad a los niños! Tendremos que organizar una limpieza a fondo. Nunca se sabe, Tiíta. Podría ser un huésped importante y hemos de estar preparadas.

Manek, Nor e Irji dejaron su juego y acudieron corriendo. Tres les dio la noticia y de inmediato tuvieron que subir a la torre más alta, pera ver si divisaban algo a través de la mansa lluvia y para agitar pañuelos y delantales. En efecto, había una caravana: cinco o seis skarks y un carromato pequeño, avanzando por la nieve y el barro, vadeando con dificultad una corriente, parando para reparar una rueda partida o para dar de comer a los skarks. Era un gran acontecimiento y, durante toda la cena de sopa de verduras, los niños no dejaron de parlotear acerca de las sorpresas que podrían depararles los pasajeros de la caravana.

—Nunca han dejado de creer que su padre volverá —le dijo Sarima a Elphaba en un susurro—. Su entusiasmo es en realidad la esperanza de volver a verlo, aunque no se den cuenta.

—¿Dónde está Liir? —preguntó Cuatro—. ¡Qué desperdicio de sopa, cuando no se presenta a tiempo! ¡No pienso darle ni un poco cuando me venga después llorando! Niños, ¿dónde está Liir?

—Antes estaba jugando con nosotros. Quizá se haya quedado dormido —dijo Irji.

—Vamos a encender una hoguera para saludar a los viajeros con el humo —decidió Manek, levantándose de un salto de la mesa.

9

Ya era la hora del almuerzo cuando los skarks y el carromato iniciaron el difícil ascenso final que conducía hasta la reja del castillo y sus puertas de roble y jaspe. La gente del pueblo salió de sus casuchas y se apoyó con todo su peso contra el carromato, para ayudarlo a superar las rodadas de barro y hielo, hasta que por fin alcanzó el puente levadizo y pudo atravesarlo. Elphaba, tan picada por la curiosidad como los demás, estaba de pie junto a la Princesa Viuda de los Arjikis y sus hermanas, en un parapeto sobre la puerta delantera toscamente labrada. Los niños esperaban abajo, en el patio empedrado, todos excepto Liir.

El jefe de la caravana, un joven de aspecto recio, hizo una levísima reverencia en señal de respeto a Sarima, mientras los skarks defecaban pesadamente en el empedrado, para deleite de los niños, que nunca habían visto estiércol de skark. Después, el jefe se dirigió al carromato, abrió la puerta y subió. Su voz sonaba a un volumen muy alto, como para hacerse oír por alguien duro de oído.

Esperaron. El cielo era de un azul punzante, casi primaveral, y los carámbanos colgaban de los aleros como peligrosas dagas, fundiéndose a marchas forzadas. Las hermanas escondieron la barriga, lamentando haber tomado aquel último trozo de pan de jengibre y las tazas de café con nata y miel, y prometieron enmendarse. ¡Por favor, dulce Lurlina, que sea un hombre!

El jefe de la caravana volvió a salir y tendió una mano para ayudar al pasajero a bajar del carromato. Era una vieja de articulaciones chirriantes, con una triste falda oscura y un gorrito espantosamente anticuado, incluso para el gusto provinciano.

Pero Elphaba se había inclinado hacia adelante y hendía el aire con su afilada barbilla y su nariz de hacha, olfateando como un animal. La visitante se volvió y el sol le iluminó la cara.

—¡Por la gloria eterna! —exclamó Elphie, casi sin aliento—. ¡Si es mi vieja Nana!

Y abandonó el parapeto para correr a abrazar a la anciana.

—¡Tiene sentimientos humanos! ¿Lo habéis visto? —dijo Cuatro desdeñosamente—. No la habría creído capaz.

De hecho, la Tiíta Invitada estaba sollozando de alegría.

El jefe de la caravana no quiso quedarse a comer, pero era evidente que Nana, con sus maletas y sus baúles, no tenía intención de seguir el viaje. Se instaló en una pequeña habitación mohosa, justo debajo de la de Elphaba, y dedicó el tiempo interminable que dedican las ancianas a lavarse y arreglarse. Cuando estuvo preparada para hacer vida social, la cena estaba lista. Una gallina vieja medio salvaje, más correosa que suculenta, yacía en una floja salsa de pimienta, servida en una de las bandejas buenas de plata. Los niños lucían sus mejores galas y por una vez se les permitió cenar en el comedor de las grandes ocasiones. Nana entró del brazo de Elphaba y se sentó a su derecha. Como se trataba de una visita para Elphie, las hermanas habían colocado amablemente el aro de su servilleta en el extremo opuesto a la cabecera de la mesa, frente a Sarima, una plaza que habitualmente se dejaba vacante en memoria del pobre difunto Fiyero. Fue un gran error, como muy pronto advertirían, porque Elphaba nunca renunciaría a la nueva posición. Pero por el momento todo eran sonrisas y amable hospitalidad. La única pequeña molestia (al margen de que Nana no fuera un joven príncipe heredero en busca de esposa) era que Liir aún persistía en su campaña de hosca desaparición. Los niños no sabían dónde estaba.

Nana era una anciana cansada y extravagante, con la piel agrietada como jabón seco, el pelo fino y las manos de un blanco amarillento, con venas tan prominentes como las cuerdas en torno a un buen queso de cabra arjiki. Respirando ruidosamente y haciendo numerosas pausas para recuperar el aliento y reflexionar, contó que en la Ciudad Esmeralda, a través de alguien llamado Crope, se había enterado de que Elphaba, su antigua protegida, había estado cuidando a Tibbett en su agonía, en el convento de Santa Glinda, en las afueras de la capital. Hacía muchos años que nadie de la familia tenía noticias de Elphaba, y Nana había decidido hacerse cargo de su búsqueda. Al principio las mónacas no habían querido decirle nada, pero Nana había insistido y al final había tenido que esperar a que hubiera una nueva caravana lista para partir. Las mónacas le hablaron de la misión de Elphaba en Kiamo Ko y Nana reservó plaza en una caravana que partía en primavera. Y allí estaba.

—¿Y qué nos puede contar del mundo? —preguntó Dos ansiosamente. Ya se contarían ellas los chismes familiares cuando estuvieran solas.

—¿A qué se refiere? —replicó Nana.

—¡La política, la ciencia, la moda, las artes, la vanguardia! —canturreó Dos.

—Bueno, nuestro formidable Mago se ha hecho coronar emperador —señaló Nana—. ¿Lo sabían?

No lo habían oído.

—¿Con qué autoridad? —preguntó Cinco en tono burlón—. ¿Y emperador de qué?

—No hay nadie que tenga más autoridad que él, según él mismo ha dicho —declaró Nana con calma—, ¿y quién podría discutírselo? Todos los años reparte títulos a diestro y siniestro, sólo que esta vez el agraciado ha sido él. En cuanto a emperador de qué, no sabría decirle. Hay quien dice que el título implica intenciones expansionistas.

Pero no sé hacia adónde podría expandirse, sinceramente, no lo sé. ¿Hacia el desierto? ¿O más allá, hasta Quox, o Ix, o tal vez Fliaan?

—¿Tendrá pensado controlar mejor algunos territorios que ahora domina sólo nominalmente? —dijo Elphaba—. Como el Vinkus.

Sintió un escalofrío, como una vieja herida por debajo del esternón.

—Nadie está particularmente feliz —dijo Nana—. Se ha decretado el reclutamiento forzoso y la Fuerza Galerna amenaza con superar en número al Ejército Real. No se sabe si habrá una lucha interna por el poder, y el Mago se está preparando contra un eventual golpe de Estado. ¿Cómo vamos a tener nosotras una opinión al respecto? ¿Siendo mujeres y viejas como somos?

Sonrió, para incluirlas a todas. Las hermanas y Sarima le devolvieron la mirada más desdeñosa y juvenil que pudieron conjurar.

10

El día siguiente prácticamente no amaneció, sombrío de lluvia y agobiado por el peso de unas nubes informes.

En la salita, esperando a que Nana saliera y siguiera cumpliendo con su obligación de entretenerlas, las hermanas y Sarima analizaban los nuevos datos que habían conocido sobre la Tiíta Invitada.

—Elphaba —dijo Dos en tono meditativo—. Es un nombre bastante bonito. ¿De dónde viene?

—Yo lo sé —dijo Cinco, que en cierta ocasión había atravesado una fase vagamente religiosa, cuando comprendió que sus probabilidades de matrimonio eran cada vez más remotas—. Hace tiempo tuve una *Vida de los santos*. Santa Aelphaba de la Cascada fue una mística del País de los Munchkins, que vivió hace seis o siete siglos. ¿No os acordáis? Quería rezar, pero era tan hermosa que los hombres del lugar no dejaban de importunarla para conseguir sus atenciones.

Todas suspiraron a coro.

—Para preservar su santidad, se fue al monte, con sus sagradas escrituras y un racimo de uvas. Las bestias salvajes la amenazaban y los hombres salvajes la perseguían, y ella estaba terriblemente angustiada. Entonces llegó a una enorme cascada que caía por un despeñadero y dijo: «Ésta es mi cueva.» Se quitó toda la ropa y atravesó andando la atronadora cortina de agua. Del otro lado había una caverna, excavada por la propia fuerza del agua. Se sentó allí y, a la luz que se filtraba a través de la catarata, se puso a leer su libro sagrado y a reflexionar sobre asuntos espirituales. De vez en cuando, comía una uva. Cuando finalmente se le acabaron las uvas, salió de la cueva. Habían pasado cientos de años. Había surgido una aldea a orillas del río e incluso había una presa que alimentaba una aceña. Los aldeanos huyeron espantados, porque todos habían jugado de niños en la caverna de detrás de la cascada; infinidad de amantes habían celebrado allí sus encuentros; en la cueva se habían cometido asesinatos y actos innobles, y en su interior se habían enterrado tesoros. Pero nadie había visto nunca a santa Aelphaba en su bella desnudez. Sin embargo, bastó que santa Aelphaba abriera la boca y hablara la vieja lengua para que todos supieran quién era y construyeran una capilla en su honor. La santa bendijo a los niños y a los ancianos, escuchó las confesiones de los de edad mediana, curó a algunos enfermos, dio de comer a varios hambrientos y ese tipo de cosas, y después volvió a desaparecer detrás de la cascada, con otro racimo de uvas. Un poco más grande que el anterior, creo. Y nadie volvió a verla nunca más.

—Entonces puedes desaparecer y no haber muerto —señaló Sarima, mirando por la ventana con expresión ligeramente soñadora, a través de la lluvia.

—Si eres una santa —replicó Dos en tono mordaz.

—Si crees en santos —dijo Elphaba, que había entrado en la salita hacia el final del relato—. La reemergente santa Aelphaba muy bien pudo ser alguna pelandusca del pueblo vecino con ganas de reírse de la credulidad de los aldeanos.

—¡Ay, cómo es la duda! Arranca la esperanza de todas las cosas —dijo Sarima desdeñosamente—. Hay veces que llega usted a irritarme, Tiíta, le aseguro que llega a irritarme.

—Creo que sería bonito llamarla Elphaba —dijo Seis—, porque es una historia muy bonita. Además, es agradable oír su verdadero nombre en boca de Nana.

—Ni siquiera lo intenten —dijo Elphaba—. Si Nana no puede evitarlo, está bien; es vieja y le cuesta cambiar. Pero ustedes no.

Seis frunció los labios, como para iniciar una discusión, pero justo en ese momento se oyó un ruido de pasos por la escalera y Nor e Irji irrumpieron en la habitación.

—¡Hemos encontrado a Liir! —dijo—. ¡Venid! ¡Parece que está muerto! ¡Se ha caído al pozo de los peces!

Todos bajaron precipitadamente la escalera hasta el sótano. Lo había encontrado *Chistery*. El mono nival había arrugado la nariz al pasar junto al pozo en compañía de los niños y había empezado a chillar y a gemir, tratando de empujar la tapadera para abrirla. Nor e Irji pensaron que sería divertido bajar al mono dentro del cubo; pero nada más desplazar la tapa, el espeluznante reflejo de la luz sobre la carne humana los había aterrorizado.

Manek acudió corriendo cuando oyó el alboroto de su madre y las demás mujeres lanzando exclamaciones alrededor del pozo. Sacaron a Liir. El nivel del agua había subido, lo cual no era de extrañar, teniendo en cuenta el deshielo y las lluvias continuas. Liir estaba hinchado como un cadáver abandonado en un torrente.

—¡Ah, entonces estaba ahí! —dijo Manek con una voz extraña—. ¿Os acordáis que una vez dijo que quería bajar al pozo de los peces?

—Apartaos, niños, esto no es para vosotros. Volved arriba —dijo Sarima, con el tono que usaba para regañarlos—. ¡Obedeced! ¡Volved arriba ahora mismo!

Los niños no sabían qué era lo que estaban mirando y tenían miedo de mirar demasiado de cerca.

—No me lo puedo creer, es demasiado terrible —dijo Manek, entusiasmado, mientras Elphaba le lanzaba una afilada mirada de odio.

—Obedeced a vuestra madre —les ordenó secamente, y Manek le hizo una mueca desagradable, pero Irji, Nor y él subieron ruidosamente la escalera, y se quedaron agachados arriba, junto a la puerta, para espiar.

—¿Quién tiene en sus manos el arte de la medicina? ¿Usted, Tiíta? —preguntó Sarima—. ¡Démonos prisa! ¡Puede que aún estemos a tiempo! ¿No es cierto que usted conoce el arte? ¿No ha estudiado las ciencias de la vida? ¿Qué puede hacer?

—¡Irji! —gritó Elphie—. Ve a buscar a Nana y dile que es una emergencia. Lo llevaremos con mucho cuidado a la cocina. No, Sarima, yo no sé lo suficiente.

—¡Use sus hechizos, use su magia! —exclamó Cinco.

—¡Tráigalo de vuelta! —la urgió Seis.

—¡Puede hacerlo! ¡Ahora no hace falta que disimule y se oculte! —añadió Tres.

—Yo no puedo traerlo de vuelta —dijo Elphaba—. ¡No puedo! No tengo aptitudes para la hechicería. No las he tenido nunca. ¡Fue sólo una tonta campaña de la señora Morrible, que yo rechacé!

Las seis hermanas la miraron con recelo.

Irji llevó a Nana a la cocina, Nor trajo la escoba, Manek trajo la Grimería, y Sarima y sus hermanas transportaron el cuerpo chorreante e hinchado de Liir y lo depositaron sobre la mesa de carnicero.

—Vaya, ¿quién es éste ahora? —murmuró Nana, pero puso manos a la obra, bombeando piernas y brazos, e indicando a Sarima que le presionara el vientre.

Elphaba pasaba las hojas de la Grimería con expresión crispada y se golpeaba las sienes con los puños, mientras se lamentaba en tono plañidero:

—No tengo ninguna experiencia personal con las almas. ¿Cómo voy a encontrar la suya, si ni siquiera sé qué aspecto tienen?

—Está todavía más gordo que de costumbre —comentó Irji.

—Si le pinchas los ojos con una paja mágica de la escoba mágica, su alma volverá —dijo Manek.

—Me pregunto por qué se habrá metido en el pozo de los peces —dijo Nor—. Yo jamás lo habría hecho.

—¡Santa Lurlina, ten piedad de nosotros, ten piedad! —decía Sarima entre lágrimas, mientras las hermanas comenzaban a murmurar la oración de los muertos, alabando al Dios Innominado por la vida que los había abandonado.

—¡Nana no puede hacerlo todo! —exclamó Nana secamente—. ¡Elphaba, ven a ayudarme! ¡Te comportas igual que tu madre en medio de una crisis! Pon tu boca sobre la suya e insufla aire en sus pulmones. ¡Vamos, date prisa!

Elphaba enjugó la humedad de la pastosa cara de Liir con el borde de la manga. La cara no reaccionó y se quedó donde la había empujado. Elphaba hizo una mueca de disgusto, estuvo a punto de vomitar, y al final escupió algo en un cubo, pero después hundió la boca entre los labios del niño y sopló, insuflando en los rancios conductos aéreos su propio aliento rancio. Sus dedos se tensaron a los lados de la mesa de carnicero, arrancando astillas, como en un éxtasis de tensión sexual. *Chistery* acompasó su respiración con la de Elphaba.

—Huele como un pez —señaló Nor en un susurro.

—Si ése es el aspecto que tienes cuando te ahogas, prefiero morir quemado —comentó Irji.

—Yo no pienso morir —dijo Manek—, y nadie podrá obligarme.

El cuerpo de Liir empezó a sofocarse. Al principio pensaron que era una reacción mecánica, que era aire de la boca de Elphaba que se embolsaba y volvía a salir, pero después hubo una pequeña corriente de alguna repugnante sustancia amarilla. A continuación, los párpados del niño se movieron y su mano se agitó con voluntad propia.

—¡Oh, alabado sea el cielo! —murmuró Sarima—. ¡Es un milagro! ¡Gracias, Lurlina! ¡Bendita seas!

—Aún no estamos fuera de peligro —dijo Nana—. Todavía puede morirse de frío. ¡Rápido, quitadle la ropa mojada!

Los niños contemplaron la tonta indignidad de unas mujeres hechas y derechas arrancándole la túnica y los pantalones al estúpido de Liir. Lo untaron de pies a cabeza con manteca de cerdo, motivo suficiente para que los niños sufrieran un ataque de risa floja y para que Irji se sintiera muy extraño por debajo de los pantalones por primera vez en su vida. Después, envolvieron a Liir en una manta de lana, que quedó terriblemente pringosa, y lo prepararon para meterlo en la cama.

—¿Dónde duerme? —preguntó Sarima.

Todos se miraron entre sí. Las hermanas miraron a Elphaba y Elphaba miró a los niños.

—Oh, a veces en el suelo de nuestra habitación y otras en el suelo del cuarto de Nor —dijo Manek.

—También quiere dormir en mi cama, pero yo lo echo a empujones —explicó Nor—. Está demasiado gordo y no quedaría espacio para mí ni para mis muñecas.

—¿Ni siquiera tiene una cama? —le preguntó Sarima a Elphaba con frialdad.

—A mí no me lo pregunte; es su casa —replicó Elphie.

Entonces Liir se agitó un poco y dijo:

—El pez me hablaba. Yo le hablaba al pez. El pez de colores me hablaba. Era una chica. Me dijo que...

—Calla, pequeño —dijo Nana—. Ya habrá tiempo después —añadió, mientras miraba con fiereza a las mujeres y los niños que había en la cocina a su alrededor—. No debería ser la pobre Nana quien le encuentre una cama, pero si no hay otra para él, puede venir a mi habitación y yo dormiré en el suelo.

—¡Desde luego que no! ¡La sola idea...! —empezó Sarima, echando a andar.

—¡Bárbaros! ¡Sois todos unos bárbaros! —soltó Nana.

Nadie en Kiamo Ko se lo perdonó jamás.

Sarima regañó a la Tiíta Invitada por lo sucedido a Liir. Elphaba intentó decir que no lo había hecho ella y que por tanto la culpa no era suya.

—Ha sido una travesura de niño, un juego, un desafío —dijo.

Cuando se hubieron extinguido las acusaciones, pasaron a hablar de las diferencias entre los chicos y las chicas.

Sarima le contó a la Tiíta Invitada lo que sabía acerca del rito de iniciación de los chicos de la tribu.

—Los llevan a las praderas y los dejan solos, sin nada más que un taparrabos y un instrumento musical. Se supone que tienen que invocar a los espíritus y los animales de la noche, para conversar con ellos, aprender de su sabiduría, consolarlos si necesitan consuelo y luchar con ellos si necesitan luchar. El niño que muere durante la noche demuestra carecer del discernimiento necesario para saber si quien está con él necesita consuelo o necesita luchar. Es justo, por tanto, que muera joven y que su insensatez no sea una carga para la tribu.

—¿Qué cuentan los chicos de los espíritus que se les acercan? —preguntó la Tiíta Invitada.

—Los chicos hablan muy poco, en particular del mundo de los espíritus —respondió Sarima—. Aun así, una se va enterando de cosas, y yo creo que algunos espíritus son muy pacientes, muy fatigosos, muy obcecados. Según la tradición, debería haber conflicto, hostilidad y batalla, pero yo me pregunto si para tratar con los espíritus no necesitará el niño una buena dosis de cólera fría.

—¿Cólera fría?

—Sí, ¿no conoce la distinción? Las madres de la tribu siempre les dicen a sus hijos que hay dos tipos de cólera: caliente y fría. Los chicos y las chicas experimentan las dos; pero, a medida que crecen, los tipos de cólera se diferencian según el sexo. Los chicos necesitan cólera caliente para sobrevivir. Necesitan ser proclives a la lucha, sentirse impulsados a hundir el cuchillo en la carne, poseer la energía y la iniciativa de la furia. Es una exigencia de la caza, la defensa, el orgullo y quizá también del sexo.

—Sí, lo sé —dijo Elphaba, recordando.

Sarima se sonrojó y pareció infeliz, pero continuó:

—Las niñas, en cambio, necesitan cólera fría. Necesitan la ebullición a fuego lento, el rencor permanente, el talento para eludir el perdón y no transigir nunca. Necesitan saber que cuando dicen algo nunca se echarán atrás, nunca jamás. Es su compensación por un territorio de acción más limitado en el mundo. Si te enfrentas a un hombre y luchas, uno de los dos gana, y entonces sigues adelante o mueres y te quedas atrás. Si te enfrentas a una mujer, el universo entero cambia, porque la cólera fría requiere vigilancia eterna en todos los aspectos de los desaires y las ofensas.

Miró fijamente a Elphaba, asaeteándola con silenciosas acusaciones sobre Fiyero y Liir. Elphaba meditó al respecto. Meditó acerca de la cólera caliente y la cólera fría, y si era cierto que diferenciaba a los sexos, y cuál de las dos sentía ella, si es que alguna vez había sentido alguna. Pensó en su madre, que había muerto joven, y en su padre con sus obsesiones. Pensó en la cólera del doctor Dillamond, una cólera que lo había impulsado a estudiar e investigar. Pensó en la cólera que la señora Morrible difícilmente podía disimular, cuando intentaba seducir a las alumnas de su colegio para que sirvieran secretamente al gobierno.

Estuvo pensando al respecto a la mañana siguiente, mientras contemplaba cómo la creciente fuerza del sol hacía desmoronar los montículos de nieve de los tejados inclinados, bajo su ventana. Estuvo mirando cómo el sol hacía sangrar agua de hielo a los carámbanos, el frío y el calor trabajando juntos para formar un carámbano, la cólera fría y la cólera caliente trabajando juntas para producir furia, una furia suficientemente poderosa para usarla como arma contra las viejas cosas que aún debían ser combatidas.

En cierto modo (aunque sin ningún medio de confirmarlo, por supuesto), siempre se había sentido capaz de alentar una cólera igual de caliente que la de cualquier hombre. Pero para tener éxito, era preciso disponer de las dos clases...

Liir sobrevivió, pero Manek no. El carámbano que estaba contemplando Elphaba mientras pensaba en las armas necesarias para combatir esos abusos cayó del alero partido como una lanza rota, se precipitó silbando y alcanzó al niño en el cráneo, cuando andaba en busca de alguna manera nueva de atormentar a Liir.

SUBLEVACIONES

1

Te llaman bruja, ¿lo sabías? —dijo Nana—. ¿Por qué?

—Tonterías y estupideces —respondió Elphaba—. Cuando llegué, me sentía distanciada de mi nombre, después de tantos años en el convento, donde me llamaban hermana Santa Aelphaba. *Elphaba* me parecía el nombre de alguien del pasado. Les dije que me llamaran Tiíta, aunque nunca me he sentido la tiíta de nadie, ni sabría reconocer ese sentimiento. Nunca he tenido tíos ni tías.

—Hum, no creo que fueras muy buena como bruja —dijo Nana—. Tu madre se escandalizaría, bendita sea su alma. También tu padre.

Estaban paseando por el huerto de los manzanos. Una nube de flores recién abiertas espesaba el aire con su fragancia. Las abejas de la Bruja trabajaban a marchas forzadas, zumbando con aspereza. *Killyjoy* meneaba el rabo, sentado a la sombra de la lápida de Manek, situada cerca de la pared. Los cuervos corrían carreras de relevos sobre sus cabezas, asustando a todas las aves, excepto a las águilas. Irji, Nor y Liir, por insistencia de Nana, asistían al aula escolar del pueblo. Una maravillosa tranquilidad reinaba en Kiamo Ko hasta el mediodía.

Nana tenía setenta y ocho años, y andaba apoyada en un bastón. No había renunciado a sus pequeños esfuerzos en pro de la belleza, que últimamente parecían subrayar la tosquedad de sus rasgos, en lugar de enaltecerlos. La capa de polvos era dcmasiado gruesa, el pintalabios estaba corrido y descentrado, y el etéreo chal de gasa no servía para protegerla de la corriente que subía del valle. Nana, por su parte, pensaba que Elphaba tenía mal aspecto, como si se estuviera enmoheciendo de dentro afuera. Pálida. Una especie de desintegración. No parecía cuidar en absoluto su preciosa cabellera, que llevaba recogida de cualquier manera y escondida dentro de aquel ridículo sombrero. Y el vestido negro necesitaba que lo lavaran y lo pusieran a orear.

Se detuvieron junto a un muro inclinado y se recostaron contra él. Las hermanas estaban recogiendo flores a cierta distancia, en el campo, y Sarima las seguía, redonda como un globo. Con su traje oscuro de luto, parecía el enorme capullo de alguna peligrosa oruga que hubiese caído de una rama. Era bueno oírla reír otra vez, aunque su risa fuera falsa. La luz tenía ese extraño efecto de mejorarlo todo, incluso a Elphaba.

Nana le había contado a Elphie las noticias de la familia. El Eminente Thropp por fin había muerto. Estando Elphaba ausente y presumiblemente muerta, el manto de la Eminencia había recaído sobre los hombros de Nessarose y ahora la hermana menor estaba aposentada en Colwen Grounds, emitiendo dogmáticas declaraciones sobre la fe y la culpa. Con ella también estaba Frex, cuya carrera de clérigo casi había terminado. Desde que había renunciado al esfuerzo, su mente comenzaba a recuperar el equilibrio. ¿Caparazón? Iba y venía. Menudeaban los rumores de que era un agitador favorable a la secesión entre Oz y el País de los Munchkins. Según la sesgada opinión de Nana, se había convertido en un muchacho agradable y apuesto: bien formado, de piel clara, sin pelos en la lengua y de corazón valeroso. Tenía poco más de veinte años.

—¿Y qué piensa Nessarose de la secesión? —había preguntado Elphie—. Su opinión al respecto es importante, ahora que es la Eminente Thropp.

Nana le contó que Nessarose había resultado ser mucho más lista de lo que todos pensaban. Nunca enseñaba sus cartas y emitía vagas declaraciones sobre la causa revolucionaria, que podían interpretarse de diversas maneras, dependiendo de quién las oyera. Nana suponía que Nessarose pretendía imponer alguna forma de teocracia, incorporando a las leyes que regían el País de los Munchkins su propia interpretación restrictiva del unionismo.

—Ni siquiera Frex, tu nimbado padre, sabe si eso sería bueno o malo, y guarda silencio al respecto. No le interesa mucho la política, prefiere el ámbito místico.

Nana añadió que los planes de Nessarose incluso gozaban de cierto apoyo local. Sin embargo, como Nessarose dosificaba muy bien sus declaraciones, las fuerzas del Mago acantonadas en la región no encontraban ninguna excusa para arrestarla.

—Es muy hábil para encontrar adeptos —reconoció Nana—. Shiz la ha educado muy bien. Ahora ya no necesita ayuda.

La palabra *adeptos* hizo estremecer a Elphie. ¿Actuaría Nessarose movida por algún tipo de encantamiento que le hubiera echado la señora Morrible, hacía tantos neblinosos años, en la salita de Crage Hall? ¿No sería un peón, una Adepta al servicio del Mago o de la señora Morrible? ¿Conocería el *porqué* de lo que hacía? Y de hecho, ¿no sería la propia Elphaba una simple pieza en el tablero de un maligno poder superior?

El recuerdo de las propuestas de la señora Morrible para sus carreras (la suya, la de Nessarose y la de Glinda) había aflorado en la mente de Elphie, para su enorme sorpresa, tras la recuperación de Liir de la saturación y el semiahogamiento que había padecido el invierno anterior. Cuando finalmente el niño estuvo en condiciones de responder a la pregunta de cómo había llegado al pozo, sólo pudo decir:

—La pececita me habló y me dijo que bajara.

En su corazón, Elphie sabía que el culpable había sido Manek, el horrible y malvado Manek, que había pasado el invierno torturando abiertamente y sin piedad al pobre niño. No le importó que Manek muriera, aunque fuera el preciado hijo de Fiyero. Todo torturador era una diana legítima para las jabalinas de los carámbanos. Pero tuvo que hacer una pausa y tragar, cuando oyó lo que Liir dijo después.

—La pececita me contó que era mágica —dijo—. Me contó que Fiyero era mi padre y que Irji, Manek y Nor son mis hermanos.

—¡Los peces no hablan, cariño! —dijo Sarima—. Estás imaginando cosas. Has pasado demasiado tiempo allí abajo y ahora tienes el cerebro encharcado.

Elphaba sentía un curioso anhelo que la impulsaba hacia Liir, una compulsión extraña y desagradable. ¿Quién era ese chico que vivía en su vida? Oh, sabía más o menos de dónde venía, pero por primera vez en su vida, le pareció que también le importaba saber quién era. Había tendido la mano y la había apoyado sobre el hombro del chico, que al no estar habituado al gesto, se la había quitado de encima de una sacudida. Elphaba se sintió rechazada.

—¿Quieres ver mi ratoncito, Liir? —dijo Nor, que había sido amable con el niño durante su convalecencia.

Liir prefería siempre la compañía de los otros niños antes que responder a las preguntas de los mayores, de modo que fue imposible sonsacarle más información sobre su calvario. No parecía muy cambiado, pero desde que había muerto Manek, recorría Kiamo Ko con mayor entusiasmo y libertad.

Entonces Sarima había mirado a Elphaba, y Elphaba había pensado que el momento de su liberación estaba próximo.

—¡Qué tonto, el pobre chico! ¡Imagina cosas! —dijo Sarima por fin—. ¿Cómo puede pensar que Fiyero era su padre? Fiyero no tenía un gramo de grasa en el cuerpo, ¡y mira a ese niño!

Bajo las condiciones en que había sido acogida, Elphaba no tenía permitido tratar de persuadir a Sarima para que cambiara de idea. Aun así, se quedó mirando a su anfitriona, ordenándole mentalmente que aceptara los hechos. Pero Sarima no quiso hacerlo.

—¿Y quién se supone que sería su madre? —dijo blandamente—. ¡Es ridículo hasta lo indecible!

Por primera vez, Elphie deseó que la piel de Liir tuviera al menos un matiz verdoso.

Sarima había salido con aire majestuoso, para llorar en la capilla por su marido y por su segundo hijo.

Y las condiciones del encierro de Elphie (traidora involuntaria, mónaca exiliada, madre desgraciada, insurrecta fracasada y Bruja de incógnito) no variaron ni un ápice.

Pero ¿no cabía la posibilidad de que una Carpa o un Pez de Colores le hubiese dicho todas esas cosas a Liir en el pozo de los peces?

¿O podría la señora Morrible cambiar de forma, vivir en la fría oscuridad, infiltrarse y observar lo que hacía Elphie? Liir no era un niño imaginativo. Jamás podría haber inventado algo parecido sin ayuda. ¿O sí?

Cuando Elphaba iba a ver el pozo —y lo hizo muchas veces, a diferentes horas del día y de la noche—, la vieja carpa (o Carpa) no se dejaba ver.

—Me alegra oír que Nessarose sabe valerse por sí misma —dijo por fin Elphaba, volviendo de sus meditaciones al huerto de los manzanos.

Nana estaba mordisqueando un trozo de caramelo.

—Ya no necesita ayuda, y lo digo en todos los sentidos —replicó la anciana, entre hilos de saliva—. No necesita ningún apoyo, ni literal ni figurado. Es capaz de permanecer de pie sin ayuda, de pie y sentada.

—¿Sin brazos? No lo creo —dijo la Bruja.

—Pues tendrás que creerlo. ¿Recuerdas el par de zapatos que Frex adornó para ella?

¡Claro que Elphaba los recordaba! ¡Aquellos preciosos zapatos! La señal de devoción de su padre hacia su segunda hija, su deseo de acentuar su belleza y desviar la atención de su deformidad.

—¿Recuerdas a Glinda de los Arduennas? Pues bien, se casó con sir Chuffrey y, en mi opinión, se ha descuidado un poco. Hace un par de años, vino a visitarnos a Colwen Grounds y lo pasó en grande con Nessarose, recordando los viejos tiempos del colegio. Después Nessarose se puso aquellos mismos zapatos, mediante algún tipo de encantamiento, no me preguntes cómo; la magia nunca ha sido lo mío. Desde entonces, los zapatos le permiten sentarse, permanecer de pie y caminar sin ayuda. No se los quita nunca y dice que además le confieren virtud moral, aunque de *eso* tiene varias espuertas más de lo necesario. Te sorprendería ver lo supersticiosos que se han vuelto los munchkins últimamente —suspiró Nana—. Por eso he podido dejarla y venir en tu busca, querida. Desde que usa los zapatos mágicos, yo no le hago falta. Nana se ha quedado sin trabajo.

—Estás demasiado vieja para trabajar. Quédate sentada y disfruta del sol —recomendó Elphaba—. Puedes quedarte aquí todo el tiempo que quieras.

—Hablas como si ésta fuera tu casa —repuso Nana—, como si tuvieras derecho a hacer ese tipo de invitaciones.

—Mientras no se me permita marcharme, ésta será mi casa —dijo Elphaba—. No puedo hacer nada al respecto.

Nana se hizo pantalla con las manos sobre los ojos y se puso a contemplar las montañas, que a la luz del mediodía tenían el aspecto del cuerno pulido.

—¡Es para morirse de risa, verte a ti convertida en Bruja, al menos en cierto modo, y a tu hermana haciéndose pasar por la santa local! ¿Quién lo hubiera pensado, en aquellos fangosos años transcurridos en los yermos del País de los Quadlings? No creo que seas bruja, digas lo que digas, pero hay algo que quiero saber. ¿Liir es hijo tuyo?

Elphaba se estremeció, pero en lo profundo de su frío envoltorio, el corazón le bullía de caliente energía.

—No es una pregunta que yo pueda responder —dijo tristemente.

—A mí no tienes por qué ocultarme nada, cielito. Recuerda que también fui niñera y doncella de tu madre, y no he conocido nunca a una mujer tan sensual y entregada como ella. Las convenciones nunca fueron una atadura para ella, ni en la juventud, ni en su vida de casada.

—Preferiría no oír nada al respecto —dijo Elphie.

—Entonces hablemos de Liir. ¿Qué demonios has querido decir? O bien lo has concebido y lo has llevado en el vientre, o no lo has hecho. Hasta donde yo sé, en este mundo no hay más historias.

—Lo que quiero decir —dijo Elphaba— y lo único que diré a propósito de este tema es lo siguiente. Cuando entré en el convento, gracias a la amabilidad de la madre Yackle, no estaba yo en condiciones de saber lo que me estaba sucediendo, y de hecho pasé aproximadamente un año sumida en un sueño mortal. Es posible que en ese lapso gestara un niño y lo pariera. Tardé otro año más en recuperarme. Cuando empezaron a asignarme tareas, trabajé con los enfermos y los moribundos, y también con los niños abandonados. Con Liir tenía tanta relación como con otras varias docenas más de niños sucios y traviesos. Cuando me marché del convento para venir aquí, me impusieron la condición de que trajera conmigo a Liir. No cuestioné la orden; nadie cuestiona las órdenes superiores. No siento ningún cariño maternal por el muchacho —tragó saliva, por si ya no era cierto—, y no tengo la sensación de haber pasado nunca por la experiencia de dar a luz a un niño. De hecho, no acabo de creerme capaz, aunque estoy dispuesta a conceder que quizá sea simplemente por ignorancia y ceguera. Pero eso es todo lo que se puede decir al respecto. No diré nada más, ni tú tampoco.

—¿Tienes entonces la obligación de comportarte como una madre con él, pese al misterio?

—Las otras obligaciones que tengo son las que yo misma me impongo, y eso es todo, Nana.

—Eres demasiado ácida y esta situación te hace infeliz. Pero si crees que he venido aquí para criar otra generación de Thropps, olvídalo. Nana está en su fase senil, recuérdalo, y está muy satisfecha con su senilidad.

Pero Elphaba no pudo dejar de advertir, en las semanas siguientes, que Nana empezaba a atender las necesidades de Liir más amorosamente que las de Nor o Irji. Elphaba lo advirtió con cierta vergüenza, porque también notaba con cuánto entusiasmo Liir respondía a las atenciones de Nana.

Cuando relataba las hazañas de Caparazón, mientras su viejo corazón palpitaba casi visiblemente bajo el esternón, Nana revelaba detalles de las campañas del Mago, algo que enfurecía a Elphaba, quien confiaba en haber perdido el interés por los actos de los hombres malvados.

Pero Nana seguía hablando y contaba que el Mago había organizado un nuevo tipo de campamento juvenil, el Jardín del Emperador, un nombre tan bonito como eufemístico. Todos los niños munchkins de cuatro a diez años tenían obligación de asistir, en estancias de un mes durante el verano. Una vez allí, juraban guardar el secreto, algo que para ellos, sin duda alguna, era un juego extraordinario. Nana contó entonces la larga y enmarañada historia, más apropiada para viejas sin dientes sentadas junto al fuego que para la hora de la cena en casa de unas honestas y reprimidas solteronas arjikis, de cómo Caparazón, el querido y desconocido hermano Caparazón, se había hecho pasar por un repartidor de patatas y había conseguido introducirse en el campamento. ¡Oh, qué anécdotas tan divertidas había vivido el granuja! ¡La hija núbil del director del campamento en *déshabillé*, las imaginativas coartadas de Caparazón, sus aventuras amorosas, las veces que se había salvado por los pelos! ¡El riesgo de ser descubierto en sus amoríos... por *niños*! ¡Qué risa! Nana seguía siendo una vieja campesina deslenguada, pese a sus aires de gran señora. Elphaba pensó que ni siquiera se daba cuenta de que estaba hablando de campamentos de adoctrinamiento, de traición, del reclutamiento forzoso de niños para una guerra de baja intensidad. Con la recién hallada sensibilidad de tener a Liir planeando en la periferia de su vida, zumbando suavemente a través de sus días, encontraba las historias de adoctrinamiento de niños horrorosas y repugnantes.

Fue a buscar la Grimería, abrió con dificultad su pesada tapa de piel (adornada con goznes y broches de oro e impresa en hoja de plata) y estuvo pasando sus páginas, tratando de encontrar lo que vuelve a la gente sedienta de autoridad y fuerza bruta. ¿Sería la naturaleza misma de la bestia interior, del animal humano dentro del Ser Humano?

Buscaba una receta para derribar un régimen. Encontró mucho acerca del poder y sobre cómo causar daños, pero muy poco sobre estrategia.

La Grimería describía cómo envenenar la boca de los vasos; cómo encantar los peldaños de una escalera para que se comben y cedan, o cómo agitar al perrito faldero favorito de un monarca para hacerle asestar una mordedura mortal allí donde nadie lo espera. Sugería la inserción nocturna, a través de cualquier orificio apropiado, de una invención diabólica, una especie de hilo semejante a una cuerda de piano, mitad solitaria y mitad bengala, para una defunción particularmente dolorosa. Todas esas cosas le parecieron a Elphaba simples demostraciones de destreza. Lo que más le interesó en su lectura fue un pequeño dibujo que vio junto a una sección titulada «Detalles malignos». El dibujo —hecho en algún mundo ajeno al suyo, si había que dar crédito a la confiada Sarima— era el hábil bosquejo de una maléfica mujer de ancho rostro. Alrededor de toda la ilustración, escritas en una caligrafía angulosa y ramificada, con elegantes remates acabados en punta, podían leerse las palabras YAKALA ENSEÑANDO LOS DIENTES. Elphaba volvió a mirar. Vio una criatura mitad mujer, mitad chacal de las praderas, con las fauces abiertas y la mano o pata levantada para arrancar un corazón de una telaraña. La criatura le recordó a la vieja madre Yackle, la del convento.

Ya le había dicho Sarima que las teorías conspiratorias parecían atormentar sus pensamientos. Pasó la página.

No había nada en la Grimería sobre la forma de deponer a un tirano, nada útil. Los ejércitos de ángeles celestiales no eran responsables ante ella. Nada en el libro explicaba por qué los hombres y las mujeres podían volverse tan horribles. O tan maravillosos, si es que tal cosa seguía sucediendo todavía.

2

En realidad, la muerte de Manek fue devastadora para la familia. Se percibía el sentimiento inexpresado de que, en cierto modo, Liir había salvado la vida a expensas de la de Manek. Las hermanas padecían la más espantosa de las pérdidas: el robo del Manek *adulto* de sus vidas. Su triste condición había sido tolerable durante todos esos años, porque Manek iba a ser el hombre que había sido Fiyero y quizá incluso más. Comprendían, en retrospectiva, que habían abrigado la esperanza de que Manek devolviera a Kiamo Ko la gloria perdida.

El blando de Irji tenía menos sentido del destino que un perrito de la pradera, y Nor era una chica más frívola y distraída de lo normal, de modo que Sarima, detrás de su extasiada actitud de aceptación de la vida (con sus alegrías, sus penas y sus misterios, como le gustaba añadir), se volvió más fría y distante. Nunca había tenido una relación estrecha con sus hermanas, pero empezó a tomar las comidas sola, en el solárium.

Irji y Nor, que de vez en cuando habían disfrutado de su alianza contra la obcecada malicia de Manek, tenían ahora menos elementos que los unieran. Irji empezó a frecuentar la vieja capilla unionista, donde aprendió a leer mejor, examinando misales e himnarios mohosos. A Nor no le gustaba la capilla –pensaba que el fantasma de

Manek merodeaba por allí, pues había sido el último sitio donde había visto su cuerpo amortajado–, de modo que intentó congraciarse con la Tiíta Bruja, pero sin éxito.

–Lo que quieres es atormentar a *Chistery* –le dijo Elphie secamente en una ocasión–, y yo tengo trabajo que hacer. Ve a fastidiar a otros.

Después hizo ademán de propinarle un puntapié a la niña, que escapó a la carrera, gimiendo y gritando como si de verdad le hubiera pegado.

Nor se dedicó entonces a vagabundear (ahora que se acercaba el verano) por el valle más alto, el que tenía el río al fondo, y también del otro lado, donde las ovejas ya mordisqueaban la mejor hierba que probarían en todo el año. Si hubiese sido como en años anteriores, habría tenido que ir con sus hermanos o le habrían prohibido que saliera sola. Pero ese año no había nadie que le prestara suficiente atención como para prohibirle nada. No le hubiera importado que se lo prohibieran, ni siquiera le habría importado que la azotaran con la correa. Se sentía sola.

Un día se alejó más que de costumbre valle abajo, regocijándose en la fuerza y la resistencia de sus piernas vigorosas. Sólo tenía diez años, pero eran diez años robustos y maduros. Se había recogido la falda verde, remetiéndola por debajo del cinturón y, como el sol estaba alto y brillaba con fuerza, se había quitado la blusa y se la había atado a la cabeza a modo de badana. Prácticamente no tenía ninguna redondez en el pecho que asustara a ninguna oveja; pero en cualquier caso, se creía capaz de divisar a un pastor a varios kilómetros de distancia.

¿Cómo habría ido a parar ella allí, con lo grande que era Oz?, se preguntó, adentrándose por vez primera en el terreno de la reflexión. Aquí estoy, una niña en una montaña, con nada más que el viento, las ovejas y la hierba como un incendio esmeralda, verde y dorada como los adornos de la Natividad de Lurlina, sedosa por arriba y áspera por abajo. Solamente yo, el sol y el viento. Y ese grupo de soldados saliendo de detrás de esa roca.

Se dejó caer hasta quedar acostada de espaldas en la hierba, se arregló la blusa y se levantó, apoyada en los codos, escondida.

No eran soldados como los que había visto antes. No eran arjikis con sus trajes y sus cascos ceremoniales, con sus lanzas y sus escudos. Eran hombres con gorras y uniformes marrones, que llevaban al hombro mosquetes o algo parecido. Calzaban unas botas bastante altas, inapropiadas para la marcha en la montaña; cuando uno de ellos se detuvo para hacer algo con un clavo o una piedra que le molestaba, metió el brazo hasta el codo en la bota.

Llevaban una barra verde vertical en el delantero de los uniformes y otra barra que la cruzaba, y Nor experimentó el frío de un desusado sentimiento de expectación. Deseaba al mismo tiempo que la vieran. ¿Qué habría hecho Manek?, se preguntó. Irji habría huido corriendo y Liir se habría quedado perplejo, sin saber qué hacer. Pero ¿Manek? Manek habría ido directo hacia ellos y habría averiguado lo que estaba sucediendo.

¡Ella también lo haría! Se miró una vez más, para comprobar que tenía los botones abrochados, y bajó la cuesta a grandes zancadas, al encuentro de los soldados. Cuando por fin la vieron, el hombre que se había quitado la bota había terminado de ponérsela y Nor empezaba a reconsiderar la sensatez de su plan. Pero era demasiado tarde para salir huyendo.

—¡Salve! —dijo, utilizando el saludo formal y el idioma del este, en lugar de la lengua arjiki—. ¡Salve y alto ahí! Soy la Princesa Hija de los Arjikis y este valle, por el que ustedes marchan con sus grandes botas negras, es *mío*.

Cuando los condujo a la torre principal del castillo de Kiamo Ko, era mediodía. Las hermanas estaban en el lavadero de verano, sacudiendo con sus propias manos las alfombras, porque no confiaban en que las aldeanas las trataran con suficiente respeto. El ruido de las botas sobre el empedrado hizo que acudieran corriendo por el arco de la puerta, sonrojadas y cubiertas de polvo, con el pelo envuelto en pañuelos de algodón. Elphaba, que también había oído el ruido, abrió la ventana y miró.

—¡Ni un centímetro más hasta que yo baje —gritó—, o de lo contrario os convertiré a todos en roedores! ¡Nor, aléjate de ellos! ¡Todas vosotras, alejaos!

—Voy a buscar a la Princesa Viuda —dijo Dos—, si a ustedes, caballeros, les parece bien.

Pero cuando por fin llegó Sarima, adormilada aún dc la siesta, Elphaba ya había bajado, con la escoba al hombro y las cejas arqueadas hasta el cuero cabelludo.

—¡Aquí no los ha invitado nadie —dijo Elphie, más parecida que nunca a una bruja, con sus faldas monacales—, de modo que depende de ustedes que sean bien recibidos! ¿Quién está al mando? ¿Usted? ¿Quién es el oficial al mando de esta misión? ¿Usted?

—Yo, señora —respondió alguien, un robusto gillikinés de unos treinta años—, soy el comandante. Me llamo Cherrystone y tengo orden del Mago de requisar una casa suficientemente espaciosa para alojar a nuestros hombres mientras permanezcamos en este distrito de los Kells. Estamos haciendo un reconocimiento de los pasos a las Praderas Milenarias.

Sacó del interior de su camisa un documento manchado por el sudor.

—¡Yo los encontré, Tiíta Bruja! —declaró Nor con orgullo.

—Vete. Entra en la casa —le dijo Elphaba a la niña—. Ustedes no son bienvenidos aquí y la niña no tiene derecho a invitarlos. ¡Den media vuelta y salgan marchando por ese puente levadizo ahora mismo!

A Nor se le abrió la boca por el asombro.

—Esto no es una solicitud, es una orden —dijo el comandante Cherrystone en tono de disculpa.

—Y lo mío no es una sugerencia, sino una advertencia —replicó Elphaba—. ¡Váyanse o aténganse a las consecuencias!

Para entonces, Sarima se había recuperado lo suficiente como para adelantarse, con sus hermanas zumbando de emoción a su alrededor.

—Tiíta Invitada —dijo—, me parece que se olvida del código de las montañas, el mismo que nos hizo abrirle las puertas de este castillo primero a usted y después a su vieja Nana. Nosotros no rechazamos a los visitantes. Señores, les ruego que disculpen a nuestra irascible amiga. Y también a nosotras. Hace mucho tiempo que no veíamos soldados de uniforme.

Las hermanas se estaban arreglando lo mejor que podían, en un tiempo tan limitado.

—No voy a permitirlo, Sarima —dijo Elphaba—. ¡Usted nunca ha salido de aquí, no sabe quiénes son estos hombres, ni lo que van a hacer! No voy a permitirlo, ¿me oye?

—Ese entusiasmo, esa determinación, es lo que nos gusta de ella —dijo Sarima con sólo un poco de ironía, porque en general era cierto que apreciaba la compañía de Elphaba. Pero no estaba dispuesta a dejar que usurpara su autoridad—. Síganme, caballeros. Les enseñaré dónde pueden lavarse.

Irji no sabía qué pensar de los militares, y no se atrevía a acercarse demasiado a ellos. No podría haber dicho si lo suyo era miedo a ser reclutado o hechizado. Se llevó una colchoneta a la capilla y se quedó a dormir allí, ahora que ya no hacía frío. En opinión de Nana, se estaba volviendo raro.

—Créeme, tras pasarme la vida cuidando a Frex, el marido beato de tu difunta madre, y después a tu hermana, sé reconocer a un lunático religioso cuando lo veo —le dijo a Elphaba—. Ese niño debería tomar lecciones de virilidad de esos hombres, al margen de cualquier otra cosa que pueda estar pasando aquí.

Liir, en cambio, se sentía en el cielo. Seguía al comandante Cherrystone a todas partes, a menos que él lo echara, y también iba en busca de agua para los hombres y les lustraba las botas, en un despliegue de mal disimulado amor. Las marchas que realizaban, para inspeccionar los valles locales, cartografiar los lugares donde era posible vadear el río o indicar puntos donde instalar balizas, le proporcionaron a Liir más ejercicio y aire puro de lo que había tenido en toda su vida anterior. Su columna vertebral, que había amenazado con curvarse como el arco de las arpas montañesas, parecía haberse enderezado. Los soldados lo trataban con indiferencia, pero sin manifiesto rechazo, y eso Liir lo interpretaba como señal de aprobación y cariño.

Las hermanas recuperaron la cordura cuando se pararon a pensar en la clase de hombre que se alistaba en el ejército. Pero no les fue fácil.

Sarima era la única aparentemente imperturbada por la alteración de su rutina.

Buscaba entre los aldeanos y les pedía, por favor, que la ayudaran a alimentar a la hueste de soldados y, con sentimientos mezclados de miedo y rencor, los vecinos acudían con leche, huevos, queso y hortalizas. Casi todas las noches había estoco y garmote para cenar, del pozo de los peces. También había, por supuesto, la caza propia del verano: codornices, pfénix montañeses y crías de roc, en cuya captura los soldados demostraban bastante habilidad. Nana pensaba que el escuadrón de reconocimiento había ayudado a Sarima a superar su dolor, devolviéndola por fin a la mesa familiar.

Pero Elphaba estaba furiosa con todos. No pasaba día sin que discutiera con el comandante. Le prohibió llevar a Liir en sus salidas y también se lo prohibió al niño, sin ningún efecto en absoluto. Sus primeros sentimientos verdaderamente maternales fueron de incompetencia y de ser alegremente ignorada por no ser importante. No lograba comprender cómo la raza humana había conseguido desarrollarse más allá de la primera generación. Continuamente sentía deseos de estrangular a Liir, como medio para salvarlo de las figuras paternas de conversación agradable.

A medida que Elphie intentaba sonsacarle con más ardor la naturaleza de su misión, el comandante Cherrystone recurría a nuevas bromas para esquivar el tema y se iba volviendo cada vez más frío y cortés. Lo único que Elphaba nunca había conseguido dominar eran los modales de la buena sociedad, y ese militar —precisamente él— era todo un maestro. La hacía sentirse tal como se había sentido entre las chicas de buena familia de Crage Hall.

—No prestes atención a esos soldados, ya se irán —le decía Nana, que estaba en esa etapa de la vida en que una cosa sólo puede ser la catástrofe final o una pequeña tontería sin importancia.

—Sarima dice que casi nunca se han visto tropas del Mago aquí en el Vinkus. Esto siempre ha sido un lugar árido, yermo y de escaso interés para los agricultores y los mercaderes del norte y el este de Oz. Las tribus llevan décadas viviendo aquí (¡siglos, supongo!) sin ver nada más que algún ocasional cartógrafo que llega, pasa y se marcha rápidamente. ¿No crees que este despliegue hace pensar en algún tipo de campaña por estos parajes? ¿Qué otra cosa podría sugerir?

—¡Mira cuánto tiempo han tardado esos jóvenes en recuperarse de su larga marcha! –replicó Nana–. Seguramente se trata de una misión de reconocimiento, tal como dicen. Obtendrán la información y se marcharán. Además, todos me habéis dicho mil veces que este maldito lugar pasa dos terceras partes del año empantanado en la nieve o en el barro. ¡Pero tú te preocupas por todo, siempre lo has hecho! ¡Recuerdo que te aferrabas a los quadlings que íbamos a convertir como si fueran tus muñecas! ¡Y seguías insistiendo en ellos cuando los trasladaban o los enviaban a cualquier otro sitio! ¡Para tu madre era un martirio, créeme!

–Está bien documentado que los quadlings estaban siendo exterminados, y *nosotros fuimos testigos* –repuso Elphaba con expresión grave–. Tú también, Nana.

–Yo me ocupo de mis niños; no puedo ocuparme del mundo –dijo Nana, sorbiendo el té de la taza y rascando el hocico de *Killyjoy*–. Me ocupo de Liir, que es más de lo que haces tú.

Elphaba pensó que no valía la pena discutir con la anciana. Se puso a hojear otra vez la Grimería, en busca de algún pequeño encantamiento de atadura que le sirviera para cerrar las puertas del castillo dejando fuera a los hombres. Lamentó no haber acudido, al menos a sentarse, a las clases de magia de la señorita Greyling en el colegio.

–Pero claro que tu madre se preocupaba por ti, siempre estaba preocupada –dijo Nana–. ¡Eras una criatura tan extraña! ¡Y cuántas desventuras tuvo esa pobre mujer! Ahora tú me recuerdas un poco a ella, sólo que tú eres más rígida. Ella sí que sabía soltarse el pelo. ¿Sabes? Estaba tan contrariada de que tú fueras una chica (estaba convencida de que ibas a ser un niño) que me envió a la Ciudad Esmeralda en busca de un filtro que le garantizara... –Pero Nana se detuvo, confusa–. ¿O era un elixir para no tener otro bebé verde? Sí, eso fue.

–¿Por qué quería que yo fuera un chico? –preguntó Elphaba–. De haber podido decidir, yo la habría complacido. No quisiera caer en el simplismo, pero siempre me hizo sentir muy mal saber que la había defraudado tan pronto. Por no hablar de mi aspecto.

–¡Oh, no le atribuyas malas intenciones! –replicó Nana, mientras se quitaba los zapatos y se frotaba los empeines de los pies con el bastón–. Melena detestaba la vida en Colwen Grounds, ¿sabes? Por eso se inventó el enamoramiento de Frex, para poder salir de allí. Su abuelo, el Eminente Thropp, había dejado perfectamente claro que ella sería la heredera del título. Es un título munchkin y se transmite por la línea femenina, a menos que no haya hijas. La casa familiar y todas las responsabilidades asociadas pasarían de él a lady Partra, después a Melena y a continuación a la primera hija que tuviera Melena. El deseo de tu madre era tener sólo hijos varones, para mantenerlos alejados de ese sitio.

—¡Siempre hablaba con tanta añoranza de Colwen Grounds! —dijo Elphaba, asombrada.

—¡Todo es maravilloso cuando se ha perdido! Pero para una persona joven, educada en toda esa opulencia y responsabilidad... bueno, ella lo detestaba. Se rebeló manteniendo relaciones sexuales precoces y frecuentes con cualquiera que se prestara, y prácticamente se fugó con Frex, que fue el primero de sus pretendientes que la quiso por ella misma y no por su posición ni por su herencia. Pensaba que el destino de cualquier hija suya sería igual de devastador, y por eso quería tener únicamente hijos varones.

—Pero ¡eso no tiene sentido! Si hubiese tenido hijos varones y ninguna hija, entonces el mayor de sus hijos habría sido el heredero. Si yo hubiese sido un chico sin hermanas, igualmente me habría caído encima la misma desgracia.

—No necesariamente —dijo Nana—. Tu madre tenía una hermana mayor, que nació con una afección permanente de los nervios y que quizá también era un poco falta de sesera. La enviaron a vivir fuera. Pero tenía edad y salud suficientes para ser madre y, de haber tenido un bebé, muy bien podría haber sido una niña. Si hubiese tenido una niña antes que tu madre, entonces su hija habría heredado el título de Eminencia, así como las tierras y la fortuna asociadas.

—¿De modo que tengo una tía loca? —dijo la Bruja—. Puede que la locura sea un rasgo de familia. ¿Dónde está ahora?

—Murió de gripe, sin dejar descendencia, cuando tú eras pequeña. Las esperanzas de Melena no se hicieron realidad. Pero así pensaba entonces, en aquella época audaz y desenfrenada de errores juveniles.

Elphaba tenía pocos recuerdos de su madre, pero todos eran cálidos y algunos la quemaban por dentro.

—¿Qué has dicho de que tomó una medicina para que Nessarose no naciera verde?

—Le conseguí unas pastillas en la Ciudad Esmeralda, hablando con una zíngara —replicó Nana—. Le expliqué a aquella horrenda criatura lo sucedido, que tú habías nacido con ese color tan poco afortunado y con aquellos *dientes* (¡gracias a Lurlina, los de la segunda dentición resultaron ser más humanos!), y la gitana formuló alguna tonta profecía sobre dos hermanas que serían importantes en la historia de Oz. Me dio unas píldoras muy potentes. Siempre me he preguntado si las píldoras no fueron la causa de la deformidad de Nessarose. No volvería a confiar en pociones de zíngara, créeme. No lo haría, con lo que sabemos hoy en día.

La anciana sonrió, pues hacía mucho tiempo que se había eximido de toda culpa en el asunto.

—La deformidad de Nessarose —musitó Elphaba—. Nuestra madre tomó un remedio de zíngaros y dio a luz una segunda hija sin brazos. Verde o sin brazos. Mamá no tenía mucha suerte con las chicas, ¿verdad?

—En cambio, Caparazón es un regalo para la vista —dijo Nana, rozagante—. Además, ¿quién puede decir que toda la culpa fuera de tu madre? En primer lugar, estaba la confusión acerca del verdadero padre de Nessarose; después, las píldoras que me dio esa vieja Yackle, y el malhumor de tu padre...

—¿Esa vieja Yackle? ¿Qué quieres decir? —preguntó Elphaba, sobresaltada—. ¿Y quién demonios era el padre de Nessarose, si no era mi padre?

—¡Oh, bueno! —dijo Nana—. Sírveme otra taza de té y te lo contaré todo. Ya tienes edad suficiente y Melena murió hace mucho tiempo.

Nana desplegó la larga y complicada historia del vidriero quadling llamado Corazón de Tortuga; de la incertidumbre de Melena, que no sabía si Nessarose era hija suya o de Frex, y de la visita a Yackle, de quien la anciana no podía recordar nada más que el nombre, las píldoras y la profecía, por mucho que Elphaba le insistiera. («Por mucho que insistas, no vas a arrancarle dientes a una gallina.») No mencionó (ni lo había hecho antes) lo mucho que se deprimió Melena cuando nació Elphaba. ¿De qué habría servido?

Elphie escuchaba todo eso, impaciente y contrariada. Por un lado, le hubiese gustado tirarlo todo por la ventana: el pasado no tenía importancia. Por otro, las cosas encajaban ahora de una manera ligeramente diferente. ¡Y esa tal Yackle! ¿Sería el nombre sólo una coincidencia? Sintió el impulso de enseñarle a Nana la imagen de la *yakala enseñando los dientes*, en la Grimería, pero se contuvo. No tenía sentido alarmar a la anciana o alimentar sus temores nocturnos.

Así pues, las dos mujeres se sirvieron el té mutuamente y evitaron hacer comentarios dolorosos acerca del pasado. Pero Elphaba empezó a inquietarse por Nessarose. Quizá Nessie no quería la posición de Eminencia y estaba tan encarcelada allí como su hermana mayor lo estaba en Kiamo Ko. Tal vez Elphaba le debía la oportunidad de ser libre. Pero ¿hasta dónde podía llegar la deuda con otra persona? ¿Podía ser interminable?

3

Nor estaba fuera de sí. En poco tiempo, toda su vida había cambiado radicalmente. El mundo era más mágico que nunca, pero parecía alojado en su interior y no en el exterior. Su cuerpo estaba a la espera de incendiarse, de florecer, y nadie parecía advertirlo, ni parecía que a nadie le importara.

Liir se había convertido en el aguador de los soldados expedicionarios; Irji pasaba el tiempo componiendo largos oratorios religiosos en honor de Lurlina, y las hermanas, sumidas en la incertidumbre respecto a los hombres que se alojaban en el castillo, permanecían confinadas en sus habitaciones por su propia iniciativa, pero temblaban de emoción considerando la posibilidad de que las cosas cambiaran. Desgraciadamente, las convenciones dictaban que nada podía cambiar a menos que Sarima volviera a casarse, porque sólo entonces tendrían ellas libertad para aceptar pretendientes. Sin embargo, sus campañas domésticas para unir al comandante Cherrystone con Sarima no tuvieron ningún éxito. Aun así, redoblaron sus esfuerzos. Tres llegó a pedirle a la Tiíta Bruja que buscara un filtro de amor en su enciclopedia mágica.

—Ya —dijo Elphaba—, un día de éstos.

Y no volvió a hablar del tema.

Privada de compañía, Nor se habituó a merodear por el dormitorio colectivo de los hombres, ocupándose de las tareas que no le encomendaban a Liir y que a los hombres no les preocupaban demasiado. Colgaba sus capas al sol, les sacaba brillo a sus botones y les traía flores de las montañas. También les preparaba una bandeja de quesos y fruta de verano que parecía agradarles, sobre todo cuando ella misma la servía. Había un soldado joven, de piel morena, calvicie incipiente y sonrisa cautivadora que disfrutaba cuando ella dejaba caer los gajos de naranja directamente entre sus labios; después, chupaba el jugo de sus dedos, para regocijo y envidia de los demás.

—Siéntate en mis rodillas —le decía a la niña—, y yo te daré de comer a ti.

Entonces le ofrecía una fresa, pero ella se negaba a sentarse en sus rodillas, y disfrutaba negándose.

Un día, Nor decidió agasajarlos con una limpieza a fondo de sus habitaciones. Habían salido para hacer inventario de los viñedos en las laderas más bajas y estarían fuera todo el día. La niña se vistió con ropa vieja, se echó al hombro una pértiga con dos cubos de agua y, viendo que la Tiíta Bruja estaba absorta en una conversación con Nana (al parecer sobre Sarima), se hizo con su escoba, que tenía las cerdas más espesas y el mango más largo que las demás. Se encaminó entonces hacia el acuartelamiento.

Como no sabía leer muy bien, no prestó atención a las cartas ni a los mapas que sobresalían de las carteras de cuero abiertas, colgadas descuidadamente del respaldo de las sillas. Ordenó los baúles, barrió, levantó un montón de polvo y entró en calor.

Se quitó la blusa y se echó por encima de los hombros bronceados la rústica capa de uno de los hombres, que despidió tal aroma de masculinidad, incluso después de haberla oreado, que Nor estuvo a punto de desvanecerse. Se echó en el jergón de uno de ellos, con la capa sólo ligeramente abierta, para imaginar que se quedaba dormida y los hombres regresaban y veían el precioso surco de piel llana que discurría entre sus pechos recién formados. Consideró la idea de fingir que se quedaba dormida. Pero sabía que no lo haría. Se incorporó, insatisfecha con las posibilidades, y tendió la mano, dispuesta a agarrar lo primero que viera (que resultó ser la escoba), para darle una sacudida que expresara su frustración.

La escoba estaba fuera de su alcance, pero súbitamente arremetió en su dirección y atravesó el suelo por su propia voluntad. Lo vio con sus ojos. La escoba era mágica.

La tocó, casi con temor, como suponiéndole intenciones. No parecía distinta de una escoba corriente, sólo que se movía como guiada por la mano de un espíritu invisible.

—¿De qué árbol te tallaron? ¿De qué campo te segaron? —le preguntó casi con ternura, pero no esperaba respuesta y no obtuvo ninguna. La escoba tembló y se levantó un poco del suelo, como aguardando.

La capa tenía capucha y Nor se la echó sobre la frente. Después se subió la falda de verano hasta las rodillas y pasó una pierna por encima de la escoba, para montarse en ella como montan los niños en los caballos de cartón.

El objeto ascendió de forma tentativa, para que ella lograra conservar el equilibrio, arrastrando los dedos de los pies por el suelo y corrigiendo una y otra vez su postura, ya que el centro de gravedad estaba muy elevado y el margen era muy estrecho. El mango se inclinó un poco más hacia arriba y ella se deslizó por el palo, hasta quedar apoyada sobre el comienzo de las cerdas, como sobre una especie de silla de montar. Se agarró con fuerza. Tenía la sensación de que se le estaban hinchando las piernas, sobre todo en la parte superior de los muslos, para mejorar el agarre al mango. El gran ventanal en el extremo de la habitación estaba abierto, para que entraran el aire y la luz, y la escoba avanzó casi un metro a través del suelo, hasta alcanzar el alféizar.

Después subió unos cuantos palmos y se llevó a Nor por la ventana. A la niña se le hundió el estómago y sus talones golpearon contra la cara inferior de las cerdas. Por fortuna, no salió por el patio del castillo, donde probablemente la habrían visto, sino por el otro lado, donde el desnivel no era tan abrupto. Nor soltó un gemido sofocado, por la extrañeza y el éxtasis de la aventura. La capa se desplegó al viento, dejándola a ella con el pecho al descubierto y preguntándose cómo había podido imaginar alguna vez que le hubiese gustado ser vista sin la blusa.

—¡Oh, oh! —gritó, pero sin saber si se dirigía a la escoba o a algún espíritu protector. Iba temblando de frío y asombro, cuando la escoba subió cada vez más alto, hasta quedar al mismo nivel que la más alta de las ventanas, que era la de la torre de la Bruja.

Desde la ventana la estaban mirando la Bruja y su Nana, boquiabiertas, con las tazas de té a medio camino de los labios.

—¡Baja de ahí ahora mismo! —ordenó la Bruja.

Nor no supo si se lo decía a ella o a la escoba. Sin embargo, la escoba pareció darse por aludida, porque dio media vuelta, descendió y efectuó un aterrizaje más bien torpe en los barracones de los hombres. Nor se arrojó de la montura, temblando y llorando, y volvió a vestirse decentemente. No hubiese querido volver a tocar la escoba; pero cuando lo hizo, notó que había perdido la vida que la animaba. La llevó a las habitaciones de la Bruja, esperando recibir una severa reprimenda.

—¿Qué estabas haciendo con mi escoba? —ladró la Bruja.

—Estaba limpiando las habitaciones de los soldados —balbuceó Nor—. ¡Está todo tan desordenado, con papeles por todas partes, ropa, mapas...!

—¡Mantente apartada de mis cosas! —ordenó la Bruja—. ¿Qué clase de papeles?

—Planos, mapas, cartas, no sé —dijo Nor, recuperando sus agallas—. Ve a verlo tú misma. Yo no he prestado atención.

La Bruja agarró la escoba y pareció considerar la posibilidad de golpear a Nor con ella.

—No seas tonta, Nor. Aléjate de esos hombres —dijo fríamente—. ¡Aléjate de ellos! —Levantó la escoba empuñándola como una porra—. Te harán daño antes de que te des cuenta. ¡Aléjate de ellos, te digo! ¡Y aléjate también de mí!

Elphaba recordó que la escoba se la había dado la madre Yackle. Para la joven mujer, la vieja mónaca había sido una anciana tullida y senil, un fastidio; pero ahora Elphaba volvía la vista atrás, y se preguntaba si no habría en ella algo más que lo evidente. ¿Estaría encantada la escoba? ¿La habría hechizado la madre Yackle con algún vestigio de instinto kúmbrico? ¿O tendría Nor en su interior el germen de algún poder que se habría manifestado en la escoba inanimada? Por lo visto, Nor creía fervientemente en la magia; quizá la escoba estuviera a la espera de que alguien creyera en ella. ¿Volaría también para Elphaba?

Una noche, cuando todos los demás se hubieron retirado, Elphaba sacó la escoba al patio. Se sentía un poco tonta, encorvada sobre la escoba como un niño sobre un caballito de madera.

—¡Vamos, vuela, cosa estúpida! —masculló.

La escoba empezó a agitarse adelante y atrás maliciosamente, con fuerza suficiente como para dejarle verdugones en el interior de los muslos.

—No soy una ruborizada doncella. ¡Acaba ya con esta tontería! —dijo Elphaba.

La escoba ascendió medio metro y dejó caer a Elphie sobre el trasero.

—¡Te prenderé fuego y será tu fin! —dijo Elphaba—. ¡Soy demasiado mayor para esta clase de indignidad!

Necesitó cinco o seis noches de intentos para conseguir solamente quedar suspendida a tres metros del suelo. Había demostrado ser una inepta para la hechicería. ¿Estaría condenada a ser una inútil en todo? Pero al final fue un placer poder matar de miedo a los búhos y los murciélagos. Y también fue bueno salir lejos. Cuando adquirió más confianza, fue tambaleándose valle abajo, hasta los restos del fallido embalse del regente de Ozma. Descansó un momento, con la esperanza de no tener que regresar a pie. Y no tuvo que hacerlo. La escoba se resistía a obedecerla, pero siempre podía amenazarla con el fuego.

Se sentía como un ángel de la noche.

A mitad del verano, llegó un mercader arjiki que vendía cazuelas, cucharas y carretes de hilo; traía, además, varias cartas recogidas en un puesto de avanzada, más al norte. Entre ellas había una nota de Frex. Al parecer, Nana le había revelado sus intenciones de ir en busca de Elphaba, y él había escrito al convento, que a su vez había remitido la carta a Kiamo Ko, en el Vinkus. Frex escribía que Nessarose había orquestado una revuelta y que el País de los Munchkins (o al menos la mayor parte) se había escindido de Oz, como Estado independiente.

Nessarose, en su calidad de Eminente Thropp, había pasado a ocupar la jefatura del Estado. Aparentemente, Frex pensaba que esa dignidad le correspondía por nacimiento a Elphaba, quien en su opinión debía acudir a Colwen Grounds para cuestionar los derechos de su hermana. «Puede que Nessarose no sea la persona adecuada para el cargo», escribía Frex, cuyos escrúpulos le resultaban sorprendentes a Elphaba. ¿Acaso Nessarose no era para él la adorada hija espiritual que Elphie no podría ser jamás?

Elphaba no tenía ambición de poder ni sentía inclinación por cuestionar ningún derecho de Nessarose. Pero ahora que la escoba parecía capaz de transportarla a grandes distancias, se preguntó si no podría volar por la noche hasta Colwen Grounds y quedarse unos días de visita, para ver otra vez a su padre, a Nessie y a Caparazón. Hacía doce años que había dejado a Nessie en Shiz, borracha y sollozando tras la muerte de Ama Clutch.

¡Ver el País de los Munchkins libre de la mano de hierro del Mago! Sólo por eso, el viaje merecería la pena. La idea hizo que Elphie sonriera un poco para sus adentros, mientras sentía inflamarse en su interior su viejo desprecio por el Mago. Quizá sanar consistiera en eso, después de todo.

Para asegurarse, Elphaba bajó una tarde a las habitaciones desiertas de los soldados y estuvo hojeando sus papeles. Todos los documentos tenían que ver con mapas y prospecciones geológicas. Nada más. No parecía haber intereses ocultos, ni amenaza alguna para los arjikis ni para las otras tribus del Vinkus.

Cuanto antes partiera, antes volvería. Y lo mejor sería que nadie lo supiera. Así pues, les dijo a todos que pensaba pasar un período de aislamiento en su torre y que durante unos días no quería que la visitaran ni que le llevaran comida. Cuando llegó la medianoche, partió hacia Colwen Grounds, que ahora era la casa de su poderosa hermana.

4

Dormía de día en los rincones sombríos de los establos, sobre los aleros o junto a la cara oculta de las chimeneas, y viajaba por la noche. Abajo, en la oscuridad, se extendía Oz —ella volaba a unos veinticinco metros de altura, según sus cálculos—, y el paisaje efectuaba sus transformaciones geográficas con la facilidad con que cambian los fondos de escenario en un vodevil. Lo más difícil fue superar las abruptas pendientes de los Grandes Kells. Pero cuando dejó atrás las montañas, vio a Oz nivelarse en la fértil llanura aluvial del río Gillikin.

Volando sobre barcos mercantes e islas, siguió el curso del Gillikin hasta su desembocadura en Restwater, el lago más extenso de Oz. Se mantuvo sobre su orilla meridional y tardó toda una noche en atravesarlo, viendo cómo sus aceitadas olas, negras y sedosas, besaban incesantemente los cañizares y los pantanos. Le costó localizar la boca del río Munchkin, que vertía sus aguas en Restwater procedente del este; pero cuando lo consiguió, le resultó muy fácil encontrar el camino de Baldosas Amarillas. Más allá, el campo parecía aún más verde. Los efectos de la sequía, tan drásticos en su infancia, habían sido erradicados, y ahora las granjas lecheras y las pequeñas aldeas parecían prosperar con una felicidad de pueblecitos de juguete, bonitas y acogedoras en el ondulado país de suelo fértil y clima benigno.

Sin embargo, cuanto más avanzaba hacia el este, peor era el estado del camino. Había baldosas arrancadas con palancas de hierro, árboles talados y empalizadas interpuestas. Parecía como si algunos de los puentes menores hubiesen sido dinamitados. ¿Serían medidas de protección para prevenir las represalias del ejército del Mago?

Siete días después de partir de sus habitaciones en Kiamo Ko, Elphaba entró volando en el caserío de Colwen Grounds y se echó a dormir bajo un verde laurel. Cuando despertó, preguntó a un mercader por dónde se iba a la mansión, y el hombre, temblando como si se le hubiera aparecido un demonio, le señaló el camino. Tras comprobar que su piel verde seguía atemorizando a los munchkins, Elphaba recorrió andando los últimos dos o tres kilómetros y llegó a los portones de la mansión de Colwen Grounds, poco después de la hora del desayuno.

Había oído a su madre hablar de Colwen Grounds con melancolía y enfado, mientras chapoteaban con botas de goma en quince centímetros de agua, en los cenagales del País de los Quadlings. Los años transcurridos en la arrogante antigüedad de Shiz y la pompa de la Ciudad Esmeralda deberían haberla preparado suficientemente para el grandioso palacete. Pero quedó sorprendida y hasta escandalizada ante la majestuosidad de Colwen Grounds.

Los portones eran dorados, la explanada delantera estaba meticulosamente limpia de todo rastro de hierba o estiércol, y una fila de arbustos ornamentales podados con la forma de diversos santos, metidos en tiestos de barro cocido, se alineaba en el balcón que discurría sobre la puerta delantera. Dignatarios con insignias que denotaban prestigio y nuevos rangos en el Estado Libre de los Munchkins —según supuso Elphaba— formaban pequeños grupos a un lado de la puerta. Con tazas de café en la mano, parecían estar saliendo de una madrugadora reunión del consejo privado de la soberana. Superados los portones, unos guardias armados con espadas le cerraron el paso. Elphaba comenzó a protestar (se daba cuenta de que había sido catalogada instantáneamente como una lunática peligrosa), y estaba a punto de ser expulsada cuando una figura salió de detrás de un ornamento arquitectónico y ordenó a los guardias que la soltaran.

—¡Fabala! —dijo.

—Sí, papá, estoy aquí —respondió ella, con la cortesía de una niña.

Se volvió. Los dignatarios interrumpieron sus conversaciones pero en seguida las reanudaron, como comprendiendo que prestar oídos a lo dicho en el reencuentro habría sido el colmo de la grosería. Los guardias retiraron la barrera cuando Frex se acercó. El anciano tenía el pelo largo y fino, y lo llevaba recogido con un artefacto de cuero sin curtir, como siempre había sido su costumbre. Su barba era del color de la nata y, cuando abrió las manos y la soltó, le llegó hasta la cintura.

—Ésta es la hermana de Su Eminencia del Este —dijo Frex, mirando fijamente a Elphaba— y mi hija mayor. Dejadla pasar, queridos soldados, ahora y siempre que venga a esta casa.

Tendió la mano para coger la suya y ladeó la cabeza, como habría hecho un pájaro, para contemplarla con el ojo bueno. El otro, como ella pudo apreciar, estaba muerto.

—Ven, nos saludaremos en privado, lejos de tanta atención —dijo Frex—. ¡Es increíble, Fabala! ¡En todos estos años te has vuelto la viva imagen de tu madre!

El anciano la cogió del brazo y los dos entraron en la casa por una puerta lateral y se dirigieron a un pequeño salón acondicionado con sedas de color azafrán y cojines de terciopelo color ciruela. La puerta se cerró tras ellos. Trabajosamente, Frex se dejó caer en el sofá y palmoteó el tapizado a su lado para que ella se sentara. Así lo hizo Elphaba, cautelosa, cansada y sorprendida de la riqueza de sentimientos que experimentaba por el anciano. Lo necesitaba. «Pero eres una mujer adulta», se recordó a sí misma.

—Sabía que vendrías si te escribía, Fabala —dijo él—. Siempre lo supe —añadió, rodeándola rígidamente con sus brazos—. Creo que voy a llorar un momento.

Cuando hubo terminado, le preguntó a su hija dónde había ido, lo que había hecho y por qué no había vuelto.

—No estaba segura de tener un sitio adonde regresar —respondió ella, comprendiendo la verdad de lo que decía mientras lo estaba diciendo—. Cuando terminabas de convertir a un pueblo, papá, te ibas en busca de nuevos horizontes. Tu hogar estaba en los campos donde pastaban las almas; el mío, no, nunca. Además, yo tenía mi propio trabajo que hacer. —Se interrumpió un momento—. O eso creía —añadió después, en voz más baja.

Mencionó sus años en la Ciudad Esmeralda, pero no dijo por qué.

—¿Estaba Nana en lo cierto? ¿Eras mónaca? Yo no te he criado para la sumisión —dijo—. Estoy sorprendido. Tanta resignación y obediencia...

—No era más mónaca de lo que he sido unionista —replicó en amable tono burlón—, pero vivía con las mónacas. Hacían un buen trabajo, más allá de lo equivocadas o inspiradas que fueran sus creencias. Fue una época de recuperación, una difícil transición. Después, el año pasado, me fui al Vinkus, y supongo que ahora tengo allí mi hogar, aunque no sé decir por cuánto tiempo.

—¿Y qué haces? —dijo él—. ¿Estás casada?

—Soy una bruja —respondió ella.

Él se estremeció y fijó en ella la mirada del ojo bueno, para ver si hablaba en serio.

—Háblame de Nessie antes de que la vea, y de Caparazón —pidió Elphie—. Tu carta daba a entender que mi hermana necesita ayuda. Haré lo que pueda durante mi breve estancia aquí.

El anciano le habló del ascenso de su hermana a la dignidad de Eminencia y de la secesión consumada la primavera anterior.

—Sí, eso ya lo sé, pero no conozco los motivos —dijo ella, inquisitiva.

Entonces él le habló del incendio de una granja donde se celebraban reuniones de la oposición y de la violación de dos doncellas munchkins tras una fiesta organizada por las tropas del Mago acuarteladas en Dragon Cupboard. Mencionó la matanza de Far Applerue y los pesados impuestos que gravaban las cosechas.

—La gota que colmó el vaso —añadió él—, o al menos así lo vio Nessie, fue el torpe expolio por parte de los soldados del Mago de las sencillas casas de oración que había en el campo.

—Una gota bastante extraña —dijo Elphaba—. ¿Acaso no hay tanta santidad en el fondo de una mina de carbón como en una casa de oración? ¿No es eso lo que dicen las enseñanzas?

—Bueno, las enseñanzas... —Frex se encogió de hombros. Todas esas sutilezas ya lo superaban—. Nessie se puso furiosa, su ira se contagió y, antes de que ella misma pudiera darse cuenta, la chispa había saltado y se había encendido la yesca. Una semana después de enviarle una carta enfurecida al mismísimo Mago Emperador (un peligroso acto de sedición), la fiebre revolucionaria había cuajado a su alrededor. Ocurrió aquí mismo, en la explanada delantera de Colwen Grounds. Fue espléndido, y cualquiera habría adivinado que Nessie estaba preparada para la traición. Se dirigió a los jefes de las comunidades agrícolas de los alrededores y de más lejos. Como tuvo la sensatez de no hacer hincapié en sus inquietudes religiosas, su llamamiento para que la apoyaran recibió una respuesta arrolladora. La secesión fue aprobada por unanimidad.

Elphaba observó con sorpresa que su padre, con la edad, se había vuelto pragmático.

—Pero ¿cómo conseguiste burlar las patrullas fronterizas? —preguntó el anciano—. La situación está cada vez más... caliente, como dicen.

—Atravesé los controles volando, como un negro pajarito nocturno —respondió ella con una sonrisa, mientras tocaba la mano de su padre, que presentaba un aspecto glaseado con motas rosas, como una langosta lacustre después de cocerla—. Pero lo que no entiendo, papá, es por qué me has llamado. ¿Qué esperas que haga yo?

—Había pensado que podrías compartir con tu hermana su autoridad —dijo, con la ingenua esperanza de alguien cuya familia lleva demasiado tiempo separada—. Sé quién eres, Fabala. Dudo de que hayas cambiado mucho con los años. Conozco tu astucia y tu convicción. También sé que Nessie está a merced de sus voces religiosas y que podría tener un desliz y deshacer todo lo bueno que está contribuyendo a crear ahora, como una de las figuras centrales de la resistencia. Si eso ocurre, las cosas no irán bien para ella.

«Entonces, me quiere como cabeza de turco —pensó Elphaba—, quiere que sea la primera línea de defensa.» Su satisfacción se evaporó.

—Ni tampoco irán bien las cosas para ellos, sus entusiastas seguidores —dijo Frex, haciendo un vago gesto con la mano que abarcaba todo el País de los Munchkins. Su expresión se derrumbó (también la sonrisa le costaba un esfuerzo, pensó Elphaba fríamente) y sus hombros cayeron—. Hace más de una generación que esos granjeros viven bajo la benévola dictadura de ese canalla, nuestro Glorioso Mago (¡oh, hasta a mí se me olvida que ahora vivimos en el Estado Libre de los Munchkins!), y estoy seguro de que subestiman la magnitud de las represalias finales. De hecho, Caparazón sabe de fuentes fidedignas que hay enormes reservas de cereales en la Ciudad Esmeralda y que durante cierto tiempo no será necesario que nos invadan. Aparte del envío de algunas divisiones de soldados a la frontera y del encarcelamiento de unos cuantos agitadores borrachos, por el momento la secesión está resultando particularmente apacible. Nos están engañando para que pensemos que estamos a salvo. Creo que también Nessie está cayendo en el engaño. Pero tú... Siempre he pensado que tú eres más lúcida. Tú puedes ayudarla a prepararse, puedes aportarle equilibrio y ofrecerle apoyo.

—Siempre lo he hecho, papá —repuso ella—. Cuando éramos niñas y en la universidad. Pero me han contado que ahora se vale por sí misma.

—Te han hablado de mis preciosos zapatos —dijo él—. Se los compré a una vieja decrépita y los arreglé con mis propias manos para Nessie, con las técnicas de vidriero y metalúrgico que Corazón de Tortuga me enseñó hace mucho tiempo. Los adorné para darle una sensación de belleza, pero no sospechaba que estuvieran hechizados por otra persona. Tampoco lo lamento, pero ahora Nessa cree que ya no necesita a nadie para mantenerse en pie, ni para ayudarla a gobernar. Escucha menos que nunca. Creo que en ciertos aspectos esos zapatos son peligrosos.

—¡Ojalá los hubieras hecho para mí, papá! —dijo ella con voz serena.

—Tú no los necesitabas. Tenías tu voz, tu fuerza, e incluso tu crueldad como protección.

—¡Mi crueldad! —exclamó ella, retrocediendo.

—¡Oh, eras una criatura diabólica! —dijo Frex—. Pero los niños cambian cuando crecen. Eras el terror de todos cuando empezaste a mezclarte con otros niños. Sólo te calmaste cuando comenzamos a viajar y tenías que llevar al bebé en brazos. Fue Nessarose quien te domesticó, ¿sabes? Tienes que agradecérselo a ella, que ha sido una bendición y ha estado llena de santidad desde el día de su nacimiento. Incluso siendo un bebé, consiguió mitigar tu salvajismo con sólo ser una criatura tan evidentemente necesitada. Supongo que no recuerdas nada de eso.

Elphie no era capaz de recordar, ni de pensar en nada de eso. Incluso la idea de ser cruel se le escapaba. En cambio, estaba intentando sentir aprecio por su padre, pese al desánimo de ver que le ordenaba una vez más que hiciera de lugarteniente de su hermana, que otra vez estuviera al servicio de la querida y necesitada Nessarose. Decidió concentrarse en la preocupación de su padre por los ciudadanos del País de los Munchkins. El anciano seguía teniendo sensibilidad pastoral. Aunque rechazaba su teología, lo adoraba por su entrega.

—Algún día querré que me hables un poco más de Corazón de Tortuga —dijo en tono ligero—, pero supongo que ahora debería ir a saludar a mi hermana. Te prometo que pensaré en lo que me has dicho, papá. No puedo imaginarme formando parte de una troika de gobierno, con Nessarose y tú, o de una junta gubernamental, si Caparazón también participa. Pero de momento no me pronunciaré. Y a propósito de Caparazón, papá, ¿cómo está?

—Detrás de las líneas enemigas, dicen —respondió Frex, mientras ella se incorporaba para marcharse—. Es un muchacho muy temerario y estará entre los primeros en caer, cuando esto empiece de verdad. Se parece a ti en algunos aspectos.

—¿Se ha vuelto verde?

—Es obstinado como las manchas del pecado —contestó.

Nessarose estaba encerrada en una sala del piso de arriba, sumida en su meditación matinal. Frex se aseguró de que Elphaba gozara de completa libertad para recorrer la casa y la finca. Después de todo, en otra configuración de las circunstancias, podría haber sido (o aún podía ser) la Eminente Thropp, la Eminencia del Este, la máxima autoridad del Estado Libre de los Munchkins. Frex vio cómo su verde hija se alejaba por los pasillos de mármol, arrastrando tras de sí la escoba como una limpiadora, entre dorados ornamentos, cortinajes de damasco, flores frescas, sirvientes en librea y antiguos retratos. Sintió, como siempre, una punzada de dolor en lo profundo del pecho, por los errores ocultos e incognoscibles que había cometido en su educación. Pero se alegraba de que por fin hubiera llegado.

Elphaba encontró el camino hasta una capilla privada, al final de un pasillo de lustrosa caoba. Más que antigua, era barroca, y estaba a mitad de una reforma. Nessarose debería haber ordenado que encalaran los frescos, quizá porque las exuberantes imágenes podían distraer a los fieles de sus meditaciones. Elphie se sentó en un banco lateral, entre cubos de cal, pinceles y escaleras de mano. Ni siquiera fingió rezar, aunque se sentía muy incómoda por toda la situación. Para concentrar la mente, fijó deliberadamente la mirada en una gran sección de pared, donde aún se veían las imágenes, entre ellas, varias rotundas criaturas angélicas, que levitaban gracias a sus voluminosas alas. Observó que sus prendas de vestir habían sido modificadas, para adaptarlas a la irregularidad anatómica. Aunque las criaturas eran matronas de generosas curvas, las alas no presentaban abultadas arterias, ni parecía que fueran a romperse. El artista había calculado la longitud y el ancho de ala óptimos para mantener en el aire a unas orondas señoras. La fórmula parecía ser el triple del largo del brazo para la longitud del ala, con algunas correcciones atendiendo a la corpulencia. Si era posible acceder a la Otra Tierra batiendo las alas, Elphaba se preguntó si también sería posible llegar con la escoba. Entonces notó que debía de estar muy cansada, porque normalmente habría cortado de raíz toda especulación absurda sobre cualquier tontería unionista, como la Otra Vida, el Más Allá o la Otra Tierra.

«Debería recordar mis lecciones de aquel curso de ciencias de la vida —pensó—, todas las devastadoras fronteras del conocimiento que el doctor Dillamond estaba a punto de atravesar. Casi conseguí entender un poco de todo aquello. Podría coserle unas alas a *Chistery* para que venga a volar conmigo. ¡Qué gracioso!»

Se incorporó y fue a buscar a su hermana.

Nessarose se sorprendió menos de ver a Elphaba de lo que ésta habría esperado, quizá —pensó Elphie— porque Nessa se había habituado a ser el centro de atención. Sin embargo, *siempre* había sido el centro de atención.

—¡Elphie, querida! —dijo Nessarose, levantando la vista de un par de libros idénticos que algún asistente le había puesto sobre la mesa, uno junto a otro, para que pudiera leer cuatro páginas seguidas, sin tener que pedir ayuda para pasar la página—. Dame un beso.

—Oh, sí, desde luego —dijo Elphie, dándoselo—. ¿Cómo estás, Nessie? Tienes buen aspecto.

Nessarose se puso en pie, con sus preciosos zapatos y una sonrisa radiante.

—La gracia del Dios Innominado me da fuerzas, como siempre —declaró.

Pero Elphaba se sentía inmune a la irritación.

—Has ascendido —dijo—, y no sólo porque eres capaz de ponerte de pie. La Historia te ha asignado un papel y tú lo has aceptado. Estoy orgullosa de ti.

—No me hace falta tu orgullo —replicó Nessarose—, pero gracias de todos modos, querida. Pensé que probablemente vendrías. ¿Te ha arrastrado padre hasta aquí para que me cuides?

—Nadie me ha arrastrado, pero es cierto que papá me escribió.

—¡Tantos años solitarios y, finalmente, la agitación política te saca a la luz! ¿Dónde estabas?

—Por ahí.

—Pensamos que habías muerto, ya sabes —dijo Nessarose—. Ponme ese chal por los hombros y sujétalo con un broche, por favor, así no tendré que llamar a la doncella. Me refiero a los días tan terribles que pasé cuando me dejaste sola en Shiz. Todavía estoy furiosa contigo por eso, acabo de recordarlo.

Arqueó el labio en una graciosa mueca y Elphaba se alegró de que al menos conservara un residuo de sentido del humor.

—Éramos jóvenes entonces y quizá yo estaba equivocada —dijo Elphie—. En cualquier caso, el daño que te haya podido causar no ha sido permanente. Al menos, no se nota.

—Tuve que aguantar yo sola a la señora Morrible durante dos años más. Glinda me sirvió de ayuda por un tiempo, pero después se graduó y se marchó. Nana fue mi salvación, pero ya era vieja incluso entonces. Últimamente se ha ido a vivir contigo, ¿no? Pues bien, en aquella época, yo me sentía terriblemente sola. Únicamente mi fe me dio fuerzas para continuar.

—Bueno, para eso sirve la fe —señaló Elphie—, si la tienes.

—Hablas como alguien que aún vive en las tinieblas de la duda.

—A decir verdad, creo que tenemos cosas más importantes que tratar además del estado de mi alma o de su ausencia. Tienes una revolución entre manos (¡oh, perdón, creo que he perdido el hábito de hablar contigo!), y eres la comandante en jefe. ¡Enhorabuena!

—¡Oh, sí, esos fastidiosos acontecimientos del mundo, que no hacen más que distraerme! —se lamentó Nessarose—. ¡Mira, están preciosos los jardines! Vamos a dar un paseo y respiremos un poco de aire fresco. Se te están poniendo verdes las agallas...

—De acuerdo, me lo merecía...

—... y tenemos tiempo de sobra para hablar de asuntos diplomáticos. Tengo una reunión dentro de un rato, pero hay tiempo para un paseo. Tienes que conocer este lugar. Déjame que te lo enseñe.

5

Elphaba sólo podía disponer de la atención de Nessarose durante breves momentos sueltos. Pese al desdén con que se refería a las exigencias del gobierno, Nessarose tenía una clara visión de sus compromisos y pasaba horas preparando las reuniones.

Al principio, las conversaciones entre ambas fueron frívolas: recuerdos de familia y de su época de estudiantes. Elphie estaba impaciente por ir al meollo de la cuestión, pero Nessarose no admitía urgencias. A veces dejaba que Elphaba estuviera presente cuando celebraba audiencias con los ciudadanos. Elphie no estaba completamente satisfecha con lo que veía.

Una tarde, se presentó una anciana de algún caserío del Gran Granero. Sus reverencias fueron particularmente desagradables y obsequiosas, pero a Nessarose la hicieron resplandecer de gloria. La mujer se quejó de su criada, que se había enamorado de un leñador y quería dejar su servicio para casarse. Sin embargo, los tres hijos de la anciana se habían alistado en las milicias locales, para la defensa, y en su casa no quedaban más que ella y la criada para sacar adelante la cosecha. Si la criada se marchaba con el leñador, la cosecha se perdería y la anciana iría a la ruina.

—¡Y todo en aras de la libertad! —concluyó la mujer amargamente.

—Bueno, ¿y qué quiere que haga yo al respecto? —dijo la Eminencia del Este.

—Puedo darle dos Ovejas y una Vaca —dijo la mujer.

—Ya tengo ganado... —replicó Nessarose.

Elphaba la interrumpió:

—¿Ha dicho dos Ovejas? ¿Una Vaca? ¿Quiere decir que son Animales?

—En efecto, Animales de mi propiedad —replicó la mujer con orgullo.

—¿Cómo es posible que posea Animales? —preguntó Elphaba, con los dientes apretados—. ¿Acaso los Animales son ahora meras posesiones en el País de los Munchkins?

—¡Elphie, por favor! —dijo Nessarose en voz baja.

—¿Qué pide a cambio de liberarlos? —le preguntó Elphie con gesto apasionado.

—Ya lo he dicho, que solucionen el problema del leñador.

—¿Qué ha pensado usted? —intervino Nessarose, disgustada de que su hermana usurpara su papel como administradora de justicia.

—Le he traído el hacha del hombre. He pensado que podría hechizarla para que lo mate.

—¡Qué horror! —exclamó Elphaba.

Nessarose dijo:

—Eso no sería muy agradable.

—¿Muy *agradable*? —repitió Elphie—. No, desde luego que no. No sería muy *agradable*, Nessie.

—Bueno, usted es la voz de la justicia en estos parajes —dijo, insistente, la anciana—. ¿Qué sugiere?

—Podría hechizar el hacha para que resbale —sugirió Nessarose, reflexionando—, quizá sólo lo suficiente para que le corte un brazo. Sé por experiencia que una persona sin un brazo no es tan deseable para el sexo opuesto como otra provista de ambas extremidades superiores.

—De acuerdo —dijo la mujer—, pero si no funciona, volveré y usted hará algo más, por el mismo precio. Las Ovejas y las Vacas no son baratas por estos contornos, como bien sabe.

—Nessarose, tú no eres una bruja. No puedo creerlo —dijo Elphie—. ¡No me vas a decir que *tú*, entre todas las personas, haces encantamientos!

—Las personas de recta conducta pueden hacer milagros para mayor gloria del Dios Innominado —declaró Nessarose con calma—. Enséñeme esa hacha, si la ha traído.

La anciana le tendió el hacha del leñador y Nessarose se arrodilló cerca de la herramienta, como si estuviera rezando. Era extraño e incluso infundía temor ver su delgado cuerpo sin brazos inclinado hacia adelante, desequilibrado y sin apoyo, y verlo después incorporarse, cuando el hechizo estuvo listo. «¡Sí que son poderosos esos zapatos! —pensó Elphaba con amarga solemnidad—. Glinda tenía un gran poder después de todo, detrás de tanto relumbrón social, o quizá el poder proceda del amor de nuestro padre hacia su Nessie. O de una combinación de ambas cosas. Y si Nessarose no está engañando a esa pobre vieja, también ella se ha convertido en una hechicera, aunque lo llame con cualquier otro nombre.»

—Eres una bruja —volvió a decir Elphaba, sin poder contenerse.

Quizá fue un error, porque la anciana ya le estaba agradeciendo a Nessarose sus esfuerzos.

—Dejaré a los Animales junto al establo del fondo —dijo—. Los tengo atados en el pueblo.

—¡Animales! ¡Atados! —exclamó Elphie, sintiendo que le bullía la sangre.

—Gracias, Eminencia —dijo la vieja—, Eminencia del Este. ¿O debo llamarla Bruja del Este?

Esbozó una sonrisa desdentada, habiendo conseguido lo que se proponía, y salió por la puerta con el hacha encantada al hombro, tal como la llevaría un leñador joven y robusto.

No iban a permanecer solos mucho tiempo. Elphaba anduvo merodeando por el establo y los cobertizos, hasta que encontró un mozo que pudo indicarle dónde se encontraban las Ovejas y la Vaca. Estaban en un corral con paja limpia, mirando cada una hacia una esquina diferente y masticando con gesto abstraído.

—Ustedes son los Animales nuevos, los que ha traído ese demonio de vieja vengativa —dijo Elphaba.

La Vaca la miró como si no tuviera costumbre de que le dirigieran la palabra. Las Ovejas no dieron señales de haber entendido.

—Sí, ¿qué pasa? —dijo la Vaca, en tono sombrío.

—He estado viviendo en el Vinkus —explicó Elphie—, y por allí no hay muchos Animales. En una época fui activista del movimiento por los derechos de los Animales, pero no sé en qué situación se encuentran ahora los Animales del País de los Munchkins. ¿Qué podría decirme al respecto?

—Puedo decirle que se ocupe de sus asuntos —replicó la Vaca.

—¿Y las Ovejas?

—Esas Ovejas no pueden decirle nada. Se han quedado mudas.

—¿Se han vuelto... ovejas? ¿Puede ocurrir?

—A veces decimos que un humano se ha quedado vegetal o que está como una cabra —dijo la Vaca—, pero no lo decimos literalmente. Las Ovejas no se convierten en ovejas, sino en Ovejas mudas. A propósito, tampoco es muy cortés que hablemos de ellas como si no nos estuvieran oyendo.

—Desde luego, perdonen ustedes —dijo Elphie a las Ovejas, una de las cuales le respondió con un hostil parpadeo. Y dirigiéndose a la Vaca, añadió—: Me gustaría llamarla por su nombre.

—He renunciado a usar mi nombre en público. El hecho de tener un nombre no me ha proporcionado ningún derecho individual, por eso lo reservo para mi uso privado.

—Lo comprendo —dijo Elphaba—. Yo me siento igual. Ahora soy simplemente la Bruja.

—¿Su Eminencia en persona? —Un gomoso hilo de saliva cayó del maxilar de la Vaca—. Es un honor para mí. No sabía que usted misma se hiciera llamar Bruja. Pensaba que era sólo un apodo malicioso. La Bruja del Este.

—Bueno, no. Yo soy su hermana. Supongo que soy la Bruja del Oeste, si le parece —dijo con una fría sonrisa—. De hecho, no sabía que le tuvieran tan poco aprecio.

La Vaca había metido la pata.

—No era mi intención faltarle al respeto a su familia —se disculpó—. Debería mantener la boca cerrada y concentrarme en mi bolo alimenticio. Lo que pasa es que no salgo de mi asombro. ¡Que nos vendan a cambio del hechizo de una bruja! No hay nada de malo en ese leñador (¡oh, tengo oídos, desde luego que los tengo, aunque a los demás se les olvide!), y la sola idea de que un tonto de buen corazón como Nick Chopper se haga daño por culpa del hechizo de una bruja, ¡y encima siendo yo parte del trato...! No sé, me resulta difícil imaginar que se pueda caer más bajo en la vida.

—He venido a liberarlas —dijo Elphie.

—¿Con qué autoridad? —preguntó la Vaca con suspicacia.

—Se lo he dicho. Soy la hermana de la Eminente Thropp, la Eminencia del Este. La Bruja del Este —se corrigió—. Es mi prerrogativa.

—¿Liberarnos para ir adónde? ¿Para hacer qué? —preguntó la Vaca—. En cuanto llegáramos a Lower Muckslop, nos volverían a atar.

¡Sometidas a la esclavitud del Mago o al catecismo de la Eminente Thropp! No encajamos bien entre esos repelentes y diminutos humanos munchkins.

—Se ha puesto usted un poco amarga —señaló Elphaba.

—¿No ha oído hablar de las Vacas locas? —replicó el Animal—. Querida, tengo las ubres escocidas de sus diarios tirones. Me exprimen la leche por la mañana y por la noche. No entraré en detalles acerca de lo que significa ser montada por un... déjelo, no importa. Pero lo peor de todo es que a mis hijos los han engordado con leche y los han matado por su carne. ¡Podía oír sus gritos desde el matadero! ¡Ni siquiera se molestaron en llevarme a donde no pudiera oírlos!

Llegada a ese punto, la Vaca volvió la cabeza hacia la pared, mientras las Ovejas se situaban junto a ella, una a cada lado, y se apretaban contra su vientre como dos cálidos sujetalibros vivientes.

—Mi pena no podría ser mayor, ni tampoco mi vergüenza —dijo Elphaba—. Verá, hace muchos años, en Shiz, trabajé con el doctor Dillamond, no sé si habrá oído hablar de él. Fui personalmente a ver al Mago, para protestar por lo que estaba sucediendo...

—Oh, el Mago no se deja ver por criaturas como nosotras —dijo la Vaca, tras recuperar la compostura—. Ya no tengo ganas de hablar. Todos están de tu parte hasta que quieren algo de ti. La Eminente Nessarose probablemente nos ha aceptado para utilizarnos en alguna procesión religiosa: mis sedosos flancos engalanados con guirnaldas, o algo así. Y todos sabemos lo que ocurre *después*.

—No, le aseguro que en eso se equivoca —repuso la Bruja—. Tengo que discrepar con usted. Nessarose es una estricta unionista, y ya sabe que los unionistas no aceptan los sacrificios sangrientos...

—Los tiempos cambian —dijo la Vaca— y su Eminencia tiene una población de súbditos incultos e inquietos que ha de pacificar. ¿Y qué puede haber más eficaz que los sacrificios rituales?

—Pero ¿cómo es posible que se haya llegado a esto —exclamó la Bruja—, suponiendo que diga usted la verdad? Ésta es una región agrícola. Aquí los Animales deberían estar bien establecidos.

—Encerrados en corrales, tenemos tiempo de sobra para desarrollar teorías —dijo la Vaca—. He oído que más de una criatura perspicaz ha relacionado el ascenso del tiktokismo con la erosión de la tradicional fuerza laboral Animal. No éramos bestias de carga, pero éramos trabajadores dignos de confianza. Si dejábamos de ser necesarios como mano de obra, sólo era cuestión de tiempo para que la sociedad nos considerara superfluos. En cualquier caso, es una teoría. Mi opinión es que hay una auténtica fuerza maligna campando a sus anchas por el país. El Mago marca la pauta y la sociedad lo sigue como un rebaño de ovejas. ¡Oh, lo siento! Perdonad la calumniosa referencia —añadió, dirigiéndose a sus compañeras en el corral—. Ha sido un lapsus.

Elphaba abrió de par en par las puertas del corral.

—¡Adelante, son ustedes libres! —dijo—. Lo que hagan con su libertad es cosa suya. Si la rechazan, será su responsabilidad.

—También será nuestra responsabilidad si nos marchamos. ¿Acaso cree que una Bruja capaz de encantar el hacha de un leñador para que mutile a un ser humano se detendría ante un par de Ovejas y una vieja Vaca fastidiosa?

—Pero ¡puede que ésta sea su única oportunidad! —exclamó Elphaba.

La Vaca salió del corral, seguida de las Ovejas.

—Volveremos —aseguró—. Esto es un ejercicio para su educación, no para la nuestra. Recuerde lo que le digo. Antes de que termine el año, verá la carne de mis cuartos traseros servida para la cena en su mejor vajilla de porcelana de Dixxi House —añadió, antes de mugir un último comentario—. Espero que se les atragante.

Y espantando las moscas con la cola, se alejó por el camino serpenteante.

6

—Una embajadora del Glikkus, querida —dijo Nessarose, cuando Elphaba le pidió una reunión—. No puedo dejar de recibirla, de veras. Ha venido a hablar de pactos de defensa mutua, en el supuesto de que el Glikkus sea el próximo territorio en escindirse. Sospecha que hay agentes siguiendo a su familia y tiene que emprender el viaje de regreso esta misma noche. Pero ¿qué te parece si cenamos juntas, como en los viejos tiempos? ¿Solas tú, yo y mi sirvienta?

Aquella tarde Elphaba también tendría que dejar pasar el tiempo. Localizó a Frex y lo convenció para dar un paseo más allá de los estanques ornamentales y el césped inmaculado, donde los bosques llegaban al extremo trasero de Colwen Grounds. El anciano caminaba con una rigidez y una lentitud que para ella, habituada a desplazarse a grandes zancadas, eran una tortura. Pero se contuvo.

—¿Cómo has encontrado a tu hermana después de todos estos años? —le preguntó Frex—. ¿Muy cambiada?

—Siempre ha tenido mucha confianza en sí misma, a su manera —dijo Elphie discretamente.

—Nunca me lo había parecido, no lo sé, pero creo que ha estado bien lo que ha hecho y que está cada vez mejor.

—Dime la verdad, papá, ¿por qué me has pedido que viniera? No tengo mucho tiempo, ¿sabes? Tienes que ser sincero.

—Tú serías una Eminencia más inteligente que Nessie y, además, es tu derecho de nacimiento. Sí, ya sé que tu madre no daba importancia a las estrictas normas sucesorias. Solamente creo que a los munchkins les iría mejor contigo al timón. Nessa es demasiado... devota, si es que se puede serlo. Demasiado devota, en cualquier caso, para ser una figura central en la vida pública.

—Puede que sólo en esto me parezca a mi madre —dijo Elphaba—, pero los cargos hereditarios no me interesan lo más mínimo, ni significa nada para mí el hecho de ser la legítima Eminencia. Hace mucho que abdiqué de mi posición en la familia en ese sentido. Nessarose tiene todo el derecho a abdicar de la suya, y entonces Caparazón podrá ser localizado para que ocupe el cargo. O mejor aún, ¿por qué no abolir la estúpida costumbre y dejar que los munchkins se gobiernen a sí mismos hasta matarse?

—Nadie ha sugerido nunca que un líder no sea un chivo expiatorio tanto como el más humilde de sus peones —dijo Frex—. Es posible que así sea. Pero estoy hablando de *liderazgo*, no de rango ni de privilegios. Estoy hablando de la naturaleza de los tiempos que nos ha tocado vivir y del trabajo que hay que hacer. Fabala, tú has sido siempre la más competente de los hermanos. Caparazón es un loco temerario, que ahora juega a ser agente secreto, y Nessie es una niñita herida...

—¡Oh, por favor! —replicó ella, disgustada—. ¿No va siendo hora de superarlo?

—*Ella* no lo ha superado —dijo él, ofendido—. ¿Acaso la ves rodeada por los brazos de un amante? ¿La ves dando a luz a sus hijos, viviendo la vida de alguna manera que tenga sentido? Se esconde detrás de su devoción, del mismo modo que un terrorista se esconde detrás de sus ideales...

Frex notó que Elphaba se estremecía al oír esto, e hizo una pausa.

—He conocido terroristas capaces de amar —dijo ella sin alterarse— y he conocido buenas mónacas, sin amantes y sin hijos, que practicaban la caridad con gente necesitada.

—¿Has oído alguna vez que Nessa formara un vínculo adulto con alguien, aparte del Dios Innominado?

—¡Mira quién fue a hablar! —replicó ella—. Tú tenías esposa e hijos, pero en tu orden de prioridades nosotros estábamos más abajo que los quadlings que aún no habías convertido.

—Hice lo que tenía que hacer —dijo él con rigidez—. No voy a aceptar sermones de mi hija.

—Tampoco yo voy a aceptar que tú me sermonees acerca de mis obligaciones eternas con Nessie. Le entregué mi infancia y la ayudé cuando llegó a Shiz. Ha hecho con su vida lo que ha querido, e incluso ahora puede elegir. Tiene libre albedrío, y también lo tienen sus súbditos, que pueden deponerla y cortarle la cabeza si sus muchas oraciones acaban por molestarlos.

—Es una mujer bastante poderosa —dijo Frex tristemente.

Elphie lo miró por el rabillo del ojo y por primera vez lo vio como un inútil, el tipo de viejo que llegaría a ser Irji si sobrevivía: un hombre que daba constantes manotazos a la periferia de los acontecimientos, que reaccionaba en lugar de actuar, que lamentaba el pasado y rezaba por el futuro, en lugar de remover el presente.

—¿Cómo ha llegado a ser tan poderosa? —preguntó ella, intentando ser amable—. Ha tenido dos buenos padres.

Él no respondió.

Siguieron andando y llegaron al límite entre el bosque y un campo de maíz. Un par de jornaleros estaban reparando una valla e instalando un espantapájaros.

—Buenas tardes, hermano Frexspar —dijeron, quitándose las gorras.

Miraron a Elphaba con cierto recelo. Cuando ella y su padre hubieron continuado hasta quedar fuera del alcance de los oídos de los campesinos, Elphaba preguntó:

—¿Has visto el pequeño talismán, o lo que fuera, que llevaban en las túnicas? Parecía un muñequito de paja o algo así.

—¡Ah, sí, el hombre de paja! —suspiró él—. Otra costumbre pagana que prácticamente había desaparecido y que revivió durante la Gran Sequía. Los campesinos ignorantes llevan un hombrecito de paja como talismán contra las lacras de las cosechas: la sequía, los cuervos, los insectos, las pestes... Hubo un tiempo en que la tradición incluía sacrificios humanos. —Hizo una pausa para recuperar el aliento y enjugarse el sudor de la cara—. Corazón de Tortuga, el quadling amigo de nuestra familia, fue asesinado aquí mismo, en Colwen Grounds, el día que nació Nessarose. Aquel año habían salido de gira un enano vagabundo y un enorme reloj tiktokista, que ofrecían escape a las más bajas inclinaciones humanas. Llegamos en el momento justo para que atraparan a Corazón de Tortuga. Nunca me perdonaré no haber comprendido lo que iba a suceder... pero tu madre estaba de parto y nos habían expulsado del pueblo. Yo no tenía la mente suficientemente clara.

No era la primera vez que Elphaba oía la historia, pero aun así...

—Estabas enamorado de él —dijo, para facilitarle las cosas a su padre.

—Los dos lo estábamos; lo compartíamos —dijo Frex—. Tu madre y yo. Sucedió hace toda una vida y ya ni siquiera sé por qué. Tampoco creo que lo supiera entonces. No he vuelto a amar a nadie más desde que tu madre murió, excepto a mis hijos, por supuesto.

—¡Qué historia tan brutal de sacrificios! —dijo ella—. Hace un momento he hablado con una Vaca que estaba convencida de acabar como víctima propiciatoria. ¿Es posible?

—Cuanto más civilizados nos volvemos, más horrendos son nuestros entretenimientos —dijo Frex.

—Y eso nunca cambiará, ¿verdad? Recuerdo la etimología de la palabra *Oz*, al menos la que propuso nuestra directora, la señora

Morrible, en una de sus conferencias. Dijo que los eruditos se inclinaban por situar la raíz del vocablo en el término gillikinés *oos*, que tiene connotaciones de crecimiento, desarrollo, poder y creación. Se cree que la expresión de disgusto *¡uuz!*, lejanamente emparentada con la palabra *virus*, pertenece a la misma gran familia de vocablos. Cuanto más vieja me hago, más correcta me parece esa derivación.

—Sin embargo, el poeta de la *Oziada* llama a Oz «tierra de verde abandono, país de verdor infinito».

—Los poetas son tan responsables de la construcción de los imperios como cualquier otro gacetillero profesional.

—A veces daría cualquier cosa por marcharme de aquí, pero me estremece pensar en la travesía por las arenas mortíferas.

—Es sólo una leyenda —dijo Elphie—. ¡Papá, tú mismo me enseñaste que las arenas no son más mortíferas que estos campos! Y eso me recuerda la otra teoría: que el término *Oz* está relacionado con la palabra *oasis*. Fue lo que pensaron de Gillikin los pueblos nómadas del norte, en una época anterior a la memoria, cuando descubrieron y colonizaron Oz. Pero no es necesario que vayas tan lejos, papá. El Vinkus prácticamente es otro país. ¿Por qué no vienes conmigo?

—Me encantaría, cariño. Pero ¿cómo iba a dejar a Nessarose? No podría.

—¿Aunque sea hija de Corazón de Tortuga y no tuya? —replicó Elphaba, hiriente, porque se sentía herida.

—Sobre todo si lo es —respondió él.

Elphaba comprendió que al no saber con certeza si Nessarose era hija suya o de Corazón de Tortuga, Frex había llegado, de algún modo semirracional, a la conclusión de que era hija de ambos. Nessarose era la prueba de su breve unión, de la de ellos dos, obviamente, y también de Melena. No importaba lo mutilada que estuviera Nessarose. Siempre sería más que Elphaba, siempre. Siempre tendría más *significado*.

Elphaba y Nessarose se sentaron en la alcoba de Nessa. Una doncella les sirvió una sopa hecha con estómago de vaca. Elphie, que habitualmente no era aprensiva, no la pudo tomar. Pulcramente, la doncella vertía pequeñas porciones en la boca de Nessie.

—No voy a andarme con rodeos —dijo Nessarose—. Quiero que te unas a mí como hermana de armas, para que presidas mi círculo de consejeros y ocupes mi puesto si tengo que viajar.

—No siento el menor apego por el País de los Munchkins, por lo que he visto hasta ahora —replicó Elphaba—. La gente es cruel y se deja impresionar por cualquier patraña; la pompa de este lugar me resulta agobiante, y creo que estás sentada sobre un barril de pólvora.

—Más razón aún para que te quedes y me ayudes —dijo Nessarose—. ¿Acaso no nos educaron para una vida de servicio?

—Tus zapatos te han hecho fuerte —dijo Elphie—. No sabía que unos zapatos pudieran hacer algo así. No creo que me necesites, pero no pierdas los zapatos.

«Te confieren un equilibrio antinatural —pensó—. Pareces una serpiente erguida sobre la cola.»

—Seguramente los recordarás...

—Sí, desde luego, pero me han dicho que Glinda los ha potenciado con un conjuro mágico o algo así.

—¡Oh, Glinda! ¡Qué personaje! —Nessie tragó y sonrió—. Bueno, puedes quedarte con los zapatos, querida... ¡pero sobre mi cadáver! Modificaré mi testamento y te los dejaré a ti en herencia, aunque no consigo imaginar lo que harían por ti. A mí no me han dado unos brazos. Puede que los zapatos encantados no cambien el color de tu piel, pero quizá te vuelvan suficientemente seductora como para que no importe.

—Soy demasiado mayor para ser seductora.

—Pero ¡si todavía estás en la flor de la vida, lo mismo que yo! —rió Nessarose—. ¡Seguro que tienes algún romántico amante en alguna yurta del Vinkus, o en una tienda o un tipí, o como sea que se llamen sus casas! ¡Vamos, cuéntame!

—Llevo todo el tiempo pensando en una cosa, desde que te vi hacer ese conjuro esta mañana —dijo Elphie—, el del hacha.

—¡Ah, eso! Una nimiedad.

—¿Por casualidad recuerdas aquel momento en Shiz, cuando la señora Morrible dijo que nos había lanzado un sortilegio y que no podíamos hablar entre nosotras al respecto?

—Continúa. Me suena. Esa mujer era espeluznante, ¿verdad? Una maestra en tiranía.

—Dijo que nos había elegido (a ti, a Glinda y a mí) para ser Adeptas, para ser agentes de alguien muy importante, para ser hechiceras y, no sé, cómplices secretas. Nos prometió que ocuparíamos posiciones relevantes y tendríamos capacidad de acción. Nos hizo pensar que no podíamos discutir el tema entre nosotras.

—Ah, sí, eso lo recuerdo. ¡Qué bruja era!

—Y bien, ¿crees que había algo de cierto en todo eso? ¿Crees que tenía poder para obligarnos a guardar silencio? ¿Para convertirnos en poderosas hechiceras?

—Tenía poder para darnos un susto de muerte, pero éramos jóvenes y *muy* tontas, según creo recordar.

—En aquel momento, yo tenía la impresión de que ella estaba en connivencia con el Mago y había enviado a su artefacto tiktokista (¡Grommetik!, acabo de recordar el nombre, ¿no es extraña la memoria?) para que asesinara al doctor Dillamond.

—Veías enemigos con puñales detrás de cada silla, siempre te pasaba igual —dijo Nessarose—. No creo que la señora Morrible tuviera ningún poder real. Era una mujer manipuladora, pero su poder era muy limitado, y en nuestra ingenuidad la veíamos como a una villana. Sólo estaba hinchada de engreimiento.

—No lo sé. Después de la reunión intenté decir algo al respecto. ¿Recuerdas que todas perdimos el sentido?

—Éramos inocentes y *terriblemente* sugestionables, Elphie.

—Y Glinda se ha casado con un hombre rico, tal como anunció la señora Morrible. ¿Todavía vive sir Chuffrey?

—Sí, si es que a eso se le puede llamar vivir. Y Glinda es una hechicera, de eso no hay duda. Pero lo único que hizo la señora Morrible fue formular unas cuantas predicciones. Vio nuestros talentos, como era lógico en una educadora, y nos dio unos cuantos consejos para que les sacáramos el máximo partido. ¿Qué hay de sorprendente en eso?

—Intentó captarnos para actuar en un servicio secreto a las órdenes de un amo desconocido. No me lo estoy inventando, Nessie.

—Obviamente, sabía cómo llegar a ti, apelando a tu sentido de la conspiración. Yo no recuerdo ninguna de esas fascinantes patrañas.

Elphaba guardó silencio. Quizá Nessie tuviera razón. Sin embargo, allí estaban las dos, una docena de años después: dos Brujas, por así decirlo, y Glinda convertida en una hechicera para el bien público. Era suficiente para que Elphie regresara a Kiamo Ko y quemara la Grimería, y también la escoba, si era preciso.

—Glinda siempre la encontró parecida a una carpa —recordó Nessarose—. ¿De verdad vas a dejarte asustar por un pez, después de todos estos años?

—Una vez vi en un libro una ilustración de un monstruo lacustre, o de un monstruo marino, si crees en los océanos —dijo Elphie—. Puede que no esté segura de que el monstruo exista, pero prefiero vivir con la duda, antes que convencerme con la experiencia real de uno de esos monstruos.

—Una vez dijiste algo parecido a propósito del Dios Innominado —señaló Nessarose en tono sereno.

—¡Oh, no, por favor, no empieces con eso!

—El alma es demasiado valiosa para que la ignores, Elphie.

—¿Entonces no es mejor que no la tenga? Así no debo preocuparme.

—Tienes alma. Todo el mundo la tiene.

—¿Qué me dices de la Vaca que adquiriste hoy, y de las Ovejas?

—No estoy hablando de los órdenes inferiores.

—Esa forma de hablar me ofende, Nessie. Hoy he dejado en libertad a esos Animales, ya lo sabes.

Nessarose se encogió de hombros.

—Tienes tus derechos en Colwen Grounds. No voy a prohibirte que vayas por ahí cumpliendo tus pequeñas misiones favoritas.

—Me contaron cosas horribles acerca del trato que reciben aquí los Animales. Yo pensaba que eso sólo sería en la Ciudad Esmeralda o en Gillikin. De algún modo pensaba que en el País de los Munchkins, al ser esto más rural, habría más sensatez.

—¿Sabes? —dijo Nessie, indicándole a la doncella que le limpiara la boca con una servilleta—. Una vez, en un servicio religioso, conocí a un soldado. Había perdido un brazo en alguna campaña contra unos quadlings rebeldes. Dijo que todas las mañanas se daba palmadas en el muñón donde había tenido el brazo. La sangre empezaba a circular y, al cabo de unos minutos, sentía un hormigueo y se le formaba una especie de miembro fantasma. No sucedía en seguida, ni era nada material. Lo que el soldado recuperaba era la sensación de lo que había sido *tener un brazo*. Le crecía hasta el codo y, después, el recuerdo, el recuerdo corporal del brazo en el espacio tridimensional, se extendía poco a poco, hasta llegar a los dedos. Una vez que su extremidad fantasma estaba en su sitio, al menos mentalmente, el hombre podía hacer frente a su jornada como tullido. También mejoraba su equilibrio físico.

Elphaba, sintiéndose cada vez más una auténtica Bruja, contemplaba a su hermana, a la espera de que llegara al meollo de la cuestión.

—Lo intenté durante un tiempo. De hecho, durante meses. Le pedía a Nana que me masajeara mis muñones. Después de mucho trabajo y esfuerzo por parte de la pobre Nana, empecé a experimentar el germen de lo que quizá sería la sensación de tener brazos. Nunca llegué muy lejos, hasta que Glinda mejoró estos zapatos. Ahora (no sé por qué, quizá porque me quedan demasiado estrechos y la circulación se resiente), al cabo de una hora de llevarlos puestos, tengo brazos fantasma por primera vez en mi vida. La sensación de los dedos no la consigo del todo.

—Extremidades fantasma —dijo Elphie—. Bueno, me alegro por ti.

—¿Sabes? Si te dieras unas palmadas a ti misma, espiritualmente hablando —dijo Nessarose—, puede que desarrollaras tu alma fantasma, o algo que te produjera una sensación similar. Es una buena guía interna, el alma. Sospecho que quizá llegarías a reconocer que no es en absoluto fantasma, sino completamente real.

—Ya está bien, Nessie. No me interesa discutir contigo mis problemas espirituales.

—¿Por qué no te quedas aquí conmigo, te incorporas a mi gobierno y te hacemos bautizar? —sugirió Nessarose calurosamente.

—El agua me resulta sumamente dolorosa, como ya sabes, y no pienso volver a hablar al respecto. No puedo jurar lealtad a ninguna cosa Innominada. Sería una farsa.

—Te estás condenando a una vida de tristeza —deploró Nessarose.

—Bueno, con eso ya estoy familiarizada, de modo que no habrá nada que me sorprenda. —Elphie arrojó su servilleta—. No puedo quedarme, Nessie. No puedo ayudarte. En el Vinkus tengo mis propias responsabilidades, por las cuales tú has demostrado sentir muy poca curiosidad. ¡Oh, sí, ya lo sé! Ha habido una revolución y tú eres la nueva primera ministra, o algo así; seguramente tienes más derecho que nadie a estar abstraída en tus asuntos. Tienes que aceptar la carga del poder o rechazarla, pero en ambos casos asegúrate de que haya sido tu elección, y no un accidente de la historia o un martirio por defecto. Me preocupa tu situación, pero no puedo quedarme y ser tu lacayo.

—He sido torpe y excesivamente franca. No puedes esperar que recuerde en tan poco tiempo cómo ser una buena hermana...

—Has tenido a Caparazón para practicar durante todos estos años —dijo Elphaba secamente.

—¿Así, sin más? ¿Piensas levantarte y marcharte? —Nessarose también se puso en pie, de esa manera sinuosa e inquietante en que lo hacía—. Después de doce años de separación, pasamos tres o cuatro días juntas, ¿y eso es todo?

—Cuídate —dijo Elphaba, besando a su hermana en las dos mejillas—. Sé que serás una buena Eminencia mientras quieras serlo.

—Rezaré por tu alma —prometió Nessarose.

—Estaré esperando tus zapatos —respondió Elphie.

Mientras salía, Elphie pensó en ir a despedirse de su padre, pero decidió que no. Le había dicho todo lo que se sentía capaz de decirle. Se habían confabulado contra ella, a la manera amorosa y claustrofóbica de las familias, y ya no quería nada más de todo eso.

7

Siguiendo la ruta del norte, por los montes Magdalenas, se dio cuenta de que iba a pasar por el lago Chorge. Decidió hacer un alto allí, más o menos a mitad de camino, comprobando con interés que se alegraba de haber emprendido el camino de vuelta. Recorrió las orillas del lago, buscando el Capricho en el Pinar, pero no consiguió distinguir la casa entre las muchas residencias de verano que habían proliferado allí desde su visita en la juventud.

Aun así, no era el terreno visible lo que veía, sino el mundo en su conjunto: su carácter, la forma en que parecía remitir a sí mismo. ¿Cómo podía Nessarose creer en el Dios Innominado? Detrás de cada aspecto del mundo había otro aspecto del mundo. ¿No era eso, en cierto sentido, lo que pensaba el doctor Dillamond? El doctor había imaginado otra fundación auténtica del mundo, defendible mediante pruebas y experimentos, y había averiguado dónde localizarla. Pero ella no era una visionaria. Detrás del marmóreo papel blanquiazul del lago, más allá de la acuática seda del cielo, no había nada más profundo que Elphaba pudiera ver.

Ni sobre la materia prima de la vida (la estructura muscular de las alas de los ángeles o la acción capilar necesaria para enfocar una mirada asesina), ni sobre los empalagosos temas del empíreo (el bien, si es que el Dios Innominado era bueno). Ni tampoco sobre el mal.

Porque, ¿quién estaba a la merced de quién? ¿Se sabría alguna vez? Los distintos agentes trabajaban a la vez en connivencia y antagonismo, como el frío y el sol, capaces de crear juntos un mortífero venablo de hielo... ¿Era el Mago un charlatán, un fraude, un déspota con poderes y fracasos meramente humanos? ¿Controlaba a las Adeptas (Nessarose, Glinda y una tercera sin nombre, que seguramente no era Elphie), o sólo se lo hacía creer la señora Morrible, para alimentar su desmesurado ego, su sed de toda apariencia de poder?

¿Y la señora Morrible? ¿Y Yackle? ¿Habría alguna conexión? ¿Serían la misma persona? ¿Serían divinidades severas, diferentes avatares de un poder de las tinieblas, astillas venenosas separadas del cuerpo maligno de la Bruja Kúmbrica? ¿O serían quizá, juntas o por separado, la vieja Kumbricia en persona, o lo que pudiera haber sobrevivido de ella desde la edad heroica de los mitos, hasta esos retorcidos y mezquinos tiempos modernos? ¿Gobernarían al Mago, lo manejarían como a una marioneta?

¿Quién está a la merced de quién?

Y mientras aguardas el momento de saberlo, cae el carámbano mortífero, formado por todas las fuerzas contradictorias, y hunde su fría aguja en la carne penetrable.

Elphaba se alejó de las orillas del lago Chorge, cubiertas de agujas de pino, en estado de tremenda frustración y energía. Sin confianza suficiente para decidir sobre asuntos de carácter político o teológico, sintió el impulso de desenterrar las viejas notas que había recogido en el despacho del doctor Dillamond al día siguiente de su asesinato. Tener algo concreto bajo las yemas de los dedos. Una lente de aumento, un escalpelo, una sonda esterilizada. Quizá ahora fuera suficientemente mayor como para entender lo que el doctor Dillamond se proponía. Él había sido un unionista esencialista, y ella, una atea principiante. Pero tal vez aún pudiera beneficiarse de su trabajo, después de todo ese tiempo.

Los vientos la acompañaron hasta las estribaciones de los Grandes Kells. A partir de ahí, todo le resultó más difícil, desde encontrar el camino hasta mantenerse en su montura sin caerse. Varias veces tuvo que desmontar de la escoba y andar. Por fortuna, no hacía demasiado frío y halló pequeños grupos de nómadas en los valles más protegidos, que la mantuvieron orientada en la buena dirección. Aun así, tardó dos semanas en completar el viaje de regreso, incluso con la ayuda de la escoba.

A última hora de la tarde, con el sol todavía alto y caliente en comparación con sus hábitos invernales, Elphaba subió trabajosamente las últimas cuestas, viendo allá arriba el estrecho y oscuro perfil de Kiamo Ko. Se sentía como una niña contemplando el sombrero de copa de un caballero muy alto. Ansiosa por evitar toda ceremonia o alboroto, rodeó la aldea. Sin la escoba, le habría resultado casi imposible llegar por ese lado, pero incluso la escoba parecía resentirse por el esfuerzo. Se detuvo en el huerto y se dirigió hacia la puerta trasera, que estaba abierta, lo cual significaba que las hermanas habrían salido a recoger flores o alguna otra tontería semejante.

Reinaba el silencio. Elphaba cogió una manzana que ya se estaba quedando marrón encima de un aparador y subió lentamente la escalera sin encontrarse con nadie. Cuando pasó junto a la habitación de Nana, agitó el picaporte de la puerta y dijo:

—¿Nana?

—¡Oh! —se oyó un grito agudo—. ¡Me has asustado!

—¿Puedo pasar?

—Un minuto. —Hubo ruido de muebles arrastrados por el suclo—. ¡Qué bien, muy bonito, señorita Elphaba! ¡Qué buena idea, marcharte y dejarnos para que nos asesinaran en nuestras camas, o algo parecido!

—¿De qué hablas? Déjame pasar.

—¡Y sin decir palabra! ¡Casi enloquecemos de preocupación! —La última pieza de mobiliario se arrastró por el suelo y, finalmente, Nana abrió la puerta—. ¡Horrible e ingrata mujer! —exclamó la anciana mientras se dejaba caer pesadamente en sus brazos y rompía a llorar.

—¡Por favor, ya he tenido suficiente drama para el resto de mi vida! —dijo Elphaba—. ¿De qué me estás hablando?

Nana tardó bastante en calmarse. Estuvo un rato revolviendo el bolso, buscando sales para reanimarse y sacando suficientes frascos y sobrecitos como para abrir su propia botica. Había ampollas azules de cristal, pastilleros transparentes, sobres de piel de serpiente con polvos y grajeas, y un precioso frasco de vidrio verde, con una vieja etiqueta desgarrada, donde aún podía leerse ELI- MILAGRO-.

Se tomó unos calmantes y, cuando pudo respirar de nuevo, dijo:

—Bueno, querida, ya sabes que... ¿Supongo que ya habrás visto que han desaparecido todos?

Elphaba frunció el ceño por la confusión, y el temor creciente y repentino.

Nana inspiró profundamente.

—No te enfades con Nana ahora. La culpa no ha sido de Nana. Aquellos soldados decidieron de pronto que sus ejercicios habían terminado. Quizá Nor les contó que te habías marchado, no lo sé. A nosotras nos lo dijo. Había estado curioseando, buscando tu escoba, y nos dijo que ya no estabas. Tal vez también se lo dijo a ellos. Ya sabes lo amables que eran con ella, cuánto la apreciaban. Los soldados se presentaron en la puerta delantera y dijeron que tenían que llevarse a toda la familia, a Sarima, a sus hermanas, a Nor y a Irji, al campamento donde tienen su base, dondequiera que esté. No hacía falta que yo fuera, dijeron, lo cual me pareció bastante insultante, y así se lo hice saber. Sarima preguntó por qué tenían que ir y aquel simpático comandante, Cherrystone, le explicó que era por su propia protección. Dijo que no convenía que hubiera miembros de la familia real en el castillo, porque si pasaba por aquí algún batallón de combate, podía producirse un incidente sangriento.

—¿Pasar por aquí? ¿Un batallón? ¿Cuándo?

Elphie golpeó el alféizar de la ventana con la palma de la mano.

—Estoy tratando de decírtelo. Pronto, en cualquier momento, dijo. Sólo se trataba de adelantarse a los acontecimientos. Insistieron mucho. Los soldados dispersaron a los aldeanos (no creo que hubiera matanzas, todo parecía bastante humanitario, excepto las cadenas) y sólo me dejaron a mí, por ser demasiado vieja para marchar por las montañas, y además porque no soy de la familia. También dejaron a Liir, porque no era una amenaza y quizá también porque le tenían simpatía. Pero pocos días después, también Liir desapareció. Creo que se sentía terriblemente solo sin ellos y que se fue a buscar su campamento.

—¿Y nadie protestó? —chilló Elphie.

—¡No me grites! ¡Claro que protestaron! Bueno, Sarima se cayó redonda; se desmayó al instante, y Nor e Irji corrieron a atenderla. Pero las hermanas, que parecían modositas, levantaron barricadas en el comedor y prendieron fuego al ala de la capilla para tratar de pedir ayuda. Tres le aplastó la mano al comandante con una piedra de afilar y creo que le rompió todos los huesos de la muñeca. Cinco y Seis tocaron la campana, pero los pastores estaban demasiado lejos y todo sucedió demasiado rápido. Dos escribió mensajes e intentó atarlos a las patas de tus cuervos, pero los pájaros se resistieron a ser liberados. Los muy inútiles volvían y se quedaban apoyados en el alféizar de las ventanas. A Cuatro se le ocurrió algo muy ingenioso con aceite hirviendo, pero no consiguieron que la llama calentara lo suficiente. ¡Oh, hubo una buena persecución por aquí durante uno o dos días, pero los soldados ganaron, por supuesto! Los hombres siempre ganan.

Nana prosiguió en tono malhumorado:

—Todos pensamos que antes te habrían tendido una emboscada a ti, para que no te opusieras a ellos. Aquí eres la única que puede hacer algo, todos lo saben. Todos creen que eres una Bruja. La gente del pueblo me ha pedido que, si regresabas, no perdieras de vista el caserío de Red Windmill, el que está más abajo de la presa, ya sabes cuál. Parece ser que te creen capaz de rescatar a toda la familia real, ya sabes cómo son. Yo les dije que no se hicieran ilusiones y que tú no estarías interesada, pero les prometí que te daría el mensaje y así lo hago.

Elphaba iba y venía por la habitación. Se soltó el nudo con que solía recogerse el pelo y sacudió la cabeza, como tratando de quitarse de encima lo que estaba oyendo.

—¿Y *Chistery*? —dijo por fin.

—Acurrucado detrás del piano en la sala de música, sin duda.

—¡Qué situación tan extraña!

Caminaba, se sentaba, se rascaba la barbilla y en un momento dio un puntapié a la bacinilla de Nana y la rompió.

—¿Qué me queda todavía? —murmuró—. Está la escoba. Están las abejas. Está el mono. Está *Killyjoy*. ¿Le han hecho algo a *Killyjoy*? Está *Killyjoy*. Están los cuervos. Está Nana. Están los aldeanos, si no les han hecho nada. Está esa dudosa Grimería. No es mucho.

—No, no es mucho —suspiró Nana—. ¡Estamos perdidos!

—Podemos rescatarlos —dijo Elphie—. Lo haremos.

—Cuenta con Nana —dijo la vieja—, aunque nunca me han gustado esas hermanas, te lo aseguro.

Elphie apretó los puños e intentó contenerse para no darse de puñctazos.

—También Liir se ha ido —dijo—. Vine a pedirle perdón a Sarima y, en el proceso, también he perdido a Liir. ¿Serviré para algo en esta vida?

Kiamo Ko estaba mortalmente silencioso, a excepción de la trabajosa respiración de Nana, que daba una cabezada en su mecedora. *Killyjoy* batió el suelo con el rabo, feliz de ver a su dueña. El cielo era ancho y sin esperanzas detrás de las ventanas. Elphaba estaba cansada, pero no podía dormir, porque de vez en cuando creía oír el sonido del agua lamiendo las paredes del pozo de los peces, como si el legendario lago subterráneo fuera a subir para ahogarlos a todos.

V

EL ASESINATO Y LO QUE VINO DESPUÉS

1

Después se habló mucho de lo que la gente creyó que había sido. El ruido pareció venir a la vez de todas las esquinas del cielo.

Los periodistas, armados con el diccionario de sinónimos y las escrituras apocalípticas, hicieron torpes intentos de explicarlo, pero no lo consiguieron: «Una honda delicuescencia de aire trastornado y canalizado...», «Un volcán de lo invisible, oscuramente interpretado...».

Para los practicantes de la fe del placer con inclinaciones tiktokistas, fue el sonido de mecanismos de relojería que desplegaron sus resortes y funcionaron a una velocidad de vértigo. Fue la liberación de la energía vengativa.

Para los esencialistas, fue como si de pronto el mundo se hubiera sentido demasiado abarrotado de vida y las células hubieran empezado a estallar por miles de millones, las moléculas se hubieran disgregado hasta su aniquilación y los átomos hubieran empezado a agitarse en sus envoltorios con una fuerza devastadora.

Para los supersticiosos, fue el colapso del tiempo. Fue la exudación de los males del universo en un solo músculo crepuscular, concentrado en apuñalar al mundo hasta el fondo de una vez para siempre.

Para los religiosos más tradicionalistas, fue una guerra relámpago conducida por un ejército de ángeles vengadores, el espeluznante nombre del Dios Innominado resonando por fin —¡sorpresa!— y la evaporación de toda esperanza de misericordia.

Unos pocos quisieron pensar que eran escuadrones de dragones volando sobre sus cabezas, adiestrados para el ataque, rompiendo los amarres del cielo con el arrastre de sus alas trífidas.

En la estela de destrucción que causó, nadie tuvo la arrogancia, ni el coraje (ni tampoco la experiencia previa) de proclamar que conocía la naturaleza del acto terrorista: una columna de viento retorcida en trenzado vórtice.

En pocas palabras, un tornado.

Se perdieron las vidas de muchos munchkins, así como kilómetros cuadrados de suelo fértil tras cientos de años de cultivos. Las movedizas dunas del desierto oriental sepultaron varias aldeas sin dejar rastro y no hubo supervivientes que contaran la historia de su padecimiento. Girando sobre sí mismo como un objeto de pesadilla, el embudo de viento ingresó en Oz a cincuenta kilómetros al norte de Stonespar End y maniobró delicadamente en torno a Colwen Grounds, sin mover un pétalo de rosa ni arrancar una espina. El tornado seccionó el Gran Granero, devastando el fundamento de la economía del país rebelde, y finalmente se disipó, como a propósito, no sólo en el extremo oriental del camino de Baldosas Amarillas, mayormente abandonado, sino en el lugar preciso (el caserío de Center Munch) donde, a las puertas de una capilla local, Nessarose estaba entregando premios por asistencia perfecta a unas clases de educación religiosa. La tormenta le dejó caer una casa encima.

Todos los niños sobrevivieron para rezar por el alma de Nessarose en el servicio religioso celebrado a continuación. Nunca la asistencia había sido tan perfecta.

Naturalmente, el desastre inspiró numerosos chistes. «No puedes esconderte del destino —decían algunos—. Ni siquiera en casa estás a salvo.» «¡Cómo era esa Nessarose! Estaba pronunciando un discurso tan apasionante sobre clases de religión que la casa se vino abajo!» «Todos tenemos que crecer y marcharnos de casa, ¡pero a veces la casa se enfada y te persigue!» «¿Qué diferencia hay entre una estrella fugaz y una casa que cae? Que la estrella te concede un-de... seo y la casa te hunde... en el suelo.» «¿Qué cosa es grande, espesa, hace temblar la tierra y quiere aprovecharse de ti? No lo sé, pero me la podrías presentar.»

Nunca se había visto en Oz una vorágine semejante. Varios grupos terroristas la reivindicaron, especialmente cuando se supo la noticia de que la Malvada Bruja del Este (o la Eminente Thropp, dependiendo de las tendencias políticas de cada uno) había perecido. Al principio no todos entendieron que la casa transportaba pasajeros. La mera presencia de una casa de diseño exótico, aterrizada casi intacta en un estrado preparado para recibir a unos dignatarios, ya exigía un esfuerzo monumental de credulidad. Que además unas criaturas hubieran sobrevivido a la caída era manifiestamente increíble, o bien un claro indicio de que la mano del Dios Innominado había intervenido en el suceso. Como era de esperar, varios ciegos gritaron de pronto «¡Puedo ver!», un Cerdo cojo se irguió sobre las patas traseras y bailó una polca, aunque en seguida se lo llevaron, y cosas así. Sólo por haber sobrevivido, la forastera –que se hacía llamar Dorothy– fue elevada a los altares de la santidad. El perrito era simplemente un fastidio.

2

Cuando la noticia de la muerte prematura de Nessarose llegó a Kiamo Ko por paloma mensajera, la Bruja estaba absorta en una difícil operación, consistente en coser las alas de un roc macho de cresta blanca a la musculatura dorsal de la última camada de monos nivales. Había perfeccionado bastante el procedimiento, después de años de chapuzas y fracasos espantosos, cuando la muerte por compasión parecía la única medida justa para aliviar el sufrimiento del paciente. Los viejos libros de texto de Fiyero sobre ciencias de la vida, del curso del doctor Nikidik, le habían ofrecido algunas pistas. También la Grimería la había ayudado, cuando había sabido interpretarla correctamente. Había encontrado conjuros para convencer a los nervios axiales de que pensaran en términos celestes y no arbóreos. Y en cuanto consiguió hacerlo bien, los monos alados parecieron felices con su suerte. Aún no había logrado que ninguna mona de su población produjera una cría alada, pero no perdía las esperanzas.

Sin duda alguna, habían asumido el vuelo mejor que el lenguaje. *Chistery*, que para entonces era el patriarca del zoo del castillo, se había estancado en las palabras de una sílaba y aún no parecía tener mucha idea de lo que decía.

Fue el propio *Chistery* quien llevó la carta de la paloma a la sala de operaciones de Elphaba. La Bruja le hizo sujetar el escalpelo con que estaba seccionando la masa muscular, mientras desplegaba la hoja. El breve mensaje de Caparazón hablaba del tornado y le informaba del funeral, que habían programado para varias semanas más tarde, con la esperanza de que Elphaba recibiera la carta a tiempo para asistir.

La Bruja dejó la misiva y volvió al trabajo, apartando de sí el dolor y las lamentaciones. Era un asunto complicado, coser unas alas, y el sedante que le había administrado al mono no iba a durar toda la mañana.

—*Chistery*, es hora de ayudar a Nana a bajar la escalera, y, si puedes, ve a buscar a Liir y dile que tengo que hablar con él durante el almuerzo —dijo, apretando los dientes, mientras echaba un vistazo a uno de sus diagramas para asegurarse de haber superpuesto los distintos grupos musculares en el orden correcto, del frente al fondo.

Era toda una hazaña que Nana consiguiera llegar al comedor una vez al día.

—Es mi trabajo, esto y dormir, y Nana sabe hacer muy bien las dos cosas —decía todos los mediodías, cada vez que llegaba al comedor, hambrienta por el esfuerzo de la escalera. Liir servía el queso y el pan, y de vez en cuando un poco de carne fría, que los tres cortaban y masticaban, normalmente sin dirigirse la palabra, antes de salir corriendo a ocuparse de las tareas de la tarde.

Liir tenía catorce años e insistió en acompañar a la Bruja a Colwen Grounds.

—Nunca he ido *a ningún sitio*, salvo aquella vez con los soldados —protestó—. Nunca me dejas hacer nada.

—Alguien tiene que quedarse para cuidar a Nana —señaló la Bruja—. No tiene sentido discutir por eso.

—*Chistery* puede hacerlo.

—No, no puede. Se está volviendo olvidadizo, y entre él y Nana podrían prenderle fuego al castillo. No hay nada más que hablar, Liir. Tú no vas. Además, creo que tendré que viajar en la escoba para llegar a tiempo.

—Nunca me dejas hacer nada.

—Te dejo fregar los platos.

—Tú ya me entiendes.

—¿Por qué discute el niño ahora, cariño? —preguntó Nana a gritos.

—Por nada —dijo la Bruja.

—¿Qué has dicho?

—*Nada*.

—¿No vas a decírselo? —preguntó Liir—. Ha ayudado a criar a Nessarose, ¿no?

—Es demasiado vieja, no hace falta que lo sepa. Tiene ochenta y cinco años, sólo la preocuparíamos.

—Nana —dijo Liir—, Nessie ha muerto.

—¡Silencio, niño inútil, si no quieres que te extirpe los testículos de una patada!

—¿Que Nessie ha hecho qué? —chilló Nana, mirándolos con ojos acuosos.

—Muerto, muerto, muerto —entonó *Chistery*.

—¿Que ha hecho qué?

—Nessie HA MUERTO —dijo Liir.

Nana empezó a llorar con sólo concebir la idea, antes incluso de confirmarla.

—¿Es posible que sea cierto, Elphie? ¿Ha muerto tu hermana?

—Liir, pagarás por esto —dijo la Bruja—. Sí, Nana, no puedo mentirte. Hubo una tormenta y un edificio se desmoronó. Dicen que no sintió nada.

—Se ha ido directamente al regazo de Lurlina —sollozó Nana—. Ha venido el carruaje de oro de Lurlina para llevarla a casa. —Inexplicablemente, se puso a dar palmaditas al trozo de queso que tenía en el plato. Después untó con mantequilla una servilleta y le dio un mordisco—. ¿Cuándo salimos para ir al funeral?

—Estás demasiado mayor para viajar, Nana. Iré yo dentro de unos días. Liir se quedará para cuidarte.

—Ni hablar —replicó Liir.

—Es un buen chico —dijo Nana—, pero no tan bueno como Nessarose. ¡Oh, qué día tan aciago! Liir, tomaré el té en mi habitación. No puedo quedarme aquí, hablando tranquilamente como si no hubiera pasado nada. —Se levantó como pudo, apoyándose en la cabeza de *Chistery* (el mono la adoraba)—. ¿Sabes, cariño? —le dijo a la Bruja—, no creo que el chico sea lo bastante mayor como para velar por mis necesidades. ¿Y si vuelven a atacar el castillo? Recuerda lo que sucedió la última vez que te fuiste —añadió con una mueca acusadora.

—Nana, las milicias arjikis vigilan el castillo día y noche. Los hombres del Mago están tranquilamente acantonados en el pueblo de Red Windmill, río abajo. No tienen intención de abandonar la seguridad de su refugio y arriesgarse a ser diezmados en estos pasos montañosos, después de lo que hicieron. *Aquélla* fue su misión, *aquélla* fue su campaña. Ahora se limitan a observar. Conservan el puesto de avanzada, para informar acerca de cualquier indicio de invasión o de agitación entre los clanes de la montaña. Y tú lo sabes. No tienes nada que temer.

—Soy demasiado vieja para que me saquen de aquí cargada de cadenas, como a la pobre Sarima y a su familia —dijo Nana—. ¿Y cómo vas a rescatarme a mí, si no has podido rescatarlos a ellos?

—Aún lo sigo intentando —dijo la Bruja en el oído izquierdo de Nana.

—¡Siete años! Eres muy testaruda. Soy de la opinión de que a estas alturas se estarán pudriendo en una fosa común, después de siete largos años. Y tú, Liir, puedes dar las gracias a Lurlina por no estar con ellos.

—Intenté rescatarlos —dijo empecinadamente Liir, que había reescrito mentalmente su escapada para atribuirse un papel más heroico.

No había ido tras ellos porque anhelara la compañía de los soldados, se decía, sino en un valeroso esfuerzo por salvar a la familia. De hecho, el comandante Cherrystone había tenido la gentileza de dejar a Liir atado y metido en un saco, en el establo de algún campesino, para no tener que encarcelarlo con los demás. El comandante no había descubierto que Liir era el hijo bastardo de Fiyero, porque ni siquiera el niño lo sabía.

—Así es, eres un buen chico —dijo Nana, distraída de la mala noticia y regresando mentalmente a la tragedia que recordaba de manera más visceral—. Yo también hice todo lo que pude, pero Nana ya era una vieja incluso entonces. Elphie, ¿crees que estarán muertos?

—No he podido averiguar nada —repitió la Bruja por diezmilésima vez—. No sabría decir si se los han llevado secretamente a la Ciudad Esmeralda o los han asesinado. Tú ya lo sabes, Nana. He sobornado, he espiado, he contratado agentes para que siguieran todas las pistas. Le he escrito a la princesa Nastoya de los scrows, pidiéndole consejo. Pasé un año entero examinando todos los indicios inútiles. Tú lo sabes bien. No me tortures con el recuerdo de mi fracaso.

—El fracaso fue mío, estoy segura —declaró Nana con gesto apacible, aunque todos sabían que no lo pensaba ni por asomo—. ¡Ojalá hubiese sido yo más joven y vigorosa! ¡Lo habría puesto en su sitio a ese comandante Cherrystone! Pero ahora Sarima se ha ido, y también sus hermanas. Supongo que en realidad no ha sido culpa nuestra —dijo falsamente, mirando con gesto de enfado a la Bruja—. Tenías un viaje que hacer y lo hiciste. ¿Quién puede criticarte por eso?

Pero, para la Bruja, la imagen de Sarima cargada de cadenas o de Sarima como un cadáver en descomposición, negándole aún el perdón por la muerte de Fiyero, era más dolorosa que el agua.

—¡Basta ya, vieja arpía! —gritó la Bruja—. ¿Es normal que la gente de mi propia casa me atormente? ¡Ve a tomar tu té, vieja del demonio!

Finalmente, la Bruja se sentó y se puso a pensar en Nessarose y en lo que podía avecinarse. Había intentado mantenerse al margen del mundo de la política y sus asuntos, pero sabía que un cambio de gobierno en el País de los Munchkins podía desequilibrar la situación, quizá con efectos positivos. Se sintió culpable al notar la ligereza con que se había tomado la muerte de su hermana.

Hizo una lista de las cosas que tenía que llevar al funeral. Lo más importante era una página de la Grimería. En su habitación, estuvo estudiando con detenimiento el mohoso volumen y finalmente arrancó una página particularmente críptica. Las letras seguían haciendo contorsiones bajo sus ojos, y a veces se mezclaban y se separaban mientras ella las miraba, como una colonia de hormigas. Cada vez que miraba el libro, podía aparecer alguna cosa con significado en aquella página que sólo un día antes había contenido garabatos sin sentido, y otras veces el significado se disolvía ante sus propios ojos. Se lo preguntaría a su padre, que con la santidad de sus ojos vería mejor la verdad.

3

Colwen Grounds estaba envuelto en negros festones y violáceas colgaduras. Cuando llegó la Bruja, un hombre poco efusivo salió a su encuentro, a modo de unipersonal comité de recepción. Era un munchkin con barba, llamado Nipp, que parecía ser a la vez portero, conserje y primer ministro en funciones.

—Su linaje ya no le permite acceder a ningún privilegio especial en el País de los Munchkins —anunció—. Con la muerte de Nessarose, el título de Eminencia por fin ha sido abolido.

A la Bruja no le importó demasiado, pero no estaba dispuesta a aceptar sin protestar un pronunciamiento unilateral.

—Quedará abolido cuando yo acepte que así sea —respondió.

En realidad, el título se había empleado muy poco en los últimos años. Según las ocasionales cartas incoherentes que Frex le enviaba, a Nessarose había empezado a divertirle el calumnioso apodo de Malvada Bruja del Este, y había llegado a considerarlo una penitencia pública digna de una persona de su elevada categoría moral. Incluso había empezado a referirse a sí misma de ese modo.

Nipp la condujo a su habitación.

—No es mucho lo que necesito —dijo la Malvada Bruja del Oeste (como por contraste permitía que la llamaran, al menos esos munchkins advenedizos)—, sólo una cama para un par de días. También querré ver a mi padre y asistir al funeral. Recogeré algunas cosas y me marcharé pronto. ¿Sabe si está en la casa mi hermano Caparazón?

—Caparazón ha vuelto a desaparecer —contestó Nipp—. Me ha pedido que la saludara de su parte. Está cumpliendo una misión en el Glikkus que no podía esperar. Sin embargo, algunos de por aquí creemos que ha huido, preocupado por el cambio dc gobierno, ahora que la tirana ha muerto. Hace bien en preocuparse —añadió fríamente—. ¿Necesita toallas limpias?

—No uso, gracias —dijo la Bruja—. Puede irse.

Estaba muy cansada, y triste.

Con sesenta y tres años, Frex estaba aún más calvo y con la barba todavía más blanca que la última vez. Tenía los hombros curvados hacia adentro, como si quisieran tocarse, y la cabeza hundida en una cavidad natural, formada entre la deteriorada columna vertebral y el cuello. Estaba sentado junto a una ventana, cubierto con una manta.

—¿Quién es? —preguntó cuando la Bruja se sentó a su lado.

Elphaba comprendió que prácticamente había perdido la vista.

—Tu otra hija, papá —dijo—, la que te queda.

—Fabala —dijo Frex—, ¿qué voy a hacer sin mi linda Nessarose? ¿Cómo voy a vivir sin mi niñita preciosa?

Ella le dio la mano, se quedó a su lado hasta que se durmió y le secó el llanto que le corría por el rostro, aunque sus lágrimas le quemaban la piel.

Los munchkins liberados estaban destruyendo la casa. La Bruja no tenía tiempo para sentimentalismos, pero consideraba un desperdicio destrozar de ese modo los bienes. Los profanadores no veían más allá de sus narices. ¿No se daban cuenta de que Colwen Grounds podía ser el edificio de su parlamento, fuera cual fuese la forma de gobierno que eligieran?

La Bruja pasó cierto tiempo con su padre, pero no hablaron mucho. Una mañana, en que estaba más vigoroso y despierto que de costumbre, Frex le preguntó si de verdad era una bruja.

—¿Qué es una bruja, después de todo? ¿Quién de esta familia ha confiado alguna vez en las palabras? —respondió ella—. Papá, ¿me harías el favor de mirar una cosa y decirme lo que ves?

De un bolsillo interior, sacó la página de la Grimería y la desplegó sobre sus rodillas como una enorme servilleta. El viejo le pasó las manos por encima, como si pudiera asimilar su significado a través de las yemas de los dedos, y después la levantó y se la llevó a los ojos, para mirarla de cerca, forzando la vista.

—¿Qué ves? —preguntó ella—. ¿Puedes indicarme la naturaleza de la escritura? ¿Es para bien o para mal?

—Los signos son suficientemente nítidos, y también son grandes. Debería ser capaz de descifrarlos. —Dio la vuelta a la página y la puso del revés—. Pero, pequeña Fabala, no sé leer este alfabeto. Está en una lengua extranjera. ¿Tú puedes?

—A veces creo que puedo, pero la sensación es pasajera —contestó la Bruja—. No sé si lo que falla son mis ojos o el manuscrito.

—Siempre has tenido buena vista —dijo su padre—. Incluso de pequeña podías ver cosas que nadie más veía.

—Ah —dijo ella—, no sé a qué te refieres.

—Tenías un espejo que el bueno de Corazón de Tortuga te había fabricado y tú lo mirabas como si fueras capaz de ver otros mundos y otras épocas.

—Probablemente me estaba mirando a mí misma.

Pero los dos sabían que no era así y, por una vez, Frex lo dijo:

—No te mirabas a ti misma. Detestabas tu imagen; odiabas tu piel, tus rasgos marcados, tus ojos extraños.

—¿Dónde aprendí ese odio? —preguntó ella.

—Ya lo tenías cuando naciste —dijo él—. Fue una maldición. Naciste para maldecir mi vida. —Frex palmoteó su mano afectuosamente, como si no importara mucho lo que acababa de decir—. Cuando mudaste aquellos extraños dientes de leche y los permanentes resultaron ser normales, todos sentimos cierto alivio. Pero durante los dos o tres primeros años (hasta que nació Nessarose), fuiste una bestezuela. Sólo cuando nos fue concedida la santa Nessarose, que vino al mundo con una desgracia aún mayor que la tuya, te serenaste y empezaste a ser una niña normal.

—¿Por qué pesa sobre mí la maldición de ser diferente? —dijo ella—. Eres un hombre tocado por la santidad, debes de saberlo.

—Yo tengo la culpa —aseguró él. Pese a sus palabras, de algún modo se las arreglaba para culparla a ella y no a sí mismo, aunque ella no era aún lo suficientemente sagaz para descubrir cómo lo hacía–. Fuiste mi castigo por mis fracasos, por lo que no supe hacer. Pero no te atormentes ahora por eso –añadió–. Sucedió hace mucho tiempo.

–¿Y Nessarose? –preguntó ella–. ¿Cómo le explican a ella la culpa y el dolor, con su carga y sus delicados equilibrios?

–Ella es el retrato de la moral laxa de tu madre –respondió Frex con calma.

–Por eso eras capaz de quererla tanto –dijo la Bruja–, porque no eres culpable de sus fragilidades humanas.

–No te atormentes, siempre te estás atormentando –dijo Frex–. ¿Qué importa todo, si ahora está muerta?

–Mi vida sigue.

–Pero la mía se acaba –respondió él, tristemente.

Entonces ella volvió a dejar su mano donde estaba, sobre sus rodillas, lo besó con suavidad, plegó la página de la Grimería y se la guardó en el bolsillo. Después se volvió para recibir a la persona que se les estaba acercando por la hierba. Pensó que sería alguien que les llevaba el té (Frex todavía recibía algunas atenciones del servicio doméstico, quizá por su edad y por ser inofensivo, y quizá también –suponía ella– por su vocación religiosa), pero se puso en pie y se estiró la parte delantera de la blusa negra tejida a mano cuando vio quién era.

–¡Señorita Glinda de los Arduennas! –exclamó, con el corazón crepitando.

–¡Oh, has venido! ¡Sabía que vendrías! –dijo Glinda–. ¡Señorita Elphaba, la última auténtica Eminente Thropp, digan lo que digan!

Glinda se acercó andando lentamente, tal vez por la edad o por timidez, o quizá porque su ridículo vestido pesaba tanto que le resultaba difícil reunir suficiente energía para avanzar. La Bruja sólo pudo pensar que parecía un enorme arbusto de glindarándanos. Debajo de aquella falda debía de haber una crinolina del tamaño de la cúpula de San Florix; había lentejuelas, volantes y una especie de Historia de Oz, o algo similar, bordada en relieve y distribuida en seis o siete paneles ovoides alrededor de la falda. ¡Pero su cara! Detrás de los polvos, de las patas de gallo y de los surcos en las comisuras de la boca, su cara era la de aquella chica tímida de los montes Pertha.

—No has cambiado nada —dijo Glinda—. ¿Es tu padre?

La Bruja asintió con la cabeza, pero le indicó con un gesto que no levantara la voz. Frex se había vuelto a quedar dormido.

—Ven, daremos un paseo por los jardines, antes de que arranquen los rosales en un trasnochado intento de erradicar la injusticia —dijo la Bruja, cogiendo a Glinda del brazo—. Glinda, estás horrible con ese traje. Pensé que a estas alturas habrías adquirido cierta cordura.

—Cuando vas a provincias, tienes que mostrarles un poco de estilo. No creo que esté tan mal. ¿O te parece que las campanas de satén en el hombro son demasiado *demasiado*?

—Excesivas —convino la Bruja—. ¡Que alguien traiga unas tijeras! Esto es un desastre.

Las dos rieron.

—¡Santo cielo! ¿Qué le han hecho a este majestuoso lugar? —dijo Glinda—. Mira, se supone que esos frontones son para poner urnas labradas, pero en lugar de eso han pintado un montón de consignas revolucionarias en ese exquisito mirador. Espero que hagas algo al respecto, Elphie. No hay otro mirador como ése fuera de la capital.

—Nunca he compartido tu amor por la arquitectura, Glinda —señaló la Bruja—. Solamente leo las consignas: ELLA NOS PISOTEABA. ¿Por qué no iban a pintarle todo el mirador, si era cierto que los pisoteaba?

—Los tiranos vienen y van, pero los miradores son eternos. Puedo recomendarte restauradores de primerísima fila, cuando quieras.

—He oído que fuiste una de las primeras en llegar cuando murió Nessarose —dijo la Bruja—. ¿Cómo es que estabas por aquí?

—Sir Chuffrey (mi maridito) tiene un dinero invertido en futuros porcinos, no sé si lo sabías, y el País de los Munchkins está intentando diversificar su base económica, para no depender de la banca de Gillikin ni del mercado cerealero de la Ciudad Esmeralda. Como no sabemos qué relación acabará desarrollando el País de los Munchkins con el resto de Oz, lo mejor es estar preparados. Así pues, allí donde sir Chuffrey hace negocios, yo hago el bien. La nuestra es una sociedad bendecida por el cielo. ¿Sabes que tengo más dinero del que puedo regalar? —Soltó una risita y apretó el brazo de la Bruja—. Nunca imaginé que practicar la caridad pública pudiera ser tan emocionante.

—¿Entonces estabas aquí, en el País de los Munchkins...?

—Así es, estaba en un orfanato a orillas del Mossmere y había pensado visitar el parque zoológico para pasar el rato (ahora tienen dragones y yo nunca he visto un dragón), de modo que estaba a unos veinte kilómetros de distancia cuando se desató la tormenta. Tuvimos vientos terribles incluso allí. No puedo imaginar cómo podían estar celebrando una ceremonia en Center Munch. En Mossmere había secciones enteras del parque cerradas al público, por miedo a que cayeran los árboles o se escaparan los Animales.

—¿Oh, de modo que lo llaman parque zoológico y tiene Animales encerrados? —dijo la Bruja.

—¡Tienes que ir, querida, es muy divertido! Bueno, como te iba diciendo, la casa salió de la nada, de la nada más absoluta. Supongo que si hubieran previsto una gran tormenta, habrían cancelado el acto y habrían corrido a refugiarse. En cualquier caso, el sistema de información está muy avanzado actualmente en algunas partes del País de los Munchkins. La propia Nessarose supervisó la instalación de un sistema de faros y señales tiktokistas en clave, para dar la alarma en caso de invasión de las fuerzas del Mago o de avances de tropas procedentes del oeste. Así pues, en cuestión de minutos, la noticia se estaba difundiendo en forma de destellos en todas las direcciones. Entonces confisqué para mi uso personal un Pfénix maduro y le pedí que me trajera a Center Munch. Llegué antes incluso de que muchos de los lugareños entendieran qué les había caído encima.

—Cuéntame cómo fue —pidió la Bruja.

—Te alegrará saber que no hubo sangre. Supongo que las lesiones internas fueron graves y extensas, pero no hubo sangre. Por supuesto, los pocos seguidores devotos que aún le quedaban a Nessarose lo interpretaron como un signo de que su espíritu había sido recogido intacto y de que había sufrido poco. En cualquier caso, no creo que sufriera *mucho*, con el golpe que se dio en la sesera. Los súbditos más descontentos, que eran la mayoría, lo consideraron un acto misericordioso de Lurlina, para liberarlos del peculiar yugo fundamentalista de Nessarose. Cuando llegué, había un gran jolgorio y muchos festejos para esa chica tan rara y para el perro que por lo visto vivían en la casa.

—¿Para quién? —dijo la Bruja, que no se había enterado de esa parte.

—Bueno, ya sabes lo mucho que les gusta a los munchkins hacer reverencias, por muy democráticas que sean sus convicciones. En cuanto llegué, se pusieron a hacer genuflexiones y me presentaron como una bruja. Yo intenté corregirlos, porque en realidad soy una hechicera, pero no me importó. Quizá fuera por el traje, que tal vez los intimidó. Ese día llevaba una fantasía rosa salmón, que me sentaba realmente bien.

—Continúa —dijo la Bruja, a quien nunca le había gustado hablar de trapos.

—Bueno, la niña se presentó: Dorothy, de Kansas. Yo no conocía ese sitio y así se lo dije. La niña parecía tan sorprendida como los demás por lo ocurrido, y tenía un chucho fastidioso que le iba detrás todo el día y no dejaba de ladrar. *Tatá*, *Totó* o algo así. *Totó*. Pero te aseguro que esa tal Dorothy estaba totalmente desconcertada. Una niñita bastante fea, con muy poco sentido de la moda, aunque imagino que algunas tardan más que otras en adquirirlo —dijo Glinda, mirando de reojo a la Bruja—. *Mucho* más que otras, en algunos casos.

Las dos rieron con el comentario.

—Dorothy suponía que debía tratar de regresar a su casa, pero como no recordaba haber estudiado nada a propósito de Oz en la escuela, ni yo conseguía recordar ningún sitio llamado Kansas, decidimos que lo mejor sería que buscara ayuda en otro sitio. Los volubles munchkins parecían dispuestos a elegirla sucesora de Nessie, lo cual habría enfurecido a Nipp y a todos esos ministros de Colwen Grounds, que han pasado toda su carrera luchando a brazo partido por una posición, adelantándose al hipotético momento en que a Nessarose le pareciera oportuno morirse. Además, podía haber otros procesos en marcha y Dorothy sólo habría sido una molestia.

—Tienes vista para la política. Por algún motivo, no me sorprende —señaló la Bruja, que en realidad estaba bastante complacida—. Siempre supe que tenías madera para estas cosas, Glinda.

—Bueno, pensé que lo mejor sería sacar a Dorothy del País de los Munchkins, antes de que una guerra civil dejara este sitio mucho más destrozado de lo que ya está. Como sabes, hay facciones partidarias de la reunificación del País de los Munchkins y Oz. A la niña no le habría hecho ningún bien quedar atrapada en un fuego cruzado de intereses encontrados.

—¡Oh, entonces no está aquí! –dijo la Bruja–. Pensé que la conocería.

—¿A Dorothy? ¿No irás a tomarla con ella, verdad? No es más que una niña. Es grande en comparación con los munchkins, desde luego, pero no deja de ser una criaturita. Es una niña inocente, Elphie. Viendo el brillo en tus ojos, me doy cuenta de que vuelves otra vez a tus viejas paranoias. La niña no estaba *pilotando* la casa, ¿lo entiendes? Estaba atrapada dentro. Harías bien en renunciar a esta batalla.

La Bruja suspiró.

—Tal vez tengas razón. Me estoy acostumbrando a sentir los músculos rígidos por la mañana, ¿sabes? A veces pienso que la venganza crea hábito. Te vuelve rígida. Sigo esperando ver al Mago derrocado algún día, y ese objetivo parece incompatible con la felicidad. Supongo que no puedo asumir la carga de vengar a una hermana con quien de todas formas no me llevaba demasiado bien.

—Sobre todo si su muerte ha sido un accidente –apostilló Glinda.

—Glinda –dijo la Bruja–, seguramente recordarás a Fiyero y habrás oído hablar de su muerte, hace quince años.

—Claro que sí. Bueno, he oído que murió en circunstancias misteriosas.

—Yo conocí a su mujer y a su familia política –dijo la Bruja–. Una vez me sugirieron que había tenido una aventura amorosa contigo en la Ciudad Esmeralda.

Glinda se volvió amarillo-rosada.

—Querida –dijo–, yo apreciaba a Fiyero, lo consideraba un buen hombre y un buen estadista. Pero recordarás, entre otras cosas, que tenía la piel oscura. Aunque yo fuera dada a las aventuras amorosas (una inclinación que en mi opinión rara vez beneficia a nadie), me parece muy desagradable que sospeches de mí y de Fiyero. ¡Qué idea tan absurda!

Con cierto sentimiento de zozobra, la Bruja comprendió que era verdad. Con la edad, su amiga Glinda había recuperado su fea habilidad para el esnobismo.

Glinda, por su parte, no sospechaba siquiera que la Bruja se estuviera implicando a sí misma como la amante adúltera de Fiyero. Tenía un carácter demasiado pasional para escuchar con atención. De hecho, la Bruja la intimidaba un poco. No era sólo la novedad de volver a verla, sino el extraño carisma que poseía Elphaba y que siempre ensombrecía el suyo. También estaba el estremecimiento de origen indeterminado que volvía tímida a Glinda y hacía que se aturullara cuando hablaba, emitiendo una vocecita aguda de adolescente. ¡Con qué rapidez podía una volver a caer en la terrible incertidumbre de la juventud!

De hecho, las raras veces que decidía recordar su juventud, no conseguía extraer ni un gramo de recuerdos de aquella audaz entrevista con el Mago. Recordaba con mucha más claridad, en cambio, cómo había compartido la cama con Elphie durante el viaje a la Ciudad Esmeralda. ¡Qué valiente la había hecho sentirse y también qué vulnerable!

Siguieron caminando un rato, en inquieto silencio.

—Puede que las cosas empiecen a mejorar a partir de ahora —dijo la Bruja al cabo de un momento—. Probablemente, el País de los Munchkins será un caos durante algún tiempo. Un tirano es terrible, pero al menos impone orden. La anarquía que viene después de su deposición puede ser más sangrienta que todo lo anterior. Aun así, puede que todo salga bien. Mi padre siempre ha dicho que los munchkins, si se los deja solos, tienen mucha cordura. Y Nessie, a todos los efectos prácticos, era una extranjera. Creció en el País de los Quadlings y, por lo que he averiguado, quizá ella misma era medio quadling. En este país era una reina extranjera, pese a su título heredado. Ahora que ya no está, puede que los munchkins arreglen sus cosas.

—Bendita sea su alma —dijo Glinda—. ¿O sigues sin creer en el alma?

—No puedo opinar sobre el alma de los demás —repuso la Bruja.

Caminaron un poco más. Aquí y allá, la Bruja volvió a ver, como antes, los totémicos hombres de paja cosidos con imperdibles en las túnicas o levantados como estatuas en las esquinas de los sembrados.

—Los encuentro escalofriantes —le dijo a Glinda—. Hay otra cosa. Quiero preguntarte algo que hace tiempo le pregunté a Nessa. ¿Recuerdas cuando la señora Morrible nos acorraló en su salita y nos propuso que fuéramos las tres Adeptas, las tres grandes brujas de Oz, una especie de sacerdotisas locales clandestinas, capaces de dirigir la política detrás de la escena, contribuyendo a la estabilidad de Oz (o a su inestabilidad), siguiendo los designios de alguna suprema autoridad innominada?

—¡Oh, esa farsa, ese melodrama! ¿Cómo podría olvidarlo? —dijo Glinda.

—Me pregunto si no nos lanzaría un conjuro entonces. Dijo que no podríamos hablar al respecto, ¿recuerdas?, y de hecho no pudimos.

—Bueno, ahora estamos hablando, de modo que si había algo de verdad en todo aquello, y dudo que lo hubiera, es evidente que el conjuro ya ha perdido su efecto.

—Pero ¡mira lo que nos ha pasado! Nessarose era la Malvada Bruja del Este (ya sabes que la llamaban así, no hace falta que finjas tanto asombro); yo tengo mi bastión en el Oeste, y al parecer he organizado a mi alrededor a los arjikis, por ausencia de su familia real, y ahí estás tú, tan ricamente asentada en el Norte, con tus cuentas bancarias y tu legendario talento para la hechicería.

—Nada de legendario; simplemente procuro despertar admiración en los círculos adecuados —dijo Glinda—. Pero mi memoria es tan buena como la tuya, y recuerdo que la señora Morrible propuso que yo fuera la Adepta de Gillikin, que tú lo fueras del País de los Munchkins y que Nessa se estableciera en el País de los Quadlings. Pensaba que no merecía la pena molestarse por el Vinkus. Si estaba viendo el futuro, se equivocó. Se equivocó contigo y con Nessa.

—Olvida los detalles —replicó la Bruja en tono sarcástico—. Lo que quiero decir, Glinda, es si será posible que estemos viviendo toda nuestra vida de adultas bajo un conjuro. ¿Cómo lo sabríamos, si fuéramos los peones del oscuro juego de una fuerza desconocida? Lo sé, lo sé, lo veo en tu cara: «Elphie, vuelves a creer en tus teorías conspirativas.» ¡Pero tú estuviste allí! ¡Oíste lo que yo oí! ¿Cómo sabes que no hay una magia maligna moviendo las cuerdas de tu vida?

—Bueno, rezo muchísimo —dijo Glinda—. No soy terriblemente sincera, lo reconozco, pero lo intento. Creo que el Dios Innominado se apiadaría de mí, me concedería el beneficio de la duda y me libraría de cualquier conjuro que accidentalmente hubiera caído sobre mí. ¿Tú no? ¿O sigues siendo así de atea?

—Siempre me he sentido un peón —declaró la Bruja—. El color de mi piel ha sido una maldición; mis padres misioneros me volvieron seria y apasionada; mi época de estudiante me impulsó a luchar contra los crímenes políticos de que son objeto los Animales; mi vida amorosa implosionó y mi amante murió, y si hay en la vida una misión que me sea propia, aún no la he encontrado, a menos que cuente la cría de animales.

—Yo no soy ningún peón —dijo Glinda—. Asumo toda la responsabilidad del mundo por mis propias tonterías. ¡Santo cielo, querida, toda la vida es un conjuro! Ya lo sabes. Pero tienes cierto margen de elección.

—No sé, quisiera saberlo —dijo la Bruja.

Siguieron caminando. Había pintadas a los lados del pedestal de granito de las estatuas: AHORA EL ZAPATO ESTÁ EN EL OTRO PIE. Glinda chasqueó la lengua, pensativa.

—¿Cría de animales? —dijo.

Atravesaron un pequeño puente. Unos azulillos centelleaban música por encima de sus cabezas, como en un espectáculo sentimental.

—Envié a esa niña, Dorothy, a la Ciudad Esmeralda —explicó Glinda—. Le dije que nunca había visto al Mago... bueno, tuve que mentirle, no me mires así; si le hubiese dicho la verdad acerca del Mago, nunca se habría marchado. Le dije que le pidiera al Mago que la devolviera a casa. Con tantos espías y misiones de reconocimiento en todo Oz, y sin duda también en otros lugares, seguramente habrá oído hablar de Kansas. Será el único.

—Ha sido cruel mandarla allí —replicó la Bruja.

—Es una niña tan inofensiva que no creo que nadie la tome en serio —dijo Glinda despreocupadamente—. Si los munchkins hubiesen empezado a organizarse en torno a ella, la reunificación podría haber resultado más sangrienta de lo que todos esperamos.

—¿De modo que esperas la reunificación? —masculló la Bruja, disgustada—. ¿La apoyas?

—Además —prosiguió Glinda con indiferencia—, como tengo algo de instinto maternal en este resaltado pecho mío, le di los zapatos de Nessa, como una especie de escudo protector.

—¿Que has hecho *qué*? —La Bruja se giró en redondo para mirar cara a cara a Glinda. Por un momento, enmudeció de rabia, pero sólo por un momento—. No sólo aparece esa niña del cielo y aterriza torpemente con su estúpida casa encima de mi hermana, ¿sino que además se queda con sus zapatos? ¡Glinda, esos zapatos no eran tuyos! ¡No podías regalarlos! ¡Mi padre los hizo para ella! ¡Además, Nessa prometió que serían para mí si ella moría!

—¡Ah, sí, claro! —dijo Glinda con falsa serenidad, vigilando de hito en hito a la Bruja—. ¡Serían el complemento perfecto para ese traje tan elegante! ¡Vamos, Elphie! ¿Desde cuándo piensas tú en zapatos? ¡Mira esas botas de soldado que llevas!

—Que los use o los deje de usar no es asunto tuyo. No puedes ir por ahí regalando los efectos personales de otra persona. ¿Qué derecho tenías? Mi padre arregló esos zapatos con técnicas que le había enseñado Corazón de Tortuga. ¡Y tú te entrometiste con tu varita mágica cuando menos falta hacía!

—Te recuerdo que esos zapatos se estaban cayendo a trozos hasta que yo les puse medias suelas y reuní todas sus piezas con un conjuro especial de mi invención. Tu padre y tú hicisteis mucho menos por ella, Elphie. Yo me quedé a su lado cuando tú la abandonaste en Shiz. Como me habías abandonado a mí. ¡Lo hiciste, no lo niegues! ¡Y deja de lanzarme esas miradas asesinas, porque no te lo voy a tolerar! Yo me convertí en su hermana postiza. Y como vieja amiga, le proporcioné la capacidad de mantenerse en pie por sí misma, sin ayuda, a través de esos zapatos. Y si he cometido algún error, Elphie, lo siento, pero sigo pensando que esos zapatos eran más míos que tuyos y que yo tenía más derecho que tú a regalarlos.

—Muy bien, pero quiero recuperarlos —dijo la Bruja.

—¡Oh, por favor, olvídalos! ¡Sólo son unos zapatos! —dijo Glinda—. Te comportas como si fueran reliquias sagradas. Son unos zapatos y, a decir verdad, están un poco anticuados. Deja que la niña se los quede. Es lo único que tiene.

—Mira lo que la gente de aquí pensaba de los zapatos —replicó la

Bruja, señalando un establo, en cuya pared podía leerse, garabateado en gruesas letras rojas: AHORA TE PISOTEARÁN A TI, VIEJA BRUJA.

—Déjalo ya, por favor —suplicó Glinda—. Estoy a punto de sufrir un tremendo dolor de cabeza.

—¿Dónde está la niña? —inquirió la Bruja—. Si no los recuperas tú, iré yo misma a buscarlos.

—Si hubiese sabido que los querías —dijo Glinda, intentando serenar las cosas—, los habría guardado para ti. Pero tienes que pensar que los zapatos no podían quedarse aquí, Elphie. Esos paganos munchkins ignorantes (todos ellos lurlinistas, con sólo que rasques un poco) habían llegado a darles demasiada importancia. Si me dijeras que veneraban a una espada mágica, lo podría entender. Pero ¿unos zapatos? ¡Por favor! Era preciso sacarlos del País de los Munchkins.

—Estás trabajando en connivencia con el Mago, preparando al País de los Munchkins para la anexión —dijo la Bruja—. No te interesa la caridad, Glinda. Por lo menos no te engañes a ti misma. ¿O será que sigues siendo víctima de algún oxidado sortilegio de la señora Morrible, después de todo este tiempo?

—No voy a permitirte que me hables así —replicó Glinda—. La niña se ha ido, salió hace una semana, en dirección al oeste. Te aseguro que es una niña tímida, sin ninguna maldad. Se apenará cuando sepa que se ha llevado algo que tú querías tener. En esos zapatos no hay ningún poder para ti, Elphie.

—Glinda, si esos zapatos caen en manos del Mago, los usará de alguna manera para anexionarse otra vez el País de los Munchkins. Significan demasiado para los munchkins. ¡El Mago no debe hacerse con esos zapatos!

Glinda tendió la mano y le tocó el codo a la Bruja.

—No te servirán para que tu padre te quiera más —le dijo.

La Bruja se contuvo. Se quedaron mirándose un momento. Tenían demasiada historia en común para discutir por un par de zapatos, pero aun así, éstos se interponían entre ambas, como un grotesco icono de sus diferencias. Ninguna de las dos podía retroceder ni avanzar. Era una tontería y alguien tenía que romper el hechizo. Pero lo único que pudo hacer la Bruja fue insistir:

—Quiero esos zapatos.

4

Durante el funeral, Glinda y sir Chuffrey se situaron en el palco reservado a los dignatarios y los embajadores. El Mago envió a un representante, esplendoroso en su traje rojo, con la cruz esmeralda marcando los cuadrantes de su pecho y rodeado en todo momento de una cuadrilla de atentos guardaespaldas. La Bruja se sentó abajo y no cruzó la mirada con Glinda. Frex lloró hasta provocarse un ataque de asma, de modo que la Bruja tuvo que sacarlo por una puerta lateral, para que pudiera recuperar el aliento. Después del servicio religioso, el emisario del Mago abordó a la Bruja.

—Está usted invitada a una audiencia con el Mago, que viene en camino a lomos de un Pfénix, en virtud de su especial inmunidad diplomática, para presentar sus condolencias a la familia. Tendrá que estar preparada para reunirse con él esta noche en Colwen Grounds.

—¡No puede venir aquí! —dijo la Bruja—. ¡No se atreverá!

—Los que ahora toman las decisiones no piensan lo mismo —repuso el emisario—, sobre todo teniendo en cuenta que viene oculto por las sombras de la noche y con el único propósito de hablar con usted y su familia.

—Mi padre no está en condiciones de recibir al Mago —dijo la Bruja—. No lo permitiré.

—Entonces lo verá usted —replicó el emisario—. Me ha pedido que insista. Hay algunas preguntas de carácter diplomático que desea plantearle. Pero no deberá hacer pública esta visita, porque de lo contrario las consecuencias podrían ser muy malas para su padre y para su hermano. Y también para usted —añadió, como si no fuera ya evidente.

La Bruja pensó cómo utilizar esa obligada audiencia en su propio beneficio: Sarima, la seguridad de Frex, la suerte de Fiyero...

—De acuerdo —dijo por fin—. Lo veré.

Y a su pesar, se alegró de que los zapatos mágicos de Nessarose estuvieran a salvo, lejos de allí.

Cuando las campanas tocaron a vísperas, una doncella munchkin fue a buscar a la Bruja a su habitación.

—Tendrá que someterse a un registro —dijo el emisario del Mago cuando se reunió con ella en la antecámara—. Debe comprender cómo funciona el protocolo.

La Bruja se concentró en su propia furia, mientras los oficiales que rodeaban la sala de espera la examinaban y la registraban.

—¿Qué es esto? —dijeron, refiriéndose a la hoja de la Grimería que encontraron en su bolsillo.

—¡Oh, eso! —respondió ella, intentando pensar con rapidez—. Su Alteza querrá verlo.

—No puede llevar nada encima cuando entre —le advirtieron, mientras le retiraban la hoja.

—Por mi linaje, podría volver a instituir ahora mismo la dignidad de Eminente Thropp y ordenar que arrestaran a su líder —les dijo—. ¡No me digan lo que puedo o no puedo hacer en esta casa!

Sin prestarle atención, la hicieron pasar a una pequeña sala, sin más mobiliario que un par de sillas tapizadas, colocadas sobre una alfombra con dibujos de flores. La corriente hacía rodar unas bolas de polvo junto a las tablas del rodapié.

—¡Su Alteza el Mago Emperador de Oz! —anunció un asistente, y se retiró.

La Bruja se quedó sola por un momento. Después, el Mago entró en la habitación.

No llevaba disfraz. Era un hombre entrado en años, de aspecto corriente, vestido con camisa de cuello alto y gabán. Del bolsillo del chaleco le colgaba la cadena de un reloj. Tenía la cabeza rosa, con manchas, y mechones de pelo le sobresalían por encima de las orejas. Se enjugó la frente con un pañuelo y se sentó, indicándole a la Bruja que se sentara también. Ella no lo hizo.

—Buenas noches —dijo el Mago.

—¿Qué quiere de mí? —inquirió ella.

—Dos cosas. En primer lugar, está lo que yo he venido a decirte y, después, lo que tengas que decirme tú.

—Hable —pidió ella—, porque yo no tengo nada que decirle.

—No hace falta que nos andemos con rodeos —dijo el Mago—. Quisiera conocer tus intenciones respecto a tu posición como última Eminencia.

—Si tuviera alguna intención, no sería asunto suyo —repuso la Bruja.

—Desgraciadamente, sí lo sería, porque la reunificación está en marcha —replicó el Mago—, ahora mismo, mientras estamos hablando. Tengo entendido que lady Glinda (¡bendita sea su bienintencionada necedad!) ha tenido el buen sentido de enviar fuera de aquí tanto a la niña como a los totémicos zapatos, lo cual facilitará en gran medida la anexión. Me gustaría tener esos zapatos en mi poder, para impedir que te den ideas. Así que ya ves, necesito conocer tus intenciones al respecto. He oído que no profesabas gran simpatía por el estilo de tiranía religiosa de tu hermana, pero espero que no tengas previsto instalarte aquí. Si lo haces, tendremos que llegar a un pequeño acuerdo, algo que nunca conseguí hacer con tu hermana.

—Muy pocas cosas me interesan aquí —dijo la Bruja—, y no soy la persona adecuada para gobernar a nadie, ni siquiera a mí misma, por lo visto.

—Por otro lado, está el pequeño asunto del ejército en... ¿Red Windmill, se llama, ese pueblecito debajo de Kiamo Ko?

—¿Así que por eso han estado allí todos estos años? —dijo la Bruja.

—Para tenerte controlada —replicó el Mago—. Es un gasto, pero ya ves.

—Para fastidiarlo, debería reclamar el título de Eminencia —dijo la Bruja—, pero me importa muy poco este pueblo de idiotas. Lo que hagan ahora los munchkins no tiene el menor interés para mí, mientras mi padre no sufra ningún daño. Si eso es todo...

—Hay algo más —dijo el Mago. Su actitud se volvió más animada—. Has traído una página de un libro. Me gustaría saber de dónde la has sacado.

—Es mía y sus hombres no tienen derecho a quedársela.

—Lo que quiero saber es dónde la has conseguido y dónde puedo encontrar el resto.

—¿Qué me dará si se lo digo?

—¿Qué puedes querer de mí?

Para eso había aceptado la Bruja entrevistarse con él. Inspiró hondo y dijo:

—Saber si Sarima, la Princesa Viuda de los Arjikis, aún vive. Y dónde puedo encontrarla, y cómo negociar su libertad.

El Mago sonrió.

—¡Cómo coinciden todas las cosas! ¿No te parece interesante que yo haya sido capaz de adelantarme a tu preocupación?

Unos asistentes que la Bruja no veía, del otro lado de la puerta abierta, hicieron pasar a un enano con túnica y pantalones blancos.

Pero no, no era un enano. Era una mujer joven agachada. Unas cadenas cosidas al cuello de su túnica recorrían toda la ropa hasta los tobillos, obligándola a permanecer encorvada, ya que sólo medían ochenta o noventa centímetros de largo. La Bruja tuvo que forzar la vista para asegurarse de que era Nor, que para entonces tendría unos dieciséis o diecisiete años, la edad que tenía Elphie cuando llegó a Crage Hall, en Shiz.

—Nor —dijo la Bruja—. Nor, ¿eres tú?

La chica tenía las rodillas mugrientas y sus dedos se curvaban en torno a los eslabones de sus cadenas. Llevaba el pelo corto, y sobre la piel, debajo de las irregulares trenzas, se adivinaban verdugones. Inclinó la cabeza como si estuviera escuchando música, pero no desplazó la mirada hacia Elphaba.

—Nor, soy yo, la Tiíta Bruja. Por fin he venido a negociar tu liberación —improvisó la Bruja.

Pero el Mago indicó a los invisibles asistentes que se llevaran a Nor fuera de su vista.

—Me temo que eso no será posible —dijo—. La chica es mi protección contra ti.

—¿Y los otros? —preguntó la Bruja—. Tengo que saberlo.

—No hay nada documentado —respondió el Mago—, pero tengo entendido que Sarima y sus hermanas están muertas.

A la Bruja se le congeló el aliento en el pecho. Sus últimas esperanzas de perdón se habían esfumado. Pero el Mago seguía hablando:

—Debió de ser algún subalterno sin autoridad en la materia, pero con sed de sangre. Es muy difícil encontrar ayudantes dignos de confianza en las fuerzas armadas.

—¿Irji? —dijo la Bruja, agarrándose los codos.

—Bueno, él *tenía* que morir —contestó el Mago en tono de disculpa—. Estaba destinado a ser el próximo príncipe, ¿no?

—Dígame que su muerte no fue cruel —dijo la Bruja—. ¡Dígamelo, por favor!

—Ejecución con collar de parafina —admitió el Mago—. Bueno, era un asunto público; había que actuar con firmeza. Ya ves, contra mi propio criterio, te he dicho todo lo que querías saber. Ahora es tu turno. ¿Dónde puedo encontrar el libro del que procede esta hoja?

El Mago sacó el papel del bolsillo y lo desplegó sobre sus rodillas. Le temblaban las manos. Miró la página.

—Un sortilegio para la Administración de Dragones —dijo con expresión inquisitiva.

—¿Es eso? —preguntó ella, sorprendida—. Yo no podría haberlo sabido con certeza.

—Claro que no. Debe de costarte mucho entenderlo —replicó él—. No es de este mundo, ¿lo sabías? Es del mío.

Estaba loco, obsesionado con otros mundos. Como el padre de Elphaba.

—No está diciendo la verdad —replicó la Bruja, con la esperanza de tener razón.

—¡Qué importa la verdad! —dijo él—. Pero da la casualidad de que soy sincero.

—¿Por qué iba a querer usted esa hoja? —preguntó la Bruja, intentando ganar tiempo mientras pensaba cómo hacer para salvar a Nor—. Ni siquiera sé lo que es, ni tampoco creo que usted lo sepa.

—Pero lo sé —repuso él—. Es un antiguo manuscrito de magia, generado en un mundo muy lejano. Durante mucho tiempo se creyó que era sólo una leyenda, o que había sido destruido durante los tenebrosos ataques de los invasores del norte. Se lo llevó de nuestro mundo, por motivos de seguridad, un mago mucho más capaz que yo. Por eso vine a Oz —añadió, hablando casi consigo mismo, como suelen hacer los viejos—. La señora Blavatsky lo localizó en su bola de cristal y yo hice los sacrificios apropiados y también los arreglos necesarios para viajar hasta aquí, hace cuarenta años. Yo era un hombre joven, lleno de ardor y fracasos. No era mi intención gobernar un país, sino únicamente encontrar ese documento, devolverlo a su mundo y estudiar allí sus secretos.

—¿Qué clase de sacrificios? —dijo ella—. Aquí no se detiene ante ningún asesinato.

—«Asesinato» es palabra propia de mojigatos —replicó el Mago—, una expresión conveniente para condenar todas las acciones valerosas que no alcanzan a comprender. Lo que he hecho y lo que hago no puede calificarse de asesinato, porque al ser de otro mundo, no se me puede juzgar con las tontas convenciones de una civilización bobalicona. Estoy por encima de la retahíla de lo que está bien y lo que está mal, desgranada por un niñito ceceante.

Sus ojos no centelleaban mientras hablaba. Estaban hundidos detrás de un velo frío y azul de desapego.

—Si le doy la Grimería, ¿se irá? —dijo ella—. ¿Me entregará a Nor, se llevará su particular forma de maldad y nos dejará por fin en paz?

—Soy demasiado viejo para viajar —respondió el Mago—. Además, ¿por qué iba a renunciar a lo que me ha costado tantos años conseguir?

—Porque si no lo hace, usaré ese libro para destruirlo —respondió ella.

—No puedes leerlo —dijo él—. Eres de Oz y no puedes entenderlo.

—Puedo leer más de lo que imagina. No lo entiendo todo. He visto páginas sobre la liberación de las energías ocultas de la materia. He visto páginas sobre la manipulación del transcurso normal del tiempo. He visto disquisiciones sobre armas demasiado ruines para ser utilizadas, sobre cómo envenenar el agua, sobre cómo criar una raza de súbditos más dóciles... Hay diagramas de instrumentos de tortura. Aunque los esquemas y las palabras se nublan ante mis ojos, puedo seguir aprendiendo. *Yo* no soy demasiado vieja.

—Son ideas de gran interés en nuestro tiempo —dijo el Mago, aunque parecía sorprendido de que ella hubiera entendido tanto.

—Para mí no —replicó la Bruja—. Usted ya ha hecho suficiente. Si le doy el libro, ¿me entregará a Nor?

—No deberías confiar en mis promesas —dijo él, suspirando—. Te lo digo de veras, pequeña. —Pero mantuvo la vista fija en la hoja que le había traído—. Podría aprender a subyugar a un dragón para mis propios fines —murmuró, mientras volvía la página para leer el reverso.

—Por favor, creo que nunca he suplicado nada en toda mi vida, pero ahora le estoy suplicando. No es justo que usted esté aquí. Suponiendo por un momento que a veces diga la verdad, vuelva a ese otro mundo, váyase a cualquier parte, pero renuncie al trono. Déjenos en paz. Llévese el libro y haga con él lo que quiera. Déjeme que al menos consiga eso en mi vida.

—Ya te he dicho qué ha sido de la familia de tu amado Fiyero —le recordó el Mago—; ahora dime dónde está el libro.

—No lo haré —le respondió ella—. Mi oferta ha cambiado. Entrégueme a Nor y le daré la Grimería. El libro está tan bien escondido que jamás conseguirá encontrarlo. Carece del talento necesario —añadió, esperando ser convincente.

El Mago se puso en pie y guardó la hoja.

—No te mandaré ejecutar —declaró—, al menos no en esta audiencia. *Conseguiré* ese libro, de un modo u otro. No puedes atarme con una promesa, estoy más allá de los compromisos asumidos con las palabras. Pensaré en lo que has dicho. Pero mientras tanto, conservaré a mi lado a mi pequeña esclava, porque ella es mi defensa contra tu ira.

—¡Démela! —exigió la Bruja—. ¡Ahora mismo! ¡Actúe como un hombre y no como un charlatán de feria! ¡Démela y le enviaré ese libro!

—Yo no regateo —dijo el Mago, pero no parecía ofendido, sino simplemente deprimido, como si estuviera hablando consigo mismo y no con ella—. No regateo, pero pienso. Esperaré a ver cómo se desarrolla la reunificación con el País de los Munchkins y, si no te entrometes, quizá esté amablemente dispuesto a considerar lo que me has propuesto. Pero no regateo.

La Bruja inspiró profundamente.

—Nos hemos visto antes, ¿sabe? —dijo—. Una vez me concedió una audiencia en el salón del trono, cuando yo era una estudiante en Shiz.

—¿Ah, sí? —replicó él—. ¡Oh, sí, por supuesto, tú debiste de ser una de las queridas niñas de la señora Morrible, esa estupenda ayudante y colaboradora! Ahora está medio senil, ¡pero cuánto me enseñó, en sus buenos tiempos, sobre la forma de doblegar a las jovencitas tercas! Seguramente vendrías a verme con ella, como las demás.

—Intentó reclutarme para servir a algún amo. ¿Era usted?

—¡Quién sabe! Siempre estábamos tramando alguna conspiración. Me divertía mucho con ella. Nunca habría sido tan tosca como para hacer algo así —añadió, indicando la puerta abierta, a través de la cual aún se veía a la pobre Nor, canturreando para sus adentros—. Era mucho más sutil para manejar a sus estudiantes.

El Mago estaba a punto de abandonar la sala, pero se volvió cuando ya había llegado a la puerta.

—¡Ah, ahora lo recuerdo! Fue ella quien me advirtió que tuviera cuidado contigo. Me dijo que la habías traicionado, que habías rechazado sus ofertas. Fue ella quien me aconsejó que te tuviera vigilada. Gracias a ella, nos enteramos de tu pequeño romance con el príncipe de los rombos tatuados.

—¡No!

—¿De modo que me habías visto antes? Lo había olvidado. ¿Con qué forma me presenté?

Elphaba tuvo que apretarse el estómago para no vomitar.

—Como un esqueleto con los huesos iluminados, bailando en una tormenta.

—Ah, sí. Ingenioso, sí, muy ingenioso. ¿Quedaste impresionada?

—Señor —dijo ella—, siempre lo he considerado un pésimo mago.

—Y tú —respondió él, herido— no eres más que la caricatura de una bruja.

—Espere —dijo ella, mientras él franqueaba la puerta—, espere, por favor. ¿Cómo recibiré su respuesta?

—Te enviaré un mensajero antes de que termine el año —respondió el Mago. La puerta se cerró tras él con un golpe.

Elphaba cayó de rodillas, con la frente casi apoyada en el suelo. Tenía los puños apretados a los lados del cuerpo. No pensaba entregar la Grimería a semejante monstruo, nunca. Si era preciso, moriría para evitar que llegara a sus manos. Pero ¿sería capaz de orquestar un engaño para que antes liberara a Nor?

Se marchó unos días más tarde, tras asegurarse de que a su padre no lo expulsarían de su habitación en Colwen Grounds. El anciano no quiso irse con ella al Vinkus; estaba demasiado viejo para hacer el viaje. Además, pensaba que Caparazón volvería en cualquier momento a buscarlo. La Bruja sabía que Frex no viviría mucho tiempo, pues era muy profunda su pena por la muerte de Nessarose. Intentó dejar de lado su enfado, para ir a despedirse de él por lo que pensaba que sería la última vez.

Mientras recorría a grandes zancadas la explanada delantera de Colwen Grounds, volvió a cruzarse con Glinda. Pero las dos mujeres desviaron la vista y se dieron prisa en continuar en direcciones opuestas. Para la Bruja, el cielo era un gran peñasco que la oprimía. Para Glinda, era más o menos lo mismo. Pero Glinda se giró en redondo y gritó:

—¡Oh, Elphie!

La Bruja no se volvió. Nunca más volvieron a verse.

5

Sabía que no disponía de tiempo para organizar una persecución en toda la regla de esa tal Dorothy. Glinda tendría que haber contratado cómplices para rastrear esos zapatos; era lo mínimo que podía hacer, con su dinero y sus contactos. Aun así, la Bruja iba haciendo paradas por el camino de Baldosas Amarillas y en una ocasión preguntó a los parroquianos de una taberna de la carretera, que estaban tomando una copa vespertina, si habían visto a una niña con traje de cuadros azules y blancos, acompañada de un perrito. Se inició entonces una animada discusión, en la que los clientes de la taberna intentaron determinar si la Bruja verde pretendía hacerle daño a la niña (por lo visto, la pequeña tenía la rara virtud de cautivar a los desconocidos), y sólo cuando se convencieron de que tal cosa no era probable, se avinieron a responder. Dorothy había pasado por allí unos días antes y se decía que se había quedado a pasar la noche en casa de alguien, uno o dos kilómetros carretera abajo, antes de seguir su camino.

—Es una casa muy cuidada, con el techo amarillo abovedado —dijeron—, con una chimenea en forma de alminar. No tiene pérdida.

La Bruja la encontró, y también encontró a Boq, sentado en un banco en el jardín, columpiando a un bebé sobre sus rodillas.

—¡Tú! —dijo él—. ¡Ya sé por qué estás aquí! ¡Milla, ven rápido, mira quién ha venido! ¡La señorita Elphaba, de Crage Hall! ¡En persona!

Milla acudió, con un par de niños desnudos agarrados a las tiras de su delantal. Con la cara roja de hacer la colada, se apartó el pelo enmarañado de los ojos y dijo:

—¡Oh, y justamente hoy se nos ha olvidado ponernos nuestras mejores galas! ¡Mira quién ha venido a reírse de nuestra rústica condición!

—¿Qué te parece? ¿No está espléndida? —dijo Boq con cariño.

Milla conservaba su buena figura, aunque a su alrededor se veían cuatro o cinco retoños y seguramente habría alguno más. Boq estaba fondón y su pelo fino y desordenado se había vuelto prematuramente plateado, lo cual le confería una dignidad que nunca había tenido en su época de estudiante.

—Nos enteramos de la muerte de tu hermana, Elphie —dijo—, y le enviamos nuestras condolencias a tu padre. No sabíamos dónde estabas tú. Oímos decir que habías venido de visita cuando Nessie accedió al gobierno, pero no sabíamos a qué lugar volviste cuando te marchaste. Me alegro de verte.

La amargura que la Bruja había sentido por la traición de Glinda se disipó en parte, gracias a la gentileza natural y el lenguaje directo de Boq. Siempre lo había apreciado, por su apasionamiento y su cordura.

—Estás muy bien —le dijo.

—Rikla, levántate de esa silla y deja que nuestra invitada se siente —le indicó Milla a uno de los niños—. Y tú, Yellowgage, corre a casa del tío y pídele arroz, unas cebollas y un poco de yogur. ¡Vamos, rápido, para que pueda empezar a cocinar!

—No me quedaré a comer, Milla, tengo prisa —dijo la Bruja—. No te molestes, Yellowgage. Me encantaría quedarme un rato y enterarme de todas vuestras novedades, pero estoy tratando de localizar a una niña extranjera que, según dicen, pasó por aquí y se quedó una o dos noches.

Boq hundió las manos en los bolsillos.

—Así es, Elphie. ¿Qué quieres de ella?

—Quiero los zapatos de mi hermana. Son míos.

Boq pareció asombrarse tanto como se había asombrado Glinda.

—Nunca te han interesado mucho los atavíos y menos los zapatos de fiesta —dijo.

—Sí, es cierto, pero quizá esté considerando asistir por fin a un baile de debutantes en la Ciudad Esmeralda, para mi postergada presentación en sociedad. —Sin embargo, no le pareció bien dirigirse a Boq con tanta aspereza—. Es un asunto personal, Boq. Quiero esos zapatos. Mi padre los fabricó y ahora son míos. Glinda se los dio a esa chica sin mi consentimiento. ¡Y que el cielo se apiade del País de los Munchkins si llegan a caer en manos del Mago! ¿Cómo es esa tal Dorothy?

—Adorable —respondió él—. Llana y directa como las semillas de la mostaza. No creo que tenga problemas, aunque el camino es muy largo para una niña, de aquí a la Ciudad Esmeralda. Pero apuesto a que todos los que la vean, la ayudarán. Estuvimos charlando hasta que salió la luna: de su casa, de Oz y de lo que puede esperar del camino. Hasta ahora nunca había viajado.

—¡Qué encantador! —dijo la Bruja—. ¡Qué novedoso para ella!

—¿Estás preparando una de tus campañas? —preguntó de pronto Milla con expresión astuta—. ¿Sabes, Elphie? Aquella vez, cuando no regresaste de la Ciudad Esmeralda con Glinda, todos dijeron que te habías vuelto loca y que estabas tramando el asesinato de alguna persona importante.

—La gente siempre habla, ¿verdad? Por eso ahora me llaman bruja: la Malvada Bruja del Oeste, si queréis oír el título en toda su gloria. Como de todos modos la gente va a llamarme lunática, al menos quiero obtener algún beneficio. Así me libro de las convenciones.

—Tú no eres malvada —dijo Boq.

—¿Cómo lo sabes? ¡Ha pasado tanto tiempo! —replicó la Bruja, pero con una sonrisa.

Boq le devolvió la sonrisa con calidez.

—Glinda usaba sus collares relucientes y tú sacabas provecho del exotismo de tu aspecto y de tu pasado, ¿pero acaso no hacíais las dos lo mismo, intentando sacar partido de lo que teníais para conseguir lo que queríais? La gente que dice ser malvada no suele ser peor que el resto de nosotros –suspiró–. Pero la gente que dice ser buena, o mejor que los demás en algún aspecto, esa gente sí que es peligrosa.

–Como Nessarose –sugirió Milla con malicia; pero como estaba diciendo la verdad, todos asintieron.

La Bruja sentó en su regazo a uno de los hijos de Boq y se puso a canturrearle con la mente en otra parte. Los niños no le gustaban más que antes, pero varios años de trato con monos le habían proporcionado una perspectiva de la mentalidad infantil que antes no tenía. Haciendo un ruidito como de arrullo, el bebé mojó plácidamente los pañales. La Bruja se lo quitó de encima en seguida, antes de que los orines se filtraran hasta su falda.

–Al margen de los zapatos –dijo la Bruja–, ¿os parece correcto enviar a una niña indefensa como ésa directamente a las fauces del Mago? ¿Alguien le ha contado la clase de monstruo que es?

Boq pareció incómodo.

–Bueno, Elphie, a mí no me gusta hablar mal del Mago. Me temo que hay demasiadas paredes con oídos en este pueblo, y nunca se sabe quién está de parte de quién. Entre tú y yo, espero que la muerte de Nessa nos traiga algún tipo de gobierno sensato; pero si de aquí a dos meses nos derrota un ejército invasor, no quisiera que la gente fuera diciendo por ahí que yo hablaba mal de los vencedores. Hay rumores de reunificación.

–¡Oh, no me digas que tú también esperas que sea así! –dijo la Bruja–. ¡Tú no!

–Yo no espero nada, excepto paz y tranquilidad –replicó él–. Ya tengo suficientes dificultades para sacar una cosecha de estos campos pedregosos. Para eso fui a Shiz, ¿recuerdas? Para aprender agricultura. Dedico todo mi esfuerzo a nuestras pequeñas parcelas y lo único que consigo es ganarme la vida a duras penas.

Sin embargo, parecía orgulloso, y también Milla.

–Y supongo que tendrás un par de Vacas en el establo –dijo la Bruja.

–¡Ay, mira que eres gruñona! ¡Claro que no! ¿Crees que podría olvidar la causa por la que trabajamos Crope, Tibbett, tú y yo? Fue el punto culminante de una vida tranquila.

—No era preciso que tuvieras una vida tranquila, Boq —dijo la Bruja.

—No seas condescendiente. No he dicho que lamente nada, ni la emoción de una acción emprendida por una buena causa, ni la tranquilidad de vivir en una granja con mi familia. ¿Tuvo algún efecto positivo nuestra acción de entonces?

—Puede que no sirviera para otra cosa —replicó la Bruja—, pero al menos ayudamos al doctor Dillamond. Estaba muy solo en su trabajo, ya sabes. Además, el fundamento filosófico de la resistencia surgió de sus hipótesis pioneras. Sus descubrimientos le sobrevivieron, y aún perviven.

No habló de sus experimentos con los monos alados. Las aplicaciones prácticas descubiertas por la Bruja derivaban directamente de las teorías del doctor Dillamond.

—No advertimos que estábamos viviendo el final de una edad de oro —suspiró Boq—. ¿Cuándo fue la última vez que viste a un Animal ejerciendo una profesión liberal?

—¡Ah, no me hagas hablar! —replicó la Bruja, que se incorporó, incapaz de estarse quieta en la silla.

—¿Recuerdas que te guardaste aquellas notas del doctor Dillamond? Nunca me dejaste saber del todo qué contenían. ¿Te han servido de algo?

—Aprendí lo suficiente de sus investigaciones como para seguir haciéndome preguntas —dijo la Bruja, pero sus palabras le sonaron demasiado pomposas. Deseó no tener que hablar más, porque se sentía demasiado triste y desesperada.

Milla lo notó y, en un repentino arranque de caridad, salió en su ayuda.

—Todo eso, afortunadamente, es cosa del pasado. Éramos unos optimistas incurables. Ahora todos hemos engordado y llevamos a nuestros hijos a rastras y a nuestros padres a la espalda. Además, estamos al mando, mientras que los personajes que suscitaban nuestro temeroso respeto se están consumiendo de viejos.

—El Mago no —dijo la Bruja.

—La señora Morrible sí —replicó Milla—, o al menos eso cuenta Shenshen en su última carta.

—¿Ah, sí? —dijo la Bruja.

—Sí, así es —asintió Boq—, aunque desde su lecho de dolor, la señora Morrible sigue aconsejando a nuestro Mago Emperador sobre asuntos de educación. Me sorprende que Glinda no haya enviado a Dorothy a Shiz, a estudiar con la señora Morrible, en lugar de dirigirla a la Ciudad Esmeralda.

La Bruja no podía imaginar a Dorothy, pero por un momento vio la figura encorvada de Nor. Vio una multitud de chicas iguales que Nor, con yugos y cadenas, moviéndose en torno a la señora Morrible, tal como habían hecho las estudiantes hacía tantos años.

—Elphie, vuelve a sentarte, no tienes buen aspecto —dijo Boq—. Es un momento difícil para ti. Creo recordar que no te llevabas bien con Nessarose.

Pero la Bruja no quería pensar en su hermana.

—Dorothy es un nombre bastante feo —señaló—, ¿no creéis?

Se recostó pesadamente sobre el respaldo de la silla y Boq se acomodó en una butaca, a pocos palmos de distancia.

—No lo sé —respondió—. De hecho, hablamos con ella al respecto. Dijo que el rey de su país era un hombre llamado Teodoro. Su maestra le había explicado que el nombre significaba «regalo de Dios» y que eso indicaba que aquel hombre estaba predestinado para ser rey o primer ministro. La niña le dijo que su nombre, Dorothy, se parecía al de Teodoro, pero al revés. Pero la maestra lo había consultado y había averiguado que Dorothy significaba «diosa de los dones».

—Pues yo sé de un don que podría hacerme a mí —dijo la Bruja—: puede darme mis zapatos. ¿Estás intentando decirme que crees que esa niña es un regalo de Dios o alguna clase de reina o de diosa? Boq, tú no solías prestar atención a las supersticiones.

—No estoy diciendo nada de eso. Sólo estoy hablando del origen de las palabras —respondió con calma—. Ya se ocuparán otras personas más cultivadas que yo de estudiar los significados ocultos de la vida. Pero me parece interesante que el nombre de la niña se parezca tanto al nombre de su rey.

—Pues yo creo que es una niñita llena de santidad —dijo Milla—, tan santa y sagrada como cualquier niña de su edad, ni más ni menos. ¡Yellowgage, quita las garras del pastel de limón (te veo desde aquí), o no pararé de darte azotes hasta que me canse! Yo he pensado que esa niña, Dorothy, debe de parecerse a Ozma tal como era antes, o como quizá sigue siendo, si alguna vez se recupera del sueño profundo que dicen que le ha causado ese encantamiento.

—Pues a mí me parece que esa niña es un horror —dijo la Bruja—. Ozma... Dorothy... Toda esa cháchara sobre niñas salvadoras. Siempre la he detestado.

—¿Sabes qué? —intervino Boq, con aire pensativo—. Me ha venido a la mente ahora, hablando de los viejos tiempos. Me pregunto si recuerdas aquel grabado medieval que encontramos una vez en la biblioteca de Three Queens, aquel con una mujer que acunaba a una bestia. Había una especie de ternura y a la vez de horror en ese dibujo. Bueno, en Dorothy hay algo que me recuerda a aquel personaje innominado. Podrías llamarle incluso la Diosa Innominada. ¿Será sacrilegio? Dorothy tiene esa dulce caridad hacia su perro, una bestezuela bastante espantosa. ¡Y qué mal huele el animal! ¡No imaginas lo repugnante que es! Pero una vez Dorothy cogió al perrillo en brazos y se inclinó sobre él, canturreándole una cancioncilla, exactamente en la misma pose que aquella imagen medieval. Dorothy es una niña, pero tiene la solidez de un adulto en el porte, y una actitud grave que no es corriente en los jóvenes. Es encantadora, Elphie. A decir verdad, quedé muy impresionado —dijo, mientras partía unas cuantas nueces y unas macarandas orientales y las compartía—. A ti también te gustará, estoy seguro.

—Por lo que oigo, preferiría evitarla a toda costa —repuso la Bruja—. Lo último que me apetece en estos días es dejarme seducir por el encanto de la pureza juvenil. Pero insisto en recuperar lo que es mío.

—Son muy mágicos, esos zapatos, ¿verdad? —dijo Milla—. ¿O son sólo simbólicos?

—¿Cómo voy a saberlo? —replicó la Bruja—. Ni siquiera me los he probado. Pero si los consiguiera y pudieran sacarme de esta vida de peligros e incertidumbre, no lo lamentaría.

—Sea como sea, todos culpaban a los zapatos de la tiranía de Nessarose. Me parece bien que Glinda los haya mandado fuera del País de los Munchkins. La niña los está sacando de contrabando, sin saberlo siquiera.

—Glinda ha enviado a la niña a la Ciudad Esmeralda —dijo la Bruja, subrayando las palabras—. Si el Mago consigue los zapatos, se sentirá con licencia para invadir el País de los Munchkins. Y es una tontería que intentéis parecer neutrales, como si no os importara que os invada o no.

—Te quedarás a tomar algo, al menos un té —dijo Milla, intentando serenar los ánimos—. Mira, le he pedido a Clarinda que ponga una tetera nueva, y además tenemos crema de azafrán. ¿Recuerdas la merienda con crema de azafrán, después del funeral de Ama Clutch?

Por un instante, la Bruja respiró pesadamente, sintiendo un dolor en el esófago. No le gustaba recordar aquellos tiempos difíciles. En aquella época, Glinda había sabido perfectamente que la señora Morrible estaba detrás de la muerte de Ama Clutch; ahora, convertida en lady Glinda, formaba parte de la misma clase dominante. Era espantoso. Y esa Dorothy, cualquiera que fuera su origen, no era más que una niña, y la estaban utilizando para librar al País de los Munchkins de aquellos malditos zapatos totémicos. O para llevarle los zapatos al Mago, del mismo modo que la señora Morrible había utilizado a sus alumnas, convirtiéndolas en Adeptas.

—¡No puedo quedarme aquí, parloteando como una idiota! —exclamó, sobresaltando a todos y volcando al suelo el cuenco de las nueces—. ¿Acaso no desperdiciamos suficientemente el tiempo, matándonos a hablar en el colegio?

Tendió la mano para coger la escoba y el sombrero.

Sorprendido, Boq estuvo a punto de caerse de espaldas de la butaca.

—Pero, Elphie... ¿Por qué te ofendes?

Ella ya estaba más allá de toda respuesta. Convertida en un pequeño ciclón de falda y bufanda negras, salió a toda prisa en dirección a la carretera.

Echó a andar a paso vivo por el camino de Baldosas Amarillas, casi sin advertir que un plan comenzaba a cobrar forma en su cabeza. Estaba tan absorta en sus pensamientos que durante un buen rato olvidó por completo que llevaba la escoba, y sólo lo recordó cuando se detuvo para descansar y se apoyó en el palo.

Boq, Glinda e incluso Frex, su padre, ¡cuánto la habían decepcionado! ¿Habrían perdido todos ellos parte de su virtud con los años, o habría sido ella demasiado ingenua para verlos tal como eran en realidad? Se sentía disgustada con la gente y añoraba volver a casa. Estaba demasiado deprimida para buscar alojamiento en una posada; además, hacía calor y podía descansar a la intemperie.

Se acostó, pero sin dormirse, al borde de un campo de cebada. Salió la luna, enorme como suele ser a veces cuando acaba de asomar por el horizonte, e iluminó a contraluz una estaca con una barra atravesada, como a la espera de un cuerpo que crucificar o de un espantapájaros que colgar.

¿Por qué no se habría aliado con Nessarose para enviar ejércitos contra el Mago? Los viejos resentimientos familiares se lo habían impedido.

Nessarose le había pedido su ayuda para gobernar el País de los Munchkins y la Bruja se la había negado. En lugar de ayudarla, había vuelto otros siete años a Kiamo Ko. Había desaprovechado la oportunidad de unir sus fuerzas con las de su hermana.

Prácticamente todas las campañas que había iniciado sola habían terminado en fracaso.

Estuvo dando vueltas a la luz de la luna, hasta que a medianoche, torturada por el pensamiento de la muerte de Nessa —por fin el hecho físico de ser aplastada como un insecto comenzaba a tomar forma en su fantasía—, la Bruja se incorporó y emprendió un nuevo camino. Con seguridad, Dorothy seguiría el camino de Baldosas Amarillas para llegar a la Ciudad Esmeralda, y una persona tan exótica como ella sería muy fácil de localizar en cualquier punto de la ruta. La Bruja intentaría cumplir la tarea que le había sido asignada quince años antes. La señora Morrible aún no había sido asesinada.

6

Para entonces, Shiz era una fábrica de dinero. Los colegios, situados en un distrito histórico, seguían prácticamente iguales, con la sola excepción de algunas residencias nuevas de estudiantes y varias flamantes instalaciones atléticas. Fuera del distrito universitario, Shiz había prosperado en la economía orientada a la guerra. Un gran monumento de mármol y latón, el *Espíritu del Imperio*, dominaba lo que había sobrevivido de la plaza del Ferrocarril. A su alrededor, el aire y la luz quedaban sofocados por gigantescos edificios industriales, que escupían negras columnas de inmundicia. La piedra azul se había vuelto piedra sucia. El aire mismo parecía caliente y grave: las diez mil exhalaciones por segundo de una ciudad que jadeaba para multiplicar su riqueza. Los árboles estaban grises y secos. No había un solo Animal a la vista.

Crage Hall parecía absurdamente más nuevo y a la vez más viejo. La Bruja decidió no importunar al portero y atravesó el muro volando, hasta el huerto donde tiempo atrás Boq había caído desde un tejado vecino, aterrizando casi en su regazo. La extensión de hierba que antes ocupaba el fondo del huerto había desaparecido y en su lugar se levantaba una estructura de piedra con relucientes puertas de poxita, sobre las cuales podía leerse: CONSERVATORIO SIR CHUFFREY Y LADY GLINDA DE ARTES MUSICALES Y ESCÉNICAS.

Tres jovencitas bajaban a toda prisa por el sendero, charlando entre sí y apretando los libros contra el pecho. La Bruja se asustó, como si estuviera viendo los fantasmas de Nessarose, Glinda y ella misma. Tuvo que agarrarse al palo de la escoba y tranquilizarse. Todavía no había asimilado el largo camino recorrido ni lo mucho que había envejecido.

—Necesito ver a la directora —les dijo a las chicas, que se sobresaltaron.

Pero una de ellas recuperó su juvenil aplomo y le indicó el camino. El despacho de la directora estaba aún en el edificio principal.

—La encontrará —le aseguraron—. A esta hora de la mañana, siempre está en su despacho, tomando el té sola o con los benefactores del colegio.

«Tienen que estar muy relajadas las normas de seguridad, para que nadie cuestione mi presencia en el huerto —pensó la Bruja—. Mejor así. Quizá consiga escapar sin que me detengan.»

Ahora la directora tenía un secretario, un rotundo caballero maduro, con perilla.

—¿No tiene cita? —dijo—. Veré si está libre.

Al cabo de un momento, regresó y dijo:

—La señora directora la recibirá ahora. ¿Querrá dejar la escoba en el paragüero?

—¡Qué amable! Pero no, gracias —dijo la Bruja, y pasó al despacho.

La directora, que estaba sentada en un sillón de piel, se puso en pie. Ya no era la señora Morrible, sino una mujer menuda, pálida y rosada, de rizos cobrizos y gestos enérgicos.

—¿Me ha dicho su nombre? —preguntó amablemente—. Usted es una antigua alumna, pero yo soy nueva —rió de su comentario ingenioso, mientras la Bruja permanecía seria—, y me temo que aún no acabo de asimilarlo. Pero lo cierto es que todos los meses vuelven docenas de antiguas alumnas, para recordar los agradables momentos que vivieron aquí. Tenga la bondad de decirme su nombre y pediré que nos traigan el té.

Con cierto esfuerzo, la Bruja dijo:

—Cuando estaba aquí, hace más años de los que creía posibles, me llamaban señorita Elphaba. Pero no voy a tomar el té; no puedo quedarme mucho tiempo. Estaba mal informada. Venía a ver a la señora Morrible. ¿Sabe dónde puedo encontrarla?

—Bueno, ¿qué le parece? No sé si ha tenido buena o mala suerte —dijo la directora—. Hasta hace muy poco, la señora Morrible pasaba parte de cada semestre en la Ciudad Esmeralda, asesorando nada menos que a Su Alteza sobre políticas de educación en todos los Leales Territorios de Oz. Pero hace poco volvió a su apartamento en el edificio de la Decadencia, ¡oh, lo siento! Es una broma de las chicas y se me ha escapado. En realidad, es el edificio del Homenaje a la Docencia y ha sido financiado por las generosas hijas de Crage Hall, nuestras ex alumnas. El caso es que su salud se ha deteriorado y, aunque detesto dar malas noticias, temo que está muy próxima a su fin.

—Me encantaría pasar un momento a saludarla —dijo la Bruja.

El teatro nunca había sido su fuerte, y su actuación sólo resultó convincente porque la directora era joven, un poco tonta y bastante aniñada.

—Yo era una de sus alumnas favoritas —añadió—. Sería una sorpresa maravillosa.

—Llamaré a Grommetik para que la acompañe hasta allí —dijo la directora—. Pero antes habría que preguntarle a la enfermera si la señora Morrible está en condiciones de recibir visitas.

—No hace falta que llame a Grommetik, yo misma encontraré el camino. Hablaré con la enfermera y me quedaré sólo un momento. Después pasaré por aquí antes de irme, se lo prometo, y quizá encuentre la forma de hacer una contribución al fondo anual o a algún pequeño fondo para becas que esté preparando usted en este momento.

No recordaba ninguna otra vez que hubiera mentido en toda su vida.

La Decadencia era una ancha torre de base circular, semejante a un silo achaparrado, adyacente a la capilla donde se había celebrado el funeral del doctor Dillamond. Un limpiador que pasó cargado de cubos y escobas le indicó a la Bruja que la señora Morrible se alojaba un piso más arriba, detrás de la puerta con el estandarte del Mago.

Un minuto después, la Bruja estaba contemplando el estandarte: un globo aerostático del que colgaba una cesta, en conmemoración de su espectacular llegada a la Ciudad Esmeralda, y un par de sables cruzados más abajo. A unos metros de distancia, la figura parecía una enorme calavera, con la cesta haciendo las veces de mandíbula de siniestra sonrisa y los sables como dos tibias cruzadas. El picaporte cedió a la presión de la Bruja, que entró en el apartamento.

Había varias habitaciones, todas atestadas de recuerdos de la escuela y testimonios de aprecio de varias instituciones de la Ciudad Esmeralda, entre ellas, el palacio del Emperador. La Bruja atravesó una especie de salita, donde ardía un fuego pese a la estación calurosa, y una cocina con su despensa. A un costado había un retrete y la Bruja oyó el ruido de alguien que sollozaba y se sonaba la nariz en su interior. Empujó un aparador contra la puerta y siguió su camino hacia el dormitorio.

La señora Morrible estaba medio apuntalada para que permaneciera sentada en una cama enorme, con la forma de un pfénix. De la cabecera emergían la cabeza y el cuello de un pfénix dorado y los costados imitaban las alas del ave, cuyas patas se unían a los pies de la cama. Por lo visto, el concepto de las plumas de la cola había excedido al ingenio del ebanista, porque no se veían por ninguna parte. De hecho, la postura del ave resultaba extraña, como si un disparo de fusil la hubiese lanzado de espaldas por el aire, o como si se encontrara en pleno trabajo de parto, a la manera humana, para expulsar el voluminoso montón de carne sentado sobre su vientre y reclinado contra su pecho.

En el suelo había una pila de periódicos financieros y, encima, un par de gafas anticuadas. Pero el tiempo de la lectura había pasado.

La señora Morrible yacía convertida en un montículo gris, con las manos replegadas sobre el vientre y los ojos abiertos y vacíos, sin movimiento. Seguía pareciéndose en todo a una Carpa colosal, excepto en el olor a pescado. Una vela había sido encendida muy poco tiempo antes, y el olor sulfuroso de la cerilla aún impregnaba el ambiente.

La Bruja empuñó la escoba. De la otra habitación llegó el ruido de alguien que aporreaba la puerta del retrete.

—¿Creías que siempre estarías a salvo, escondida detrás de unas escolares? —dijo la Bruja fuera de sí, sin que ya le importara nada, mientras enarbolaba la escoba. Pero la señora Morrible era un cuerpo flojo e indiferente.

La Bruja golpeó de plano con la escoba a la señora Morrible, en las sienes y la cara, sin conseguir efecto alguno. Entonces fue a buscar a la repisa de la chimenea el trofeo conmemorativo con el pedestal de mármol más grande y lo usó para aplastar el cráneo de la señora Morrible, con ruido de leña partida.

Dejó el trofeo entre los brazos de la vieja, para que todos pudieran leer la inscripción, excepto el pfénix, que la vería del revés. EN RECONOCIMIENTO DE TODO LO QUE HA HECHO, decía.

7

La Bruja había esperado quince años, pero había llegado cinco minutos tarde. Fue intensa, por tanto, la tentación de volver sobre sus pasos para desmembrar a Grommetik, pero la resistió. No le importaba que la condenaran y ejecutaran por maltratar al cadáver de la señora Morrible, pero no quería que la atraparan por vengarse de una máquina.

Entró a comer en un café y hojeó los periódicos sensacionalistas. Después estuvo paseando por el distrito comercial. Como nunca le había interesado la moda, se aburrió profundamente, pero quería oír hablar de la muerte de la señora Morrible. Era como si estuviera esperando las críticas después de la función. Además, tenía la sensación de que nunca más volvería a Shiz, ni a ninguna otra ciudad. Era su última oportunidad de ver en acción a los Leales Territorios de Oz.

Sin embargo, a medida que avanzaba la tarde, empezó a preocuparse. ¿Y si lo encubrían? ¿Y si la actual directora silenciaba la noticia del ataque para evitar el escándalo, sobre todo tratándose de un delito contra una persona tan próxima al Emperador? La Bruja empezó a inquietarse, pensando que le negarían el reconocimiento por su acción. Se devanaba los sesos, pensando a quién podía confesárselo. Tenía que ser alguien de quien pudiera estar segura que correría a informar a las autoridades. ¿Podría ser, por ejemplo, Crope, Shenshen, o quizá Pfannee? ¿O incluso el marqués de Tenmeadows, el antipático Avaric?

La casa del marqués en la ciudad se encontraba en un coto poblado por ciervos, en los límites de Shiz. Era bien entrada la tarde cuando la Bruja llegó al Parque del Emperador, como ahora se llamaba el coto. Las residencias privadas estaban dispersas por todo el parque, todas ellas protegidas por su propia fuerza de seguridad, grandes muros con vidrios de botellas rotas en lo alto y perros feroces. Pero la Bruja tenía buena mano con los perros, y los altos muros no la preocupaban. Pasó sobre el muro y aterrizó en una terraza, donde una criada que estaba podando una mata de flores de flox sufrió un ataque de histeria y abandonó en el acto su puesto. La Bruja encontró a Avaric en su estudio, firmando unos documentos con una enorme pluma de ganso y bebiendo whisky del color de la miel en un vaso de cristal fino.

—He dicho que no voy a bajar a los cócteles, tendréis que tomarlos sin mí. ¿Es que no me oyes? —empezó, pero entonces vio quién era–. ¿Cómo es posible que haya entrado aquí sin ser anunciada? –dijo–. ¿A usted la conozco, verdad?

–Por supuesto que sí, Avaric. Soy la chica verde de Crage Hall.

–¡Ah, sí, claro! ¿Cómo te llamabas?

–Me llamaba Elphaba.

Avaric encendió una lámpara (empezaba a anochecer o quizá la tarde se estaba nublando) y los dos se miraron.

–Siéntate, entonces. Supongo que si la sociedad se mete por su cuenta en mi estudio, no tengo derecho a rechazarla. ¿Una copa?

–Muy pequeña.

Después de haber sido tan increíblemente apuesto, Avaric era el único de todos ellos que se había vuelto aún más guapo con la edad. Llevaba el pelo peinado hacia atrás, denso y abundante, del color del níquel pulido, y en él eran evidentes los beneficios de una vida de ejercicio y descanso, ya que su figura era fuerte y esbelta, su porte erguido y su color excelente. Los que nacen con privilegios saben capitalizarlos, observó la Bruja después del primer sorbo.

–¿A qué debo este honor? –dijo Avaric, mientras se sentaba frente a ella con una copa recién servida en la mano--. ¿O es que el mundo entero se dedica hoy a recuperar el pasado?

–¿A qué te refieres?

–Salí a dar un paseo por el parque este mediodía –dijo--, con mis guardaespaldas, como de costumbre, y llegué hasta un sitio donde están montando una especie de aparato de feria. Creo que empezará a funcionar mañana y entonces el parque se llenará de estudiantes, sirvientas, obreros y grasientas familias del Glikkus Menor, hablando su jerga ininteligible. Alrededor del artefacto pululaba el grupo habitual de chiquillos cautivados por la emoción del circo, en su mayoría adolescentes que echaban una mano, sin duda huidos de una familia fastidiosa o de un pueblo aburrido. Pero el tipo que mandaba era un enano mierdoso.

–¿Mierdoso? ¿Qué quieres decir? –preguntó la Bruja.

–Quiero decir *repugnante*, disculpa mi vocabulario. Todos hemos visto enanos, pero no te lo cuento por eso, sino porque yo ya había visto antes precisamente a ese enano. Lo reconocí después de muchos años.

–Mira qué casualidad.

—No habría pensado más en el tema de no ser porque ahora, por la tarde, te presentas tú, procedente más o menos de la misma zona de la memoria. ¿No estuviste tú también en aquel sitio? ¿No viniste con nosotros al Club de Filosofía aquella noche, cuando nos emborrachamos tanto, cuando hicieron circular un filtro sexual y aquel afeminado de Tibbett se puso completamente ciego y perdió la cabeza y casi pierde también todo lo demás cuando aquel Tigre...? Estabas allí, seguro.

—No, no creo.

—¿No? Boq estaba, el pequeño y retorcido Boq, y también Pfannee, y Fiyero, me parece, y algunos más. ¿No te acuerdas? Había una vieja arpía que decía llamarse Yackle, y estaba el enano, y nos dejaron pasar... ¿Recuerdas el miedo que daban? De todos modos, no importa. Es sólo que...

—Yackle, no —dijo la Bruja, apoyando la copa sobre la mesa—. Estoy demente, padezco alucinaciones auditivas. Tienen razón todos: estoy paranoica. No, Avaric, me niego a creer que seas capaz de recordar un nombre veinte años después, así como así.

—Era una vieja zíngara medio calva, con peluca y ojos castaños, amiga de aquel enano que no sé cómo se llamaba. ¿Por qué no iba a recordarlo?

—¡No te acordabas de mi nombre!

—Tú no me dabas ni la mitad de miedo que ella; de hecho, tú nunca me diste ningún miedo. —Se echó a reír—. Probablemente fui muy antipático contigo. Yo era un imbécil en aquella época.

—Todavía lo eres.

—Bueno, practicando se llega a la perfección, y más de una vez me han dicho que soy un perfecto imbécil.

—He venido a decirte que hoy he matado a la señora Morrible —dijo la Bruja, sintiéndose muy orgullosa de la frase, que dicha en voz alta parecía menos falsa. Quizá fuera verdad, después de todo—. La maté. Quería que lo supiera alguien digno de crédito.

—¡Oh! ¿Y por qué lo has hecho?

—Las razones asumen diferentes configuraciones cada vez que lo pienso, ¿sabes? —dijo la Bruja, enderezando un poco la espalda—. Porque lo merecía.

—¿Ahora resulta que es verde el Ángel Vengador de la Justicia?

—Un buen disfraz, ¿no crees?

Los dos sonrieron con frialdad.

—A propósito de esa señora Morrible, a quien has matado... ¿Sabías que nos reunió a todos tus amigos y asociados y nos dio una pequeña conferencia cuando te marchaste?

—Tú nunca fuiste amigo mío.

—Era demasiado próximo a tu círculo para excusar mi asistencia. Recuerdo la situación. Nessarose estaba humillada y destrozada por todo lo sucedido. La señora Morrible sacó tu expediente y nos leyó un perfil de tu carácter, según tus distintos profesores. Nos advirtió de tu irritabilidad, de tu extremismo... ¿Qué términos utilizó exactamente? No lo recuerdo, no eran palabras memorables. Pero nos dijo que quizá intentaras reclutarnos para participar en algún inmaduro intento de sublevación estudiantil. Teníamos que evitarte a toda costa.

—Y Nessarose se sentía humillada, no me sorprende —dijo la Bruja con gesto sombrío.

—También Glinda —dijo Avaric—. Sufrió otra depresión, como la que padeció cuando el doctor Dillamond tuvo aquel accidente con la lente de aumento...

—¡Por favor! ¿Todavía sigue en circulación esa mentira vetusta?

—... de acuerdo, *cuando fue brutalmente asesinado por unos desconocidos*, si te parece mejor; unos desconocidos que habían asumido la forma de la señora Morrible, si eso es lo que quieres que suponga. ¿Entonces por qué lo hiciste realmente?

—La señora Morrible podía elegir. Nadie mejor situado que ella para asegurarse de que sus alumnas recibieran una educación y no un lavado de cerebro. Al entablar contacto con la Ciudad Esmeralda, traicionó a sus estudiantes, que confiaban en que una carrera universitaria les enseñaría a pensar por sí mismas. Además, era diabólica y maligna, y realmente conspiró para que mataran al doctor Dillamond, por mucho que tú digas lo contrario.

Pero la Bruja se detuvo en seco, oyendo en sus palabras sobre la señora Morrible —«podía elegir»— un eco de lo que le había dicho una vez Nastoya, la princesa Elefanta: nadie controla tu destino; incluso en la peor situación, siempre es posible elegir.

Avaric seguía hablando:

—Y ahora tú la has matado *a ella*. Una maldad no se arregla con otra maldad, como solíamos decir los chicos en el patio de la escuela, por lo general cuando estábamos tumbados en el suelo, con la rodilla de otro apoyada en nuestra entrepierna. ¿Por qué no te quedas a cenar? Tenemos invitados, un grupo muy agradable.

—¿Para que llames a la policía? No, gracias.

—No llamaré a la policía. Tú y yo estamos por encima de ese tipo de justicia.

La Bruja le creyó.

—De acuerdo —dijo—. A propósito, ¿con quién te has casado? ¿Con Pfannee, con Shenshen o con otra? No logro recordarlo.

—Con una de ellas —respondió Avaric, sirviéndose otro dedo de whisky—. Los pequeños detalles se me olvidan en seguida. Nunca he conseguido retenerlos.

La despensa del marqués era opulenta, su cocinero era un genio y su bodega no tenía rival. Los invitados atacaron los caracoles al ajillo y las crestas de gallo asadas con cilantro y salsa agridulce de clementinas, y la Bruja se permitió una generosa porción de tarta de lima con crema de azafrán. Las copas de cristal nunca estaban vacías. La conversación era animada y frívola, y para la hora en que la marquesa los condujo hasta las confortables butacas del salón, los apliques de escayola del techo parecían girar y arremolinarse como el humo de los cigarrillos.

—¡Oh, pero si tienes color en las mejillas! —dijo Avaric—. Hace tiempo que deberías haberte dado a la bebida, Elphaba.

—No sé si el vino tinto es lo mío —repuso ella.

—No estás en condiciones de ir a ninguna parte. La doncella te preparará una de las habitaciones de la esquina; son muy bonitas y tienen unas vistas fabulosas: se ve hasta la pagoda de la isla.

—No me interesan las vistas preparadas.

—¿No quieres esperar a los periódicos de la mañana, para ver si publican bien la noticia, o ver si simplemente la publican?

—Te pediré que me envíes uno. No, ahora tengo que irme. Necesito respirar un poco de aire fresco. Avaric, señora, amigos, ha sido una sorpresa y supongo que también un placer...

Pero sentía que no lo estaba diciendo de corazón.

—Un placer para algunos —replicó la marquesa, que no había quedado conforme con los temas de conversación—. No me parece apropiado hablar del mal durante toda la cena. Perturba la digestión.

—¡Oh, vamos! —dijo la Bruja—. ¿Acaso sólo los jóvenes pueden tener el coraje de plantearse ese tipo de preguntas?

—Yo insisto en mi sugerencia —intervino Avaric—. El mal no consiste en *hacer* cosas malas, sino en *sentirse* mal después de hacerlas. No hay valores absolutos para el comportamiento. En primer lugar...

—Inercia institucional —lo interrumpió la Bruja—. Pero en cualquier caso, ¿dónde está el gran atractivo del poder absoluto?

—Por eso digo que el mal no es más que un padecimiento de la psique, como la vanidad o la codicia —dijo un magnate del cobre—, y todos sabemos que la vanidad y la codicia pueden producir resultados bastante espectaculares en los asuntos humanos, no todos ellos reprensibles.

—Es la ausencia del bien, eso es todo —dijo la amante del magnate, que tenía un consultorio sentimental en el *Informador* de Shiz—. El mundo tiende por naturaleza a la calma y a promover y potenciar la vida, y el mal es la ausencia de esa tendencia de la materia a estar en paz.

—Tonterías —replicó Avaric—. El mal es un estadio primitivo o temprano del desarrollo moral. Todos los niños son pequeños demonios por naturaleza. Los criminales entre nosotros son simplemente aquellos que no han progresado...

—Yo no creo que sea una ausencia, sino una presencia —dijo un artista—. El mal es un personaje encarnado, un íncubo o un súcubo. Es el otro. No somos nosotros.

—¿Ni siquiera yo? —dijo la Bruja, desempeñando su papel con más ardor del que esperaba—. ¿Una asesina confesa?

—Oh, usted, usted —dijo el artista—. Todos intentamos mostrar nuestra mejor cara; es sólo vulgar vanidad.

—El mal no es una cosa, ni es una persona; es un atributo, como la belleza...

—Es una fuerza, como el viento...

—Es una infección...

—Es esencialmente metafísico: la corruptibilidad de la creación.

—Entonces la culpa es del Dios Innominado.

—Pero ¿el mal fue creado intencionadamente por el Dios Innominado o fue sólo un error en la creación?

—El mal no está hecho de aire y eternidad, sino de tierra. Es físico; es una descoordinación entre nuestros cuerpos y nuestras almas. El mal es inanemente corpóreo: personas que se causan dolor unas a otras, ni más ni menos.

—A mí *me gusta* el dolor, cuando me pongo pantalones de cuero y tengo las muñecas atadas a la espalda...

—No, os equivocáis todos. La religión de nuestra infancia estaba en lo cierto: el mal es profundamente moral, la preferencia del vicio por encima de la virtud. Puedes fingir que no lo sabes, puedes racionalizar, pero tu conciencia lo sabe...

—El mal es un acto, no una inclinación. ¿Cuántos no han querido alguna vez cortarle el cuello a algún grosero del otro lado de la mesa del comedor? Exceptuada la presente compañía, naturalmente. Todos tienen esa inclinación. Pero sólo si cedes caes en el *acto*, que es el mal. La inclinación es normal.

—¡Oh, no! El mal está en reprimir esa inclinación. Yo nunca reprimo ninguna inclinación.

—No permitiré esta conversación en mi salón —dijo la marquesa, próxima a las lágrimas—. Os habéis comportado toda la noche como si una anciana no hubiese sido asesinada en su cama. ¿Acaso no tenía madre? ¿No tenía alma?

Avaric bostezó y dijo:

—¡Eres tan tierna e ingenua! Cuando no es embarazoso, resulta bastante atractivo.

La Bruja se puso en pie, volvió a sentarse rápidamente y una vez más se puso en pie, apoyándose en la escoba.

—¿Por qué lo hizo? —preguntó la anfitriona con ardor.

La Bruja se encogió de hombros.

—¿Por diversión? Quizá el mal sea una forma del arte.

Pero mientras se tambaleaba en dirección a la puerta, añadió:

—¿Saben qué? Son todos una pandilla de idiotas. Tendrían que haberme denunciado, en lugar de entretenerme toda la noche.

—Tú nos entretuviste *a nosotros* —dijo Avaric con amplios y galantes ademanes—. Esta cena acabará recordándose como la mejor de la temporada, aunque hayas estado mintiendo toda la velada sobre el asesinato de esa vieja profesora. ¡Qué gran ocasión!

Los invitados estallaron en divertidos aplausos.

—La verdad sobre el mal no es nada de lo que se ha dicho aquí —dijo la Bruja desde la puerta—. Ustedes imaginan un solo lado del mal, el lado humano, pero el lado eterno queda en la sombra. O a la inversa. Es como el viejo dicho: ¿cómo es un dragón dentro de su cascarón? Nadie puede saberlo, porque en cuanto rompes el cascarón para mirar, el dragón ya no está *dentro* de él. El verdadero desastre de esta indagación es que la naturaleza misma del mal es ser *secreto*.

8

La luna volvía a brillar en el cielo, un poco menos hinchada que la noche anterior. La Bruja no se sentía lo bastante sobria como para volar en la escoba, de modo que empezó a zigzaguear erráticamente por el prado. Pensaba encontrar un lugar donde dormir un poco, lejos de la claustrofobia de una guarida de la alta sociedad.

Se encontró con la construcción de que le había hablado Avaric. Era un viejo artefacto tiktokista, de los primeros que se habían fabricado, una especie de pagoda portátil hecha de madera tallada, con figuras demasiado variadas y numerosas para que esa noche la Bruja pudiera abarcarlas. Quizá hubiera un suelo de tablas donde ella pudiera echarse a descansar, una plataforma a sólo cinco o seis centímetros por encima del nivel del suelo húmedo. Miró con atención y avanzó.

—¿Adónde crees que vas?

Un munchkin... no, un enano se interponía en su camino. Empuñaba un garrote en una mano, con el que golpeaba rítmicamente la gruesa y correosa palma de la otra.

—A dormir, si puedo —respondió ella—. ¿Así que tú eres el enano y ésta es la cosa de que me habló Avaric?

—El Reloj del Dragón del Tiempo —dijo él— abrirá al público mañana por la noche y no antes.

—Mañana por la noche estaré muerta y me habré marchado —declaró ella.

—Nada de eso —replicó él.

—Bueno, en cualquier caso me habré marchado.

La Bruja miró el artefacto, enderezó la espalda y de pronto recordó algo.

—Me pregunto cómo conocerías tú a Yackle —dijo.

—Oh, Yackle. ¿Quién no conoce a Yackle? No es para asombrarse tanto.

—¿Ha muerto hoy? —preguntó la Bruja—. ¿Por casualidad?

—Ninguna casualidad —respondió él.

—¿Quién eres?

De pronto, después de tanto embriagarse de dolor y violencia, la Bruja sintió miedo.

—Oh, el más pequeño y menos importante —respondió el enano.

—¿Para quién trabajas?

—¿Para quién no he trabajado? El diablo es un ángel muy grande, pero un hombre muy pequeño. No tengo nombre en este mundo, así que no te molestes conmigo.

—Estoy bebida y confusa —dijo ella—, y no acepto más adivinanzas. Hoy he matado a una persona y también podría matarte a ti.

—No la has matado, ya estaba muerta —dijo el enano con calma—. Y a mí no puedes matarme, porque soy inmortal. Pero como te esfuerzas mucho en la vida, te diré una cosa. Soy el guardián del libro y he sido enviado a este país pavoroso y desamparado para vigilar la historia del libro y evitar que vuelva al lugar de donde procede. No soy bueno, ni tampoco malo, pero estoy atrapado aquí, condenado a una vida sin muerte, para vigilar el libro. No me importa lo que te pase a ti ni a nadie más, pero tengo que proteger el libro. Es mi misión.

—¿El libro?

La Bruja se debatía por comprender; cuanto más oía, más ebria se sentía.

—Lo que tú llamas la Grimería. Tiene otros nombres, da lo mismo.

—¿Entonces por qué no vas a buscarlo, por qué no lo guardas?

—Yo no trabajo así. Soy el acompañante silencioso. Trabajo a través de los acontecimientos, vivo en los comentarios marginales, juego con las causas y los efectos, observo cómo viven su vida las desdichadas criaturas de este mundo. Interfiero solamente para conservar el libro a salvo. En cierta medida, puedo ver lo que vendrá, y, en esa medida, intervengo en los asuntos de hombres y bestias. —Comenzó a brincar como un trasgo—. Ahora estoy aquí, ahora estoy allá. Ser clarividente es una gran ventaja en el negocio de la seguridad.

—Trabajas con Yackle.

—A veces tenemos las mismas intenciones y otras no. Sus intereses parecen ser diferentes de los míos.

—¿Quién es? ¿Cuáles son sus intereses? ¿Por qué permanecéis los dos suspendidos en los alrededores de mi vida?

—En el mundo de donde vengo, hay ángeles de la guarda —dijo el enano—; pero por lo que he logrado entender, ella es todo lo contrario y está interesada en ti.

—¿Por qué merezco esa enemiga? ¿Por qué me acosan tantas plagas? ¿Quién le ha dado el poder de influir sobre mi vida?

—Hay cosas que sé y cosas que no sé —dijo el enano—. ¿A quién o a qué responde Yackle? Eso es algo que escapa al dominio de mi conocimiento y de mi interés. ¿Por qué tienes que ser tú? Eso deberías saberlo. Porque tú —prosiguió el enano, en tono brillante y frívolo— no eres ni una cosa ni la otra, ¿o quizá debería decir que eres *a la vez* una cosa y la otra? A la vez de Oz y del otro mundo. El viejo Frex siempre ha estado equivocado; tú nunca has sido un castigo por sus faltas. Eres una híbrida, una nueva raza, una extremidad injertada, una anomalía peligrosa. Siempre te han atraído las criaturas hechas de múltiples partes, las cosas rotas y recompuestas, porque es lo que tú eres. ¿Eres tan lerda como para no haberlo advertido?

—Muéstrame algo —pidió ella—. No sé lo que quieres decir. Muéstrame algo que el mundo no me haya mostrado aún.

—Para ti, con mucho gusto. —El enano desapareció y se oyó un ruido de partes mecánicas a las que estaba dando cuerda y que se movían unas contra otras, el chirrido de unos engranajes lubricados, el chasquido de unas correas de transmisión y el sonido de un péndulo balanceándose–. Una audiencia privada con el mismísimo Dragón del Tiempo.

En lo alto, rondaba una bestia, flexionando sus alas en una danza de gestos que eran a la vez dc bienvenida y de rechazo. La Bruja la miró fijamente.

A media altura había un pequeño escenario iluminado.

–Una función en tres actos –se oyó la voz del enano desde las profundidades–. Primer acto: «El nacimiento de la santidad.»

Más adelante, la Bruja no podría haber dicho cómo supo lo que era, pero lo que vio, en abreviada pantomima, era la vida de santa Aelphaba, la santa mujer, la mística, la ermitaña que desapareció para rezar detrás de una cascada. La Bruja se estremeció cuando vio á la santa caminando directamente a través de la cascada (una tubería por encima de sus cabezas derramaba agua auténtica sobre una bandeja escondida debajo). Esperó a que la santa mecánica volviera a salir, pero no lo hizo, y al final las luces se apagaron.

–Segundo acto: «El nacimiento del mal.»

–¡Espera! La santa no ha vuelto a salir, como cuenta la leyenda –dijo la Bruja–. Por favor, quiero verlo todo o nada en absoluto.

–Segundo acto: «El nacimiento del mal.»

Las luces se encendieron en otro pequeño escenario. Había paisajes pasablemente similares a los de Colwen Grounds pintados sobre un fondo de cartón. Una figurita que representaba a Melena se despidió con un beso de sus padres y se marchó con Frex, un apuesto títere de corta barba negra y andar garboso. Los dos se detuvieron delante de una pequeña cabaña y Frex la besó, sin dejar de predicar. Durante el resto de la escena, el clérigo permaneció a un costado, sermoneando a unos campesinos, que mientras tanto copulaban por el suelo delante de sus narices, se hacían picadillo mutuamente y se comían sus partes íntimas, acompañadas de una salsa auténtica (se percibía el olor a ajo y a champiñones salteados). Melena, en casa, bostezaba y esperaba, jugueteando con su preciosa cabellera. Entonces llegó un hombre que la Bruja no pudo identificar. Llevaba un maletín negro del que extrajo un frasco de vidrio verde. Se lo dio a Melena, para que bebiera un sorbo, y la mujer cayó en sus brazos en cuanto hubo bebido, quizá embriagada y confusa, como estaba la Bruja esa noche, o quizá liberada. No quedaba claro. El viajero y Melena hicieron el amor con el mismo ritmo saltarín que los parroquianos de Frex, quien también se puso a bailar al mismo ritmo. Después, cuando el acto amoroso hubo concluido, el viajero se apartó de Melena y chasqueó los dedos. Entonces, del cielo sobre sus cabezas, bajó un globo con una cesta colgando. El viajero se montó. Era el Mago.

—¡Qué absurdo! —dijo la Bruja—. ¡Son sólo tonterías!

Las luces se atenuaron. La voz del enano resonó desde el interior del artefacto.

—Tercer acto —dijo—: «El matrimonio del Sagrado y la Malvada.»

Se quedó esperando, pero no se iluminó ningún escenario, ni se movió ningún títere.

—¿Y bien? —dijo.

—¿Y bien qué? —replicó él.

—¿Dónde está el final de la función?

El enano asomó la cabeza por una trampilla y le hizo un guiño.

—¿Quién ha dicho que el final ya esté escrito? —respondió, y cerró la puerta de un golpe.

Después se abrió otra puerta, justo al lado de la mano de la Bruja, y una bandeja se deslizó hacia afuera. Sobre la bandeja había un espejo ovalado, el que ella solía utilizar cuando imaginaba que podía ver la Otra Tierra, cuando aún creía en esas cosas. La última vez que recordaba haber visto el espejo ovalado había sido en su escondite en la Ciudad Esmeralda. Dentro del espejo vivían reflejos de un Fiyero joven y apuesto, y de una joven y apasionada Fae. La Bruja cogió el espejo, lo escondió en su delantal y se marchó.

Los periódicos de la mañana no traían nada de la muerte de la señora Morrible. Con un terrible dolor de cabeza, la Bruja decidió que ya no podía esperar más. O bien Avaric y sus desagradables amigos difundían el rumor, o no lo hacían. No había nada más que pudiera hacer.

«¡Ojalá la noticia llegue a oídos del Mago! —se dijo la Bruja—. ¡Ojalá fuera yo una mosca en la pared de su cuartel general cuando eso suceda! ¡Ojalá piense que yo la maté! ¡Ojalá se cuente así la noticia!»

9

Volvió al País de los Munchkins en un penoso viaje que la dejó agotada. Había dormido muy poco y su cabeza aún palpitaba. Pero se sentía orgullosa. Llegó al frente de la granja de Boq y llamó a la familia para que acudiera.

Boq estaba trabajando en el campo y fue preciso enviar a uno de sus hijos a buscarlo. Llegó corriendo, con una hacha pequeña en la mano.

—No te esperaba, por eso he tardado un poco —dijo jadeando.

—Habrías corrido más aprisa si hubieras dejado el hacha —observó ella.

Pero él no la soltó.

—Elphie, ¿por qué has regresado?

—Para contarte lo que he hecho —dijo ella—. Pensé que te gustaría saberlo. He matado a la señora Morrible y ahora ya no podrá hacerle daño a nadie.

Pero Boq no pareció complacido.

—¿Mataste a la vieja? —exclamó—. ¿No te das cuenta de que había llegado a un punto en que ya no podía hacerle daño a nadie?

—Cometes el mismo error que todos los demás —replicó la Bruja, defraudada—. ¿No sabes que ese punto no existe?

—Has trabajado para proteger a los Animales —dijo Boq—; no creo que quisieras descender al mismo nivel de quienes los acosaban.

—He combatido el fuego con el fuego —dijo la Bruja—, ¡y debería haberlo hecho mucho antes! Te has convertido en un tonto lleno de equívocos, Boq.

—¡Niños! —llamó Boq—. ¡Entrad en casa, con vuestra madre!

La Bruja le daba miedo.

—No tomas partido, Boq —señaló ella—. Tu precioso País de los Munchkins está a punto de desaparecer otra vez, absorbido nuevamente entre los pliegues del Real Oz, bajo el yugo de Su Alteza el Mago Emperador. Ves lo que pretende hacer Glinda y dejas que esa niña siga su camino, con unos zapatos que me pertenecen. ¡Tú te pronunciabas, cuando eras joven, Boq! ¿Cómo puedes haberte... *estropeado* tanto?

—Elphie —dijo él—, mírame y piensa. No estás en tus cabales. ¿Has estado bebiendo? Dorothy no es más que una niña. No hace falta que tergiverses la historia ni que la presentes como una especie de demonio.

Milla, alarmada por la tensión en el jardín delantero, salió y se situó detrás de Boq. Llevaba en la mano un cuchillo de cocina. Entre ruidosos murmullos, los niños miraban desde la ventana.

—No necesitáis hachas ni cuchillos para defenderos —dijo fríamente la Bruja—. Pensé que os interesaría saber lo sucedido a la señora Morrible.

—Estás temblando —señaló Boq—. Mira, dejaré el hacha. Es evidente que no estás bien. La muerte de Nessa ha sido un duro golpe para ti, pero tienes que controlarte, Elphie. No la tomes con Dorothy. Es una criatura inocente. Está sola. Te lo suplico.

—Oh, no supliques, no *supliques* —replicó la Bruja—. ¡No soporto las súplicas viniendo precisamente de ti! —exclamó, haciendo rechinar los dientes y apretando los puños—. ¡No te prometeré nada, Boq!

Entonces montó en su escoba y se fue volando. Con temeraria audacia, subió con las corrientes ascendentes, hasta que ya no pudo distinguir en el suelo ningún detalle que pudiera hacerla sufrir.

Empezaba a sentir que llevaba demasiado tiempo lejos de Kiamo Ko. Liir era sucesivamente idiota, empecinado y cobarde, y Nana olvidaba a veces dónde estaba. La Bruja no quería pensar en la víspera, en la muerte de la señora Morrible, ni en las acusaciones formuladas por la función de títeres. Difícilmente podía ser mayor su aversión por el Mago, y si existía una remota posibilidad de que ese ser repugnante fuera su padre, sólo podía hacer que lo odiara aún más. Se lo preguntaría a Nana cuando llegara a casa.

Cuando llegara a casa. Tenía treinta y ocho años, y sólo ahora empezaba a comprender lo que significaba sentir que tenía un hogar. Gracias a Sarima, pensó. Quizá el hogar sea, por definición, el lugar donde nunca te perdonan, de modo que perteneces para siempre a ese lugar, al que te ata la culpa. Y quizá merezca la pena pagar el precio.

Pero decidió dirigirse a Kiamo Ko siguiendo el camino de Baldosas Amarillas. Haría un último intento de recuperar los zapatos. Ya no tenía nada que perder. Si los zapatos caían en manos del Mago, los usaría para reforzar sus pretensiones sobre el País de los Munchkins. Quizá ella fuera capaz, si lo intentaba, de encogerse de hombros y dejar al País de los Munchkins librado a su suerte... pero ¡maldición!, los zapatos eran suyos.

Finalmente, encontró a un buhonero que había visto a Dorothy. El hombre se detuvo junto a su carromato y comenzó a acariciarle las orejas a su burro, mientras hablaba con ella.

—Pasó por aquí hace unas horas —dijo, mordisqueando una zanahoria que compartía con el asno—. No, no estaba sola. Iba con una pandilla de desharrapados. Guardaespaldas, supongo.

—¡Oh, pobre criatura asustada! —se lamentó la Bruja—. ¿Quiénes eran? ¿Unos cuantos muchachotes munchkins?

—No exactamente —dijo el buhonero—. Había un espantapájaros, un hombre de hojalata y un felino bastante grande que se escondió entre la maleza cuando yo pasé... un leopardo, quizá, o un puma.

—¿Un espantapájaros? ¿Está despertando a las figuras míticas, les está insuflando vida? ¡Vaya con la niña! ¿Se ha fijado en sus zapatos?

—Quise comprárselos.

—¡Sí! ¿Los ha comprado?

—No estaban en venta. Parecía tenerles mucho aprecio. Dijo que se los había regalado una Bruja Buena.

—¡Mentira!

—Yo en eso no entro ni salgo —dijo el buhonero—. ¿Le interesa algo de lo que llevo?

—Un paraguas —contestó la Bruja—. He salido sin paraguas y el cielo no tiene buen aspecto.

—Recuerdo los buenos tiempos de la sequía —comentó el buhonero, mientras rebuscaba hasta dar con un paraguas viejo y usado—. Aquí está el protector contra la lluvia. Es suyo por un florín de níquel.

—Es mío gratis —dijo la Bruja—. No irá a negárselo a una pobre mujer en apuros, ¿verdad que no, amigo mío?

—Ya veo que no viviría para contarlo —respondió, y siguió su camino sin recibir compensación alguna.

Pero en cuanto el carromato pasó, la Bruja oyó otra voz:

—Ya sé que nadie le pide su opinión a una bestia de carga, pero yo creo que esa niña es Ozma, que acaba de emerger de la cámara profunda donde dormía y ahora marcha hacia la capital para recuperar el trono.

—Detesto a los monárquicos —dijo el buhonero, mientras administraba un latigazo—, y detesto a los Animales con opiniones.

Pero la Bruja no podía pararse para intervenir. Hasta entonces, había sido incapaz de salvar a Nor y había sido incompetente para negociar con el Mago. Había llegado con un momento de retraso para matar a la señora Morrible, ¿o quizá justo a tiempo? En cualquier caso, no debía intentar lo que claramente estaba fuera de sus posibilidades.

10

La Bruja temblaba en la proa de una corriente ascendente. Había subido más alto que nunca con la escoba y se encontraba en un estado de euforia y de pánico. ¿Debía perseguir a Dorothy? ¿Debía arrebatarle los zapatos? ¿Cuáles eran sus verdaderos motivos? ¿Lo hacía para que no cayeran en manos del Mago, del mismo modo que Glinda había impedido que cayeran en manos de los munchkins ambiciosos de poder? ¿O quizá para adueñarse de un pequeño jirón de la atención de Frex, independientemente de que alguna vez la hubiese merecido o no?

Debajo de la escoba, las nubes comenzaban a difuminar la vista de las colinas pedregosas y de los maizales y los melonares. Los finos penachos de vapor parecían las marcas dejadas por la goma de borrar de un escolar, manchando de blanco el bosquejo de un paisaje pintado con acuarelas. ¿Qué pasaría si simplemente continuaba como hasta entonces, si urgía a la escoba a que subiera cada vez más, tirando de ella hacia arriba? ¿Se haría astillas cuando chocara contra el paraíso?

Podía renunciar a sus esfuerzos. Podía abandonar a Nor. Podía liberar a Liir. Podía dejar a Nana. Podía entregar a Dorothy. Podía renunciar a los zapatos.

Pero se levantó un viento, una dura oleada de aire que la empujaba por la izquierda. No podía forzar a la escoba para que le hiciera frente. Tuvo que desviarse a un lado y hacia abajo, hasta que el camino de Baldosas Amarillas volvió a trazar una estela dorada entre los bosques y los sembrados. En el horizonte, había una tormenta que insertaba barras de lluvia amarronada entre nubes de un gris lavanda y campos de un gris verdoso. No tenía mucho tiempo.

Entonces creyó verlos más abajo y descendió en picado para mirar. ¿Se habían parado para descansar bajo las ramas de un sauce negro? De ser así, la Bruja podría terminar con todo ahora mismo.

A más de mil metros de altura sobre Oz, la Bruja hacía equilibrios sobre la proa del viento, como una mota verde de la propia tierra, levantada y arremolinada por el aire turbulento. Estivales nubarrones de tormenta, blancos y morados, se alzaban a su alrededor. Debajo, el camino de Baldosas Amarillas se enroscaba sobre sí mismo, como un dogal suelto. Aunque las tormentas invernales y las palancas de los rebeldes lo habían destrozado, el camino aún conducía inexorablemente a la Ciudad Esmeralda. La Bruja divisó al grupo, que avanzaba penosamente rodeando los tramos combados, bordeando las zanjas y dando brincos cada vez que tenía libre el paso. Los compañeros parecían ignorar su destino. Pero no dependía de la Bruja iluminarlos.

Utilizando la escoba a modo de pasamanos, la Bruja bajó los peldaños del cielo, como uno de sus monos voladores, hasta la rama más alta de un sauce negro. Debajo, oculta por el follaje, su presa había hecho un alto para descansar. La Bruja se metió la escoba debajo del brazo. Sigilosa, moviéndose como un cangrejo, se desplazó hacia abajo, un poco cada vez, hasta situarse a escasos seis metros sobre ellos. El viento agitaba las blandas ramas colgantes del árbol. La Bruja miró y escuchó.

Eran cuatro. Distinguió una especie de felino enorme (¿sería un León?) y un reluciente leñador. El Hombre de Hojalata estaba sacando liendres de la melena del León, y éste mascullaba y se retorcía por el bochorno. No lejos de allí, un Espantapájaros animado, cómodamente arrellanado, soplaba vilanos de diente de león en el viento. La niña quedaba fuera de su vista, detrás de las movedizas cortinas del sauce.

—Claro que, oyéndolos a ellos, se diría que la que está loca es la hermana viva —dijo el León—. ¡Qué bruja! Psicológicamente enferma, poseída por los demonios. Demente. Un caso bastante triste.

—La castraron al nacer —replicó con calma el Hombre de Hojalata—. Nació hermafrodita, o quizá totalmente masculina.

—¡Oh, cómo eres! ¡No ves más que castración por todas partes! —dijo el León.

—Me limito a repetir lo que dice la gente —repuso el Hombre de Hojalata.

—Todos tienen derecho a opinar —replicó el León en tono ligero—. Creció privada del amor de una madre, o al menos eso he oído. Fue una niña maltratada. Era adicta al medicamento que tomaba para su afección de la piel.

—No ha tenido suerte en el amor —dijo el Hombre de Hojalata—, como el resto de nosotros.

El Hombre de Hojalata hizo una pausa, llevándose una mano al centro del pecho, en actitud doliente.

—Es una mujer que prefiere la compañía de otras mujeres —dijo el Espantapájaros, levantándose.

—Es la amante desdeñada de un hombre casado.

—*Ella* es un hombre casado.

La Bruja estaba tan asombrada que casi se le zafaron las manos de la rama. Nunca había dado importancia a las habladurías, pero llevaba tanto tiempo sin prestarles atención que le desconcertaba la firmeza de las opiniones de cualquier don nadie.

—Es una déspota. Una tirana peligrosa —dijo el León con convencimiento.

El Hombre de Hojalata dio un tirón más fuerte de lo necesario de un mechón de la melena.

—Para ti todo es peligroso, cobardica. He oído que es una adalid del derecho al autogobierno de los llamados winkis.

—Sea como fuere, seguramente estará dolida por la muerte de su hermana —dijo la niña, con voz demasiado grave y sombría, demasiado sincera para alguien de su edad. A la Bruja se le revolvió el estómago.

—Ahora no vayas a ponerte compasiva. Yo, al menos, no puedo.

El Hombre de Hojalata arrugó la nariz, en un gesto algo cínico.

—Pero Dorothy tiene razón —dijo el Espantapájaros—. Nadie está libre de sufrir.

A la Bruja le irritaban profundamente sus condescendientes especulaciones. Se desplazó alrededor del tronco del árbol, estirándose para atisbar parte de la figura de la niña. El viento estaba arreciando y el Espantapájaros se echó a temblar. Mientras el Hombre de Hojalata seguía removiendo los bucles del León, el hombre de paja se recostó contra el Animal, que lo abrazó tiernamente.

—Tormenta en el horizonte —dijo el Espantapájaros.

A kilómetros de distancia, retumbaban los truenos.

—Hay... una... *bruja* en el horizonte —dijo el Hombre de Hojalata, para fastidiar al León. Asustado, éste se volvió y cayó gimiendo sobre el Espantapájaros, y el Hombre de Hojalata se desplomó encima de los dos.

—Queridos amigos, ¿no deberíamos tomar precauciones por la tormenta? —sugirió la niña.

El viento, cada vez más intenso, movió por fin la cortina de follaje, y la Bruja pudo ver a la niña. Estaba sentada con los pies bajo el cuerpo y los brazos rodeando las rodillas. No era una niñita delicada, sino una vigorosa chica de campo, con delantal y vestido de cuadros blancos y azules. Sobre su regazo, gemía encogido un perrillo de aspecto ruin.

—Las tormentas te vuelven asustadiza. Es natural, después de lo que has pasado —dijo el Hombre de Hojalata—. Tranquilízate.

Los dedos de la Bruja se hundieron en la corteza del árbol. Aún no veía la cara de la niña, sino únicamente sus brazos robustos y su coronilla, con el pelo oscuro recogido hacia atrás en dos coletas. ¿Debería tomarla en serio, o no sería más que una semilla de diente de león, atrapada en el lado equivocado del viento? Si sólo pudiese ver el rostro de la niña, la Bruja sentía que lo sabría.

Pero justo cuando estiró el cuello apartándose del tronco, la niña giró la cara.

—La tormenta se acerca, y a toda prisa.

La emoción en su voz aumentó, al tiempo que arreciaba el viento. Tenía una vehemencia gutural, como la de alguien que sigue hablando pese a la amenaza del llanto inminente.

—¡Conozco las tormentas! ¡Sé cómo se te echan encima!

—Aquí estamos más seguros —dijo el Hombre de Hojalata.

—Desde luego que no —replicó la niña—, porque este árbol es el punto más alto de esta zona y, si cae un rayo, caerá justo aquí.

Cogió en brazos a su perro.

—¿No hemos visto un cobertizo un poco más atrás, en el camino? ¡Vamos, ven, Espantapájaros! ¡Si cae un rayo, te quemarás tú antes que nadie! ¡Vamos!

Se levantó y echó a correr con movimientos desmañados, y sus compañeros la siguieron en estado de pánico creciente. Cuando empezaron a caer los primeros goterones de lluvia, la Bruja no pudo ver la cara de la niña, pero sí los zapatos. Eran los zapatos de su hermana. Brillaban incluso en la tarde ensombrecida. Brillaban como diamantes amarillos, ascuas de sangre, espinosas estrellas.

Si hubiese visto antes los zapatos, la Bruja no habría sido capaz de escuchar a la niña ni a sus amigos. Pero la niña tenía las piernas recogidas bajo la falda. Ahora, la Bruja había recordado su necesidad. ¡Los zapatos tenían que ser suyos! ¿Acaso no había soportado bastante? ¿No los había ganado? La Bruja se habría dejado caer desde el cielo sobre la niña y le habría arrancado a la fuerza los zapatos de los pies impertinentes, si hubiese podido.

Pero la tormenta de la que huían los amigos, cada vez más lejos y más rápido por el camino de Baldosas Amarillas, preocupaba a la Bruja más que a la niña, que ya había soportado la lluvia, y más que al Espantapájaros, a quien un rayo podía prender fuego. La Bruja no podía salir a la intemperie en tan perversa e insinuante humedad. En lugar de eso, tuvo que meterse entre unas raíces desnudas del sauce negro, donde no la amenazaba el agua, y aguardar a que pasara la tormenta.

Ya resurgiría. Siempre lo había hecho. El opresor clima político de Oz la había doblegado, desecado y apartado. Como una semilla, se había visto arrastrada, demasiado reseca en apariencia para echar raíces. Pero seguramente la maldición no pesaba sobre ella, sino sobre la tierra de Oz. Y aunque Oz le había torcido la vida, ¿no le había dado también su fuerza?

No importaba que los amigos se hubiesen marchado corriendo. La Bruja podía esperar. Volverían a encontrarse.

11

Cuando se levantó la tormenta y la Bruja despertó de lo que para entonces identificaba como una resaca terrible, no estaba segura de que siguiera siendo el mismo día. Ni siquiera estaba segura de haberse acercado a ellos. ¿Habría sido capaz de permitir que se le escaparan entre los dedos como si nada? Pero fuera cual fuese la explicación (engaño de los sentidos o memoria borrosa), no se atrevía a seguirlos a la Ciudad Esmeralda. La señora Morrible tenía muchos amigos en ese régimen corrupto y para entonces les habría llegado la noticia. Incluso era posible que hubiesen organizado cuadrillas de búsqueda para atrapar a la Bruja. Que así fuera entonces.

Por mucho que le molestara, tenía que renunciar por el momento a la idea de reclamar los zapatos de Nessa. Prácticamente no descansó durante todo el viaje de regreso a Kiamo Ko, excepto para pararse a recoger una bayas y mordisquear unas nueces y raíces dulces que mantuvieron su energía.

El castillo no había sido incendiado. Las tropas de reconocimiento del Mago seguían acampadas en su base cerca de Red Windmill, en estado de aburrida alerta. Nana estaba muy ocupada tejiendo con ganchillo una gorra para su propio funeral y redactando la lista de invitados, la mayoría de los cuales ya estaban en la Otra Tierra, suponiendo que para Nana existiera la Otra Tierra.

—¡Estoy de acuerdo! ¡A mí también me encantaría volver a ver a Ama Clutch! —exclamó la Bruja, apretando los hombros de Nana—. Siempre me gustó. Tenía más carácter que la tonta y afectada de Glinda.

—Tú adorabas a Glinda —repuso Nana—. Todo el mundo lo sabía.

—Pues ya no —dijo la Bruja—. La muy traidora.

—Hueles a sangre, ve a lavarte. ¿Tienes el período?

—Ya sabes que nunca me lavo. ¿Dónde está Liir?

—¿Quién?

—*Liir*.

—Oh, por ahí —dijo Nana—. Mira en el pozo de los peces —añadió sonriendo lo que para entonces se había convertido en una broma de familia.

—¿Qué nueva insensatez es ésta? —exclamó la Bruja cuando encontró a Liir en la sala de música.

—Ellos tenían razón —dijo él—. ¡Mira lo que he atrapado finalmente, después de todos estos años!

Era la carpa dorada que durante tanto tiempo había merodeado por el pozo de los peces.

—Oh, reconozco que ya estaba muerta y que la saqué con el cubo, y no con caña ni con red. Pero aun así. ¿Crees que alguna vez podremos contarles que por fin la hemos atrapado?

En los últimos meses, había empezado a hablar de Sarima y de la familia como si fueran fantasmas, como si sólo estuvieran escondidos en la torre detrás de la curva de la escalera de caracol, reprimiendo la risa en un prolongado juego del escondite.

—Esperemos que sí —dijo ella, preguntándose vagamente si no sería inmoral criar a los niños en el hábito de la esperanza. ¿No sería a la postre mucho más difícil para ellos adaptarse al funcionamiento real del mundo?—. ¿Todo lo demás en orden, mientras estuve fuera?

—Todo bien —asintió él—. Pero me alegro de que hayas regresado.

Ella gruñó y se fue a saludar a *Chistery* y a su alborotadora familia.

En su habitación, colgó el viejo espejo de una cuerda y un clavo y evitó mirarlo. Tenía la horrible sensación de que en el espejo aparecería Dorothy, y no quería volver a ver a la niña. Le recordaba a alguien. Quizá por su actitud franca e incondicional, por su mirada que no nublaban la culpa ni la vergüenza. Era natural como un mapache, como un helecho o un cometa. «¿Será Nor? —se preguntó la Bruja—. ¿Será que Dorothy me recuerda cómo era Nor a su edad?»

Pero en aquellos años la Bruja no había sentido ningún aprecio por Nor, ningún interés real, aunque su cara fuera una aterciopelada versión en miniatura del rostro de Fiyero. Salvo con Nessarose y Caparazón, la Bruja nunca se había enternecido ante la brillante promesa de un niño. En ese aspecto, se sentía más sola y aislada que en lo referente a su color.

No... pero entonces su mirada cayó sobre el viejo y cansado espejo, pese a sus intenciones. «La Bruja con su espejo —pensó—. ¿Es que alguna vez miramos a alguien que no seamos nosotros mismos? Ahí está la maldición. Dorothy me recuerda a mí misma, a esa edad, a la edad que sea...»

... La época en Ovvels. Ahí está la niña verde, tímida, desgarbada y humillada. Para evitar el dolor de los pies húmedos, tiene que chapotear por los pantanos enfundada en pegajosas calzas de piel de ternera de las ciénagas y botas impermeables. Ahí está mamá, embarazada de Caparazón, grande como una barcaza. Mamá, rezando interminablemente durante meses para traer por fin al mundo un niño saludable. Mamá, tirando en el barro las botellas de licor y las hojas de pinlóbulo.

Nana cuida a la pequeña Nessa y la carga a la espalda en su diaria búsqueda de peces carbón, flores aguja y alubias de hoja ancha. Nessa ve, pero no puede tocar, ¡qué maldición de niña! (No es de extrañar que creyera en cosas que no podía ver, ya que por el tacto era incapaz de demostrar la existencia de nada.) Para su propia expiación, papá lleva consigo a la niña verde en una expedición a casa de los parientes de Corazón de Tortuga, una familia muy ramificada que vive en un nido de cabañas y pasarelas colgantes, en lo alto de un bosquecillo de extensos blandárboles medio podridos. Los quadlings, que en cuclillas se sienten más cómodos, agachan la cabeza. Olor a pescado podrido en sus casas y en su piel. Tienen miedo del clérigo unionista que los ha encontrado en su escuálido caserío. No tengo recuerdos firmes de ningún individuo, a excepción de una vieja matriarca, desdentada y altiva.

Tras un momento de timidez, los quadlings se acercan, pero no al clérigo, sino a mí, la niña verde. Ella ya no soy yo, ella fue hace demasiado tiempo, ella sólo es ella, impenetrablemente misteriosa y densa. Está de pie como lo estaba Dorothy, con cierto coraje innato que le endereza la espalda y hace que sus ojos miren con fijeza. Los hombros hacia atrás, las manos colgando a los lados del cuerpo. Dócil al contacto de los dedos en su cara. Inquebrantable por la causa de la labor misionera.

Papá pide perdón por la muerte de Corazón de Tortuga, acaecida tal vez unos cinco años antes. Dice que fue culpa suya. Tanto él como su esposa se habían enamorado del vidriero quadling. Pregunta qué puede darles en compensación. La niña Elphaba piensa que está loco, piensa que los quadlings no lo están escuchando, que están electrizados por su rareza. «Por favor, perdónenme», dice él.

Sólo la matriarca responde a sus palabras, quizá porque es la única que realmente recuerda a Corazón de Tortuga. Tiene el aspecto de alguien que ha sido sorprendido mientras se arriesga a salir de debajo de una roca. En un pueblo con un código moral tan laxo, muy pocas cosas pueden estar mal. Para ella, el encuentro es una misteriosa y complicada transacción.

Dice algo como «¡Nosotros no damos absoluciones, no absolvemos a nadie, no, por Corazón de Tortuga no!», y golpea a papá en la cara con una vara de junco; finas rayas quedan grabadas en su piel. Yo sólo fui testigo, en realidad aún no vivía entonces, pero lo vi. Fue entonces cuando papá empezó a perder el rumbo, todo empezó con aquel golpe.

Lo veo anonadado. En su concepto de la vida moral, no cabe la noción de que algunos pecados sean imperdonables. Se queda pálido, del color blanco de la cebolla, detrás de las perforaciones perladas de sangre que le ha producido el ataque. Quizá ella tenga todo el derecho de hacer lo que ha hecho, pero en la vida de papá se ha convertido en la vieja Kumbricia.

La veo empecinada, orgullosa. En su sistema moral no hay lugar para el perdón y ella está tan aprisionada como él, pero no lo sabe.

Sonríe, toda encías y amenazas, y se apoya el junco sobre la clavícula, donde el extremo plumoso de la vara cae como un collar alrededor de su cuello.

Me señala y dice (no a mí, sino a todos los presentes): «¿No es suficiente este castigo?» La niña Elphaba no sabe ver a su padre como un hombre destrozado. Sólo sabe que le transmite a ella su desgarro. Diariamente, sus hábitos de aversión y autoaversión la paralizan. Diariamente, ella le devuelve su amor, porque no sabe hacer otra cosa.

Allí me veo: la niña testigo, con los grandes ojos de Dorothy. Contemplando un mundo demasiado horrible para ser comprendido, y creyendo (en virtud de la ignorancia o de la inocencia) que debajo de ese inquebrantable contrato de culpa y dolor persiste un contrato más antiguo, capaz de vincular y liberar de una forma más sana, un precedente más antiguo de la redención, que nos permita alguna vez dejar de vivir atormentados por la culpa. Ni Dorothy ni la niña Elphaba pueden formularlo con palabras, pero en nuestras caras puede verse que ambas tenemos esa creencia.

La Bruja había cogido el frasco de vidrio verde, cuya etiqueta aún rezaba ELI- MILAGRO-, y lo había puesto en su mesilla de noche. Tomó una cucharada del antiguo elixir antes de dormirse, esperando algún milagro, en busca de alguna versión de la fabulosa coartada que estaba desplegando Dorothy, el cuento de que procedía de *otro* país, no de los países reales del otro lado del desierto, sino de una existencia geofísica totalmente separada. Incluso en lo metafísico. El Mago también lo proclamaba de sí mismo, y si el enano estaba en lo cierto, la Bruja también tenía esa ascendencia. Por la noche, intentó acostumbrarse a observar la periferia de sus sueños y a prestar atención a los detalles. Era como tratar de mirar en torno a los bordes de un espejo, pero más eficaz, como pudo comprobar.

Pero ¿qué consiguió? Todo parpadeaba, como la luz temblorosa de una vela, pero de un modo más áspero y estridente. La gente se movía con gestos breves y a sacudidas. Los personajes eran incoloros, insípidos, maníacos; estaban drogados. Los edificios eran altos y crueles. Soplaban fuertes vientos. El Mago entraba y salía de las imágenes, y era un hombre de aspecto sumamente humilde en ese contexto. En el escaparate de una tienda de la que el Mago salía aparentemente triste y abatido, la Bruja logró captar unas palabras e hizo un tremendo esfuerzo de voluntad para despertarse y escribirlas. Pero no tenían ningún sentido para ella. No se aceptan irlandeses para el puesto de dependiente.

Después, una noche, tuvo una pesadilla. También la empezó el Mago. Iba andando por unas dunas de arena, con juncos grises que se doblegaban bajo un viento feroz (miles y miles de juncos semejantes a la vara áspera con que la vieja matriarca quadling le había pegado a Frex), y entonces se detuvo ante una vasta extensión llana. Se despojó de la ropa y consultó el reloj que tenía en la mano, como memorizando un instante histórico. A continuación, echó a andar, desnudo y roto. Cuando la Bruja comprendió adónde se dirigía, intentó retroceder y salir del sueño con un aullido, pero no consiguió zafarse. Era el océano mítico, y el Mago seguía andando con el agua hasta las rodillas, hasta los muslos, hasta la cintura. Hizo una pausa, se estremeció y se echó agua por el resto del cuerpo, como una especie de castigo. Después siguió andando y desapareció completamente en el mar, como santa Aelphaba de la Cascada había desaparecido detrás de su acuático velo. El mar se balanceaba como un terremoto, vomitando contra la orilla arenosa, aporreándola en una conmoción de timbales. No existía el Otro Lado. Una y otra vez arrojaba atrás al Mago, aunque él una y otra vez trataba de internarse en su extensión, cada vez más exhausto. Estoico, resuelto. No era de extrañar que hubiese conseguido doblegar a toda una nación. El sueño terminaba con el Mago arrojado por última vez a la orilla, llorando de frustración.

La Bruja se despertó, medio ahogada y aterrorizada hasta lo indescriptible, sintiendo la sal en la nariz. A partir de entonces, evitó el elixir milagroso. En lugar de eso, preparó una poción para permanecer despierta, combinando el libro de recetas de Nana con las anotaciones marginales de la Grimería. Si se quedaba dormida, volvería a experimentar aquella visión de destrucción terrenal, y antes que eso prefería la muerte.

Nana no tenía mucho que decir sobre las pesadillas.

—Tu madre también las padecía —comentó por fin—. Solía decir que en sus sueños veía la ciudad desconocida de la ira. Estaba tan furiosa por cómo habías salido (me refiero a tu aspecto físico, querida, no me mires así; una niña verde no es algo que una madre pueda explicar fácilmente), estaba tan furiosa que se tomaba esas píldoras como si fueran caramelos cuando estaba esperando a Nessarose. Si Nessarose aún pudiera guardarle rencor a alguien, en cierto modo podría culparte a ti de su deformidad.

—Pero ¿dónde conseguiste el frasco verde? —le preguntó la Bruja a Nana en su oído bueno—. Míralo, Nana querida, e intenta recordar.

—Supongo que lo compraría en algún mercadillo de segunda mano —dijo la vieja—. Sabía estirar los pocos peniques que tenía, créeme.

«Y aún más sabías estirar la verdad —pensó la Bruja, reprimiendo el impulso de estrellar el frasco contra el suelo—. Qué profundamente unidos estamos todos por los lazos del rencor familiar. Ninguno de nosotros ha podido liberarse.»

12

Una tarde, varias semanas después, Liir volvió de un paseo acalorado y nervioso. La Bruja se molestó al enterarse de que otra vez había estado codeándose con los soldados del Mago, en el campamento de Red Windmill.

—Tenían noticias, un despacho de la Ciudad Esmeralda —dijo el muchacho—. Un grupo de desconocidos consiguió una audiencia con el Mago. ¡Y uno de ellos no era más que una niña! Dorothy, dicen que se llama, una chica de la Otra Tierra. Y varios amigos suyos. Hacía muchos años que el Mago no concedía ninguna audiencia a sus súbditos. Dicen que trabajaba a través de sus ministros. Muchos soldados lo creen muerto desde hace años y piensan que todo es una estratagema del Palacio para conservar la paz. Pero ¡Dorothy y sus amigos han entrado, han visto al Mago y han contado cómo es!

—¡Vaya, vaya —dijo la Bruja—, quién lo habría imaginado! Todo Oz, tanto los Territorios Leales como el resto, está parloteando de esa tal Dorothy. ¿Qué más han dicho esos idiotas?

—El soldado que trajo el despacho dijo que los invitados le pidieron al Mago que les concediera unos deseos. El Espantapájaros le pidió un cerebro; Nick Chopper, el Hombre de Hojalata, le pidió un corazón, y el León Cobarde le pidió valor.

—¿Y supongo que Dorothy le pidió un calzador para ponerse los zapatos?

—Le pidió volver a su casa.

—Espero que consiga su deseo. ¿Qué pasó entonces?

Pero parecía que a Liir le costaba hablar.

—¡Oh, vamos! Soy demasiado mayor para que un chismorreo me arruine la cena —dijo la Bruja secamente.

Liir la miró, con las mejillas arreboladas por un placer que le remordía la conciencia.

—Dicen los soldados que el Mago se negó a concederles esos deseos tan extraños.

—¿Y te sorprende?

—Pero el Mago le dijo a Dorothy que se los concedería cuando hubieran... cuando hubieran...

—Hace años que no tartamudeas. No empieces de nuevo o te daré unos azotes.

—Dorothy y sus amigos tienen que venir aquí y matarte —dijo por fin Liir—. Dicen los soldados que es porque mataste a una anciana en Shiz, una señora muy famosa. Dicen que eres una asesina y también dicen que estás loca.

—Soy mucho más creíble como asesina que esos vagabundos incompetentes —replicó la Bruja—. El Mago sólo ha querido quitárselos de encima. Probablemente ha dado instrucciones a sus sicarios de la Fuerza Galerna para que le corten el cuello a la niña en cuanto se pierda de vista.

Y seguramente el Mago le habría confiscado los zapatos. ¡Qué rabia! ¡Pero cuánto la halagaba que la noticia de su ataque se hubiese difundido! Para entonces, estaba convencida de que realmente había matado a la señora Morrible. Cualquier otra cosa carecía de sentido.

Pero Liir sacudió la cabeza.

—Lo curioso —dijo— es que Dorothy se llama Dorothy Gale. Los soldados de Red Windmill dicen que los *gales* no se atreverían a tocarla. Son demasiado supersticiosos.

—¿Qué sabrán de intrigas esos soldados, estacionados aquí, al borde de la nada?

Liir se encogió de hombros.

—¿No te impresiona que el Mago de Oz te conozca y sepa quién eres? ¿Eres una asesina?

—Ay, Liir, lo entenderás cuando seas mayor. O en cualquier caso, tu falta de comprensión se convertirá en parte de ti y ya no te importará. Jamás te haría daño a ti, si es eso lo que te preocupa. Pero pareces muy sorprendido de que me conozcan en la Ciudad Esmeralda. ¿Sólo porque me desobedeces y me tratas como un desecho crees que todo el mundo lo hace? —Sin embargo, estaba complacida—. Pero ¿sabes, Liir?, si existe la más remota posibilidad de que haya una pizca de verdad en esos rumores, harás bien en no acercarte a Red Windmill por un tiempo. Podrían secuestrarte y retenerte como rehén, hasta que me entregue a esa niña y sus menesterosos compañeros.

—Quiero conocer a Dorothy —dijo él.

—Todavía no tienes edad; por favor, piensa en nuestra seguridad —pidió ella—. Siempre tuve intención de conservarte en vinagre antes de que llegaras a la pubertad.

—Bueno, nadie va a secuestrarme, así que no te preocupes —repuso él—. Además, quiero estar aquí cuando ellos lleguen.

—Preocuparme es lo último que pienso hacer si te secuestran —respondió ella—. Si sucede, será culpa tuya y un gran alivio para mí, porque así tendré una boca menos que alimentar.

—Ah, muy bien, ¿y quién subirá la leña por todas esas escaleras en invierno?

—Contrataré a ese Nick Chopper. Su hacha me ha parecido bastante afilada.

—¿Lo has visto? —Liir se quedó boquiabierto—. ¡No, no lo has visto!

—Sí que lo he visto, ya ves —dijo ella—. ¿Quién ha dicho que no me muevo en los mejores círculos?

—¿Cómo es? —inquirió él, con la cara brillante y expresión ansiosa—. También habrás visto a Dorothy. ¿Cómo es, Tiíta Bruja?

—No me llames Tiíta; ya sabes que no lo soporto.

Él siguió acosándola sin descanso, hasta que finalmente la Bruja tuvo que gritarle:

—¡Es una tontita preciosa que cree todo lo que le dicen! ¡Y si viene hasta aquí y le dices que la quieres, probablemente te creerá! ¡Ahora márchate, porque tengo trabajo que hacer!

Liir se demoró un rato en la puerta y dijo:

—El León quiere valor; el Hombre de Hojalata, un corazón, y el Espantapájaros, un cerebro. Dorothy quiere volver a su casa. ¿Tú qué quieres?

—Un poco de paz y tranquilidad.

—No, de verdad.

No podía decir «perdón»; no podía decírselo a Liir. Empezó a decir «quiero tener al más grande de los soldados», para burlarse del apego del muchacho por los hombres de uniforme, pero se detuvo cuando ya había empezado a decirlo, porque pensó que Liir se ofendería, y al final acabó diciendo algo que los sorprendió a ambos:

—Quiero tener alma... —dijo.

Él parpadeó.

—¿Y tú? —preguntó ella en tono más sereno—. ¿Qué querrías, Liir, si el Mago pudiera concederte lo que pidieras?

—Un padre —respondió él.

13

Por un momento, se preguntó si no se estaría volviendo loca. Pasó la noche sentada en una silla, pensando en lo que había dicho.

Una persona que no cree en el Dios Innominado, ni en ninguna otra cosa, no puede creer en el alma.

Si pudieras deshacerte de los espetones de la religión, los que acribillan tu estructura y se hacen sentir cada vez que te mueves, ¿serías capaz de mantenerte en pie? ¿O necesitas la religión del mismo modo que los hipopótamos de las Praderas necesitan a los pequeños parásitos venenosos en su interior para digerir la fibra? La historia de los pueblos que se han sacudido la carga de la religión no es un argumento particularmente persuasivo para vivir sin ella. ¿Será la propia religión esa frase cansada e irónica: el mal necesario?

La idea de la religión funcionaba para Nessarose y funcionaba para Frex. Quizá no hubiera ninguna ciudad real entre las nubes, pero soñar con ella fortalecía el espíritu.

Quizá en el generoso intento de nuestra época por instaurar el unionismo, dejando que todos los impulsos religiosos alienten y palpiten bajo el paraguas del Dios Innominado, hemos sellado nuestra propia condena. Quizá haya llegado el momento de dar un nombre al Dios Innominado, incluso débilmente e inspirándonos en nuestra réproba imagen, para que podamos sobrevivir al menos con la ilusión de que hay una autoridad capaz de preocuparse por nosotros.

Porque si despojamos al Dios Innominado de todo lo que remotamente pueda asemejarse a un atributo, ¿qué nos queda? Un gran viento hueco. Y el viento puede llegar a tener la fuerza de una galerna, pero ninguna fuerza moral, y una voz en medio de un viento huracanado no es más que el truco de un presentador de circo.

Eran más atractivos —ahora, por una vez, lo veía— los anticuados conceptos del paganismo. Lurlina en su carruaje de cuento de hadas, planeando por encima de las nubes justo fuera de la vista, lista para descender algún milenio de éstos y recordar quiénes somos. El Dios Innominado, en virtud de su anonimato, nunca puede visitarnos por sorpresa.

¿Quién reconocería al Dios Innominado si llamara a nuestra puerta?

14

A veces daba una cabezada, contra su voluntad, con la mandíbula caída sobre el pecho, y otras veces se desplomaba hasta dar con la cabeza en la mesa, golpeándose los dientes y la barbilla, y despertando sobresaltada.

Había cogido la costumbre de quedarse de pie junto a la ventana, contemplando el valle. Pasarían semanas antes de que llegaran Dorothy y su banda, si era cierto que aún no los habían asesinado y quemado sus cadáveres, como debían de haber hecho con el cuerpo de Sarima.

Una noche, Liir volvió de una visita al campamento militar, lloroso y diciendo incoherencias. La Bruja intentó no prestarle atención, pero sentía demasiada curiosidad como para dejarlo correr. Al final, el chico se lo dijo. Uno de los soldados había propuesto a sus camaradas esperar la llegada de Dorothy y sus amigos, y entonces matar a estos últimos y reservarse a Dorothy para diversión de los hombres solitarios y necesitados de sexo.

—Oh, los hombres siempre tienen sus fantasías —dijo la Bruja, aunque estaba alterada.

Sin embargo, lo que había hecho llorar a Liir era que los compañeros del soldado habían denunciado la propuesta al oficial superior y entonces el soldado había sido despojado de su ropa, castrado y clavado a las aspas del molino. Su cuerpo giraba en círculos, mientras venían los buitres e intentaban picotearle las entrañas. Ni siquiera estaba muerto aún.

—No es difícil encontrar el mal en este mundo —dijo la Bruja—. Por algún motivo, el mal siempre es más fácil de concebir que el bien.

Pero estaba impresionada por la vehemencia de la reacción del comandante contra uno de sus hombres. Así pues, era muy probable que Dorothy siguiera con vida, y por lo visto contaba con la protección de las principales autoridades militares del país.

Liir tenía a *Chistery* en su regazo y sollozaba con la cara hundida en la cabeza del mono. *Chistery* dijo:

—Ya lloraremos si llora ella, a lomos de molino el malo. —Y se puso a gimotear con Liir.

—¿A que son tiernos, estos dos? —observó Nana—. ¿No quedarían preciosos en un cuadro?

Protegida por la oscuridad, la Bruja salió del castillo montada en su escoba y se aseguró de que el soldado doliente muriera en el acto.

Una tarde, sin razón aparente, se puso a pensar en el cachorro de león separado de su madre y destinado al laboratorio del doctor Nikidik, en Shiz. Recordaba cómo se había encogido de miedo y cómo ella había montado un alboroto al respecto. ¿O estaría idealizando en retrospectiva su intervención?

Si era el mismo León, que había crecido tímido en contra de su propia naturaleza, no debería guardarle a ella ningún rencor. ¿Acaso no lo había salvado cuando era pequeño?

La desconcertaba esa banda de guerrilleros del camino de Baldosas Amarillas. El Hombre de Hojalata estaba hueco; debía de ser un artefacto tiktokista o un ser humano destripado y sujeto a algún conjuro. El León era una perversión de los instintos naturales. La Bruja podía enfrentarse a mecanismos tiktokistas y sabía manejar a los Animales. Pero temía al Espantapájaros. ¿Sería un sortilegio? ¿Sería un disfraz? ¿Habría simplemente en su interior algún ingenioso bailarín? Los tres estaban castrados en cierto modo, engañados y hechizados por la inocencia de la niña.

La Bruja podía atribuir al León una historia y verlo como aquel torturado cachorro del aula de ciencias en Shiz. Sospechaba, además, que Nick Chopper había sido víctima de la rencorosa magia de su hermana Nessarose, herido por el hacha encantada. Pero era incapaz de ubicar al Espantapájaros.

Empezó a pensar que detrás de aquella cara de arpillera pintada tenía que haber una cara que ella podría reconocer, una cara que había estado esperando.

Encendió una vela y pronunció las palabras en voz alta, como si realmente pudiera formular encantamientos. Las palabras desviaron el penacho de humo grisáceo que se levantaba de la mecha grasienta. Si habían tenido algún otro efecto en el mundo, ella no podía saberlo aún.

—Fiyero no murió —dijo—. Fue encarcelado y se ha fugado. Ahora está volviendo a casa en Kiamo Ko, está volviendo a mí, y viene disfrazado de espantapájaros porque aún no sabe lo que encontrará.

Hacía falta cerebro para concebir un plan semejante.

La Bruja sacó una vieja túnica de Fiyero y llamó al viejo *Killyjoy* para que la olfateara bien. A partir de entonces, lo envió al valle todos los días. Si los viajeros se presentaban, *Killyjoy* lograría encontrarlos y los conduciría a casa con regocijo.

Y aunque la Bruja intentaba no dormir, a veces no podía remediarlo. Sus sueños traían a Fiyero cada vez más cerca de casa.

15

Hubo un día, con las primeras rachas otoñales, en que los pendones y los estandartes del campamento del valle empezaron a ondear y los clarines hicieron oír su voz metálica hasta lo alto de la cuesta donde se encontraba el castillo. Al advertirlo, la Bruja supuso que la banda había llegado a Red Windmill y que estaba recibiendo una acogida digna de un rey.

—Si han llegado tan lejos, no querrán esperar —dijo—. Ve, *Killyjoy*, ve a buscarlos y enséñales el camino más corto hasta aquí.

Soltó al viejo perro y fueron tan calurosas sus exhortaciones que toda la jauría salió corriendo tras él, aullando de alegría y ansiosa por cumplir con su deber.

—¡Nana! —gritó la Bruja—. ¡Ponte unas enaguas limpias y cámbiate el delantal, porque al anochecer tendremos visita!

Pero los perros no regresaron en toda la tarde ni después del crepúsculo, y la Bruja pudo ver por qué. A través de un ojo telescópico montado en un tubo cilíndrico (inventado por ella a partir de las investigaciones del doctor Dillamond sobre lentes enfrentadas), observó conmocionada la matanza. Dorothy y el León temblaban a un costado, junto al Espantapájaros, mientras el Hombre de Hojalata decapitaba uno tras otro con su hacha a sus perros. *Killyjoy* y sus lobunos parientes quedaron dispersos como soldados muertos en el campo de la derrota.

Incapaz de estarse quieta por la ira, la Bruja llamó a Liir.

—Tu perro está muerto. ¡Mira lo que le han hecho! —gritó—. ¡Mira y comprueba que no han sido sólo imaginaciones mías!

—Bueno, de todos modos, ese perro ya no me gustaba mucho —dijo Liir—. Además, vivió muchos años y los vivió muy bien —añadió temblando, pero en seguida volvió a dirigir el catalejo a la ladera.

—¡Eres un tonto! ¡Más te vale no mezclarte con esa tal Dorothy! —gritó la Bruja, arrancándole el instrumento de las manos.

—Estás terriblemente nerviosa, para ser alguien que espera visita —señaló él con expresión sombría.

—Se supone que vienen a matarme, no sé si lo recuerdas —replicó la Bruja, aunque ella misma lo había olvidado, del mismo modo que había olvidado su deseo de conseguir los zapatos hasta que volvió a verlos en el espejo. ¡El Mago no se los había quitado a Dorothy! ¿Por qué no? ¿Qué nueva campaña de intrigas era aquélla?

Comenzó a dar vueltas por la habitación, pasando las páginas de la Grimería adelante y atrás. Recitó un conjuro, se equivocó, lo intentó otra vez y después se giró e intentó aplicarlo a los cuervos. Aunque hacía tiempo que los tres cuervos originales se habían desplomado con el cuerpo rígido desde lo alto del marco de la puerta, seguía habiendo muchos en el castillo, todos emparentados entre sí y bastante tontos, pero tan estúpidamente sugestionables como una muchedumbre.

—¡Adelante! —dijo la Bruja—. Mirad con vuestros ojos más cerca de lo que yo puedo ver y quitadle la máscara al Espantapájaros, para que sepamos quién es. Traédmelos aquí, pero antes arrancadle los ojos a Dorothy y al León. Y, tres de vosotros, id a buscar a la princesa Nastoya a las Praderas Milenarias, porque pronto llegará el momento en que todos nosotros nos reuniremos. ¡Con la ayuda de la Grimería, el Mago será por fin derrotado!

—Últimamente no entiendo nada de lo que dices —comentó Liir—. ¡No puedes sacarles los ojos!

—¿Ah, no? ¡Mira y verás! —gruñó la Bruja.

Los cuervos se alejaron volando en una negra nube y se precipitaron como postas de plomo desde el cielo, por los escarpados precipicios, hasta alcanzar a los viajeros.

—Bonito atardecer, ¿verdad? —dijo Nana, entrando en la habitación de la Bruja en uno de sus raros paseos, con *Chistery* de asistente, como de costumbre.

—¡Ha enviado a los cuervos a sacarles los ojos a los invitados que vienen a cenar!

—¿Qué?

—¡PIENSA SACARLES LOS OJOS A LOS INVITADOS QUE VIENEN A CENAR!

—Bueno, supongo que de ese modo se evita tener que pasar el plumero.

—¿Queréis callaros, lunáticos? —exclamó la Bruja, temblando como aquejada de un trastorno nervioso, con los hombros aleteando, como si ella misma fuera un cuervo. Cuando por fin los encontró en el espejo, soltó un largo aullido.

—¿Qué, qué? ¡Déjame ver! —dijo Liir, arrebatándole el espejo. Se lo explicó a Nana, porque para entonces la Bruja estaba casi sin habla—. Bueno, supongo que el Espantapájaros sabe espantar pájaros, es evidente.

—¿Por qué? ¿Qué ha hecho?

—Sólo diré que no volverán —dijo Liir, mirando de soslayo a la Bruja.

—Todavía podría ser él —dijo la Bruja por fin, respirando pesadamente—. Aún puede que consigas tu deseo, Liir.

—¿Mi deseo?

El chico no recordaba haber pedido un padre, ni la Bruja se molestó en recordárselo. Nada le indicaba aún que el Espantapájaros no fuera un hombre disfrazado. ¡Ya no necesitaría el perdón, si Fiyero no había muerto!

La luz agonizaba y el extraño grupo de amigos avanzaba a buen ritmo por la ladera. Venían sin escolta de soldados, quizá porque los soldados creían de verdad que una Bruja Malvada gobernaba Kiamo Ko.

—¡Vamos, abejas —dijo la Bruja—, trabajad conmigo ahora! ¡Todas juntas, dulces abejas mías! Necesitamos vuestros aguijonazos, vuestro brío, necesitamos cierta maldad, ¿podéis darnos algo así? ¡A *nosotros*, no! ¿Por qué no escucháis cuando hablo, tontainas? A la niña que sube por la cuesta. ¡Viene a matar a vuestra abeja reina! Y cuando hayáis terminado vuestro trabajo, bajaré y recogeré esos zapatos.

—¿De qué está hablando ahora esa arpía? —le preguntó Nana a Liir.

Las abejas, que sólo prestaban atención al timbre de voz de la Bruja, levantaron el vuelo para salir en enjambre por la ventana.

—Vigila tú. Yo no puedo mirar —dijo la Bruja.

—La luna parece un bonito melocotón asomando detrás de las montañas —comentó Nana, aplicando al telescopio el ojo afectado de cataratas—. ¿Por qué no plantamos uno o dos melocotoneros, en lugar de todos esos manzanos infectos del huerto del fondo?

—Las *abejas*, Nana. Quítale el catalejo, Liir, y cuéntame lo que pasa.

Liir le hizo un relato pormenorizado.

—Están bajando en picado. Parecen el genio de la lámpara, porque vuelan formando un cúmulo enorme, terminado en una cola irregular. Los viajeros las ven venir. ¡Sí, las han visto! El Espantapájaros se está sacando paja del pecho y de las piernas, y la usa para cubrir al León y a Dorothy. También hay un perrito. Ahora las abejas no pueden atravesar la paja y el Espantapájaros está tirado por el suelo, partido en trozos.

No era posible. La Bruja le arrebató el catalejo.

—¡Liir, eres un sucio mentiroso! —gritó. Su corazón rugía como el viento.

Pero era cierto. No había nada, salvo paja y aire, dentro de la ropa del Espantapájaros. ¡Adiós al amante escondido que volvía a casa, adiós a la última esperanza de salvación!

Y las abejas, sin nadie más que atacar excepto el Hombre de Hojalata, se arrojaron contra él y fueron cayendo al suelo en negros montones, como sombras chamuscadas, con los aguijones aplastados contra la superficie metálica del leñador.

—Tendrás que reconocer que nuestros invitados son ingeniosos —dijo Liir.

—¿Podrás callarte antes de que te haga un nudo con la lengua? —replicó la Bruja.

—Creo que debería bajar y empezar a preparar unos entremeses; tendrán apetito después de superar todas esas pruebas que les estás poniendo —dijo Nana—. ¿Tienes alguna preferencia entre galletas con queso y hortalizas crudas con salsa de pimienta?

—Yo prefiero queso —dijo Liir.

—¡Elphaba! ¿Tú qué opinas?

Pero ella estaba demasiado ocupada, investigando en la Grimería.

—Tendré que decidirlo sola, como siempre —dijo Nana—. Siempre me toca hacer todo el trabajo. A mi edad, se supone que debería estar llorando de felicidad. Debería poder descansar, al menos una vez. Pero no. Siempre la dama de honor, nunca la novia.

—Siempre el padrino, nunca el Dios padre —dijo Liir.

—¿Me dejaréis en paz, vosotros dos? ¡Vete de una vez, Nana, si es que vas a irte!

Nana se encaminó hacia la puerta con tanta rapidez como sus viejas piernas se lo permitieron.

—¡*Chistery* —dijo la Bruja—, deja que se vaya por sus propios medios y quédate! Te necesito aquí.

—¡Muy bien! ¡Deja que me despeñe por la escalera y me mate! ¡Encantada de servirte! —exclamó Nana—. Y a propósito, será queso.

La Bruja le explicó a *Chistery* lo que quería.

—Esto es una tontería. Dentro de poco se hará de noche, caerán por un precipicio y se matarán. No quisiera que acabaran así los pobrecitos. Bueno, imagino que el Hombre de Hojalata y el Espantapájaros pueden caerse todo lo que quieran sin que les pase gran cosa. Un buen hojalatero puede reparar un torso abollado. Pero tráeme a Dorothy y al León. Dorothy tiene mis zapatos y yo tengo una cita con el León. Somos viejos amigos. ¿Podrás hacerlo?

Chistery bizqueó, asintió, sacudió la cabeza, se encogió de hombros y escupió.

—Bueno, inténtalo. ¿De qué me servirías si no lo intentas? —dijo la Bruja—. Anda, vete, y llévate a tus compañeros.

La Bruja se volvió hacia Liir.

—Ahí lo tienes, ¿estás contento? No les he pedido que los maten. Los escoltarán hasta aquí como invitados nuestros. Cuando haya conseguido los zapatos, dejaré que sigan su camino. Después me iré con esta Grimería a las montañas y me quedaré a vivir en una cueva. Tú ya eres mayor para cuidarte solo. Podemos acabar con todo esto. ¿Para qué quiero ahora el perdón? ¿Eh, qué me dices?

—Vienen a matarte —dijo él.

—¡Sí y tú no ves la hora de que lo consigan!

—Te protegeré —dijo él, incómodo—, pero no hasta el extremo de hacerle daño a Dorothy —añadió en seguida.

—¡Bah, ve a poner la mesa, y dile a Nana que olvide las galletas con queso y sirva las hortalizas! ¿A qué esperas? ¡Vete! —exclamó, amenazándolo con la escoba—. ¡Vete, si te digo que te vayas!

Cuando se quedó sola, se desmoronó. O bien esos viajeros tenían una suerte fenomenal, o bien reunían entre todos suficiente valor, cerebro y corazón como para salir airosos de todas las pruebas. Claramente, la Bruja había elegido un enfoque erróneo. Debería recibir a la niña, explicarle con amabilidad la situación y hacerse con los condenados zapatos mientras pudiera. Con los zapatos y con la ayuda de la princesa Nastoya, quizá aún pudiera vengarse del Mago. En cualquier caso, de un modo u otro, la Grimería quedaría oculta. Y los zapatos, fuera del alcance del Mago.

Pero con el impacto de la muerte de sus animales, la sangre corría fría por sus venas. Podía sentir sus pensamientos y sus intenciones dando tumbos unos sobre otros. Y no estaba segura de lo que haría cuando estuviera cara a cara con Dorothy.

16

Liir y Nana estaban de pie a ambos lados de la puerta, sonriendo, cuando *Chistery* y sus compañeros aterrizaron de mala manera con un golpe seco, dejando caer a sus pasajeros en el empedrado del patio interior. El León gimió de dolor y lloró de vértigo. Dorothy se incorporó, sentándose en el suelo, mientras estrechaba entre sus brazos al perrito.

—¿Dónde se supone que estamos ahora? —dijo.

—Hola —dijo Liir, retorciendo un pie alrededor del otro y tropezando con un cubo de agua.

—Debéis de estar cansados después de un viaje tan largo —dijo Nana—. ¿Queréis refrescaros un poco, antes de tomar una cena ligera? Ninguna exquisitez, ya os lo podéis imaginar. Estamos fuera de las rutas más transitadas.

—Esto es Kiamo Ko —anunció Liir, rojo como una remolacha, poniéndose nuevamente en pie—, el bastión de la tribu de los arjikis.

—¿Todavía estamos en territorio winki? —preguntó la niña ansiosamente.

—¿Qué ha dicho, la pequeña? Dile que hable más alto —pidió Nana.

—Esto es el Vinkus —dijo Liir—. *Winki* es una especie de insulto.

—¡Oh, santo cielo! No querría ofender a nadie —se disculpó la niña—. No, por favor.

—¡Qué niña tan bonita, con todos los brazos y las piernas en el lugar adecuado, y una piel tan delicada, normal e inofensiva! —dijo Nana, sonriendo.

—Yo soy Liir —dijo el muchacho—, y vivo aquí. Éste es mi castillo.

—Yo soy Dorothy —dijo ella—, y estoy muy preocupada por mis amigos, el Hombre de Hojalata y el Espantapájaros. ¡Por favor! ¿No puede alguien hacer algo por ellos? ¡Está oscuro y se perderán!

—No puede ocurrirles nada malo. Iré a buscarlos mañana, cuando haya luz —dijo Liir—. Lo prometo. Haría *cualquier cosa* por ti. De verdad, cualquier cosa.

—Eres tan bueno como todos en este lugar —dijo Dorothy—. ¡Oh, León! ¿Estás bien? ¿Ha sido terrible?

—Si el Dios Innominado hubiese querido que los Leones volaran, nos habría dado globos aerostáticos —dijo el León—. Me temo que he perdido mi almuerzo en algún lugar del barranco.

—¡Bien venidos! —gorjeó Nana—. Os hemos estado esperando. Me he dejado las manos preparando algunas cositas. No es mucho, pero todo lo que tenemos es vuestro. Ése es nuestro lema, aquí, en las montañas. Los viajeros siempre son bienvenidos. Ahora vamos a buscar un poco de jabón y agua caliente, ¿sí?, y luego entraremos.

—Son ustedes muy amables, pero tengo que encontrar a la Malvada Bruja del Oeste —dijo Dorothy—. He dicho LA MALVADA BRUJA DEL OESTE. Lamento que se hayan molestado ustedes. El castillo parece realmente maravilloso. Quizá lo visitemos en el camino de vuelta, si mis viajes me traen por aquí.

—Oh, bueno, a decir verdad, ella también vive aquí —dijo Liir—. Conmigo. No te preocupes, ella está aquí.

Dorothy pareció palidecer un poco.

—¿De verdad?

La Bruja apareció en la puerta.

—De verdad, ¡y aquí está! —anunció, bajando rápidamente los peldaños, con la falda ondulando a su alrededor y la escoba avanzando a toda prisa para no quedarse atrás—. ¡Bien, *Chistery*, has hecho un buen trabajo! Me alegra ver que algunos de mis esfuerzos no han sido en vano. ¡Dorothy, Dorothy Gale, la niña cuya casa tuvo el descaro de desplomarse encima de mi hermana!

—Bueno, estrictamente hablando, en el sentido jurídico, no era mi casa —aclaró Dorothy—; de hecho, ni siquiera pertenecía mucho a mi tiíta Em y a mi tío Henry, excepto quizá un par de ventanas y la chimenea. En realidad, el titular de la hipoteca era el Primer Banco Estatal de Mecánicos y Granjeros de Wichita, de modo que la responsabilidad debe de ser suya. Lo que quiero decir es que, si tiene que hablar con alguien o algo, lo mejor será que pregunte en el banco —explicó.

Repentinamente, la Bruja sintió una extraña sensación de calma.

—Me da igual quién sea el dueño de la casa —dijo—. El hecho es que mi hermana estaba viva antes de que tú llegaras y ahora está muerta.

—¡Oh, y no sabe cuánto lo siento! —dijo Dorothy nerviosa—. ¡De verdad que lo siento! Habría hecho cualquier cosa por evitarlo. Sé lo mal que me sentiría si a tiíta Em le cayera una casa encima. Una vez le cayó una tabla del techo del porche. Se le formó un chichón enorme en la cabeza y estuvo toda la tarde cantando himnos religiosos, pero por la noche había vuelto a ser la misma gruñona de siempre.

Dorothy se puso el perrito bajo el brazo, subió unos peldaños y cogió entre sus manos la mano de la Bruja.

—Lo siento mucho, de verdad —insistió—. Es terrible perder a alguien. Yo perdí a mis padres cuando era pequeña y todavía lo recuerdo.

—Déjame en paz —replicó la Bruja—. Detesto el falso sentimentalismo. Me pone la carne de gallina.

Pero la niña se quedó donde estaba, con una especie de agreste intensidad, sin decir nada, solamente esperando.

—Suéltame la mano, suéltame —dijo la Bruja.

—¿Quería mucho a su hermana? —preguntó Dorothy.

—Eso no viene al caso —respondió la Bruja secamente.

—Porque yo quería mucho a mamá, y cuando ella y papá se perdieron en el mar, casi no pude soportarlo.

—¿Se perdieron en el mar? ¿Qué quieres decir? —inquirió la Bruja, zafándose de la pegajosa niña.

—Iban a visitar a mi abuela, en su país, porque se estaba muriendo, pero entonces vino una tormenta y el barco se partió por la mitad y se fue a pique al fondo del mar. Se ahogaron todos los que iban a bordo. No quedó ni una sola alma.

—¡Oh, de modo que tenían alma! —dijo la Bruja, sintiendo que su mente se encogía de horror ante la imagen de un barco en medio de tanta agua.

—Y aún la tienen. Supongo que es lo único que les queda.

—Por favor, no te me pegues tanto y entra a comer algo.

—Ven tú también —le dijo la niña al León, que las siguió con gesto enfurruñado, andando sobre sus grandes zarpas almohadilladas.

«Ahora resulta que somos un restaurante —pensó sombríamente la Bruja—. ¿Envío a Red Windmill a uno de los monos voladores para que contrate a un violinista que se ocupe de la música de fondo? ¡Qué asesina tan peculiar está resultando ser ésta!»

La Bruja empezó a reflexionar sobre la forma de desarmar a la niña. Era difícil saber qué tipo de armas podía tener, salvo esa especie de inane sensatez y honestidad emocional.

Durante la cena, Dorothy se echó a llorar.

—¿Qué? ¿Creéis que habría preferido las hortalizas al queso? —dijo Nana.

Pero la niña no respondió. Apoyó ambas manos sobre la superficie de roble restregado de la mesa y empezó a sacudir los hombros por la pena. Liir ansiaba levantarse y rodearla con sus brazos. La Bruja le indicó con un sombrío gesto de la cabeza que se quedara donde estaba. Irritado, el muchacho apoyó su taza de leche en la mesa con un golpe brusco.

—Todo es muy bonito —dijo finalmente Dorothy, sorbiéndose los mocos—, pero yo estoy *tan preocupada* por el tío Henry y la tiíta Em. El tío Henry se inquieta muchísimo cuando me retraso sólo un poquito de nada al volver de la escuela, y la tiíta Em... ¡la tiíta Em se pone tan gruñona cuando está nerviosa!

—Todas las tiítas son gruñonas —dijo Liir.

—Calla y come. No sabes cuándo se te cruzará otra cena en el camino —replicó la Bruja.

La niña intentó comer, pero no dejaba de deshacerse en lágrimas.

Al final, también Liir empezó a lagrimear. El perrito, *Totó*, pedía las sobras y le hacía recordar a la Bruja sus propias pérdidas. *Killyjoy*, que la había acompañado durante ocho años, sería para entonces un cadáver semirrígido plagado de moscas, en medio de toda su progenie. Las abejas y los cuervos no le importaban tanto, pero *Killyjoy* había sido especial para ella.

—¡Bueno, menuda fiesta! —exclamó Nana—. Quizá debería haber adornado un poco la mesa con una vela.

—¿La ve la vela? —dijo *Chistery*.

Nana encendió una vela y empezó a cantar *Cumpleaños feliz*, para que Dorothy se sintiera mejor, pero nadie se le sumó.

Después se hizo un silencio. Sólo Nana seguía comiendo; se había acabado el queso y parecía dispuesta a seguir con la vela. Liir palidecía y se sonrojaba alternativamente, y Dorothy fijaba una mirada vacía en uno de los nudos de la madera de la mesa. La Bruja se rascó los dedos con el cuchillo y se pasó suavemente la hoja por el dedo índice, como si fuera una pluma de pfénix.

—¿Qué va a pasarme ahora? —dijo Dorothy, cayendo en un ritmo monótono—. No debería haber venido.

—Nana, Liir —dijo la Bruja—, id a la cocina y llevaos al León con vosotros.

—¿Me está hablando a mí esa arpía? —le preguntó Nana a Liir—. ¿Por qué llora la niñita? ¿No le ha parecido buena la comida?

—¡No pienso separarme de Dorothy! —exclamó el León.

—¿No nos conocemos tú y yo? —le preguntó la Bruja en voz baja—. Eras el cachorro que hace muchos años usaban en el laboratorio de ciencias de Shiz para hacer experimentos. Estabas aterrorizado y yo te defendí. Volveré a salvarte, si te portas bien.

—No quiero que nadie me salve —repuso el León con arrogancia.

—Conozco ese sentimiento —dijo la Bruja—. Pero puedes enseñarme algunas cosas sobre los Animales salvajes. Puedes decirme si revierten al estado primitivo y en qué medida. Tengo entendido que tú fuiste criado salvaje. Puedes serme útil. Podrías protegerme cada vez que saliera del castillo con mi Grimería, mi libro de magia, mi Martillo de Herejes, mi electrizante incunable, mi códice del escarabajo, mi trisquel, mi gammadion, mi texto taumatúrgico.

El León rugió y lo hizo tan repentinamente que todos saltaron de sus asientos, incluso Dorothy.

—Si de noche hay tormenta, la criada se lamenta —observó Nana, mirando por la ventana—. Será mejor que entre la ropa.

—Soy más grande que tú —le dijo el León a la Bruja—, y no pienso dejar a Dorothy sola contigo.

La Bruja se inclinó súbitamente y cogió al perrito en brazos.

—*Chistery*, ve a tirar esta cosa al pozo de los peces —dijo.

El mono la miró dubitativo, pero se alejó con *Totó* debajo del brazo, como una peluda y chillona hogaza de pan.

—¡Oh, no, que alguien lo salve! —exclamó Dorothy.

La Bruja tendió la mano y sujetó a la niña contra la mesa, pero el León había salido catapultado hacia la cocina, detrás del mono nival y de *Totó*.

—¡Liir, cierra la puerta de la cocina! —gritó la Bruja—. Ponle el pasador, para que no puedan salir.

—¡No, no! —gritaba Dorothy—. ¡Iré con usted, pero no le haga daño a *Totó*! ¡No le ha hecho nada!

Volviéndose hacia Liir, añadió:

—¡Por favor, no dejes que el mono le haga daño a mi *Totó*! ¡El León es un inútil, no confíes en él para que salve a mi perrito!

—¿Tomaremos el postre junto al fuego? —preguntó Nana, levantando los ojos de mirada brillante—. Tenemos crema de caramelo.

La Bruja cogió a Dorothy de la mano y empezó a llevársela, pero súbitamente Liir dio un salto y agarró la otra mano de la niña.

—¡Vieja arpía, suéltala! —gritó.

—De verdad, Liir, eliges los momentos más inconvenientes para desarrollar tu carácter —replicó tranquilamente la Bruja, en tono cansado—. No nos avergüences a los dos, a ti y a mí, con esta comedia de coraje.

—No te preocupes por mí... solamente cuida a *Totó* —dijo Dorothy—. Oh, Liir, cuida a *Totó*, pase lo que pase, por favor. Necesita un hogar.

Liir se inclinó y le dio un beso a Dorothy, que trastabilló y se recostó en la pared por el asombro.

—Ahorradme esto —murmuró la Bruja—. Sean cuales sean mis faltas, no me lo merezco.

17

La Bruja hizo entrar a Dorothy a empujones en la habitación de la torre y cerró la puerta tras de sí. Después de tanto tiempo sin dormir, la cabeza le daba vueltas.

—¿Para qué has venido? —le dijo a la niña—. Yo sé por qué has recorrido todo el largo camino desde la Ciudad Esmeralda, pero ¡adelante!, dímelo a la cara. ¿Has venido para asesinarme, como se rumorea, o quizá para darme un mensaje del Mago? ¿Está dispuesto ahora a entregarme a Nor a cambio del libro? ¿La niña a cambio de la magia? ¡Dímelo! O si no... Ya sé... ¡Te ha dado instrucciones para que me robes el libro! ¡Es eso!

Pero la niña no hacía más que retroceder, mirando a izquierda y derecha en busca de una vía de escape. No había salida, excepto la ventana, y eso habría sido una caída mortal.

—Dímelo —exigió la Bruja.

—Estoy sola en un país extraño, no me haga hacer esto —suplicó la niña.

—¡Has venido a matarme y a robar después la Grimería!

—¡No sé de qué me habla!

—Primero, dame los zapatos —dijo la Bruja—, porque son míos. Después hablaremos.

—No puedo, no consigo quitármelos —explicó la niña—. Creo que Glinda les ha echado un conjuro. Llevo muchos días intentando quitármelos. Tengo los calcetines tan sudados que casi cuesta creerlo.

—¡Dámelos! —aulló la Bruja—. ¡Si los tienes cuando vuelvas a ver al Mago, quedarás totalmente a su merced!

—¡No, mire, están atascados! —dijo la niña, intentando empujar un talón con la punta del otro pie—. Mire, ¿lo ve? ¡Lo intento, lo intento, pero no salen! ¡De verdad! ¡Se lo prometo! ¡Traté de dárselos al Mago cuando me los pidió, pero no pude quitármelos! Les pasa algo, son demasiado estrechos o algo. O quizá estoy creciendo.

—No tienes derecho a llevar esos zapatos —dijo la Bruja, moviéndose en círculos por la habitación.

La niña retrocedió, tropezó con los muebles, derribó la colmena y pisó a la abeja reina, que había asomado entre los fragmentos.

—Todo lo que tengo, cada pequeña cosa que tengo muere cuando tú te cruzas en su camino —declaró la Bruja—. Ahí está Liir, dispuesto a traicionarme a cambio de un solo beso tuyo. ¡Mis animales han muerto, mi hermana ha muerto, siembras la muerte a tu paso y no eres más que una niña! Me recuerdas a Nor. Ella pensaba que el mundo era mágico, ¡y mira lo que le ha pasado!

—¿Qué, qué le ha pasado? —dijo Dorothy, intentando desesperadamente ganar tiempo.

—Ha averiguado lo *mágico* que es todo. ¡Fue secuestrada y ahora vive la existencia miserable de los presos políticos!

—Pero usted también me ha secuestrado a mí y yo no me lo había buscado, ni mucho menos. ¡Tiene que apiadarse de mí!

La Bruja se acercó a la niña y la agarró por la muñeca.

—¿Por qué quieres asesinarme? —preguntó—. ¿De veras crees que el Mago hará lo que te ha dicho? ¡Él no sabe lo que significa decir la verdad, y por eso ni siquiera lo nota cuando miente! ¡Además, yo no te he *secuestrado*, niña tonta! ¡Has venido aquí por tu propia voluntad, para matarme!

—No he venido para matar a nadie —dijo la niña, encogiéndose.

—¿Eres la Adepta? —dijo de pronto la Bruja—. ¡Ah! ¿Eres la Tercera Adepta? ¿Es eso? ¿Nessarose, Glinda y tú? ¿Te reclutó la señora Morrible para servir al poder oculto? Trabajáis en connivencia: los zapatos de mi hermana, el conjuro de mi amiga y tu fuerza inocente. ¡Admítelo, admite que eres la Adepta! ¡Admítelo!

—¡No soy la adepta, soy adoptada! —exclamó la niña—. No soy adepta, ni apta para hacer nada, ¿no lo ve?

—Eres mi alma, que ha venido a buscarme, lo noto —dijo la Bruja—. No voy a permitirlo, no pienso permitirlo. No quiero tener alma. Los que tienen alma viven para siempre y a mí la vida ya me ha torturado demasiado.

La Bruja volvió a empujar a Dorothy hacia el pasillo y cogió con la escoba el fuego de una antorcha. Nana subía trabajosamente la escalera, apoyándose en *Chistery,* que llevaba varios platos de crema de caramelo en una bandeja.

—Los he encerrado a todos en la cocina, hasta que terminen con sus rifirrafes —estaba mascullando la anciana—. ¡Qué alboroto, qué escándalo, qué salvaje zarabanda! Nana no va a permitirlo, Nana está demasiado vieja. Sois todos unas bestias.

Abajo, en los polvorientos rincones de Kiamo Ko, el perro ladró una o dos veces, el León rugió y aporreó la puerta de la cocina, y Liir gritó:

—¡Dorothy, ya vamos!

Pero la Bruja se volvió, sacó un pie y derribó a Nana. La anciana rodó y resbaló por la escalera, chillando y gritando, con *Chistery* corriendo tras ella con expresión consternada. La puerta de la cocina se soltó de los goznes y a través de ella salieron trastabillando Liir y el León, sólo para caer sobre el gran montón que formaba Nana al pie de la escalera.

—¡Arriba, levantaos! —gritó la Bruja—. ¡Acabaré con vosotros antes de que acabéis conmigo!

Dorothy había conseguido zafarse y subía corriendo la escalera de caracol por delante de la Bruja. Había una sola salida y conducía al parapeto del tejado de la torre. La Bruja se daba prisa para seguir a la niña, porque tenía que completar su tarca antes de que llegaran el León y Liir. Conseguiría los zapatos, iría a buscar la Grimería, abandonaría a Liir y a Nor y desaparecería en la espesura. Quemaría el libro y los zapatos, y después se enterraría.

Dorothy era una sombra oscura, acurrucada, que vomitaba en el empedrado.

—No has respondido a mi pregunta —dijo la Bruja, enarbolando la antorcha, que liberaba espectros y fantasmas entre las sombras de las almenas—. Has venido a cazarme y quiero saberlo. ¿Por qué pretendes asesinarme?

Cuando hubo pasado por la puerta, la Bruja la cerró de golpe y le echó el cerrojo. Mucho mejor.

La niña sólo pudo sofocar un grito.

—¿Crees que no hablan de ti en todo Oz? ¿Crees que no sé que el Mago te ha enviado aquí con instrucciones de llevarle una prueba de mi muerte?

—¡Oh, eso! —dijo Dorothy—. Es verdad, pero no he venido por eso.

—Es imposible que mientas con tanta habilidad. Imposible, con esa cara —dijo la Bruja, empuñando la escoba en ángulo sobre su cabeza—. Dime la verdad y, cuando hayas terminado, te mataré, porque en los tiempos que corren, pequeña, tienes que matar antes de que te maten.

—Yo no podría matarla —aseguró la niña, llorando—. Fue horrible para mí matar a su hermana. ¿Cómo podría matarla a usted?

—Muy bonito —dijo la Bruja—, encantador, conmovedor. ¿Por qué has venido, entonces?

—Sí, es cierto, el Mago me ha pedido que la mate —admitió Dorothy—, pero yo nunca he tenido intención de hacerlo, ¡y no he venido por eso!

La Bruja levanto aún más la escoba en llamas y la acercó a la cara de la niña, para verla mejor.

—Cuando dijeron... cuando dijeron que ella era su hermana y que tendríamos que venir aquí... fue como una sentencia de cárcel, y yo no quería... pero pensé... bueno, pensé que vendría y que mis amigos me ayudarían... y vendría... y le diría...

—¿Decirme qué? —gritó la Bruja, irritada.

—Le diría —dijo la niña, enderezando la espalda y apretando los dientes—, le diría: «¿Podrá perdonarme alguna vez por el accidente que ha causado la muerte de su hermana? ¿Me perdonará alguna vez? ¡Porque yo nunca podré perdonármelo!»

La Bruja aulló de pánico e incredulidad. ¡Que incluso en ese momento se retorciera el mundo hasta ese punto y volviera a ofenderla! Elphaba, a quien Sarima había rehusado el perdón, ¿tenía que sufrir ahora que una niña aturullada le suplicara la misma merced que a ella le había sido denegada? ¿Cómo podría haber sacado de su vacío lo que la niña le pedía?

Estaba atrapada, se retorcía, lo intentaba y estaba llena de voluntad, pero ¿contra qué? Un fragmento de la paja de la escoba salió revoloteando y le prendió fuego a la falda, y hubo una carrera de llamas en su regazo, devorando la yesca más seca de todo el Vinkus.

—¿Terminará alguna vez esta pesadilla? —gritó Dorothy, mientras levantaba un cubo de los que se usaban para recoger el agua de lluvia, que el repentino destello de las llamas había iluminado—. ¡Yo la salvaré! —exclamó, y le arrojó el agua a la Bruja.

Un instante de agudo dolor, antes del entumecimiento. El mundo se resumía en inundaciones por arriba y fuego por abajo. Si existía el alma, su alma había apostado por una especie de bautismo. ¿Había ganado?

El cuerpo pide disculpas al alma por sus errores, y el alma pide perdón al cuerpo por ocuparlo sin haber sido invitada.

Un círculo de caras expectantes, antes de que se vaya la luz. Se mueven en las sombras, como espectros. Está mamá, jugueteando con su pelo; está Nessarose, severa y pálida como la madera castigada por la intemperie. Está papá, perdido en sus reflexiones, buscándose a sí mismo en los rostros de los paganos desconfiados. Está Caparazón, sin ser del todo él mismo, pese a su aparente integridad.

Ellos se convierten en otros; se convierten en Nana en sus buenos tiempos, ácida y rígida, y en Ama Clutch, Ama Vimp y las otras amas, combinadas ahora en un único cúmulo maternal. Se convierten en Boq, amable, serio y dúctil, y aún soltero; en Crope y Tibbett, con su divertida y amanerada ansiedad de agradar a los demás; en Avaric y su superioridad, y también en Glinda, con sus vestidos, esperando ser lo bastante buena para merecer sus dones.

Y también aquellos cuyas historias han terminado: Manek, la señora Morrible, el doctor Dillamond y ante todo Fiyero, cuyos rombos azules son a la vez el azul del agua y del fuego sulfuroso. Y aquellos cuyas historias quedan curiosamente inconclusas (¿tenía que suceder así?): la princesa Nastoya de los scrows, cuya ayuda no pudo llegar a tiempo, y Liir, el misterioso niño expósito, saliendo de su capullo. Sarima, que en su cariñosa y fraternal acogida no quiso perdonar, y las hermanas y los hijos de Sarima, el futuro y el pasado...

Y las víctimas del Mago, incluidos *Killyjoy* y los otros animales de la casa, y tras ellos el propio Mago, un fracasado hasta que se exilió de su tierra, y detrás de él, Yackle, quienquiera que fuese, si es que era alguien, y las anónimas Adeptas, si es que existieron, y el enano, que no tenía un nombre que compartir.

Y las criaturas de vidas improvisadas, las fabricadas de cualquier manera, las desposeídas y las que habían sufrido abusos: el León, el

Espantapájaros y el Hombre de Hojalata. Ascendiendo de las sombras por un instante, hacia la luz, y luego regresaron.

Y la última, la Diosa de los Dones, tendiéndole las manos entre el fuego y el agua, acunándola, murmurando algo, pero no distingue las palabras.

18

Desde Kiamo Ko, Oz se extendía unos cuantos cientos de kilómetros al oeste y al norte, y mucho más lejos hacia el este y el sur. La noche en que murió la Malvada Bruja del Oeste, cualquiera con ojos capaces de ver tanto y tan bien podría haberlo visto desde las almenas. Al oeste, la luna ascendía sobre las Praderas Milenarias. Aunque los pacíficos yunamatas se negaron a sumarse, los clanes de los arjikis y los scrows estaban reunidos para estudiar la posibilidad de pactar una alianza, teniendo en cuenta que las tropas del Mago se estaban concentrando en el paso de Kumbricia. El cabecilla de los arjikis y la princesa Nastoya convinieron en enviar una delegación a la Bruja del Oeste para pedirle su consejo y su apoyo. Mientras brindaban y le deseaban lo mejor, cuando aún no había transcurrido una hora de su muerte, los cuervos mensajeros que Elphaba había enviado en busca de ayuda fueron atacados y devorados por rocs nocturnos.

La luna teñía de plata las laderas de los Grandes Kells y había sombras plateadas en los valles de los Kells Menores. Los escorpiones de las Arenas Amargas salían a hundir sus aguijones, y los skarks del desierto de Thursk copulaban en sus nidos. En el altar de Kvon, los practicantes de una secta tan oscura que no tenía nombre hacían sus ofrendas nocturnas por las almas de los muertos, suponiendo, como la mayoría, que los muertos tenían almas.

El País de los Quadlings, un páramo de cieno y ranas, siguió pudriéndose en calma toda la noche, excepto por un incidente en Qhoyre, donde un Cocodrilo entró en una maternidad y se comió a un bebé. El Animal fue eliminado y ambos cadáveres fueron incinerados, con rabia y estruendosos lamentos.

En Gillikin, los bancos removían el dinero para mantenerlo fresco y vibrante, las fábricas removían sus mercancías, los mercaderes removían a sus esposas y los estudiantes de Shiz removían proposiciones intelectuales, mientras los trabajadores tiktokistas se reunían secretamente en el local del desaparecido Club de Filosofía, para escuchar al liberto y afligido Grommetik hablando de clases sociales y revolución. Lady Glinda tuvo una mala noche, una noche de temblores, remordimiento y dolor; supuso que debían de ser los primeros síntomas de la gota, causada por su opulenta dieta. Pero pasó la mitad de la noche sentada en la cama y encendió una vela en la ventana, por razones que no podría haber formulado. La luna pasó sobre la ciudad en su ruta desde el Vinkus y Glinda sintió su foco acusador y se retiró de los ventanales.

Del otro lado de la serranía conocida como los montes Magdalenas, adentrándose en la región del Gran Granero y mirando las ventanas de Colwen Grounds, la luna prosiguió su viaje. Frex dormía, soñando con Corazón de Tortuga, y sí, también con Melena, su preciosa Melena, que le preparaba el desayuno el día que salió a predicar contra el reloj maligno. Melena era una efervescencia de belleza, enorme como el mundo, que le transmitía coraje, arrojo y amor. Frex casi no se movió cuando Caparazón entró de puntillas, de vuelta de alguna reunión clandestina, y se sentó junto a su cama. Caparazón no sabía con certeza si Frex lo había notado, no estaba seguro de que su padre realmente se hubiera despertado.

—Lo que nunca he podido entender son los dientes —masculló Frex—. ¿Por qué esos dientes?

—¡Quién sabe! —dijo Caparazón cariñosamente, sin comprender el somnoliento murmullo.

¿La luna en la Ciudad Esmeralda? No se podía ver. Demasiado luminoso el alumbrado, demasiado intensa la energía, demasiado electrificados los espíritus. Nadie la buscaba. En una sala asombrosamente despojada y simple para alguien tan encumbrado y poderoso, el desvelado Mago de Oz se enjugó la frente y se preguntó cuánto tiempo duraría su suerte. Llevaba cuarenta años preguntándose lo mismo y en una época había esperado que la suerte comenzara a parecerle habitual y merecida. Pero podía oír a los ratones royendo los cimientos del Palacio. La llegada de Dorothy Gale, de Kansas, era un aviso, lo sabía; lo supo en cuanto vio su cara. No tenía sentido seguir buscando la Grimería. Su ángel vengador había venido para llevarlo a casa. Un suicidio lo esperaba aún en su mundo y para entonces debía haber aprendido lo suficiente como para completarlo con éxito.

Había enviado a Dorothy, atrapada como estaba en aquellos zapatos, a matar a la Bruja. Había mandado a una niña a hacer el trabajo de un hombre. Si la Bruja salía victoriosa, se libraría de la niña problemática. Sin embargo, perversamente, de una manera paternal, deseaba a medias que Dorothy superara todas sus pruebas.

Fue un acontecimiento muy popular, la muerte de la Malvada Bruja del Oeste. El suceso fue presentado como un crimen político o como un jugoso caso de asesinato. La versión de los hechos que ofreció Dorothy fue considerada un autoengaño, en el mejor de los casos, o una mentira descarada, en el peor. Asesinato, eutanasia o accidente, lo cierto es que la muerte de la Bruja contribuyó de forma indirecta a librar al país de su dictador.

Dorothy, más aturdida que nunca, volvió a la Ciudad Esmeralda con el León, el Hombre de Hojalata, el Espantapájaros y Liir. Allí, Dorothy tuvo su famosa segunda audiencia con el Mago. Puede que él intentara una vez más escamotearle los zapatos y utilizarlos para sus propios fines, y puede que Dorothy no cayera en su trampa, prevenida por las advertencias de la Bruja. En cualquier caso, la niña le enseñó algo de la casa de la Bruja, para demostrar que había estado allí. La escoba se había quemado hasta quedar irreconocible y la Grimería le había parecido demasiado pesada y voluminosa para transportarla, de modo que le llevó el frasco de vidrio verde con la etiqueta que decía ELI- MILAGRO-.

Quizá sea una anécdota apócrifa la que cuenta que el Mago, al ver el frasco de vidrio, se quedó boquiabierto y se llevó la mano al corazón. Hay muchas versiones, dependiendo del narrador y de lo que es preciso decir en cada momento. Es un hecho histórico, sin embargo, que poco después el Mago se marchó subrepticiamente del Palacio. Se fue del mismo modo que había llegado, a bordo de un globo aerostático, pocas horas antes de la hora fijada por unos ministros sediciosos para encabezar una rebelión palaciega y ejecutarlo sumariamente.

Se cuentan muchas patrañas acerca de la forma en que Dorothy se marchó de Oz. Hay quien dice que nunca se fue. Dicen, como antes decían de Ozma, que se oculta con una identidad falsa, paciente como una doncella, esperando a que llegue el momento de regresar y dejarse ver otra vez. Otros insisten en que subió volando al cielo, como una santa ascendiendo a la Otra Tierra, medio mareada, haciendo ondular el delantal y agarrando con fuerza al condenado perrito.

Liir desapareció en el mar humano de la Ciudad Esmeralda, para ir en busca de su hermanastra Nor. Por un tiempo nadie volvió a hablar de él.

Aunque nadie supo qué sucedió con los zapatos originales, todos los recordaban como muy bonitos e incluso impresionantes. Siempre fue posible conseguir imitaciones bien hechas de marcas conocidas, y nunca pasó mucho tiempo sin que estuvieran de moda. Los zapatos o sus réplicas, con su halo de magia residual, aparecieron en tantas ceremonias públicas que, al igual que las reliquias de los santos, empezaron a multiplicarse para cubrir la demanda.

¿Y la Bruja? En la vida de una Bruja, no hay un *después*, ni un *para siempre*, ni un *vivieron felices*; en la historia de una Bruja, no hay epílogo. De la otra parte que queda más allá de la historia vital, más allá de la historia de la vida, no hay (por desgracia, o tal vez por fortuna) nada que decir. La Bruja estaba muerta, muerta y enterrada, y lo único que quedó de ella fue el envoltorio exterior de su fama de malvada.

—Y allí se quedó la vieja y malvada Bruja, durante mucho, muchísimo tiempo.
—¿Ha salido alguna vez?
—Todavía no.

ÍNDICE

I LOS MUNCHKINS

II GILLIKIN

III LA CIUDAD ESMERALDA